国家社科基金重点项目成果

文学研究与数学思想方法

陈大康 著

Copyright © 2023 by SDX Joint Publishing Company.
All Rights Reserved.

本作品版权由生活·读书·新知三联书店所有。
未经许可,不得翻印。

图书在版编目(CIP)数据

文学研究与数学思想方法 / 陈大康著 . —北京:
生活·读书·新知三联书店, 2023.12
ISBN 978-7-108-07755-4

Ⅰ.①文⋯　Ⅱ.①陈⋯　Ⅲ.①文学研究②数学 – 思想方法　Ⅳ.① I0 ② O1-0

中国国家版本馆 CIP 数据核字 (2023) 第 244209 号

责任编辑	陈富余	
装帧设计	刘　洋	
责任印制	李思佳	

出版发行	生活·讀書·新知 三联书店	
	(北京市东城区美术馆东街 22 号 100010)	
网　　址	www.sdxjpc.com	
经　　销	新华书店	
印　　刷	河北松源印刷有限公司	
版　　次	2023 年 12 月北京第 1 版	
	2023 年 12 月北京第 1 次印刷	
开　　本	635 毫米 × 965 毫米　1/16　印张 32.5	
字　　数	421 千字	
印　　数	0,001 – 3,000 册	
定　　价	89.00 元	

(印装查询:01064002715;邮购查询:01084010542)

目 录

序 1

导 言 7

第一编 概念编

第一章 概念辨析的意义　　6

第二章 概念覆盖的范围与议题的匹配

　　　——以《西游记》主题说的百年变迁为例　61

第三章 模糊概念的处理与无谓争论的避免

　　　——以《金瓶梅》成书性质之争为例　112

第二编 系统编

第四章 个案分析与系统考察

　　　——以晚清小说专刊研究为例　169

第五章　研究系统的新构建　230

第六章　"空白"的发现与解读　291

第三编　逻辑推理与数理统计编

第七章　考证与逻辑推理　348

第八章　统计在文学研究中的作用　405

后　记　478

序

我的学术经历异于一般中文系教师。作为恢复高考后的首届本科生,我在复旦大学数学系接受了四年严格的数学训练,此后又走上讲台,给学生讲授了六年高等数学。十年的经历,使数学思想方法在我的意识里留下了深刻印象。后来从事文学研究三十余年,自己在融入数学思想方法方面有不少尝试,所发现的现象与所得结论也得到学界肯定。在学术生涯的最后阶段,我很自然地萌生出对此作较系统的整理与总结的念头。同时,在这些年的教学过程中,我深感年复一年的单一的思想方法训练,会使中文系的学生误以为这是唯一的学术法则,因此也希望自己的整理与总结,能使他们知晓借鉴其他学科思想方法的益处。

数学与文学研究有很大的差异,我进入中文系攻读博士学位时,就对不少事感到不适应。数学讲究研究的客观性,以逻辑法则的判断为准绳;文学研究却含有较多的形象思维,常围绕感受、体验等作阐述,带有较强的主观色彩。数学研究者像是参加接力赛,一棒一棒地将研究向前推进,而围绕某些问题或现象已有论述,但若干年后为适应某种需求,又全翻将出来重作阐述,这在文学研究中却是常见的现象。由于差异的存在,周围的同学热烈地讨论某些问题时,我因为抓不到其间的客观标准作判断,总弄不清是怎么回事;同样,当我提出某些问题时,得到的反应是:你想问题的思路有点儿怪。读博期间的这些小事已使我感觉到,数学与文学研究的思想方法有着很大的差异。

　　撰写博士论文时,这种感觉更为强烈。我拟写的主要内容,是元末明初《三国演义》《水浒传》到清中期《红楼梦》等通俗小说编创手法由改编到独创的历程与特点。其间涉及几百部小说,它们按问世先后实际上已形成序列,我的首要任务显然应是对此序列作考察。按我数学的习惯判断,中国古代小说研究自五四以来已有七十余年,作为研究基础的作品序列编排,如年表或编年之类肯定早已有整理。可是我在图书馆里找了许久,也查找了不少书目,最后惊讶地发现,先前竟然没人做过。在我的观念中,没有作品序列编排,研究就难以着手,然而七十余年间却无人顾及于此,这大概也是数学与文学研究思想方法的差异吧。

　　没奈何,我只好自己动手,依据那一部部作品及相关著述,又伴以必要的考辨,编年终于撰成,再据此按时间段与题材统计,较清晰地显示了创作盛衰起伏的态势。就是这一统计,凸显了明初到嘉靖朝中期约一百七十年里,供案头阅读的通俗小说居然存在没有新作问世的空白。这是小说发展史上的大事,为何先前没人提及?联系接触到的文学研究著述,我明白了其中的原因:古代文学研究中,作家作品分析是重点内容,各部文学史的框架,也主要是按时间顺序排列作家作品进行分析,没有作家作品的创作空白自然被略过了,甚至都没人发现这一现象。这一空白就在我的博士论文涉及的时间范围内,如果像过去那样不予理会,那么总计描述约四百年的小说发展状况,其中却有近二百年的情况略而不论,这实在有点儿说不过去,总得对这一阶段为何没有作品问世有所交代吧。

　　面对长时期的创作空白,作品分析方法已没有用武之地。要对该现象作出解释,只能从制约创作与作品流传的环节入手。封建统治者对意识形态的严格控制、国家的抑商政策滞碍了书籍流通等因素都是空白出现的原因,而在对明初、中期印刷业状况,包括刻字匠人数与刻字速度等做调查与相应计算后，更发现那时较为微弱的印刷力量无法支撑通俗小说，尤其是长篇小说的连续出版。我由此又领悟到，诗词赋曲靠口诵笔录即可广为流传，而小说广泛传播及其后续创作，却非得靠出版不可。对作品时间分布的统计表明，通俗小说创作在嘉靖朝后期开始复苏，而印刷业在此时已开始迅速发展，这也证明了小说发展对出版的依赖。

这些发现使我对博士论文的写作有了底气，但周围人对此的评论却是"这不是文学研究"。后来我将那些内容整理成文投给一家著名的文学研究刊物，收到的回信中，他们对问题的发现、资料的搜集以及相关分析论证都表达了称赞，但又称他们不适合刊载这样的稿件，建议改投出版界刊物。诚然，诸如明代刻字匠每日能刻多少字之类，确实难以归入文学研究，但印刷力量薄弱又偏是导致创作空白产生的重要原因。仔细调查甚至计算明代的印刷状况不算文学研究，而没有这方面的分析，一个重要的文学现象就得不到合理解释，这似乎成了一个悖论。由于我刚从数学转入文学研究，对许多条条框框都不懂，而伟人那句"不管白猫黑猫，会捉老鼠就是好猫"则坚定了我的信心。三十多年过去了，那些论述已得到学界认可，我还曾看到有本书中称赞我最早将传播学引入文学研究，但紧接着又批评我相关术语使用不规范。在20世纪80年代，人多不知传播学为何物，遑论相关术语的规范。对我来说，只要问题论证清楚，读者也看得懂，就足够了。

在后来的教学中，我又一次感受到数学与文学研究思想方法的差异。在连续几年指导学年论文与毕业论文的过程中，我发现学生动笔时的思考似已模式化。许多论文都围绕某部作品展开，或探讨作品的思想倾向，或分析其艺术特色，其中尤以对人物形象塑造的分析居多。分析能力与水准参差不齐，但研究对象的选择、分析方法的使用乃至操作步骤的执行，却整齐划一。学生们的写作都相当认真，行文中也有个性的显现，但撰写的模式却表现出强烈的同一性。如此整齐的局面不可能是他们各自自由生发而能形成的，但问题究竟出在哪儿呢？

回顾同学们学习的课程，就不难寻得答案。以"中国古代文学史"的讲授为例，各章内容都是对某作家、某作品或某一类作品的介绍，所谓"史"，其实就是按时间顺序排列那些作家作品，并做分析。介绍重要作家作品的各章几乎是千篇一律的三段式：第一节是作家生平与时代背景，第二节分析作品或作家创作的思想倾向，第三节是人物形象塑造、情节安排、结构设置以及语言特色等方面的艺术成就。各部作品讲授的内容自然是不同的，但格局与节奏却完全一样，不同者只是讲授中具体内容的置换，如《三国演义》讲授中人物形象塑造是分析曹操、刘备、诸葛亮、关羽诸人，而《水浒传》中则分析宋江、林冲、武松、鲁智深等人；前者语言特色分析是突出"文不甚深，言不甚俗"，后者则重点展示由说书延续而来的白描手法的运用。从先秦《诗经》《楚辞》一直到近代《官场现形记》，讲授内容不断更换，组织内容的模式却始终如一。贯穿其间的研究思想方法已被反复皴染，自然就给学生们留下了深刻印象。

"中国古代文学史"的讲授结束后，反复皴染的过程却在"中国现代文学史""外国文学史"等课程中延续。课程变了，讲授格局依然如此，只不过各章内容换成了鲁迅的《呐喊》、郭沫若的《女神》与茅盾的《子夜》等，或是司汤达的《红与黑》、雨果的《悲惨世界》与托尔斯泰的《战争与和平》等。各章一般也分三节，内容仍是围绕作家生平与时代背景、创作思想倾向以及艺术成就展开。这种三段式的作家作品分析几乎成了各部文学史的标配，连续几年以古今中外著名作家作品为实例的同一模式的讲解，其实也是关于文学研究思想方法的潜移默化的灌输，各种作品选课程也起了同样作用，作业与考试则强化了这种影响。于是等到撰写毕业论文时，学生们关于文学研究的构想已经初步模式化，论文自然也就选取作品思想倾向或艺术特色等分析。其中也常有精彩论述，但就研究思想方法而言，都没越出几年连续教育所框定的范围。一些学生进入攻读硕士学位或博士学位阶段后，阅读量增加了，有的也接触了一些其他的研究思想方法，但根据这些年所见的硕士或博士论文，不难发现其基本功仍是本科阶段所受的教育。这样的研究思想方法只能应对文学研究领域中的部分问题，特别是作家作品分析的部分。中文学科教育在比较单一的方法论教育方面，显露了较明显的缺陷。

中文学科教育具有强大的传统惯性，数十年来虽有种种调整，但格局基本未变，方法论方面对学生的熏陶与培养亦是如此。各高校中文系每年都招收新学生进入上述学术培训的循环，同时也有一批学生毕业，他们之间有些人由此开始了文学研究的生涯，有些人则走上教学岗位，他们向学生讲授各种课程的同时，也灌输着自己掌握的那套思想方法，而那些学生日后在大格局上又将复制老师的经历。这样的过程年复一年、周而复始，历经数十年后，文学研究者队伍已体量颇为可观且思维定式相当稳定，摆脱单一的研究思想方法，以及接受学科交叉与文理渗透观念并不是一件容易的事。

作为中文系的教师，我所能做的是开设"文学研究思想方法"课程，试图由此让学生认识到思想方法的多样性。讲授时常结合自己研究的实例做演示，文学研究融入自然科学，特别是数学的思想方法及其效用，则是该课程的重要内容。这门课连续开讲了约二十年，讲授时常可听到同学们这样的反映：没想到值得研究的问题竟然有这么多，或这些现象原来用这样的方法才能合理地解释。他们能产生这样的感慨，说明原来所受灌输的束缚出现了松动。

在介绍数学思想方法时，我发现在同学们心中，数学被简单地视为计数与运算，这可能与他们较系统地接触数学只是到高中阶段有关（现在本科阶段的逻辑课也取消了）。其实我在数学系读了两年以后，才开始逐步领略到数学思想方法的精妙。不过，当我向同学们介绍了模糊数学、集合论、概率论等各数学学科的基本思想后,他们都能理解和接受,再加上结合了文学研究中的具体案例作为演示,同学们也在考虑如何在实践中运用。在后来的讨论以及他们的学位论文中,常可看到通过数量把握展示发展态势的案例,涉及模糊概念时,也不再会运用排中律作绝对的是或否的判断,他们能较自觉地践行,说明这门课的讲授已起到作用。

不少同学与朋友多次建议我将讲课的内容整理成书,但手头正在进行的近代小说研究不宜中断,故本书的撰写拖延了好多年才着手进行。如果人们能由本书而注意到文学研究与数学思想方法的关系,在研究视角与思路方面有所助益,对我来说将是莫大的欣慰。

导　言

　　数学是自然科学的基础学科，它以数量多少、结构形式、变化方式以及空间、信息等为研究对象；文学则是一门艺术，它以形象的方式反映客观现实，同时也表现作家心灵世界，其工具为语言文字；文学研究则以创作、传播等各种文学现象及其发展变化为对象。数学讲究严谨缜密的逻辑思维，依赖于形象思维的文学创作则需要调动想象、虚构等艺术手段，数学与文学的性质与特点、发展动力与途径迥然相异，本书则要探讨数学思想方法在文学研究领域中的运用。做此尝试时，首先得弄清两者融合是否具有可能性与必要性，如果回答都是肯定的，即可探讨数学思想方法运用于文学研究的原理，以及途径与方法。

一

　　讨论数学思想方法运用于文学研究的可能性时，则有必要回顾人类认识客观世界的历程。面对客观世界的某一现象或问题，我们往往会下意识地作范畴归类，若属科技类，会追问是物理，还是化学，或是生物，等等；若属人文类，则会以文学、历史、哲学、社会学等与之对应。与人类认识客观世界的历史相较，这种分类习惯的养成其实还较短暂。14 世纪文艺复兴之前，物理、化学或生物等学科尚未诞生，今日属于各学科的那些原理、方法等，都作为认识世界的手段掺杂在一起。当时没有学科划分的事实，当然也没有相应的概念，人们面对某一现象或问题时，也不会有将它们作学科归类的念头。当时人们以直观的思辨和猜测的方式认识世界，对客观世界是整体性的把握与推进。达·芬奇是大画家，也是大数学家、力学家和工程师，而这只是后人对他的成就所作的学科分类，其本人未必有这样的划分意识。他创作《蒙娜丽莎》等画按 0.618∶1 的比例绘制时，会认为运用古希腊就发现的黄金分割是很自然的事，并不会想到这是数学与艺术学的融合。文艺复兴时代的大家虽开始对一些事物作较精细的探索，但整体把握世界的思路仍是对前人的继承，而各学科独立，是 18 世纪工业革命开始后的事。

在整体把握世界的过程中，数学无疑起了极为重要的作用，这在中西方概莫能外。中国阐述天地世间万象变化的古老经典《易经》，就是以整体把握的方式认识世界，它将人与自然视为能相互感应的有机整体，其论述间渗透了数理思想。南宋学者蔡沈曾发挥道："天地之所以肇，人物之所以生，万事之所以得失者亦数也。数之体著于形，数之用妙于理，非穷神知化独立物表者，曷足以与于此哉？"[1]清代陈梦雷则作出"有是理乃有是数，有是数即有是理"的归纳[2]。在西方，柏拉图认为数学"是一切技术的、思想的和科学的知识都要用到的，它是大家都必须学习的最重要的东西之一"[3]。这里的数学并非只指运算，它还包括解决难题所依赖的数学的逻辑性、假设性、缜密性等特性。英国的罗杰·培根也说："数学是科学的大门和钥匙……轻视数学将造成对一切知识的危害。"[4]在文艺复兴时期，数

---

[1] 蔡沈：《洪范皇极内篇序》，载《景印文渊阁四库全书》第 805 册，台湾商务印书馆 1985 年版第 699 页。
[2] 陈梦雷：《周易浅述》，上海古籍出版社 1983 年版第 5 页。
[3] 柏拉图：《理想国》，郭斌和、张竹明译，商务印书馆 2003 年版第 283 页。
[4] Bacon, Roger, and Robert Belle Burke. *Opus Majus*. Philadelphia: University of Pennsylvania Press, 1928, p.116.

学被较普遍地认为"是一种获得知识的可靠方法,也是了解自然之谜的钥匙"[1]。工业革命开始后,各学科先后明确了自己研究的性质、范围与内容,成为独立的学科,它们在各自的发展过程中,研究越来越精细,也越来越深入,而数学及其思想方法都是须臾不可离的重要基础。笛卡尔曾指出:"(数学)理应包含人类理性的初步尝试,理应扩大到可以从任意主体中求得真理。……它是一切学科的源泉"[2],而据拉发格回忆,马克思也曾说:"一种科学未达到能利用数学的形式时,便不会有适当的发展。"[3]奥古斯特·孔德论及数学与他创立的实证主义和社会学关系时说:"在这庞大体系的开头,首先要放上数学科学。数学是唯理实证论的必然的唯一摇篮。"[4]

20世纪中叶以来,第三次工业革命加速改变了人们生产与生活的面貌。为适应生产、科技与社会生活的迅速发展,打破传统学科之间壁垒的呼声渐起,人们开始意识到学科交叉融合与文理相互渗透的必要。其时,文学研究界也有人在倡导"重新思考原有的思维模式,移动固定的审视世界的观察点,改变习惯性的思路,并超越常规科学规范的限制"[5]。在此背景下,"对于自然科学那种集体性、自觉化、大规模的借鉴与搬用"[6]现象在文学研究中首次出现,而数学在其中占据了重要地位,有的学者甚至认为:"文学批评作为一门研究文艺创作过程的科学是可以实现定量化,数学化的"[7]。但那些文学研究者是仓促上阵,他们的学术积累中一般并不包含对数学的内容、方法与意

---

[1] 莫里斯·克莱因:《西方文化中的数学》,张祖贵译,商务印书馆第2013年版第135页。
[2] 笛卡尔:《探求真理的指导原则》,管震湖译,商务印书馆1991年版第16页。
[3] 拉发格:《忆马克思》,载《回忆马克思》,山东新华书店1949年版第9页。
[4] 奥古斯特·孔德:《论实证精神》,黄建华译,商务印书馆1996年版第70页。
[5] 晓丹、赵仲:《文学批评:在新的挑战面前——记厦门全国文学评论方法论讨论会》,《文学评论》1985年第4期。
[6] 孟新东:《"方法论"热与文学知识生产合法性的寻找》,《河北师范大学学报》2016年第2期。
[7] 晓丹、赵仲:《文学批评:在新的挑战面前——记厦门全国文学评论方法论讨论会》,《文学评论》1985年第4期。

义的了解，因而往往不明白引入的数学思想实际上是在说明什么，其产生背景如何，引入数学方法与解决问题的手段时，也不清楚它们的运用其实具有一定的针对性，其适用有特定范围的限制。引用的基础如此，所做的也只能是将陌生的数学术语去比附各种文学现象，要么是文不对题地硬作凿枘，要么就是在阐述中仅用数学术语作为点缀。这类论文数量虽多，却未能展现数学思想与文学研究融合并切实解决问题的曙光。

在文学领域大规模搬用自然科学概念及套用某些方法，曾在一时间形成全局性的态势，严厉的批评也与其相随："一旦剥落那些生疏的名词，这不过是重述人们已经说过无数次的常识而已，而且这种重述还常常因为那些概念与文学现象之间的差距而显得浮光掠影。"[1]一旦把这些概念去掉，就什么新鲜见解也没有，只是本末倒置地用新概念去阐释旧观念而已。批评者还指出，"引进科学的概念、术语，必须经过文学本身的消化。用自然科学的研究方法直接套文学，将会造成新的混乱"[2]。其时借鉴与搬用新方法者众多，却未见文学研究中实际问题的解决，以及对文学的阐释和理论的拓展。有人分析了该现象产生的原因："许多新方法多是移植和借用过来的，而不是来自对文艺本体审美研究经验的概括和总结。这种情况造成了研究方法与文艺本体的疏远，造成了方法论与本体论的脱节。它导致了某种程度上的为方法而方法的倾向发生。"[3]一些学者也指出，对新方法的"生吞活剥""生搬硬套"，"会造成本末倒置、为方法而方法之乱象"；[4]更有

---

[1] 南帆：《文学批评的研究方法和研究目标》，《文学评论》1985年第4期。
[2] 晓丹、赵仲：《文学批评：在新的挑战面前——记厦门全国文学评论方法论讨论会》，《文学评论》1985年第4期。
[3] 孙文宪：《对更新文艺研究方法的思考》，《华中师范大学学报》1986年第1期。
[4] 朱立元、刘阳军：《1985：文艺学美学方法论年的文化记忆》，《社会科学战线》2016年第1期。

人批评这是"把新方法看作一条出成果、一鸣惊人的捷径"[1]。

"新方法热"时兴了一阵,后因遭到较普遍的否定而退出了舞台,而十多年后,它又重新成为审视对象。对它套用自然科学研究手段的否定依然不变,当时那些所谓"新颖""创新"的结论仍被斥为"幼稚和可笑",可是对其历史地位的评价却出现了变化:"'新三论'在中国新时期的话语功能绝不仅仅表现在具体方法的引进上,甚至也不仅仅表现在所谓'系统'观念的引进上,而是表现为它对以庸俗反映说为代表的一元论思维模式的突破上",肯定它"在中国起到了它在西方文艺研究中根本不能产生的话语功能"[2]。从冲击社会科学的思维方式和研究方式的角度出发,人们将这场"新方法热"的兴起与消退解释为"新时期急于掌握文学话语权的研究者们的一种迂回的策略":"通过向获得合法性与权威性的科学的靠拢,来保障自身的合法地位,并迅速获得了文学的话语权。而当他们一旦夺得了话语权,便不再可能继续拘限于这并不'文学'化的研究场域中,转而去寻求更好更合乎文学本性的研究方法了。"[3]对"新方法热"价值与历史地位的肯定仅止于此,它试图将自然科学研究方法引入文学研究的意向仍在被否定之列。

其实,无论文学研究还是数学及其他自然科学研究,都是人类认识自然、社会和自我的方式,目的都是了解与掌握客观世界中事物或现象发展变化的规律与特点,其间必然存在着一定的共通性,何况工业革命之前人类认识客观世界时,它们本来就融合在一起。各学科独立发展后,逐渐形成各自的知识体系,其建立都是认识客观世

---

[1] 晓丹、赵仲:《文学批评:在新的挑战面前——记厦门全国文学评论方法论讨论会》,《文学评论》1985年第4期。
[2] 赵海:《"新三论"在我国文论语境中的变形及其话语功能》,《四川大学学报》2001年第3期。
[3] 孟新东:《"方法论"热与文学知识生产合法性的寻找》,《河北师范大学学报》2016年第2期。

界的结果,其构建都遵循了相同的逻辑法则。它们使用的概念多不相同,但都是经由感性上升到理性,将所感知事物的共同本质抽象出来的概括,即它们最基本构筑单位的形成方式也具有一致性。在使用概念确定事物的属性,以及断定事物的趋向和内在联系时,不同学科进行判断所依据的逻辑法则仍然是一致的。总之,各个学科研究都以组成客观世界的某部分为研究对象,尽管其形态内容不一,解决问题的具体手段相异,但它们都是以概念表达事物的本质,遵循共同的逻辑法则,运用概念以判断揭示事物间的联系,而基于各个判断所作的推理,也都在遵循共同的逻辑法则。这表明各个学科赖以发展的重要基础具有同一性,这也就为它们之间相互借鉴提供了可能性。若从系统论的角度作考察,各个学科共同构成了人类认识客观世界的知识系统,它们都是该系统的子系统,相互间有着形式多样的有机联系,其认识客观世界的思想与方法自然就存在着可互相借鉴的可能。

这里不妨以人们熟悉的几何学为例作说明。几何学的定理与公式搬入文学研究领域毫无用武之地,可是如果考察几何学如何形成,却可有所收获。几何学中的定理都经过严格证明,而证明的依据是先前已被证明的一些定理。按照证明的顺序向前追溯,可以发现最先被证明的定理的依据是公理,即作为推理前提的无须证明的命题。欧几里得提出了"任何点都可以和其他的任何点连成直线"等五条公理,它们是几何学所有定理的基石。其中第五条内容较为复杂且非显而易见,后来人们通过等价变换,将它简化为"过直线外一点只能作一条直线与已知直线平行"。这便是著名的平行线公理,又称第五公设,其直观性和不证自明的真理程度都弱于前四条,许多人都企图通过前四条公理将它证明为定理。历经两千年,这一努力始终未能成功。到了19世纪,罗巴切夫斯基、黎曼等人从否定第五公设出发,也创建了体系严整的几何学,它们异于欧几里得几何学,故又被称为非欧几何。后来爱因斯坦能创立相对论,非欧几何功不可没。

公理在一定范围内明显的客观真理性，几条公理经逻辑推理后可张成整个体系，但它们毕竟没有严格证明的支撑，抽取或替换其中的一条，整个体系面貌便全然改观。在人类认识客观世界的许多领域里，都有由几条基本命题经逻辑推理张成一个知识体系的类似现象，文学研究及其所属各子体系的情形亦是如此。追溯其形成过程，可以发现其基础实由若干命题及相应的研究思想构成；由此出发，不断搜集补充相关资料并伴以分析，所得结论又成为研究继续推进的依据，最终张成体系，而那些研究成果的积聚，在某种意义上形成环绕由基本命题构成的基础核心的保护层。其时会发生种种商榷辩驳，依据其实质是否与基础核心相符合，不断地调整甚至更换组成保护层的各部分内容，这是任何学科体系在巩固过程中都必然发生的正常现象。动荡过程逐渐趋于稳定，意味着体系的巩固与成熟，而那些构成其基础核心的命题与研究思想因不断得到强化而变成了一个"硬核"，此后的研究都是在体系内做常态式推进。此时，倘若组成"硬核"的那些命题被抽取或更换了某一个，原有的体系便会立即面对空前的危机。

就文学研究中的那些体系而言，组成"硬核"的那些命题，有些是不容置疑的客观事实，有些却并非公理式的存在。如《西游记》研究中，这部作品是明代通俗小说、是神魔小说等命题可由作品版本、表现形式与描写内容证明；有的命题却没有确凿的证明，如该书明清两代并无作者题署，20世纪20年代鲁迅、胡适等先生将著作权判给了吴承恩，此后很长时间里，这已成为《西游记》研究的基础命题之一，吴承恩研究与作品研究已融为一体。在20世纪80年代，有学者以难以辩驳的资料与分析证明了《西游记》作者并非吴承恩[1]。《西游

---

[1] 详见章培恒《百回本〈西游记〉是否吴承恩所作》(《社会科学战线》1983年第4期) 与《再谈百回本〈西游记〉是否吴承恩所作》(《复旦学报》1986年第1期)。

记》作者非吴承恩这一基础命题一旦被抛弃,《西游记》研究体系就不可避免地陷入动荡,而动荡却可使研究向前推进一步。

类似情况在古代文学研究界还有不少,如《金瓶梅》曾长期被认为是中国文学史上第一部文人独创的长篇小说,后来却有人提出,该书与《三国演义》《水浒传》一样也是改编而成的"世代累积型"小说;又如不少学者的《红楼梦》研究几乎离不开结合脂砚斋批语的分析,可是后来却出现了脂批为后人伪造的质疑。这些都是对某领域基础命题的直接抨击,也是在质疑某些研究体系的合理性,这必然会引发轩然大波,对努力维持旧说的学者来说,这甚至是多年研究成果的生死保卫战,皮之不存,毛将焉附?这些争论谁是谁非此处不论,我们感兴趣的是基础命题遭质疑而引发体系震荡的现象,它与几何学第五公设被替换而诞生了非欧几何有某些相似,这是可供借鉴的数学思想方法,借助它可更深刻地理解文学研究中的某些现象。

数学定理、公式一类的引入无助于问题的解决,而它的思想方法却有借鉴或启发意义。我们面对的问题不是数学能否融入文学研究,而是应注意交融不可超越层次的限制。反省"新方法热"失败的原因时,曾有学者指出:"如果随意破坏方法论的格局,打乱方法论的层次结构,超越各种方法论所能承担的范围和界限,势必会出现文艺研究的混乱局面。"[1]方法论是指研究中起指导作用的范畴、原则、理论、方法和手段的总和。各学科体系方法论意义上的层次可划分为三:第一是哲学意义上的方法论思想指导,第二是各学科针对所属领域基本问题的思想方法,第三是各学科从自己的基本思想方法出发,为解决具体问题而设计的各种方法与手段。第一层次中各学科哲学思想指导是共同的,第三层次的方法与手段都是为解决特定问题而

---

[1] 陆贵山:《论文艺学方法论的层次结构及其相互关系》,中国人民大学中国语言文学系编《文艺学方法论讲演集》,中国人民大学出版社1987年版第43页。

产生，使用范围因其特殊性而受到较大限制，在此层次的机械搬用常只是无效之功，而在第二层次，各学科思想方法相互借鉴或交融不仅可行，而且也是必要的，前述几何学中公理与体系的关系便是这样的例子。

模糊数学与文学研究的关系亦是如此。模糊数学是将精确的数学引入原先未曾涉及的模糊领域，将内涵清楚但外延不明确的模糊概念问题，抽象为数学模式加以处理。人们习惯于使用排中律，但这条逻辑法则只适用于内涵与外延都很明确的精确概念的处理，因为它们是对非此即彼的现象的概括。可是世上还有大量内涵清楚但外延不明确的模糊概念，这是对具有亦此亦彼属性现象的概括，对此武断地使用排中律，不仅可能混淆事物性质，还会引发无谓争论。文学研究领域中有大量常用的模糊概念，也经常发生因使用排中律作的非此即彼式处理，引发了旷日持久且无结果的争论，模糊数学的思想方法在这些问题上正可给予有力帮助。至于它的模糊聚类分析、模糊相似矩阵之类解决特定问题的具体手段，在文学研究领域里并无有待解决的问题可与之相对应，甚至想套用都无从套起。

季羡林先生在近三十年前就指出，模糊数学等学科的影响"早已超出了自然科学的范围"，"这就是世界学术发展的新动向，新潮流。现在我们考虑学术问题和与学术有关的诸问题，都必须以此为大前提"。[1]正因为如今人文科学研究有融入自然科学思想方法的必要，季羡林先生才会如此郑重其事地呼吁人们关注此类问题。

---

[1] 季羡林：《跨世纪中国人该读什么书》，1995年5月17日《中华读书报》。

二

其实，文学研究中已常有数学的运用。研究唐诗者总得知道，唐代究竟有多少诗人、多少作品；研究宋词者也得弄清楚，当时的词人与作品各有几何。常言道"心中有数"，此成语出自《庄子·天道》中"有数存焉于其间"，这表明自古以来，人们已知晓在数量把握的意义上估测事物的性质。文学研究涉及那么多的作家作品，以及文学事件与现象，一旦将它们抽象为数字，自然就可用数学思想方法处理，这时可获取的信息，就远多于简单的数量估测。

数量把握来源于统计，如果不以一个笼统的数据为满足，而是进一步在统计过程中按照某种划分做归类处理，获取的数据便可更精细地刻画创作的起伏态势。如以明清通俗小说的发展为例，将那些作品按其题材作流派归类统计，同时按时间顺序划分区段，这样各时间段各流派都有统计数据相对应。考察这些数据，可直观地发现从明初《三国演义》《水浒传》等作后直到嘉靖朝约一百七十年里，所有题材作品数均为零，这意味着长时期的创作空白。以往文学史按时间顺序排列各作家作品的分析，创作空白在这样的写作模式中并无显现空间，写作者很可能也没意识到该空白的存在，于是具有重大研究价值的问题被忽略了，而统计则能使其凸显。

通俗小说创作自嘉靖朝中期开始复苏，讲史演义题材率先有作品数显示，该题材创作一直延伸到后来各个时间段。自万历三十年（1602）后，神魔小说的作品数表明，该题材创作已开始形成流派，再往后可看到人情小说与拟话本两个创作流派的登场，而到了清初，属于人情小说的才子佳人小说则成了作品数量最多的流派。各时段各题材作品数量的变化，还表明创作重心已从叙述古时帝王将相或天上神仙佛祖的事迹，逐渐转移至人世间悲欢离合的故事，同时也显示了读者阅读趣味的相应变化。明代通俗小说在发展初期，《三国演义》《水浒传》等都是依据话本、戏曲与民间传说等改编成书，而随着作者的笔触逐渐转向现实生活，创作中独创成分也逐渐增强，明末拟话本如"三言""二拍"中已开始出现直接描写作者身边生活的独创作品。这类作品篇幅开始只是一回，后来是三四回，再往后逐渐递增，清初才子佳人小说的篇幅一般都在十六回至二十四回，而后递增的势头仍在继续。这些数字按时间顺序排列形成递增数列，蕴含的文学意义，是随着经验的不断积累，作者独创的能力也在逐步增强。

单个数据各自表示某时段某题材作品数量的多少，而它们的组合则显示了各流派创作随时间推移而呈现的盛衰起伏态势，以及创作重心向反映现实生活转移的趋势。这些数据之间互有联系，构成了可借此宏观把握通俗小说发展状态的运动系统。作为系统中元素的那些数据，都是所对应作品的数字抽象，任何一部通俗小说都归属于某个数据，即在系统中有相对应的位置。如果将某部作品硬置于非其归属的位置上，系统便会出现不和谐的凸点。这里不妨以才子佳人小说《吴江雪》为例。郑振铎先生在法国巴黎图书馆发现此书，并判定为"明刊本"。[1]书首序后署"乙巳八月顾子石城氏题于蘅香草堂"，作者自序后署"乙巳季秋日，吴门佩蘅子题于蘅香草堂"。明代通俗小说的创作在嘉靖朝才开始重新起步，此时作品寥寥无几，直到万历朝才逐渐增多，如果《吴江雪》确为明刊本，此"乙巳"只能是万历三十三年（1605）。可是那个时间段正风行讲史演义、神魔小说以及少量公案小说，才子佳人小说盛行则在清初。此时如果一部才子佳人小说孤零零地突兀而出，竟超前其流派形成数十年，这实是无法解释的现象。

由于条件限制，当年郑振铎在巴黎图书馆只是匆匆一阅而作出判

---

[1] 郑振铎：《巴黎国家图书馆中之中国小说与戏曲》，1927年《小说月报》第十八卷第十一期。

断,此后五十余年人们均以其言为据。后来该书传回国内,人们发现小说第二回的篇首诗词后,即称明朝为"前朝",且此"二字亦无挖改痕迹"[1],该"乙巳"显然不可能是明末万历三十三年。其后"乙巳"为康熙四年(1665)与雍正三年(1725),考虑到自康熙二十六年(1687)起清廷开始厉禁小说,小说地位急剧下降,可是顾石城却称《吴江雪》"实可与经史并传"[2],佩蘅子也自称"有大义存焉,有至道存焉"[3],甚至认为可以"惊天动地,流传天下,传训千古"[4]。这样的观念不可能出现于小说创作环境严酷的时代,而在明末至刚入清时,这倒是较普遍的见解。因此《吴江雪》诞生的"乙巳"应是康熙四年而非雍正三年,而这正是才子佳人小说盛行之时。

与各时间段各流派作品的统计数据相对照,《吴江雪》问世于万历三十三年的判断给人以突兀之感,而时间置于康熙四年则十分妥帖,其原因就在于那些数据是通俗小说发展状态与特点的数字刻画,它们之间具有各种有机联系。通俗小说是与外界有诸种联系同时又相对独立的发展实体,何时何种题材创作流派形成以及相应的作品数量,都由其发展规律所决定,即使统计数据显示为零,它蕴含的通俗小说发展状况的意义并不为零,而且更值得注意,此时的零是某时段某种流派甚至整个通俗小说出现创作空白的显示。该时段没有作品可供分析,对空白产生原因的探寻就须得突破囿于创作领域的分析。从明初到嘉靖朝约一百七十年里,所有题材作品数均为零,其主要原因显然不是存在于文学领域之内。事实上,当时印刷条件的落后、国

---

[1] 王青平:《〈吴江雪〉考述》,《明清小说论丛》第一辑,春风文艺出版社1984年版第374页。
[2] 顾石城:《〈吴江雪〉序》,载《吴江雪》,《古本小说集成》第四辑,上海古籍出版社1994年版第6页。
[3] 佩蘅子:《〈吴江雪〉自序》,载《吴江雪》,《古本小说集成》第四辑,上海古籍出版社1994年版第3页。
[4] 佩蘅子:《吴江雪》第九回"小姐密传心事,雪婆巧改家书",《古本小说集成》第四辑,上海古籍出版社1994年版第128页。

家抑商政策的伤害以及统治者的高压控制[1],导致了创作空白的出现。此时的零凸显了创作发展对传播环节的依赖性,倘若两者不匹配,创作就会陷入萧条,甚至产生空白。文言小说创作在明初后也有过约五十年的空白,创作自成化朝复苏后到嘉靖朝的那些作品都属志怪类,而鲜见传奇小说。如果排列前朝文言小说在明代的出版时间,可以发现此现象也是传播环节滞后所造成:自宋以后,收录唐宋传奇小说的《虞初志》《太平广记》迟至嘉靖朝才刊行,此前明代作家大多无缘得见唐宋传奇小说,也无法受其影响而创作。如果进行更精细的分类统计,还可以发现更多零的存在,如清中期至晚清,通俗短篇小说在文坛上竟失去踪影百余年,这同样也是一个创作空白。

在文学研究中采用必要的统计与计算,可以帮助人们从宏观上把握研究对象,并厘清一些文学现象之间的关系,还可提醒人们注意以往未曾进入研究视野的重要问题。如同统计与计算的引入,有针对性地借鉴数学各学科的基本思想,同样也有助于文学研究的推进。这里不妨先以《金瓶梅》研究中著名的争论为例。

在很长时间里,认定《金瓶梅》为文人独创的长篇小说的意见占据了主导地位,并写入各种文学史教科书,其间也曾有人表示异议,但无人理会。20世纪80年代以来,一些学者认为《金瓶梅》同《三国演义》《水浒传》一样,也是改编而成的"世代累积型"作品。长达近二十年的争论由此发生,相关论文、著作有数十种之多,不少学者为此投入了相当的时间与精力。后来争论逐渐消歇,原因却并非是有了明确结果,而是不愿妥协的双方各自的论据已悉数搬出,该说的话也已多次强调,同时双方都已意识到,这场争论不可能辩出统一的结论。

双方在争论中使用的逻辑法则都是排中律:要么是独创,要么是改编,两者必居其一,且两者仅居其一。双方都举出了许多确似无可

---

[1] 参见陈大康:《明代小说史》,人民文学出版社2007年版第122—165页。

辩驳的论据，该如何进行二取一的选择，几乎难倒了所有关注这场争论的人。遵循同样的逻辑法则排中律，拥有的论据也都较有力，所得结论却截然对立。类似的现象在文学研究中为数不少，过去常有，如今也仍不乏见。这类争论确可助人加深对作品的理解，但长时期争论却无法辩出统一结论的现象却使人困惑。若仔细辨析争论所涉及的关键概念，可以发现，问题就出在大家共同遵循的逻辑法则排中律上，因为那些关键概念的特性，决定了排中律并不适用于对这一问题作判断。

排中律并非放诸四海而皆准，它只能用来对内涵与外延都很明确的精确概念作属性判断，而我们所使用的概念中，有许多是内涵清晰而外延边界无法确定的模糊概念，对于它们就不宜使用排中律对事物或现象的属性作绝对判断。独创与改编就是一对模糊概念，但它们常被视作精确概念。依据话本、戏曲与民间传说等再创作的《三国演义》《水浒传》被归为改编型作品，曹雪芹的《红楼梦》则被归于独创。可是与那些话本、戏曲与民间传说等相比，不难发现《三国演义》《水浒传》中含有不少罗贯中、施耐庵独创的情节，而细析《红楼梦》的结构设置与情节安排，并与清初才子佳人小说作比对，也可发现后者的不少内容已被改编在内。实际上，明清小说里并不存在绝对独创或绝对改编的作品，我们只是习惯上将改编成分较多者归为改编型，独创成分占绝对优势者归为独创型。就整体而言，明清小说创作经历了由改编逐步过渡到独创的历程，在这一过程中，改编的成分逐渐减弱，而独创成分相应增多。从明初到万历中期，创作中改编成分占据优势，一般称其成书方式为改编，而入清后，独创成分占据优势，这时创作在整体上已步入独创阶段。从万历末到明亡这四十年，是创作从改编走向独创的重要过渡阶段，这时的一些作品中，改编与独创成分的占比已大致相当，它们无法以某种成分占优而归于改编或独创。冯梦龙的"三言"与凌濛初的"二拍"就是一些这样的作品，而成书方式引起激烈争论的《金瓶梅》也问世于这个阶段。正由于作品中所含改编与独创成分已旗鼓相当，主张成书为改编或独创者都可从中获取不少论据，它们证实了作品中改编或独创成分的存在，却无法以一部分论据否定另一部分论据的结论指向，这便是争论何以发生以及为何无法争辩出统一结论的原因，而问题的关键就是对于模糊概念不可使用排中律。

模糊概念与精确概念的重要区别，是其外延范围的模糊，模糊数学就是为解决这类问题而创建的。它研究的对象中，同时含有相互对立的两种成分，此时不可运用排中律作绝对的是或否的判断，而应实事求是地引入隶属度概念，具体分析并存于一体的相互对立的两种成分各含多少，以及它们在发展过程中的变化。若能认识到改编与独创都是模糊概念，并以隶属度思想考察明清之际通俗小说由改编逐步过渡到独创的历程，那么《金瓶梅》成书方式究竟是改编还是独创的无谓争论就不会发生。

文学研究领域里运用的模糊概念远非只有改编与独创。关于一部作品的创作手法属于浪漫主义还是现实主义的争论也发生过不少，这又是一对模糊概念，而争论产生的原因，也是对排中律的误用。模糊概念在文学研究领域里比比皆是，诸如真实与虚构、典雅与通俗、轻靡与朴厚、远奥与浅显、蕴藉与浮露、精约与冗繁、新奇与陈腐，以及文气、显附、繁缛、壮丽、清奇、风骨、意蕴、文采、风格、节奏、韵味等等，如果对我们研究中使用的概念仔细辨析，很快就能发现，其中相当一部分都是外延不明确的模糊概念。如果从一开始就以模糊数学思想处理这些概念，研究便不至于偏向，执于排中律的无谓争论也不会发生，这些都证明了数学思想与文学研究交融的必要性。

通俗小说创作手法由改编过渡到独创，是一个连续的发展过程。其间，改编成分不断减少，独创成分不断增加，所谓过渡，是指占据优势的状态发生了转换。各种互为对立的模糊概念从一端过渡到另一端的过程,可以用一个由黑到白的实验做形象说明,黑与白也是一对模糊概念。取一杯很黑很黑的墨汁倒入一大桶,然后滴入很白很白的白颜料,每滴一滴就搅拌一次,观察其颜色变化。开始时的判断仍为黑色,只是颜色逐渐变淡,渐渐地已无法以黑色相称,只能说是灰色,此时桶内黑、白两种成分占比已大抵相当。再继续滴入白颜料并搅拌,随后的判断便是白色。桶内颜料已满时,其颜色显然是白色,但其中含有一杯很黑很黑的墨汁却是事实。这个实验形象地展示了对立的模糊概念之间过渡变化的过程,颜色由黑变白显然是发生了质变,而它只是由渐进的量变完成。质变源于量变,但人们又常误以为质变途径只有渐进过程中断与飞跃,如标准大气压下,水加温到100摄氏度化为汽,降温到0摄氏度结为冰。上述实验却表明,始终是渐进的量变,也可完成质变。这样,我们便接触到20世纪70年代出现的突变论,它的基本思想可概括为:质变完成的方式可以是渐进过程中断与飞跃,也可以通过渐变而实现。

突变论由法国数学家雷内·托姆创立,它关注自然界和人类社会中那些连续渐变而导致的突变,构建与之相应的数学模型,预测并控制这类突变或飞跃,研究对象是从一种稳定组态跃迁到另一种稳定组态的现象和规律。突变论关于事物的质变也可通过渐变的方式实现的思想,有助于解释文学语言领域内的一些现象,中国古代诗歌从四言到五言的发展历程便是其中一例。西周到春秋时期,整个社会流行的基本上都是四言诗,但也出现了少量的五言诗句。到了汉代以后,五言诗创作渐多,即所谓"四言盛于周,汉一变而为五言"[1]。到了建安时期,诗歌创作多为五言,故有"暨建安之初,五言腾踊"[2]之语。此时五言诗已完全成形,但仍有四言诗创作,如曹操的《步出

---

[1] 胡应麟:《诗薮》内编卷一"古体上",中华书局1958年版第6页。
[2] 刘勰:《文心雕龙》明诗第六,吉林人民出版社2005年版第37页。

夏门行·龟虽寿》,人们至今吟诵不绝。到了两晋南北朝,左思、阮籍、陶渊明、谢灵运等大家的创作,使五言诗迎来了全盛时代,并彻底取代四言诗地位。此处不赘五言诗取代四言诗的原因,我们感兴趣的是,五言诗取代四言诗竟花费了六百余年。其间,四言诗创作逐渐减少,而五言诗创作则相应递增,在这过程中始终只有量的变化,而未见渐进过程中断与飞跃那样的突变点。这正是突变论所阐述的事物发展变化的基本方式之一,如果像过去那样拘泥于须经历渐进过程中断与飞跃方能完成质变的思想方法,我们对于这样的文学现象就无从解释。

古体诗演变到近体诗的历程也同样如此。在南朝齐梁时期,人们开始发现声律规律,并运用于诗歌创作,"四声八病"或"永明体"就是对这方面尝试的总结。为增加诗歌艺术形式的美感,诗人萌生了掌握和运用声律的自觉意识,而如何运用声律才能产生最好的效果,则需要在创作中逐渐摸索,而近体诗创作定型与普及,则要到盛唐,这也是几百年的漫长历程。在此期间,诗人创作近体诗的意识不断增强,持续尝试与摸索,使其格式终于规范化,其创作逐渐成为诗坛主流。这也是文学中以量变积累完成质变的例证,其间也没有渐进过程中断与飞跃的突变点。语言也是如此,它几乎每天都会有些微变化,而作为人们交流不可离之须臾的工具,不允许突变的发生。就是靠着日复一日的点滴变化,历经数千年后,古代汉语演变成了现代汉语,这可是两个有联系但相互独立的学科。若仅就语言中的书面语而言,1919年,新文化运动时胡适等人提倡白话文似是一个突变点,但其实不然。作为书面语的白话文使用拥有较长的历史,如问世于明初的《水浒传》基本上就是用白话写成。戊戌变法前夕《无锡白话报》问世,它主张以白话取代文言的地位,此后各地持有相同主张的白话报纷纷创刊,其他报刊上白话栏目也不断增多。五四时胡适等人提倡白话文,可看作是对晚清白话文运动的总结，同时也是要求白话文完全掌控局面的呼吁，而又经过数十年的努力，这种局面才真正形成。

　　文学与语言领域里有不少仅靠量变而完成质变的现象，同时也有通过渐进过程中断与飞跃而完成质变的事例。如唐诗发展过程中，安史之乱是重要的节点。此前初唐和盛唐国力强盛，社会稳定，诗歌创作也充满积极向上的乐观情绪或奋发精神。安史之乱后，国家元气大伤，社会矛盾日益尖锐，诗歌创作与此相应，原先昂扬乐观的情调已不再见，反映人民苦难的现实主义精神成为主流。宋代"靖康之难"的情形与之相仿，此前大晟词风行一时，其格律严整，音调协和，内容却多是称颂帝德、歌咏太平，或描写风花景色，感叹人生如梦。同时，追求字字有出处的江西诗派，因强调"夺胎换骨""点铁成金"的主张而走上脱离现实的形式主义道路。"靖康之难"后，诗与词的创作风格因国家危难而大变，在陆游和辛弃疾等人的作品中，充满高昂的抵抗侵略、保卫祖国的爱国主义精神，这是当时创作的主旋律。各种事例表明，文学语言领域所呈现的质变有渐变与突变两种形态，若按突变论理论，则可表述如下：如果质变所经历的中间过渡状态不稳定，其为飞跃过程；如果中间状态稳定，则为渐变过程。

　　数学中不少分支学科的思想方法都有助于文学研究的推进。如概率论通过对不确定现象的大量观察和研究，发现其中的规律性，概率是衡量该事件发生可能性的量度。在一次随机试验中，某事件发生具有偶然性，而在相同条件下大量重复的随机试验却往往呈现出明显的数量规律。这一思想方法可用于考察作家的写作特征。作家写作时，实字出现明显地受到情节、场景等因素制约，而不受写作内容影响的虚字，则是任何表述都不可缺少的成分，但其出现却具有偶然性。基于较大文本中虚字出现的频率及分布状况做统计分析，可得到相应的明确数据，不同作家对应的数据各不相同，而综合多个虚字出现状况的统计分析，各作家对应数据的差异就更大。这种从无规律运动状态中抽象出的规律,可以将作家的语言特征刻画成相应的数字组合,而不同作家对应的数字组合各不相同,就可以用于帮助判断文本的作者,这意味着作者考证有了一条新途径。又如针对某作家的作品,相应的分析一般都围绕该作品展开。其实若将该作品的创作视作集合S,作品A只是S的一个子集,而S中的其他元素组成了A的补集B。若要全面地把握A,就须得结合B进行分析,这样的作品分析才较为全面,这正是集合论思想方法的运用。再如拓扑学研究运动过程中的不变量,它只考虑对象间的位置关系而不考虑它们的形状和大小。于变化中梳理其中的不变性,这一思想对考察分析复杂多变的文学现象发展历程的特点,显然极有帮助。

三

融入数学及其他自然科学的思想方法,也是文学研究体系自身发展的需要。所谓体系,是指在一定范围内或者将同类事物按照一定秩序及其内部联系组合而成的有机整体,其组合决定了它具有特定的功能。这是不同体系组成的体系,如文学研究体系就由古代文学、现当代文学、外国文学、文学理论等各子研究体系构成,而它们又各含有自己的子研究体系。体系内涵并非众多学者研究成果的简单叠加,而是从其中抽象出的基本命题、研究模型、思想方法等的有序综合。各研究者及所属群体或会偏爱某种研究模式或思想方法,甚至可能伴随终生而基本不变,但与文学研究体系整体的发展相较,这只是较短暂的时间段。文学研究体系可考察的发展时段要长得多,它在不断运动中并没有始终固化于某种研究模式或思想方法。这是一个具有相对独立性的运动实体,其运动状态由所含各子体系的运动组合而成。各子体系在发展过程中都发生过若干动荡,而这又多与思想方法的变化相关。为了较清晰地展示文学研究体系运动状态及其与思想方法的改善及变更之间的关系，这里不妨以从属它的古代小说研究体系为例做说明。

古代小说学科意义上的研究始于20世纪五四新文化运动后鲁迅的《中国小说史略》及相关著述，以及胡适关于中国古代小说的各种论著。他们从原始资料的钩稽、梳理与考辨着手，评判分析重要的作家作品，考察小说创作现象并归纳其演进方式、特点及规律。他们的研究涉及各种基本的骨干性问题，同时也向后来者演示了发现与解决问题的途径与方法。古代小说研究能成为一门科学，相应的研究体系能得以构建，鲁迅、胡适等人的研究思路、模式与方法起了重要的支撑作用。全新的研究领域由他们而开拓，但这只是无穷法门的开启，越过门槛后即可发现，有大量的工作正有待完成。于是，一批学者跟进展开了大体上互有分工的深掘式研究，简略者详之，阙忽者补之，如郑振铎搜寻与著录海外收藏的古代小说，孙楷第对古代小说版本目录尤为致力，赵景深的钩稽整理偏重于二三流作品且注意考察小说与戏曲之间的关系，阿英发掘收集了不少小说孤本，其晚清小说研究颇有成效，胡士莹专攻话本小说研究，孔另境则对有关小说原始资料的整理汇编作出了贡献。研究体系经这一代学者的耕耘而逐步完善，体系创建者鲁迅先生及胡适等人的研究此时也在继续深入。

前辈们的工作可划分为三个层次，其实整个文学研究也都可做同样划分。首先是资料收集考证类的基础工作：钩稽相关的资料，辨析认定作者的生平经历、作品的成书年代、情节本事的源流以及各书的版本嬗变等。经过数十年努力，一些重要作品的资料钩稽与考辨分析工作都取得了重大进展。第二层次即作家作品研究在此基础上也开始展开，通过分析各作品中所含各文学要素，探讨它们艺术上的成败得失，同时也评价作品的思想倾向。第三个层次是在前两步研究基础上的宏观考察,如对各个创作流派、整个小说发展的历程、特点与规律,以及小说史上种种文学现象与事件做综合性考察分析。这三个层次的研究互为联系、互相依赖,不能做机械、绝对的划分。前两个层次的充分准备是宏观研究顺利展开的基础;只有在这一层次研究中同样能得到合理的解释,前两个层次的研究结论才算通过检验,得到认可。研究者成果的公布并非就一定按照这三个层次的顺序,《中国小说史略》展现的是宏观研究,但鲁迅在长期艰苦准备中已包括前两个层次的研究,其他如阿英的《晚清小说史》、胡士莹的《话本小说概论》的情况也大抵如此。

学科创建以后的很长一段时间里,学者们的注意力多集中于第一、二层次研究,他们奉鲁迅、胡适等人的研究为楷模,仿效他们解决疑难问题的具体手段与方式,沿用其考察、分析与评判的标准。他们的研究为第一代开拓者的影响所笼罩,或遵循前辈的指示继续深掘,或顺沿他们的思路不断拓展。经过三四十年的辛勤耕耘,当年初显规模的研究体系日益充实与完善,蕴含于其中的思想方法与研究模式,也逐渐凝结为一种传统。在较长的时间里,体系内做推进式研究已成常态,其成果的积聚则形成环绕基础核心的保护层,其间学者间的种种商榷辩驳,都展开于这一保护层。任何学科体系在巩固过程中,都必然会发生这类争论,从属保护层的各部分内容则首当其冲地接受检验,视其实质与基础核心相符合的程度,不断地进行调整乃至更换。保护层的动荡最后将趋于稳定,这意味着整个体系的成熟与巩固,而在此过程中,构成基础核心的那些命题与研究思想方法及模式,因不断被强化而逐渐变成"硬核"。

当体系逐渐形成并不断完善之时,其蕴含的思想方法也基本定型。它既包含继承自清代乾嘉学派的内容,又融入五四时期倡导的科学精神,同时也有对其他学科思想方法的吸纳。鲁迅剖析各作家作品时就像手持手术刀剔抉其蕴涵,"从倒行的杂乱的作品里寻出一条进行的线索来"[1]，将如此众多的作家作品、事件现象依据其间规律、秩序，组合成一部完整的小说史，其间贯穿的思想方法，当与他早年在日本仙台医专的求学经历相关；胡适留学美国哥伦比亚大学时师从杜威，完全接受了他的实用主义，胡适后来提出的"大胆设想，小心求证"的主张，影响了相当一批学者，这同样表现于小说研究领域。

20世纪50年代，对俞平伯《红楼梦》研究以及胡适实用主义的批判，使古代小说研究体系的思想方法发生了重大变化。人们开始树立文学研究为政治服务的意识，努力地以阶级斗争理论为指导，常关注作品的社会政治学意义的发掘，甚者还隐含了某种政治现象的比附或影射，相应的思想方法自1966年开始走向了极端。1978年底党的十一届三中全会号召解放思想、实事求是后，文学研究界也不再"以阶级斗争为纲"，几为政治学附庸的思想方法的影响逐渐消退，但惯性使然，还延续了好些年。人们希望摆脱庸俗反映论与认识论的一元框架的束缚，原有的标准示范既已失效，学者们只能摸索着前行，借鉴自然科学研究方法的"新方法热"正是在急需变革思维方式，开拓研究空间的当口兴起的。由于搬用自然科学的概念与手段并未解决文学研究中的实际问题，它不久即遭否定，但这毕竟是冲破旧有研究模式的尝试。此后，又有西方文学理论概念引入，一时间新词频出，令人目不暇接，或是引用些海德格尔、哈贝马斯等学者的论述。这些引入的更新速度也相当快，季羡林先生曾讥以"江山年有才人出，各领风骚数十天"[2]。这类引入对开启思路、增加把握研究对象视角或有所帮助，但也有不少只是跟风式模仿，是为研究多少能摆脱平庸的尴尬尝试，甚者则自诩为创新，仿佛镶嵌了一些新名词，论述便可跻身新颖高深之列；他们甚至未弄清楚，那些新名词为解决西方文学中的什

---

[1] 鲁迅：《中国小说的历史的变迁·题记》，《鲁迅全集》第九卷，人民文学出版社1981年版第301页。
[2] 季羡林：《对21世纪人文学科建设的几点意见》，《文史哲》1998年第1期。

么问题而出现,以及它们与自己阐述的文学现象有何内在联系。这些新名词镶嵌或比附式引用并未增强论证的说服力,也未见有何实质性突破和新的理论进展,华丽的点缀并未对使用的思想方法依然如故的情况有所掩饰。与先前的"新方法热"一样,这也是试图借助外力突破原有的单向线性的思维方式对人们的束缚,提醒人们注意到文学研究中的问题可有多元化的理解与阐述,只不过依赖新概念与术语的机械搬用,当然无法实现这一初衷。

"新方法热"与西方文学理论概念的搬用,未能展示重要现象的发现以及问题的实际解决,自然也无助于研究体系思想方法的改变。实际上,重要改变只会来自研究体系本身的需求,当现有的思想方法不足以应对现象发现与问题解决之时,对它改变的需求才会被认真考虑,人们才会意识到有必要重新审视体系张成的基础。也就是说,研究体系思想方法改变,主要动力并非来自体系外思想方法的引入,而是体系内部对难题求解的渴望,而且思想方法的改变只有在显示出解决问题的实际功效后,才能得到人们的认可与信服。

正当"新方法热"与搬用西方文学理论概念先后热闹之时,古代小说研究领域里一些争论正在悄然兴起,几部著名作品的主题之争便是其中之一。主题是指作品所反映的主要倾向,人们一直认为一部作品只有一个主题,而且那几部著名小说的主题,也已是历时数十年而不变。如《水浒传》反映了官逼民反的社会现实,《红楼梦》描写了封建阶级的叛逆者与封建卫道士的斗争,等等。20世纪80年代以来,各作品主题被重新审视,几乎每年都会涌现不止一种新主张,且都有从作品中整理出的论据为支撑,关于《西游记》的主题竟出现了一百零二种表述,归并其大同小异者,"新说"也有约四十种之多。此时围绕古代小说研究还发生了许多重要争论,如《金瓶梅》多年来一直被视为中国文学史上第一部文人独创的长篇小说,可是自20世纪80年代起,一些学者认为它和《三国演义》《水浒传》一样,也是改编而成的作品；自鲁迅、胡适主张《西游记》为吴承恩所著，数十年来几已得到公认，可是同样是在20世纪80年代，此判断遭到强有力的质疑；自"新红学"行世以来，被认为伴随曹雪芹创作而问世的脂砚斋批语便是研究《红楼梦》不可或缺的重要文献，但此时却有人提出，脂批实是后人伪造。

这些争论和"新方法热"与西方文学理论概念的搬用几乎同时发生，证明了试图突破原有思想方法的束缚是其共同背景，所不同者，这些争论并非外力引入，而是来自体系内部解决问题的需求，该需求产生又与当时在资料与作品分析层次准备的基础上，较多学者开始的第三层次的宏观研究相关。第一、二层次的研究一般都是相对孤立的个案研究，宏观研究则是系统性考察，它并非第一、二层次各个案研究成果的机械叠加，须得恢复个案研究时不得不割裂的各种有机联系，才有可能将它们综合为有序整体。恢复联系时须重新审视甚至质疑各个案研究的成果，特别是某些联系与整体构建不甚合拍时。如通俗小说创作在清初时才开始步入独创阶段，且作品以中短篇为主，如果《金瓶梅》是文人独创的长篇小说，它何以能前此半个世纪孤零零地突兀而出？更何况作品中确有不少改编成书的痕迹。诸如此类的质疑与新命题的提出，正是由宏观研究时审视第一、二层次各个案研究成果而来。

这些新命题的提出不是挑起保护层层面的商讨，而是直击体系的核心，因而具有极大的挑战与凶险。原有的命题多年来已被人们尊崇为天经地义之说，它们是许多研究的起点，研究所获成果自然也多为那些命题在逻辑上的延伸。如果研究的初始条件不复成立，相关联的探讨也就失去立足之地。一旦吴承恩对《西游记》的著作权遭否定，那么吴承恩研究与《西游记》便毫无关联，原先综合两者的分析便毫无意义；如果脂评确为伪作，许多红学著述便失去了立论依据。直击体系核心的新说一旦提出，就必然会引起激烈的争辩。自古代小说研究体系形成以来,争辩如此激烈的局面还是首次出现。思想的解放,使原先无可置疑的各种命题遇到严格甚至是挑剔的审视。学者们只是各自对某个命题提出挑战,质疑的原因及采用的方法也互不相同,但从整体看,他们各种质疑的汇合,形成了要求对已有研究基础重作审视的倾向。当研究体系对某些问题的解释无法令人信服时,就必然引发挑战,这一类问题的累积增强了要求变革体系的力量,而严峻局面的形成,正意味着飞跃性发展的契机的到来。

同时,研究体系在其发展过程中总想将与之相关的问题与现象纳入自己的范围,这种不断扩张的冲动促使另一种挑战的出现,其表现是一些看似越界又确与古代小说相关的问题先后成为研究的对象。与仅作纯文学考量,且集中于作家与作品研究相较,这显然是一种进步,可是该如何引入其他学科领域的知识、方法对作家作品或某些文学现象及事件作解析,现有体系却缺乏相应的较成熟的手段,人们被迫摸索前行,正暴露了原有研究体系的不足,并促使其将学科交叉作为更新完善的重要途径。

近年来,文学研究已开始逐步突破纯文学研究的藩篱,在古代小说研究的论文中,可以看到史学、社会学、政治学、经济学、教育学、心理学、民俗学、传播学等学科的思想方法或原理的运用。涉及的学科已然不少,可是若做门类划分,则这些学科都属于人文社会科学。如前所述,恰当地借鉴数学或其他自然科学研究思想方法,确可使文学研究中不少仅靠直观考察难以觉察的现象赫然显示,一些难以把握的问题得到较合理的诠释,那些困扰人们的无谓争论也可消泯于青蘋之末。文理渗透的优越性显而易见,可实际上,从这一角度解决问题的论述却是极难一见,究竟是何种原因造成了如此不平衡的状况?

约四十年前"新方法热"的尝试及其失败无疑是一重要原因,其阴影的延续使不少人对自然科学思想方法的引入与借鉴仍持排斥的立场。其实，若无上述因素，引入与借鉴仍是很困难的事。文学研究者对其他人文社会科学领域的内容多少有所涉猎，那些学科相通处较多，引入与借鉴都不会有很大的障碍。可是人们与数学及其他自然科学思想方法的隔膜相当厚实，对其解决问题的思想方法常是茫然无所知。许多文学研究者或许听说过模糊数学，但只是奇怪讲究精确的数学何以会与模糊连缀在一起；或许也常用"概率"一词，但往往只将它视为"可能性"的替代，并不了解概率论的实际效用。这种普遍存在的状况的成因，是数十年来几乎一以贯之的教育制度和课程体系。文学研究者基本上都毕业于中文系，他们学习的课程无例外地都是文学史、作品分析以及一些专题选修课，系外课程的选修，大多是哲学、历史之类，总之不会越出人文社会科学的范畴，他们的课外阅读也以上述学科为主。这样的学术培训使其掌握了文学研究的基本技能，研究思想方法也相应地逐渐成形。此后，他们之中有些人由此开始了文学研究的生涯，有些则走上教学岗位，向学生讲授各种课程时，也灌输了自己掌握的那套思想方法，而那些学生日后在大格局上又将复制老师的经历。这样年复一年地周而复始，历经数十年后已形成相当稳定的格局。在上述学术培训的循环中，并无数学或其他自然科学的内容，与之绝缘不仅已是不可动摇的事实，而且群体性的较稳定的思维定式，还具有强大的延续惯性。

在信息技术快速发展的当今，学科交叉、文理渗透无疑是人文社会科学发展的重要方向，就文学研究而言，情形也同样如此，这方面的迟缓只会拖延发展的步伐。同时，人们又面临一个客观事实：即使承认学科交叉、文理渗透的大趋势，不少文学研究者仍不习惯于此，而是沿袭原有的思路行事，实际上他们也缺乏借鉴数学及其他自然科学思想方法的训练与能力。整个群体改变思维方式需要一个过程，正是针对此现状，季羡林先生建议："为了能适应21世纪人文社会科学发展的需要,我劝文科的同学多学习点理科的内容。"[1]季羡林先生提出的建议,其实对正在进行文学研究的人也同样适用,这是从根本上改变群体思维方式的重要途径。同时,还需要让文学研究者切实意识到,借鉴数学及其他自然科学思想方法,确实有利于一些文学现象的发现以及问题的解决,而本书正是通过一系列具体案例,说明这类借鉴的必要性与有效性。

---

[1] 季羡林:《对21世纪人文学科建设的几点意见》,《文史哲》1998年第1期。

第一编

概念编

概念是人类在认识世界的过程中，对所感知事物的共同本质特点所作的抽象概括。任何研究都离不开概念，有了反映对象本质属性的概念，才可能有判断，继而可以将相关的判断构成推理，再以推理的组合构成论证。很显然，概念是思维的基本形式，是组成其他思维形式的基本要素，从这个意义上可以说，研究始于对概念的把握与运用，以及新概念的构建。

概念是对象的本质属性在人们大脑中反映的产物，故而不可避免地带有人们意识上的主观性；同时，概念反映客观对象本质属性的内容，又是独立于人们意识之外的客观存在，且不以人的意志为转移，因此它又具有客观性。在概念的把握与运用及其对主观和客观的侧重方面，数学与文学研究常呈现出较明显的差异。数学以严谨著称，凡引入一新概念，必以明确的定义揭示它所反映对象的本质属性，言语十分精练，内涵交代得明明白白，且尽可能地排除主观意向。继而由此概念出发，严格遵循逻辑法则，将研究逐步推进。在此期间，始终尊重推导与演绎的客观性，没有也不允许掺入个人的主观情感。

在文学研究的著述中，概念的把握与运用相对而言主观色彩较多，在对运用或引入概念作说明方面，它大致可分两种情形。一种是关键的概念有定义或相关诠释，如各部文学史，在开篇处多列作者对何谓"文学"的理解，其中合乎定义格式的不多，感悟式的描述不少。纵观这些阐述，不难发现个人对"文学"内涵的理解虽或大处相同,但又各有差别,这就导致那些文学史的内容与模样互异。如果按时间顺序排列那些对"文学"的理解,又可发现其随时间而变的特点,先强调其样式及与情感之关系,继而附加阶级斗争意识,后又突出人性的作用。如果对"文学"的理解是纯客观的,其内涵揭示就不会呈现动荡态势,甚至出现带有否定意味的调整,这表明那些理解蕴含了人们相当强的主观意识。在文学研究中,含有人们主观意识的概念诠释还有不少,感性的把握与理性的辨析,是文学与数学在概念定义方面较显著的差异之一。

各部文学史都对何谓"文学"作了诠释或下了定义,其实对撰写文学史来说,关键的概念是"文学史"而非只是"文学"。各家对撰写时必须有所交代的"史",均无只言片语的解释,显然与概念诠释应周全的要求不符。各书所呈现的都是按时间顺序排列的作家作品分析,"文学史"实际上已被等同于作家作品史,似乎大家也都如此认为,故而无须再对"史"作解释。各家把握"文学"这一概念时,其内涵并不涉及各种与具体的作家作品直接相关的文学现象或文学事件,它们自然也未包括在概念外延的范围内。各种文学体裁或流派,在不同的历史阶段都曾出现过创作空白,其成因与影响都应是文学史阐述的重要对象。空白意味着没有作品,而各家已将文学史等同于作品史,其叙述中自然也就没有关于创作空白的内容,尽管它们也是文学发展过程中的一种状态。"文学史"应该是文学创作史,现理解为作品史,概念辨析不周全是重要原因,而两种不同的概念辨析直接导致了它们研究对象与研究模式的差异。

对概念下定义或有所诠释,这种情况在文学研究中相对较少,多数著述使用概念时多不加说明。这种情况与不少高校中文学科取消逻辑课或将逻辑课改为选修课相关,这一训练的缺略,影响了一批文学研究者没有诠释关键概念的习惯与意识,使用时或是认为大家都明白此概念是什么意思,无须赘言。可是未对关键概念作辨析,研究者对其内涵与外延缺乏清晰的把握，论述时就难免出现飘忽现象，涉及的对象有时也会越出概念的覆盖范围，所下的判断与得出的结论就未必准确。同时，由于缺少必要的概念辨析，其他研究者对内涵与外延就可能有不一致的把握，此时极易引发争论或纠谬，而这些本来是可以避免的。有时在围绕某热点问题讨论时，大家都使用相同的概念，判断却不同一，这种众说纷纭的现象，使研究对象已溢出概念覆盖的范围。关于古代小说名著主题的讨论，便是这方面较典型的例证。

研究时对模糊概念不作辨析，尤其会引发无谓的争论。由于相关知识的缺乏，文学研究者多未意识到自己使用的概念中，有相当一部分是模糊概念。所谓模糊概念，是指内涵清晰，但外延的边界却模糊的概念。19世纪末，人文社会科学发现了这类概念的大量存在及其给研究带来的困惑，而直到20世纪60年代模糊数学创立后，问题才得到解决。人们习惯于运用排中律作出是或否的判断，但强调"非此即彼"的思想只适用于外延边界明确的精确概念，而模糊概念的特点是"亦此亦彼"，对它就不能运用排中律作绝对判断，而应按实际情况作归于"此"或"彼"的隶属度分析。如"改编"与"独创"，就是一对模糊概念。人们历来认为《三国演义》是改编成书的作品，同时也承认书中有相当多的情节是作者罗贯中的独创，《红楼梦》是曹雪芹的独创之作，而仔细比对可以发现，他笔下不少内容却是来自对前人作品的改编。这两部小说的创作都应归于"亦此亦彼"一类，但创作中一种成分明显强于另一种，人们就据此将它们作了"改编"或"独创"的归类。明清通俗小说的创作手法曾有过由改编向独创过渡的历程，作品编创手法所含的两种成分"此"强"彼"弱或情况正好相反时，人们习惯于按"强"方对其属性作归类。可是在"此"与"彼"强弱相当的阶段，对其间不少作品就无法运用排中律进行判断。模糊数学将这类问题解释得很清楚，可是在文学研究中，硬是运用排中律进行判断的事却时常发生，各人理解的不同必然引发争论，而且这种争论又不可能得到统一的结论。

把握概念的关键在于明确其内涵与外延,其范围框定及处理实际上对应了数学的基石集合论。精确概念对应了经典集合论,即每个集合都必须有明确的元素构成,归属与否须遵循排中律。模糊概念对应了模糊集合论,它承认并非完全属于某集合又非完全不属于该集合的元素的存在,主张以隶属度作具体分析。文学研究中不少常用的概念都是模糊概念,人们又习惯于运用排中律作判断,不仅所得结论与实情不符,且极易引发不会有结果的争论。如果对模糊数学的基本思想有所了解,这种情况就不会发生。

概念运用在研究中看似只是个较小的问题,但它却与研究的方方面面相关联,小者会影响表述的准确性,大者则涉及研究的走向与模式。在文学研究中,概念使用前未经仔细辨析是较常见的现象,这对研究的推进实是妨碍。数学对概念引入与使用的谨慎与精严颇可借鉴,而它有关概念的一些基本思想,对文学研究也是一种启发。因此,本书首编三章围绕概念展开论述,首先说明概念辨析的意义;继而以《西游记》主题说的百年变迁为例,讲述概念的覆盖面问题;最后围绕《金瓶梅》成书方式的争论,讨论对模糊概念的辨析与处理。

第一章　概念辨析的意义

文学研究可分解为分析、归纳、推理与判断等环节，其中每一步都少不了概念的使用。关键的概念使用前须仔细辨析，它们与研究的内容是否相适应，其内涵和外延的状况如何，它们的属性应该归于精确或是模糊，等等。关键概念的使用如果缺少辨析环节，其后分析与判断的准确度就可能受到妨碍，有时这种影响甚至是全局性的。在数学及其他自然科学领域里，人们对概念的审视严格而谨慎，首先给予明确的定义，然后以此为基础逐步推进研究。相比之下，文学研究中对概念的处理就往往带有主观的个人感情色彩。本章以一些文学研究的具体案例，说明概念辨析的重要性。

一、决定研究方向、内容与模式的概念

当选定研究的方向与具体课题时，概念，特别是对研究所涉及的关键概念的辨析即成为首要工作，对专著书名或论文题名中概念的理解，往往还决定了研究的方向、内容与写作方式。如以"思想史"为例，所见皆皇皇巨著，令人钦羡，引用文献甚多，论述与判断有根有据。可是"思想史"是隐去主语的一个概念，并未明确显示究竟是谁的思想发展历程。细察各书所引用的论证资料，可以发现撰述者均为各历史阶段声名显赫者，等闲人等不得入焉。此事实表明，著述者在辨析"思想史"

一词时，设定的研究对象已将社会大众排斥在外，他们铺叙的是社会精英思想发展变化的历史。社会大众的思想发展变化显然也应是"思想史"的重要组成部分，它或受精英思想的引导，或推动了精英思想的萌生，或两者是同一土壤上的共生体，分析它们之间的关系，实应是任何"思想史"都不可回避的内容。如果在辨析"思想史"这一概念时，社会大众的思想已被排除在外，所讨论的思想发展变化历程就缺乏齐备性，这一缺陷也会影响到有关精英思想发展变化及其成因的探讨。

社会精英的相关见解载录于他们留存的著述，搜寻虽要花费一番工夫，却也相对较易。关于社会大众的思想及变迁，却从无集中论述的专书，若能较齐备地汇集，也同样洋洋大观，内容之广度与深度不会弱于精英所言者，只不过搜寻要艰难得多，相关资料散见于各类文本，甚至小说中也大量存在。万历二十六年（1598）问世的小说《皇明诸司公案传》叙述了许多当时的案例，编撰者余象斗在各篇结束时都撰写按语，各类评价均为其思想的反映，而其身份是生活在社会下层的书坊主。他曾讲述一位八十岁老寡妇的故事，她虽受到朝廷旌奖，临终时的遗言却是，丈夫死后，寡妇"定须要嫁，决不可守节也"！接着，余象斗又发表了一段议论：

> 然人家往往多孀妇者，盖妇人廉耻未丧，心虽有邪，口却羞言。况夫初死，恩情未割，何暇及淫。历时未久，何知有苦，故多言守。既言之后，又难改悔。久守之后，恐废前功，故忍耐者多，岂皆真心哉！岂独无血气乃绝欲哉！而家主多爱妇贞者，彼欲图名耳，又重担在人身，彼不知重耳。……况孀妇者，违阴阳之性，伤天地之和，岂有家有郁气而吉祥骈集者乎？[1]

---

[1] 余象斗：《皇明诸司公案传》卷二"王尹辨猴淫寡妇"篇尾按语，《古本小说集成》第一辑，上海古籍出版社 1994 年版第 115—116 页。

在这则"按语"中,余象斗还列举了一些寡妇的悲惨境遇为例证,他是基于对现实生活的观察而得出程朱理学扼杀人性的结论,而且还将大胆议论写进了推向大众的通俗小说,向更多的人宣传。论及明后期的进步思潮时,人们动辄便引用李贽、汤显祖的言论,而余象斗只是连秀才都没考上的工商业主,撰写"思想史"者在辨析概念时,早已将这类人筛滤了。

对"文学史"这一概念的辨析也存在着类似的情况,它由"文学"和"史"两个关键词组合而成,而由各人不同的表述可知,"文学"含义的诠释并不容易,正如胡怀琛撰写"文学史"时所言:"何谓文学?这个问题很难答复"[1],曹百川也曾归纳道:

> 欲治文学,必先明其定义,而后取舍有准,功力可施。顾文学起源,远在太古之时,而文学定义,尚无完美之说。说者虽多,意义各别,折衷群言,以求惬当,殊非易事。[2]

百余年来,世上已有多种"文学史",还有许多断代或分体裁的著述,而对"文学史"或"小说史"之类概念辨析的不同,导致了那些著述内容、评判以及研究方式的差异。这里不妨梳理下那些撰写者对"文学"这一概念的理解,以及它对著述内容的影响。[3]谢无量的《中国大文学史》早在1918年就已问世,他写道:

---

〔1〕 胡怀琛:《中国文学史概要》,商务印书馆1931年版第1页。
〔2〕 曹百川:《文学概论》,商务印书馆1931年版第1页。
〔3〕 此处主要考察撰写"文学史"者对"文学"的理解,其时另有些较有影响的阐述,如罗家伦在1919年写道:"文学是人生的表现和批评,从最好的思想里,写下来的,有想象,有感情,有体裁,有合于艺术的组织;集此众长,能使人类普遍心理,都觉得它是极明了、极有趣的东西。"(《什么是文学》,《新潮》第一卷第二号)周作人在1932年则云:"文学是用美妙的形式,将作者独特的思想和感情传达出来,使看的人能因而得到愉快的一种东西。"(《中国新文学的源流》,华东师范大学出版社2007年版第2页)

> 文学之所以重者,在于善道人之志,通人之情,可以观,可以兴,可以群,可以怨,言天下之至赜而不可乱也。虽天地万物、礼乐刑政,无不寓于其中,而终以属辞比事为体。声律美之在外者也,道德美之在内者也。含内外之美,斯其至乎![1]

其表述并不符合定义的格式,但其中意思说得很明白。谢无量以这一认识为基准,论述各朝诗文为该书的主要内容,有关小说的篇幅极少,还不到全书的4%。其后,多种"文学史"相继问世,撰写者开始用定义的方式确定"文学"的内涵与外延,不少著述开篇即阐释何谓"文学"。胡怀琛1931年的定义如下:"人们蕴蓄在心内的情感,用艺术化的方法,或自然化的方法,表现出来,是谓文学。"[2]郑振铎在1932年则给出另一种阐述:"文学乃是人类最崇高的最不朽的情思的产品,也便是人类的最可征信,最能被了解的'活的历史'。"[3]张振镛在1934年又作一定义:"文学者,述作之总称,用以会通众心,互纳群想,系之以情感,整之以辞藻,能使读者兴趣洋溢,得乎人心之同然者也。"[4]在1935年,又有两部"文学史"阐述了作者自己对"文学"的定义,容肇祖写道:"文学是时代的创作物,自然是带有时代性的。情绪,想象,思想,与时代推移。"[5]张长弓则在书中直接引用美国人亨德的定义:"文学是思想的文字的表现,通过了想象感情及趣味,而在使一般人们对之容易理解并且惹起兴味的非专门形式中的。"[6]在上述定义中,有一些将文学范围限定为用文字表述的作品,这可能是受到章太炎"文学者,以有文字,著于竹帛,故谓之文。论

---

[1] 谢无量:《中国大文学史》,中华书局1940年版第3页。
[2] 胡怀琛:《中国文学史概要》,商务印书馆1931年版第3页。
[3] 郑振铎:《插图本中国文学史》,北京出版社1999年版第5页。
[4] 张振镛:《中国文学史分论》,商务印书馆1934年版第6页。
[5] 容肇祖:《中国文学史大纲》,朴社1935年版第1—2页。
[6] 张长弓:《中国文学史新编》,开明书店1935年版第2页。

其法式，谓之文学"（《国故论衡·文学总略》）的影响，但胡怀琛考虑到戏曲不只是有剧本，演出时还有与音乐相配合的动作，故而在定义后又补充道："所用的工具，并不限定是文字。"[1]即音乐、舞蹈之类也都属于文学的范围，其时学界似并未接受这扩大概念覆盖范围的解释。上述诸定义的表述互不相同，但基本上都含有同样的要点，即将文学视为想象与情感的表现。

1949年后的"文学史"中，关于文学的定义出现了明显变化。李长之在其著述中直接引用了高尔基对文学的定义：

> 文学是社会诸阶级和集团底意识形态——情感、意见、企图和希望——之形象化的表现。[2]

在相当长的一段时间里，对阶级意识的强调是阐述何为文学的重要内容，游国恩的解释是较典型的一例："文学艺术是现实生活通过人们头脑的反映，在阶级社会中又是阶级意识形态的表现，它不可能超阶级而存在。"[3]他主编的《中国文学史》是各高校中文系必修课教材，影响了一代又一代的学子。此时关于文学最权威的定义载于《辞海》：

> 文学是一定社会生活在人类头脑中的反映的产物，属于意识形态的一种。在阶级社会里文学是阶级斗争的一种有力武器；不同阶级或阶层的作家，对现实生活有不同的认识和反映，其作品为不同阶级的利益服务，起着不同的社会影响和教育作用。优秀的进步的文学作品一般都能够正确地描绘各阶级的相互关系、生活状况和精神面貌，反映历史进程社会变革、生产活动

---

[1] 胡怀琛：《中国文学史概要》，商务印书馆1931年版第3页。
[2] 李长之：《中国文学史略稿》，五十年代出版社1954年版第1页。
[3] 游国恩：《中国文学史》，人民文学出版社1963年版第5页。

的广阔图景,塑造体现时代精神的各种典型人物,表达人们的深刻思想和崇高感情,从而教育人民推动历史前进,并满足人民多种多样的欣赏要求。[1]

阶级斗争成了贯穿全局的主线,哪些作家作品该入选"文学史",又该如何评价,以及对文学发展态势的诠释都得以此为准,于是人们看到的是文学层面的阶级斗争史。如对于《诗经·伐檀》中的"不稼不穑,胡取禾三百廛兮?不狩不猎,胡瞻尔庭有县貆兮?彼君子兮,不素餐兮",游国恩的《中国文学史》便分析为"以鲜明的事实启发了被剥削者阶级意识的觉醒,点燃了他们的阶级仇恨的火焰"[2];刘大杰的解释则是"表现出奴隶们愤怒的呼声和对于奴隶主剥削阶级的强烈反抗与谴责"[3]。可是这解释留下了很大的疑问:这些诗篇既然反映的是奴隶反抗的怒火,那么它们为何能进入周王朝与诸侯的乐宫,又何以成为贵族子弟诵咏学习的教材?

进入新时期以后,各种对文学的定义中关于阶级斗争的内容逐渐淡化。与先前的定义通篇围绕阶级意识作阐述不同,1988年《辞海》修订版中只保留了一句"在阶级社会里,文学具有阶级性"[4],到了2005年,关于文学的定义中不再出现"阶级"二字,这一状况一直持续到现在:

> ……用语言塑造形象以反映社会生活,表达作者思想感情的艺术,故又称"语言艺术"。文学通过作家的想象活动把经过选择的生活经验体现在一定的语言结构之中,以表达人对自

---

[1] 中华书局辞海编辑所:《辞海》(试行本)第10分册,中华书局1961年版第1页。
[2] 游国恩:《中国文学史》,人民文学出版社1963年版第34页。
[3] 刘大杰:《中国文学发展史》,上海人民出版社1973年版第44页。
[4] 夏征农主编:《辞海·文学分册》,上海辞书出版社1988年版第1页。

己生存方式的某种发现和体验,因此它是一种艺术创造,而非机械地复制现实。优秀的作品往往具有普遍的社会意义和审美价值。文学的形象不具有造型艺术的直观性,而需借助词语唤起人们的想象才能被欣赏。这种形象的间接性既是文学的局限,同时也赋予文学描写生活的极大自由和艺术表现上的巨大可能性,特别是在表现人物内心世界方面,可以达到其他艺术难以企及的思想广度和深度。[1]

如今"表达人对自己生存方式的某种发现和体验",取代了原先定义里阐述的反映历史进程与社会变化,以及体现时代精神的各种内涵,"具有普遍的社会意义和审美价值"则成为衡量优秀作品的标准。《辞海》修订版的定义及其改动,反映了人们对文学内涵的认识与变化,如1996年章培恒先生主编的《中国文学史》,阶级意识已从文学的定义中消失了:

> 文学乃是以语言为工具的、以感情来打动人的、社会生活的形象反映。

在具体阐述中又写道:"文学所依据的每个时期'历史地发生了变化的人的本性'都以不同方式、在不同程度上反映了人的一般本性",同时也有"只适应于当代、从长远的角度来看乃是人的一般本性的扭曲的部分"的反映[2]。文学概念的辨析异于先前诸书,这部文学史中许多内容就不同于以往,如对上文提及的《诗经·伐檀》,此书就赞同《毛诗序》中"刺贪也。在位贪鄙,无功而食禄"的诠释,评析为

---

〔1〕 夏征农主编:《大辞海·中国文学卷》,上海辞书出版社2005年版第1页。
〔2〕 章培恒、骆玉明主编:《中国文学史》(上),复旦大学出版社1996年版第59—60页。

"'君子'居其位当谋其事,'无功而食禄'就成了无耻的'素餐'"[1]。

对文学概念辨析的不同,导致各部文学史选目与评析的差异,而对"文学史"中另一个关键词"史",各书的辨析却基本一致,其体例与章节安排都是根据自己对"文学"概念的理解,按时代顺序评析各作家作品。尽管各书选目互有差异,但有一点是共同的,即它们理解的"史",实际上都是"作品史",由作品而及作家。从同样的概念辨析出发,许多文学史采用的体例相仿,写作格式也几乎同一,只是内容互有异同。一般都是以重要作家作品立为一章,整部文学史就是叠加那些作家作品的介绍与评析;各章一般又多分为三节,第一节是作家生平与时代背景的介绍,第二节是作品主要思想倾向的论述,第三节是作品艺术特色的分析,内容则按照人物形象塑造、情节安排、结构设置以及语言特点等要素展开。这似乎已成为文学史撰写的标准格式,古代文学史、现代文学史与外国文学史的撰写多遵循这一体例。一旦将"文学史"理解为"作品史",许多与作品不直接相关的文学事件与现象就无法纳入考察范围,对文学发展盛衰起伏的介绍就无法全面,往往只是横截面的展示,更难以周全地分析各种态势形成的动因,即使对所介绍的那些作家作品,因体例限制,也很少揭示他们之间的联系。阅读者因长期的潜移默化,自然误以为文学史即如此,以后进行文学研究,其视野常难以突破此藩篱。

要避免上述局限,就需要对"文学史"一词重加辨析。它的本义应该是对文学创作发展历程作出描述与分析,称其为"创作史"更为贴切,若与"作品史"的解释相较,两者之间存在着显著的差别。

首先,文学发展过程中产生了许多作家作品,但其总和却无法等同于文学创作的状态,因为有许多重要的文学现象未必就直接关联于具体的作家作品。这些文学现象存在于"作品史"的撰写体例之外,

---

[1] 章培恒、骆玉明主编:《中国文学史》(上),复旦大学出版社1996年版第92页。

而它们的缺位，会使任何一部文学史都无法做到全面展示文学发展的历程，无法对许多文学现象或事件的产生与变化进行解释，而它们会以这样或那样的方式影响创作。但按"创作史"的意义理解，在各个阶段中，某种体裁无论作家作品的数量有多少，甚至没有作家作品，都是创作态势的表现，因此都必须是文学史研究与论述的对象。如元末明初出现了《三国演义》《水浒传》与《剪灯新话》等优秀作品，但其后约一百七十年里没有通俗小说新作问世，文言小说的创作也沉寂了五十年。以往的文学史都是只字不提地跳过这类创作空白，直接去讨论此后新出现的作品，因为"文学史"已被辨析为"作品史"，此处没有作品，自然也就一跃而过。明代总共二百七十七年，通俗小说研究竟对约一百七十年的创作空白不发一声，这实在是讽刺。对该空白出现的原因没有说明，它对明代小说的发展产生过何种影响也未见探讨，这一明显缺漏的存在，表明无论是明代小说研究还是明代文学史研究都还不完备。

其次，除了作家作品之外，一直处于运动状态的文学还包含了许多未与具体作家作品直接相关联的文学现象与事件，同时也应考虑那些影响文学运动态势与走向的种种重要因素。以上所述的全部叠加还称不上整体意义上的文学，因为还缺少它们之间的联系，所谓整体大于部分之和即此意。从文学整体发展进程中抽取出对象进行研究，这是文学史编撰不可越过的阶段，但做这种抽取时，那些作家作品、文学流派等与创作发展整体及其各元素间的某些筋络便不可避免地遭到割裂。若将"文学史"视为"作品史"，这些"筋络"式的联系并非主要的考虑对象，所需的只是将那些作家作品评析做适当的串联组合，而从"创作史"角度考虑，就应十分注意那些在作家作品分析阶段不得不暂时舍弃的种种联系。如明正德年间都穆的《玉壶冰》是仿《世说新语》之作，其中某些文字还是一字不差的抄袭，这样的作品似乎不值一提，事实上过去也没有研究者关注它。可是如果恢复它与小说发展之间的联系，便可发现它另有价值。《世说新语》在南宋刊行后，三四百年间一直是靠宋版或抄本流传，到明中叶时一般人已不大有机会读到，都穆也是读到岳父的藏本后方能仿作，而人们通过《玉壶冰》，可间接地领略到些《世说新语》风韵，由此也可体会到这部名著对人们的吸引力。嘉靖十四年（1535）袁褧刻印《世说新语》后，这部作品开始广泛传播，随即引发了明代"世说"体小说的创作热潮，置于这系列中考察，《玉壶冰》又可谓是先驱者。如果将文学史诠释为作品史，许多作品的意义就无法被全面认识。

将文学史视为"作品史"还是"创作史"，还直接导致了研究模式的不同。对视其为"作品史"者而言，作家作品是他们心目中的核心要素，也是其着力的基本单位，其研究与撰写可归纳为四步。首先是选目，即遴选出具有代表性的作家作品，希望通过按时间顺序排列它们显示文学发展的线索及其意义。由于各人对"文学"定义的歧见，选目时就会出现差异，或有心挑出阶级斗争意识强烈者，或着意于能反映人类共同感情的作品，即使都赞同文学是对社会生活的形象反映的观点，也会出现理解上的差异："着重点应打在'社会生活的''反映'上抑或'形象反映'上？或者，'对社会生活的形象反映'本是一个整体性的概念……？"[1]不过入选的作品未必都能符合编撰者对文学的定见，如在李白的《静夜思》与孟浩然的《春晓》等作中，看不到什么阶级意识的流露，也很难分析出它们反映社会生活的广度和深度，可是千百年来它们却深受广大读者喜爱。即使这些诗作与自己的文学定义标准相凿枘，编撰者本人还是不得不选它。大众的喜爱实际上也形成了一个"选目"，撰写文学史者不管如何坚持自己对文学的定见，也无法与大众的"选目"过于冲撞与抵触，因为与此违拗太甚的文学史不可能得到社会的认可。

---

[1] 章培恒、骆玉明主编：《中国文学史》（上），复旦大学出版社1996年版第1页。

选目确定后，便是将那些遴选出的作品或作家按所属历史阶段归类，并逐部或逐个地评析，其内容主要是作者生平与时代背景、主要思想倾向以及艺术得失的分析。这些分析褒贬详略不一，同时也多选用前人的成果，编撰者的文学观念不同，设定的标准也会有差异。第三步工作是以历史阶段为单元，将那些作家作品评析按时间顺序做安置，择其要者列为章，次者为节，再次者若干作家作品评析并为一节，孰重孰轻仍是根据自己对文学史概念的理解。最后，从宏观的角度对每个历史阶段文学发展状况作综合性论述，并列于该阶段各章节之首，它之所以成为体例中的必需，是因为属于该阶段的那些章节的组合只是机械地叠加，它们之间的有机联系不在论述范围之内，而将概论冠于其首，是希望能对此有所弥补。

以"作品史"为文学史的研究模式可归纳为"社会—作家—作品"，即将作家置于一定的时代背景中考察，并以此为分析作品成败得失、思想倾向及其与社会种种联系的依据。该模式由所认定的文学史的内涵所决定，其研究视野已被先天性地限制，许多重要的文学史上各现象、事件的成因以及它们之间的联系已非研究的对象，按其视野甚至还观察不到那些现象与事件的存在，而它们本是文学史理应回答的问题。仅以小说为例：按照文学发展规律，优秀作品的问世往往会刺激创作的繁荣，并推动新的创作流派形成，可是《三国演义》与《水浒传》问世后，通俗小说创作未见繁荣，相反，还出现了长时期的创作空白，而受其影响形成的流派讲史演义，竟出现在两个世纪之后。又如自明末拟话本兴起，短篇小说创作开始走向繁荣，明末清初时作品数量相当可观，其中较优秀的也不在少数。可是在随后的一百余年里，短篇小说又突然消失得无影无踪。诸如此类的文学现象还有不少，可是现有的文学史对此都不置一词，这正是因为文学史被诠释为"作品史"，在相应的研究模式里，并没有这类不以作品形态呈现的文学现象的位置。

如果将文学史诠释为"创作史",那么凡是与创作相关的文学现象都属于它的研究范围,其中就包括那些不直接涉及具体作品的现象。它研究的重点是通过追溯、梳理与分析各种文学现象与事件之间的联系,从而交代各时期的创作实时态势(包括无作家作品的空白状态)与分析其形成的动因,在此基础上勾勒文学创作的发展轨迹与探讨其制约因素。这些讨论中当然包括作家作品,但并非只以具体的作家作品评析为核心,而是必须顾及其他影响文学创作发展的要素。文学是一个具有相对独立性的发展实体,它的运动方向与状态由若干约束条件的合力决定。因此考察这些约束条件影响文学发展的方式与程度,是"创作史"研究模式的重要组成部分。这些约束条件涉及较多方面,概括而言,可归纳为五个方面:

首先是作者。没有作者就不可能有作品,他们对文学的理解和认识,及其创作动机、态度与水准直接决定了作品的雅俗优劣,而这些又直接与作者的生平经历以及当时的社会氛围、政治局势等相关联。

其次是传播。它是联系作家与读者的纽带,也是刺激创作的重要动力。作家们的创作都受到前人作品的影响,他们能读到那些作品则是依靠传播环节。作家创作完成后,如果没有传播,就不可能产生与作品相应的影响,而作品能否传播或传播范围如何是影响后来创作以及读者欣赏水准的重要环节,而不同文学体裁的作品,传播的方式与载体也有差别。诗词赋曲及散文靠口诵笔录即可流传,晋时左思作《三都赋》,人们争相传抄,留下了成语"洛阳纸贵";宋时柳词耸动天下,而"凡有井水处,皆能歌柳词"之说表明,该局面主要是靠人们的口口相传而形成。小说,特别是长篇小说只有刊刻成书后方能广泛流传,而戏剧在大众间传播则主要靠演出。自宋以降,出版成为各种体裁作品流传的主要渠道,原为精神产品的作品进入出版环节后,它同时也是文化商品,此时左右传播速度与范围的是广大读者的喜好,而非绝对地取决于作品的优劣,且同一部作品在不同欣赏水准与品位的社会群体中,传播状况也会有差异。经历传播环节后,文学的变化除遵循自身规律外,还受到商品交换、流通法则的约束,因为利多售速是出版者的动力,他们以经济尺度估量作品的内容与风格,并敏锐地捕捉有关读者兴趣爱好及其变化的种种信息,基于利润得失的考虑而决定相应对策,他们的择稿标准及其变化会影响一些创作流派的盛衰。某一题材或风格的作品传播速度较快,范围较广,这正是相应的文学流派兴盛的表象,反之,该流派多是进入了消亡期。各创作流派的盛衰起伏、前后更替,都与受制于读者喜好及变迁的传播状况相关,可以说,没有传播就没有文学的发展,文学史实与文学传播史紧密相连。

第三个因素是伴随创作一起发展的文学评论与理论。作家创作时并非毫无羁绊,他在无意识中已受到各式各样的牵制,所谓灵感触发其实也在种种约束下产生。任何作家都无法超越自己所处的时代,他动笔时所受到的最大制约乃是自己的文学观,其中包括对文学地位、功用以及创作规律的理解,而这些都与当时社会上流行的文学观相适应。这样的事例在文学史上屡见不鲜,北宋黄庭坚等人强调"夺胎换骨""点铁成金",追求字字有出处,崇尚瘦硬奇拗的诗风,整个南宋的诗歌创作几乎都笼罩在他们的诗歌理论的影响之下,其余波还一直延及近代的同光体诗人。明代中叶时,前后七子提倡"文必秦汉,诗必盛唐",这虽对反对雍容典雅、千篇一律的台阁体文风具有积极意义,但同时又使一味以模拟古人为能事的风气弥漫文坛,产生了许多毫无生气的假古董诗文。这一复古主张还波及其他文学体裁的创作,当时小说创作一直徘徊于对话本、戏曲等作改编,便是其影响之一。新理论的提出引发了新的创作潮流,这也是文学史上常有的现象。中唐时韩愈等人提出"载道""明道"的口号,强调"务去陈言"和"词必己出"的独创精神,导致了古文运动的发生;而白居易等人主张创作应起"补察时政""泄导人情"的作用,提倡自创新题,咏写时事,新乐府诗歌革新运动就在这理论指引下兴起。晚清时,梁启超倡导"小说界革命",恢复了小说在文学殿堂中应有的地位,其后作品数量出现了爆炸式增长,与此有着莫大的关系。或从正面积极推动,或从负面迟缓步伐,理论始终是影响文学发展的重要因素。理论反过来也受到创作的制约,后者是其存在前提并每每促进它的发展,当一些优秀作品问世时更是如此,两者之间有着互相依赖、制约与促进的关系。

第四个因素是读者。每个欣赏作品的读者都会有自己的观感。他们的阅读只能在给定的范围内作选择,只是已在传播作品的被动接受者,此时他们无论发表什么意见,都不可能改变那些作品的已有面貌,但众多读者相同或类似的选择却会形成一种强大的社会要求与压力,对于后来的创作产生引导意义,这时整体意义上的"读者"便参与了文学发展方向的决定。社会生活不断向前发展,作者与读者的认识、情感与要求都会发生相应的变化,当两者大体一致时,作者的创作就较为符合读者的要求。也有读者群迫使作者创作时优先考虑他们要求的情况,这种几可归于强制性影响的施加,是通过传播环节而实现的。当文学作品主要以出版的方式流布于世时,在传播环节就不可避免地受到商业因素的渗透。在信息交流不发达的古代,根据作品的销路可判断出读者好恶的出版者是沟通作者与读者的主要渠道,但他们并不是在将读者的呼声传给作者的同时,又促使作者以优秀的作品去引导、提高读者的审美趣味。作为书商,他们唯利是图,以能否畅销为取舍书稿的唯一标准。以小说为例,在一些古代小说的序跋中,常可看到书坊主千方百计挖取畅销书稿的恳求,也可读到一些作者因自己作品难售于世的感叹。小说史上一些流派的兴起、繁盛与衰落,某些庸俗、色情作品的出现与泛滥,都与出版者曲意迎合读者的口味相关。不过,绝不能认为读者的好恶是妨碍小说健康发展的消极因素,事实上一些优秀的作品如《三国演义》《红楼梦》等,都是在抄本流传时得到了读者的好评，出版者受此刺激后才去刊售牟利，而这些作品的刊行对后来创作的影响又是何等的巨大。尽管某些时候受世风影响浸渍的读者口味不值得称道，但是从长期的发展趋势来看，经过历代读者反复筛选而广为传世的作品，确实都是比较优秀的。广大读者的要求在总体上是健康的、合理的，而文学也因为有读者的支持才能生存与发展。因此可以说，在影响文学发展的诸因素中，千百万读者的共同要求乃是最强大、最深远的力量。

　　第五个因素是封建统治者对文学的态度和所采取的相应措施。这不仅是因为统治阶级的思想在一个社会里总是占统治地位，还因为统治者可动用手中掌握的国家机器直接干预。事实也证明，他们的倡导或反对，赞扬或禁毁，都会对文学发展产生相当大的影响。南朝时因梁简文帝萧纲、梁元帝萧绎与陈后主陈叔宝等人倡导甚至亲自创作，浓软香艳的宫体诗风靡了数十年。明嘉靖时司礼监与都察院率先刊印《三国演义》与《水浒传》，使之摆脱了仅靠抄本流传的困境，民间书坊随后跟上，纷纷刊刻，使这两部优秀小说传遍民间。读者的欢迎推动了通俗小说创作的兴盛，而追溯源头，连锁反应的开启者竟是官方。反过来，统治者的文化政策也曾是小说发展的阻碍力量。康熙二十六年（1687），如何整肃小说成为朝廷会议的内容，自此清廷接连颁发禁毁令，对作者、刊售者制定了流三千里或徒三年的处罚条例，而购买小说者也得杖一百。在此接二连三的打击下，小说创作进入了萧条期。不过无论是倡导还是压制，统治者毕竟无力使文学始终在自己规定的轨道上行进。北宋末年，朝廷曾禁止苏轼作品流传，但结果是禁愈严传愈广，人们仍以它为创作的楷模。官方禁毁小说时，《水浒传》与《红楼梦》是打击的重点，但它们同样是越传越广，也不断有仿效之作问世。当读者的支持与官方政策的干预相悖时，就总体趋势而言，前者最终会显示出强大的力量，但在一定的历史阶段中，官方的文化政策确实是影响文学发展的重要因素。

影响文学发展的因素有很多,但重要、直接且持续发生作用的是以上提及的作者、传播、理论、读者与统治阶级的文化政策,它们都是社会生活的组成部分之一,并都与社会生活的其他部分有着千丝万缕的联系。影响文学发展的其他社会因素,如近代外来文化与中国文化的碰撞及融合等,实际上也是通过以上五者而作用于文学这一运动实体,而这五者中的任何一个,与其余四者都是相互影响、互相制约的,在不同的时期或不同的条件下,这五者所起作用的程度各不相同,当着重考察某一因素对文学的影响时,可以发现该因素所产生的作用中,也包含了其余四者对它的影响。也就是说,这五者并不是各自分别地作用于小说的发展,而是融合为一种合力产生作用,它们构成了一个相对独立的系统,不应而且也不可能作绝对的隔离式的分解。将文学史视为"创作史"时,考察与分析的对象是文学的运动状态与发展趋势,显然得运用这一研究模式,无法再套用"社会—作家—作品"的研究方式。

这里无意对各种文学史的编撰作价值评判,而只是以此为例,说明任何一项研究开始时,首要任务便是对关键概念进行辨析,因为这将涉及研究的方向、内容与模式等方方面面,须得慎而又慎。

二、估量判断类概念

在研究过程中,经常需要在一定的分析后对考察对象作出评判,而属于评判的概念又有相当数量,诸如优秀与拙劣、精彩与平庸、丰满与单薄、有趣与枯燥等等,若对它们作仔细辨析,可以发现它们的含义常常并非是单一的,其出现取决于使用者的选取。这类概念在研究过程中出现得相当普遍与频繁,使用者有时也会赋予它们自己新的理解,而随着时间的推移,其中有些已得到约定俗成的认定,因此其属性构成就显得较为丰富。同时，人们使用时常有把握层面不一的现象，主观色彩也常会较为强烈，若非仔细辨析与明确说明，就必然会导致讨论时的意见分歧；而且，这类概念的使用常是在某个或多个相关系统中作综合性考量，考察对象与系统各部分之间都有一定的联系，如果这些联系的侧重点不一，相应的评判就必然会有差异。文学研究中对不少问题的争辩，其实都与这类概念的使用相关，因为它们的出现，意味着结论性评判。

这类概念其实都是关于考察对象的价值估量，而"价值"一词本身，也是文学研究中常见的概念，因此可作为这类概念的代表进行辨析。抽象地说，所谓"价值"，泛指客体对于主体表现出来的积极意义和有用性。此定义对内涵有明确的规定，但对"积极意义和有用性"的把握方法与尺度，却无法做出明确的限制，这就决定了该定义的外延边界处于不确定状态。由此辨析可知，"价值"是个模糊概念，对于它不能像外延明确的精确概念那般使用排中律，因为绝对的没有价值或绝对的十足价值都不存在，待判断的客体都位于这两个端点之间的序列中，不可对它们作有"是"或"否"的两极归类。而且，何谓"积极意义和有用性"，其程度又如何，这些都要由人或人们按一定条件组合而成的群体进行主观认定，对同一客体就有可能出现许多不一致的意见。这就更增添了对价值这一概念讨论的复杂性。"价值"一词的这些特点，其实同样适用于其他评判类概念。

"价值"这一概念在不同的领域里含义自有差异，而在文学领域，人们常将它理解为满足人的美感需要方面的有用性，即满足人的精神需要，丰富人的精神世界，并充实人的艺术修养等。在这一关系中，客体往往是指作品，或与作品相关的创作流派及文学现象等，而主体则是欣赏或使用作品的人。长期以来，人们在研究中对作品进行价值判断时，不管自觉还是不自觉，实际上都是在对主体做这样的限定。然而正是这样的限定，使一些作品得不到准确或全面的价值判断。

这里不妨以《歧路灯》为例。最早对这部长篇小说发表评论的是冯友兰先生，他对作者李绿园颇多称赞："他那一管道学先生的笔，颇有描写事物的能力，其中并且含有许多刺……《歧路灯》中所有主要人物，个性均极分明。如谭绍闻之优柔，其母王氏之庸愚，其家人王忠之忠直，盛希侨之豪纵，及正人君子中程嵩淑之豪爽，均可令人想象其为人。"他还指出，作品"又能给我们许多关于河南各种社会情形的报告，许多社会史的材料"[1]。冯友兰先生这段话写于1927年，翌年，郭绍虞先生又在《文学周报》五卷二十五号上刊文分析了这部作品的价值：

> 然则《歧路灯》的价值又安在乎？或有人说，《红楼梦》说爱情虽极细腻，而不免劝过于讽，易动人淫亵之思；《儒林外史》写世故虽极透脱，而不免过分刻薄，亦不足动人的反省。论其影响，前者易流于为恶，后者不足以为善，至于《歧路灯》则诚如彼自序所谓，善者可以激发人之善心，恶者可以惩创人之逸志，于彝常伦类间是煞有发明的。这样，所以他的价值要高出《红楼梦》《儒林外史》万万。此由其作用与影响来衡定文学的价值，依旧不脱旧日文以载道的见解，或不为时人所乐闻。但是，我们假使撤除了他内质的作用与影响而单从他文艺方面作一估量的标准，则《歧路灯》亦正有足以胜过《红楼梦》与《儒林外史》者在。

郭绍虞先生还具体解释道：

> 《红楼梦》的难处在写家庭细故，娓娓动人，只是记载一家

---

[1] 冯友兰：《序》，载《歧路灯》，朴社1927年版第1—13页。

的盛衰，而其中便生出无数波澜！这不象《三国演义》之有许多历史的事实为易于着笔，此其所以难。《儒林外史》的难处，在写社会人情，刻画入微，只横写一部人的心理状态，而却能于其间渲染出许多声色。这也不比《水浒》之一百零八个好汉为易于分别个性，此其所以难。至于《歧路灯》呢，也是只记载一家的盛衰而其中波澜层叠，使人应接不暇，则固有《红楼梦》之长了；也是描写社会人情而能栩栩欲活，声色毕肖，则固兼有《儒林外史》之长了。[1]

几个月后，朱自清在《一般》上刊文呼应，称"郭先生所论极为详细；他从各方面估量本书的价值。他的话都很精当"，又称《歧路灯》"全书滴水不漏，圆如转环，无臃肿和断续的毛病"，"在结构上它是中国旧来唯一的真正长篇小说"。该文最后总结道："若让我估量本书的总价值，我以为只逊于《红楼梦》一筹，与《儒林外史》是可以并驾齐驱的。"[2]

关于《歧路灯》的评论在20世纪80年代后渐多，虽未必赞同郭绍虞先生所说的"他的价值要高出《红楼梦》《儒林外史》万万"，但对《歧路灯》却是称赞有加，认为这三部作品确实可以相互比肩。可是细辨人们所言"价值"的含义，却可发现其间缺漏甚大。在郭绍虞、朱自清评论《歧路灯》的前几年，鲁迅先生关于《红楼梦》有段著名的评述：

> 至于说到《红楼梦》的价值，可是在中国底小说中实在是不可多得的。其要点在敢于如实描写，并无讳饰，和从前的小

---

[1] 郭绍虞：《介绍〈歧路灯〉》，《〈歧路灯〉论丛》第一集，中州书画社1982年版第2页。
[2] 朱自清：《歧路灯》，《〈歧路灯〉论丛》第一集，中州书画社1982年版第9—12页。

说叙好人完全是好,坏人完全是坏的,大不相同,所以其中所叙的人物,都是真的人物。总之自有《红楼梦》出来以后,传统的思想和写法都打破了。——它那文章的旖旎和缠绵,倒是还在其次的事。[1]

至于《儒林外史》,鲁迅称其"秉持公心,指摘时弊,机锋所向,尤在士林;其文又戚而能谐,婉而多讽:于是说部中乃始有足称讽刺之书"[2];论及清末谴责小说时又云:其"命意在于匡世,似与讽刺小说同伦",但"其度量技术之相去亦远矣"[3]。

要比较郭绍虞、朱自清两先生与鲁迅先生所言,就需要回到价值的定义,即"客体对于主体表现出来的积极意义和有用性"上。几位先生都在论述作品的价值,即他们讨论的"客体"同一,但运用此概念时,其"主体"却并非一致。郭绍虞、朱自清两先生评价中的"主体"是作品的欣赏者,而鲁迅先生分析作品艺术特点与思想倾向时,也是站在欣赏者的立场上,但他评价的角度却并不止于此,他所说的"传统的思想和写法都打破了"与"说部中乃始有足称讽刺之书"等评价,是指作品对小说发展的"积极意义和有用性",即其"主体"已非欣赏者,而是小说发展。《红楼梦》与《儒林外史》对清代小说的发展起了积极的推动作用,可是《歧路灯》在这层意义上却无价值可言,因为它问世后未曾刊行,在清代只有很少的人知道它的存在:

惜其后代零落,同时亲旧,又无轻财好义之人为之刊行,遂使有益世道之大文章,仅留三五部抄本于穷乡僻壤间,此亦

---

[1] 鲁迅:《中国小说的历史的变迁》,《鲁迅全集》第九卷,人民文学出版社1981年版第338页。
[2] 鲁迅:《中国小说史略》,《鲁迅全集》第九卷,人民文学出版社1981年版第220页。
[3] 鲁迅:《中国小说史略》,《鲁迅全集》第九卷,人民文学出版社1981年版第282页。

一大憾事也。[1]

《歧路灯》成书后第一个印本,是1924年洛阳清义堂的一百零五回石印本,1927年,冯友兰、冯沅君兄妹所校点的这部小说由北京朴社排印行世,但只出版了第一册共二十六回。这部作品的全本,一直到1980年由中州书画社出版后才广为传播。很显然,由于几无人知晓,《歧路灯》没有也不可能对清代小说的创作产生影响,它在这方面的价值几乎为零。

在一般情况下,艺术水准高的作品对小说创作发展的价值也高,但此非通例,《歧路灯》就证明了这一点;反之,艺术水准低的作品在一般情况下对小说创作发展的价值也低,但这同样不是通例,嘉靖时熊大木的《大宋中兴通俗演义》便是典型的例子。

这部最早讲述岳飞故事的通俗小说,出自福建书坊主熊大木之手,其编创目的与手法,决定了该作艺术价值的低下。他依据辑录岳飞事迹史料的《精忠录》编撰,认定讲史演义应是史书的通俗化描写,故其叙述原则是"以王本传行状之实迹,按《通鉴纲目》而取义"[2],就连各大段落的标题,也是"俱依《通鉴纲目》"[3],而且他从一开始就拿定了主意:"以王平昔所作文迹,遇演义中可参人者,即表而出之。"[4]书中先后插入岳飞的二十一本奏章、三篇题记、一道檄文、一封书信与两首词,其中大部分是见缝插针地硬性镶嵌,与小说创作其实已无关系。此外,书中还插入了许多帝王诏旨与别的大臣的

---

[1] 蒋瑞藻:《小说考证》,上海古籍出版社1984年版第263页。
[2] 熊大木:《序武穆王演义》,载《大宋中兴通俗演义》,《古本小说集成》第四辑,上海古籍出版社1994年版第2页。
[3] 熊大木:《大宋中兴通俗演义·凡例》,《古本小说集成》第四辑,上海古籍出版社1994年版第1页。
[4] 熊大木:《大宋中兴通俗演义·岳王著述》,《古本小说集成》第四辑,上海古籍出版社1994年版第706页。

奏章、书信等。在某些章节中，文献载录就占了很大的篇幅。如卷三"张浚传檄讨苗傅"中，插入诏书一、檄文二与书信三，篇幅占比约40%，卷六"议求和王伦使金"中引录李纲与胡铨的奏章，篇幅占比也约为40%，而卷三"胡寅前后陈七策"中，占比甚至超过了80%，只有文牍的排列而无情节的叙述，实在令人难以卒读。熊大木这位书坊主本来就拙于绘声绘色地讲述故事，再加上有意大量插入各种文献，结果写成了一部小说意味相当单薄的作品。

在明代小说研究中，《大宋中兴通俗演义》常被略而不论。许多古代小说今日都有新排印本行世，但这部小说不在其列，因为若排印出版，必会因人们不愿阅读成滞销书。这部作品价值不高已成为大家的共识，可是在它问世之时，情况却非如此。此书自嘉靖三十一年（1552）清白堂刊印之后，紧接着便有多家书坊翻刻，仅今日存世者就有万卷楼、天德堂、双峰堂、三台馆、萃锦堂等刊本，以及内府精抄本。多家翻刻时已不署作者名，三台馆本改署"余应鳌编次"，原来熊大木的序也改署作者为"三台馆主人"，即万历时著名刻书家余象斗。[1] 当日翻刻的刊本应非只是今日所见的那些，而如此多的书坊争相翻刻，足证这部小说在当时是畅销书，读者的阅读热情是出版者获利的保障，他们都肯定了该书的价值。不过，这毕竟是一部小说意味单薄的作品，只在问世后的一段时间内受到了欢迎，到了崇祯时，于华玉对这部小说作了删改，以"岳武穆精忠报国传"为题由友益斋刊出。须删改后方能继续行世，表明此时人们已认为这是艺术水准不高的粗制品，而且这一评价一直持续到今日，可是它为什么在嘉靖、万历时会如此受读者欢迎？

此现象似是怪异，若要寻得合理的解释，还需将它还原于当时特

---

[1] 据孙楷第《中国通俗小说书目》卷二"明清讲史部"著录，人民文学出版社1991年版第58页。

定的历史环境中考察，如此粗劣的作品竟被多家书坊争相翻刻，其背景是其时阅读市场的极度饥渴。事情还得从嘉靖元年（1522）说起，那一年，皇家司礼监的经厂刊刻了《三国演义》。这部小说以抄本的形式流传了一百余年，直到弘治七年（1494）庸愚子为这部小说作序时，仍称其传世方式是"士君子之好事者，争相誊录，以便观览"[1]；而嘉靖元年修髯子为该书所作《引》中，则有"简帙浩瀚，善本甚艰，请寿诸梓，公之四方"[2]之语，由此可知，《三国演义》自那时起开始以刊本的形式传世。明末太监刘若愚提及司礼监刊印的《三国演义》时曾说，宫中太监们"皆乐看爱买"[3]，似主要是内部发行，传播范围未必很广，不过后来又有武定侯郭勋与都察院的《三国演义》与《水浒传》刊行于世，前书还有金陵国学本。这两部小说终于较广泛地流向社会，并很快引起轰动。《三国演义》被赞誉为"据正史，采小说，证文辞，通好尚，非俗非虚，易观易入，非史氏苍古之文，去瞽传诙谐之气，陈叙百年，该括万事"[4]，《水浒传》似更受推崇："嘉、隆间，一巨公案头无他书，仅左置《南华经》，右置《水浒传》各一部。"[5]李开先也写道："崔后渠、熊南沙、唐荆川、王遵岩、陈后冈谓：《水浒传》委曲详尽，血脉贯通，《史记》而下，便是此书；且古来更无有一事而二十册者。倘以奸盗许伪病之，不知序事之法、史学之妙者也。"[6]崔铣、熊过、唐顺之、王慎中与陈束等人不仅位居高官，而且都是当时著名文士，他们的赞颂更具有号召力。

《三国演义》与《水浒传》摆脱了原先一直靠抄本流传的局面后，

---

[1] 庸愚子：《三国志通俗演义序》，载《三国志通俗演义》，《古本小说集成》第三辑，上海古籍出版社1994年版第5页。
[2] 修髯子：《三国志通俗演义引》，载《三国志通俗演义》，《古本小说集成》第三辑，上海古籍出版社1994年版第3页。
[3] 刘若愚：《酌中志》，北京古籍出版社1994年版第158页。
[4] 高儒：《百川书志》，古典文学出版社1957年版第82页。
[5] 胡应麟：《少室山房笔丛》，中华书局1964年版第437页。
[6] 卜键笺校：《李开先全集》（中），文化艺术出版社2004年版第1276页。

广大读者因它们的刊行开始接触到供案头阅读的通俗小说,并争相阅读。这两部作品行世颇捷,生利甚厚,许多书坊都加入了刊印的行列。人们阅读通俗小说的热情十分高涨,但此时文人们尚不屑于进行小说创作,二十多年来世上能读到的通俗小说一直只有明初问世的那几部。面对严重的稿荒,最焦急的是书坊主,通俗小说的畅销使他们惊喜地发现一条新的生财之道,可是又陷入无新作可供刊印的窘境。《大宋中兴通俗演义》正问世于此时,作者熊大木的创作在艺术上极为拙劣,但该书正出现于长久未有新作的青黄不接之际,因而受到有强烈阅读需要的读者的追捧,各家书坊也因此纷纷盗版。

在小说史上,《大宋中兴通俗演义》的问世是个偶然事件,但其间却含有必然的因素。作者熊大木是建阳书坊忠正堂主,他之所以会撰写这部作品,是由于姻亲杨涌泉的"恳致再三"[1],而后者则是建阳书坊清白堂主。由于职业的关系,这两位书坊主很清楚广大读者的阅读热情、稿荒的严重以及两者间的尖锐矛盾,开辟了售多利速的生财之道却又无货可售,对这一局面最感焦虑。对别种行业的商人来说,如果失去货源,生意便无法做下去。书坊主的情况却有些特殊,他们所从事的职业使其文化水准高于一般商人,其中有些人确能胜任较粗陋的通俗小说的编撰。此时的文人囿于传统偏见,尚不屑于进行通俗小说的创作,于是本来只负责传播环节的书坊主,出于对利润的追逐,也就进入了通俗小说创作领域。这部《大宋中兴通俗演义》正是书坊主编撰通俗小说之滥觞,杨涌泉与熊大木相信,岳飞的故事一直为民间大众津津乐道,他们依据《精忠录》编撰的这部通俗小说一定能畅销于世,事实也是如此。受到成功的鼓舞,熊大木又接连编撰了《唐书志传》《全汉志传》与《南北宋志传》等三部作品。《唐书志传》

---

[1] 熊大木:《序武穆王演义》,载《大宋中兴通俗演义》,《古本小说集成》第四辑,上海古籍出版社1994年版第2页。

的叙述一依《通鉴》，间亦采及词话、杂剧中的内容，如"秦王三跳涧"之类；《全汉志传》的编撰显然也是既依据史书，同时也参考如元代建安虞氏所刊的《全汉书续集》等平话；而《南北宋志传》则是抄袭《五代史平话》等书，又略有增饰。在阅读市场饥渴的年代，这些作品也都受到了欢迎。

熊大木的成功使那些正在为书稿匮缺而发愁的书坊主顿生醍醐灌顶之感。既然在短时期内觅得《三国演义》《水浒传》那样的书稿已是不可能，而《大宋中兴通俗演义》之类作品的编撰方式又不难模仿，它们刊出后同样能畅销于世，那么就不如自己动手以度过稿荒时期。于是在数十年间，不断有书坊主步熊大木的后尘，其中最先迈步之人，是与熊大木差不多同时代的同乡余邵鱼，他采用同样的手法，根据《武王伐纣平话》等书编撰了《列国志传》。与熊大木一样，余邵鱼也出身于建阳的刻书世家，这一有利条件保证了他编撰时无后顾之忧，那部《列国志传》也能迅速地刊刻并广传于世。这部作品在数十年间销路一直不错，经过多次翻印之后，到了万历三十四年（1606），余象斗又不得不开板重雕。[1]余象斗自己也编撰过多部通俗小说，如《皇明诸司廉明奇判公案传》《皇明诸司公案传》《列国前编十二朝传》《北方真武师祖玄天上帝出身志传》《五显灵官大帝华光天王传》等，编辑了小说选集《万锦情林》，还评点了《三国演义》与《水浒传》，并冠以"志传评林"的标题出版。此外，他还刊刻了其他通俗小说约二十种。另一位书坊主杨尔曾编撰过《东西晋演义》以及神魔小说《韩湘子全传》。同时，书坊主还鼓动一些下层文人编撰通俗小说。如吴元泰《东游记》单行本出版时由余象斗作"引"并兼刊印发行人，可见他是应三台馆之邀而编撰，而杨致和、朱鼎臣、朱名

---

[1] 余象斗《列国志传识语》云："《列国》一书，乃先族叔翁余邵鱼按鉴演义纂集，惟板一付，重刊数次，其板蒙旧。象斗校正重刻全像批断，以便海内君子一览。"见丁锡根《中国历代小说序跋集》，人民文学出版社1996年版第860页。

世与朱开泰等人，观其作品之简陋粗率以及刊行之迅速，可以推测他们也是为书坊服务的下层文人。这些人中，最典型者当数邓志谟，他功名蹭蹬，因家计所迫，"糊口书林"[1]，长期担任刻书世家余氏的塾师，《铁树记》《咒枣记》与《飞剑记》就是在此时写成，均由余氏书坊萃庆堂刊行。这些作品都是依据旧本改编而成，用邓志谟自己的话来说，则是"考寻遗迹，搜捡残编，汇成此书"[2]，其实他还搬用了不少前人作品的内容，如《咒枣记》第六回"王恶收摄猴马精，真人灭祭童男女"，就大段地抄袭《西游记》第四十七回"圣僧夜阻通天水，金木垂慈救小童"中的文字，只是将人名作了更替而已。

　　书坊主主宰创作领域持续了约半个世纪，其间通俗小说从寥寥数种增至数十种，讲史演义与神魔小说两大流派已初成规模，人们的阅读需求得到了基本满足。在《大宋中兴通俗演义》营销成功的刺激下，这一局面形成，而它对小说发展的作用还不止于此。那时作品数虽已有不少，但多为简陋粗率之作，艺术水准低下，与《三国演义》《水浒传》等作相较，读者自然会产生不满情绪，文人更是严厉地批评。甄伟就指出，他阅读熊大木的《全汉志传》，"见其间多牵强附会，支离鄙俚，未足以发明楚汉故事"[3]，故而便动笔重写了《西汉通俗演义》，这期间又有谢诏的《东汉十二帝通俗演义》与作者不详的《两汉开国中兴志传》，也都是修订《全汉志传》而成书，那部《大宋中兴通俗演义》则由于华玉删改为《岳武穆精忠报国传》行世。至于余邵鱼的《列国志传》，受到的指责更严厉："此等呓语，但可坐三家村田塍上指手画脚，醒锄犁瞌睡，未可为稍通文理者道也……铺叙之

---

[1] 邓志谟：《与张淳心丈》，转引自吴圣昔《邓志谟经历、家境、卒年探考》，《明清小说研究》1993年第3期。
[2] 邓志谟：《铁树记》篇末语，《古本小说集成》第一辑，上海古籍出版社1994年版第200页。
[3] 甄伟：《西汉通俗演义序》，丁锡根《中国历代小说序跋集》，人民文学出版社1996年版第878页。

疏漏，人物之颠倒，制度之失考，词句之恶劣，有不可胜言者矣。"[1]正因为如此，冯梦龙创作了《新列国志》。明末，由于不满于书坊主编撰的作品的粗劣，同时也因为此时通俗小说地位的提高，较多的文人开始进入通俗小说创作领域，作品的数量与质量都有了明显的提升，通俗小说创作进入了繁荣阶段。追溯这数十年连锁反应的过程，可以发现那部为解决稿荒而问世的《大宋中兴通俗演义》承担了初始粒子的作用，它对推动小说的发展具有极为重要的价值。

在书坊主主宰创作领域的约半个世纪里，那些作品若就单部论，艺术水准低下，在推动小说发展方面也不具有如《大宋中兴通俗演义》那般的价值。可是如果将那时的众多平庸作品组合为一整体，视为讨论价值时的客体，便可发现它们的出现标志着通俗小说创作重新起步的开始，并且具有壮大声势、争取读者，以及刺激文人投身创作，终于使通俗小说呈现出繁荣景象的作用。如此一来，这一作品群在小说史上的价值就不可小视。

在小说史上，具有如此价值的作品群并不少见，近代小说也是较典型的一例。当时就有人批评道："新小说之出现者，几于汗牛充栋，而效果仍莫可一睹"，并进而得出结论："吾国小说界，遂无丝毫之价值。"[2]那时粗率直白，缺少艺术上推敲锤炼的作品数以千计，即使艺术成就相对较高的谴责小说，也明显地显示出"辞气浮露，笔无藏锋，甚且过甚其辞，以合时人嗜好"的弊病[3]。若就单部而论，这些作品现在大多难以引起人们阅读或研究的兴趣，可正是这一庞大的作品群借助自身的发展变化，在短短的七十二年间，完成了从古代小说体系向现代小说体系的转换过渡，显示出无可替代的价值。对这一价

---

[1] 可观道人：《叙》，载《新列国志》，上海古籍出版社1987年版第2页。
[2] 天僇生（王钟麒）：《论小说与改良社会之关系》，光绪三十三年九月初一日（1907年10月7日）《月月小说》第一年第九号。
[3] 鲁迅：《中国小说史略》，《鲁迅全集》第九卷，人民文学出版社1981年版第282页。

值的认识同时也提供了考察与研究的新思路：一些重大转换并非以突变与渐进过程中断的方式得以实现，其完成主要是靠量的不断积累。在小说发展的长链上，平庸之作迭出同样能承担重要的中介过渡作用。对此现象的成因进一步追究，还可以发现，思想或艺术都较平庸的作品能不断地大量问世且确能广泛地流传，其实是与其时社会氛围、创作的整体水准，以及读者群的审美情趣等因素相适应的，就小说创作发展而言，读者的喜好则是重要的制约因素。离开了对平庸之作所做的群体研究，我们对于当时的社会氛围、创作的整体水平以及读者群的审美趣味等就无法形成较为完整而具体的感受，同样，缺乏对制约创作因素的全面把握，也无法对小说发展采取的形态、途径做出较为合理的解释。

以上对价值表现的考察表明，获取"积极意义和有用性"的主体，不能只限定于作品的阅读者，即使以阅读者为主体，若联系具体事例仔细辨析，客体在"积极意义和有用性"方面的价值属性也会呈现出较复杂的状态。

首先，一部作品是否满足精神需要，或者满足到怎样的程度，都是因人而异的。一些人爱不释手的作品，在另一些人看来却可能索然无味，其原因则是他们的社会层次、文化程度、处境阅历与阅读口味等方面的不同。按这些条件，可将人归为不同的群体，而价值判断的不一致往往是以群体的形式显示。在同一个社会里，意识形态占统治地位的群体，其价值判断往往也相应地居于主导地位，并影响其他群体的判断；反过来，当其他群体的意见比较一致时，他们因人数占了绝大多数，有时也会迫使主流价值判断作修订，或是作实际上的默认。北宋末年，朝廷基于新旧党争的仇恨，下令禁止传播苏轼与黄庭坚的作品，但政治高压手段并无法割断苏、黄作品艺术魅力对大众的吸引，最后禁令也只能不了了之。

其次，所谓"积极意义和有用性"可以按不同的属性做分解，如作品的阅读价值、艺术价值、政治价值以及传授知识的教育价值等等。从理论上说，对作品价值的判断，首先应考虑其文学方面的"积极意义和有用性"，然后再综合对其不同属性价值的考量，但实际上人们往往是根据对自己某方面的"有用性"做取舍。现所知《水浒传》最早的刊本是由明嘉靖时武定侯郭勋以及都察院所刻印，朝中大臣谈及这部小说时也纷纷交口称赞，对它的肯定几可视为当时官方的意见。那时人们赞赏的着眼点是其文笔"委曲详尽，血脉贯通"，他们注意到作品含有"奸盗诈伪"的内容，但与"序事之法、史学之妙"相权衡，毕竟是次要的。[1]可是到了崇祯十五年（1642），朝廷却通令全国"大张榜示，凡坊间家藏《（水）浒传》并原板，尽令速行烧毁，不许隐匿"，因为此时各地义军蜂起，他们从《水浒传》中学到了"如何聚众竖旗，如何破城劫狱"[2]，这是作品军事教材价值的显示。此时统治者关注的是作品的军事教材价值，以及它将动摇国本的政治价值，对文学价值的估量已撇之一旁。评判时着眼于何种属性的价值，这取决于各人的立场与需求。晚清时傅兰雅曾征集时新小说，这位传教士要求应征者写出"真正有趣和有价值"的作品，而写作标准是"文理通顺易懂的、用基督教语气而不是单单用伦理语气"[3]；《国民日日报》以推翻满清统治为宗旨，由于《自由结婚》中写了"倒异族政府"与"杀外国人"的内容，他就绝口称赞这是部"好小说"[4]；侠人反对全盘否定传统小说的主张，他从题材、结构、章法等文学要素作比较后，得出"吾国小说之价值，真过于西洋万万也"的结论[5]。

---

[1] 卜键笺校：《李开先全集》，文化艺术出版社2004年版第1276页。
[2] 东北图书馆编：《明清内阁大库史料》（上），转引自王利器《元明清三代禁毁小说戏曲史料》，上海古籍出版社1981年版第16—17页。
[3] 傅兰雅：《有奖中文小说》，转引自周欣平《序》，载《清末时新小说集》（一），上海古籍出版社2011年版第5页。
[4] 《好小说，好政治小说》，光绪二十九年七月十五日（1903年9月6日）《国民日日报》。
[5] 侠人：《小说丛话》，光绪三十一年（1905）二月《新小说》第二年第一号。

再次，随着时间的推移或环境的改变，无论哪一群体，原先对作品的价值判断都可能发生变化，即使基于同一属性的价值判断也会如此。清政权最初相当推崇《三国演义》，清兵入关时，高级将领都领到了小说的满文本，以便从中学到攻城略地之法。与此相仿，此时的义军也同样在学习："张献忠之狡也，日使人说《三国》《水浒》诸书，凡埋伏攻袭咸效之。"[1]天下安定后，为防他人由此学习兵法造反，清廷便禁止阅读这部小说。雍正六年（1728），护军参领郎坤引用了诸葛亮误用马谡的典故，雍正便严厉责问"郎坤从何处看得《三国志》小说"，并下令"交部严审具奏"[2]，最后郎坤不仅被革职，而且还鞭一百，枷号三个月。价值判断的变化还影响了创作流派的盛衰，清初才子佳人小说刚兴起时颇受欢迎，可是此类作品一多，得到的评价便是"传奇家摹绘才子佳人之悲离欢合，以供人娱耳悦目也旧矣"[3]，这种状况正如鲁迅先生所言："时势屡更，人情日异于昔，久亦稍厌，渐生别流。"[4]

其实，随着时间的推移或环境的改变，对小说这一文学体裁的价值判断同样会发生变化。清初前期时，明清鼎革之变带来的战乱与社会大动荡刺激了一些文人走上创作道路，他们以撰写小说显示自己的人生价值，故而将小说与经传并列，"终不敢以稗史为末技"[5]，甚至认为这是可"惊天动地，流传天下，传训千古"[6]的事业。可是到了社会安定的清初后期，文人的思想在封建正统教育禁锢下形成，对先

---

[1] 刘銮：《五石瓠·水浒小说之为祸》，载朱一玄、刘毓忱《水浒传资料汇编》，百花文艺出版社1981年版第515页。
[2] 奕赓：《佳梦轩丛著》，北京古籍出版社1994年版第88页。
[3] 三江钓叟：《〈铁花仙史〉序》，载《铁花仙史》，《古本小说集成》第二辑，上海古籍出版社1994年版第2页。
[4] 鲁迅：《中国小说史略》，《鲁迅全集》第九卷，人民文学出版社1981年版第269页。
[5] 睡乡祭酒：《〈十二楼〉序》，载丁锡根《中国历代小说序跋集》，人民文学出版社1996年版第825页。
[6] 佩蘅子：《吴江雪》第九回"小姐密传传心事，雪婆巧改家书"，《古本小说集成》第四辑，上海古籍出版社1994年版第128页。

前天下大乱至多只有依稀印象。他们热衷科举而不屑于创作，即使作小说者如石成金，也视此为"不独并无学问，而且伤风败俗，摇惑人心"的末等书[1]，他们写小说只是为了"晓示愚蒙"[2]，宣扬教化。仅过了半个多世纪，人们的判断竟出现如此之差异，其原因则是政府接二连三的禁毁与道学家的竭力鄙弃。跌入备受排斥底层的小说全靠广大读者的喜爱，才能顽强地继续发展。

晚清时，小说价值重新得到推崇，梁启超的那篇《论小说与群治之关系》使它在文学殿堂里开始恢复应有的地位。当时就有人评论说："自小说有开通风气之说，而人遂无复敢有非小说者。"[3] 可是梁启超在论述时，罗列了一系列导致国家沉沦的负面现象，或"惑堪舆，惑相命，惑卜筮，惑祈禳"，或"慕科第若膻，趋爵禄若鹜，奴颜婢膝，寡廉鲜耻"，或"轻弃信义，权谋诡诈，云覆雨覆，苛刻凉薄"，或"缠绵歌泣于春花秋月，销磨其少壮活泼之气"，并认为原因只有一个："惟小说之故。"[4] 传统小说全被否定，得到肯定的只是鼓动民众拥护维新变法的"新小说"，其中"政治小说为功最高焉"[5]。梁启超还亲作"专为发表政见而作"的《新中国未来记》为示范[6]，他也知道这篇作品"似说部非说部，似稗（稗）史非稗（稗）史，似论著非论著，不知成何种文体"，而且"往往多载法律、章程、演说、论文等，连篇累牍，毫无趣味"，但它起到了"发表政见，商榷

---

[1]　石成金：《人事通》，中州古籍出版社2002年版第12页。
[2]　袁载锡：《〈雨花香〉序》，载《雨花香》，《古本小说集成》第一辑，上海古籍出版社1994年版第3页。
[3]　冷（陈景韩）：《论小说与社会之关系》（上），光绪三十一年五月二十七日（1905年6月29日）《时报》。
[4]　梁启超：《论小说与群治之关系》，光绪二十八年十月十五日（1902年11月14日）《新小说》第一号。
[5]　任公：《译印政治小说序》，光绪二十八年十一月十一日（1898年12月23日）《清议报》第一号。
[6]　未署名：《中国唯一之文学报〈新小说〉第一号要目豫告》，光绪二十八年九月初一日（1902年10月2日）《新民丛报》第十七号。

国计"的作用,甚至梁启超创办《新小说》,"其发愿专为此编也"[1],他估量时显然将可起宣传鼓动的政治价值置于首位。这类作品刚开始行世时,其崭新的形式与内容确有发聋振聩的作用,因而受到大众欢迎。可是接连读上几部这类"当一篇政治策论读,开口见喉咙"的作品[2],读者必然生厌,没两年便成了过眼烟云。

最后,文学作品无论哪一种"积极意义和有用性",都只有当读者阅读时方能实现,而读者要读到作品,传播是不可逾越的环节,其中小说尤依赖出版,读者只能在已出版的范围内进行价值判断。出版者为牟利必然追求售多利速,他们眼中作品的"积极意义和有用性"只有一个,即商业价值,其大小高低随市场的需求而波动,行销数量往往就是作品是否值得出版的唯一评判标准。梁启超声望再高,他创作、编发的作品也须得通过市场估价方能传播。主持开明书店的夏颂莱就曾从销售状况出发评判新小说:"小说书亦不销者,于小说体裁多不合也",这类作品"开口便见喉咙,又安能动人""读者不能得小说之乐趣也",故而不愿购买这些失去小说艺术特性的作品。[3]以销售状况评判作品的价值在当时是相当普遍的现象。新小说社推荐《情天恨》时,就强调"出版无多时而已售罄,价值可知矣"[4],小说林社出版《少年侦探》中卷时则登报宣传:"上卷出后,销数已及二千,其价值可知"[5];陶祐曾向人们推荐吴趼人的《二十年目睹之怪现状》时

---

[1] 饮冰室主人(梁启超):《〈新中国未来记〉绪言》,光绪二十八年十月十五日(1902年11月14日)《新小说》第一号。
[2] 中原浪子:《京华艳史》,光绪三十一年正月初一日(1905年2月4日)《新新小说》第五期。
[3] 公奴(夏颂莱):《金陵卖书记》,见张静庐辑注《中国现代出版史料》(甲编),上海书店出版社2011年版第389页。
[4] 新小说社:《改良再版〈情天恨〉》,光绪三十二年三月十七日(1906年4月10日)《时报》。
[5] 《小说林出版广告》,光绪三十三年六月二十五日(1907年8月3日)《时报》。

就写道:"甫经出版,购者已纷至沓来,其价值可想见矣。"[1]《小说月报》向大众介绍自己时则云:"出版以来,甫及半年,销数已达六千以上,其价值可知。"[2]它的销数增加后,又立即向大众报告:"出版以来,未及一年,销数已达八千以上,其价值可知。"虽然它也有艺术方面概括性的介绍,如"文言则情文并美,白话则诙谐入妙"之类[3],但其价值判断却是始终与销数捆绑在一起的。一些翻译小说刚面世尚不知销路,于是价值判断便以海外的销售情况为依据,小说林社推出《深浅印》时便介绍道:"西洋诸国一出版,销售数万册,一星期而尽,其价值之贵如是"[4];商务印书馆出版《梦游二十一世纪》时也突出其"风行欧洲,递相翻译,经数国文字,足增价值"[5],《新小说》刊载《神女再世奇缘》时,也要让读者知晓,该书"翻译者至八国之多,一时东西各国,风行殆遍",于是"可以想见其价值矣"[6]。销量多意味着读者多,此时出版者可获取较高的利润,不少读者也可借此而助兴。然而他们的价值判断并不能包含作品的思想意义与艺术水准。乐群书局再版《胡宝玉》时告诉读者,"初版三千部,未及二月已告罄,亦可见此书之价值矣",而畅销原因是作品讲述了妓女胡宝玉的故事以及"卅年间上海北里历史之足以动人闻听者"[7]。又如孙家振作《海上繁华梦》后又写续集,图画日报馆便向读者强

---

[1] 报癖(陶祐曾):《二十年目睹之怪现状》,宣统元年四月初一日(1909年5月19日)《扬子江小说报》第一期。
[2] 商务印书馆:《〈小说月报〉第二年第一期》,宣统三年二月二十六日(1911年3月26日)《时报》。
[3] 商务印书馆:《〈小说月报〉临时增刊》,宣统三年八月初三日(1911年9月24日)《神州日报》。
[4] 小说林社:《出版福尔摩斯侦探案〈深浅印〉》,光绪三十二年五月二十六日(1906年7月17日)《时报》。
[5] 杨德森:《序》,载《梦游二十一世纪》,商务印书馆光绪二十九年(1903)版第1—2页。
[6] 周树奎:《自序》,载《神女再世奇缘》,光绪三十二年(1906)五月《新小说》第二年第十号。
[7] 乐群书局:《〈胡宝玉〉再版广告》,光绪三十二年十一月十七日(1907年1月1日)《月月小说》第一年第三号。

调:"正集于十年前出版,再版数十次,销行百万卷,其价值可想而知。"[1]对这类描述妓女故事的狭邪小说,鲁迅先生曾有定评:其产生原因是"以谈钗黛而生厌,因改求佳人于倡优",其内容则是"叙男女杂沓之狭邪以发泄之"。[2]仅从商业效应评判作品价值的弊病十分明显,狭邪小说在晚清时颇有市场,只是说明了在特定的历史条件下某些读者对它病态地喜爱而已。销路与作品价值确有一定的联系,但两者之间并不存在必然的对应关系。当以销路评判价值的观念风行之际,也出现了些不同的看法,尤其值得注意的是蛰公的意见:"至一书之出现,总以有影响于人群而为价值。"[3]这可谓当时最接近价值本义的说法,可惜的是,他对此未作充分具体的阐述。

以上的分析表明,有关评估的概念虽然使用得相当频繁,但因它是带结论性的判断,使用时就须得对其复杂性有充分的考虑,唯有如此,应考察的问题才不致缺略,研究的思路与结论也可尽可能地避免偏颇。

三、与时间、空间相关之概念

人们刚开始研究某一事物或现象时,难免会有头绪纷繁之感,将研究对象归类考察分析,几乎是研究过程中必要的步骤,如题材、风格、主旨、样式等,都是常见的分类依据。在各种分类法中,有两类概念常是难以避免,那就是空间与时间。历史上就有浙西词派、常州词派的划分与研究,近年来时兴乡土文学研究,将作家作品按省分别作考察,此外又有江南文学、西部文学等划分,这些都是空间上的

---

[1] 图画日报馆:《〈图画日报〉特告》,宣统元年九月三十日(1909年11月12日)《时报》。
[2] 鲁迅:《中国小说史略》,《鲁迅全集》第九卷,人民文学出版社1981年版第263页。
[3] 蛰公:《叙言》,载《伤心人语》,振聩书社宣统三年(1911)版第2页。

分类，以便凸显出各地域作家作品的乡土特点。时间上的分类似更常见，唐代诗歌、宋代散文、明清小说等等，其实都是按时间分类后的诗歌、散文与小说中的一种。任何文学事件或现象都有确定的空间或时间坐标，这不仅意味着它们本身已有基本的分类，而且其他各种分类，都已含有空间或时间分类的成分，这两者实际上是最基本的分类，而这里将着重对时间概念进行讨论。

时间概念的辨析不当，会导致研究的失真，创作流派时事小说长期被混含在讲史演义中便是较典型的一例。自鲁迅先生《中国小说史略》以降，研究者都是按作品的题材对明清通俗小说进行分类（拟话本除外），而在很长的时间里，所列出的各创作流派中并没有时事小说这一门类，那些作品都包括在讲史演义之中，如此划分的依据是孙楷第先生的《中国通俗小说书目》。现在归于时事小说的作品，都包含在该书卷二"明清讲史部"中，孙先生还特地说明："余此书小说分类，其子目虽依《（中国）小说史略》，而大目则沿宋人之旧"，并指出"《史略》'讲史'二字，用宋人说话名目"。[1]鲁迅先生的《中国小说史略》沿用了宋代话本分类中的"讲史"概念，同时也给予明确的定义："历叙史实而杂以虚辞"[2]，他后来还曾指出："小说取材，须在近时；因为演说古事，范围即属讲史。"[3]这里"古事"一词，便是含有时间判定的概念。孙楷第先生设立"明清讲史部"时，将讲述清王朝灭亡前故事的作品都归于其间，因为对他来说，这些小说讲述的都是"古事"。

孙楷第先生的归类有其道理，但他是以自己的时间坐标判断何谓"古事"。可是若以作者的时间坐标作判断，明清讲史部里的作品便可分为性质有异的两类。一类是以作者的时间坐标衡量，他描写

---

[1] 孙楷第：《中国通俗小说书目》，人民文学出版社1991年版第1页。
[2] 鲁迅：《中国小说史略》，《鲁迅全集》第九卷，人民文学出版社1981年版第112—113页。
[3] 鲁迅：《坟》，《鲁迅全集》第一卷，人民文学出版社1981年版第147页。

的确是"古事",如元末明初罗贯中创作的《三国演义》,描写的就是一千多年前的事,熊大木撰写《大宋中兴通俗演义》,他与描写的故事之间也有五百年的时间间隔。这些作者创作时虽也以现实的社会生活为参照系,但毕竟他们一般都依照"羽翼信史而不违"[1]的原则。另一类作品则不然,那些作者描写的并非与自己颇有时间间隔的"古事",而是正在眼前发生的军国大事,写作素材须直接对头绪纷繁的现实生活做筛滤与提炼。如崇祯帝登基后扫灭阉党是当时的重大事件,魏忠贤自缢于天启七年(1627)十一月,而"吴越草莽臣"创作的《魏忠贤小说斥奸书》在崇祯元年(1628)冬即约十个月后已刊印行世,创作加上刻印,历时仅一年而已。晚清时由于印刷业发达,这类作品的问世与它们描写的事件间的时间间隔变得更短。光绪二十一年(1895)五月,日军开始侵犯台湾,而描写台湾军民奋起反抗的小说《台湾巾帼英雄传初集》七月就已上市销售,作者自称是"兹当火伞高张,流金铄石,挥汗疾书,据事直叙",因战事正在进行,故又云"二集俟天气稍凉,再编续印"。[2]另一部描写当时刘永福黑旗军在台湾抗击日寇侵略故事的《台战演义》的刊行更为迅速,其初集题"光绪乙未闰月校印",是年闰月为闰五月,与日军犯台仅相距一个月,而到了六月,该书的二集也已行世。

以作者的时间坐标衡量,这些作品描写的是眼前发生的军国大事,那些与时代相平行的内容显然并非"古事",根据讲史演义的定义,它们不应被归入这一作品系列。而且,这些作品的创作目的、引起的社会效应、表现手法方面的特点以及出现的时机都有许多相似点,而它们的共性又明显地异于讲史演义的特点,即具有一定的新闻

---

〔1〕 修髯子:《三国志通俗演义引》,载《三国志通俗演义》,《古本小说集成》第三辑,上海古籍出版社1994年版第3页。
〔2〕 伴佳逸史:《自序》,载《台湾巾帼英雄传初集》,上海书局光绪二十一年(1895)版第4页。

性。时事小说以讲述故事的形式描写眼前正在发生的国家大事,那些作者一般都较自觉地承担起及时并系统地介绍事件经过与真相的责任,而这又相应地要求创作与出版在尽可能短的时间内完成。

首先,由于史书"不通乎众人",故有讲史演义之作,"盖欲读诵者,人人得而知之","一开卷,千百载之事豁然于心胸矣"[1],它普及历史知识,以便人们从中汲取经验与教训,并以弘扬忠孝节义的历史人物为学习的楷模。时事小说描写的是现实而非历史,它承担了让广大读者形象且又具体地了解眼前的军国大事的功能。古时并无报刊等传播渠道,百姓主要靠里巷传言了解国家大事。当时虽有邸报,但它的阅读对象主要是官员,发行量相当小。《金瓶梅》中曾提到西门庆花了五两银子方抄得一份邸报,正因为当时看、抄邸报都较不易,作者才会很自然地写上这一细节。而且,邸报刊登的多为谕旨、奏折之类,要厘清朝廷政事来龙去脉及发展变化,需要读者自己根据连续的阅读进行梳理与分析,更何况面对文言写成的诏旨、奏章之类,艰深难读的语言障碍远非普通百姓所能逾越。时事小说则不然,作者承担了梳理邸报与里巷传说的任务,如峥霄主人创作《魏忠贤小说斥奸书》时就"阅过邸报,自万历四十八年至崇祯元年,不下丈许",作品内容也显示出"动关政务,半系章疏"的特点。[2]这些以故事的形式,形象并有条理地将那些军国大事娓娓道来的作品,成为读者了解国家大事的重要渠道,作者也有意以通俗语言演述故事,以便作品能迅速地"传之海隅"。[3]魏忠贤宦官集团的覆灭是明末的重大事件,它影响到当时的政治氛围乃至社会生活,可是在没有报刊等传播渠道

---

[1] 庸愚子:《三国志通俗演义序》,载《三国志通俗演义》,《古本小说集成》第三辑,上海古籍出版社1994年版第4—6页。
[2] 峥霄主人:《斥奸书·凡例》,载《魏忠贤小说斥奸书》,《古本小说集成》第一辑,上海古籍出版社1994年版第1—2页。
[3] 吴越草莽臣:《自叙》,载《魏忠贤小说斥奸书》,《古本小说集成》第一辑,上海古籍出版社1994年版第10页。

的当时，对一般百姓来说，那些即时创作与发行的时事小说，是他们了解事件始末的主要来源。晚清时报纸开始在通商港埠出现，情形略胜于以往，然而其数量与范围都不很大，语言障碍也仍然存在。时事小说则不然，语言的通俗使它能在最大范围内传播，其叙述系统有条理，既交代来龙去脉，勾勒出清晰的发展线索，同时又有细节的刻画，在读者眼前展现较丰满的形象，并使他们感受到随事件发展气氛产生的变化。两相比较，孰优孰劣一目了然。特别是甲午战败后，清廷割让台湾给日本，还严令沿海诸省不得接济台湾军民，当然也不愿意让世人知道那儿发生了什么事。可是就在台湾鏖战之际，热情歌颂台湾军民抗击日寇侵略的《台湾巾帼英雄传》与《台战演义》接连问世，不仅打破了新闻封锁，也是在号召人们支援正在艰苦奋战的台湾军民。反映甲午中日战争的《中东大战演义》问世略迟些，但书中将清廷官吏昏庸无能、冒功吞饷、贪生怕死的种种丑态悉数道来，而这些又是封建统治者想竭力遮盖的。因此可以说，具有新闻价值仍是清末时事小说的主要特色之一。

时事小说的新闻价值源于它对事件的实录性，那些作者以"事之宁核而不诞"[1]为原则，这又使得该流派具有另一特点，即史学价值。时事小说显示出的史学价值大致可分为三类：首先是作品抄录的文献资料，保存了一批历史文献的真实面貌。时事小说常载入当时的诏旨、奏章与书信等，如《樵史通俗演义》中就有二十八篇之多，而且都是事态发展关键处的历史文献。入清后，统治者为了扼杀士人的民族意识，曾大规模地删毁或篡改历史文献，其中有些却在时事小说中保留了原始状态，故而后人有"当时案牍文移，亦赖之以传"[2]之赞。

其次是提供了独家史料。如《明史》等对魏忠贤的年岁生辰均无

---

[1] 翠娱阁主人：《序》，载《辽海丹忠录》，《古本小说集成》第一辑，上海古籍出版社1994年版第5页。
[2] 谢国桢：《增订晚明史籍考》，中华书局1964年版第1160页。

记载,而《警世阴阳梦》第二十七回写魏忠贤庆寿时却载明他"在天启七年三月十六日六十岁"。此书刊于庆寿的次年,记载当较可靠。又如史书与一些笔记都提及当时各地官吏为魏忠贤建造生祠事,但唯有上书的第二十六回中,介绍了每月朔望拜祠者的登记册,由司礼监负责循环倒换的"循环簿",而魏忠贤则"照簿升降赏罚"。又如《七峰遗编》详尽地记载了清军攻占常熟、福山并大肆杀戮的事实,因为作者清楚地知道,"后之考国史者,不过曰某月破常熟,某月定福山,其间人事反复,祸乱相寻,岂能悉数而论列之哉"[1];又如《海角遗篇》的作者在跋中写道,他是幸免于难后"细访于所见所闻",才写下了记录清军血腥暴行的作品,这些作者有心保存史实与总结历史教训,其记叙的真实性也相当可靠。

再次是较详细地介绍了事件发展过程中的细节与当时的气氛。正史对这些往往略过不录,或惜墨如金,如对魏阉高压统治时的恐怖气氛,正史中只有"民间偶语,或触忠贤,辄被擒僇,甚至剥皮、刲舌,所杀不可胜数,道路以目"等寥寥数语[2],可是在时事小说中关于这方面却有较丰富的描写,对了解当时社会风貌弥足珍贵。曾有人认为这类内容"多里巷琐语,无关文献"[3],显然是一种误解。

时事小说的作者似乎已意识到自己的作品在后世的史学价值,其中有些甚至还以史学家自许,《樵史通俗演义》的作者江左樵子开篇即自豪地宣称:"樵夫野史无屈笔,侃然何逊刘知几"[4];在第八回开

---

[1] 七峰樵道人:《海角遗编序》,载《海角遗编》,《古本小说集成》第二辑,上海古籍出版社1994年版第1页。
[2] 《明史》卷三百五,中华书局1974年版第7820页。
[3] 孙楷第:《大连图书馆所见小说书目》,载《日本东京所见小说书目》,人民文学出版社1981年版第186页。
[4] 江左樵子:《樵史通俗演义》第一回"幼君初政望太平,奸珰密谋通奉圣",《古本小说集成》第二辑,上海古籍出版社1994年版第2页。

篇诗中又云:"昔在京师曾目睹,非关传说赘闲词。"[1]在那些作品中,依据邸报撰写的内容可算是硬性史料,而对相关传闻的描述,虽也有史学价值,但毕竟与前者有所区别,有的作者甚至还将这两类内容分列显现。吟啸主人曾以明王朝与关外新兴的后金政权的战事为题材撰写《近报丛谭平虏传》,作者在卷首解释书名时曾说:"近报者,邸报;丛谭者,传闻语也。"[2]作者在每回回目下用小字注明"邸报"或"丛谭"。全书二卷共十九回[3],注明"丛谭"者七回,内容为当时的社会传闻;注明"邸报"者六回,主要是根据邸报按时间顺序排比大事记,另有六回注为"报合丛谭",即将两者内容穿插叙述,其中大事记的排比与传闻的叙述仍可清楚地分辨。注明"邸报"者可满足想了解事件的真实发展经过的需求,而若要阅读事件中各种传闻故事,则注明"丛谭"者可供阅览,此安排将两类不同性质的史料做了明确的区分。

这些作品又出现在正史修撰之前,因而后世史家对它们较为重视,并从中录取了不少资料。不过,在肯定时事小说的史学价值时,也须指出,并非作品中的描述都可当作史实运用,因为作家创作的毕竟是小说,其间自然有不少虚构的成分,那些遵循教化为先原则的作者也曾声明:"苟有补于人心世道者,即微讹何妨,有坏于人心世道者,虽真亦置。"[4]李岩的故事是典型的例证,《剿闯通俗小说》《新世宏勋》与《樵史通俗演义》都写到了李岩投奔闯王的故事,而且是越写越丰满、逼真。这一故事较令人信服地概括了地主阶级阵营中的知

---

[1] 江左樵子:《樵史通俗演义》第八回"奸计成一网打尽,正人败八面受敌",《古本小说集成》第二辑,上海古籍出版社 1994 年版第 129 页。
[2] 吟啸主人:《近报丛谭平虏传》篇首语,《古本小说集成》第一辑,上海古籍出版社 1994 年版第 4 页。
[3] 该书卷之二卷首所列回目十则,但首回"兵部查恤阵亡将"仅有目而无正文,故卷之二实为九回。
[4] 吟啸主人:《近报丛谭平虏传》篇首语,《古本小说集成》第一辑,上海古籍出版社 1994 年版第 3 页。

识分子参加农民起义军的历程，它在文学上可谓成功，可这毕竟是一个虚构的故事。然而史学家们竟然信以为真了，清初的计六奇将此事载入了《明季北略》，后世史家又以讹传讹，纷纷沿用此说，直到20世纪40年代，郭沫若先生还撰写了《甲申三百年祭》，认真地总结了包括李岩悲剧在内的历史教训。此例证提醒人们，时事小说中确含有大量史实内容，但从中撷取时还须仔细辨析。

在当时具有新闻价值，在后世具有史学价值，这两者使时事小说与讲史演义明显地拉开了距离。阅读讲史演义者不会有从中获取新闻信息的念头，因为谁都知道作品是在讲述历史故事，而时事小说的阅读者却可借作品了解当时的军国大事，而且这是获取新闻的重要渠道。同样，讲史演义的创作原则之一是"羽翼信史而不违"，那些作品封面上常印"按鉴演义"以标榜，实际上创作则是依据史实做铺叙，常采用踵事增华、悬想事势的手法，因此人们引用史料时是查阅正史而非翻阅讲史演义，而时事小说的出现具有即时性，它们问世于相应的正史修撰之前，其间保留了相当丰富的原生态的史料，只是撷取须经仔细的辨析。时事小说首先是小说，但它同时既向读者提供新闻信息，又给后人留下独家史料，在小说史上，时事小说可以说是同时具有这三种功能的创作流派。

一身而三任是时事小说独特的长处，可是从整个创作状况来看，那些作者又始终未能寻得三者最佳的结合点。为了保证作品的新闻价值，这些作品一般都在较短的时间里完成，急速成章使那些作者往往来不及对眼前发生的事件作认真的反思与咀嚼，虽是照事件发展的原样写来，揭示却有肤浅之嫌。正因为写作过于仓促，作者对于生活素材时常缺乏应有的概括与提炼，结构的设置安排也较粗率。而史学价值方面的考虑，又常造成时事小说的一个十分明显的缺陷，那就是"文""史"混杂，体例不纯，当作者刻意追求实录时尤其如此。《樵史通俗演义》第二十四回是个非常突出的例子，该回载录了倪元璐的三本奏章，崇祯帝的一道诏旨，计有3566字，可是这回一共也只有4822字，留意情节者往往只能将这些内容略去不读。"动关政务，半系章疏"是许多时事小说的特点，有的作者过于强调这点，提出了"不学《水浒》之组织世态，不效《西游》之布置幻景，不习《金瓶梅》之闺情，不祖《三国》诸志之机诈"[1]的原则，而奉行的结果，又必然导致艺术上的粗糙乃至失败。如《海角遗篇》几乎就是为保存史实而作，这部作品没有固定的主人公，也没有贯穿性的人物，作者只是按照时间顺序串联各个事件，或一回写一事，或一事贯穿数回，各回的篇幅也不均衡，长者有数千言，短者只有二三百字。似小说笔法而非纯粹的小说，看似实录却又非纯粹的实录，这是当时许多时事小说的通病。大量奏章诏旨等文献的羼入，破坏了小说本应具有的体例。同时拥有新闻与史学价值，代价是牺牲了文学价值；而那些作品的创作在艺术上取得的某些成功，如李岩故事的虚构等，显然并非当时的新闻，对后世而言，自然也无史学价值可言。在这个意义上可以说，新闻、史学与文学价值三者备于一身，同时也是时事小说致命的弱点。

辨析"古事"这一具有时间内涵的概念，收获是从原来的讲史演义序列中划分出完全独立的创作流派时事小说，这对于小说史研究的深化具有重要的意义。在文学研究中，这类概念其实还有不少，若仔细辨析它们所含的时间意义，可以帮助我们解开原先的疑惑。在文学研究中，讨论到作家、作品与读者关系时，我们常会使用诸如出现、产生、问世、面世、出版、刊刻、刊行、行世等概念，在许多场合是将它们当作同义词看待，有时为了避免用词重复而将它们替换使用，一些文学论著只论作品的问世而不言其出版，实际上也是将两者当作

---

[1] 峥霄主人：《斥奸书·凡例》，载《魏忠贤小说斥奸书》，《古本小说集成》第一辑，上海古籍出版社1994年版第2页。

了一回事。可是问题也会因此而产生。文学史的发展展示了一条规律：优秀作品问世后，新的创作流派会受其影响而形成，如通俗小说史上第二个创作流派即神魔小说的形成，就明显是受到了《西游记》畅行于世的刺激，其中有些作品的情节构思，模仿或干脆剽窃的色彩还十分浓重。然而《西游记》问世于嘉靖后期，后来近二十部神魔小说却集中地出现在万历三十年前后，前面所说的那条规律居然潜伏了半个世纪才肯发挥作用。通俗小说第一个创作流派，即讲史演义形成的情况也与此相类似，其开山之作《三国演义》于元末明初问世，受其影响而形成创作流派，却是在嘉靖朝后期，两者之间居然相隔了两个世纪！

　　此现象似与文学规律相悖，其实却是概念使用出了问题，那些看似同义的概念并不可以随意替换。这些概念都直接与时间关联，它们按时间坐标大致可分为两类，一类表示创作的完成，如问世、产生等等，一类表示作品开始能够较广泛地传播，如出版、刊刻等等，这是作品问世之后的事。这两类概念所关联的时间坐标并不同一，只是由于在出版较为方便且快速的今日，它们之间的时间差很小，以致人们常将它们当作同义词混同使用。可是在古代，作品的问世与出版之间常有很长的时间间隔，即使最优秀的小说也常是如此，如从《三国演义》《水浒传》到《聊斋志异》《红楼梦》与《儒林外史》，作者生前都没有看到自己作品的出版。如果将问世与出版这两类概念严格地按时间坐标区分，开山之作与相应流派形成间时间脱节的奇怪现象就不难得到解释。《西游记》在嘉靖后期问世后并没有刊刻行世，直到万历二十年（1592）首次由南京书坊世德堂刊出后才广为人知，其后神魔小说作品相继问世，到万历三十年左右作品数量已蔚然可观，在这一过程中，其实并没有时间脱节的现象。《三国演义》与讲史演义流派形成的关系也是如此。《三国演义》虽问世于元末明初，但直到嘉靖元年（1522）才首次由皇家司礼监刊出。此刊本流传范围较小，而到了万历初年,"坊间所梓《三国》,何止数十家矣"。在这部名著的巨大影响下,各种讲史演义纷纷刊行,开山之作与相应流派形成时间之间也没有发生脱节。先前之所以会出现使人感到困惑的与文学发展规律相悖的时间差,就是因为未对那些与时间相关联的概念作认真辨析。

任何文学现象或事件都发生于某个时间点或某个时间段里,因此对与时间关联概念的辨析,是任何文学研究都必经的一环。对于有明确记载的准确的时间点,一般不会发生异议,对于时间段的划分,一般也不会产生异议,如唐代文学、清代文学之类,因为各朝代都有公认的起始点。可是,一些朝代长达二三百年,为了研究的需要,有时得将它们分为几个阶段,通常所见的是初期、中期与后期的三段划分,它们包含的时间范围大约都在百年。文学的形态与运动方式一直在变化发展,将较长的朝代划分为初期、中期与后期,是为了比较文学在这三段时间里发展态势的异同,归纳各自的特点,从而总结出带有普遍性的规律。不过,这样的分段研究有个前提,即文学在各时间段里的态势相对平稳,并无大起大落的情况发生。若非如此,就还得根据具体情况做更进一步的时间划分。如就通俗小说而言,清初这一时间概念就显得宽泛,统而论之,无法刻画出它的实际状态。

清初是指顺治、康熙与雍正三朝共九十年[1],它在小说研究中一直被视为一个独立的时间单位,人们或分析这时期作品的优劣得失,或考辨那些作者及成书年代,或考虑它对后来乾隆朝小说创作繁荣的意义。以上研究实际上已预设了这一时期创作发展比较均衡平稳的前提,长期以来也都是如此论述。可是若按其间各作品问世时间逐一排

---

[1] 清军占领小说创作与刊行要地江浙一带是顺治二年(1645),此处所言九十年,是指顺治三年(1646)至雍正十三年(1735)。

列，便可发现此预设与实际情况相去甚远，前后的作品数量出现了断崖式的下跌。若以康熙三十年为界，前后两个时间段长度相仿，后期新出的通俗小说数量竟不及前期的五分之一，而且拟话本与时事小说等流派在此时已基本绝迹，其他作品也已趋于一味说教的末流。在作者构成、创作理念、创作环境等各个方面，清初前期与后期的小说状态都有极大的反差，若将两者混为一谈，小说行进的实际走向便会被模糊，通俗小说史上最严重的一次创作萧条便会被掩盖，对乾隆朝创作繁荣动因的解释也就肤浅得多。尽管多年来人们一直将清初视为一个完整的时间单位，而上述辨析表明，对小说发展而言，清初前期与后期应是两个需要独立考察的时间段。

一旦选定了某个时间概念，研究的范围也就随之确定。在一般情况下，人们认定的时间概念所覆盖的范围基本一致，但对有些覆盖范围，人们对它们的边界应定于何处却持有不同的意见，这是导致研究中产生争论或纷扰的重要因素，"晚清"这一概念便是其中较突出的一例。当使用晚清一词时，大家对其终点的认同基本同一，即清王朝覆灭的宣统三年（1911），个别会划至1912年，但关于起点却有着多种意见。不少人将起点定于鸦片战争爆发的道光二十年（1840），即认为晚清与近代是同一个时间概念的不同表述，如《中国社会思想史资料选辑》（晚清卷）就明确表示："本卷为晚清卷，编选时段大致以1840—1912年为限"[1]，郑振铎的《晚清文选》虽未作明确表示，但选文的首篇是林则徐的"附奏东西各洋越窜夷船严行惩办片"[2]，显然也是这样划分。小说研究领域有阿英先生的《晚清小说史》，该书虽未专门讨论晚清的起点，但其论述是从庚子国变，即1900年开始[3]；

---

[1] 陆学艺、王处辉主编：《中国社会思想史资料选辑》（晚清卷），广西人民出版社2007年版第1页。
[2] 郑振铎：《晚清文选》，上海书店出版社1987年版第1页。
[3] 阿英：《晚清小说史》，商务印书馆1937年版第5页。

而欧阳健先生的《晚清小说史》则明确指出,该书讨论的时间段是"1900—1911年十一年间"[1];王德威先生则提出:"我所谓的晚清文学,指的是太平天国前后,以至宣统逊位的六十年。"[2]也有人将起点推至近代之前,如国内翻译费正清主编的《剑桥中国史》第10卷和第11卷时,就将其定名为《剑桥中国晚清史》,开始时间为1800年,即从嘉庆五年起算。有的思想史研究者赞同这样的划分,"把晚清思想史的逻辑起源确定在整个嘉道年间"[3]。大家使用的概念都是"晚清",各自的时间长短却相差甚大,也难免产生分歧。此局面似已无法统一,这就提醒人们,在遇见或用"晚清"一词时,须得做仔细的辨析。

在研究中,新的时间分段的概念还会不断出现。近百年前,胡适曾作《五十年来中国之文学》,将1872年至1922年视为文学发展的一个阶段。这一划分有一定的偶然性,他是应纪念《申报》创刊五十周年之邀而写,故以1872年为起点。这一年,桐城派古文中兴的主要人物曾国藩去世,这是古文衰微的重要标志,而该文写作的1922年正是新文化运动告一段落之时。胡适抓住古文衰微和白话文勃兴的线索梳理这一时期的文学发展进程,揭示了中日战争、戊戌变法等重大政治事件对文学发展的影响,展现了"新文学运动"的历史渊源及其发生的必然性,其讨论涉及了散文、诗歌、小说等各种体裁的变化,考辨与分析也相当充分。白话文崛起是五四新文化运动的重要内容,胡适的时间划分正好讲清楚了古文与白话的势力消长,以及白话文崛起的必然性,故而此文的第一句话便是"这五十年在中国文学史上可以算是一个很重要的时期"[4]。胡适的这篇论文是"最早'略述文

---

[1] 欧阳健:《晚清小说史》,浙江古籍出版社1997年版第3页。
[2] 王德威:《被压抑的现代性——晚清小说新论》,宋伟杰译,北京大学出版社2005年版第1页。
[3] 郑大华:《晚清思想史》,湖南师范大学出版社2005年版第6页。
[4] 胡适:《五十年来中国之文学》,载《最近之五十年》,申报馆1923年版第4页。

学革命的历史和新文学的大概'的论作"[1],或被称为"最早出现的、影响重大的叙述新文学发生历史的文章"[2]。尽管人们对此文赞誉有加,但后来却不再有人采用胡适这一时间段的划分。

到了20世纪80年代,又有新的时间段划分的提出,那便是"20世纪中国文学",而在这个概念里,"'20世纪'并不是一个物理时间,而是一个'文学史时间'",时间段划分的依据是"文学进程",因此起点并未定于1900年,而且"如果文学的发展,到21世纪,它的基本特点、性质还没有变,那么下限也不一定就到2000年为止"。[3]对于这一进程的含义,概念提出者还做了具体阐述:

> 一个由古代中国文学向现代中国文学转变、过渡并最终完成的进程,一个中国文学走向并汇入"世界文学"总体格局的进程,一个在东西方文化的大撞击、大交流中从文学方面(与政治、道德等诸多方面一道)形成现代民族意识(包括审美意识)的进程,一个通过语言的艺术来折射并表现古老的中华民族及其灵魂在新旧嬗替的大时代中获得新生并崛起的进程。[4]

其上所述是"20世纪中国文学"定义的内涵。正是基于这一理解,概念提出者将时间段的起点定于戊戌变法发生的1898年,因为严复译的《天演论》刊行、梁启超《译印政治小说序》的发表、裘廷梁作《论白话文为维新之本》都在这年,而翌年则有林纾译《巴黎茶花女遗事》印行,于是由此得出结论:"与古代中国文学全面的深刻的'断裂'开始了:从文学观念到作家地位,从表现手法到体裁、语言,

---

[1] 温儒敏:《中国现当代文学学科概要》,北京大学出版社2005年版第1页。
[2] 黄修己:《中国新文学史编纂史》,北京大学出版社1995年版第4页。
[3] 陈平原、钱理群、黄子平:《"20世纪中国文学"三人谈·缘起》,《读书》1985年第10期。
[4] 黄子平、陈平原、钱理群:《论"20世纪中国文学"》,《文学评论》1985年第5期。

变革的要求和实际的挑战同时出现了。"[1]

可是，拥护"20世纪文学"概念的人对时间段起点的设置却有不同的意见，不少人将这个概念理解为"20世纪的文学"，由于"只能有一个20世纪"，因此这是一个"有着明确的起点和终点"的时间划分[2]，即1900年至1999年。这样设置起点同样有重要的文学事件为依据：梁启超在1899年12月底写成的《夏威夷游记》中，"正式发出'诗界革命'和'文界革命'的号召"，故云"历史的脚步一踏进20世纪的门槛，一场文学大变革的准备工作便立即启动"，"历史的安排有时是那么巧妙的"[3]。还有人将起点前推至鸦片战争，德国学者顾彬也写过本《20世纪中国文学史》，在他笔下，"20世纪中国文学分成近代（1842—1911）、现代（1912—1949）和当代（1949年后）文学"[4]。

对起点设置提出质疑，显然是因为根据那几个事件所作的判断并不能使人信服：首先，1898年严复所译《天演论》的刊行并非文学事件，而他与夏曾佑运用进化论的观点探讨文学的起源、发展及其特点的论文是载于《国闻报》的《本报附印说部缘起》，发表时间是1897年。其次，梁启超《译印政治小说序》阐述的思想同于他1897年在《时务报》上发表的《〈蒙学报〉〈演义报〉合序》，所不同者是突出了"政治小说为功最高焉"；而且，该文的意义与影响又远逊于他在1902年发表的《论小说与群治之关系》。梁启超受到《本报附印说部缘起》启迪，"狂爱之"[5]，后来为撰写《论小说与群治之关系》，他还刊登广告征集此文，以备参考。[6]再次，称1898年《译印政治小说序》发

---

[1] 黄子平、陈平原、钱理群：《论"20世纪中国文学"》，《文学评论》1985年第5期。
[2] 庄汉新：《〈中国20世纪散文思潮史〉前言》，《广播电视大学学报》2006年第1期。
[3] 黄修己：《20世纪中国文学史》，中山大学出版社1998年版第5页。
[4] 顾彬：《20世纪中国文学史》，范劲译，华东师范大学出版社2008年版第3页。
[5] 梁启超：《小说丛话》，光绪二十九年（1903）十二月《新小说》第七号。
[6] 《新小说报社广告》，光绪二十八年（1902）八月《新民丛报》第十五号。

表后,"西方文学开始大量地输入"[1],并以1899年林纾译《巴黎茶花女遗事》正式印行为例证,此说亦有不妥之处。其实在此之前的1897年,福尔摩斯侦探案已在《时务报》上连载,该作在中国的影响并不弱于《巴黎茶花女遗事》,而《瀛寰琐纪》连载英国小说《昕夕闲谈》,更是早在1873年的事。此时西方文学输入的主要是小说,在1898年后的连续三年中,每年所出仅寥寥数种,1902年后渐多,要称得上"大量",那是1905年以后的事。最后,还是在1897年,我国最早以"白话"命名的报刊《演义白话报》在上海刊行,其创刊号文章《白话报小引》云:"中国人想要发愤立志,不吃人亏,必须讲究外洋情形、天下大事;要想看报,必须从白话起头,方才明明白白。"又称该报宗旨为"把各种有用的书籍报册演做白话,总起看了有益"。与1898年裘廷梁的《论白话文为维新之本》相较,两文关于提倡白话的基本观点一致,只是裘文又增加了提倡白话与维新变法关系的论述,但这与文学其实并不直接相关。

由于发生了戊戌变法这一重大政治事件,1898年格外引人注目。但就文学发展进程而言,1897年似更值得关注,而且它更符合"20世纪中国文学"提出时明确的原则:"这一概念首先意味着文学史从社会政治史的简单比附中独立出来,意味着把文学自身发生发展的阶段完整性作为研究的主要对象。"[2]这里并不是主张起点应定于1897年,而是借此例说明,从不同的角度出发,还可以提出新的起点主张,换言之,现在还不清楚"20世纪中国文学"的起点究竟在哪里。同样,它的终点在何处也不明晰。概念提出者曾有过一个说明:"如果文学的发展,到21世纪,它的基本特点、性质还没有变,那么下限也不一定就到2000年为止。"[3]也有赞同者表达了类似的意见:终

---

[1] 黄子平、陈平原、钱理群:《论"20世纪中国文学"》,《文学评论》1985年第5期。
[2] 黄子平、陈平原、钱理群:《论"20世纪中国文学"》,《文学评论》1985年第5期。
[3] 陈平原、钱理群、黄子平:《"20世纪中国文学"三人谈·缘起》,《读书》1985年第10期。

点"亦不能就预定在1999年"[1]。如今20世纪已过去了二十多年,终点在哪里仍是捉摸不定,而且谁也无法预测大概何时能够迎来终点。起点与终点均不详,在各种文学史分段中,是一个十分奇特的现象。不过,这似乎没影响人们以"20世纪中国文学"为名的各种研究,而纵观众论,其主要内容都限于20世纪这百年之内,即在实际上回到了概念提出者所反对的"物理时间",其实质还是以百年为单位,将时间测度匹配文学的发展。

三十余年来,冠以"20世纪"的论文、著作数以百计,相应的教材也陆续完成编撰并进入高校。此概念在现代文学与当代文学研究界引发强烈呼应,其直接动因主要是有两大问题似是得到了解决:其一,"不少作家的创作跨越了近代和现代,而更多作家的创作则跨越了现代和当代",在"20世纪中国文学"的框架下做考察,就避免了"受文学分期的局限予以人为的割裂"[2]。这类"割裂"其实只是形式上的,并没有对实际的研究造成妨害。如对于巴金、曹禺等在现代和当代都有重要作品问世的作家,人们研究时何曾只关注他们在现代文学阶段的活动,而对其在当代文学阶段的创作视而不见,反之亦然。那些研究都没有拘泥于现代文学与当代文学的分期,而是根据作家的创作生涯另行设计了考察所覆盖的时间段,研究的完整性并没有遭到"人为的割裂",而且早在"20世纪中国文学"分期法提出之前即已如此。如果认为"20世纪中国文学"避免了将一些作家的创作分置于现代文学与当代文学的"割裂",那么根据同样的理由,就得承认它又造成了新的"割裂",不管其起点设于1898年还是1900年,总有一批自晚清而来的作家的创作被拦腰截断。其实,只要提出一种分期法,其起点与终点的设置就必然导致对某些作家创作的割裂,换一种

---

[1] 孔范今:《20世纪中国文学史》,山东文艺出版社1997年版第1页。
[2] 周斌、唐金海:《总序》,载张新《20世纪中国新诗史》,复旦大学出版社2009年版第2页。

分期法或许可避免,却会有新的割裂随着新的分期相应而生。

其二,将原先现代文学的起点推至1900年左右,可以发现"无论在社会条件或文学自身条件上,都已为一种崭新文学的诞生做好了准备","只有这样,五四新文学才不致成为无源之水"[1]。可是遵循新的时段划分,却出现了同样性质的问题。为了凸显历史渊源、形成脉络与文学特征,就不再将五四文学革命视为一个文学进程的开端,须得新定义一个文学发展阶段,将倡导"小说界革命""诗界革命"等的晚清那场文学运动纳入其中。那场文学运动强劲地冲击了传统的文学观念与表现方法,其规模不小,影响也遍于全国。大家都认为五四文学革命承袭其积蓄而发生,足可见它在文学史上的地位。既然将五四文学革命设为起点不妥,为追寻其历史渊源与形成脉络,须将文学阶段的起点前推,那么晚清的那场文学运动同样不是突如其来地发生,其历史渊源与形成过程又该置于哪个时间段呢?

很显然,对文学发展做阶段划分时,某些作家的创作历程是否会遭到割裂并非考虑的主要因素,因为只要有阶段划分,就会有这类割裂出现。判断的主要依据应是文学运动状态的相对完整性,不仅完整地交代该运动状态的始末,彰显其特点与规律,它形成的主要动因也应在同一阶段中。这时,需要对"文学发展"这一概念进行辨析。它的物理形态为按时间顺序排列的作品序列,而通过对此序列的考察,可分析作者的多寡、成分结构与观念的演变,可从整体上提炼其间创作思想、表现手法的演进,勾勒那些题材与体裁重心的转移路线。不过,这还不是"文学发展"内涵的全部。文学是具有相对独立性的发展实体,它在重大社会政治事件刺激、传播条件与方式、读者反馈与市场约束以及占统治地位观念与文化政策等外在摄动力的制约下,运动状态与行进轨迹不断发生变化。这里不妨以传播环节为例,说明晚

---

[1] 黄修己:《20世纪中国文学史》,中山大学出版社1998年版第9页。

清的"小说界革命"何以能够发生。

须有相当数量的贯彻改良小说主张的作品行世,"小说界革命"方能产生重大影响,倘若在三十年前,传播环节根本不具备支撑这场文学运动的条件。那时新出小说基本上是每年数种,这是自明万历以降已延续二百余年的格局。雕版印刷的工艺限制了产能的提升,供大众阅读的报刊尚未诞生,小说阅读市场的规模也就相应地较小。变化始于同治末年,报刊开始出现并逐渐增多,同时又发生了以引进西方先进技术与设备为标志的印刷业近代化改造。此时由于稿源缺乏,新出小说数量较以往只是稍有增加。为了满足日益增长的出版能力,各书局纷纷再版已往的作品,小说阅读市场的规模也随之扩容。正由于有了这样物质层面的准备,其后新出小说的数量才会突飞猛进地增长。"小说界革命"主张提出的光绪二十八年(1902),新出小说单行本为13种,翌年上升至75种,而光绪三十年至三十四年的五年间,年均出版约126种。与此相类似,光绪二十八年报刊小说为25种,翌年上升至107种,而光绪三十年至三十四年的五年间,年均约360种。当讨论"小说界革命"何以能发生时,显然不可回避传播环节支撑条件的逐渐成熟。

而且,传播环节的情况变化并非孤立的运动,它与当时重大社会政治事件刺激、读者反馈与市场约束以及占统治地位观念与文化政策等因素有一定的交叉影响与互相制约。印刷业近代化改造进行时,上述诸因素也在逐渐发生变化,它们也并不是各自分别地作用于小说的发展,而是结合在一起形成了一种合力。正是这些能量的聚集,终于促使"小说界革命"发生。现在"小说界革命"被纳入了"20世纪中国文学"板块,可是它发生的原因却在该板块之外,这样的划分正与把"文学自身发生发展的阶段完整性作为研究的主要对象"的原则相违背[1]。

---

[1] 黄子平、陈平原、钱理群:《论"20世纪中国文学"》,《文学评论》1985年第5期。

以此为例并不是主张将阶段的起点继续向前推进，标以"20世纪"但起点却前置了数十年也会给人奇怪的感觉，可是一旦将晚清那场文学运动纳入，起点前置又不可避免。两难的境地将人逼回初始的基本问题：对文学发展做阶段划分的目的是什么。答案应该是集中且能较清晰地显示某种或某几种文学运动的状态、路径以及其间的规律与特点。胡适的《五十年来中国之文学》尽管涉及散文、诗歌、小说等各种体裁的变化，但他论述的要点却只是一个，即1872年至1922年间古文与白话文的势力消长，而他的时间划分也正好将这一问题交代清楚。如果划分了一个时间段后，企图同时分析几种文学运动状态绝非易事，因为它们呈现为相互纠缠的形态，而且各自对时间段划分的需求并不统一。各文学史对每个朝代的文学发展都不是合而论之，而是设置若干章节，对那些作家作品或文学现象自成段落地分别论述。如果设置了一个时间段并试图解决其间的所有问题，这无疑是不堪之重负，实际上也难以做到。"20世纪中国文学"的提出者似乎也意识到这个问题，故而有"规定了20世纪中国文学以'改造民族的灵魂'为自己的总主题"之语[1]。此限定将须讨论的议题作了相当大程度的集中，似是增强了该时间段划分的合理性。可是，可归于"改造民族的灵魂"的创作毕竟有限，大量作家作品与文学现象因悖于这一限定已被排除在外。"20世纪中国文学"是一个庞大的概念，其外延应包罗这一世纪所有的作家作品与文学现象，而提出者却又对内涵另作规定，排除了本应属外延的大部分内容。对概念做如此设置，就较难经受住学理上的推敲。

任何研究都避不开时间限定的概念，选用什么样的时间概念或另作新的设置，都须得根据研究的实际需要。所谓时间概念的辨析，实际上是考量所研究的内容与选定的时间概念的内涵及外延的适应度。

---

[1] 黄子平、陈平原、钱理群：《论"20世纪中国文学"》，《文学评论》1985年第5期。

反过来，如果先选定某种时间概念，然后决定研究的内容，就难免有削足适履之嫌，并面临难以驾驭的局面。

余 论

在近几十年的研究过程中，我们曾遇见两次较大规模引入概念的情况。第一次发生于20世纪80年代，为了寻求研究方法与手段的突破，文学界对系统论、控制论和信息论产生了兴趣，后来又增添了耗散结构论、协同论和突变论，一时间形成了所谓的"新方法热"。大量自然科学的概念术语在短时间内纷纷现身于文学研究论文，人们希望借助这些概念术语解决文学领域中的问题，或提出更完善的诠释。可是那几年间见到的只是新概念的充斥，却无问题的实际解决，于是随着期望的落空，这股热潮很快消退，人们甚至由此得出结论，文学与自然科学是性质完全不同的范畴，两者并不互通。其实，人文社会科学与自然科学都是人们认识客观世界的途径，两者之间也有不同程度的交叉与渗透，其研究方法自然也可借鉴。但借鉴并不等同于概念搬用，这正是那次尝试不成功的主要原因。当在文学论文中使用那些概念时，人们并未对其做认真地辨析，通常未弄清它们的含义是什么，甚至在随心所欲地胡套硬套。有人提出了写作控制论，"控制自己的阅读研究的时间、范围、步骤与方法"是其重要内容[1]，这与控制论的本义毫不相干；有人冠以模糊数学之名研究美女，得出的结论是"春秋美人比唐代美人美，而北朝美人最美"[2]。不过，如果因为有这类离谱的研究出现，就一概否定人文社会科学向自然科学借鉴的可

---

[1] 王兴华：《控制写作论初探》，《延边大学学报》1984年第3期。
[2] 高从宜：《美学研究与模糊数学》，《当代文艺思潮》1985年第2期。

能性与必要性——这就有点像在倒洗澡水时，把澡盆里的婴儿也倒掉了。

  "新方法热"消歇后不久，又发生了第二次较大规模引入概念的情况，并一直延续至今。它同样反映了寻求新方法与手段以助研究，甚至突破困境的迫切心情。三十余年来，诸如后现代主义、解构主义、后结构主义、原型批评、本体论、符号学、阐释学、接受美学等大量的西方文艺理论新概念在文学论文中时时可见，似乎不扯上几句索绪尔、海德格尔与哈贝马斯就没了学术底气。几乎未见有文章在使用这类概念前进行辨析，这似可说明受重视的是对这些新概念的运用，至于究竟解决了什么问题并不怎么为人们所在意。由于是舶来品，除了通常的概念内涵与外延的辨析之外，人们还得分析使用这些概念的必要性，如果运用本土已有的概念同样能解决问题，那么生硬地引入新概念只是自找麻烦。西方文艺理论概念从属于西方的话语体系，我们的研究与表述则属于本土的话语体系，若未能使两者有机交融，那研究中问题的发现或解决恐怕就难以成功。在研究中引入这类新概念积有年矣，然而被批评为硬套、比附之类的诉议声始终不断，此状况正凸显了研究中概念辨析的重要。

第二章　概念覆盖的范围与议题的匹配
——以《西游记》主题说的百年变迁为例

除"美""集合"等个别词之外，凡可定义的概念都有恰当的内涵与外延的规定，因而也就拥有相对应的覆盖范围。精确概念的外延有明确的边界，其覆盖范围也随之明确，人们在同一覆盖范围内进行讨论，一般不会发生歧义。但在文学研究中，人们对作家作品或现象事件的判断常带有主观认定的因素，其差异使分歧争论在所难免，而这种带有主观认定因素的争论，曾导致较奇特的现象：各人均认为讨论的对象在运用的主要概念的覆盖范围之内，而讨论中所有意见的综合，却正证明了事实恰恰相反。文学研究中关于作品主题的讨论就曾出现过这样的现象，此处通过对《西游记》主题说百年变迁的梳理与分析，对此类现象进行说明。

"主题"是文学评论中运用极为频繁的概念之一，其意为作品所反映的主要思想倾向或中心思想。六十余年来，在自小学到中学的语文课上，人们都无例外地接受了归纳课文中心思想的训练，这是日后影响文学评论的重要因素。每个人当年训练的内容与方式大同小异，可是今日评论界对同一部作品主题的归纳却时常出现争论不休的情景，远不似课堂上老师向同学提供的唯一标准答案那般完美。围绕最著名的四部古典小说《三国演义》《水浒传》《西游记》与《红楼梦》，有关主题的说法就有二三十种，甚至更多，争论延续之时，还会有新说问世。要在纷繁的局面中梳理出头绪，就需要回到其研究的起点，即对文学理论意义上的"主题"概念作辨析。

在这些古典小说中，由于《西游记》是部神魔小说，人们对其理解更易带入各自的主观认定，关于它主题说的论争也就尤为纷杂。它曾有两次较长时期的统一解释，而乘20世纪80年代思想解放之势，近四十年来歧说迭出，《西游记》一跃而成主题说最多者。梳理其百年历程，追问其变化由来，有助于对"主题"这一概念进一步了解，并可以由此发现，不少围绕"主题"的讨论，实际上已超出了这一概念的覆盖范围。

一、《西游记》主题说的统一期

自五四以降，中国古代小说研究开始成为独立的学科，《西游记》研究即在此背景下展开。在长达近六十年的时间里，关于这部作品的主题出现过两种解释，它们先后占据了主导地位，各领风骚三十年。

1. 作者出于游戏，即无主题说

1923年，胡适撰写了《西游记考证》，他秉持五四精神做科学探究，其间也涉及作品的主题问题。在此之前，关于《西游记》主题的诠释是以陈士斌的《西游真诠》、张书绅的《西游正旨》与刘一明的《西游原旨》为代表的儒、释、道三家鼎立，各自认定是劝学、谈禅、讲道。胡适直截了当地批评道："这些解说都是《西游记》的大仇敌"：

> 这几百年来读《西游记》的人都太聪明了，都不肯领略那极浅极明白的滑稽意味和玩世精神，都要妄想透过纸背去寻那"微言大义"，遂把一部《西游记》罩上了儒、释、道三教的袍子。

胡适从作品的文学价值着眼,意在"还他一个本来面目",最后得出作品"并无'微言大义'"的结论:

> 这部《西游记》至多不过是一部很有趣味的滑稽小说,神话小说;他并没有什么微妙的意思,他至多不过有一点爱骂人的玩世主义。这点玩世主义也是很明白的;他并不隐藏,我们也不用深求。[1]

所谓"并无'微言大义'"或"并没有什么微妙的意思",转换为现在的表述,即这部作品没有主题。

与胡适撰写《西游记考证》同时,鲁迅将他在北京大学授课时的讲义修订增补,以"中国小说史略"为题出版。这两位大家论及《西游记》时,都提到与对方的交流,基本观点也完全一致。鲁迅称"此书则实出于游戏",后来又说"我们看了,但觉好玩,所谓忘怀得失,独存赏鉴了"[2],与胡适称作品"并没有什么微妙的意思"实为同义,即认为作品并没有什么主题。不过在人们多认为作品总得有个主旨的情况下,鲁迅又加了一段话:

> 假欲勉求大旨,则谢肇淛(《五杂俎》十五)之"《西游记》曼衍虚诞,而其纵横变化,以猿为心之神,以猪为意之驰,其始之放纵,上天下地,莫能禁制,而归于紧箍一咒,能使心猿驯伏,至死靡他,盖亦求放心之喻,非浪作也"数语,已足尽之。

后来有人误以为鲁迅主张"放心说",忽略了他是在"假欲勉求大旨"

---

[1] 胡适:《西游记考证》,载《胡适古典文学研究论集》,上海古籍出版社1988年版第923页。
[2] 鲁迅:《鲁迅全集》第九卷,人民文学出版社1981年版第328页。

的前提下所言,他的基本观点实是"此书则实出于游戏",而且还强调此书内容庞杂,人们"皆得随宜附会而已"[1],这既是针对清代儒、释、道三家解说纷纭而言,也可视为对后来《西游记》主题说迭出的预警。

  胡适与鲁迅的考证与分析,扯去了硬罩在《西游记》上的儒、释、道三教的袍子,破除了虚幻的魔法,使这部小说恢复了自己的文学地位。在随后的很长时间里,他们的论断成了研究的方向性指示,其影响在三年后顾实的著述中已有体现——他对《西游记》的评判已是"描出人间性情之经路,不得避意马心猿诸种魔障,托诸游戏文字,而解释幽玄高妙之教理者也"[2]。这里所说的"意马心猿""游戏"等概念,明显是承袭了鲁迅的论述,但同时又言"幽玄高妙之教理",则容易使人联想到清代诸人的诠释——尽管顾实在论述中避开了劝学、谈禅或讲道之类的具体内容。稍后,又有类似的论述问世:"(《西游记》)盖喻解脱而得正果者。其间意马心猿、诸种之障碍,实有不得避之径路也。理想高妙,文极平明"[3];"《西游记》看来虽是游戏笔墨,却有很深的寓意,有几处竟是佛理,看过它的热闹场合之后,仔细吟味,颇有谏果回甘之感呢"[4]。既赞同"游戏说",同时又肯定作品含有"佛理",这一现象不难解释,清人这类诠释风行了一二百年,自然会有惯性的延续。

  不过相比之下,完全拥护胡适、鲁迅主张的论述更普遍些,有的几乎就是重复他们的意见:

> 后人都用哲学的眼光来批评《西游记》,于是有陈士斌(号悟一子)的《西游真诠》、张书绅的《西游正旨》、刘一明的

---

[1] 鲁迅:《中国小说史略》,《鲁迅全集》第九卷,人民文学出版社1981年版第166页。
[2] 顾实:《中国文学史大纲》,商务印书馆1926年版第286页。
[3] 葛遵礼:《中国文学史》,上海会文堂新记书局1930年版第120页。
[4] 施慎之:《中国文学史讲话》,世界书局1941年版第140页。

《西游原旨》；或以为她是劝学的，或以为她是谈禅的，或以为她是讲道的。他们都把《西游记》当做儒、释、道三家的宝库，加上了支离琐碎的误解，将她在文学上的真价值完全蒙蔽了。我们要恢复《西游记》的真面目，非把这些邪说、误解一起扫除打倒不可！

作者又言，对于作品，"截取无论其中的那一段，都可成为一篇很好的童话"，但对其整体主题却只字不提，似是默认无主题说。论述中"无论人、怪，都各有他的性格，即妖怪亦含有极真挚的人性"一语[1]，显由鲁迅"神魔皆有人情，精魅亦通世故"演化而来，作者后来又称"其所写孙悟空的性格，似本于唐人传奇无支祁的故事"[2]，这也是在重申鲁迅的主张。

自20世纪30年代开始，胡适与鲁迅的主张在《西游记》研究中已占据完全的主导地位，它不断地被各种文学史著述重复，只是表述各有异同。胡云翼《新著中国文学史》云：

> 这部小说的内容虽专讲神魔佛法，却也没有什么精微的深意，不是宣传什么宗教的道理，作者只以奇思幻想来作诙谐有趣的小说，故能成为一部三百年来极受一般社会欢迎的大杰作。[3]

赵景深《中国文学小史》则写道：

> 此书大部分是民间传说，分开来看是许多很好的童话。评

---

[1] 谭正璧：《中国文学进化史》，光明书局1929年版第261—262页。
[2] 谭正璧：《中国小说发达史》，光明书局1935年版第326页。
[3] 胡云翼：《新著中国文学史》，北新书局1932年版第253页。

议此书的有悟一子陈士斌《西游真诠》、张书绅《西游正旨》、悟元道人刘一明《西游原旨》等，或以谈道，或以崇儒，或以信佛，均非作者本意。其实，这只是作者的记载，这是一部民间故事的总集。[1]

容肇祖《中国文学史大纲》的论述虽很概括，但全是胡适意见的精要：

> 他抱着玩世主义爱骂人的态度，作成了这一部有趣味的滑稽的神话小说。[2]

一直到20世纪40年代，新问世的文学史教材仍在重申胡适与鲁迅的主张：

> 后人虽多加以释道释禅，把文学而谈哲理，这些都是很无谓的。[3]

其实何止是主题说，鲁迅关于神魔小说的各种分析，甚至他对该名词的概括："近人称这一派的小说为'神魔小说'，'神魔小说'这个名词到很确当"[4]也受到众人拥护，有人论及该流派出现原因时写道："明代嘉靖以后，倭寇为患，国势不振，一般人便妄想具有神仙法术者出来斩除妖孽，征服外寇。因此《西游记》及《三宝太监西洋记》等神魔小说遂先后盛行。"[5]此非其创见，而是鲁迅《中国小说史略》

---

[1] 赵景深：《中国文学小史》，光华书局1932年版第174—175页。
[2] 容肇祖：《中国文学史大纲》，朴社1935年版第307页。
[3] 杨荫深：《中国文学史大纲》，商务印书馆1947年版第455页。
[4] 胡怀琛：《中国文学史概要》，商务印书馆1931年版第144页。
[5] 宋云彬：《中国文学史简编》，文化供应社1945年版第91页。

中"嘉靖以后，倭患甚殷，民间伤今之弱，又为故事所囿，遂不思将帅而思黄门，集俚俗传闻以成此作"等语的翻版。

以上各种文学史中的主张表明，自20世纪20年代至40年代的近三十年里，人们关于《西游记》主题的意见是统一的，且均以胡适、鲁迅之言为依据。不过到了40年代末，此时与20年代相较，社会形势与思想潮流都已发生了翻天覆地的变化，这对《西游记》评论也产生了影响。有的分析全依鲁迅，并赞其"说得最精确"，同时却又加上了自己的评判：

> 在思想方面这是一本有毒的书，比起前人所说的诲盗诲淫的恶评来，他（它）有更坏的一点，便是无形中灌输民众一种浅薄的神鬼思想，因为它本身的故事很有趣味，在民间很能流行，它流行愈广，统治民众的力量愈大。[1]

如此否定《西游记》的意见是前所未见，尽管作者赞同鲁迅的此作并无主题的看法，但"无形中灌输民众一种浅薄的神鬼思想"的判断，其实也可视作对作品主题的一种归纳。数十年来，首次出现了以政治思想为标准的评判，这是当时的社会形势与思想潮流开始渗透《西游记》研究领域的表现。虽然这在当时还只是个别事件，实际上却已是《西游记》主题说将进入一个新阶段的先兆。

2. 以阶级斗争为纲的诠释

1949年10月，新中国成立。其时百废待兴，而等到政治、经济与军事等方面紧张激烈的斗争告一段落后，思想理论领域的交锋开始铺开。1954年是具有标志性的一年，《人民文学》2月号一次性推出

---

[1] 刘大杰：《中国文学发展史》，中华书局1949年版第386—387页。

四篇从政治思想角度评论古典小说的论文,其中张天翼的《〈西游记〉札记》尤引人注目。他认为古代神魔小说对"当时封建社会(鸦片战争以前)的主要阶级关系和矛盾……多少是给反映了出来的",而《西游记》的写作,"作者是多少有意识地来表现这一点的了"。于是在《西游记》研究史上,这篇论文第一次将孙悟空对天庭的抗争,与封建社会里农民与地主阶级的斗争联系在一起:

> 这取经故事里所写的:一边是神,神是高高在上的统治者,上自天界,下至地府,无不要俯首听命。一边是魔——偏偏要从那压在头上的统治势力下挣扎出来,直立起来,甚至于要造反。天兵天将们要去收伏,魔头们要反抗,就恶斗起来了。
>
> 这就使我们联想到封建社会的统治阶级与人民——主要是农民——之间的矛盾和斗争。[1]

张天翼在这段文字后还写道:"我们甚至于要猜想作者是多少有意识地来表现这一点的了。"后来将孙悟空与农民起义军相联系的种种分析,实际上就是源于此篇。可是大闹天宫可以比拟为农民反抗,那么后来孙悟空被降伏了又该如何解释呢?张天翼继续写道:

> 你看,胜利总是在统治阶级神的那一方面。连孙悟空那样一个有本领的魔头,终于也投降了神,——叫做"皈依正道"。他保唐僧到西天去取经,一路上和他过去的同类以至同伴作恶斗,立了功,结果连他自己也成了神,——叫做成了"正果"。[2]

---

[1] 张天翼:《〈西游记〉札记》,《人民文学》1954年第2期。
[2] 张天翼:《〈西游记〉札记》,《人民文学》1954年第2期。

如果说得直白些,这段分析是在批评孙悟空后来成了农民起义军的叛徒。张天翼认为,"神是正,魔是邪,而邪不敌正:这就构成了这个取经故事的主题",不过《西游记》的成书过程比较复杂,封建卫道士的"修造和加工",使之成为"一个惩恶劝善的故事","当然是封建统治阶级所谓的'善''恶'",而百姓也在作"描写、取舍、增删、修改、加工",使作品中的妖魔"越变越可爱了,——有的甚至变成了正面的英雄人物"。于是"在那原来的卫护封建正统的故事主题和题材里,却多多少少表现了人民的反正统情绪",《西游记》就是这么矛盾的一部作品"。

张天翼以阶级斗争学说研究《西游记》的观点无疑是在该领域扔下了一枚炸弹,而更使学者们震撼的,是八个月后开始了对以俞平伯为代表的《红楼梦》研究的批判,再过两个月,对胡适哲学思想的批判也将在全国铺开。这是建国初期宣传马克思主义哲学,清除资产阶级实用主义在中国学术文化界影响的重要运动,胡适那篇《西游记考证》自然是批判的对象,他的主题说也被人们抛弃了,而新的研究方向同时也已明确宣布:

> 没有中国历史上多次发生的那样规模巨大,以至使得封建统治不能维持或者几乎不能维持的农民起义农民战争,孙猴子大闹天宫这样的情节是不可能虚构出来的。[1]

作者何其芳是资深的文学专家,其时又参与领导文化界,他的意见有一锤定音的作用,并很快得到学界的呼应:"读者从诸天神佛及其爪牙、亲眷的罪恶中,可以看到封建统治阶级的罪恶,从孙悟空大闹天宫和扫除邪魔的战斗及其对诸天神佛的讽刺揶揄中,可以看到人民群

---

[1] 何其芳:《胡适文学史观点批判》,《人民文学》1955年第5期。

众反抗封建统治阶级的英勇斗争。"[1]

不久,教育部向全国颁布了《中国文学史教学大纲》,指导各地文学史教材的撰写,它将"掌握马克思列宁主义立场、观点、方法"列为"必要性",要求"确认文学是社会意识的一种形态,它的阶级性和社会教育意义",撰写时应贯彻"毛主席对于清理我国古代文化的原则和对于文学批评政治标准与艺术标准的指示"。关于《西游记》的评述也有明确规定:"复杂社会生活与尖锐社会矛盾的反映——统治者对叛逆者的迫害(闹天宫的起因与后果),政治的腐朽与官吏的昏庸贪婪等(如木母同降怪体真、比丘怜子遣阴神、圣显幽魂救本原等)。"[2]其后各部文学史论及《西游记》的主题,无不参照此意见执行。如陆侃如、冯沅君的《中国文学史简编》,开明书店1947年版对《西游记》的主题不著一词,因为此时占主导地位的是胡适的"无主题说",而十年后此书再版时就特地加上了这样一段话:

> 《西游记》就在一定程度上反映着真正形形色色和复杂的社会生活。它描绘了封建统治者对叛逆者的迫害,揭露了政治的黑暗腐败,斥责了官吏的昏庸贪婪,控诉了僧侣们的图财害命,勒索贿赂。[3]

类似的事也发生于刘大杰的《中国文学发展史》,该书1949年中华书局版中有"晚年游戏之作"之语,与当时流行的"此书则实出于游戏",即无主题的意见相一致,可是1957年再版时,此表述就已作了原则性的修订:

---

[1] 霍松林:《略读〈西游记〉》,《语文学习》1956年第2期。
[2] 中国文学史教科书编辑委员会第一次扩大会议讨论通过:《中国文学史教学大纲》,高等教育出版社1957年版第5、177页。
[3] 陆侃如、冯沅君:《中国文学史简编》,作家出版社1957年版第217页。

《西游记》的作者，是以批判封建最高统治政权的反抗态度，去描写天宫的。天朝的政治情况，写得那样腐败稀糟，最高统治者玉帝写得那样庸懦无能，通过这些诙谐讽刺的文字，曲折地反映出来作者对现实政治的不满，对封建统治者的不满。……作者如果不是对现实感着强烈不满，不是满腹牢骚的话，何能有此等笔墨？书中出现的各种妖魔，他们一样贪爱声色，聚敛钱财，剥削同类，嗜杀好斗，度着荒淫残暴的罪恶生活，并且和最高统治者都发生千丝万缕的联系。这些形象，正是现实社会中各种官僚、地主、恶霸、流氓的反映，正是作者借着丰富的幻想，夸张的描绘，曲折反射的讽刺笔法的艺术成就，也就在这些地方，表现着《西游记》的现实意义。[1]

冯沅君与刘大杰的文学史关于《西游记》主题的阐述发生了明显变化，除他们都参与撰写了《中国文学史教学大纲》这一原因外，更重要的，这是在当时社会形势与思想潮流下的必然结果。因此其他学者也表达了相同的意见，如浦江清就表示："孙行者闹天宫就是农民起义反叛朝廷的一个社会现实的反映"，"经他这么一闹，封建秩序是动摇了。这也是大快人心的。"[2]这些主张在当时的青年学者中得到了呼应："读者从诸天神佛及其爪牙、亲眷的罪恶中，可以看到封建统治阶级的罪恶，从孙悟空大闹天宫和扫除邪魔的战斗及其对诸天神佛的讽刺揶揄中，可以看到人民群众反抗封建统治阶级的英勇斗争"，而"正确地启示了人们应该用怎样的方式去对待敌人、去实现理想和愿望。这是《西游记》的真正主题"[3]。在"大跃进"中，孙悟空更被

---

[1] 刘大杰：《中国文学发展史》(下)，古典文学出版社1957年版第213—214页。
[2] 浦江清：《中国文学史讲义》，吉林人民出版社2013年版第78页。(此为浦江清1957年去世前在清华大学的授课讲义。)
[3] 复旦大学中文系古典文学组学生集体编著：《中国文学史》(下)，中华书局1959年版第114页。

比作"在任何困难面前,总是表现了无比勇敢与高超智慧"的劳动人民,"只要人民鼓足干劲,什么紧箍咒也能冲破的"。[1]

以阶级斗争小说诠释《西游记》已占据舆论的制高点。可是既然大闹天宫是喻指农民起义反抗封建统治阶级,那么按逻辑推理,第十三回后孙悟空是被招安了,因为取经途中被打杀的那些妖魔与他当年一样,也不服天庭的管教。这一判断偏离了大众对孙悟空的喜爱,也不符合对《西游记》主题解释的政治需要,于是"主题转化说"便应时而生:"第十三回以后,主题改变了,是写孙猴子的战胜困难的能力和信心",以及他的"勇敢的精神,乐观主义的精神","第十三回以后写这么多妖魔,是为了写出它的主题思想。这里的主题思想是说明取经必须要战胜许多困难"[2],继而又有人将作品主题概括为"表现了人民战胜自然和阶级反抗的斗争精神和克服困难的精神"[3]。"招安说"有逻辑判断为支撑,而"主题转化说"更符合形势的需要,两者都是努力地以马克思主义的立场、观点和方法作分析,但毕竟是尖锐的对立。尽管承认"这两种意见都各有自己的道理",权威的裁决还是明确地赞同后者:"表面看起来,这'皈依'就是对他过去'反抗'的叛变",但实际上作者集中力量刻画了孙悟空的"不怕困难、不畏险阻的坚忍卓绝的毅力和那种忠于一定事业的伟大精神,透过神话的主题,歌颂了中国人民征服自然和征服困难的英雄气魄",而且"表现了中国许多历史人物献身于理想和事业的坚忍不拔的毅力和信心",这些同样是"从中国人民的伟大民族性格里概括、升华出来的优秀品质"。[4]已上升到如此的原则高度,且作者又在几年前的《红楼梦》批判中树立了权威,于是主张"招安说"者随之不再发声。

---

[1] 邢立斌:《从孙悟空说起及其他》,《山花》1958年第7期。
[2] 胡念贻:《〈西游记〉是怎样的一部小说》,《读书月报》1956年第1期。
[3] 张默生:《西游记研究》,《四川大学学报》1957年第1期。
[4] 李希凡:《漫谈〈西游记〉的主题和孙悟空的形象》,《人民文学》1959年第7期。

意见形成统一，继而又得到主流意识形态的确认与总结。新出的全国统编教材《中国文学史》论及《西游记》的思想内容时，首先指出大闹天宫故事"突出了全书战斗性的主题"，并又继续发挥道：

> 体现着苦难深重的人民企图摆脱封建压迫，要求征服自然，掌握自己命运的强烈愿望。因此从这种意义上说，《西游记》的主题思想早在前七回就已经奠定了。而历史上风起云涌、此伏彼起的农民战争，则构成这一幻想情节的现实基础。……一方面是追求自由的"妖界"英雄在斗争中不断成长，另一方面是等级森严的神权统治以镇压来维持秩序。这正是封建现实社会的基本矛盾在神话中的再现。

随着取经故事的开始，"作品也转入了另一个主题"："就在这无数充满斗争的幻想情节中，意味深长地寄寓了广大人民反抗恶势力，要求战胜自然、克服困难的乐观精神，相当曲折地反映了封建时代的社会现实。"[1]

1957年教育部颁布的《中国文学史教学大纲》，这套《中国文学史》的主编游国恩即撰写者之一，而它出版后，即被指定为"高等学校文科教材"，一直到2007年，它还在不断地再版。四十余年来，一批又一批的学生由此接受了对《西游记》主题的认识。该说迅速推广普及，使"主题转化说"奠于一尊。

---

[1] 游国恩：《中国文学史》，人民文学出版社1964年版第935—937页。

二、《西游记》主题说进入纷争期

1978年末，党的十一届三中全会后，解放思想、实事求是开始成为新的时代潮流，思想界与文化界随之进入大变化时期，《西游记》研究也不例外。原先因"主题转化说"奠于一尊而处于静止状态的主题讨论，此时又开始重新活跃。不过当时谁也没想到，这一讨论展开之后，关于《西游记》的主题说竟会冒出数十种之多。

1."主题转化说"与阶级斗争比附法遭到质疑

以阶级斗争学说诠释《西游记》主题的做法，在三十年里占据了绝对的主导地位，但由此出发，出现了两个截然相反的命题，或称孙悟空是象征农民起义的英雄，或斥其为农民起义的叛徒。为解决这一矛盾，于是又有"主题转化说"的问世，并很快成为最权威的解释。所谓"主题转化"，是指作品描写由一个主题转化为另一个主题，实际上是承认有两个主题的存在，这与人们固有的一部作品只有一个主题的传统观念相悖。因此自20世纪70年代末开始，受思想解放热潮鼓舞的人们首先对此提出质疑，而质疑的基础依据，是先前两种意见都认同的共同前提，即大闹天宫表现了农民阶级对封建统治的反抗，于是需要解决的问题只是如何将取经故事的思想与之相统一。对此，有人分析道："大闹天宫侧重于对传统势力的反抗，取经故事侧重于对光明理想的追求"，但二者都表现了"正义反对邪恶的斗争"，作品这一思想倾向集中地表现于孙悟空形象的塑造，故而"《西游记》有统一的主题"。[1] 也有人解释说：主题的统一在于作品"表达了被压迫

---

[1] 胡光舟：《对〈西游记〉主题思想的再认识》，《江汉论坛》1980年第1期。

的劳动人民企图推翻'自然暴君'和征服'人类暴君'这一种幻想和愿望的同一性"[1]。同时，另有质疑者回到了当年张天翼的立场，甚至还向前进了一步，将主题的统一归结到作者试图表现的"哲理"："封建统治是天经地义的，永恒的，任何力量都是改变不了的，被统治者只有死心塌地为统治者卖命，才有可能得到好处，找到出路。"当然，这时孙悟空又成了叛徒的形象，而《西游记》则是"用艺术的形式献给封建统治者的一份'陈情表'和'劝谏书'"[2]。这一见解发表后，很快引来愤怒的反驳：孙悟空"为正义而战，对一切邪恶势力毫不留情，怎么能说是统治阶级的帮凶和打手呢"？[3]不过赞同者也自有人在，有人认为"改造孙悟空的成功，正是《西游记》主题的完成和作者的成功"，因此作品"既为统治者提供了一套策略，也为反抗者提供了一条可供选择的、虽然实在说来不怎么光彩的出路"。[4]更有人对孙悟空形象作严厉的批判："不是一个敢于反抗封建统治者的神话英雄形象，而是一群向封建统治者'悔过自新''改邪归正'的艺术形象"，作品"为起义农民树立了一个'改邪归正'的榜样"。[5]这些意见都是主张主题原本统一，并不曾转化，但他们讨论的结果，却回到了先前争论的孙悟空究竟是英雄还是叛徒的怪圈。而且，他们在肯定作品鞭挞现实世界黑暗与统治阶级腐朽，歌颂反抗压迫和束缚，以及表现中华民族敢于斗争、无所畏惧的英雄气概等方面，仍给予了不同程度的赞同，即承袭了上阶段占主导地位的主题说的关键内容，论者挑战的对象只是主题是否发生过"转化"而已。在某种意义上可以说，这只是先前争论的延续。

上述质疑与被质疑的"主题转化说"，其阐述都立足于一个共同

---

[1] 巴人:《〈西游记〉论》,《晋阳学刊》1983年第5期。
[2] 傅继俊:《我对〈西游记〉的一些看法》,《文史哲》1982年第3期。
[3] 任守春:《也谈〈西游记〉的主题》,《中州学刊》1983年第3期。
[4] 丁黎:《从神魔关系论〈西游记〉的主题思想》,《学术月刊》1982年第5期。
[5] 刘远达:《试论〈西游记〉的思想倾向》,《思想战线》1982年第1期。

的前提，即孙悟空的大闹天宫已被赋予农民反抗封建统治阶级的意义，因此质疑者无论作何种"统一"的尝试，都必然会陷入须从农民英雄或叛徒间做二选一的困境。为获得能自圆其说的解释，于是又有了将孙悟空划归封建统治阶级以谋求统一的主题的尝试。有人认为作品描写的是"有才能而被压制的怀才不遇之士对专制王朝的不满"，批判了"把持朝政的昏君奸臣排斥异己，不能知人善任"，具体阐述在很大程度上是以往的延伸；孙悟空的抗争仍被视为"曲折地反映了人民反对封建压迫的愿望"，两者"有相通之处"，不过他的身份已"不是人民的英雄"，新定位是"封建阶级的救世英雄"，而作者所要表现的主题，是封建统治阶级内部"诛奸尚贤"的呼声。[1]这一观点得到了呼应，有人认为"孙悟空与最高统治者的矛盾，本来是属于要求用贤与皇帝昏聩轻贤的内部矛盾"，此定位与前者类似，对作品的评价却有差异："它的基本思想政治倾向是属于揭露封建统治君昏臣奸，主张恢复'三代'的清明政治，并为此而通过孙悟空的斩妖除魔，来达到匡世济民的目的"。[2]还有人将主题的统一归结到作者在抒发"'除邪治国'的社会理想"，希望"对社会做某些改良"，因此反抗的孙悟空不是农民起义的英雄形象，而是属于封建统治阶级，只不过"改良的色彩也浓厚的笼罩在他的身上"。[3]在将孙悟空划归封建统治阶级后，又有人更明确地提出，作品描写的"是一个集团内部的矛盾，并不具备阶级对抗的性质"，"是孙悟空促成了矛盾的激化，并相应地采取了武力解决的办法"。由此出发，论者归纳统一的主题时又有了新的说法：大闹天宫时"孙悟空并非正统却代表正义"，作者的赞扬有所保留；而去西天取经时"孙悟空既代表正统又代表正义"，作者给予了全力的歌颂，主题没有发生转化而是统一的，即

---

[1] 罗东升:《试论〈西游记〉的思想倾向》,《华南师范大学学报》1979年第1期。
[2] 周中明:《论〈西游记〉的思想政治倾向》,《安徽大学学报》1984年第4期。
[3] 苗壮:《从孙悟空看〈西游记〉的思想倾向》,《辽宁师院学报》1979年第1期。

"追求正统与正义的统一"。[1]也有人看出了另一种"贯串全书始终的主题",那就是作者所表现的"为巩固封建统治的所谓'王道'的政治思想"。[2]那些论者的本意是质疑一部作品有两个主题的"主题转化说",可是结果却是冒出好几个互不统一的主题说,这局面有点令人尴尬。很快就有人反对改变孙悟空的阶级属性,坚持《西游记》表现的思想"是从被压迫阶级、被压迫阶层的生活和斗争中产生出来的",为质疑"主题转化说"而寻觅统一主题的尝试,则被讥为将"幻想的统一性当作具体的统一性"。[3]

与此同时,有人不再停留于农民与封建统治阶级的框框内打转,而是赋予孙悟空新的阶级成分,那便是"市民说"。论者所谓作品主题发生转化,实是"形而上学地把封建社会的基本矛盾——地主阶级与农民阶级的矛盾,硬套到孙悟空形象上去,削足适履,强作解释",不可辩解的逻辑矛盾就由此而产生。倘若将孙悟空划归为市民,这矛盾便迎刃而解:他身上所表现的正是"新兴市民社会势力机智聪明、勇敢进取和积极乐观的阶级特征",可是产生于封建社会的市民阶层尚未形成堪与封建统治阶级抗衡的"独立自为的政治力量",同时"又与封建社会这个母体存在着千丝万缕的联系",不可避免地具有"政治上的不独立和软弱性"。从这一角度把握,"就不难理解《西游记》前七回与取经故事在主题思想上的一致性,不难理解孙悟空思想性格逻辑发展的前后统一性"。因此,《西游记》是"在文学上以理想化了的浪漫主义形式",表现了明代后期的新兴市民社会势力"逐步产生突破封建势力的桎梏和压迫的革命要求"。[4]

"市民说"似可自圆其说,却鲜见附和者,做其他阶级划分者的

---

[1] 王齐洲:《孙悟空与神魔世界》,《学术月刊》1984年第7期。
[2] 佘德余:《浅谈〈西游记〉的主题思想》,《绍兴师专学报》1981年第4期。
[3] 朱继琢:《也谈〈西游记〉的思想倾向——与罗东升同志商榷》,《华南师范大学学报》1980年第1期。
[4] 朱彤:《论孙悟空》,《安徽师范大学学报》1978年第1期。

情况亦是如此。同是反对"主题转化说",意见却无法统一的原因,就在于《西游记》是部神魔小说,其内容并没有提供做科学的阶级划分的依据,各人只是根据自己对作品人物言行的理解做阶级比附,着眼处互不相同,结论自然互异。通过改变孙悟空身份而寻觅主题的讨论热闹了两三年后,依此思路的更新解释不再出现,因为孙悟空的身份变来变去,也无非只有农民、市民与统治阶级成员三种,翻新出奇的空间不大,而且认定一种后,就可有相应的阐述模块跟上,其思路和分析方法又与先前"主题转化说"有很高的相似度:都是先对西游人物做出明确的阶级划分,再以作品中的有关内容证明划分无误,继而抽象提升到自己预设的作品主题。这些主题的认定虽不相同,但各人解析作品的最基本的依据却同一,即阶级斗争学说,而且论证方式也高度同一。在思想解放潮流的推动下,人们开始否定"主题转化说",这无疑是一种突破,但又很有限,只是论述的空间稍稍宽松了一些。而原先的论证思路与方法,对参与讨论者仍具有强大的约束力。

正当大家相互争论之时,有人另辟蹊径,试图从《西游记》的成书过程对此作出较合理的解释。这本是一部世代累积型的长篇小说,写定者将各种相关的故事作了集大成式的"捏合"。而其中"大闹天宫"与"西天取经"本来都自有主题,捏合在一起后,"招致来不可调和的矛盾",于是"把本来同样有现实意义的双方的主题,给搞得无法说明了"。论者也认同《西游记》"自然也反映当时的阶级斗争",但避开了对孙悟空划分阶级,也反对用"转化"的方式统一作品的主题:"现在我们所能作的,除了从作品形成的过程,说明这是前代作者们的无心的过失之外,没有更好的解决办法。"[1]

质疑"主题转化说"曾在一时间成为时髦的热潮,随之而来的是

---

[1] 高明阁:《〈西游记〉里的神魔问题》,《文学遗产》1981年第3期。

八九种主题说并峙,研究反而徘徊不前。现状迫使大家去思索:为何突破了原有的束缚之后,思考竟会进入新的困境?人们终于发现,还有个更大的束缚横亘于前,那就是对一部神魔小说中的人物"硬划成分、强派角色",几乎成了众多研究理所当然的前提,其理论基础与被质疑的"主题转化说"同一,也是将"艺术作品当作社会学来解释的机械论"[1]。此禁锢形成于特定的历史时代,而在思想解放思潮的推动下,力图解开困局的人们终于开始觉悟:"孙悟空既不是私有者,更不是一个小生产者,把他比喻成农民起义的领袖,看来也是欠妥的",因为"从实践看来,从这条道路上去研讨《西游记》的主题,是一条死胡同"。一旦跳出这一格局考察《西游记》,新的主题说便接踵而来,如"为自己、自己的同胞和同类的自由解放和幸福而执着不懈的献身精神以及由此而产生出来的战天斗地的巨大能力和种种优良品格"[2]。有人则以鲁迅对神魔小说特点的分析为论述的出发点,即"义利邪正善恶是非真妄诸端,皆混而又析之",指出《西游记》并不是直接地反映社会现实矛盾,而是在幻想的形式中采取投影方式再现那些矛盾。因此将阶级斗争学说套用于作品情节的分析,"显然是一种穿凿附会"。论者认为作品的主题始终是统一的:"通过大闹天宫、西天取经等情节的描写,表现了孙悟空对传统势力的斗争,热情歌颂了孙悟空反抗压迫和束缚、追求自由、不畏艰难、顽强勇敢的战斗精神和积极进取的乐观主义精神。"[3]与上阶段的主题说相较,此说仍有很大程度的承袭,但有关阶级斗争的内容均已抽去。

"努力从阶级斗争的框架中跳出来,从新的角度看待这部小说"[4],这是一次更大的突破,给研究者带来了更大的可施展的空间,

---

[1] 何满子:《把艺术从社会学的框子里解放出来——谈神魔小说〈西游记〉的社会内容》,《社会科学》1982年第11期。
[2] 曾广文:《世间岂谓无英雄——〈西游记〉主题思想新探》,《成都大学学报》1985年第5期。
[3] 王燕萍:《试论〈西游记〉的主题思想》,《广西师范大学学报》1985年第1期。
[4] 罗宗强、陈洪:《中国古代文学发展史》,南开大学出版社2003年版第82页。

但他们各自得出的判断却仍各不相同。有人提出,"《西游记》以写人生为重点,不是以批判社会为重点",它着重塑造了"理想英雄"孙悟空的形象,表现了它"自身素质的完善与成长""光辉的社会实践"以及最后的成功。[1]"以写人生为重点"的主张得到了赞同,不过赞同者却归纳出另一个主题:"表现了封建时代人们要求摆脱禁锢的思想愿望"[2]。同时,一些人从另外的视角去探讨主题,认为作者"不是在进行封建说教,而是在阐明人生哲理",他笔下那些故事的指向很明确:"人的思想只有归于正道,才能达到理想的目标"。[3]神魔小说与阐明人生哲理确是较自然的对应,可是对于作者究竟要表现怎样的人生哲理,不同于上述看法的意见又相继而出。有人得出的结论是作品表现唐僧师徒追求理想实现理想的艰苦历程,"是一曲理想之歌"[4],同时另有人认为应是"表现成大事业者追求真理的进取精神及其成功的道路"[5]。同样都是认为作品在阐明人生哲理,论者也同样都是依据文本娓娓而谈,可是各说各的,且似乎都有道理,令读者无所适从。

主题发生转化的说法已成过去式,对西游人物做阶级划分也已多为人置之一旁。可是讨论经历了两次重要的突破之后,关于《西游记》的主题仍无明朗统一的说法,分歧反倒呈现出扩大的趋势。这究竟是怎么回事?纷乱的现状使一些人定下心来,努力探寻其中的原因。各种主题说并行的局面,被批评为"罗列从各种角度看到的思想意义和存在的问题,在此基础上又有所强调。无论哪种类型,都给人一种瞎子摸象之感",而"《西游记》是象征主义、浪漫主义和现实主义三结合的作品","在表层结构之外增加了深层结构","作品具

---

[1] 钟婴:《论〈西游记〉的思想与主题》,《文史哲》1986年第1期。
[2] 朱其铠:《论〈西游记〉的滑稽诙谐》,《山东师范大学学报》1987年第2期。
[3] 金紫千:《也谈〈西游记〉的主题》,《文史哲》1984年第1期。
[4] 吴圣昔:《论〈西游记〉的美学价值和宗教观念的关系问题》,江苏省社会科学院文学研究所编《西游记研究》,江苏古籍出版社1984年版第82页。
[5] 冷铨清:《〈西游记〉的主旋律和创作方法》,《求是学刊》1987年第3期。

有多层次多侧面的复杂性",故而其"主旨深藏不露,给人一种朦胧感"。[1]也有论者表达了类似的见解:《西游记》"是通过游戏之笔来表达其高超的立意",而作品的"巧妙构思"与"特有的艺术格调与艺术风味","使读者不可能一眼见底般捕捉住作品的宗旨和作者的立意"。[2]可是论者一旦根据自己的体会做具体开掘,实际效果也只是在已经为数不少的主题说基础上再做增添而已。也有人试图通过制定主题讨论应遵循的规则,从而归纳出大家都能认同的主题。首先,"应当从神魔小说的特点出发",即"在幻想的形式中再现现实中的矛盾",故不可以阶级斗争学说硬作套用;其次,"主题思想应当是从作者的创作意图和作品的实际内容中反映出来的",而后者更为重要;再次,"不应把作品产生的客观社会意义与主题思想混为一谈";最后,必须考虑到《西游记》是世代累积型的作品,原先的各个故事带着自己的思想倾向糅合成整体时,难免会产生些复杂的情况。[3]对于以上规则,没人会否定其正确性,可是即使依此行事,各人按自己体会发挥的主题说还是在不断涌现。

在冷静考察多种主题说并行的局面时,有一种意见明显异于他者。论者认为"并不是所有优秀小说都有很深刻的思想性或自觉的主题",而《西游记》"借以打动后来读者的,并非深刻的思想,也并非隐藏于字里行间的政治意图"。[4]此说指出了一个重要问题:不管是什么样的主题说,其探讨都有一个隐含的前提,即凡作品必有明确的主题,可是这前提的普适性并没有得到论证。此说同时也是对多种主题说并行局面形成的解释:倘若《西游记》并无明确的主题,人们却坚持要找出一个主题,各人体会又互异,其结果就必然如此。此说对

---

[1] 冷铨清:《〈西游记〉的主旋律和创作方法》,《求是学刊》1987年第3期。
[2] 吴圣昔:《〈西游记〉——游戏笔墨的艺术结晶》,《贵州文史丛刊》1988年第2期。
[3] 王燕萍:《试论〈西游记〉的主题思想》,《广西师范大学学报》1985年第1期。
[4] 林岗:《〈西游记〉研究一议》,《光明日报》1984年5月29日,转引自黄霖《中国小说研究史》,浙江古籍出版社2002年版第325页。

讨论前提的质疑在当时并不为人重视,而它与当年胡适、鲁迅主张的"游戏说"即无主题说相近,却可使人看到主题讨论中的另一动向,即重新审视以往已被否定的主题说,以此为基础提出新说。

最先引起学者关注的是五四后胡适与鲁迅的主张,他们的"游戏说"重新得到支持,并以此为基础做了延伸。有人主张《西游记》"具有一定的寓言性或哲理性意义",是"游戏之作中的典范性作品",[1]它"寄寓着一个严肃的崇高的意图,作品整个形象描绘所体现的无疑是一曲追求美好理想的赞歌"[2]。明代谢肇淛的"放心说"曾得到鲁迅有条件的肯定,也很快被人重新提起,当然论述时已增添了新的内容:每个人都得经历"追求——失败——成功的旅程",都"尝受过'放心'的苦头",也都曾"得出'收心'的教训",《西游记》的主题"是在阐明人生哲理","人的思想只有归于正道,才能达到理想的目标"。[3]再往前走一步,便是翻检出当年被胡适、鲁迅强烈否定的清代各种"证道"说,重做包装发挥,便俨然又是"新说"了。有人从辨析作者入手,在"论证"了《西游记》祖本作者"是邱处机或邱派传人"后,证明作品"主旨确有'证道'或讲'修金丹、练气功'的意思"。[4]另有人也认为《西游记》是"证道"书,但作品的内容和主题并非弘扬道教,而是描写佛教"在中土站稳脚跟,成为统治宗教之一的过程"[5]。从严格的意义上说,以上种种意见并非"新说",而是分别在明代、清代与五四至新中国成立时关于《西游记》主题的占统治地位的主张,经重新包装后再次提出。

接连出现的各种主题新说不再以阶级斗争学说为理论基础,可是

---

[1] 吴圣昔:《〈西游记〉——游戏笔墨的艺术结晶》,《贵州文史丛刊》1988年第2期。
[2] 吴圣昔:《启示深邃,耐于寻味——论〈西游记〉的哲理性》,《明清小说研究》1985年第3期。
[3] 金紫千:《也谈〈西游记〉的主题》,《文史哲》1984年第1期。
[4] 金有景:《关于〈西游记〉的祖本和主旨问题》,《南都学坛》1989年第4期。
[5] 冯杨:《〈西游记〉主题思想新探》,《思想战线》1987年第3期。

一些新出的文学史教材的表述却未有显著的改观,这或是出于谨慎的缘故,同时也显示了原先占主导地位意见影响力的强大。大闹天宫仍被视为"中国封建社会尖锐、激烈的阶级矛盾、阶级斗争的曲折反映",取经故事仍被定性为"中华民族要求战胜社会上一切邪恶势力、征服自然和追求美好理想的折光反映"[1],这几乎就是先前表述的重复。有的虽回避"阶级斗争"一词,但还是表达了同样的意思,如认定孙悟空的叛逆行为"反映了处在封建制度重压下的广大人民的反抗情绪和愿望"[2]。有的表示不认同"孙悟空就是农民领袖"的说法,但同时又认为"把这个无上权威的神的世界看成人间封建王朝的幻化,把大闹天宫看成是通过神话形式反映人民的反抗斗争,看成是人民反封建正统、反皇权尊严的叛逆思想和情绪的一种折光,是恰当的"。[3]

从20世纪70年代末开始的十余年里,关于《西游记》主题的讨论实际上是展开于思想解放思潮的大背景下。在开始时,人们普遍地对以阶级斗争学说为基础的做政治比附式的研究表示不满,不过束缚既久,摆脱就得有个逐步推进的过程,其间问世的主题新说正与其渐进性相对应。到了此阶段结束时,已无人再会以阶级斗争为纲作为分析作品的依据,可是摆脱先前的束缚后很快面临新的局面:作品主题的寻找不再有统一的思想或标准为约束,人们进入了无拘无束各抒己见的园地,关于《西游记》主题的讨论很快呈现出多元化态势,而从90年代开始,这里已成了发散的空间。

2. 主题讨论进入发散空间

自1990年至2018年的29年里,关于《西游记》的主题说出现了102种表述,其中论文82篇,文学史著作20种,若归并其大同小

---

[1] 朱靖华、李永祜:《简明中国文学史教程》,齐鲁书社1988年版第577—578页。
[2] 董冰竹:《中国文学史讲话》,河南人民出版社1988年版第328页。
[3] 黄钧、黄清泉:《中国文学史(元明清时期)》,华中师范大学出版社1989年版第172页。

异者,各种"新说"竟约有四十种之多。其间有的"新说"称为"类新说"似更恰当,因为它们实际上是承袭旧说,但已重加发挥修正,面目似新;有的是酣畅地阐发自己的阅读体会,列举作品描写以自圆其说;有的则是借助新引入的西方文艺理论的新见解与作品描写作比对,甚至只是镶嵌些时髦的新名词。由于不再有"以阶级斗争为纲"的统一理论为分析支撑,各人立意的初衷、审视的角度、分析的侧重面又各不相同,作品主题的认定自然就进入了发散的空间。这里无法将那些主题"新说"一一枚举,只是择其要做分类梳理。

此时有两种意见是在发挥原先已有的主张,一种是仍坚持从政治上解析作品,认为要把握作品的"本质核心",就须得从"它反映的社会现实矛盾斗争去寻求其主题意义",作者创作的目的是"为了展示封建统治阶级体系的罪恶"[1],其内容则描写了"中国古代人民敢于反抗、敢于斗争和蔑视一切困难的战斗精神,并在斗争中揭露、批判了统治阶级的某些丑恶本质"[2],或称孙悟空形象的塑造,是"对当时的社会政治和现存的社会秩序提出了强烈的抗议和勇敢的挑战"[3],一些文学史教材也都秉持这一精神着笔[4]。另有人从政治角度着眼寻觅作品的主旨,如宣称"整整一部《西游记》宣扬的是皇权的凛然不可侵犯,侵犯皇权者必将遭受种种劫难;整整一部《西游记》也塑造了一系列劫难中的皇权捍卫者的形象"[5],或者认为作品"自觉或不自觉地起到了维护传统社会的专制秩序的功能——它使这种秩序神圣化和

---

[1] 任蒙:《浪漫主义的艺术风格现实主义的批判精神——论〈西游记〉的双重价值兼述几个有争议的论点》,《国际关系学院学报》1994年第6期。
[2] 邢治平:《〈西游记〉思想内容浅探》,《河南大学学报》1998年第2期。
[3] 王齐洲:《〈西游记〉与宋明理学》,《天津社会科学》1992年第4期。
[4] 参见万光治、徐安怀:《中国古代文学史》,电子科技大学出版社1994年版;钱念孙、刘建强:《中国文学演进史》,中国言实出版社2000年版;《中国文学史演义》,安徽教育出版社2004年版;朱光宝:《中国文学史教程》,四川大学出版社2005年版;李源、张书珩:《中国文学史》,远方出版社2005年版。
[5] 章春燕:《劫难中的皇权捍卫者——三分法看〈西游记〉的主题和孙悟空等形象的分析》,《语文学刊》2008年第7期。

合理化"[1]。不过在当时的讨论中,这种意见只占少数,绝大多数的人都不赞同以阶级斗争学说诠释这部神魔小说,试图确定孙悟空、猪八戒等阶级属性的做法更被视为荒唐之举。

另一种是为清代各种"证道"说作翻案文章。这类"证道"说在20世纪20年代遭到胡适与鲁迅的批判,其牵强附会之谬误甚明,故七十年来已无人问津。可是当《西游记》主题说讨论陷入纷杂之际,有人又将它们从历史的角落里搜出,并视为出奇制胜的法宝。在他们看来,胡适与鲁迅"其实对内丹学并不了解,而且他们的考证也多有不严谨的地方,一些结论更出现了重大偏差"[2],于是便重申旧说,再作阐述。他们声称"'性命圭旨'是《西游记》文化原型",全书描写的这么多内容,其实都是一个凡人在修炼金丹大道过程中"修心成佛"的"心路历程",而对书中诸人物、情节做别样分析后,论者发现这原来都是李世民在修炼过程中生理、心理的某一部分。[3]在做了这番分析后,作品的主题便被归纳为"修心证道、造化会元,要实现生命的圆满",据说以此观念审视,《西游记》就具有了全新的面目和崇高的意义",甚至"为人体生命科学的发展开拓了一个广阔的前景"。[4]与清代那些"证道"说的点评类似,这时有的重作阐发者虽以论文形式叙述观点,仍陷入烦琐比附与煞费苦心印证的老套路,甚者还罗列了许多卦象以说明作品情节的设计与变化,这些论者的观点可用一句话作概括:"《西游记》讲的是气功修炼之道。"[5]关于"金丹大道"的主题说以及论证的方法并不为多数研究者所认同,但个别信奉

---

[1] 李辉:《神与魔的博弈——对〈西游记〉主题的文化学阐释》,《语文教学通讯》2011年第6期。
[2] 张莹:《〈西游记〉"证道"说发微》,《中国文学研究》2016年第2期。
[3] 参见李安纲:《心路历程:〈西游记〉主题新论》,《晋阳学刊》1993年第5期;《唐三藏探源》,《晋阳学刊》1995年第3期。
[4] 李安纲:《〈西游记〉非吴承恩所著及主题是修心证道》,《编辑之友》1993年第4期。
[5] 郑起宏:《名曰师徒取经,实为独坐修心》,《博览群书》1998年第7期。

者仍然有，直到21世纪，还有人在申明"《西游记》是一部借叙述故事阐扬'金丹大道'（即道教内丹学）的'证道书'"[1]，并认为作品的故事情节与道教内丹学关联紧密："根据《西游记》小说结构和人物形象塑造，再结合前人于《西游证道书》《西游原旨》中的多处点评，可以进一步挖掘与探讨《西游记》以善恶果报而'淑世辅化'的小说主题。"[2] 同样是从"金丹大道"出发，得到的却是另一个主题。

与比附道家修炼理论而寻觅主题类似，有些人偏重于关注作品与佛教理论的关系，在他们看来，这是理所当然的事："故事是个取经故事，这本身就决定了它的佛教性质"，主题也相应地是"宣传佛教禅宗思想"[3]，换句话说，"归指于佛的情愫与心怀"，"就是作者创作《西游记》的因由和目的"。[4] 有人声称"从全部情节和整体构建上进行考察"后得出"《西游记》的主题是：佛法无边，佛光普照；佛为世用，呵护政教"的结论。[5] 很快就有人呼应此观点，只是表述稍异，认为"其宗旨应该是：张扬佛法无边，救苦救难，劝化众生为善"[6]；更有人认为，作者"试图用佛学思想改造和解决中国的一切问题"，《西游记》则是一部"用宗教思想尤其是佛学思想改良社会改良人生的教科书"。[7] 这类观点还颇有赞同者，但只谈佛法似未能诠释全书，因此也有人对上述观点作了修正，认为这只是个"基本主题"，它虽"始终贯穿于《西游记》全书"，但作品思想内容"斑驳复杂"，故又"呈现出多元的主题"。[8] 另有人则称，只要认真阅读，就"能够清楚

---

[1] 郭健：《〈西游记〉为"证道书"之说再认识》，《江汉论坛》2009年第5期。
[2] 廖琼：《〈西游记〉中的善恶果报观与"淑世辅化"主题》，《绵阳师范学院学报》2017年第7期。
[3] 贾三强：《禅门心法——也谈〈西游记〉的主题》，《咸阳师范专科学校学报》1999年第4期。
[4] 成晓辉：《试论〈西游记〉的佛学主题》，《社会科学家》2005年第2期。
[5] 金声：《〈西游记〉的文化信息与主题思想》，《山西大学学报》1997年第1期。
[6] 巴元芳：《佛门普渡众生的赞歌——〈西游记〉主题浅析》，《甘肃教育学院学报》1998年第2期。
[7] 王新建：《从〈西游记〉成书过程及结构看其主旨》，《人文杂志》2003年第5期。
[8] 马旭：《〈西游记〉的艺术结构与主题》，《文化学刊》2015年第7期。

看出《西游记》的主题思想,就是'以佛治国'"[1];也有人肯定作品弘扬佛法的说法,但提炼出的主题却与上述不同:"紧扣主要形象孙悟空来分析,就不难发现它只有一个主题,那就是惩恶护法。"[2]也有人不去涉及深奥的佛理,而是简单且直接地将《西游记》的主题归纳为"民间世俗宗教的西行朝圣"[3]。这类"证道"说都引用作品情节作分析论证,不过只有符合己意的情节方可入选,故而反驳者选取书中另一些情节为例证,否定了这是"尊佛谈禅、论道成圣的神仙书"的主张,归纳出的主题自然与之相反,乃是"揭露和批判政治与神权结合造成的社会黑暗,阐述政权与宗教相分离的治国安民之道"[4]。又有人试图做调和,称作品"以既宣扬、称赞佛教,又揭示、批判佛教的双重矛盾作为核心主题"[5]。

《西游记》的内容涉及儒、释、道三家,清代"证道书"中也有从儒学着眼者,如张书绅认为"证道"证的是"圣贤儒者之道",其主旨是"修身正心""明德止善",他的以儒学为本的视角与思路,此时也得到了承袭。有人认为作品看似谈佛,实为论儒,再引用作品中的事例得出结论:"吴承恩正是在考场不得意的情况下采用小说的形式来耕耘这块古老的'圣王之田'的。"[6]这里是引用了《礼记》中的思想:"故人情者,圣王之田也。修礼以耕之,陈义以种之,讲学以耨之,本仁以聚之,播乐以安之。"在儒学诸门派中,心学与《西游记》的关系尤被看重,作品被认为是"宣扬'三教合一'化了的

---

[1] 黄立云:《〈西游记〉主题思想之我见》,《明清小说研究》2012年第3期。
[2] 韩春萌、敖小燕:《从"不法"之徒到"护法"使者——孙悟空形象与〈西游记〉主题再探》,《南昌教育学院学报》2013年第5期。
[3] 霍省瑞:《民间世俗宗教的西行朝圣——〈西游记〉主题新释》,《武汉理工大学学报》2010年第3期。
[4] 王凤显:《揭露政权同神权结合下的社会黑暗——试论〈西游记〉的主题思想》,《社科纵横》2008年第11期。
[5] 孙德喜:《试论〈西游记〉的主题结构》,《绥化师专学报》1996年第1期。
[6] 花三科:《佛表道里儒骨髓——〈西游记〉管窥再得》,《宁夏大学学报》1994年第2期。

心学",是"赞颂了一种与明代中后期的文化思潮相合拍的追求个性和自由的精神"。[1]有人则更进一步说:"取经团队在西天路上的磨难无不是在'格物'无不是在'正念头',所以西天取经实际上就是在'致良知'。"[2]可同样是这部作品,同样是那些情节,也同样是与明代的儒学状况作比对,有人阅读作品后的体会却与以上诸说正好相反:猪八戒是弘扬人欲的典范,孙悟空被视为反理学斗士,从唐僧身上则看到了理学的破产。相应得出的结论是"情理之争贯穿着全书",这是一部"明中叶以后反理学思潮中的先驱之作"[3]。同时,又有人调和三家而言之,主张"《西游记》正是中国宗教史上儒释道三教融合的形象缩影","反映了中国士大夫文化精神"[4];具体而言,儒释道三教都归于心、善、治,《西游记》是将其"有机整合,以心为本,惩恶扬善,从而达到天下大治"[5]。鲁迅在《中国小说史略》中论及明清时人关于《西游记》种种见解时曾云:"故其著作,乃亦释迦与老君同流,真性与元神杂出,使三教之徒,皆得随宜附会而已。"先生作此评析时大概不会想到,七十年后他批评过的场景重又出现,而且似比先前更为热闹,至于先生感到可勉强接受的明人的"放心说",却只是偶尔有人提及:"书中所要表达的中心思想乃是人类心灵中的欲念臆想的放纵与收束。"[6]

  以上所列的坚持政治解读或为"证道"说翻案的观点,其实都是重拾旧说,只不过论者又都以自己的阅读体会与之糅杂互融,并辅以

---

[1] 黄霖:《关于〈西游记〉的作者和主要精神》,《复旦学报》1998年第2期。
[2] 贾广瑞:《取经即是致良知——略论小说〈西游记〉主题》,《山东女子学院学报》2011年第3期。
[3] 田同旭:《〈西游记〉是部情理小说——〈西游记〉主题新论》,《山西大学学报》1994年第2期。
[4] 廖向东:《士大夫文化精神的指归——〈西游记〉"三教合一"新论》,《浙江师范大学学报》2002年第2期。
[5] 雷会生、李克臣:《以行证道——论〈西游记〉主旨》,《辽东学院学报》2016年第3期。
[6] 石麟:《心猿意马的放纵与收束——〈西游记〉主题新探》,《湖北师范学院学报》1995年第2期。

旁征博引，以证不妄，于是旧论似乎也有了"新说"的面目。不过这些意见在当时就遭到反驳：作品"破除了三教教义的神秘性和严密性，升华出超宗教的自由心态"，描写的是"对人的信仰、意志和心性的挑战以及应战和升华的历程"[1]。与重翻旧说者相较，此时多数人已开始回归文学范畴作考察，或以新接受的正在涌入中土的各种西方文学理论为分析的依据。他们的研究思路与方法已跳出旧有之窠臼，《西游记》在其眼中也基本恢复它原有的小说身份，归纳抽象主题时也努力地"跳出具体取经故事的框架和佛教外衣"[2]。可是，这毕竟是一部神魔小说，研究者对其寓意的探求与感悟以及背后引导此过程的理论支持因人而异，以此为基础的各种主张自然互不相同，或是同中有异。如一些人给作品归纳的主题是"人的成长"，但他们具体论述的内容却不一致。有人认为《西游记》"清楚地展现了个体生命是怎样经历了成人世界给儿童设置的一道又一道成长障碍，一个又一个难题考验"[3]；有人却认为"作者的用意"是鼓励"受过挫折或受过打击之后的人们"继续奋斗，"以实现其人生价值"[4]。也有人将"人的成长"具体为"英雄成长的主题"[5]，另有人在此基础上增添了更多内容，归纳为"以神话原型和东方哲思表现英雄成长和救赎的主题，具有普世的意义和审美价值"[6]。以往诸人探讨《西游记》的主题，最后结论都只有唯一的指向，而此文将"成长"与"救赎"并列，实际上提出了主题可以多元的诠释方式。

与将主题归纳为"人的成长"相类似，一些人则从"人的精神"

---

[1] 杨义：《〈西游记〉：中国神话文化的大器晚成》，《中国社会科学》1995年第1期。
[2] 王纪人：《成长与救赎——〈西游记〉主题新解》，《江西社会科学》2007年第6期。
[3] 陶淑琴：《成长的童话——〈西游记〉主题另解》，《贵阳学院学报》2009年第2期。
[4] 王志尧、仝海天：《论〈西游记〉的主旨》，《南都学坛》1995年第2期。
[5] 张澜：《〈西游·降魔篇〉对〈西游记〉主题的另类还原》，《连云港师范高等专科学校学报》2013年第4期。
[6] 王纪人：《成长与救赎——〈西游记〉主题新解》，《江西社会科学》2007年第6期。

层面作抽象。在他们眼中,《西游记》的主题"是写人的精神漫游,写厚德载物与自强不息的精神漫游"[1]。与此相仿的说法是作品"通过孙悟空这位匡扶正义、乐观向上的形象,展示了其不倦地追求人生旨意的精神发展过程",不过论者又加上了"同时客观上反映了明代的社会现实"一语,表现出对主题二元论的趋同。[2]这一主张后来还得到呼应:《西游记》的主题"体现了人类追求自由的精神和对本体价值的肯定",同时也"反映了我们复杂而平凡的社会生活"。[3]"人的精神"与"人的成长"同样都是内涵宽泛的概念,因此从这一层面切入分析,论者的思考与结论会呈现离散状态。有些人的主张就异于以上所言,认为《西游记》"是一部描写'将功赎罪'的悲剧小说",表现出了封建社会人们的一种"被动入世"的精神。[4]作者对此说十分自信,认为只要这样理解主题,"数百年来论者聚讼纷如的这桩公案,那是可以从此大白于天下的"[5]。似乎关于《西游记》主题的讨论就到此结束了,但事实上此后翻新之说仍年出数种。

从人的精神层面着手分析时,关于个性的讨论自然不会缺席,有人就提出《西游记》创作本旨在于弘扬个性心灵解放,同时又强调"人才观问题"是其核心问题。[6]所谓个性心灵解放,就是要冲破当时群体的秩序规范,而后者恰是异常强势的存在。明代中晚期,政府限制商业发展的种种法令或规定被一一冲破,商品经济出现迅猛扩张的势头,随之迅速崛起的商贾与市民阶层为谋取更多利益,开始公开地提出摆脱封建道德束缚、追求人格独立与自由的诉求。同时,

---

[1] 郭明志:《西游:厚德载物与自强不息的精神漫游——〈西游记〉寓意浅释》,《北方论丛》1996年第3期。
[2] 阚小琴:《〈西游记〉主题管见》,《内蒙古电大学刊》1993年第6期。
[3] 左少峰、高兰英:《浅说〈西游记〉主题的超宗教性》,《前沿》2007年第6期。
[4] 诸葛志:《〈西游记〉的主题思想新论》,《浙江师大学报》1991年第2期。
[5] 诸葛志:《〈西游记〉的主题思想新论续篇》,《浙江师大学报》1991年第4期。
[6] 张锦池:《西游记考论》,黑龙江教育出版社1997年版第8页。

一部分士人毫不掩饰自己对礼教压抑个性的厌倦,他们追求人生情趣的放达生活也背离了礼教的规定。与这较普遍的社会心态相契合,王阳明的"心学"开始风行,"心之体,性也,性即理也"等阐述肯定了人心的本体地位,为个性解放诉求提供了哲学上的依据。然而,此时占统治地位的仍是传统的封建道德规范,与之相悖的个性解放诉求遭压抑必不可免。如何才能在个体自由意志与群体秩序规范的矛盾中寻找到平衡点呢?论者从这一视角出发做考察,认为在此背景下产生的《西游记》的主题,"正是以文学的方式追问与思索了这一人生困境",即如何"在秩序的压力下实现生命的和谐自由"。[1] 或许是受了此论的启发,有人抓住个体自由意志与群体秩序规范的矛盾作论述,同时又结合先前的主题转换说将作品前后两部分做了分割:"大闹天宫展现的主旨是自由与秩序的斗争",而"西天取经的主旨转换为自由对秩序的妥协和皈依"。[2] 也有人同样是从"秩序"着手考察,在对取经四人逐一分析后,围绕"作者想要传递的信念"又得出个"主题新说":"保持人性的和谐,与社会秩序的运行息息相关,努力培养出实现这种生活的德行,令生命有始有终,圆满无憾。"与通过阅读作品看出自由与秩序的矛盾冲突不同,论者挖掘出的作者意图是以人性和谐去适应社会秩序,故而又言:"作者希望在小说中以人性和谐构筑一个生机勃勃而秩序井然的理性世界。"[3] 可是何谓"秩序井然",何谓"理性世界"?与作品具体描写相较,要理解这两个概念似有点困难。

这一理解上的困难,源于论者的独特感悟超越了一般人的阅读体会,而这又不是《西游记》主题讨论中的偶尔闪现,于是此现象便遭

---

[1] 崔小敬:《〈西游记〉:秩序与自由的悖论》,《文学评论》2008年第1期。
[2] 颜翔:《自由与秩序的斗争——论〈西游记〉的主题思想》,《文教资料》2010年4月号中旬刊。
[3] 柯霁阳:《神魔世界里的人性探索——〈西游记〉主题新说》,《名作欣赏》2017年第7期。

到了同行的批评："研究者抓住书中的某一个合理方面的启示和感悟即可成文"[1]，其中"契道合天说"[2]"自由说"[3]"赎罪说"等被列为这方面的典型。[4]有些独特感悟实际上只是舶来品，当文学研究搬用西方一些理论乃至名词镶嵌为时髦之时，《西游记》主题讨论也未能免俗。如认为作品是"表现英雄成长主题"，"特别适合用精神分析学中的三部人格结构理论来阐释"，可是弗洛伊德论述的"本我""自我""超我"体现了对个人人格分析的完整性，论者在作品中找不到这样的情节相匹配，于是便生硬地解释为作者是"采取了将原本属于一人身上的'本我''自我''超我'分配给几个人物"的手法[5]，这显然与自己所说的"特别适合"相悖。又有人借助巴赫金的狂欢理论来寻找《西游记》的主题，根据猪八戒的世俗欲望以及作品的"诙谐氛围"，认为该书"属于真正的狂欢形态"，"因此使一个貌似荒诞不经的粗俗故事，拥有一个不可多得的诗性品格"。总之，借助巴赫金的狂欢理论，可看出作品"不仅是对自由的热情呼唤，而且具有深刻的人本观"[6]。也有人介绍了用巴赫金的理论"检视"《西游记》后的收获："不仅能发现作品的'反抗'主题和浓厚的狂欢化色彩，而且还能感受到其中'脱冕—加冕'的深层结构"，认为这就是巴赫金所说的"复调"。[7]"复调"原是音乐术语，指所有的声音都按自己的声部行进，相互层叠，构成复调体音乐。巴赫金的复调小说概念，是肯定陀思妥耶夫斯基小说突破已定型的独白式的欧洲小说模式时提出

---

[1] 胡莲玉：《〈西游记〉主题接受考论》，《明清小说研究》2004年第3期。
[2] 参见王显春：《"大道之行也，天下为公"——〈西游记〉主题思考》，《西南民族学院学报》1995年第3期。
[3] 参见竺洪波：《自由：〈西游记〉主题新说》，《上海大学学报》1996年第2期。
[4] 参见诸葛志：《〈西游记〉的主题思想新论》，《浙江师大学报》1991年第2期。
[5] 王纪人：《成长与救赎——〈西游记〉主题新解》，《江西社会科学》2007年第6期。
[6] 卢小惠：《狂欢与对话：〈西游记〉主题一解——〈西游记〉狂欢化的精神基质》，《淮海工学院学报》2008年第1期。
[7] 竺洪波：《重评〈西游记〉的"反抗"主题——以朗西埃、巴赫金的"文学—政治学说"为参照》，《淮阴师范学院学报》2016年第2期。

的，即作品中描写的客观世界并非在作家统一意识支配下展开，而是那些地位平等作品人物连同他们各自的世界被结合于某种统一事件中，此"复调"与《西游记》显然并不相干。至于用桑塔亚那的理论分析猪八戒形象，用弗洛姆的观点对玉皇大帝定位，用卡西尔的论述解释《西游记》内容的复杂，等等[1]，其穿凿的印记都十分明显。西方各种文艺理论及其概念的形成，都是基于当时当地某种文学现象的归纳与抽象，适用范围在其形成时已然确定，当借用那些理论或概念解释中国文学，特别是中国古代文学现象时，必须注意研究对象是否在其适用范围之内，硬作凿枘式镶嵌，自然得不到有意义的结果。更让人惊讶的是，有论者提及一些文学常识时，也非要用上外国人的话作表述，如大家都知道创作与想象的关系，论者却偏要用伊格尔顿的话来说明，似乎非此就不能表示判断之正确[2]。

　　此阶段《西游记》主题的讨论还出现了两种趋向，一种是结合作品产生的晚明的社会、政治情形作分析，但归纳出的主题仍不统一。有论者认为，"由于资本主义因素的萌芽，由于王学左派哲学思想的影响，追求自由，追求个性解放成了新的社会潮流"，其主题是"表现了努力冲破传统势力束缚，掌握自己命运的强烈愿望和为了信仰而不屈不挠、团结奋进的斗争精神"。[3]同样是着眼"明代中后期追求个性解放、人性自由的时代特征"，却可归纳出另一主题："追求绝对的自由是人的本性，却无法实现；人的自然生命力只有与对社会理想、信仰的追求相结合，才能最终达到完美的归宿。"[4]但也有论者联系明中叶后的社会氛围，看到的是"新兴市民阶层反封建的斗争性和妥协

---

[1] 冯文楼：《取经：一个多重互补的意义结构——关于〈西游记〉思想蕴涵的解读》，《明清小说研究》1992年第1期。
[2] 曾雅云：《吴承恩〈西游记〉的现实旨归》，《华北电力大学学报》2009年第3期。
[3] 陈容舒：《中国古代文学史》，西南师范大学出版社1991年版第125页。
[4] 庆振轩：《中国文学史发展纲要》，兰州大学出版社2007年版第285页。

性"[1]。又有人重视"明代中后期社会思潮的人文主义因素",主题便相应成为"肯定人的个性,强调人的尊严,反对精神枷锁,赞扬敢于反抗封建秩序的叛逆性格,高歌努力实现个人价值的进取精神"[2]。有的论者强调《西游记》"写于明末资本主义萌芽时期",其主题是肯定和歌颂"人的主观能动作用",具体而言是"去同一切邪恶势力进行斗争",而且是"一往无前、百折不挠地坚持下去"[3]。或云作品所言"正是明中后叶平等、自由、民主等思想的曲折反映,具有反抗封建统治正统地位的进步意义",同时它又表现了"资本主义生产关系萌芽后市民阶层反对封建统治及封建等级而又缺乏足够的冲击力量的特殊的社会状况"[4]。可是从市民阶层这一角度考察,却又有其他主题的归纳:"把新兴市民阶层的思想意识和社会力量在总体上纳入封建宗法的思想和制度的轨道,与地主阶级的正统派通力合作,扫除一切社会邪恶势力。"[5]有人讨论时首先对作品的性质定义:《西游记》表面上是一部神话小说,其本质上却是一部反映明代中叶现实社会生活的写实作品";作品中多游戏之言,是作者有意"迎合当时人们的思维习惯和阅读心理",而拨开"外衣"细观,即可发现"蔑视皇权、否定等级观念、追求个性自由的时代思潮与暴露封建统治的腐朽黑暗以及歌颂人民大众美好品质的传统主题的结合"[6]。此表述看似全面,实是总结出了两个并列主题。也有人在与明中叶后期社会现实联系后,认为主题并非严肃的自由、民主与个性解放之类,而只是"在作者的戏谑、幽默、嘲讽,甚至插科打诨中,对晚明的时弊世俗随笔点染,

---

[1] 张锦池:《论〈西游记〉中的观音形象——兼谈作品本旨及其他》,《文学评论》1992年第2期。
[2] 张晓:《孙悟空的人格与明代中后期人文主义思潮》,《明清小说研究》1996年第3期。
[3] 吕晴飞:《〈西游记〉的主题思想》,《北京社会科学》1990年第6期。
[4] 熊笃:《中国古代文学史新编》,重庆大学出版社1996年版第751页。
[5] 王卫国:《〈西游记〉读者接受主题举隅》,《山西广播电视大学学报》2003年第4期。
[6] 周蓬华:《论〈西游记〉的思想内涵》,《邢台学院学报》2016年第4期。

旁敲侧击,指桑骂槐,无不切中时弊"[1]。

此阶段归纳主题的另一趋向,是阅读作品时对某一点有所感悟,或某种描写特别切合己意,于是敷演成文,也可拉出一个新主题。不同时期的阅读感悟会出现差异,因此一个人先后提出两个主题也不是个别现象。如有人曾将主题归纳为"追求正统与正义的统一",十多年后再读作品,发现"修心"的思想"贯穿到整部作品的结构中",便又认为这是"作品的思想主题"。[2]同一个人尚且如此,不同人的感悟又怎会整齐划一?于是有一种感悟,就会有一种主题与之相对应,主题库随之出现无序的扩张。有人"在希奇怪诞的故事中",看到了"斩邪的文心"和"'契道合天'的人生真谛",作品主题则是"'自利利他''天下为公',是社会、人生之大道"。[3]有的论者对孙悟空扫除一切邪恶的精神特别欣赏,注意力集中于此,他体会到的作品主题便是"以作者心中之正气,搏击世上一切邪恶"[4]。同样是立足于孙悟空形象的分析,如果侧重于他经过取经终成正果的历程与其间变化,得出的主题就成了"修身、进取、建功、立业的戏诫"和"教化精神"[5]。有趣的是,如果从反腐倡廉的角度来解读《西游记》,就可得到与众不同的醒目结论:"以丑恶铸造涵盖广阔的匡风巨镜,教化世人鉴丑而敛行止,拓展古已有之的以丑正风大道,当是《西游记》广博、深邃的主题。"[6]《西游记》的主题开掘出这样的新意,似可证明这场讨论已是漫无边际了。有人则在更高层次上概括主题,如称《西

---

[1] 刘人杰:《中国文学史》第六卷,中国对外翻译出版公司1999年版第2579页。
[2] 王齐洲:《〈西游记〉与〈心经〉》,《学术月刊》2001年第8期。
[3] 王显春:《大道之行也,天下为公——〈西游记〉主题思考》,《西南民族学院学报》1995年第6期。
[4] 郭子冉:《论孙悟空典型形象的寓意——试解〈西游记〉创作原旨之谜》,《聊城师范学院学报》1996年第3期。
[5] 孟繁仁:《〈西游记〉故事与西夏人的童话》,《运城高专学报》1997年第3期。
[6] 袁健:《以耻为镜敛行止,匡正世风天地宽——小说〈西游记〉主题再探》,《中国党政干部论坛》2007年第9期。

游记》显示"一种健康的、先进的文化意识和审美理想"[1]，又有人认为，"《西游记》高奏的中国新歌，包括表面的唐朝新歌、浅层的明朝新歌、深度的华夏新歌"[2]。如果向这个层次靠拢，许多作品的主题似都可作千篇一律的概括。

转眼百年已逝，《西游记》主题讨论却仍无结果。原先只有数种见解时，分歧弥合已是无望，如今多达数十种，求其统一早已是一种空想，每种新说问世，提出者虽或有沾沾自喜之情，却再无雄睨他说之气势，仿佛只求在《西游记》主题讨论中能有一席之地。讨论演变到这一步，连参与者都有点惶恐，他们也试图弄清楚，这究竟是怎么回事，于是关注点很自然地移至文艺理论的层面。

三、关于主题的理论探讨

《西游记》主题讨论历经百年，人们曾对认识在"逐步深化"表示肯定[3]，可是"深化"的结果仍是众说并起，莫衷一是，特别是近三十年来更进入了发散空间。这类讨论曾被概括为"各凭己意发挥"："其优势在于独立、自由之表达，其弊端在于太过零碎，常见其偏执一辞，而缺乏系统之实证"，结论是"仍有不少问题有待深入探讨、解决。"[4]不过对此"深入"的结果，谁都不会乐观。

纷争愈演愈烈，其动因是"主题的难解性像一块巨大的磁石吸引着人们进行孜孜不倦的探究"，于是人们纷纷"不拘成见，另辟蹊径，

---

[1] 刘勇强：《〈西游记〉：奇特的精神漫游》，《文史知识》1991年第4期。
[2] 韩亚光：《中国四大古典文学名著：成书之谜、主题思想、现实意义》，《前沿》2018年第6期。
[3] 周建忠：《中国古代文学史》，南京大学出版社2003年版第300页。
[4] 陈逸鸣：《〈西游记〉主旨研究史述评》，《湖北工业职业技术学院学报》2018年第4期。

作新的思索"[1]，发散型局面的形成不可避免，各人的目的却是要变发散为收敛，其探讨都服从共同的前提："应当为《西游记》找到一个被大家公认的主题。"[2]可是强烈的愿望并没有等来乐观的结果，这就迫使人们回到"主题"这一概念本身，希望通过若干诠释，使之至少能有一个形式上的收敛。

诠释的方案有多种，目的却同一，即寻觅一种说法，尽可能地包容各种主题说。有人认为，关于《西游记》的主题"历来说法不一，莫衷一是。其原因很可能就是未能探清其主题结构"。论者构想的主题结构如下：作品有一个核心主题，其下有若干个副主题，它们以离开核心主题的距离分别位于不同的层次。遵循此构想，论者对所有的主题说都作了安置：核心主题是"既宣扬、称赞佛教，又揭示、批判佛教的双重矛盾"，余者均为副主题。其中"最贴近核心主题的是对孙悟空反抗精神的歌颂和对唐僧师徒不畏艰险，历尽千辛万苦，毫不动摇自己理想和信念的肯定和赞扬"，其他基于哲学、伦理学、历史学、社会学、文化学、民俗学诸领域而抽象出的主题说，由于只是"对于作品的某一内涵的领悟与解读"，所在的层次就要更低些。[3]也有人用另一种说法表述了类似的构想：作品有"表层的单纯题义"，但其后有"更复杂的旨趣"的"深层涵纳"，它们一起"形成为多重组合"。[4]这类构想能包容所有的主题说，在理论上看似较完美，但在实际上却无法操作：谁都认为自己提出的就是核心主题，怎肯甘为远离核心的副主题？纷争的局面不会因此而改变，只是换了个称呼，变为"核心主题说"之争而已。

在上述讨论中，研究者为了调和各种主题说的分歧，创设了"副

---

[1] 竺洪波：《自由：〈西游记〉主题新说》，《上海大学学报》1996年第2期。
[2] 王卫国：《〈西游记〉读者接受主题举隅》，《山西广播电视大学学报》2003年第4期。
[3] 孙德喜：《试论〈西游记〉的主题结构》，《绥化师专学报》1996年第1期。
[4] 乔力：《三棱镜：说〈西游记〉旨趣的隐显多元》，《东岳论丛》1998年第6期。

主题""核心主题"与主题"多重组合"等概念,可是对于它们都没有给出明确的定义,如果与主题的定义相对照,实际上也很难给这些新创设的概念下定义。主题的定义是作品所反映的主要思想倾向或中心思想,"副主题"难道是指处于次要地位的主要思想倾向?这样创设新概念显然是不合逻辑的。同样,"核心主题"应该是指处于核心地位的主要思想倾向,但已为"主要",又何须再加上"核心"?这样同义反复地构词显然无必要。至于主题"多重组合",其意应指主要思想倾向的"多重组合",如此表述同样不合逻辑。这类新创设的概念在理论上并不成立,围绕它们的讨论,也都已明显地不在"主题"概念所覆盖的范围之内。

或许是受到上述探求的启发,又有新的主题组合说接连问世。有人将各种主题说排比分类,选取自己重视且包容量大的三类组合为一个主题,具体而言,该主题包含了"三层含义",一是现实社会"需要加以改造",二是三教应当结合,三是向善求道的过程中,须是"个人修炼和社会督促结合,宗教和皇权制度结合"。这一构想是将各种主题说做表层的归类梳理,并机械地将其捏合为一个内容庞杂的主题,而且论者也表明了自己的偏向,如"以佛为核心,以儒为基础,以道为辅助"[1]。此类构想的出现,表明纷争的局面已开始将人们引至作品就是"多主题的糅杂"的认识,故而自然有赞同者相呼应。不过他们对如何选取与划分三个层面的意见却不一致,将"人类的死亡情结""大乘佛教对小乘佛教的取代"与"游历动物王国"三者并列便是其中一例。[2]在承认"多主题的糅杂"的前提下又出现了分歧,而且也是统一无望。

比照主题本身的定义,"多主题的糅杂"应是指多种主要思想倾

---

[1] 王新建:《〈西游记〉主旨探微》,《学术交流》2003年第7期。
[2] 张婧、郭岩:《多主题的揉杂——再探〈西游记〉主题》,《白城师范学院学报》2007年第2期。

向的糅杂,这同样在逻辑上讲不通。不过,一些研究者的思路却由此打开,继而做进一步的讨论,同样也出现了众说纷纭的景象,而各种意见不统一的原因也很明显:各人是按自己的偏好做选取与划分,其间的随意性十分醒目。于是,又有人依据文艺理论做选取与划分,在排比各种主题说所属理论范畴后指出,《西游记》的主题有三个层次:"作者意图""作品本身"与尤应重视的"读者接受"。[1]这一选取与划分较为科学规范,很快就有人遵循此思路发挥,也将主题分为"作者的创作意图""作品的客观意蕴"与"读者的接受"三部分,但侧重点却以"客观意蕴"取代了"读者接受",理由是它包含了丰富复杂的内容。[2]按照这一构想,所有主题说都可包含在内,而且各自地位的差异不会像"核心主题说"排列得那样明显。但将"客观意蕴"列为最重要者,似仍有主次之分,虽然可有多种主题说同时跻身于此,矛盾却依然存在。为了增强诠释功能,又有人继续改造为"作者意图主题""作品本文主题"与"读者接受主题"组合而成的"立体的三维主题结构"。论者认为,由于人们的认识"被囹圄在一维主题的狭窄空间",又都坚持己说为尊,于是便形成纷争局面。按照论者主题结构的设计,无论何种说法都处于平等地位,"都可以在这一立体的三维主题结构中找到自己的位置"[3],即使彼此尖锐对立的观点,也都可在同一层面里相安无事。设计这一结构的意图是为纷争寻找收敛的归宿,但实际上只是对各主题说分层面梳理安置,并承认它们都有成立的合理性。此论颇有赞同者,直到十年后仍有人坚持说:"文本的'本意'至少存在三个维度,即作者、读者、文本本身。"[4]此论将头绪纷乱的各种主题说按其产生原因,清晰地划分为三个板块,这

---

[1] 程栋:《〈西游记〉主题"仅此一家,不需分店"吗》,《运城高等专科学校学报》2001年第4期。
[2] 李忠明:《〈西游记〉"游戏"背后的深层内涵》,《明清小说研究》2002年第2期。
[3] 王卫国:《〈西游记〉读者接受主题举隅》,《山西广播电视大学学报》2003年第4期。
[4] 宋学达:《〈西游记〉主题"人才说"辨》,《安庆师范学院学报》2014年第1期。

是主题讨论向理论层次的深化，而且各主题说都能在结构中找到相应的位置。可是，纷争的局面不会因梳理清楚而改观，而且新说还会出现。多种主题都附着于《西游记》的局面得到了承认，而多主题则意味着无主题，该结构的理论按逻辑再向前推论，其趋向则是与当年胡适与鲁迅的主张同一。

上述见解的出现，是鉴于在内容上统一各主题说已无可能，不得已而转求其形式上的和谐，这是消除纷争的努力，只是未见成效。同时又有另一种努力，即反思产生纷争原因，试图从根本上找出消解之道。有人提出了两个问题："作者的思想是否等于作品的思想？""作品所写的矛盾冲突能否机械地搬到现实中来？"[1]在论者看来，纷争的产生源于各人对上述问题的理解不一。这一见解得到了呼应并进一步概括为："不应把作品产生的客观社会意义与主题思想混为一谈。"[2]区分两者是正确的意见，不少主题说的提出也确实是基于作品产生的客观社会意义，可是这毕竟与主题有内在联系，而且大家对何为主题尚无统一看法，区分又该如何下手？据此又怎能消除纷争？此路不通，又有人对纷争的产生作另一番解释：文学作品，特别是长篇小说"是作者本人丰富复杂的内心世界的全面体现"，因而其"主题思想往往是很复杂的"，这已易导致纷争，更何况欣赏者对作品的理解又因人而异。[3]此论阐述的是客观事实，而以此为前提作推论，那就是承认纷争产生的必然性以及它存在的合理性。这层蕴涵的意思不久也被挑明："对一部意蕴丰富的杰作来说，作品本身就给后人提供了多种阐释的可能性"；"作品一经产生之后，便成为一个开放的系统，读者可以根据自己的生活经验、知识阅历、思想情感和审美需求

---

[1] 朱继琢：《也谈〈西游记〉的思想倾向——与罗东升同志商榷》，《华南师范大学学报》1980年第1期。
[2] 王燕萍：《试论〈西游记〉的主题思想》，《广西师范大学学报》1985年第1期。
[3] 金紫千：《也谈〈西游记〉的主题》，《文史哲》1984年第1期。

对作品进行感知、体验、思考和评价",而且在不同的时期,读者的理解会随着"历史文化情境、主流意识形态的不同而变化"。行文至此,论者还引用了伽达默尔的论断:作品的意义"总是由解释者的历史环境乃至全部客观的历史进程共同决定的";"理解永远是不同的理解,理解的过程永远不会最终完成"。[1]换言之,纷争的产生不仅必然、合理,还将不断地延续。从接受美学角度做考察者得出的结论似可作补充:"有意义的只是作为此时此地的'我'对《西游记》的读解"[2],天下的"我"何其多也,主题说只可能不断增加,而且随着时代的变化,会有一批新说取代旧的。也有人用另一种概念作概括,叫"《西游记》呈现出多元的主题"[3]。理论辨析的结果,同样是回到原先的判断:多主题即无主题,尽管那些论者在主观上还是认为应该有个主题。

事到如今,人们终于发现,"无论怎样变换角度与方法,企图找到一个能够统摄全书的主旨来都是困难的,甚至是不可能的",有人甚至认为应承认"读者根据自己的阅读体会而归纳出种种主题"的现象的合理性,"不必去深究"。[4]其实,且不论《西游记》,就是作品中的一个片段,求其主题的统一也非易事。如"孙悟空三打白骨精"中,孙悟空不顾唐僧念紧箍咒,忍住疼痛也坚持要打死妖精,这是对除恶务尽精神的歌颂;而换一个角度看,唐僧诸人都将妖精当作好人,唯有孙悟空能识破其真面目,其主题也可说是透过现象看本质。作品中一个片段尚且如此,遑论全书。值得安慰的是,"这一现象,对《三国演义》《水浒传》《红楼梦》等其他文学名著来说也是如此"[5]。确实如此,

---

[1] 胡莲玉:《〈西游记〉主题接受考论》,《明清小说研究》2004年第3期。
[2] 梁归智:《自由的隐喻:〈西游记〉的一种解读》,《运城高专学报》1998年第1期。
[3] 马旭:《〈西游记〉的艺术结构与主题》,《文化学刊》2015年第7期。
[4] 王平:《论〈西游记〉的原旨与接受》,《东岳论丛》2003年第5期。
[5] 赵志成:《紧箍咒:一个有意味的文化符号——〈西游记〉主旨探微》,《渤海大学学报》2005年第6期。

在思想解放思潮的推动下,对这些名著主题的理解,也同步地由统一而进入了发散空间。《三国演义》有拥刘反曹说、乱世英雄颂歌说、市井细民写心说、总结争夺政权经验说等并驾齐驱,《水浒传》有农民起义说、忠义说、忠奸斗争说、游民说等相互争论,《红楼梦》有自叙传说、爱情说、色空说、政治历史说、封建家族衰亡史说等接连而出。各种主题新说不断涌现,这些作品的研究者也同样在苦苦思索:纷争究竟缘何而产生,又该如何解释这一现象呢?

其实,纷争的产生并不止于《西游记》或其他古典名著,也不止于长篇小说,即使是现当代的短篇小说,也被卷入了类似的旋涡。关于鲁迅的《阿Q正传》,有"精神胜利法"说、"精神变态"说、"国民性弱点典型"说、"落后农民"说以及"两重组合"说等等,1980年高晓声的《陈奂生上城》发表后,也引起了一阵关于作品主题的讨论,也无法统一。有人认为,作品"深刻地揭示了中国农民摆脱了贫困后渴望精神生活和人格意识的主题价值"[1];也有人认为是"揭示了'新时期'之后中国农村社会分化的现实"[2];还有人认为是反映了农村的改革,或是"暴露城乡经济差异及其伴生的收入和身份问题"[3]。此外,还有人主张是"表现了农民从农村到城市的现代化之路"[4],或是"'城市'作为一个强大的召唤结构必然会搅动传统的乡村秩序"[5],等等。当代的短篇小说居然也议论出这么多主题,这使评论界也感到有点不好意思:"如果老是习惯地在主题上纠缠,是没有多大意思的。"[6]可是,这篇作品偏偏被选入了中学语文教材,讲授作

---

[1] 段治怀:《〈陈奂生上城〉的思想意义与艺术魅力》,《文学教育》2007年第3期。
[2] 闫作雷:《"陈奂生"为什么富不起来?》,《人民文学》2016年第3期。
[3] 金浪:《"进城"、改革与文学生产——〈陈奂生上城〉再解读》,《艺术评论》2011年第3期。
[4] 张小刚、王莹:《"新时期"之初的农民想象——以〈陈奂生上城〉为中心》,《宜宾学院学报》2010年第5期。
[5] 戴哲:《城市化视域中的〈陈奂生上城〉》,《中国现代文学研究丛刊》2017年第12期。
[6] 张绍兰:《促使人们的心灵完美起来——读〈陈奂生上城〉》,《聊城师范学院学报》1989年第4期。

品主题是课堂上不可越过的环节,而"这篇小说的主题云遮雾罩,扑朔迷离,游移不定,令人无所适从",这可难倒了那些老师。他们深信"高晓声作为当代文坛上高明的作家,决不会去干一篇小说多主题的傻事"[1],他们需要一个明确的答案以便讲授。作家本人的回应可能会使他们失望,也会使评论家感到沮丧:"所谓作品的主题思想,对于作家的创作来说是没有多大意义的,创作实践证明作家只能忠实于生活而不能忠实于预定的概念",他甚至将评论家们的种种讨论视作"让生活穿小鞋"。[2]

关于许多作品主题的争论激烈而无结果,创作界与评论界的意见又尖锐对立,有的理论教材对此解释道:"由于历史不断地建立新的文学与思想的关系,因此,文学作品的思想和意义经常是不确定的,有着巨大的开放性。"[3]这是承认分歧存在的合理性,但未涉及这类争论究竟是怎么回事。要将这类现象解释清楚,就有必要回到问题的本源,厘清"主题"这一概念的内涵,以及它产生的原因。在20世纪80年代初,《辞海》曾对"主题"进行了明确的定义:"文艺作品通过描绘现实生活和塑造艺术形象所表现出来的中心思想。"对此,又有具体的阐述:

> 是作品内容的主体和核心。是文艺家经过对现实生活的观察、体验、分析、研究,经过对题材的提炼和对形象塑造而得出的思想结晶,也是文艺家对现实生活的认识、评价和理想的表现。文艺家在创作过程中如何确定形式和结构,也必须服从表达主题的需要。主题具有阶级的和时代的特点。由于作家、

---

[1] 石立干:《旨在塑造更美丽的灵魂——〈陈奂生上城〉主题新探》,《名作欣赏》2003年第12期。
[2] 高晓声:《且说陈奂生》,《人民文学》1980年第6期。
[3] 南帆:《文艺理论新读本》,浙江文艺出版社2002年版第221页。

艺术家的立场、观点或创作意图的不同，相同的题材可以表现出不同的主题；作者的思想水平、生活经验和艺术表现手法也会直接影响主题的深度和广度。[1]

此版《辞海》问世于1981年，条目之拟定当更早。其时《西游记》等作品都是一个主题奠于一尊的格局，人们脑海里还没有无主题或多个主题说互为争论的概念，故而主题被定义为"中心思想"，即作品通过各种描写阐明的中心议题，它是贯穿全文的核心。随后，围绕《西游记》及各部古典名著，甚至当代短篇小说《陈奂生上城》的主题都产生了激烈的争论且相持不下，在这一形势下，《辞海》再版时就对"主题"的定义作了重大修正："文艺作品中蕴含着的基本思想。"相应的具体阐述也随之修正：

> 主题不是赤裸裸的抽象思想，而是与具体的题材和艺术形象的特殊性密不可分地结合在一起的，并随着作品的完成而最终完成。由于作家、艺术家的立场、观点和创作意图的不同，相同的题材可以表现不同的主题；作者的思想深度、生活经验和艺术表现方法，也会影响主题的深度和广度。篇幅较大的文艺作品有时一个以上的多重主题，内容复杂的作品的主题常有多义性。[2]

将"中心思想"修正为"基本思想"，显示了作品只有一个主题的意味的弱化，这就为许多主题说的生存提供了理论空间，因为它们虽可声称概括了作品的某种"基本思想"，却无法让读者认同这就是作品的"中心思想"。与此修正相适应，定义的具体阐述还明确承认了

---

[1] 辞海编辑委员会：《辞海》（文学分册），上海辞书出版社1981年版第11页。
[2] 夏征农：《辞海》（文学分册），上海辞书出版社1988年版第16页。

"多重主题"与主题的"多义性",这就在理论上承认了各种主题说纷争的合理性。定义者或许没想到,这一重大修正,为后来更多的主题说涌现打开了大门。

2015年版《辞海》的表述仍基本不变,只是多了一句话:"主题是作品所有要素的辐射中心和创造虚构的制约点。"[1]这些年来,围绕各作品的主题说已是层出不穷,纷争不已,定义者显然是希望对主题说漫无边际地涌现有所限制。不过此语有向作品只有一个主题退缩的意味,与定义承认"多重主题"与主题的"多义性"有所矛盾,使人看到理论在该问题上的困境。

对"主题"理论解释的变化及困境,同样表现于受众面极广的《文学概论》教材。80年代流传极广的这部教材对主题作了这样的定义:

> 文学作品的主题,是指通过作品中描绘的社会生活、塑造的艺术形象所显示出来的贯穿全篇的中心思想或主导情感,也就是一部作品的题材所蕴含的主要的思想情感。[2]

这里主题也被定义为"中心思想"(教材另一处称主题为"被着意突出的思想情感"),为了强调主题的唯一性,教材还引用了狄德罗"主题思想如果有力而清楚,它便应该对其他思想处于专制地位"的见解,而狄德罗还说过"主题只应是一个"[3],以及别林斯基对莱蒙托夫小说"贯穿着思想统一性"的称赞:"这里没有一页、一字、一个特征是偶然写上去的;一切都来自一个主要的思想,一切都回到那个主

---

〔1〕 夏征农、陈至立:《大辞海》第17卷中国文学卷,上海辞书出版社2015年版第17页。
〔2〕 童庆炳:《文学概论新编》,北京师范大学出版社1995年版第113、114、116页。
〔3〕 狄德罗:《绘画论》,载伍蠡甫主编《西方文论选》(上),上海译文出版社1988年版第386页。

要的思想。"[1]

言之凿凿,似乎一切都已成定论,可是随后各部作品多种主题说的涌现以及争论的日益激烈,映衬了理论阐述的苍白无力,教材不得不作相应修正,甚至举例表达对归纳主题的质疑:"德国伟大的文学家歌德对'主题归纳'就很反感",他拒绝回答《浮士德》的主题是什么,因为作品"所展现的生活极其复杂、丰富、灿烂,要把这样的生活缩小起来,用一个细小的思想导线来说明是不可能的";"我国当代的一些作家,例如高晓声等,对评论家们对自己作品的'主题'的归纳,常常也是不以为然的";至于《红楼梦》,二百多年来"多少研究者耗费巨大精力也未能'归纳'出一个令人满意的'主题'来",而围绕莎士比亚的《哈姆雷特》与鲁迅的《阿Q正传》,情形也均是如此。于是教材得出了结论:"如果一部文学作品的蕴涵真的只限于评论家所归纳出的那一所谓的'主题',那至少说明这部作品是并不成功的";"作为作品构成的一个相对独立的'层面',只能是'蕴涵'而不是'主题'。"[2]

当肯定"主题"概念时,狄德罗、别林斯基等人的论点被引为佐证,而否定它时,则又有歌德、黑格尔的阐述为理论支撑,原来这些见解本来就客观存在,它们尽可供教材编撰者按需撷取。发生质的改变实是不得已的事,因为面对层出不穷的主题说的涌现与争论,迫切需要文学理论上的解释。自20世纪90年代以来,多数文学理论教材都加强了对"意蕴"的阐述,而不再提及"主题"。"意蕴"与"蕴涵"同义,其出典是黑格尔的《美学》:艺术作品"要显出一种内在的生气,情感,灵魂,风骨和精神,这就是我们所说的意蕴"。在教材中,其定义是"包含于文体和形象之中又漫溢于其外的韵调、情

---

[1] 梁真译:《别林斯基论文学》,新文艺出版社1958年版第208—209页。
[2] 童庆炳:《文学概论新编》,北京师范大学出版社1995年版第113页。

感、思想和精神"[1]。有的教材仍坚持使用"主题"一词，但不赞同"中心思想"之类的定义，而是修正为"内涵丰富的审美意识"，其含义与"蕴涵"有某些相似之处，但与人们通常所说的"主题"已相去甚远；教材还承认作品的"多主题"，但其间有正副之分："正主题如同乐曲的主旋律一样贯穿在文本之中，统摄着副主题；副主题则多方面地补充、丰富和深化正主题"；同时又承认"主题的多义性"，即"主题可以从不同的角度去把握，因而有各种不同的释义"。这些阐述没有对各种主题说纷争局面提出破解之道，而是以顺应的姿态对其作归纳与解释，甚至各种主题说的层出不穷也被认为是合理的："文本主题的现实揭示，是一个不断建构的动态过程。"[2]

无论是不再提"主题"而代之以"意蕴"，或是将"主题"定义为"审美意识"，都是不同程度地否定了原先的"主题"概念。可是教材普遍作了修正后的十余年里，各种主题说仍在不断新增，纷争仍在持续，而且论及"主题"时，人们仍是沿用原先概念的含义。理论根据纷争的现状作了修正，原指望能止息纷争，达成一定的统一，谁知纷争仍在延续，甚至在加剧，而且基本上没人去理会理论界的修正，这在某种意义上可看作是后者的失败。或可埋怨争辩者未能摆脱思维定式，须知从小学开始，归纳作品中心思想或主题便是语文教学与考试不可或缺的环节，所有的语文老师都在课堂上强调，作品必定有中心思想，而且只有一个。年复一年地灌输，当人们开始独立地赏析作品时，这一观念已根深蒂固，其地位远高于理论的修正。理论修正也无法撼动现状的根本原因，在于它否定"主题"概念时，并没有给出令人信服的理由，同时又回避了一些根本性的问题，如"主题"这一概念在当年为何会出现，为什么过去曾长时期使用而无人想到要

---

[1] 童庆炳：《文学理论教程》，高等教育出版社1992年版第273页。
[2] 刘安海、孙文宪：《文学理论》，华中师范大学出版社1999年版第130页。

修正它?

当论及作品主题的归纳时,人们一般都会指出它来自三个部分:作者创作意图、作品客观意蕴与读者的接受。理论上的归类完全正确,可是做具体辨识时,麻烦便接踵而来。曹雪芹创作《红楼梦》的意图为何,有关论文可谓多矣,且说法不一,并没办法判定其中某文所言即为曹雪芹所想,这也是由此角度归纳古代或近代作品主题时的共同难点。即使作者在世的现当代作品也会有这样的麻烦,有人曾向高晓声询问《陈奂生上城》的主题,得到的回答是:"我们在讲到主题思想的时候,实际上是强迫理性的语言去做它不能做的事情","是没有多大意义的"。[1]而即使作者表示了明确的意见,也未必会得到评论者的认可,他们可以认为"作品客观意蕴"并非如此。"作者创作意图"或"作品客观意蕴"都没有客观呈现的形态,人们见到的都是已经评论者主观处理的表述。评论者也属于读者,只不过是其中较为专业化的群体而已。上述三个部分只是纯理论的划分,实际上关于主题的各种论述都来自"读者的接受"。读者是庞大且组成复杂的群体,其间文学素养、境遇遭际以及感受的敏锐与深度等千差万别,归纳主题时不一致是正常现象,这正应了那句名言——"一千个人眼中就有一千个哈姆雷特"。

不过,并不是所有作品的主题归纳都必然产生纷争,否则"主题"这个概念就不会出现。事实上,在这一概念长时期的使用过程中,人们对许多作品的主题作归纳时意见是统一的。现已无法追溯"主题"这一概念究竟起源于何时,但它无疑是对特定文学现象的概括,而且当时出现了概括的需要。人们阅读作品后会对它表现的主要思想倾向或中心思想有所思索,大家的看法也常常会一致。在这种现象反复出现的基础上,人们抽象出其间共同的本质特点,概括出"主题"

---

[1] 高晓声:《且说陈奂生》,《人民文学》1980年第6期。

这一概念[1],即认识已从感性上升到理性。概念都有内涵和外延,前者是指这个概念的含义,后者则是指概念所反映的事物对象的范围。"主题"的内涵已如前所言,而由其出现的原因可知,其外延是指人们对主要思想倾向或中心思想看法基本一致的那些作品,主题归纳歧义迭出的作品并不在"主题"概念适用的范围之内,它们可被称为无主题。高晓声曾说:"一个作家的作品,不一定都有明确的主题思想,也不一定都没有。"[2]从"主题"概念产生及其外延覆盖范围来看,他的意见是正确的,尽管这与人们自小学以来就被灌输的观念相悖。

厘清了"主题"概念的外延,它的适用范围也就一目了然了。当人们对一部作品所表现的主要思想倾向并无异议时,它的主题便随之而被认定;反之,当人们对一部作品的主题归纳产生严重分歧时,它便在"主题"概念外延的覆盖范围之外,这时就不能再使用"主题"一词。只有内涵与外延才是评判概念使用是否得当的明确标准,至于为缓解或消弭纷争而提出的"主题多重性""主题结构的层次性""主题多义性"以及可配以若干"副主题"等,不仅未能解决分歧的对立,反而违背了逻辑学法则,混淆了原本清晰的概念。

在文学史上,人们对有些作品思想倾向的抽象始终是统一的;也有些作品自问世以来,人们对它们的看法始终存有分歧,如李商隐的朦胧诗;更有些作品人们难以从中提炼出中心思想。显然,除了第一种情况外,后两种情况都不适合使用"主题"这一概念,我们也可称之为无主题。不过,还有第四种情况,即一部作品在某个时间段里,人们对它表现的主要思想倾向的判断是统一的,而在另一个时间段里,却是多种判断并存与纷争不已,《西游记》等著名古典小说的情形均是如此。自

---

[1] 主题(theme)是外来词,中国古代称之为"旨""体"或"主脑",如刘勰《文心雕龙·征圣第二》中"或简言以达旨,或博文以该情,或明理以立体,或隐义以藏用"等语,及李渔《闲情偶寄》中的"立主脑"。
[2] 高晓声:《且说陈奂生》,《人民文学》1980年第6期。

50年代到70年代末，人们都用阶级斗争进行小说解析，对它所反映的主要思想倾向的看法是统一的，尽管其间羼杂了非文学因素，但应该承认在当时人们的心目中，作品的主题是明确的；自80年代以来，讨论出现了分歧并不断扩大，这时就不能对作品硬套"主题"，因为它已越出了概念外延的覆盖范围。"主题"并不是纯客观的存在，当它被表述之时，就已含有归纳者强烈的主观意向。在不同的时间段里，人们对同一部作品的看法或同一，或分歧，这是正常的现象，不必责怪它飘忽不定。当意见分歧时，转而讨论意蕴是恰当的做法。

余 论

文学史上发生过许多争论，激烈时参与者甚众且各执己见，争论没有结果。不久，这样的争论便失去了吸引力，那许多论文、专著也随之束之高阁，无人再去翻阅，人们的兴趣转移至下一场争论，而后一场争论的结局往往也是如此。这类争论中，有许多的起因在于人们对问题本源与基本概念的认识不一致，其结局从开始时即已注定，可是这类争论发生、发展到被人遗忘的循环却仍然不断地进行。对发生过的那许多争论，学者似乎需要作系统的梳理，寻得其中的规律与原因，因为文学研究应该突破那固有循环，以避免无谓的争论。

对《西游记》主题说的百年变迁的考察为文学研究提供了一个启示：当激烈的争论发生时，最需要做的事不是向纵深发展强化论述，而是冷静地回到讨论的基点，审视围绕问题本源所使用的关键概念，辨析其内涵与外延，反省讨论的内容与它们是否相匹配。这似是简单的问题，但对外延内容审视的疏忽却会导致讨论与所用概念本身含义的偏离。概念的外延演绎于其内涵，外延中所有元素都具有共同的本质属性。辨析不能到此就结束，还应具体考虑那些元素所对应的具体对象，在不少场合中，元素和具体对象之间的对应并非固定不变。如概念"某校的学生"，其内涵是指该校在册的学生，凡在该校注册者均在外延的范围之内。其间关系如此清晰，使用时似不会产生问题。然而，当论及"某校的学生"时，其实常隐含着一定的时间限定，它会使元素和具体对象之间的对应发生变化，因为越出一定的时间范围，会有相当一批人不再从属于"某校的学生"的概念，被讨论的元素所对应的已是另一批人。职能部门对"某校的学生"作统计时，会设置准确的时间节点，以保证各具体对象确实从属于此概念，而文学研究中的讨论，人们对隐含的限定却常未给予特别的关注，这就会使讨论的内容超出概念所覆盖的范围。限定与覆盖范围间的关系有各种表现形式，上述举例仅是其中一种而已。

不管有怎样的时间限定，具体对象是否从属于"某校的学生"的概念是对客观事实的判断，其间并未带有且无法掺杂判断者的主观意向。但在不少场合，判断本身已带有主观意向也是常有的事，这时情况就更复杂些，围绕"主题"的讨论即属此类。主题的定义是作品所反映的主要思想倾向或中心思想，而对主要思想倾向或中心思想的认定，却是研究者的主观行为。当研究者对主要思想倾向或中心思想的认定基本一致时，作品的主题可以得到确定，而当人们意见不一且不可能统一时，意味着作品无法归纳出主要思想倾向或中心思想，众说纷纭的讨论已越出概念覆盖的范围。《西游记》主题讨论的复杂性又在于，人们对作品主要思想倾向或中心思想的认定在某些阶段达成了共识，而自20世纪80年代以来，却是有数十种意见并行，这一变化过程有力地说明，人们主观意向的掺入，会使讨论的内容越出所使用概念覆盖的范围。文学研究使用的概念中，有许多只是对客观现象的反映，研究者没有也无法将自己的主观意向掺入其间；与此对照，不少表示判断的概念的使用却始终受到了研究者主观意向的制约。这两类概念使用时都应仔细辨析，而对后者的使用，则更应慎而又慎。

第三章　模糊概念的处理与无谓争论的避免
——以《金瓶梅》成书性质之争为例

在文学研究中，人们围绕不少问题提出种种不同的见解，这是很正常的现象。意见不统一就会出现争论。经过你来我往的辩驳，原先模糊不清者逐渐趋向明晰，逻辑判断的误差得到纠正，人们最后形成共识，并以此为基础，将研究向前推进一步。从争论产生到意见统一的现象不断地周而复始，研究就在商榷辩驳中前行，在这个意义上可以说，争论是文学研究发展的重要推动力。

争论无疑具有积极作用，可是纵观文学研究中各种争辩的实例，可以发现并非所有经过争论的问题都能很快得出正确的结论，一些阶段性的误判过了若干年后才得到纠正也是常事。相比之下，文学研究中还有些争论就显得比较尴尬，一时商榷辩驳，各方的论点都有支撑的论据，正因为如此，谁也说服不了谁。眼见意见统一无望，待热情一过，大家也就偃旗息鼓，而问题仍悬而未决，只是在较长的时间里人们都不再触及这个话题而已。有时，某个问题在所属领域里又相当重要，是某些后续研究的前提，它的悬而未决便引发了新的分歧。在不少场合，对模糊概念运用排中律作判断是产生上述现象的重要原因，而《金瓶梅》研究中关于成书性质的"独创"说与"改编"说的相持不下，正是这类争论中较为典型的一例。

一、《金瓶梅》研究中"独创"与"改编"之争

《金瓶梅》是文人独创作品的认定,在很长的时间里占据研究的主导地位,早在明清时就有王世贞作此书之说。鲁迅是中国古代小说研究学科的创建者,他认为王世贞作此书之说"不过是一种推测之辞,不足信据",其结论是"至于作者是谁,我们现在也还未知道"[1],但其论述前提,仍是承认《金瓶梅》是文人独立创作的作品。与此相类似,郑振铎在1932年表示"《金瓶梅》的作者,不知其为谁"[2]。几乎同时,葛遵礼写道:"或谓王世贞作,用以刺严世蕃者,疑不能明"[3];容肇祖则言"《金瓶梅》一百回,未知作者",有关王世贞所作之说"都是没有确证的"[4]。到了20世纪40年代,上述观点仍是学界的一致意见,即《金瓶梅》是文人独创的作品,但作者是谁不清楚,对于以往流传的书为王世贞所作的说法,除了谭正璧仅作"此书作者相传为王世贞"的客观陈述外[5],其他人都采取了否定态度,只是程度各有不同。陆侃如称此说"然亦无佐证"[6],杨荫深认为"此当是传说之谈,不足为信"[7],赵景深在对王世贞家世、书中语言运用等方面作了分析后写道:"凡此诸点,均足证明《金瓶梅》非王世贞所作。"[8]

---

[1] 鲁迅:《中国小说的历史的变迁》,《鲁迅全集》第九卷,人民文学出版社1981年版第330页。
[2] 郑振铎:《插图本中国文学史》,北京出版社1999年版第937页。
[3] 葛遵礼:《中国文学史》,会文堂新记书局1930年版第120页。
[4] 容肇祖:《中国文学史大纲》,朴社1935年版第307页。
[5] 谭正璧:《中国文学史大纲》,光明书局1940年版第118页。
[6] 陆侃如、冯沅君:《中国文学史简编》,开明书店1932年版第254页。
[7] 杨荫深:《中国文学史大纲》,商务印书馆1947年版第459页。
[8] 赵景深:《中国文学史新编》,北新书局1947年版第277页。

在20世纪前半叶，有关《金瓶梅》的论文很少，更鲜见对作者或成书方式的具体分析考论，有关文字都见诸各人撰写的文学史，且一般都是简略的寥寥数语，不过也有人对作者问题稍作了展开的分析。其一是施慎之，他对此有一段较长的说明：

> 《金瓶梅》的作者不详，据沈德符说，是嘉靖间大名士手笔，为指斥时事而作。因此相传此书为明文学家王世贞所著的……但是这些传说究竟没有证据，而书中北方土话甚多，王世贞是南方太仓人，恐怕也未必能写。则《金瓶梅》的作者到如今还是疑问。也许它的确是大名士的手笔，因为性欲描写，过于露骨，有玷清名，所以匿名不传呢。[1]

他认为《金瓶梅》有可能是"大名士的手笔"，但由于书中有较多淫秽内容，恐有碍清名，有意不留下名字，以致作者是谁成了个谜。

其二是胡云翼，他对作者的才华以及著书目的有所推测：

> 《金瓶梅》的作者，相传为当代的文豪王世贞或其门人，作以骂严世蕃者。这虽未可深信，但作者却实是一位具有文艺天才的文人。他立意做这部小说以讽刺当世士绅阶级的腐秽，故将姓名隐去。[2]

他根据作品的艺术成就以及书中的批判性内容，认为作者是"具有文艺天才的文人"，实际上是明确提出了作品由文人独创的观点，而创作目的是"讽刺当世士绅阶级的腐秽"，故而未留下名字，以免招惹

---

〔1〕 施慎之：《中国文学史讲话》，世界书局1941年版第141—142页。
〔2〕 胡云翼：《新著中国文学史》，北新书局1947年版第254页。

麻烦。

不过此时也有不同的意见,徐大风于1946年发表《金瓶梅作者是谁》[1],他是目前所知最早提出《金瓶梅》为众人改编而成的学者,后来持此观点的种种阐述,其实均源于此。徐大风在文章开篇处即写道:

> 在本文里不想用考据方法将《金瓶梅》作者找出来研究是谁人?只运用一种历史上社会性的实际趋势,说明这部伟大著作的产生,并不是通过一个作家之手写成的,乃是一种社会上的集体写作,许多无名作家把他集体做成功,而最后成功的美名,乃落在一个幸福的文人——王世贞身上。

徐大风不赞成王世贞是作者的说法,否定的方式却是釜底抽薪,即认为《金瓶梅》并非文人独创的作品,它其实并无特定的作者:

> 小说的成因往往有两个原则,一个是作者想象的故事,一个是已有事实作者的描述。……这《金瓶梅》虽然是采取《水浒传》中一段事实加以扩大描写而成功的,但我以为这扩大描写,是先由民间社会而起,由西门庆而扩展到应伯爵常峙节等很多的无赖人物,由潘金莲扩展到李瓶觉(儿)春梅等很多的淫荡女人。因为西门庆的作恶为非,许多民间小说家便把其他的恶人恶事,也就附会写到西门庆身上去,使他成为一个箭垛式的人物。
>
> ……

---

[1] 此文后来几无人提及,朱一玄《金瓶梅资料汇编》与黄霖《金瓶梅资料汇编》也均未收录此篇。

> ……这《金瓶梅》先是社会上的集体写作,起初整理这集体写作而成为词话的也许是罗贯中,李卓吾,但断不是由一个人写成的,而是由一个人搜辑着社会上种种的金瓶梅平话片段而加以剪裁成功的。[1]

徐大风没有提供相应的考辨,他也清楚地表示自己的判断只是依据"历史上社会性的实际趋势",所言实际上只是推想式的猜测,而发表该文章的《茶话》是一本以市民大众为读者群的期刊,以引起人们阅读兴趣为旨归,因而对此也未见苛责。

不过,徐大风的新见含有的合理成分,必然会在后来引发连锁反应,而最先呼应者是潘开沛先生,他在1954年8月29日《光明日报》副刊《文学遗产》发表《〈金瓶梅〉的产生和作者》,再次否定了长久以来人们信从的《金瓶梅》为文人独创的说法:

> 不是哪一位大名士、大文学家独自在书斋里创作出来的,而是在同一时间或不同时间里的许多艺人集体创作出来的,是一部集体的创作,只不过最后经过了文人的润色和加工而已。

潘开沛先生不只是提出观点,他从作品的用语口吻、引文情况、结构与写作技巧等方面分析论证《金瓶梅》是改编而成的作品。半年后,徐梦湘先生在《光明日报》上撰文反驳,他先将潘开沛的论据归纳为五条:

(1)"金瓶梅"书中处处有说书人的语调,如"说话的,如今只爱说这情色二字……";"看官听说";"话休烦絮";"话分

---

[1] 徐大风:《金瓶梅作者是谁》,1946年8月5日《茶话》第三期。

两头,不说……单表……"。

(2)书中引了许多词曲、快板,这不一定非"大名士"不可,"是非生活在下层社会者,所不能熟知和写出来的"。

(3)由内容的缺点及回目的参差,断定是经过许多艺人之手。

(4)从结构、故事和技巧来看,原编撰的目的是到潘金莲被杀(即第八十七回)就完了。

(5)从淫词秽语看,不像小说家的创作,而是说书人的创作。[1]

徐梦湘先生对以上论据一一驳斥,结论是"'金瓶梅'的作者是有计划写全书的",即坚持作品为文人独创的观点。由于徐大风的文章在学界无甚影响,故而潘开沛先生的主张实是在长久以来的《金瓶梅》为文人独创的观点外另树新帜,虽有开拓视野之功,但提供的论据均非铁证,难怪徐梦湘先生会认为"潘先生所持的理由,都不够充分,都可另作解释"。可是,徐梦湘先生给出的"解释"也同样不是铁证。若将两位先生的意见置于同一平台作平等的考察,由于它们都是缺乏铁证且主观意向较强的推想,故而都只是提出了一种可能性;而以一种可能性否定另一种可能性的成立,这在逻辑上显然讲不通。徐梦湘先生估计也意识到了这一点,故而在文末又退一步写道:"我以为若'金瓶梅'是说书人的集体创作,则我们看到的也应是经文人改编过的",与潘开沛先生提出的《金瓶梅》"是一部集体的创作,只不过最后经过了文人的润色和加工而已"相较,已是同一种意见的不同表述,似可视为对潘开沛先生意见在一定程度上的认同。

---

[1] 徐梦湘:《关于"金瓶梅"的作者——潘开沛:〈"金瓶梅"的产生和作者〉读后感》,1955年4月17日《光明日报》。以下所引徐梦湘先生的意见均出自此篇。

由于《金瓶梅》含有较多的淫秽内容，新中国成立初期的相关研究较为冷清，关于成书方式的争辩虽已发生，但其后却是较长时间的搁置，直到二十五年后人们开始关注这部作品，判定它由改编成书的观点才重又出现在世人面前，而且很快成为争辩的热点。1980年徐朔方先生发表的《〈金瓶梅〉的写定者是李开先》是争辩重开的标志，该文以八个方面的例子证明《金瓶梅》并不是文人的独创小说：

1. "《金瓶梅》每一回前都有韵文唱词。"

2. "大部分回目以韵语作结束，分明也是说唱艺术词语的残余。"

3. "小说正文中有若干处保留着当时词话说唱者的语气，和作家个人创作显然不同。"

4. 举吴月娘、孟玉楼、春梅、玉簪儿诸人唱《山坡羊》之例，"作为作家个人创作，这就难以理解"。

5. "几乎没有一回不插入几首诗、词或散曲，尤以后者为多。有时故事说到演唱戏文、杂剧，就把整出或整折曲文写上去，而这些曲文同小说的故事情节发展并无关系。"

6. "有不少地方同宋元小说、戏曲雷同。"

7. "全书对勾阑用语、市井流行的歇后语、谚语的熟练运用"，"如果不是一度同说唱艺术发生过血缘关系，那也是难以说明的"。

8. "从风格来看，行文的粗疏、重复也不像是作家个人的作品"，"前后脱节的情况作为作家个人创作的一部案头读物是很难理解的；但是作为每日分段演唱的词话，各部分之间原有相对的独立性，缺点就不那么明显了"。[1]

徐朔方先生的这八条，实际上是潘开沛先生那五条的延伸，但举例要丰富得多，分析更细致，确可引起人们对《金瓶梅》是否为文人独创的怀疑。该文继而提出，《金瓶梅》与《三国演义》《水浒传》等

---

[1] 徐朔方：《〈金瓶梅〉的写定者是李开先》，《杭州大学学报》1980年第1期。

作一样,"是在说唱艺人长期流传的基础上由某一作者加以写定",而它的"写定者是李开先,不是王世贞",因为该书对李开先作品的征引尤多,而"以《金瓶梅》同《宝剑记》作比较,可以发现不少的相同之处"。这一论点实际上是使潘开沛先生的"最后经过了文人的润色和加工"一语有了明确的指向。

徐朔方先生后来又发表多篇论文重申或补充自己的观点,如认为《水浒传》与《金瓶梅》的关系"是双向的影响或作用","两者同出一源,同出一系列《水浒》故事的集群","两者都只能是世代累积型的集体创作"。[1]这些观点得到了一些学者的赞同,刘辉先生就明确主张,《金瓶梅词话》"是民间艺人的说唱'底本'",他还作类比道:"如果和《水浒传》作比较,《金瓶梅词话》大体上相等于词话本《水浒传》,说散本则相等于经过施耐庵加工修改后的《水浒传》。"在列举了书中众多有关事件、时间与人物的讹误与错乱后又指出,"这些事实,充分说明了《词话》本,根本不是作家个人创作,无论哪一个笨拙的作家,也写不出如此众多的败笔"。不过刘辉先生认为作品最后写定者是李渔,而不是徐朔方先生提出的李开先。[2]

陈辽先生也认为作品是"世代累积型的集体创作",他的论文一开始就指出,主张文人独创说的学者"忽视了文学创作的一个根本问题":

> 生活是文学创作的源泉,你不了解、不熟悉某一方面的生活,你也就写不出、写不好反映这方面生活的作品。而王世贞、李开先、贾三近、屠隆这些名士、作家,或是大官僚,或是大地主,谁也没有经历过《金瓶梅》主要描写的那么丰富、那么

---

[1] 徐朔方:《再论〈水浒〉和〈金瓶梅〉不是个人创作》,《徐州师范学院学报》1986年第1期。
[2] 刘辉:《金瓶梅成书与版本研究》,辽宁人民出版社1986年版第9、36、20页。

多样的市井生活，仅凭一些道听途说，他们绝不可能写出《金瓶梅》那样的"奇书""杰作"。

陈辽先生又列举了些《金瓶梅》原是评话的证据：1.人物出场描写公式化，"在大名士、大作家的笔下是不可能如此一二十次地重复出现的，但在评话艺人嘴里，却是一种套数，少它不得的"。2.大量"与规定情境大相径庭"的词曲、快板等的插入，"这只能表明评话艺人不（只）顾取悦听众而不管生活真实了"。3."书外书"是评话的传统或习惯，即在讲述过程中插进来一段书。文人独创的作品中偶尔也有"书外书"，但多与作品中的情节有关，但《金瓶梅词话》中的"书外书"多与情节无关，"出现的次数很多，而且还有重复出现的"。最后在比较了《水浒全传》《金瓶梅词话》和扬州评话《武松》的相似部分后得出结论："《金瓶梅词话》是从《水浒全传》中有关武松、西门庆、潘金莲部分析出而又重新作了再创造的评话的整理本。"[1]

当时，还有些先生从不同角度作深入辨析，支持徐朔方先生的观点。赵景深先生写道："《金瓶梅》应该不是道貌岸然的人所写的，而是那些几乎沦为艺人之类的人所写的"，"《金瓶梅词话》是民间的集体写作"。[2]支冲先生指出，《金瓶梅词话》显示了"小说由韵散并用到以散文为主的过渡现象"，它是"经过多人加工整理的作品，不是个人的创作"。[3]蔡国梁先生对《金瓶梅》抄录他书的情况作排列比对后指出：此书的产生"正处在明中叶前后，由民众、艺人、名士先后都参与的，或口头或书面的创作"，"徐朔方先生的推论是可信的"。[4]傅憎享先生偏重于《金瓶梅》的语言考察，在分析了作品"直

---

[1] 陈辽：《〈金瓶梅〉原是评话说》，《社会科学研究》1986年第5期。
[2] 赵景深：《评朱星同志〈金瓶梅〉三考》，《上海师范大学学报》1980年第6期。
[3] 支冲：《〈金瓶梅〉评价新议》，《上海师范大学学报》1981年第2期。
[4] 蔡国梁：《〈金瓶梅〉抄引他书琐述》，《社会科学辑刊》1981年第4期。

书实录俚语乡音"的特点后指出，它"不是案头文学，而是说书案的书录"。[1]徐永斌则关注作品中"行文较为粗疏、繁冗、重复等缺陷举不胜举，有时前后文不相对应，甚至脱节，有些主要人物的年龄和重大事件的年代、发生地点颠倒错乱得相当严重"等现象，认为在这方面，"世代累积型的集体创作特征则表现得特别明显"。[2]鲁歌、马征先生则质问："《金瓶梅词话》中，出现了不少互相矛盾之处，如果自始至终是一个作者，怎么会出现这么多的纰漏？"[3]限于篇幅，此处不一一枚举否定文人独创说的论述，总之相当一批先生纷纷撰文，一时间形成了不小的声势。

可是，尽管主张《金瓶梅》为世代累积型作品的人数不少，他们所质疑的种种现象确实也引发了对作品成书方式的进一步思索，不过这些意见毕竟未能提供直截了当的证明。明代小说史上确有一些作品，人们都无异议地将它们归为世代累积型小说，这是因为有实物为证。《三国演义》之前有《三国志》与《三国志平话》，还有许多有关三国的戏曲及民间传说，它们之间的关系一目了然。《水浒传》之前有《大宋宣和遗事》以及各种有关水浒的戏曲，《西游记》之前有《大唐三藏取经诗话》，《永乐大典》中存有《西游记平话》的节录，甚至古代朝鲜的《朴通事谚解》中也有关于西游故事的记载。明代小说中类似的情况还有不少，此处不一一枚举，然而正因为这类情况众多，而迄今为止又未发现《金瓶梅》之前有相关的可供改编的文本，人们确实容易倾向于将它判定为文人独创的作品，并以此为理由否定《金瓶梅》为世代累积型的小说。这样做否定其实并不妥当，因为各种文献在历史长河中散佚湮没的不知有多少，谁也不能保证在那些散佚的文献中，肯定没有诸如可供《金瓶梅》改编的文本，或有关

---

[1] 傅憎享：《〈金瓶梅〉用字流俗：是俚人耳录而非文人创作》，《学习与探索》1988年第6期。
[2] 徐永斌：《论中国古代累积型集体创作长篇小说之基本特征》，《江淮论坛》2003年第2期。
[3] 鲁歌、马征：《〈金瓶梅〉成书问题管见》，《江汉论坛》1988年第8期。

这方面的记载；而且谁也不能断然肯定，在日后新发现的文献中，绝对不会出现有关这方面的内容。同样由于不符合逻辑推理的原因，以"《金瓶梅》的出现很突兀，让当时的文人惊讶不已"[1]为否定理由也无法让人信服，袁宏道等人感到"突兀"，并不等于先前就绝对没有相关记载，更何况这是部遭正统观念鄙视的小说，又含有大量淫秽内容，如果当时文人不屑于记载，也是可以理解的。

对于主张《金瓶梅》为世代累积型作品者所质疑的书中大量讹误、错乱与重复，以及征引他人之作等现象，主张文人独创说者也都自有辩解，如孟昭连先生就以中国古代小说艺术在某种意义上是一种"综合艺术"，解释《金瓶梅》中何以存在大量说唱艺术的痕迹[2]；又如黄霖先生认为，"作家经过独立的构思之后，在自己设计的情节布局和人物形象的兰图上'镶嵌'前人作品中的某些片段，这理当称之为个人创作"[3]。相比之下，罗德荣先生的论文则是作了较全面的综合性论述。他指出，作品中插入诗词或散曲的现象，在后来许多文人独创的小说中，"也都有不同程度的表现，因而完全可以视为小说作者对说唱艺术某些表现方式的一种模拟"，《金瓶梅》大量抄用前人作品"完全属于改头换面、移花接木式的移植与借用，是为我所用的再创造"，这些素材进入作品后已成为它的"有机组成部分而获得新的生命"，至于行文粗疏重复，年代颠倒错乱等现象，"在公认为是作家个人创作的作品中也时有发生"，而《金瓶梅》是"带有草创性质的巨著"，这类现象很可能是书成后"作者因为各种原因来不及细致审理、修改，或在传抄过程中经人篡改、出现误抄"。罗德荣先生还列举作品内容说明，"作者在构思创作时胸有成竹，对全书结构和情节发展的全过程事先都有通盘的考虑和安排。这种整体性的构思安排，由艺

---

[1] 傅承洲：《〈金瓶梅〉文人集体创作说》，《明清小说研究》2005年第1期。
[2] 孟昭连：《论〈金瓶梅〉的"大小说"观念》，《金瓶梅研究》1993年第4辑。
[3] 黄霖：《〈金瓶梅〉成书问题三考》，《复旦学报》1985年第4期。

人集体创作来完成是很难想象的",而"《金瓶梅》故事的结构方式,决定它绝不可能是在说唱艺术的听说环境中孕育生长出来的"。[1]

在各种反驳《金瓶梅》为世代累积型作品的意见中,杜维沫先生的解释也是较典型的一种回应:

> 不错,《金瓶梅词话》的作者是抄掇了过多的现成材料,包括一些话本的现成材料,作为一部小说创作来看,这是它的一大缺点。不过,正由于它是文人创作的第一部长篇,是属于文人草创的长篇小说之最初模型,这种缺点,我们似可视为我国小说艺术发展中特有的、正常的现象。重要的是,《金瓶梅词话》的主体部分是有机的、完整的,它以一个家庭的人物活动为基点,上连朝廷,下连市井,逐步展开了广阔社会生活的描写,同时逐步完成了典型人物的塑造。它的故事情节是前后紧密呼应的,艺术结构是经过精心统一设计的,也恰恰是这些空前的具有独创性质的特点,给了伟大作家曹雪芹以深刻启示和巨大影响。[2]

与当年仅有潘开沛与徐梦湘两人的商榷相较,这次显然已是成规模性的讨论,参与的学者较多,前后持续了十余年。其间,各人论文的涉及面较为宽泛,对作品内容作专题性的爬梳剔抉十分精细,这些都有益于《金瓶梅》研究的深入。可是纵观那许多论文后,首先想到的却是前已提及的徐梦湘先生当年的那句话:"潘先生所持的理由,都不够充分,都可另作解释",这一判断对此时争论的双方仍都适用,因为大家发挥的都是某种推测性的解释,并没有而且也无法提供铁

---

[1] 罗德荣:《〈金瓶梅〉是我国第一部文人独创小说》,《古典文学知识》2004年第2期。
[2] 杜维沫:《序》,载刘辉《金瓶梅成书与版本研究》,辽宁人民出版社1986年版第7页。

证。对于得出各种"解释"所使用的方法,双方也有相互的批评。主张文人独创说者批评改编说中的推论"不尽合理"[1],而他们遭到的批评似更严厉:"主观臆测者有之;牵强附会者有之;望风捕影者亦有之。"[2]

成书过程的性质究竟属于哪种类型,这是《金瓶梅》研究中最重要的问题之一。一旦确定,以此为前提,许多后续研究的内容将面目迥异。20世纪80年代关于作品究竟是独创或改编的争论开始时,一些先生以《金瓶梅》为文人独创为前提已做了许多研究,发表了不少成果,并在学界产生了相当的影响,如果他们研究的前提突然被抽去,这些年的心血与社会效应岂非都要付之东流?纵观相关的论文专著就可以发现,激烈反对作品改编说的中坚者主要也是这些先生,皮之不存,毛将焉附!对他们来说,这场争论实际上还含有捍卫自己研究成果与价值的意义。对于这场争论的走向,引发者徐朔方先生还比较乐观:"只有经过长期的争论才能使分歧逐渐缩小,这是文学史研究获得进展的正常途径。"[3]这句话里的关键词是"长期"二字,可能徐先生也无法预料,这场争论究竟得花费多长的时间。至少,在争论激烈的那十余年里,"分歧逐渐缩小"的现象并没有出现,人们看到的正好是相反的景象:"各执一端,新说并起,形势不是日趋明朗,而是愈加扑朔迷离。"[4]在争论期间与之后,各种关于《金瓶梅》作者的新考证还在不断地问世,不论其方法是否正确,结论是否可靠,其效果却是引人注目的:《金瓶梅》作者候选人数很快上升到五十多人,而这类考证的前提,就是认定作品为文人独创的小说。这类现象的出现也可以理解为:争论旷日持久,总不见得要等明确的结论浮现后,

---

[1] 王平:《第七届(峄城)全国〈金瓶梅〉学术研讨会综述》,《明清小说研究》2007年第2期。
[2] 刘辉:《金瓶梅成书与版本研究》,辽宁人民出版社1986年版第1页。
[3] 徐朔方:《序》,载刘辉《金瓶梅成书与版本研究》,辽宁人民出版社1986年版第4页。
[4] 刘辉:《金瓶梅成书与版本研究》,辽宁人民出版社1986年版第1页。

《金瓶梅》才迈开脚步向前推进。可是各人研究依据的前提相互对立，因此这在某种意义上可看作是争论在向纵深发展。

这场争论引来了不少学者的关注，他们先前没有或很少对《金瓶梅》发表意见，因而没有相关的研究成果或遵循的研究前提之类的负担，可以较客观地评判双方的论点以及论证的不足之处：

> 两种观点都提供了于自己有利的证据，同时又都有解释不了的问题，如果说《金瓶梅》是文人独创，那么为什么书中会有那么多的时间的错乱、情节的重复、事件的矛盾？如果说《金瓶梅》是艺人集体创作、世代累积型作品，那么，为什么在小说《金瓶梅》出现之前，没有任何关于《金瓶梅》演唱的记载呢？上述两个问题，双方论者都不能就对方的质疑作出令人满意的答复。[1]

概括地说，是"《金瓶梅》成书的两说各有一定道理，而又都不无偏颇"[2]，"各说都有一定的客观根据，不是纯属无知妄说"，如果对争论走向作客观的评价，那便是"经过长期的抗衡，谁也没有战胜谁，谁也没有取代谁"[3]。

所谓"战胜"或"取代"，实际上点明了争论双方所使用的相同的形式逻辑的法则，即排中律。排中律是指在同一个思维过程中，两个互相矛盾的思想不能都假，必有一真，要么是A，要么是非A，二者必居其一，二者仅居其一。在关于《金瓶梅》成书过程的讨论中，力主作品为文人独创者否定改编说的成立，同样，独创说也遭到主张

---

[1] 傅承洲：《〈金瓶梅〉文人集体创作说》，《明清小说研究》2005年第1期。
[2] 张同胜、杜贵晨：《论〈金瓶梅〉成书的"集撰"式创作性质》，《明清小说研究》2008年第1期。
[3] 周钧韬：《"非大名士"参与〈金瓶梅〉创作之内证》，《徐州师范学院学报》1988年第2期。

改编说者的否定，这便是排中律在《金瓶梅》研究领域中的运用。可是，排中律并非何时何处都可使用的法则，它有严格的使用范围，只能适用于精确概念，即内涵与外延都有明确界定的概念。而"独创"与"改编"却偏偏不是精确概念，它们是内涵清楚但外延无明确界定的模糊概念，它们并不在排中律的适用范围内。关于《金瓶梅》成书过程的争论十分激烈，后来却无明确说法便不了了之了，其中原因虽多，但若从方法论着眼，误用排中律是根本原因。

二、模糊视角下的"独创"与"改编"

世上概念分精确概念与模糊概念两种，它们的差别在于外延是否明确。对精确概念来说，由于外延明确，待判断的对象的属性都处于"是"或"否"的端点上，而两个端点之间是空集，判断的得出是运用排中律取其一。可是对模糊概念来说，由于外延模糊，"是"或"否"的端点是空集，待判断的对象的属性都处于这两个端点之间，此时就不能运用排中律作绝对的"是"或"否"的判断。"独创"与"改编"都是内涵清楚但外延无明确界定的模糊概念，从成书方式角度判断那些古代小说的属性时，就不可使用排中律，因为外延的模糊决定了那些作品都处于改编与独创这两个端点之间，其具体位置由其所含改编与独创成分的多少而定。当称一部作品为改编而成或属于独创时，判断的依据实为该作品中改编或独创的成分所占比例，它并非绝对的改编或绝对的独创的作品，因为那些被称为独创的作品中都程度不等地含有改编的成分，反之，被称为改编的作品中，也都可以或多或少地看到作者独创的内容。为了讲清楚这个问题，这里不妨以具体作品的分析为例。

《红楼梦》是世人公认的文人独创的经典名著，而作者曹雪芹能登上小说创作的巅峰，大量阅读前人作品是不可或缺的因素，作品中有些描写可做佐证。在第一回里，曹雪芹就借"石头"之口对历来小说作了概括性评论：

> 历来野史，或讪谤君相，或贬人妻女，奸淫凶恶，不可胜数。更有一种风月笔墨，其淫秽污臭，屠毒笔墨，坏人子弟，又不可胜数。至若佳人才子等书，则又千部共出一套，且其中终不能不涉于淫滥，以致满纸潘安、子建、西子、文君。不过作者要写出自己的那两首情诗艳赋来，故假拟出男女二人名姓，又必旁出一小人其间拨乱，亦如剧中之小丑然。且鬟婢开口即者也之乎，非文即理。故逐一看去，悉皆自相矛盾、大不近情理之话……[1]

他在第五十四回还借贾母之口批评："这些书都是一个套子，左不过是些佳人才子，最没趣儿。"[2]曹雪芹在作品中还多次提到小说。第二十三回中，茗烟就"到书坊内，把那古今小说并那飞燕、合德、武则天、杨贵妃的外传与那传奇角本买了许多来，引宝玉看"[3]；第四十三回里，宝玉又批评那些"因听些野史小说，便信真了"的人"混供神，混盖庙"。[4]胸中若无读过大量前人所著小说的底蕴，《红楼梦》中就不会出现这些对先前小说的批评，尽管它提及小说时从未明确地列举书名，没有像对戏曲那样常常不厌其烦地具体介绍。

---

[1] 曹雪芹：《红楼梦》第一回"甄士隐梦幻识通灵，贾雨村风尘怀闺秀"，人民文学出版社1982年版第5页。
[2] 曹雪芹：《红楼梦》第五十四回"史太君破陈腐旧套，王熙凤效戏彩斑衣"，人民文学出版社1982年版第758页。
[3] 曹雪芹：《红楼梦》第二十三回"西厢记妙词通戏语，牡丹亭艳曲警芳心"，人民文学出版社1982年版第324页。
[4] 曹雪芹：《红楼梦》第四十三回"闲取乐偶攒金庆寿，不了情暂撮土为香"，人民文学出版社1982年版第599页。

不过，在脂砚斋的批语中，有四十余条与先前小说相关，其对具体哪部小说的透露就比较具体。首先应提及的是明代的"四大奇书"，第十六回脂砚斋对王凤姐操弄金哥与守备之子一案的批语是："真与雨村是一对乱世之奸雄"[1]；第二十四回王熙凤对贾芸玩弄权术时，又有侧批"曹操语"[2]。看到王熙凤就联想到曹操，这不仅显示了作者对《三国演义》的熟悉，而且使人意识到曹雪芹塑造该形象时有意借鉴了罗贯中描写曹操的手法。《水浒传》也是作者借鉴的对象，对第二十六回贾芸初见袭人时的描写，脂砚斋的批语就是"《水浒》文法用的恰"[3]。有时，他还认为曹雪芹的手法超越了施耐庵，读到第二十四回贾芸路遇醉金刚倪二时，脂砚斋的批语便是"这一节对《水浒》杨志卖大刀遇没毛大虫一回看，觉好看多矣"[4]。对于《金瓶梅》，曹雪芹与脂砚斋尤为推崇。第十三回写到秦可卿死后，众人闻讯赶至宁国府，一时间人多事杂，曹雪芹的描写却一丝不乱，脂砚斋对此赞叹道："写个个皆到，全无安逸之笔，深得《金瓶》壶奥。"[5]对于第二十八回中宝玉与冯紫英、薛蟠、蒋玉菡及妓女云儿一起饮酒唱曲的描写，脂砚斋的批语是"此段与《金瓶梅》内西门庆、应伯爵在李桂姐家饮酒一回对看，未知孰家生动活泼"[6]，其意显然是优于《金瓶梅》的笔法，而第六十六回里的批语将这层意思说得更明确："《金瓶梅》中有云'把忘八的脸打绿了'已奇之至，此云'剩忘八'，岂

---

[1] 脂砚斋：甲戌本第十六回双行夹批，《脂砚斋重评石头记》，天津古籍出版社 2006 年版第 123 页。
[2] 脂砚斋：庚辰本第二十四回侧批，《脂砚斋重评石头记》，天津古籍出版社 2006 年版第 200 页。
[3] 脂砚斋：甲戌本第二十六回侧批，《脂砚斋重评石头记》，天津古籍出版社 2006 年版第 215 页。
[4] 脂砚斋：庚辰本第二十四回眉批，《脂砚斋重评石头记》，天津古籍出版社 2006 年版第 197 页。
[5] 脂砚斋：甲戌本第十三回侧批，《脂砚斋重评石头记》，天津古籍出版社 2006 年版第 104 页。
[6] 脂砚斋：甲戌本第二十八回眉批，《脂砚斋重评石头记》，天津古籍出版社 2006 年版第 234 页。

不更奇。"[1]脂砚斋还认为《红楼梦》笔法的轻灵变通非《西游记》可比，第三回写到曾有癞头和尚要化黛玉出家时，他的批语便是"通部中假借癞僧、跛道二人，点明迷情幻海中有数之人也，非袭《西游》中一味无稽，至不能处便用观世音可比"[2]。

　　脂砚斋的批语还提到清初小说家李渔与吕熊的作品。第九回描写家塾风波时提到"生得妩媚风流"的"香怜"与"玉爱"，脂砚斋的双行夹批是"诙谐得妙，又似李笠翁书中之趣语"[3]，这显然是指李渔小说《十二楼》中的《萃雅楼》与《无声戏》中的"男孟母教合三迁"。第二回在贾雨村那一大段话后则有侧批："《女仙外史》中论魔道已奇，此又非《外史》之立意，故觉愈奇。"[4]李渔与曹府有交往，为《女仙外史》写"品题"的刘廷玑与作评的洪昇都是曹寅的朋友，这也许就是脂批在清初众多作品中被明确提及的原因之一。至于清初那些才子佳人小说则是批评对象，曹雪芹在第一回中就以"至若佳人才子等书，则又千部共出一套"作概括，脂砚斋又对其中才子是神童，佳人有闭花羞月之容，因传递或和诗而私订终身，最后才子中状元或探花，并奉旨成亲公式化写作的每一步骤都作了尖刻的批判：

　　　　想见其构思之苦，方是至情。最厌近之小说中满纸"神童""天分"等语。（第十七、十八回）[5]
　　　　可笑近之小说中有一百个女子，皆是如花似玉一副脸面。（第三回）[6]

---

[1] 脂砚斋：庚辰本第六十六回双行夹批，《脂砚斋重评石头记》，天津古籍出版社2006年版第519页。
[2] 脂砚斋：甲戌本第三回眉批，《脂砚斋重评石头记》，天津古籍出版社2006年版第23页。
[3] 脂砚斋：蒙府本第九回双行夹批，《脂砚斋重评石头记》，天津古籍出版社2006年版第77页。
[4] 脂砚斋：甲戌本第二回侧批，《脂砚斋重评石头记》，天津古籍出版社2006年版第16页。
[5] 脂砚斋：庚辰本第十七、十八回双行夹批，《脂砚斋重评石头记》，天津古籍出版社2006年版第147页。
[6] 脂砚斋：甲戌本第三回眉批，《脂砚斋重评石头记》，天津古籍出版社2006年版第22页。

可笑别小说中一首歪诗，几句淫曲，便自佳人相许，岂不丑杀。（第八回）[1]

可笑近时小说中，无故极力称扬浪子淫女，临收结时，还必致感动朝廷，……又苦拉君父作一干证护身符，强媒硬保，得遂其淫欲哉。（第二回）[2]

不厌其烦地列举，是要证明曹雪芹在创作《红楼梦》之前或过程中曾大量阅读先前的小说。因此在《红楼梦》中，不仅宝玉读过不少小说，就连黛玉也在读。第三十二回里写黛玉见宝玉得了个麒麟就十分担心，因为史湘云也有一个，而小说里"多半才子佳人都因小巧玩物上撮合"[3]。尽管曹雪芹与脂砚斋对那些小说是批评之词居多，但从《红楼梦》创作的实际情形来看，曹雪芹对那些作品并没有一概否定，其中凡有价值之处，都得到了他的重视，甚至融入了自己的作品。

首先考察《红楼梦》创作的意旨。作品在第一回就交代了主人公贾宝玉的由来：女娲炼石补天，"只单单的剩了一块未用，便弃在此山青埂峰下"，后来"石头"投胎入世，这便是贾宝玉，作品因而也初名《石头记》。曹雪芹作此交代时题诗云："无材可去补苍天，枉入红尘若许年"，旁有脂砚斋的侧批："书之本旨。"曹雪芹创作《红楼梦》怀有补天思想，这已为人们所公认，毛泽东在关于板田文章的谈话中也说："曹雪芹写《红楼梦》还是想'补天'，想补封建制度的'天'。但《红楼梦》里写的却是封建家族的衰落。可以说是曹雪芹的世界观和他的创作发生矛盾。"[4]可是，曹雪芹如何会想到以女娲补天

---

[1] 脂砚斋：甲戌本第八回双行夹批，《脂砚斋重评石头记》，天津古籍出版社2006年版第70页。
[2] 脂砚斋：甲戌本第二回眉批，《脂砚斋重评石头记》，天津古籍出版社2006年版第13页。
[3] 曹雪芹：《红楼梦》第三十二回"诉肺腑心迷活宝玉，含耻辱情烈死金钏"，人民文学出版社1982年版第445页。
[4] 冯其庸、李希凡：《红楼梦大辞典》（增订本），文化艺术出版社2010年版第598页。

故事形象地反映其思想呢？现所知这则故事最早出典是《淮南子》卷六《览冥训》中"女娲炼五色石以补苍天"一语，而声言以自己的作品起到补天作用，却是见于清初短篇小说集《五色石》，该书的《序》第一句便是："《五色石》何为而作也？学女娲氏之补天而作也"，继而又发挥道："女娲所补之天，有形之天也，吾今所补之天，无形之天也。有形之天曰天象，无形之天曰天道。天象之阙不必补，天道之阙则深有待于补"；最后则言："吾今日以文代石而欲补之，亦未知其能补焉否也。第自吾妄言之而抵掌快心，子妄听之而入耳满志。"[1] 这一创作意向与曹雪芹多有相似之处，而"第自吾妄言之而抵掌快心"，与《红楼梦》第一回中"我这一段故事，也不愿世人称奇道妙，也不定要世人喜悦检读"亦同义。而且，那篇《序》中还有"或赤绳误牵，或蓝田虚种，或彩云易散"，以及"玉折兰摧""钗分镜破"等语，其感伤基调与《红楼梦》相通，而且会使人联想到晴雯判词的首句："霁月难逢，彩云易散。""以文代石"补天的意图相同，《五色石》又出于《红楼梦》之前，那应该是熟读先前小说的曹雪芹受其影响，创作时有所借鉴与改编。

当论及《红楼梦》思想倾向时，第二十回中"凡山川日月之精秀，只钟于女儿，须眉男子不过是些渣滓浊沫而已"[2] 几乎是必引之语，人们据此讨论作者反对男尊女卑的主张，甚至发现作品含有女权主义思想，或是以此为线索，分析宝玉的行为与思想。可是在《红楼梦》问世的百年前，这一思想早已由那些才子佳人小说不断在阐述。清初作品《玉娇梨》在开篇第一回中，就已称其女主人公白红玉的才貌与聪慧是"山川秀气所钟，天地阴阳不爽"；"始知天地山川秀，偏

---

[1] 笔炼阁主人：《序》，载《五色石》，《古本小说集成》第二辑，上海古籍出版社1994年版第1、2、7页。
[2] 曹雪芹：《红楼梦》第二十回"王熙凤正言弹妒意，林黛玉俏语谑娇音"，人民文学出版社1982年版第283页。

是蛾眉领略齐"。[1]与它几乎同时的小说《平山冷燕》,亦称其女主人公山黛"自是山川灵气所钟"[2],男主人公燕白颔还为之感叹道:"天地既以山川秀气尽付美人,却又生我辈男子何用。"[3]鲁迅《中国小说史略》曾评论道:"二书大旨,皆显扬女子,颂其异能,又颇薄制艺而尚词华,重俊髦而嗤俗士"[4],此语若移至《红楼梦》也颇为合适。将《红楼梦》与之相较,继承与借鉴的痕迹比较明显,另又有两个细节似也可做其间关联的佐证。《红楼梦》第三回中出现了个与贾雨村同案被参革的张如圭,脂砚斋对其名的侧批是"盖言如鬼如蜮也,亦非正人正言",而《玉娇梨》第六回开始出现的"拨乱其间"的小人就叫张轨如,作者对他的描写还相当多,给读者留下了深刻的印象。另外,该书第七回中有"莫笑阴阳颠倒用,个中天意有乘除"[5],也容易使人联想到《红楼梦》第五回中关于巧姐曲子《留余庆》的末句:"正是乘除加减,上有苍穹。"

《红楼梦》第一回即云:"后因曹雪芹于悼红轩中披阅十载,增删五次,纂成目录,分出章回,则题曰'金陵十二钗'。"[6]由曹雪芹初拟的这个书名,已可看出作品是以描写女性为主,这也是作者尊重女性思想的表现。十二金钗一词古已有之,唐代白居易有"金钗十二行"之句,宋人沈立有"金钗人十二"的咏唱,明代凌濛初的《再刻拍案惊奇》中则干脆将十二金钗作为成语运用了。但这些"十二"都

---

[1] 荻岸散人:《玉娇梨》第一回"小才女代父亲题诗",《古本小说集成》第四辑,上海古籍出版社1994年版第4、40页。
[2] 荻岸山人:《平山冷燕》第一回"太平世才星降瑞",《古本小说集成》第二辑,上海古籍出版社1994年版第22页。
[3] 荻岸山人:《平山冷燕》第十六回"扮青衣巧压才人",《古本小说集成》第二辑,上海古籍出版社1994年版第510页。
[4] 鲁迅:《中国小说史略》,《鲁迅全集》第九卷,人民文学出版社1981年版第192页。
[5] 荻岸散人:《玉娇梨》第七回"暗更名才子遗珠",《古本小说集成》第四辑,上海古籍出版社1994年版第256页。
[6] 曹雪芹:《红楼梦》第一回"甄士隐梦幻识通灵,贾雨村风尘怀闺秀",人民文学出版社1982年版第6页。

是笼统的称谓，而曹雪芹笔下的金陵十二钗则是十二个活生生妇女形象的合称。宝玉曾问："金陵极大，怎么只十二个女子？"警幻仙姑回答说，这是"择其紧要者录之"的缘故。可是联系到作者论及金陵十二钗时所言"千红一窟（哭）""万艳同杯（悲）"之语，不难看出他是想写全封建时代妇女们各种悲剧命运的类型，其立意远远超出了封建社会中描写妇女不幸的其他任何一个作家。不过，塑造十二个女子的形象以概括全体，这一设想并非曹雪芹的首创。顺治间的烟水散人在"壮心灰冷，谋食方艰"的情形下"检点金钗，品题罗袖"[1]，创作了小说《女才子书》，讲述了十二个才女的故事，其卷十二末的《自记》中，又借朋友月邻之口云："胆识和贤智兼收，才色与情韵并列，虽云十二，天下美人尽在是编矣。"[2] 若将两书相较，《女才子书》是通过列传的形式分别描绘十二位才女的命运，她们的故事相互独立，要达到"天下美人尽在是编"的目的，读者须得自行分析、综合与体会。曹雪芹却是另一种写法，那些金钗的悲剧命运纠缠在一起，互相关联呼应，直至走近各人悲剧的终点。他用高超的艺术手法将浑然一体的生活面貌呈现给读者，让人们从总体上把握同一空间、时间内展开的，互相关联呼应的不同悲剧的发展历程。虽也是借鉴与改编，但曹雪芹出色的再创作远胜于《女才子书》。

其次是考察《红楼梦》的结构设置。这里得提到清初顺治、康熙间的小说《金云翘传》，其题署为"青心才人编次"。作品第二回写道：女主人公王翠翘在梦中遇见一仙姑，从而知道天上有个所在叫"断肠会"，由"断肠教主"执掌。那儿还有"断肠册"，收录的诗词叫"断肠词"。王翠翘在仙姑的鼓励下也写了十首，题目是《悲岐路》

---

[1] 烟水散人：《女才子书序》，见《女才子书》，《古本小说集成》第一辑，上海古籍出版社1994年版第3—5页。
[2] 烟水散人：《自记》，见《女才子书》，《古本小说集成》第一辑，上海古籍出版社1994年版第468页。

《嗟蹇遇》《苦零落》与《哭相思》之类，都是三字一题，与《红楼梦》第五回中的十二支曲相仿，而且都是通过词曲预兆作品人物后来的命运。[1] 当然，两书的具体描述差别甚大，但它们的构思基本相同，且都涉及全篇结构。

对《红楼梦》情节安排进行考察，也可以发现类似的情况。这里还得以《金云翘传》为例，它的第十四回与第十五回写了这样一则故事：束生在外偷娶了二房王翠翘，又不敢与妻子宦氏说明。已知晓事情首尾的宦氏佯作不知，等束生离家外出，她便将王翠翘赚入府中，百般折磨，想方设法要将王翠翘置于死地。读了这两回，读者很容易联想到《红楼梦》第六十七回至第六十九回中尤二姐的故事。不过《金云翘传》仅作简单的故事描述，曹雪芹笔下却是波澜迭起，前后涉及的十余人个个性格鲜明，跃然纸上，两者相较，妍媸立判，而它们情节梗概的相似，却是无可回避的事实。再联系到前所述"断肠会"与太虚幻境构思的相似，可判定曹雪芹确实借鉴与改编了《金云翘传》中的内容。

清初才子佳人小说中，还有一部描写双星与江蕊珠爱情故事的《定情人》。双星幼年曾过继给父亲同年江章为子，两家失去联系十余年后，双星重入江府，江章夫妇仍将他视为自家公子，而双星此时却一心倾慕江家的小姐蕊珠。在第五回里，蕊珠的丫鬟若霞对双星说："若做过儿子，再做女婿，便是乱伦了，这却万万无此理"，她还声称这是听蕊珠说的。听闻此言，双星"自然满耳是雷霆"，受此打击，他反应就如《红楼梦》第五十七回中宝玉听紫鹃说黛玉要回苏州去，"便如头顶上响了一个焦雷一般"，接着作者便写道：

---

[1] 青心才人：《金云翘传》第二回"王翠翘坐痴想梦题断肠诗，金千里盼东墙遥定同心结"，《古本小说集成》第四辑，上海古籍出版社1994年版第11—13页。

> 双公子听了这些话,竟吓痴了,坐在一片白石上,走也走不动,若霞……竟自去了。
>
> ……众侍妾走到园中,只见双公子坐在一块白石上,睁着眼睛就象睡着一般。众侍妾看见着慌,忙问道:"大相公,天晚了,为何还坐在这里?"双公子竟白瞪着一双眼,昏昏沉沉,口也不开,……
>
> ……
>
> (医生)说是"惊忡之症,因着急上起的。……"说完,撮下两贴药就去了。夫人忙叫人煎与他吃了,吃了虽然不疼不痛,却只是昏昏沉沉,不能清白。[1]

这些描写可与《红楼梦》第五十七回里宝玉因急而痴的情节对照看,而彩云劝导小姐蕊珠一节,也与紫鹃向黛玉进言相似:

> 彩云侍儿忍耐不住,屡屡向小姐说道:"……小姐须要自家拿出主意来,早作红丝之系,却作不得儿女之态,误了终身大事。若错过双公子这样的才郎,再别求一个如双公子的才郎,便难了。"[2]

《定情人》的问世约早于《红楼梦》百年,因此宝玉因急而痴的情节,应是对《定情人》中那段描写的改编。

此外,还有些细微处也可看到《红楼梦》对以往小说的因袭改编,除先前提到的第三回中张如圭与《玉娇梨》中张轨如的关系,第

---

[1]《定情人》第五回"蠢丫头喜挑嘴言出祸作,俏侍儿悄呼郎口到病除",《古本小说集成》第二辑,上海古籍出版社 1994 年版第 136、140、142 页。
[2]《定情人》第四回"江小姐俏心多不吞不吐试真情,双公子痴态发如醉如狂招讪笑",《古本小说集成》第二辑,上海古籍出版社 1994 年版第 103—104 页。

二十四回中贾芸的舅舅名"卜世仁"其实也有出处，在清初题署"天花藏主人述"的《玉支玑小传》里，那位拨乱其间的小人就叫"卜成仁"，两者含义完全一样。在先前的才子佳人小说中，用谐音法命名还只是偶尔一见，曹雪芹则是扩展了该方式的使用，如贾雨村是"假语村言"的谐音，胡州喻"胡诌"之类，这些都可视作借鉴改编的延伸。

从顺治初到康熙三十年（1691）左右，新出流行的才子佳人小说有三十余种。这些描写青年男女爱情的作品刚行世时颇受欢迎，可是后出者情节越编越离奇，且都难脱"落难公子中状元，私订终身后花园"的窠臼，终使读者厌烦。正由于对先前公式化、雷同化的弊病有清醒的认识，曹雪芹的创作跳出了先前的"通共熟套"，但同时他也从中汲取了有益的成分。即使是某些改编的成分，两相比较就可看出，曹雪芹的描写不仅更生动、更丰满，人物性格更鲜明，情景更有隽永意蕴，而且它们已融为作品不可割裂的有机成分。《红楼梦》是中国古代小说中最优秀的杰作，但它并非突兀而来的飞来峰。

正如成熟的文人独创的作品仍含有改编成分一样，在改编而成的小说中也可看到作者独创的内容，在有的小说中它还占了不小的比例。《三国演义》是人们公认的"世代累积型"作品，罗贯中创作时改编的对象是陈寿的《三国志》及裴松之的注、前人有关三国的戏曲以及各种民间传说等，而其中最重要的参考书是元代的《三国志平话》。不过，《三国志平话》只有八万字左右，《三国演义》的篇幅却长达七十余万字，约是前书的九倍，仅这组数据的对比，就使人有理由相信，罗贯中在改编时增添了许多悬想事势、踵事增华的文字，其中会有独立构思创作的内容。罗贯中生活在群雄并起、战乱频仍的元末明初，其身世与经历使他对战事纷乱的三国时期有着深刻的感受与理解，而他创作的那些戏曲、小说，足以证明其艺术功力的深厚，独立创作些有声有色的故事，对他来说并非难事。不过，《三国演义》

的故事格局、情节走向、人物关系以及主要人物的命运等,均不违《三国志平话》之大要,罗贯中独立撰写的那些故事的性质,是改编框架下的独创。

若将《三国演义》与《三国志平话》作比对,可具体了解罗贯中改编时的途径与手法,而其中第一种,便是对已有文字作简单的改写。这里不妨以刘备、关羽与张飞出场时的描写对比为例。写及刘备登场,两书描述的文字如下:

> 说起一人,姓刘名备,字玄德,涿州范阳县人氏,乃汉景帝十七代贤孙,中山靖王刘胜之后。生得龙准凤目,禹背汤肩,身长七尺五寸,垂手过膝,语言喜怒不形于色。[1](《三国志平话》)

> 那人不甚好读书;性宽和,寡言语,喜怒不形于色;素有大志,专好结交天下豪杰;生得身长七尺五寸,两耳垂肩,双手过膝,目能自顾其耳,面如冠玉,唇若涂脂;中山靖王刘胜之后,汉景帝阁下玄孙:姓刘,名备,字玄德。[2](《三国演义》)

粗看两段文字相仿,仔细比较便可发现《三国演义》增加了"性宽和""素有大志""两耳垂肩"与"面如冠玉,唇若涂脂"等颇能形容刘备性格、志向与异貌等的关键词,使读者感受到刘备虽尚在草莽之中,已俨然有一代贤君之气象。

再看两书关于关羽出场时的描写:

---

[1]《三国志平话》卷之上,《古本小说集成》第一辑,上海古籍出版社1994年版第12—13页。
[2] 罗贯中:《三国演义》第一回"宴桃园豪杰三结义,斩黄巾英雄首立功",人民文学出版社1984年版第4页。

> 话说一人姓关名羽，字云长，乃平阳蒲州解良人也。生得神眉凤目，虬髯，面如紫玉，身长九尺二寸。喜看《春秋》《左传》，观乱臣贼子传，便生怒恶。因本县官员贪财好贿，酷害黎民，将县令杀了，亡命逃遁，前往涿郡。[1]（《三国志平话》）

> 玄德看其人：身长九尺，髯长二尺；面如重枣，唇若涂脂；丹凤眼，卧蚕眉：相貌堂堂，威风凛凛。玄德就邀他同坐，叩其姓名。其人曰："吾姓关，名羽，字长生，后改云长，河东解良人也。因本处势豪，倚势凌人，被吾杀了；逃难江湖，五六年矣。今闻此处招军破贼，特来应募。"[2]（《三国演义》）

虽然重要信息有所保留，但《三国演义》作了几处重要改动。原文中关羽杀的是"县令"，现改为"势豪"，即不再有反叛朝廷的色彩，同时又加上听说朝廷"招军破贼"，关羽"特来应募"一语，即从关羽登场开始，就已渲染了他对大汉王朝的忠义。在《三国志平话》中，对关羽的介绍出现于他与张飞相见之时，而现在改为刘备与他相见之时，从一开始就突出了刘备在刘关张三人中居首。正由于是通过刘备所见描写关羽的形象，"喜看《春秋》《左传》"等语在此处就不便出现，但并非简单地删去，而是安排在后来的情节中以加强关羽形象的塑造。

至于张飞的出场，两书介绍的文字相类，此处不作具体排列，但有一处重要变动：张飞的形象全在刘备眼中呈现，而原来是写关羽与张飞相见，这仍是为了突出刘备在三人中居首。

---

[1]《三国志平话》卷之上，《古本小说集成》第一辑，上海古籍出版社1994年版第11—12页。
[2] 罗贯中：《三国演义》第一回"宴桃园豪杰三结义，斩黄巾英雄首立功"，人民文学出版社1984年版第4—5页。

关于刘关张三人出场的介绍，是罗贯中在《三国志平话》的基础上作了些改动，文字更通顺，形象更丰润确是目的之一，而更重要的是使之与全书的宗旨与构思保持一致，此细微处也显示了罗贯中改编时的大局观与艺术匠心。

保留原有文字格局，根据自己的创作意图作增减改动，这样的改编手法在罗贯中笔下时常可见。而同样不时可见的编创手法，则是以原有的简略描述为基础大为增饰，事件的性质也由此改变，鞭打督邮便是其中一例。《三国志平话》中的相关描写不长，全文不足三百字：

> 使命曰："你是县尉？"刘备曰："然。"使命曰："杀了太守是你么？"刘备曰："太守在后堂中，明有灯烛，上宿者三五十人，杀太守二十余人，灯下走脱者须认得是刘备。那不是刘备。"督邮怒曰："往日段珪让被你弟张飞打了两个大牙，是你来。今日圣旨差我来问你杀太守之贼。前者参州违限，本合断罪，看众官面，不曾断你，因此挟仇杀了太守，你休分说。"喝左右人拿下者。旁有关、张大怒，各带刀走上厅来，唬众官各皆奔走。将使命拿住，剥了衣服。被张飞扶刘备校椅上坐，于厅前系马桩上将使命绑缚。张飞鞭督邮边胸，打了一百大棒。身死，分尸六段，将头吊在北门，将脚吊在四隅角上。有刘备、关、张众将军兵，都往太山落草。[1]

在《三国演义》第二回"张翼德怒鞭督邮，何国舅谋诛宦竖"中，相关描写的篇幅约是上文的三倍，而且关键情节作了翻案式的改动。在原文中，张飞暗杀了太守，督邮奉朝廷之命前来查案。此人骄横傲慢，没有任何证据就认定是刘备"挟仇杀了太守"，并下令逮捕。张

---

[1]《三国志平话》卷之上，《古本小说集成》第一辑，上海古籍出版社1994年版第25页。

飞正是在这种情况下出手,将督邮鞭打致死。督邮再骄横傲慢也罪不至死,何况他是代表朝廷前来。先是暗杀太守,后又棒死朝廷使臣,并残忍地将其分尸悬挂,最后自己干脆落草为寇,这可是反叛朝廷的谋逆大罪,与罗贯中着力渲染的刘关张的忠义形象格格不入。于是,故事便被改为督邮路经安喜县,向刘备索讨贿赂,刘备"与民秋毫无犯,那得财物与他",于是便受到督邮的百般刁难。张飞怒而出手,鞭打督邮,关羽曾建议杀了这贪官,但刘备"终是仁慈的人",他放过督邮,挂印而去。[1]鞭打督邮的关目虽被保留,但罗贯中的改编抹去了所有反叛谋逆的痕迹,其描写只会使人对忠义之士在奸臣当道时不得安生而愤愤不平。

在罗贯中的改编中,事件中的主角有时也会遭替换,而故事描述的性质,已无法简单地用改编或独创作概括,脍炙人口的"草船借箭"便是如此。该故事的素材出自《三国志·吴书·吴主传》裴松之注:"魏略曰:'权乘大船来观军,公使弓弩乱发。'箭著其船,船偏重将覆,权因回船,复以一面受箭,箭均船平,乃还。"[2]《三国志平话》据此作了改写,事主由孙权换成了周瑜,被动遭射也改成了随机应变地受箭,但其描述相当简略:

> 被曹操引十双战船,引快(蒯)越、蔡瑁,江心打话。南有周瑜,北有曹操,两家打话毕,周瑜船回,快(蒯)越、蔡瑁后赶。周瑜却回。周瑜一只大船、十只小船出,每只船一千军,射住曹军。快(蒯)越、蔡瑁令人数千放箭相射。却说周瑜用帐幕船只,曹操一发箭,周瑜船射了左面,令扮棹人回船,却射右边。移时,箭满于船。周瑜回,约的(得)数百万只箭。

---

[1] 罗贯中:《三国演义》第二回"张翼德怒鞭督邮,何国舅谋诛宦竖",人民文学出版社1984年版第15—16页。
[2] 陈寿:《三国志》卷四十七,中华书局1982年版第1119页。

周瑜喜道："丞相，谢箭！"[1]

将《三国演义》描写孔明草船借箭的第四十六回与上文对照，即可发现主角由周瑜换成了诸葛亮，事件发生的原因与过程也做了全面的改写：周瑜有意设计陷害，诸葛亮则凭借惊人的智慧，不但如约交出十万支箭，同时又维护了刘备与孙权的联盟。上文总共约一百三十字，罗贯中改写后长达二千字，情节在紧张进展时还插入篇《大雾垂江赋》，以示一张一弛之道，而且它又增强了对当时江上大雾弥漫的渲染。在罗贯中的笔下，周瑜的刚狠忌妒、鲁肃的忠厚朴拙以及诸葛亮的雍容与智慧无一不跃然纸上。而且，上文写周瑜仅十一条船竟能获数百万支箭，而每条船上竟一千军士，这明显不合情理，罗贯中精细地纠正为"轻快船二十只，各船三十余人"，最后是"每船上箭约五六千"[2]，总数正好是十万多，恰符周瑜的苛刻要求。依据百余字的梗概式介绍而敷演为引人入胜的故事，其框架承袭原作，故不能归为独创，但故事的主要内容，包括设置悬念、添增情节、渲染气氛与凸显人物性格等，均出自罗贯中的独立构思，这一才华的充分展示，显然也不能以改编而称之，这是介于改编与独创之间的艺术创造。

《三国演义》中还有不少纯属罗贯中独创的内容，"温酒斩华雄"便属此列。历史上华雄于孙坚与董卓交战时被斩，《三国志·吴书》中的记载极为简略："坚复相收兵，合战于阳人，大破卓军，枭其都督华雄等"[3]；《资治通鉴》的记载更简略："坚出击，大破之，枭其都督华雄。"[4]《三国志平话》中没有华雄被斩的描述，因此《三国演义》

---

[1]《三国志平话》卷之上，《古本小说集成》第一辑，上海古籍出版社1994年版第79页。
[2] 罗贯中：《三国演义》第四十六回"用奇谋孔明借箭，献密计黄盖受刑"，人民文学出版社1984年版第396、398页。
[3] 陈寿：《三国志》卷四十六，中华书局1982年版第1096页。
[4] 司马光：《资治通鉴》第六十卷，岳麓书社1990年版第695页。

第五回"发矫诏诸镇应曹公,破关兵三英战吕布"中"温酒斩华雄"一节应是罗贯中的独创文字。这是作品中关羽的成名之战,罗贯中的描写也颇具匠心。他先是写华雄夜半劫寨,孙坚仓皇败逃,连束发的赤帻也为华雄所得。接着,"华雄引铁骑下关,用长竿挑着孙太守赤帻,来寨前大骂搦战",骁将俞涉与上将潘凤先后迎战,一个是"战不三合",一个是"去不多时"均被华雄斩于马下。至此,罗贯中已成功地塑造了华雄似不可战胜的威武形象。袁绍等人束手无策之际,关羽请战,他因"弓手"身份的低微,还遭到袁术的呵斥。接着,罗贯中没有正面描写关羽与华雄的厮杀,也没渲染战场上扣人心弦的氛围,他将目光聚焦于帐中众诸侯听到从战场上传来的鼓声与喊声的反应,其描写亦淋漓酣畅:

> 操教酾热酒一杯,与关公饮了上马。关公曰:"酒且斟下,某去便来。"出帐提刀,飞身上马。众诸侯听得关外鼓声大振,喊声大举,如天摧地塌,岳撼山崩,众皆失惊。正欲探听,鸾铃响处,马到中军,云长提华雄之头,掷于地上。——其酒尚温。[1]

"其酒尚温"四字形容时间之短促,关羽与华雄不可在同一层次上论强弱已是无可辩驳的事实,而先前作者对华雄连斩上将似不可战胜的威武描写,此时均顿成塑造关羽英勇无敌形象的铺垫,这便是一杯尚温的酒所蕴含的巨大的艺术震撼力。"温酒斩华雄"一段不足七百字,但它容纳的内容之多却超出了人们的预想。关羽的英勇与战局的转折是主线,读者同时也看到了袁绍、袁术的倨傲与胸怀狭隘,曹操的识

---

[1] 罗贯中:《三国演义》第五回"发矫诏诸镇应曹公,破关兵三英战吕布",人民文学出版社1984年版第45页。

人与谋虑周全,张飞的鲁莽冲动以及众诸侯的无能与胆怯,而袁绍之"可惜吾上将颜良、文丑未至"一语,也是在为关羽日后斩杀此二将预做伏线。若无落笔前的缜密构思,又怎能于尺幅之间见天地,仅此不足七百字的描写,已足显罗贯中独创能力之强。

《三国演义》是典型的改编而成的作品,但它也含有不少独创的成分,而在成熟的文人独创小说《红楼梦》中,亦可看到许多改编的内容。明清之际的通俗小说均莫如此,只是所含两种成分的比例各不相同而已。当所含某种成分的比例明显地高于另一种时,该作品便被归入改编或独创的序列,实际上并不存在绝对的改编或独创的作品。这两种成分同样也在《金瓶梅》中融为一体,这本是普遍的正常现象,但其成书性质竟会引起激烈争辩,是由于书中两种成分之比处于较独特的状态。要将此问题解释清楚,还需要考察明清小说发展曾经历过的由改编逐步过渡到独创的历程,以及《金瓶梅》在这一过程中所处的位置。

三、小说创作由"改编"向"独创"过渡的趋势与特点

"改编"与"独创"是一对模糊概念,因而对一部作品编创手法归类,就不能简单地使用排中律作"是"或"否"的判断,而应该根据实际情况进行分析,大致确定它在"改编"与"独创"之间那个序列中的位置。《三国演义》与《红楼梦》分别被视为改编或独创的作品,那是因为它们所含相应的成分较多甚至占据绝对优势的缘故。《金瓶梅》究竟应归于改编还是独创的作品,这场争论持续时间长,双方都举出不少例证,却又都说服不了对方,这是双方在逻辑上都不恰当地使用排中律的必然结果,同时这现象也提示人们,在"改编"与"独创"之间那个序列中,《金瓶梅》的位置应恰在中间地带。

从明初到清中叶，小说编创手法逐步由改编过渡到独创，考察这一历程，有助于判断《金瓶梅》在其间的位置。

中国古代通俗小说可分为两个系列，先是诉诸听觉的作品，宋元话本是其代表，在此基础上又出现了供案头阅读的创作，而首先问世的是《三国演义》与《水浒传》这两部优秀巨著，它们都是改编而成的作品。由于有关罗贯中与施耐庵生活经历的材料寥寥无几，现在无法从特定的个人因素方面，寻找他们采用改编的手法而未做独立创作的原因。而简单排比明代小说的编创方式，可以显现两个基本的事实：首先，同处于元末明初的两个伟大作家采用了相同的编创方式，罗贯中的《残唐五代史演义传》《隋唐志传》与《平妖传》也都是通过改编而写成的；其次，在《三国演义》与《水浒传》以后很长的一段时期内，通俗小说的作家们又都在不断地重复这一编创方式。事实表明，通俗小说经过长时期的改编式创作之后，才逐渐步入独创阶段，这是一个带有某种必然性的历史现象，并非个人意愿所能决定。

通俗小说创作发生由诉诸听觉到供案头阅读的飞跃性转折，是为了适应广大欣赏者更进一步的娱乐要求，而《三国演义》与《水浒传》等书之所以采用改编而成的手法，是由客观与主观条件的结合所决定。广大群众喜爱三国纷争、梁山好汉之类的故事，元末明初战乱时代的百姓尤其如此，他们的审美习惯又要求这些故事能有头有尾、情节完整，这就在客观上要求有人综合统一散见于各话本、戏曲或传说中的故事作集大成式的整理改编。作者创作的目的是寄寓对社会生活的理解、评判与理想，或作劝善惩恶，有补于世道人心。以广大群众熟悉喜爱的故事为素材进行创作，无疑更有助于那些目的的实现。读者愿望与作者企求结合的力量异常强大，它的驱使导致了世代累积型的《三国演义》与《水浒传》的问世。这里还应指出，在将改编与独创这两种方式作比较时，古人的观念与今人并不一致。在我国古代，向来就有对已有的文学作品作不断地改编，在改编过程中不断地再创作的传统。如唐人元稹的《会真记》被金代的董解元改编为《西厢记诸宫调》,元代的王实甫在这基础上又改编成《西厢记》杂剧,而今日舞台上演出的,则是清初时金圣叹对王本《西厢记》改编后的定本。诸如此类的例子在文学史上屡见不鲜,在诗歌领域,这样的创作方式甚至还曾获得过"夺胎换骨""点铁成金"的美誉。既然所环绕的文学氛围如此,那么罗贯中与施耐庵的集大成改编式的再创作在当时并不会引起惊讶,反而会被认为是非常正常自然的事。

就通俗小说创作演进规律而言,罗贯中与施耐庵采用改编的方式其实也是别无选择。他们创作的是文学史上最早的专供案头阅读的通俗长篇小说,无法像后世作家那样,至少有《三国演义》《水浒传》等优秀巨著可做借鉴,也根本无法从评论家们有关作品成败得失的分析批评中得到启示,一切都得靠自己摸索与尝试。结构设置、情节安排、人物性格的刻画及其连续性的保持,以及环境气氛的渲染烘托等等,都不是容易解决的问题,更何况还得将它们融合为有机的整体,相当一部分的素材又得直接从社会生活中提炼概括,并作组织捏合。通俗小说步入以供案头阅读为目的的创作阶段后,并不可能立即就熟悉乃至能驾驭这陌生领域中的各种规律与特点,大量的经验与教训都有待于在长时期的实践过程中逐渐摸索与积累,此时要求有独立创作的长篇巨著问世显然不现实。其实就算在今日,可供参考借鉴的优秀作品已不计其数,各种创作经验教训都已在理论上有了相应的总结分析,可是作家从刚步入文坛到后来的成熟,一般都还是要经过由短篇到中篇,再由中篇到长篇的创作过程。这是因为面对各种创作规律与特点,他们仍然需要通过实践方能逐渐熟悉并驾驭。由此可见,在罗贯中、施耐庵的时代,独立创作长篇小说的条件尚不具备。通俗小说创作走出了以诉诸听觉为目的的阶段,但它不可能将以往获得的丰富的创作经验全都简单地抛弃,它需要有一段反刍期,将以往的丰富积累转化为服务于新阶段创作的养分,改编正是最适合实现这种转化的形式。马克思曾经说过:"人们自己创造自己的历史,但是他们并不是随心所欲地创造,并不是在他们自己选定的条件下的创造,而是在直接碰到的、既定的、从过去继承下来的条件下创造。"[1]我国长篇通俗小说以改编成书为自己历程的开端,也是在验证史学领域内的这一重要命题。

罗贯中与施耐庵的工作一方面是完成了由诉诸听觉到供案头阅读的飞跃性转折,这是突变;而依据旧本改编,又是一种渐进式的发展。导致突变的动力源于通俗小说发展本身的内部,而后一种渐进形式也同样适应了通俗小说继续发展的要求,正因为如此,这两种性质截然不同的演进方式才能和谐地统一于一体。《三国演义》与《水浒传》问世于那突变与渐进的交汇期,罗贯中与施耐庵也只能在通俗小说以往积累的基础上,以及其发展规律所允许的范围内进行创作。而他们之所以被赞誉为天才作家,则是因为在诸多约束之下,他们仍将创造力发挥到几至极限,编撰出了极优秀的作品。

元末明初《三国演义》《水浒传》问世后,长篇通俗小说创作在很长时间里一直沿用改编成书的编创手法。由于印刷条件的约束、封建统治者的压制以及流通交换网络的相对滞塞,长篇通俗小说的创作进入了长期沉寂的阶段,直到明嘉靖朝上述条件得到改善后才重新起步。而直接的刺激因素是《三国演义》《水浒传》终于刊刻成书,广行于世,创作有了可供借鉴的范本,人们也不约而同地沿用了改编成书的编创方式。其时最先问世的作品应是成书于嘉靖十六年(1537)左右,由郭勋授意其门客撰写的《皇明开运英武传》。此书依据史传和其他杂著、传说改编而成,而作品中写当年鄱阳湖大战中郭勋之祖郭英一箭射死陈友谅的内容,则是有政治目的的自创。郭勋又"令

---

[1] 马克思:《路易·波拿巴的雾月十八日》,人民出版社2001年版第8页。

内之职平话者，日唱演于上前，且谓此相传旧本"[1]，以证其内容之真实。郭勋如愿以偿，其祖郭英得以配享太庙，自己则"峻拜太师，后又加翊国公世袭"。稍后，福建建阳的书坊主熊大木接连编撰了四部长篇小说，其中《大宋中兴通俗演义》是根据《精忠录》等书改编而成；《唐书志传》的叙述一依《通鉴》，间亦采及词话、杂剧，如"秦王三跳涧"之类；《全汉志传》的编撰显然也是既依据史书，同时也参考如元代建安虞氏所刊的《全汉书续集》等平话。《南北宋志传》含《南宋志传》与《北宋志传》，对于后者熊大木自称是"依原成本，参入史鉴年月编定"，"收集《杨家府》等传总成二十卷"。[2]当然，"收集"之后，少不得作必要的连缀修饰，这也是一种改编。至于《南宋志传》，则是依据《五代史平话》改编而成。戴不凡先生曾经将两书细加对勘，得出了如下的结论：

> 总起来看，两本之异同约有下面几点：（一）《志传》文繁；但是，《平话》中的原文几乎全被《志传》抄进去了。（二）《志传》文繁之处，有不少是为了增叙打仗的热闹场面，但有时是为了介绍人物、情节，以及适应章回小说每回开头和结尾处的需要。（三）《志传》增加了像上举一百十四字的诏旨（以及奏表）全文之类。（四）它增加了"有诗为证"，特别是周静轩的许多诗。[3]

熊大木在抄袭的基础上略作改写，其心态也一见可知：增叙打仗厮杀的热闹场面是为了吸引读者；引用诏旨奏章之类是强调作品所述

---

[1] 沈德符：《万历野获编》卷五"武定侯进公"，中华书局1959年版第140页。
[2] 三台馆版《北宋志传》卷之十一篇首语，载《南北宋志传》，《古本小说集成》第二辑，上海古籍出版社1994年版第487页。
[3] 戴不凡：《〈五代史平话〉的部分阙文》，载《小说见闻录》，浙江人民出版社1980年版第75页。

故事的真实性；而插入一些"有诗为证"则是想使通俗小说带上一点"雅"味。正如前面所述，引用诏旨奏章与插入"有诗为证"是模仿的产物，而熊大木如此看重这种形式，看来是为了作品能争取到士人的认可，这样既能增加读者的数量，又能获得更有影响的舆论支持。这位书坊主在不长的时间内接连完成四部长篇小说的写作，他的编撰方式就是保证自己能以惊人的速度不断推出新作的必要前提之一。

与熊大木差不多是同时代人且又同乡的余邵鱼编撰了《列国志传》，他改编的依据是《武王伐纣平话》等书。到了万历年间，余邵鱼的侄孙余象斗刊刻了不少通俗小说，其中也有他自己根据话本、民间传说等改编的《皇明诸司廉明奇判公案传》《皇明诸司公案传》《列国前编十二朝传》《北方真武师祖玄天上帝出身志传》与《五显灵官大帝华光天王传》等多部；他还雇用下层文人吴元泰撰写了《八仙出处东游记》，其编创性质亦是如此。长期寓居建阳书坊乡任余氏书坊萃庆堂塾师的邓志谟撰写了《铁树记》《咒枣记》与《飞剑记》等小说，他自称是"搜捡残编，汇成此书"[1]，其改编方式是将各种故事归于一书，经过筛选整理使之系统化，又增添若干情节，细节描写也较细腻。当时神魔小说多数都如此编成，如朱鼎臣的《南海观音菩萨出身修行传》、朱名世的《牛郎织女传》、朱开泰的《达摩出身传灯传》，以及作者不明的《天妃济世出身传》《唐钟馗全传》，等等，都围绕人们熟悉的神祇，或依据旧本，或采纳各种民间传说，作较有条理地组织。

《三国演义》《水浒传》刊行后，其售多利速让书坊主们惊喜地发现了一条新的生财之道，可是文人们却囿于传统偏见，尚不愿从事通俗小说创作。最清楚广大读者的阅读热情与稿荒的严重程度，并对两

---

[1] 邓志谟：《铁树记》篇末语，《古本小说集成》第一辑，上海古籍出版社1994年版第200页。

者间尖锐矛盾最感焦虑的是书坊主,他们因职业需要具有一定的文化基础,于是小说领域便出现了书坊主越俎代庖的现象。这些人或善于经营,却缺乏文字功底,更遑论文艺才华,由他们来编创小说,所做的也只能是依据旧本等改编。一些下层文人经书坊主的动员后进入小说创作领域,但其编创手法一如其旧,呈现于世的仍是改编式作品。鲁迅曾评论罗懋登的《三宝太监西洋记通俗演义》道:"杂窃《西游记》《封神传》,而文词不工,更增支蔓,特颇有里巷传说,如'五鬼闹判''五鼠闹东京'故事,皆于此可考见,则亦其所长矣。"[1]赵景深先生也注意到作品杂取各书材料重新组合,且从已有小说中撷取种种糅入己作的现象,他在仔细比对后,批评罗懋登"总爱偷袭,同时也爱改头换面来标新立异"[2]。

一些文人较自觉地参与小说创作,是在李贽、袁宏道等名士从理论上对通俗小说作了充分肯定之后,他们对先前那些主要出自书坊主之手的作品基本上都持否定态度,甚至对其中某些作品进行改写。甄伟嫌熊大木的《全汉志传》"牵强附会,支离鄙俚",便又重写了《西汉通俗演义》,自誉此书"言虽俗而不失其正,义虽浅而不乖于理","使刘项之强弱,楚汉之兴亡,一展卷而悉在目中",且可令读者"始而爱乐以遣兴,既而缘史以求义,终而博物以通志",编创手法则是参照正史作修订,有所增饰,即所谓"因略而致详,考史以广义",又言"若谓字字句句与史尽合,则此书又不必作矣"[3]。这明显是改编而成的作品,而甄伟的主张为自己在创作中运用些虚构手法悄悄地开了方便之门,即书中多少含有作者独创的成分。冯梦龙对余邵鱼《列国志传》的批评更严厉:"铺叙之疏漏、人物之颠倒、制度之

---

[1] 鲁迅:《中国小说史略》,《鲁迅全集》第九卷,人民文学出版社1981年版第173页。
[2] 赵景深:《三宝太监西洋记》,载《三宝太监西洋记通俗演义》,上海古籍出版社1985年版第1320页。
[3] 甄伟:《〈西汉通俗演义〉序》,丁锡根《中国历代小说序跋集》,人民文学出版社1996年版第878—879页。

失考、词句之恶劣，有不可胜言者矣"，而他重写的《新列国志》是"本诸《左》《史》，旁及诸书，考核甚详，搜罗极富，虽敷衍不无增色，形容不无润色，而大要不敢尽违其实"[1]。此书的艺术成就明显高于《列国志传》，但两书改编而成又多少含有独创成分的编创手法却是一致的。

其时主要是讲史演义风行，各书的编创手法都是改编，历朝的史书是编撰时的重要参考书，故而作者都声称是"按鉴演义"。当写到本朝故事时，虽已无正史可参考，但毕竟有相关文献可作依据。孙高亮的《于少保萃忠全传》就以《皇明实录》的记载为框架，"载于公事俱摘大关系于国家者，兹采为骨"。与此相类的依据者又有《我朝纲鉴》《皇朝奏疏》等书，而记载于谦"幼时举止不凡，信口成章事"的《枝山野记》，与"于公在天有灵，士人祈祷必应异闻"的《梦占类考》等书，也都是撷取素材的对象[2]。以这样的方式改编成书，其中独创的成分已有所增加。万历三十一年（1603）刊出的《征播奏捷传通俗演义》描写的是三年前平定播州杨应龙之叛的故事，其内容实已与时代相平行，但其"言事论略，皆有根由实迹，……非托虚架空者埒"，其理由是"悉同之蜀院台发刊《平播事略》，并秋渊路人《平西凯歌》、道听山人《平播集》等书中来"[3]，而作者栖真斋玄真子自己却承认作品"未必言言中窍，事事协真"，即含有独创的内容，不过他赶紧声明道，即便如此，"大抵皆彰善殚恶，非假设一种孟浪议论以惑世诬民"[4]。《续英烈传》的编撰方式也同样如此，作者秦淮墨

---

[1] 可观道人：《叙》，载《新列国志》，《古本小说集成》第二辑，上海古籍出版社1994年版第8—10页。
[2] 孙高亮：《凡例》，载《于少保萃忠全传》，《古本小说集成》第二辑，上海古籍出版社1994年版第1、6页。
[3] 九一居主人：《〈刻征播奏捷传〉引》，载《征播奏捷传通俗演义》，《古本小说集成》第四辑，上海古籍出版社1994年版第5页。
[4] 名衢逸狂：《〈刻征播奏捷传〉书末语》，载《征播奏捷传通俗演义》，《古本小说集成》第四辑，上海古籍出版社1994年版第508页。

客的自我交代是"综建文、永乐故实,汇为续传"[1]。书虽改编而成,所含独创的内容却也不少,第二十九回"欲灭迹纵火焚宫,遵遗命祝发遁去"中,老太监王钺事急时禀告建文帝,当年朱元璋早就预见今日之事,并已安排了建文帝的逃生之计。该故事并非作者的杜撰,而是依据史仲彬的《致身录》编撰,不过如此详尽的敷演却当属作者的独创,其功效是更能吸引读者。

书坊主采用改编的方式是由于才华不逮而别无选择,而具有文学功底的文人仍沿用其法,则是因为受到当时文学思潮的影响。在长篇通俗小说创作重新起步的嘉靖朝至万历朝前期,以李梦阳、何景明为代表及以李攀龙、王世贞为代表的前后七子先后主宰文坛,盲目尊古、模拟剽窃的文风弥漫一时,依据古本改编的讲史演义等流派也主要出于这个时期。这种承袭前人却又有创造性改写的手法古已有之,借用宋代江西诗派的术语,这叫"夺胎换骨"与"点铁成金"。从万历后期起,盲目尊古的文学思潮占主流地位的状况开始发生变化,以袁宏道、袁中道为代表的公安派,及以钟惺、谭元春为代表的竟陵派对拟古主义的猛烈批判渐成声势。文坛的这一变化自然也影响了小说创作领域,文人有意独创的小说的出现是该影响的标志,而要形成独创作品占主导地位的格局,还得经历一个较长的过渡期。

创作格局向独创占主导地位过渡,主要表现于明末的拟话本,即模拟话本的创作。拟话本的创作始于天启年间冯梦龙的"三言",他首先是有计划地收集、整理与改编宋元以来的话本,就这类作品而言,冯梦龙所做的主要是一些文字编辑工作,将那些作品与《清平山堂话本》等互作对勘就可一目了然。然而,可供整理或改编的话本毕竟有限,流传在民间的已是"什不一二",同时又正如冯梦龙所说,

---

[1] 秦淮墨客:《叙》,载《续英烈传》,《古本小说集成》第二辑,上海古籍出版社1994年版第4页。

流传的作品中"如《觊江楼》《双鱼坠记》等类，又皆鄙俚浅薄，齿牙弗馨焉"[1]。因此在《警世通言》中，这类改编的作品已略有减少，在《醒世恒言》中更降为只有七篇，而到了凌濛初编撰两部《拍案惊奇》时，面临的已是"宋元旧种，亦被搜括殆尽"，"一二遗者，皆其沟中之断芜"的局面了。[2]拟话本创作还要继续，其编创手法就必须改变。冯梦龙对此也有所回应，他是取"六经国史"之外各种杂著笔记中的内容为创作素材，但它们修词藻绘，病于艰深，故用通俗语言演述并丰富之，以达"触里耳而振恒心"的目的。[3]这样写成的作品中，有的仍明显地属于改编，如《警世通言》卷二十一《赵太祖千里送京娘》便是一例。在这一作品之前，元人彭伯城有杂剧《京娘怨》，罗贯中又有杂剧《龙虎风云会》，主要的人物、情节在这些剧作中均已基本定型，冯梦龙所做的主要工作仅是将戏曲改编为小说。可是对多数作品而言，作者所能依据的原始素材相当简略，要将其敷演成形式完整、情节曲折的作品，势必要充分调动自己的生活积累，从而刻画鲜明的人物性格，补充丰富的生活细节，使情节能合乎逻辑地发展，而人物间的关系与矛盾则需酣畅地铺写，合理的虚构已是创作过程中不可或离的必要手段。这类作品所含的独创成分已大为增加，有的甚至已经无法简单地判别究竟是属于改编还是独创。《醒世恒言》卷九"陈多寿生死夫妻"便是其中较典型的一例。这篇作品并非冯梦龙独创，而是依据许浩《复斋日记》中的记载写成：

陈寿，分宜人。聘某氏，未成婚而寿得癞疾。其父令媒辞绝。女泣不从，竟归。寿以己恶疾，不敢近，女事之，三年不

---

[1] 绿天馆主人：《叙》，载《古今小说》，《古本小说集成》第四辑，上海古籍出版社1994年版第3页。
[2] 即空观主人：《〈拍案惊奇〉序》，载《拍案惊奇》，上海古籍出版社1982年版第1页。
[3] 可一居士：《序》，载《醒世恒言》，人民文学出版社1984年版第895页。

懈。寿念恶疾不可瘳，而苟延旦夕以负其妇，不如死，乃私市砒，欲自尽。妇觇知之，窃饮其半，冀与俱殒。寿服砒大吐，而癞顿愈，妇一吐不死。夫妇皆老，生二子，家道日隆。人皆以为妇贞烈之报。

冯梦龙编辑的《情史》卷十"陈寿"条的文字与此完全相同，可以证明许浩的描述确实是他创作时所依据的原始材料。这条记载虽然描述了完整的故事，但只是极为简略的梗概式叙述，仅一百一十五字，可是冯梦龙的作品却洋洋洒洒近万言，其间矛盾迭起，情节曲折，人情世故也表现得淋漓尽致，正如鲁迅先生所称赞的："不务装点，而情态反如画"[1]，即十分逼真地描绘了一幅明代市民生活风俗画。这篇作品的成功，应主要归功于冯梦龙对生活的细致观察与体验，这样的创作显然不能说是改编。可是，若归于独创也同样不妥，因为冯梦龙毕竟袭用了原有的故事框架，情节与人物都没有变。这种既非改编又非独创的手法，实际上正是通俗小说由改编向独创发展途中融合两者的过渡型编创方式。在凌濛初创作的"二拍"中，这类作品似更多，他还介绍了自己的创作方法："取古今来杂碎事，可新听睹，佐谐谑者，演而畅之。"[2]这一概括性的介绍实际上包含了三种创作方法：如果原始材料中情节已相当完整，人物性格已基本定型，那么相应的创作只是简单的改编；如果依据的材料只是十分简略的梗概，全靠作者根据自己的生活积累与艺术创作经验来"演而畅之"，那么这样写成的作品既不能归于改编，也不宜说成是独立创作，只能认为这是融合两者的过渡型创作；最后，如果作者依据的只是一些琐碎材料，其中有些还直接或间接地来自现实生活（即凌濛初所说的

---

[1] 鲁迅：《中国小说史略》，《鲁迅全集》第九卷，人民文学出版社1981年版第199页。
[2] 即空观主人：《〈拍案惊奇〉序》，载《拍案惊奇》，上海古籍出版社1982年版第1页。

"古今来杂碎事"中的"今"），经过作者的构思设计才组织成一个故事并塑造出某些人物形象，那么这样的作品应归于独创。以冯梦龙与凌濛初对小说作用与地位的认识以及他们的艺术修养，写出一些这样的作品应该说是合乎情理的事。因此，在"三言"中已开始出现文人独立创作的短篇小说[1]，"二拍"中这类作品似更多一些，则已是大家的公认。不过从"三言""二拍"的整体创作来看，占主导地位的仍是融合改编与独创的过渡型的编创方式，冯梦龙主张的"人不必有其事，事不必丽其人"[2]，以及凌濛初所说的"其事之真与饰，名之实与赝，各参半"[3]，其实正是这个意思。

以"三言""二拍"为始端，拟话本创作进入了兴盛状态。其中也有以改编为主的作品，如周清原的《西湖二集》。自古以来关于西湖的传说与各种著述甚多，如田汝成的《西湖游览志余》等，《西湖二集》的故事又都以西湖为背景，于是作者的主要工作便是将那些传说或记载改写为通俗小说，而作者描写时又融入了许多自己身边生活的内容，以及对现实的针砭，其间也含有不少独创成分。现所知明末先后有二十种拟话本集问世，共含作品四百余篇，就总体而言，作者已开始具有明确的独创意识，这种意识甚至还占据了主导地位。西湖渔隐主人的《欢喜冤家》通过各种曲折奇异的婚姻悲喜剧的描写，展示了明代社会形形色色的人情世态，那些故事的创作，显然是取材于作者身边的生活。凌濛初曾经说过："今人但知耳目之外，牛鬼蛇神之为奇，而不知耳目之内，日用起居，其为谲诡幻怪，非可以常理测

---

[1] 现在一般认为《警世通言》卷十八"老门生三世报恩"为冯梦龙独创的作品，冯梦龙在为《三报恩传奇》作序时称："余向作《老门生》小说，政谓少不足矜，而老未可慢，为目前短算者开一眼孔。"此语可为判断之佐证。

[2] 无碍居士：《叙》，载《警世通言》，《古本小说集成》第四辑，上海古籍出版社1994年版第5页。

[3] 即空观主人：《〈拍案惊奇〉序》，载《拍案惊奇》，上海古籍出版社1982年版第1页。

者固多也。……所谓必向耳目之外索谲诡幻怪以为奇，赘矣。"[1]拟话本创作刚兴起时，作品题材含有讲史、灵怪、说经、公案、恋情、世情与侠义等多种，而随着时间的推移，该流派的创作越来越集中于反映现实生活的男女恋情或世情这两类题材上，相应地，原先在作品中挂牌领衔的帝王将相或神仙佛祖，其主角地位逐渐由市井细民所取代，翻开作品看到的便是那些下层文人、商人、妓女、工匠乃至极为普通的贩夫走卒。这是直接取材于作者身边现实生活的必然结果，它也是独创意识抬头的表现。当然，问世于由改编到独创的过渡阶段的那些作品，也多少含有改编的痕迹。《欢喜冤家》第七回，就是据明初的《虾蟆传》敷演而成，[2]书中第二、十、二十回，亦抄袭了《寻芳雅集》《钟情丽集》的情节和诗句。

入清以后，拟话本创作已基本迈进独创阶段，作者已自觉地以"采间巷之故事，绘一时之人情"[3]为创作的宗旨与方法，无论是"小说家搜罗间巷异闻，一切可惊可愕可欣可怖之事，罔不曲描细叙，点缀成帙"[4]，还是"乃将吾扬近时之实事，漫以通俗俚言，记录若干"[5]，都表明是从现实生活中撷取素材，经过艺术创造，敷演成形式完整、情节曲折的作品。这类作品中，尤以李渔的《十二楼》与《连城璧》成就最高，作品对"人情诡变"或"天道渺微"的描述，都是"从巧心慧舌笔笔勾出"[6]，即均出自李渔的独创。在拟话本创作的开

---

[1] 即空观主人：《〈拍案惊奇〉序》，载《拍案惊奇》，上海古籍出版社1982年版第1页。
[2]《虾蟆传》今不传，成化间陆容《菽园杂记》卷三载其梗概，中华书局1985年版第31—32页。
[3] 谐道人：《序》，载《照世杯》，《古本小说集成》第三辑，上海古籍出版社1994年版第5页。
[4] 烟水散人：《〈珍珠舶〉序》，载《珍珠舶》，《古本小说集成》第一辑，上海古籍出版社1994年版第1—2页。
[5] 石成金：《〈雨花香〉自叙》，载《雨花香》，《古本小说集成》第一辑，上海古籍出版社1994年版第1页。
[6] 睡乡祭酒：《〈连城璧〉序》，载《连城璧》，《古本小说集成》第一辑，上海古籍出版社1994年版第3页。

始阶段，那些作品讲述的故事篇幅都是仅占一回，独创的作品亦是如此。对作家们来说，结构的设置，情节的安排，人物性格的刻画及其连续性的体现，以及人物间关系与矛盾发展的处理等，这些创作经验都需要一个逐渐积累与提高的过程。因此，通俗小说的创作要在整体上走上独创的正轨，自然也得先从短篇小说的尝试开始。随着经验的积累与技巧的逐渐娴熟，作者的独创能力渐长，一回演绎一则故事的格局便被突破。李渔的《十二楼》中，只有《夺锦楼》的故事只用了一回的篇幅，其余多为三四回演一故事，而《拂云楼》讲述的故事竟用了六回的篇幅，这已是中篇小说的规模了。

  清初风行的另一流派是新兴起的才子佳人小说，其作品长度正好接上并继续了独创作品篇幅逐渐变长的趋势。这类小说都属于文人独创的作品，其宗旨与创作方式是"借耳目近习之事，为劝善惩恶之具"[1]。不过，这些作品的内容虽也是对现实生活的折射，但其情节设置却多出于作者的臆想，他们多为原本功名心极强，又因种种原因被迫放弃科举之途的失意文人，故而其作品常是"凡纸上之可喜可惊，皆胸中之欲歌欲哭"，"不得已而借乌有先生以发泄其黄粱事业"[2]。这些作品对男主人公发达前落魄困境的描写相当真实，当是作者的感同身受，后来的飞黄腾达则是凭借自己的想象而写作，这也是一种独创，而那些想象中，多少也含有现实生活的影子。在讲史演义、神魔小说等流派风行之际，才子佳人小说的兴起给读者带来了新的阅读体验，它更能引发大批失意文人的共鸣，于是类似的新作不断问世，其篇幅也逐渐增长，显示了作者谋篇布局能力的提高。可是这些作者落魄的困境相似，对发达后的想象又同一，同时又深受流行作品的影

---

[1] 冰玉主人：《〈平山冷燕〉序》，丁锡根《中国历代小说序跋集》，人民文学出版社1996年版第1246页。
[2] 天花藏主人：《〈平山冷燕〉序》，载《平山冷燕》，《古本小说集成》第二辑，上海古籍出版社1994年版第13—15页。

响,导致该流派陷入了一见钟情、私订终身、小人拨乱、最终团圆的公式创作之中。更有创作者摘取各作品内容作适当改写后杂糅于一体,故事看似更加曲折离奇,但这类"情节大全"恰好暴露出依赖以往作品构思编织故事的实情——这其实也是一种改编,小说创作刚步入独创阶段时,出现这种状况应属正常现象。

才子佳人小说一旦形成公式化创作,该流派也就开始走下坡路了,各种批评随之而来:"传奇家摹绘才子佳人之悲离欢合,以供人娱耳悦目,也旧矣"[1];"从来传奇小说,往往托兴才子佳人,缠绵烦絮,刺刺不休,想耳目间久已尘腐"[2]。才子佳人小说创作走向没落,其根本弊端在于脱离现实生活、按固定模式编造情节,故而未能摆脱改编旧路的束缚。有的作者意识到这一点,其创作便有意向反映现实生活回归。天花才子指出,"点染世态人情"是他创作《快心编》的目的,书中内容"皆从世情上写来,件件逼真",即使那些"悲欢离合变幻"的描写,也是"实实有之",并非"嵌空捏凑"。该书确也有借用他书情节处,天花才子自己也承认"未尝尽脱窠臼"[3],但总体而言,此书对社会生活面的反映比较广泛,才子佳人的故事只是掩映乎其间,而它的篇幅长达三十二回,已接近长篇小说的规模。约问世于康熙后期的《林兰香》篇幅为六十四回,已完全是一部长篇小说。而且,当别人忙于写才子佳人大团圆的喜剧时,作者随缘下士却描绘了一出大团圆后的悲剧,其他作品粉饰现实,歌颂皇恩浩荡,《林兰香》却暴露了那个社会的腐朽、黑暗与种种罪恶。作品以耿家为主描述了几个勋旧世家的荣枯盛衰,并通过对各家庭上下里外各种关系的描

---

[1] 三江钓叟:《序》,载《铁花仙史》,《古本小说集成》第二辑,上海古籍出版社1994年版第1页。
[2] 天花才子:《凡例》,载《快心编》,《古本小说集成》第三辑,上海古籍出版社1994年版第1页。
[3] 天花才子:《凡例》,载《快心编》,《古本小说集成》第三辑,上海古籍出版社1994年版第1页。

写，使之与整个社会生活相联系。同时，他又用正写、侧写、伏笔、穿插等手法联络各情节，力图反映较完整的生活画面。不依赖以往作品的情节构思而直接从生活中提炼素材并独立地设置结构，这是《林兰香》不同于当时许多作品之处。它的问世是作家努力纠正创作弊端的结果，同时也是在经过几十年中篇小说创作的摸索与经验积累后，文人独创的长篇小说即将成批出现的前奏。

到了乾隆朝，《儒林外史》《红楼梦》与《绿野仙踪》《歧路灯》等文人独立创作的长篇小说成批问世，这些作品广泛地反映了社会现实生活，艺术表现手法又相当高明，它们的出现不仅证明了独创意识在小说界已完全占据上风，而且标志着从明末开始的由改编逐渐向独创过渡的过程在乾隆朝走向了终点。这里所谓的"终点"，是就通俗小说编创手法的发展趋势而言，尽管乾隆朝以后仍有改编而成的作品问世，但它们与此发展趋势已不相干。论及此问题时也须说明，改编或独创与艺术成就高低不是一个范畴内的问题，并非独创作品的艺术品位就必定高于依据旧本改编者，反之亦然。

明了通俗小说创作由改编到独创的过程，对《金瓶梅》的成书性质就易于了解了。通俗小说编创手法转变，是改编成分逐渐减少而独创成分相应增加的量变过程，它不可避免地要经历作品中改编与独创成分几乎平分秋色的阶段，此时无法简单地作出改编或独创的认定。《金瓶梅》问世的万历后期，正处于这个阶段，而关于此书究竟是独创还是改编的争论相持不下，也证明了作品所含两种成分的旗鼓相当。笔者曾指出这是"由改编转向独创的过渡阶段的产物"[1]，力主改编说的徐朔方先生后来也赞同这一见解，认为在改编与独创之间，"还存在着既有个人创作性质同时又有世代累积型的集体创作性质的中间作品"，并承认"同一作品所包含的两类性质可能强弱比例很不

---

[1] 陈大康：《通俗小说的历史轨迹》，湖南出版社1993年版第100页。

相同，有的两者比例不相上下，有的可能三七开或一面倒"[1]。附和者则言："它既不应该被视为是'世代累积'的结果，也不是一般意义上的'文人独立创作'，而是这二者的中间状态"[2]；而力主文人独创说者也后退了一步，承认《金瓶梅》"尚带有由世代累积型集体创作向文人独创过渡的性质"[3]。笔者提出"中介过渡状态"，并非对争论双方的折中调和，而是基于改编与独创这对概念的模糊属性，以及通俗小说创作由改编向独创过渡历程的分析，这也是《金瓶梅》恰如其分的地位。

余 论

当确定了《金瓶梅》在从改编向独创的过渡序列中的位置后，有必要回到分析的基本依据与出发点，即改编与独创这对概念的模糊性上。它们之所以被称为模糊概念，是因其内涵明确而外延模糊。模糊概念在人们的生活中几乎无所不在，如长短、高低、远近、冷热、胖瘦、好坏、美丑、善恶、黑白等等都是，而一个修饰词前加上"比较"二字，它往往就归入了模糊概念。相应地，以人及其生活为研究对象的人文社会科学，就较早地发现这类模糊概念的大量存在及其给研究带来的困惑。长期以来，对这些概念，往往仍是运用仅适用于精确概念的排中律，许多争论因此而发生，反复商榷辩驳只能不了了之，那些概念外延的模糊决定了结果必然会如此。这类现象的一再出现，使一些人文社会科学研究者发现了那些概念与精确概念的差异，并意识

---

[1] 徐朔方：《中国古代个人创作的长篇小说的兴起》，载《小说考信编》，上海古籍出版社1997年版第381页。
[2] 张同胜、杜贵晨：《论〈金瓶梅〉成书的"集撰"式创作性质》，《明清小说研究》2008年第1期。
[3] 罗德荣：《〈金瓶梅〉是我国第一部文人独创小说》，《古典文学知识》2004年第2期。

到该问题若不能妥善解决，必将影响研究的推进。19世纪末，这一问题终于向学界提出，希望能得到解答，可是长期以来竟无人回应。

长期无人回应的原因很简单，问题解决的关键在数学，而那时以经典集合论为基础的数学已足以应对自然科学的发展，故而尚无人对这类问题产生兴趣。所谓经典集合论，是指每个集合都必须有明确的元素构成，元素对集合的隶属关系必须是明确的，决不能模棱两可，其分类必须遵从形式逻辑的排中律。很显然，经典集合论所对应的是精确概念，模糊概念并不在它的覆盖范围内。到了20世纪中叶，随着电子计算机、控制论、系统科学的迅速发展，大量概念模糊的现象有待识别与处理，新学科模糊数学便应运而生，其创建标志是美国数学家扎德1965年论文《模糊集合论》的发表。对于经典集合论未能覆盖的不肯定性和不精确性问题，模糊数学提供了新的处理方法，从而成为描述人脑思维处理模糊信息的有力工具。经典集合论与模糊集合论分别对应了精确概念与模糊概念，前者的处理法则是"非此即彼"，而后者却承认"亦此亦彼"，即承认论域上存在并非完全属于某集合又非完全不属于该集合的元素，承认那些不同元素对同一集合有不同的隶属程度。前文所讨论的各作品在改编过渡到独创的序列中的位置，实际上就是在考察隶属度的变化。

模糊数学诞生后，很快在自然科学领域得到了广泛运用，而最先提出问题的社会科学领域却出现了滞后状态。季羡林先生曾发文呼吁改变此状况，他在回答"跨世纪中国人该读什么书"时，并没有开列具体书单，而是建议读者去阅读介绍模糊数学与混沌学的书，又进而提出"渐渐消泯文理的鸿沟，你中有我，我中有你"，并认为"这是世界学术发展的新动向，新潮流，在此背景下考虑学术及其相关的问题时都必须以此为大前提"[1]。可惜的是，季羡林先生的建议似未得到

---

[1] 季羡林：《跨世纪中国人该读什么书》，1995年5月17日《中华读书报》。

人文社会科学研究者的重视,他发出呼吁之际,有关《金瓶梅》成书性质的争论仍在持续便是证明。

其实,因漠视概念模糊性而发生的无谓争论又何止是《金瓶梅》研究领域,回顾以往学术观点争执的情况,可以看到许多类似的现象。大家都认为楚辞创作手法是浪漫主义,就有人以《九章》为例提出相反意见,称其创作"在实质上是属于现实主义的"[1];杜甫的诗歌创作为现实主义已为学界公认,却有人认为杜诗"充满了对美好未来的憧憬和渴望,是一种建立在崇高的人道主义精神上的理想主义"[2],而这属于浪漫主义。与此相类似,人皆以为鲁迅《狂人日记》的创作方法属于现实主义范畴,却有人提出"由于作品自始至终渗透着积极向上的理想,具有强烈的抒情色彩,因而闪耀着积极浪漫主义的精神","在艺术表现上,也较多地采用了浪漫主义文学惯用的某些手法"。[3]大家总算对郭沫若的《女神》属于浪漫主义作品无异议,但没想到也会发生这一作品究竟是积极浪漫主义,还是革命浪漫主义之争。[4]很显然,这类争论发生的关键仍在于概念的模糊性,如果明了其"亦此亦彼"的特点,各人的时间与精力就不会投放于此,而是移至有价值的课题上。本文虽是着重探讨《金瓶梅》的成书性质,但写作的重要目的之一,便是希望人们关注概念属性的辨析,从而避免无谓的纠缠与争论。

---

[1] 赵沛霖、夏康达:《试论〈九章〉的现实主义》,《成都大学学报》1981年第3期。
[2] 李汝伦:《杜诗的浪漫主义》,《东北师范大学学报》1980年第4期。
[3] 哈九增:《〈狂人日记〉与浪漫主义》,《浙江学刊》1981年第3期。
[4] 董振泉:《是积极浪漫主义,还是革命浪漫主义》,《湘潭师范学院学报》1980年第6期。

第二编

系统编

在 20 世纪 80 年代，系统论是"新方法热"中的"三论"之一，在文学研究界曾名声赫赫。人们意欲借助系统论解决文学研究中的问题，也有相应的论文运用系统论的观点进行分析。可是围绕被分析的对象早已有过各种阐释，运用系统论观点的分析虽也蕴含了新意，效果却只是新增添了一种阐释。其时未见因运用系统论观点而解决以往难以解决的问题，也未发现以往未曾注意却又十分重要的文学现象，也未显露关于传统的文学研究方法上缺陷的针对性。倘若假以时日，人们运用系统论观点的分析逐步向前推进，或会使系统论在文学研究中独特的优越性逐渐显现，但可惜的是，当时引入自然科学的方法未能在文学研究领域取得实际效果，人们开始对其厌倦甚至否定，"新方法热"很快趋于消寂，在文学研究著述中，也难得再见"系统论"一词。

然而，文学研究的深入却需要运用系统论基本思想作考察与分析，这是有别于传统的研究方法。所谓系统论，是研究系统的结构、特点、行为、动态、原则、规律以及系统间的联系，并对其功能进行数学描述的新兴学科。系统论的基本思想是把研究和处理的对象看作一个整体系统来对待。系统论为贝塔朗菲所创建，他于 1968 年出版的《一般系统论：基础发展和应用》被公认为一般系统论的经典著作。世界上任何事物都可视为一个系统，它们各自由所包含的元素及其相互联系构成，而系统论的基本思想方法，就是把所研究和处理的对象作为一个系统进行考察，分析其结构和功能，研究系统、要素、环境三者的相互关系和变动的规律。

系统论的内容可归结为几条基本原则，其中最重要的是整体性原则，它是指把对象作为由各个组成部分构成的有机整体，进而研究整体的构成及其发展规律。长久以来，人们研究问题时，习惯于将对象分解成若干部分，分别抽象其基本要素，分析其性质与特点，而围绕对象整体的说明，则是各部分性质机械地叠加捏合。这种着眼于局部或要素，以单项因果决定论为判断法则的方法对不少具体问题的解决有效，如文学研究中的作家作品分析就可归于此类。着眼于局部或要素，实际上是将它们从整体中抽取出来，这时必然会割裂它与整体间的某些联系。因此尽管研究的结论看似完美，但将对象列于整体中作考察，常可发现原先的判断失于片面或肤浅。如判定《大宋中兴通俗演义》艺术上粗糙简陋无疑是准确的，而只有恢复该作与明代通俗小说发展整体的联系，方可发现它对其时小说发展起过极其重要的作用；《歧路灯》的价值受到许多研究者的推崇，可是此书直到民国初年方才出版，它对清代小说的发展并没有产生过影响。显然，只有同时重视研究对象及其与整体间的联系，判断才会较为客观与全面。对小说发展历程的考察，不能局限于按时间顺序排列的各部作品，还得关注它们之间以及各种创作现象之间的联系，在某种意义上可以说，所谓小说发展史，其实就是各相关因素的种种联系与相互作用交织在一起的有序的运动过程。系统论中"整体大于部分之和"那句名言，描述的正是这类现象。

第二是系统整体的动态性原则，它强调从系统的生成、演化、发展、运动等方面观察和把握其属性。任何系统的整体与部分、部分与部分、整体与环境等方面，都在运动中进行信息、能量、物质的联系和交换，从而保持整体的协调发展。如将小说视为具有相对独立性的运动实体，作者、传播、创作理论、统治者的文化政策与读者等五个因素便构成了制约其发展的系统。随着时间的推移，这五个因素不断发生变化，且又影响到它们相互间联系的变化，而五者的变化继而形成合力，导致了小说发展的各种变化，这便是展示系统整体的动态性原则的具体实例。

第三是系统整体的结构性原则。这是指系统内部各个组成要素之间在空间或时间方面的有机联系和相互作用的方式或顺序，系统的有序性越高，结构也就越严密。这里且以《红楼梦》为例。作品中给读者留下印象的有百余人之多，他们组成的故事的进展却是头绪井然：主子中有尊卑、长幼的讲究，他们身边又环绕着一大批管家、奴仆，这些人的言语、行动各有分寸，其间的秩序有森严的宗法制度做维系。从主子到奴仆在贾府经济活动中都有一定地位，而府中自收租到各类消费以及各人所得份额，书中也都交代得清清楚楚。梳理各处的相关模型又可以看到，贾府有着门类齐全的管理机构与相应的管理制度，以保证经济运转的平稳有序。书中各色人等的活动及相互关系都受到多种体制的约束，其有序性显示了作品结构的严整，这远非描写松散杂乱的作品所能相比。

第四是系统整体的层次性原则。该原则指出，一个系统对于更高一级的系统来说，只是一个要素；一个要素对于低级要素来说，它又是一个系统，任何研究对象都有既是系统又是要素的二重性。客观世界是无限的，系统的结构形式也是无限的。如清代通俗小说是一个系统，人情小说、讲史演义等创作流派都是该系统的要素，同时它们本身也是一个个系统，各部作品则分别是这些系统的要素，如《红楼梦》便是清代人情小说系统中的一个要素，而这部小说自身也构成了一个系统。按此原理，这一过程还可继续向下延伸。同样，清代通俗小说是清代小说系统的要素，清代小说则是清代文学系统的要素，它同时也是中国古代小说系统的要素，这一过程也同样可以往上延伸。清楚了系统整体的层次性原则，研究时就能较自觉地既将对象视为一个系统,仔细辨析其所含各个要素,同时也能将它作为一个要素置于上一级系统中作考察,综合两者,我们关于对象的研究就可以较为全面与透彻。

第五是系统整体的相关性原则。该原则要求将研究对象置于更大更高层次的系统中考察,考察它与周围系统之间的联系。如小说创作与小说传播是两个互有关联的系统,在理想的条件下,先前问世的作品都在传播,并影响了当下的创作,可是在印刷业相对薄弱的古代,情况却非如此。明代文言小说创作在明初后约有半个世纪的空白,而创作复苏后的约百年里,兴盛的是逸事、志怪之类的笔记小说,而未见受唐宋传奇影响的创作,这似是很不合理的现象。可是若同时考察当时的小说传播系统,这现象便不难解释。明初时,前代文言小说只有少量宋版尚存于世,一般人无缘得见。自明中期起,前代逸事、志怪之类作品陆续刊行,而唐宋传奇小说的行世明显较迟。收录三十种唐代传奇作品的《虞初志》直到嘉靖四年(1525)前后方才刊行,而从六朝到宋初的小说几乎全收在内的《太平广记》刊行于世,则更是要到嘉靖四十五年(1566),这便是明代文言小说中传奇类创作要到嘉靖朝才开始起步的原因。小说创作与小说传播是互为独立的系统,但其间有着天然的紧密联系,有时甚至还互为约束条件。小说创作发展过程中有不少重要的现象,须得考察当时小说传播系统的状况方能得到合理的解释。对小说创作系统周围其他系统的考察,同样也不可忽略。

本编三章以具体的案例,探讨系统论思想在文学研究中的运用。以往人们多习惯于单个对象的研究,而研究的深入需要将性质相同的对象组合成系统进行考察。第四章针对目前晚清小说专刊研究只集中于某几个点作单独分析的现状,将当时所有的小说专刊的刊行视为一系统的运动,梳理其盛衰起伏的态势,分析各小说专刊与整体间的联系,并归纳该系统运动的规律与特点。将性质相同且又相对独立的实体组合为一个系统相对较易,并不相对独立且又散见于各处的元素,在研究中就易遭忽略,研究者更难想到将它们组合成一系统进行考察,而这些元素的价值与意义,也只有在组成系统后方能充分显示。第五章以具体的案例,演示这类系统的发现以及分析的途径。在文学发展过程中,有些创作态势是以没有作家作品的"无"的形态出现,这一空白却并非空集。人们在研究中通常关注有形的实体,那些空白常被忽略,甚至未被发现,这就导致了一些重要的文学现象无法得到解释。第六章集中探讨空白的发现,以及如何将其置于相应的系统中进行考察与分析。

第四章　个案分析与系统考察
——以晚清小说专刊研究为例

在文学研究中，相当大一部分是个案分析。当然，所谓个案只是相对而言，如《红楼梦》研究，相对于作品分析是个案，若换个层次考虑，《红楼梦》的研究涉及人物刻画、情节安排、语言特色等多个方面，因此这也是一种系统分析；但置于上一层次作考察，《红楼梦》研究只是乾隆朝小说创作研究系统中的一个元素。以相关诸个案分析为基础，继而进入系统考察阶段，而系统考察后重新审视诸个案分析，这时由于是恢复了诸元素之间以及它们与整体间联系后的审视，诸个案分析显然可增添许多新认识。通常的研究递进的步骤应是如此，可是实际上不少研究未进一步推至系统考察而始终停留于个案分析阶段，这可能是研究习惯使然，也可能是种种原因阻碍了系统考察的展开，晚清小说专刊研究便是这样的例子。

小说专刊是指以刊载小说为主的刊物。晚清时，随着印刷业近代化改造的展开，小说生产出现了量多价廉的局面，读者及其阅读兴趣也随之增长；同时，报刊这种新的传播方式在中国开始兴起，随后出现了报刊小说这一新的小说传播形式，为满足读者需求的小说专刊正是在这样的背景下问世的。《新小说》是晚清小说专刊中较早面世的一种，梁启超以它为倡导"小说界革命"的示范，人们对晚清小说专刊的研究也是由该刊而起，进而推及《绣像小说》《月月小说》与《小说林》，近来也有涉及《新新小说》等刊者。也曾有过系统考察的尝试，但所论及的仅是《新小说》等数家刊物，只覆盖了晚清小说专刊的一小部分，而论及的部分，也只是几家刊物研究的分别介绍，鲜见各小说专刊之间以及它们与整体间联系的梳理分析。严格地说，这只是对部分元素研究的叠加式的展示，围绕小说专刊的一些整体性问题并没有得到解释甚至未曾涉及。

晚清小说专刊是一个具有相对独立性的运动实体，其状态并非某家刊物贯穿整个过程，而是不断有刊物创刊，也不断有刊物宣告停刊，呈为此伏彼起但总有一家正在出版的状态。这种动荡是晚清小说专刊运动的特点，而在晚清特定的约束条件下不断探寻最适应生存与发展的模式，是在动荡中始终不变的性质。每一家刊物的停刊，都给后来创办者留下了失败的教训与可供借鉴的经验。刊物的宗旨该如何确定，稿件来自何处，出版与发行应取何种模式方能在阅读市场站稳脚跟，都会影响刊物在小说界的地位，及其在阅读市场的生存状态。晚清小说专刊就是在动荡中不断前行，当其态势终于稳定时，人们见到的已是现代意义上的较为成熟的刊物。

晚清小说专刊的研究还必须考虑以下问题：它在发展过程中发生过哪些变化？变化的原因是什么，其形态又如何？它们发表的小说在近代小说史上占据了怎样的地位？它们对其时作者队伍的形成又起了何种作用？要回答这些问题，显然不能如以往那般只对某个刊物作个案研究，而是需要将晚清所有小说专刊的起伏视为一个系统的运动，并考察其间的规律与特点。

一、晚清小说专刊之整体概貌

现知晚清小说专刊共有24种[1]，其存世情况不一。其中14种完整存世[2]，6种有不同程度残缺[3]，4种今已不存，只能从当时报刊广告的介绍略知其大概[4]。这24种晚清小说专刊构建成了一个系统。所谓系统，是指由两个或两个以上相互区别或相互作用的单元有机地结合起来，完成某一功能的综合体。将晚清小说专刊的情况与此定义相对照，它满足有两个或两个以上的要素的条件；这些刊物都以刊载小说为主，其编者与作者还常有交叉，它们的办刊宗旨、编辑手法与销售方式前后相承，同时又有变化和有机联系；小说专刊刊载的作品多为当时优秀的或重要的小说，推动创作的重要理论阐述也多刊于其上，这些都对近代小说的发展起了不可或缺的引领作用，显示出极有成效的整体功能，可以且应该以系统的眼光对其作观照。

为便于整体把握，首先以图表的形式按时间顺序展示现所知的晚清小说专刊的概貌：

---

[1] 如《世界繁华报》广告自称"小说日报"（光绪二十九年九月二十四日［1903年11月12日］《新闻报》），《花世界》广告也称"本报系小说日报"（光绪二十九年九月二十八日［1903年11月16日］《新闻报》），但它们并非以刊载小说为主，不能归入小说专刊。

[2] 完整存世者为《海上奇书》《新小说》《绣像小说》《新新小说》《新世界小说社报》《月月小说》《小说林》《竞立社小说月报》《新小说丛》《宁波小说七日报》《扬子江小说报》《十日小说》《小说时报》与《小说月报》。

[3] 存世但有残缺者为《小说七日报》、《粤东小说林》、《小说世界》（香港）、《中外小说林》、《广东戒烟新小说》与《白话小说》。

[4] 今已不存者为《上海小说》、《小说世界日报》、《小说世界》（上海）与《扬子江小说日报》。

晚清小说专刊一览表[1]

刊名	出版周期	创刊时间	停刊时间	存世时间	总期数	刊载小说数	出版机构	主持人	发行地
海上奇书	半月刊改月刊	光绪十八年二月	光绪十八年十一月	10月	15	12	韩邦庆独办	韩邦庆	上海
新小说	月刊	光绪二十八年十月	光绪三十二年七月	2年11月	24	29	新小说社	梁启超,后吴趼人	日本横滨,后上海
绣像小说	半月刊	光绪二十九年五月	光绪三十二年十二月	3年9月	72	44	商务印书馆	李伯元	上海
上海小说	旬刊	光绪二十九年闰五月	不详	不详	不详	不详	游戏报馆	不详	上海
新新小说	月刊	光绪三十年八月	光绪三十三年四月	2年9月	10	23	新新小说社	龚子英、陈景韩	上海
小说世界日报	日刊	光绪三十一年三月	光绪三十一年九月	6月	不详	不详	小说世界日报社	钟心青	上海
小说世界	半月刊	光绪三十一年十月	不详	不详	不详	不详	小说世界社	不详	上海
新世界小说社报	月刊	光绪三十二年五月	光绪三十三年五月	1年	9	19	新世界小说社	孙经笙	上海

[1] 表中《小说时报》与《小说月报》的总期数以及刊载小说的篇数,均统计到辛亥年底。

（接上表）

刊名	出版周期	创刊时间	停刊时间	存世时间	总期数	刊载小说数	出版机构	主持人	发行地
小说七日报	周刊	光绪三十二年七月	光绪三十二年八月	2月	现见5	现见8	小说七日报社	谈小莲	上海
粤东小说林	旬刊	光绪三十二年八月	光绪三十二年十一月	4月	现见8	现见10	粤东小说林社	黄伯耀、黄小配	广州
月月小说	月刊	光绪三十二年八月	光绪三十四年十二月	2年5月	24	124	乐群书局，后群学社	吴趼人，后许伏民	上海
小说林	月刊	光绪三十三年正月	光绪三十四年九月	1年8月	12	40	小说林社	徐念慈、黄人、曾朴	上海
小说世界	旬刊	光绪三十三年正月	不详	不详	不详	不详	不详	不详	香港
中外小说林	旬刊	光绪三十三年五月	光绪三十四年四月	1年	现见26	现见53	中外小说林社	黄伯耀、黄小配	香港
广东戒烟新小说	周刊	光绪三十三年九月	光绪三十三年十一月	4月	现见9	现见9	广东戒烟新小说社	李哲	广州
竞立社小说月报	月刊	光绪三十三年九月	光绪三十三年十月	2月	2	13	竞立社小说月报社	彭俞	上海

（接上表）

刊名	出版周期	创刊时间	停刊时间	存世时间	总期数	刊载小说数	出版机构	主持人	发行地
新小说丛	月刊	光绪三十三年十二月	光绪三十四年五月	5月	3	15	新小说丛社	林紫虬	香港
宁波小说七日报	周刊	光绪三十四年五月	光绪三十四年十二月	8月	12	31	宁波小说七日报社	倪邦宪	宁波
白话小说	月刊	光绪三十四年十二月	宣统元年二月	3月	2	8	白话小说社	姥下余生	上海
扬子江小说报	月刊	宣统元年四月	宣统元年八月	5月	5	15	中西日报馆	胡石庵	汉口
十日小说	旬刊	宣统元年八月	宣统元年十二月	5月	11	26	环球社	不详	上海
小说时报	月刊	宣统元年九月	1917年11月	/	14	60	有正书局	陈景韩、包天笑	上海
扬子江小说日报	日刊	宣统元年十月	宣统元年十一月	2月	不详	不详	扬子江小说日报社	胡石庵	汉口
小说月报	月刊	宣统二年七月	1932年1月	/	18	72	商务印书馆	王蕴章	上海

　　列于表首的《海上奇书》情况较为特殊，它孤单地处于与他刊相隔的光绪十八年（1892），而从光绪二十八年（1902）直至清亡，其他23家小说专刊排满了这十年的坐标轴。如果再仔细观察那些小说专刊创刊与停刊的时间，又可发现从光绪二十八年十月到光绪三十四年十二月，这六年多里前后有18家小说专刊创刊，而到宣统元年（1909）二

月,它们全都先后停刊,诚所谓"或旋作而旋辍,或一仆而不起"[1],其局面"率似秋风落叶,浑如西峡残阳"[2],不过其后又很快有新的小说专刊问世。自《新小说》以降,不断有小说专刊创刊,继而又陆续停刊,其间又有新起者刊行。梳理那些专刊创办与停刊的时间,可发现除宣统元年三月外,始终有一家或数家小说专刊行世。各家小说专刊时起时伏,其整体展现却是连续不断的运动,对此运动考察的重点,是各个刊物创办的动因,它们与阅读市场及读者间的关系,所遇到的各种问题与应对之策,对先前刊物办刊方式的传承以及对后来办刊的影响,还有它们所组成的整体在近代小说发展过程中的地位及其产生的影响。

据上表,现存的晚清小说专刊上共发表小说611篇,涉及299位作者与译者,而实际数量还远不止这些。6种刊物现仅残存,刊于其上的小说已有大部分今已不见,4种小说专刊今已不存,其中《小说世界日报》曾坚持半年之久,仅从当时报刊的转载以及书籍的收录中考辨,就可钩稽出68篇,当年刊载的实际数量显然不是一个小数;又如《扬子江小说日报》每日6版中有4版刊载小说,虽只坚持了两个月,但所载小说总数也不会少。晚清小说专刊上刊载的小说有千篇左右,如此庞大的存在,是该整体能影响近代小说起伏态势的数量保证。

与近代报刊所载小说相较,小说专刊上的作品不到总数的20%,可是它们的艺术水准或重要性却远高于一般报刊小说。近代小说史上一些极其重要的作品多是先在小说专刊上连载,后来才出版单行本,如吴趼人的《二十年目睹之怪现状》载于《新小说》,刘鹗的《老残游记》载于《绣像小说》,曾朴的《孽海花》载于《小说林》,晚清四

---

[1] 顿根(朱顿根):《〈扬子江小说报〉发刊词之五》,宣统元年四月初一日(1909年5月19日)《扬子江小说报》第一期。
[2] 报癖(陶祐曾):《〈扬子江小说报〉发刊辞》,宣统元年四月初一日(1909年5月19日)《扬子江小说报》第一期。

大谴责小说中唯有李伯元的《官场现形记》因创作较早而未见于小说专刊。著名的狭邪小说《海上花列传》首见于韩邦庆自己主办的《海上奇书》，而企图为"新小说"创作提供范例的《新中国未来记》则连载于《新小说》。那些专刊所载作品种类，对晚清时某些流派的兴盛起了重要作用。翻译小说的情形亦是如此，它在光绪三十二年（1906）左右才开始繁盛，此前为了获得读者的认可曾有过较艰难的历程。翻译小说尚还稀少之际，梁启超已在他主办的《时务报》《清议报》与《新民丛刊》上接连刊载，《新小说》创刊号上更是同时刊载了4篇，而本土自著小说只有3篇，足以表明翻译小说在编者眼中的分量。翻译小说在后来的小说专刊中也多占有相当地位。《绣像小说》宣称"搜罗东西洋新奇小说，延聘通人翻译，以饷阅者"[1]，《新新小说》是"译著参半"[2]，《月月小说》也是"著译各半"[3]。同时，小说专刊对小说翻译的理论与技巧、中外小说的比较分析，以及对小说翻译界的评价都发表了许多中肯的意见，当时基本上也只有它们对此表示关注。翻译小说后来能进入繁盛状态，小说专刊的引领与推波助澜是重要原因。

　　短篇小说创作在晚清重又复兴，小说专刊也起了重要的推动作用。梁启超倡导"小说界革命"时，短篇小说尚未受人关注，《新小说》前七期里，自创通俗短篇小说一篇也无，向社会征稿也明确地要求"章回小说体在十数回以上"[4]。稍后的《绣像小说》前后共出72期，同样未载自创短篇小说。光绪三十年（1904），陈景韩在《新新

---

[1]　"商务印书馆《绣像小说》两年全份出齐，第三年续办广告"，光绪三十一年十二月初一日（1905年12月26日）《中外日报》。
[2]　侠民（龚子英）：《〈新新小说〉叙例》，光绪三十年八月初一日（1904年7月3日）《大陆》第二年第五号。
[3]　《中国唯一之文学报〈新小说〉》，光绪二十八年七月十五日（1902年8月18日）《新民丛报》第十四号。《〈月月小说报〉改良之特色》，光绪三十三年九月初一日（1907年10月7日）《月月小说》第一年第九号。
[4]　《本社征文启》，光绪二十八年十月十五日（1902年11月14日）《新小说》第一号。

小说》创刊号上推出《刀余生传》时，特意说明是"为少年而作"，而"少年之耐性短，故其篇短"[1]，即针对青年人阅读特点而采用短篇小说形式。一个多月后，陈景韩的《马贼》见于他主持的《时报》，同时又有启事云"短篇小说本为近时东西各报流行之作"，并向社会征稿："如有人能以此种小说（题目、体裁、文笔不拘）投稿本馆，本报登用者，每篇赠洋三元至六元。"[2]在衰落百余年后，短篇小说的复兴自此拉开了帷幕。短篇小说受到了小说专刊的重视，吴趼人创办《月月小说》时就宣布："定于每期刊入短篇小说数种，一期刊竣。"[3]后来各家小说专刊的状况大多如此，《小说林》有意为短篇小说安排了相当篇幅，前后共刊载 40 篇作品，短篇小说就有 22 篇，而《小说月报》向社会征稿时还特地声明"短篇小说，尤所欢迎"[4]，并允诺每千字二元至五元的稿酬。这样的创作态势表明，清中叶以来消失了百余年的短篇小说，至此已完全实现了自己的复兴。

晚清小说专刊的主笔们，在近代小说发展史上多次起过重要作用。梁启超倡导了"小说界革命"，李伯元、吴趼人与曾朴都是著名的谴责小说家，他们主持的《新小说》《绣像小说》《月月小说》与《小说林》是重要的小说专刊。陈景韩曾与龚子英主持《新新小说》，与包天笑一起参与编辑《月月小说》，后来他俩干脆创办了《小说时报》。创办《小说林》的徐念慈与黄人主张"所谓小说者，殆合理想美学、感情美学，而居其最上乘者"[5]，并批评梁启超片面强调政治功利的小说观，这些见解破除了当时风行的小说须为政治服务这一观念

---

[1] 陈景韩：《叙言》，光绪三十年八月初一日（1904 年 9 月 10 日）《新新小说》第一期。
[2] 《广告》，光绪三十年九月二十一日（1904 年 10 月 29 日）《时报》。
[3] 月月小说社：《〈月月小说〉第三期出版紧要广告》，光绪三十二年十一月十六日（1906 年 12 月 31 日）《中外日报》。
[4] 小说月报社：《征文通告》，宣统二年七月二十五日（1910 年 8 月 29 日）《小说月报》第一期。
[5] 徐念慈：《〈小说林〉缘起》，光绪三十三年（1907）正月《小说林》第一期。

的禁锢,对当时小说创作回归艺术起了警示与引领作用。王蕴章先是《小说林》的作者,后来成了《小说月报》的主要编辑人。这些人多有较丰富的创作或翻译小说的经验,据已知作品统计,仅表上列名诸人,创作与翻译的小说已有371种,近代小说史上相当一部分重要作品都名列其中。这些人中,有些在创办小说专刊前已有较丰富的办报经验:梁启超在创办《新小说》之前曾主持《时务报》《清议报》与《新民丛刊》,这三家都开辟了小说专栏;李伯元先前创办《游戏报》与《海上繁华报》,著名的《官场现形记》就连载于该报,这也是商务印书馆聘请他主笔《绣像小说》的重要原因;吴趼人接办《新小说》前曾创办过《采风报》与《寓言报》,这为他后来创办《月月小说》提供了丰富的经验。创办《粤东小说林》与《中外小说林》的黄伯耀与黄小配本来就是著名报人,曾主编或参编《中国日报》《世界公益报》《香港少年报》等十余种报刊,那些报刊也多刊载小说。他们先是在自己主办的报刊上刊载小说,后来集中精力经营小说专刊,其背景是小说地位的迅速提高,鼓动民众的作用也日益明显,同时也表明阅读市场确实出现了对这类刊物的需求。

  这些小说专刊创办于国内民族矛盾与阶级矛盾异常尖锐,外国列强入侵与国家面临被瓜分危机之际,同时小说也从千百年来遭受鄙薄的境地,迅速在文学殿堂中占有重要地位,此时不仅"无复敢有非小说者"[1],它甚至被赋予了重要的历史使命:"将来要中国富强,则怕小说的功劳要居十分之九。"[2]受激烈动荡的时势的刺激,是这许多小说专刊问世的重要原因之一,也决定了那些主笔在小说地位功用的理解以及政治见解与立场等方面的联系。相通处甚多,差异有时也很明

---

[1] 冷(陈景韩):《论小说与社会之关系》(上),光绪三十一年五月二十七日(1905年6月29日)《时报》。
[2] 破园:《〈扬子江白话报〉的格式》,光绪三十年十一月初一日(1904年12月7日)《扬子江白话报》第一期。

显，若作整体考察，又可发现其随时势发展而逐渐变化的特点。梁启超倡导"小说界革命"的动因之一，是鉴于这一文学体裁在西方诸国所产生的功效，"往往每一书出，而全国之议论为之一变"，他希望中国也形成这样的局面以助改良变法，故而又认为"政治小说为功最高焉"[1]。稍后龚子英创办《新新小说》承袭了梁启超的一些观点，承认"小说有支配社会之能力"，以及"欲新社会，必先新小说"，但同时又宣布"本报纯用小说家言，演任侠好义、忠群爱国之旨，意在浸润兼及，以一变旧社会腐败堕落之风俗习惯"[2]，这是在批评《新小说》图解政治理念的创作方法，后来更批评那些作品是"开口见喉咙"的"政治策论"[3]。吴趼人创办《月月小说》时首先宣布："本社以辅助教育、改良社会为宗旨，故特创为此册"[4]，这也是沿袭梁启超之说，可是介绍该刊将推出何种作品时又解释道，读者的兴奋点在于"寻绎趣味"，"新知识实即暗寓于趣味之中，故随趣味而输入之而不自觉也。"[5]这明显是主张小说应遵循艺术创作规律，发挥寓教于乐的功能，而非政治理念先行，对读者强行灌输，实际上也是对《新小说》前期状况的反思与匡正。稍后的《小说林》直截了当地批评按梁启超创作观念撰写的作品，"不过一无价值之讲义、不规则之格言而已"，小说功能被重新定义："小说者，文学之倾于美的方面之一种也"[6]，其后一直到清亡，这一观念也多为后起的小说专刊所承袭。在

---

[1] 梁启超：《译印政治小说序》，光绪二十四年十一月十一日（1898年12月23日）《清议报》第一册。
[2] 侠民（龚子英）：《〈新新小说〉叙例》，光绪三十年八月初一日（1904年7月3日）《大陆》第二年第五号。
[3] 中原浪子：《〈京华艳史〉序例》，光绪三十一年正月初一日（1905年2月4日）《新新小说》第五期。
[4] 月月小说社：《本社紧要广告》，光绪三十二年十月十五日（1906年11月30日）《月月小说》第一年第二号。
[5] 吴趼人：《〈月月小说〉序》，光绪三十二年九月十五日（1906年11月1日）《月月小说》第一年第一号。
[6] 黄人：《小说林发刊词》，光绪三十三年（1907）正月《小说林》第一期。

小说观念变化过程中，虽有过不少意见分歧，但在推崇小说的地位与功能，反对千百年来人们对小说的鄙薄方面却是完全一致的。

晚清最后十年异常尖锐激烈的国内外矛盾，也影响了各家小说专刊的政治倾向。梁启超等人竭力主张维新变法以维持大清朝统治，《新小说》为服务于改良主张而创刊。《月月小说》创刊时正值清政府下诏预备立宪，故创刊时便以"以祈进吾国民于立宪之资格"[1]自居，可是创刊号刊载的《庆祝立宪》却又明显地语含讥刺。龚子英、陈景韩主办的《新新小说》对清政府腐朽统治极端不满，同时却又刊载小说批评"新党"的口是心非："烈烈轰轰谈什么革命，其志不过劫夺。"[2]这些小说专刊的主笔中，有的是著名的保皇党人，有些则是同盟会员，他们同时也另有践行自己政治主张的行动，激烈者如主办《扬子江小说报》的胡石庵，还曾设伏汉口火车站，谋炸朝廷重臣铁良；不过也有些主办者志在文艺，未积极参加什么政治活动。这些人政治见解不一，但对清政府腐败统治，对国家面临被瓜分危机等表现出共同的一面。而对清政府而言，鼓动排满的《竞立社小说月报》须立即查封，宣传维新变法的《新小说》也不可放过，因为它向民众灌输了"自由、平权、新世界、新国民之谬说"[3]。这些主笔政治见解的异中有同，也决定了那些小说专刊相应的共同点与差异。

其时，聚集于上海的作者为数众多，热心于小说的读者也力量雄厚，率先完成印刷业近代化改造的上海出版条件最好，文艺界与商界各种信息交换的便利与发达也以此处为最，因此如上表所示，那些小说专刊多于上海编辑出版，《新小说》虽创刊于日本横滨，后来也移

---

[1] 《上海月月小说社广告》，光绪三十二年九月初九日（1906年10月26日）《中外日报》。
[2] 嗟予：《新党现形记·楔子》，光绪三十年十月二十日（1904年11月26日）《新新小说》第二号。
[3] 光绪二十九年三月初五日（1903年4月2日）天津《大公报》"时事要闻"栏云："探悉：外务部奉旨电致驻日本横滨领事封禁小说报馆，以息自由、平权、新世界、新国民之谬说。并云该报流毒中国有甚于《新民丛报》。《丛报》文字稍深，粗通文学者尚不易入云云。"

至上海。外地有小说专刊者,仅粤港、宁波与汉口等地,胡石庵于汉口创办《扬子江小说报》的原因之一,便是此处为九省之要冲,岂可让"对社会莫大关系之小说,甘让上海坐拥厚益,安享大名"[1],但该刊办了五期即告停刊,而在上海几乎同时创办的《小说时报》与《小说月报》却长时期地出版,上海为小说专刊重镇的地位未曾动摇。这些小说专刊并不只是面对上海的读者,它们多在各省设有代派处,其影响能快速地向全国辐射,其实这正是晚清时整个小说创作与发行格局的缩影。

上表排列了各刊物创刊与停刊的日期,以及它们的存世时间。《小说时报》与《小说月报》清亡后仍继续出版,余者存世2年及以上的有4家。《绣像小说》维持了3年9个月,若扣除愆期因素按一年24期计,实际上应是3年;《新小说》《月月小说》分别维持了2年11个月与2年5个月,若扣除愆期因素,实际上都应是2年。此外,《新新小说》从创刊到停刊历时2年9个月,但该刊严重愆期,按每月出1期计,实际上只是10个月。存世时间大于1年而不及2年的有3家。《小说林》存世时间为1年8个月,扣除愆期因素应是1年;《中外小说林》存世时间为1年,该刊稍有愆期,实际时间仍可作1年算;《新世界小说社报》存世时间为1年,扣除愆期因素应是9个月。其余15家小说专刊中,3家因失传情况不详,而另12家存世时间都只能按月计,存世稍长者如《海上奇书》《宁波小说七日报》与《小说世界日报》分别坚持了10个月、8个月与6个月,余者均未超过5个月。存世时间最短者为2个月,月刊《竞立社小说月报》出了两期即被清政府查封,《小说七日报》则是改刊专载戏曲作品[2],

---

[1] 胡楫:《〈扬子江小说报〉缘起》,宣统元年四月初一日(1909年5月19日)《扬子江小说报》第一期。

[2] 光绪三十二年八月初四日(1906年9月21日)《时报》所载"小说七日报社易名改良戏曲社广告"称:"今特暂停《七日报》,专编戏曲。"

《扬子江小说日报》停刊原因不详,这家同人刊物主要靠胡石庵独力支撑,每日要应对六个版面的刊登,确难长久坚持。

若将晚清小说专刊系列中最早的《海上奇书》与最后问世的《小说月报》相较,很容易看出两者无论在内容与形式,还是编辑、出版与发行的方式上都有着明显的差异;可是若将这系列中相邻者作比较,则可发现它们相同者居多,同时也有相异处。逐次继续比较,可以发现相同者逐渐增加,甚至出现了固定化倾向,而原本的相异处则慢慢减少,这意味着随着时间推移,以及阅读市场根据读者意愿不断提出的需求,小说专刊内容与形式,以及编辑、出版与发行方式都在不断地发生变化,而最后问世的《小说月报》与民国时期各种小说专刊已无甚差异。就这个意义上可以说,完成向现代意义的小说专刊的过渡,是晚清小说专刊承担的历史使命之一。

那24种小说专刊的宗旨、风格、稿源、发行等互有异同,但最基本的属性,即选择与刊载小说并努力推向社会却是同一的,也存在着办刊经验的积累与传递关系。它们构成的系统是近代小说史上一个相对独立的发展实体。探究这个整体的运动状态及其规律是一个新课题,而所谓整体考察,是既要了解其组成部分,即各个小说专刊的详情与特点,同时也要把握各个部分之间的联系。从这个角度着眼,各个刊物实是该整体在不同时期、不同地区的表现形态,都是它发展中的一环,尽管它们在小说史上的地位与影响并不相同。由于是对整体运动状态的考察,研究就必将越出主要局限于作家作品分析的框架,而更关注小说专刊出现的必然性及其行进轨迹,以及这种小说史上特殊的传播方式在运动中须得遵循的规律。近代那些小说专刊的状态可用"前仆后继"作概括,直到近代的最后几年才逐渐稳定,这正说明那些运动规律须得在实践中通过摸索逐渐掌握,对某个或某几个刊物的研究显然无法涉及这方面内容。因此,所谓整体考察,是通过从初创时的粗率到逐步走向成熟的线索的梳理,以及各种起伏态势成因的分析，了解那些办刊者如何逐步把握那些规律，从而使整体的运动状态由动荡而趋于稳定。下面，我们将按时间顺序，从各方面考察晚清小说专刊的演变过程。

二、世人初识小说专刊

光绪十八年二月初一日（1892年2月28日），中国小说史上第一本小说专刊《海上奇书》在上海问世，而前此一个月，主笔韩邦庆已在报上刊载《告白》向世人介绍该刊主要内容：

> 《海上奇书》共是三种，随作随出，按期印售，以副先睹为快之意。其中最奇之一种，名曰《海上花列传》，乃是演义书体，专用苏州土白，演说上海青楼情事，其形容尽致处，俱从十余年体会出来。盖作者将生平所见所闻，现身说法，搬演成书，以为冶游者戒，故绝无半个淫亵秽污字样。至于法绘精工，楷书秀整，犹为此书余事。此外两种，一曰《太仙漫稿》，翻陈出新，戛戛独造，不肯使一笔蹈袭《聊斋》窠臼。一曰《卧游集》，摘录各小说中可喜可诧之事，萃为一编，作他日游观之券。此《海上奇书》之大略也。[1]

由于每期都含三类小说，该刊全名为《海上奇书三种合编》，核心内容是韩邦庆创作的长篇小说《海上花列传》，每期连载两回；其次是他撰写的各种文言小说，总名为《太仙漫稿》；最后是总名为《卧游集》的各类小说摘录。这则《告白》对刊物的定位很清楚：《海上花

---

[1]《〈海上奇书〉告白》，光绪十八年正月初六日（1892年2月4日）《申报》。

列传》"演说上海青楼情事",《太仙漫稿》是"翻陈出新,戛戛独造",《卧游集》则是"摘录各小说中可喜可诧之事",显示了供读者趣味阅读的策略。《海上奇书》是史上第一家全书刊载小说的刊物,不像此前刊载过小说的《瀛寰琐纪》《四溟琐纪》与《寰宇琐纪》主要刊载文人的诗词文,晚清小说专刊的历史也由它而开始。

《海上奇书》实行的是供读者趣味阅读的策略,韩邦庆在刊物上也发表过对小说的见解,但多围绕《海上花列传》展开,如宣告该书的主旨是"为劝戒而作"[1],其创作手法"从《儒林外史》脱化出来",但又有自己的独创:"惟穿插、藏闪之法,则为从来说部所未有。"[2]人物形象的刻画受到了重视,"其形容尽致处,如见其人,如闻其声"[3]。他还有意避免直露的表述方式,即所谓"尚有一半反面文章藏在字句之间,令人意会"[4]。这些都属艺术类分析,但韩邦庆刊载的目的却是增强读者阅读《海上花列传》的兴趣。他同样也不惜笔墨推介自己撰写的文言小说:"小说始自唐代,初名传奇。历来所载神仙、妖鬼之事,亦既汗牛充栋矣。兹编虽亦以传奇为主,但皆于寻常情理中术(述)其奇异。或另立一意,或别执一理,并无神仙妖鬼之事。此其所以不落前人窠臼也。"[5]

办刊之初韩邦庆信心十足,可是仅过了四个月,他已感到力不从心:"说部贵于细密,半月之间出书一本,刻期太促,脱稿实难,若

---

[1] 韩邦庆:《〈海上花列传〉例言》,光绪十八年二月初一日(1892年2月28日)《海上奇书》第一期。
[2] 韩邦庆:《〈海上花列传〉例言》,光绪十八年三月初一日(1892年3月28日)《海上奇书》第三期。
[3] 韩邦庆:《海上花列传》第一回篇首语,光绪十八年二月初一日(1892年2月28日)《海上奇书》第一期。
[4] 韩邦庆:《〈海上花列传〉例言》,光绪十八年三月十五日(1892年4月11日)《海上奇书》第四期。
[5] 韩邦庆:《〈太仙漫稿〉例言》,光绪十八年五月十五日(1892年6月9日)《海上奇书》第八期。

潦草搪塞，又恐不餍阅者之意，因此有展期之恼"[1]，于是从第九期开始改为月刊，各期均在初一日出版。可是第十五期延期至十五日方出版，韩邦庆同时宣布"以后每月俱准望日出书"[2]，实际上这第十五期竟是该刊最后一期。

半月刊改为月刊，改刊后又愆期乃至停刊，其重要原因之一，就是《海上奇书》所有稿件及刊务均由韩邦庆一人承担，办刊的方式又是"随作随出，按期印售"[3]，一旦稿件接续不上，刊物的生存就会受到严重威胁。《海上奇书》创刊时，《海上花列传》已有十多回的成稿[4]，韩邦庆满以为继续撰稿就可以应对每半月连载两回。此时他还没意识到，一人独立办刊是何等繁难之事，撰写稿件，承担编辑出版等繁杂事务，都须在他供职的《申报》撰述的正业完成后进行。刊物出版第八期后，存稿估计已消耗大半，以后各期须得靠新撰写的稿件支持。到光绪十八年十一月《海上奇书》停刊时，《海上花列传》已连载了三十回，而该书"足成全部"[5]六十四回的时间是光绪二十年（1894）四月，即韩邦庆在十七个月里撰写了三十四回，正好每月两回，他在摆脱了繁重的刊务后方能保持这样的写作速度。这组数据表明，"随作随出"的出版方式面临困境，《海上奇书》被迫由半月刊改为月刊，一旦有意外发生，愆期便不可避免。

改成月刊后，韩邦庆在时间与精力上的压力已大大降低，可是

---

[1] 大一山人（韩邦庆）:《〈海上奇书〉展书启》，光绪十八年六月初一日（1892年6月24日）《申报》。
[2] 大一山人（韩邦庆）:《海上奇书》，光绪十八年十一月初一日（1892年12月19日）《申报》。
[3] 大一山人（韩邦庆）:《〈海上奇书〉告白》，光绪十八年正月初六日（1892年2月4日）《申报》。
[4] 孙家振《退醒庐笔记》卷下（上海书店出版社1997年版）"海上花列传"条云：他读到韩邦庆"著而未竣之"《海上花列传》时，书稿"回目已得二十有四，书则仅成其半"。此为"辛卯秋"时事，即《海上奇书》创刊前四五个月。
[5] 花也怜侬（韩邦庆）:《新出〈海上花列传〉全书六十四回》，光绪二十年四月初八日（1894年5月12日）《新闻报》。

《海上奇书》只坚持了七期就停刊了，经济支撑乏力是关键原因。第二期出版时他就刊载广告："如欲补买第一期，定价仍一角。"[1]第三期出版时又云："如欲补买前两期，书价仍一角。"[2]后来《海上奇书》每出一期都刊载广告说先前各期仍可购买，直到第九期改为月刊时，其封面广告仍在提醒读者，"第九期以前之书所存不多，欲补买者，望速购取"，第十期依旧如此。将半月刊改为月刊，每期准备的时间加倍，或许可达到韩邦庆改刊时所说的"庶几斟酌尽善"的目的，但无法扭转滞销的颓势。坚持用苏州话创作，刊物因个人承办导致作品风格长期单一，这些都会导致读者面狭窄；而"申报馆代售"，即申报馆门市部发售与向《申报》的送报人购买的发行面又相当狭窄。刊物的资金周转全靠销售，而出一期就要积压一期，这份刊物停刊只是迟早的事。

《海上奇书》的问世，表明小说专刊在当时的历史条件下已有可能现身，而该刊遇到的种种困难，又说明其时环境对它的生存与发展尚不甚有利。如何办刊需要摸索与积累经验，只有小说专刊开始呈现为连续性运动时，这方面的逐步改进方能实现，而连续性运动的形成，则有赖于人们摆脱鄙视小说的正统观念的影响，并开始适应这种小说传播的新方式。后来的历史证明，要具备这样的条件，在《海上奇书》停刊后还需再等上十年。

在随后的十年里，中日战争、戊戌变法、庚子国变等重大事件相继发生，国家走向危难之时，小说创作开始贴近社会现实，读者的相应反响，使人们对小说的地位与功用有了新认识："欲开民智，莫如

---

[1] 大一山人（韩邦庆）：《〈海上奇书〉广告》，光绪十八年二月十四日（1892年3月12日）《申报》。

[2] 大一山人（韩邦庆）：《〈海上奇书〉广告》，光绪十八年二月二十九日（1892年3月27日）《申报》。

以演义体裁"[1];同时,这也成了作者创作的重要动因:"庶大众易于明白,妇孺一览便知。无非叫他们安不忘危,痛定思痛的意思。"[2]人们意识到,"夫说部之兴,其入人之深,行世之捷,几几出于经史上。而天下之人心风俗,遂不免为说部之所持",而"欧、美、东瀛,其开化之时,往往得小说之助"。[3]在以小说开导民智、救国危难的思想萌生与蔓延的背景下,一些报刊开始刊载这类小说,《杭州白话报》更明确提出"通文字于语言,与小说和而为一"的主张[4]。其间梁启超最活跃,他创办的《清议报》《新民丛报》不仅刊载小说,也进行相应的理论分析。他检讨传统小说在大众中的影响,得出"综其大较,不出诲盗诲淫两端"的结论;又考察小说在欧洲、日本等国变法成功中的作用,提出"政治小说为功最高焉"[5],所谓政治小说,就是"以稗官之异才,写政界之大势"[6]。梁启超在此基础上倡导"小说界革命",并于光绪二十八年(1902)十月创办《新小说》,而此前就已向世人宣示宗旨:"专在借小说家言,以发起国民政治思想,激厉其爱国精神。"[7]

该刊重头之作是"专为发表政见而作"的《新中国未来记》[8],而

---

[1] 艮庐居士(张茂炯):《救劫传》篇末评,光绪二十八年四月初五日(1902年5月12日)《杭州白话报》第一年第三十一期。
[2] 李伯元:《庚子国变弹词》第一回"清平县武举寻仇,义和团妖言惑众",良友图书印刷公司1935年版第2页。
[3] 严复、夏曾佑:《本报附印说部缘起》,光绪二十三年十月十八日(1897年11月12日)《国闻报》。
[4] 未署名:《〈杭州白话报〉书后》,光绪二十七年六月初三日(1901年7月18日)《中外日报》。
[5] 任公(梁启超):《译印政治小说序》,光绪二十四年十一月十一日(1898年12月23日)《清议报》第一册。
[6] 梁启超:《〈清议报〉一百册祝辞并论报馆之责任及本馆之经历》,光绪二十七年十一月十一日(1901年12月21日)《清议报》第一百册。
[7] 新小说社:《中国唯一之文学报〈新小说〉》,光绪二十八年七月十五日(1902年8月18日)《新民丛报》第十四号。
[8] 《中国唯一之文学报〈新小说〉第一号要目豫告》,光绪二十八年九月初一日(1902年10月2日)《新民丛报》第十七号。

"《新小说》之出,其发愿专为此编也"[1]。梁启超强调小说为政治服务,并以政治标准评判其优劣,这一主张在创刊号首篇《论小说与群治之关系》里阐述得尤为充分。那些观点实为前几年关于改良小说与社会论述的综合,但梁启超的论证更深入,阐述更有气势与文采,对"小说之支配人道"的熏、浸、刺、提四种力的分析也颇具独创性。由此出发,梁启超对旧时小说的批判尖锐而偏激,社会上各种恶习普遍都被归结于"小说之陷溺人群"。同时,他又肯定"此种文体曲折透达,淋漓尽致,描人群之情状,批天地之窾奥,有非寻常文家所能及者","有不可思议之力支配人道",可借此激励国民爱国精神,使变法思想深入人心,故云"今日欲改良群治,必自小说界革命始;欲新民,必自新小说始"。倡导"小说界革命"与创办《新小说》,打破了历来鄙薄小说的禁咒,可对社会产生巨大影响的功用也成为人们的共识,诚如时人所言:"自小说有开通风气之说,而人遂无复敢有非小说者。"[2]

创刊号首篇"新小说"是"雨尘子"的《洪水祸》,它"先就历史上感情发一段绝大议论"以阐述主旨,"一读已使人政治思想油然而生"[3],如中国"单有君主擅威作福,平民虽多,不能在历史上占些地位"之类。此篇描述了法国大革命前的经济困难与民心不稳,篇名中的"洪水"是指受压制的民众揭竿而起,声势浩大,无法控制,而"祸"是指压制民众的专制统治,前五回内容易使读者联想到以慈禧太后为代表的顽固派专制。梁启超等人主张君主立宪,当然不喜欢法皇被送上断头台的结局,故此篇只载于创刊号与第七号,且未

---

[1] 饮冰室主人(梁启超):《〈新中国未来记〉绪言》,光绪二十八年十月十五日(1902年11月14日)《新小说》第一号。
[2] 冷:《论小说与社会之关系》(上),光绪三十一年五月二十七日(1905年6月29日)《时报》。
[3] 未署名:《中国唯一之文学报〈新小说〉第一号要目豫告》,光绪二十八年九月初一日(1902年10月2日)《新民丛报》第十七号。

叙及法国大革命主要过程。第二篇是"羽衣女士"(罗普)的《东欧女豪杰》,它从第二号开始成为刊物首篇小说,其主旨是"以最爱自由之人,而生于专制最烈之国,流万数千志士之血,以求易将来之幸福","中国爱国之士,各宜奉此为枕中鸿秘者也"。[1]作品引导读者联想中国现实,从而投身于反对专制的运动。第三篇是"政治小说"《新中国未来记》,梁启超承认此篇"似说部非说部,似稗(稗)史非稗(稗)史,似论著非论著,不知成何种文体",但又辩解说:"既欲发表政见,商榷国计,则其体自不能不与寻常说部稍殊。"[2]所谓"政见",是君主立宪思想,这是梁启超写作的本意,也是创办《新小说》的初衷。除这三篇自著作品外,为其烘托的其他译著等也不离"发起国民政治思想,激厉其爱国精神"的宗旨。大胆新颖的内容与旧小说迥然相异,气势与规模也给人以震撼感,阅读市场很快就有了热烈反响,创刊号问世"未及半月,销售殆罄",于是又"急速再版"[3],与《海上奇书》出一期积压一期的窘境截然相反。

同是专门刊载小说的刊物,《海上奇书》与《新小说》却有很大差异,除办刊宗旨外,编辑出版方式也截然不同。前者由韩邦庆一人独力办刊,除承担所有稿件的撰写或辑录外,各环节之繁杂也令他不堪负担,刊物的单一风格又限制了读者面;《新小说》虽表现出主笔梁启超浓烈的个人色彩,但毕竟是"本社同人苦心经营"[4]的产物,众人各司其职,故而创刊号能刊载三篇自著小说与四篇翻译小说,题材涉及历史、政治、科学、哲理、冒险与侦探,又配以图画、论说、

---

[1] 新小说社:《中国唯一之文学报〈新小说〉》,光绪二十八年七月十五日(1902年8月18日)《新民丛报》第十四号。
[2] 饮冰室主人(梁启超):《新中国未来记绪言》,光绪二十八年(1902)十月《新小说》第一号。
[3] 《新小说社广告》,光绪二十八年十一月初一日(1902年11月30日)《新民丛报》。
[4] 新小说社:《中国唯一之文学报〈新小说〉》,光绪二十八年七月十五日(1902年8月18日)《新民丛报》第十四号。

传奇、广东戏本、杂记、杂歌谣等门类,读者适应面明显宽泛了许多。为保证稿源,创刊号还刊载《本社征文启》:"除社员自著自译外,兹特广征海内名流杰作,绍介于世",并允诺支付稿酬:自著小说分四等,每千字酬金四元至一元五角;翻译小说分三等,每千字酬金二元五角至一元二角。这是对旧有观念的一大突破,当年《申报》向社会征求稿件,只是允诺"概不取其刻资"[1],那时在人们的观念里,发表作品理应向发表方缴纳费用。当时刊物急需两类稿件,首先是读者爱读的写情小说,但稿件"必须写儿女之情而寓爱国之意者,乃为有益时局";其次是"描写现今社会情状,藉以警醒时流,矫正弊俗"者,即社会小说。这类小说可在社会中下层广为传播,催生人们对改良社会的认同,乃至积极参与到社会改良的活动中。梁启超等人明白这类作品的重要性,但他们缺乏社会下层的生活阅历与感受,又远在海外,因此便选择向社会征集稿件。

刊物发行是袭用梁启超办《新民丛刊》时积累的经验。首先,销售分零售与订阅两种。订阅价格低于零售,时间愈长,优惠愈多,这样可预收资金,便于周转。其次是以提成方式委托各地代派处销售,第三是借助《新民丛报》的销售系统,梁启超实际上是将自己主办的两份刊物的销售系统合二而一了。《新小说》创刊号出版后未及半月即"销售殆罄",刊物内容受到大众喜爱固然是主因,发行系统的保障也功不可没。《新小说》在日本横滨创刊后仅过约二十日,上海《新闻报》《中外日报》等就连续刊载了《〈新小说报〉已到》的广告。除广智书局与上海《新民丛报》支店外,《游戏报》也发布广告称"定阅者请至本馆帐房可也"[2],显然也是代派处。现知天津的代派处有大公报社、天津府署东各报总派处与李茂林,其广告上还有"诸

---

[1] 申报馆:《本馆告白》,同治十一年九月十八日(1872年10月19日)《申报》。
[2] 游戏报馆:《〈新小说报〉第一号已到》,光绪二十八年十一月十六日(1902年12月15日)《游戏报》。

君定阅,按期分送,风雨勿阻"[1]等语以示信誉。这样的发行系统及销售状况,已远非十年前的《海上奇书》可比。

《新小说》连出三期后,突然宣告"拟暂停刊数月":主笔梁启超"远游美洲",协办的"羽衣女士"(罗普)则在"患病"[2],凸显了同人办刊的弊病。愆期四个月后,正常出版了三期,第七号出版又愆期半年,原因是梁启超"不欲草率了事,而现在又难兼顾"[3],而第八号出版时间的预告,竟是五个月之后。实际上第三号以后,梁启超已基本上不再过问《新小说》事务,第四至第七号由其同志维持。创办《新小说》是出于宣传君主立宪的政治功利目的,一旦发现可取得更好效果的途径,自然就舍小说而去。自第八号开始,主要撰稿人发生了变动,刊物风格与内容异于先前,推崇政治小说也不再是中心话题。尽管《新小说》的声势很快衰减,但它毕竟提升了小说的地位,为今后小说专刊编辑出版格式提供了示范,使较多的读者开始接受小说专刊,为它在阅读市场上开辟了前行的通道。

光绪二十九年(1903)五月,《新小说》愆期四个月后正出版第四号时,商务印书馆创办《绣像小说》。该刊宗旨如《本馆编印〈绣像小说〉缘起》所言,"或对人群之积弊而下砭,或为国家之危险而立鉴",又云"察天下之大势,洞人类之赜理,潜推往古,豫揣将来,然后抒一己之见,著而为书,以醒齐民之耳目"等语,都是抄自光绪二十六年(1900)十一月《清议报》第六十八册上的《小说之势力》。而"欧美化民,多由小说,搏桑崛起,推波助澜",以及批判旧小说"非怪谬荒诞之言,即记污秽邪淫之事,求其稍裨于国、稍利于民者,几几乎百不获一"等语,都是梁启超反复强调,尤在《论小说与群治

〔1〕 李茂林:《经售各报》,光绪二十八年十二月初十日(1903年1月8日)《大公报》。
〔2〕 《新小说社告白》,光绪二十九年正月二十九日(1903年2月26日)《新民丛报》第二十六号。
〔3〕 新民丛报社:《本社特别广告》,光绪二十九年八月十四日(1903年10月4日)《新民丛报》第三十八、三十九号合刊。

之关系》中详细论述过的观点,其影响赫然可见。然而,《缘起》只字不提梁启超与《新小说》,却说"本馆有鉴于此,于是纠合同志,首辑此编",又云"以兹编为之嚆矢",即明确地将《绣像小说》置于"第一"的地位。《绣像小说》对《新小说》那些政治功能强烈、图解理念式的创作甚不以为然,它刊载的作品承袭了中国传统小说的韵味,是主张通过小说艺术的形式,批评社会现状,教化民众,而不是政治思想的直接灌输。所谓"嚆矢",似是自封为承接中国小说正绪第一人的含义。《绣像小说》的小说观受到了梁启超主张的影响,具体创作却准备别树一帜,走自己的路。

为实现此目的,商务印书馆聘请李伯元任主笔。此前他已先后主办过《指南报》《游戏报》与《世界繁华报》,其大名早已随报纸的发行而到处传播,那部以嘲骂之笔揭露贪官污吏丑恶与政治腐败的《官场现形记》深受读者喜爱,李伯元著名小说家的地位也由此而奠定。既能灵活应对市场,经营有方,又是著名小说家,这显然是主笔的理想人选,更何况他又创办过艺文社、海上文社等文学团体,身边聚集了一些热爱文学创作的人士,这是今后的稿源所在。

梁启超热衷于政治,李伯元关心时势却倾心于文艺,他们主办的刊物间既有承袭关系,又显示出明显不同的风格。《绣像小说》也强烈批判社会现实,描写则是从百姓们常见且与其生活休戚相关的事件起手。创刊号首篇《文明小史》取材于人们身边"早已闹得沸反盈天"的"新政新学"[1],平实地描写锐意改革者与顽固守旧派之间的激烈冲突;第二篇《活地狱》描写"我们中国国民第一件吃苦的事"[2],那十五个案例客观而详尽,虽无直接的政治批判,却也能引起读者对

---

[1] 南亭亭长(李伯元):《〈文明小史〉楔子》,光绪二十九年五月初一日(1903年5月27日)《绣像小说》第一期。

[2] 南亭亭长(李伯元):《〈活地狱〉楔子》,光绪二十九年五月初一日(1903年5月27日)《绣像小说》第一期。

国家体制合理性与正当性的怀疑；另一篇《醒世缘弹词》着重于宣传破除迷信、反对缠足和吸鸦片，作者主张"因势利导，将他们慢慢的开导一番，以期他们渐渐悔悟"[1]。三篇小说涉及当时中国社会变革热点，政治上不赞成激进改革，创作上力求符合潜移默化地感染读者的小说特性，"冀收循循善诱之效"。它们都是长期连载，支撑着《绣像小说》的宗旨与风格，后来陆续连载的新作，格调也均与此相似。《绣像小说》也注意与《新小说》衔接，创刊号刊载了《维新梦传奇》与《梦游二十一世纪》，并广告世人，它们与《新小说》上的《新中国未来记》"命意正复相同"，"俾吾国少年读之，当使爱国之念油然而生"。[2] 光绪三十年五月，即《绣像小说》创刊满一年之际，《新小说》变换主要撰稿人，吴趼人等人的作品开始连载，其内容与风格都与李伯元的主张相似。梁启超以小说"改良群治"的理论虽仍有很大影响，但推崇政治小说的声势已开始消歇。

　　《绣像小说》宗旨、风格与《新小说》的不同，是遵循小说创作规律与适应阅读市场需求的必然结果。当时社会中下层有知识者关心国家大事与社会变革，但不像革命派或维新派那样直接参与政治斗争，态度也较为温和，他们乐于阅读小说且又人数众多，是《绣像小说》创办时预设的读者群。这是一个成功的策略，创刊号行世不久就"业已售罄，各处函索，无以应命。即日再版，再行照奉"[3]。刊物连载的作品中后来有17种又以单行本行世，且有较好的市场反应，商务印书馆可谓是两次获益，而梁启超主持的《新小说》前七号的作品，都未能做到这一点。

---

[1] 讴歌变俗人：《醒世缘弹词》第一回"辟邪教僧道无缘，建道场骨肉构怨"，光绪二十九年五月初一日（1903年5月27日）《绣像小说》第一期。
[2] 商务印书馆：《上海商务印书馆编印〈绣像小说〉广告》，光绪二十九年五月初五日（1903年5月31日）《新闻报》。
[3] 商务印书馆：《〈绣像小说〉第四期已出》，光绪二十九年六月十三日（1903年8月5日）《新闻报》。

不过,《绣像小说》的发行愆期却与《新小说》相似,创刊两个月后,第五期已迟于原定时间一个月,第六期愆期两个月,自第十三期开始,《绣像小说》干脆不再标示出版时间,实际上它已愆期四个月。此后,迟出的时间越拉越长,第五十五期竟比原定时间迟十二个月。商务印书馆曾解释"致令阅者多延数月之久"的原因:"嗣以作者因事耽阁,兼之此项小说皆凭空结撰,非俟有兴会,断无佳文。"[1]几个作者交稿耽搁,就影响了按时出版,表明刊物缺乏充足的稿源支撑。《绣像小说》未曾向社会征稿,全靠主笔联系一些人撰稿,如此维持运转,愆期难免成为常态。为了缩短愆期的时间,商务印书馆还"搜罗东西洋新奇小说,延聘通人翻译"[2],《绣像小说》上19篇翻译小说无署名,它们基本上都是该馆编译所提供的稿件。

刊物出至第五十三期时主笔李伯元病逝,此时商务印书馆或已打算出完第三年全份即停刊,故而除周桂笙的《世界进化史》外,《绣像小说》不再新刊长期连载的作品,所载主要是连载未完的作品以及一些短篇翻译小说。当第七十二期出版后,商务印书馆立即宣布"是书三年届满,现拟停刊。明岁大加改良,届期再行布告"[3],似乎很快就要出版新的小说专刊,可是过了半个多月却又改口说"现满三年七十二期,以后改良,再行布告"[4],不再言及新刊出版的时间,直到三年半后的宣统二年七月才重又出版小说专刊《小说月报》。

停办《绣像小说》应与其销售状况有关,后来存书消化也费去了较长时间。停刊半年多后,全套刊物五折出售,两年后全套售价降

---

[1]《上海商务印书馆〈绣像小说〉第三十至三十一期止均出版》,光绪三十一年二月十四日(1905年3月19日)《新闻报》。

[2] 商务印书馆:《商务印书馆〈绣像小说〉两年全份出齐,第三年续办广告》,光绪三十一年十二月初三日(1905年12月28日)《新闻报》。

[3] 商务印书馆:《上海商务印书馆〈绣像小说〉出至第七十二期》,光绪三十二年十二月十七日(1907年1月30日)《新闻报》。

[4] 商务印书馆:《商务印书馆新出小说》,光绪三十三年正月初八日(1907年2月20日)《新闻报》。

至四元[1]，低于三折，直到宣统三年（1911），推销存书的广告仍见于报端[2]，这显然与商务印书馆创刊时雄心勃勃的设想有着很大的差距。在外地销售的不顺也影响了刊物运行。为扩增销路，《绣像小说》曾在各地设置代派处，上海以外的85处分布于全国大部分省（包括香港），以及日本与新加坡。信息较闭塞且邮政尚欠发达之时，刊物在各地发行是个难题，但这又是扩大影响与增加收入的必要环节。寄售处以批发价进书，以零售价销售，差价便是利润，而进书越多，差价也越大，其积极性就在于此。先前《新小说》已采用委托代派处销售的方式，同时也遇上对方有意积欠报资的麻烦。它曾要求代派处付款后才提供刊物，但很快发现这是在自断发行渠道，只好收回成命，因为有求于人，"执例未敢过严"[3]。由"所有各省代派处积欠以前报资，务望即日扫数付清，以便续定"[4]的广告可知，《绣像小说》也遇上了同样的麻烦。代派处不守信用，刊物资金周转就会陷入困境。实力雄厚的商务印书馆可通过调配以缓解刊物资金一时的困难，所以《绣像小说》能坚持出版七十二期，但长期亏本的刊物毕竟难逃停刊的命运。

光绪三十年（1904）八月，《新新小说》在上海创刊。此时《绣像小说》正出版到第十九期，《新小说》在长时间停刊后，改由吴趼人为主要撰稿人，且开始恢复较正常的出版，已有两家行世之际仍有第三家小说专刊诞生，说明这种传播方式已开始为读者接受。创办者解释新刊命名时称："向顷所谓新者，曾几何时，皆土鸡瓦狗视之"，又言"小说新新无已，社会之革变无已，事物进化之公例，不其然

---

[1] 商务印书馆：《唯一无二之消夏品》，宣统元年五月十五日（1909年7月2日）《时报》。
[2] 商务印书馆：《唯一无二之消夏品》，宣统三年闰六月二十五日（1911年8月19日）《法政杂志》第六期。
[3] 新小说社：《新小说社紧要告白》，光绪二十九年十二月（1904年1月）《新小说》第七号。
[4] 商务印书馆：《商务印书馆〈绣像小说〉两年全份出齐，第三年续办广告》，光绪三十一年十二月初三日（1905年12月28日）《新闻报》。

软?"虽然此语后又似作谦虚地称"吾非敢谓《新新小说》之果有以优于去岁出现之《新小说》也",但超越的意图与信心却溢于言表。不过新刊并未突破梁启超小说观念影响的笼罩,也主张"小说有支配社会之能力",以及"欲新社会,必先新小说",同时又宣布其宗旨是"纯用小说家言,演任侠好义、忠群爱国之旨,意在浸润兼及,以一变旧社会腐败堕落之风俗习惯"。[1]题材偏重于侠客与《新小说》推崇政治小说其实有某种相似性,而"纯用小说家言","意在浸润兼及"正是针对《新小说》的图解政治理念的创作方法,后来该刊还进一步批评《新小说》那些小说只是"开口见喉咙"式的"政治策论"[2]。

《新新小说》各期"皆以侠客为主,而以他类为附"[3],该主张的提出与实践可能与主持者龚子英与陈景韩的个人爱好有关,对刊物生存与发展却极为不利。它能否"一变旧社会腐败堕落之风俗习惯"很可存疑,剑走偏锋的做法必然将许多读者排除在外,主办者的决策在创刊之际就已严重地局限了刊物的销路,自我制造了先天性的危机。作者构成也是该刊的致命伤,前后十期共载小说23篇,陈景韩一人就占了10篇,作者圈子比《绣像小说》还要狭小,这便导致愆期不可避免。第二期愆期一个月,第三期则是两个月,编者此时向读者保证:"自本期始,已筹足资本,认定辑员,按期印行,不再稍误。"[4]可是第四期匆匆赶出后,编者自己也不满意:"社员事繁,又不欲愆厥期",于是"仓猝搜集,乃竟此帙"。[5]第六期至第八期都比原定出

---

[1] 侠民(龚子英):《〈新新小说〉叙例》,光绪三十年八月初一日(1904年7月3日)《大陆》第二年第五号。
[2] 中原浪子:《〈京华艳史〉序例》,光绪三十一年正月初一日(1905年2月4日)《新新小说》第五期。
[3] 新新小说社:《本报特白》,光绪三十年十一月初一日(1904年12月7日)《新新小说》第三期。
[4] 新新小说社:《本报特白》,光绪三十年十一月初一日(1904年12月7日)《新新小说》第三期。
[5] 新新小说社:《敬告》,光绪三十年十二月初一日(1905年1月6日)《新新小说》第四期。

版计划愆期五个月，编者又解释道"本报著者散居各地，且以课余从事，邮寄各件甚难依时准到，丝毫无误，故发行日期不能一定"，即将愆期视作正当，同时又安慰已预订全年者，"惟至少每一年间必出至十二期，则决无误"。[1]第九期的出版，竟是在第八期问世的九个月后。这次给出的解释是"本报自八期出版后，编辑同人，因事远出，以致迟延，实深抱歉"[2]。第十期的愆期更过分，它是在第九期出版的十二个月后才问世。该期目录页前的《本报特白》解释说，"本报小说资料本由一二友人互相认定，初意以为按期印行，决不稍误。讵自八期出版后，编辑同人或随使出洋，或孑身远引，以致九期迟而十期愈迟，实深抱歉"[3]。尽管它还宣称"现自十期后，仍络绎按期出版，决不稍误"，但第十期实际上就是该刊的最后一期。

《新新小说》前后共十期，出版却断断续续费去二年又九个月，为小说专刊中出版最不正常者。它也向社会征稿，"拟广为搜集，按期选录"[4]，可是来稿受到了"以侠客为主"题材的限制，故稿件只能"由一二友人互相认定"。稿源严重不足，刊物自然办不下去。此外，支撑资金不足也当是原因。《新新小说》每期目录页都印有"总经售处开明书店"，但开明书店并非主办者，经济上并不对刊物负责，此运转模式有点类似于韩邦庆的《海上奇书》由"申报馆代售"。龚子英虽为开明书店的股东之一，但办刊物毕竟是他个人的事，他在第三期宣布"已筹足资本"，也可证明刊物在经济上的独立，而到第三期方能作此宣布，显示了该刊经济上的准备不足。

《绣像小说》与《新新小说》刊行之际，上海还先后出现过三种

---

[1] 新新小说社：《启事》，光绪三十一年（1905）七月《新新小说》第八期。
[2] 开明书店：《〈新新小说〉九期出版》，光绪三十二年五月二十四日（1906年7月15日）《时报》。
[3] 新新小说社：《本报特白》，光绪三十三年四月十九日（1907年5月30日）《新新小说》第十期。
[4] 新新小说社：《启事》，光绪三十年八月初一日（1904年9月10日）《新新小说》第一期。

小说专刊。它们今已失传，只是根据当时报上广告及他报转载，尚可对其性质与内容略知一二。一是《上海小说》，目前发现的唯一资料，是《游戏报》上的一则广告。刊物主办者是游戏报馆（此时已非李伯元主其事），它当时正在加价代售《新小说》，可能是受其畅销的刺激而自办小说专刊。《上海小说》乘"小说界革命"提升小说地位之声势，却不理会梁启超借小说改良社会之主张，所载作品"写上海风景、茗楼、烟榻"，追求的功效是"资谈助而遣睡魔"，并强调对初到上海者"尤可作为阅历之资，以当先路之导"。该刊走迎合大众趣味之路，同时又保证"其中并无污秽狎亵之处，清闺淑媛，亦自可观"[1]。《游戏报》于供人娱乐消遣，所办小说专刊自然也是沿此思路以争取更多读者，定价仅五分，显然也是出于这一考虑。《上海小说》是"每十日出书一回"，是旬刊，而由广告中"第二期本于十一日出版，因装订不及，改于廿一日出版"之语，可推知它创刊于光绪二十九年闰五月初一日（1903年6月25日），现已无法得知该刊在第二期后还出版过几期。

二是《小说世界日报》。据当时报上广告可知，其创刊于光绪三十一年三月十五日（1905年4月19日），所载小说题材较丰富，有理想、国民、科学等与《新小说》相类，社会小说列为诸题材之首又与《绣像小说》同调，而刊载艳情、侦探等作，意在迎合一些读者的口味，总之，它希望能适合不同层次与不同口味的读者。它创刊时"印有《发刊例》一万张，派人分送"[2]，声势相当可观。这篇《发刊例》今也不见，但该报的《小说闲评》因《华字汇报》的摘录尚存于世，内称"小说者，与人之性质有直接之关系，诚转移风俗之有力人

---

[1] 游戏报馆：《新出〈上海小说〉第一期广告》，光绪二十九年闰五月十五日（1903年7月9日）《游戏报》。
[2] 小说世界日报辑译部：《小说世界日报》，光绪三十一年三月初三日（1905年4月7日）《新闻报》。

也"，又主张"淘汰"旧小说，"以高尚之思想，则以之熔铸国民、改良社会"[1]，似在重复《新小说》的观点，但该报又刊载艳情小说，这又恰是梁启超猛烈批判者，但这类作品可吸引不少读者。《小说世界日报》今虽不存，但由当时《华字汇报》转载的23篇小说可窥其一斑。[2] 被转载者全属"改良社会"类，未见艳情小说，这当由《华字汇报》的转载标准所决定，而且被转载者全都是短篇通俗小说。短篇通俗小说曾繁盛于明末清初的拟话本，清中叶后萧条了百余年。光绪三十年（1904）六月，陈景韩在他主持的《时报》上提倡短篇小说，但应者寥寥，即使是《时报》，到光绪三十一年末，也只是刊载了12篇。《小说世界日报》持续出版了半年，《华字汇报》在短时间内就转载了23篇，可以判断这家日报所载短篇小说应是相当大的数量。自光绪三十三年以降，报载短篇小说已成普遍现象，观其发展历程，其间应有《小说世界日报》的推动之功。

《小说世界日报》出版半年后，以"叠荷远近诸君来函，谓单张容易零落，且亦装订不便，切嘱改为丛报"为由，改为半月刊《小说世界》，但真实原因恐怕是日报难以维持。每日出报须得稿源充足，而且编辑、出版等环节都不可出现耽搁，改为半月刊可缓解节奏的紧张。编者保证新刊"每期登足八十页，计说部至少六种"[3]，预告的作品有社会小说《最新之上海》、艳情小说《欢爱谈》、侠情小说《东方虚无党》、侦探小说《秘密窟》、科学小说《第二太阳》、冒险小说《南北极》、婚姻小说《文野结婚》等，其内容与梁启超改良社会的主张已相去甚远，却可满足不少读者的口味。此刊今不传，现所见相关资料也仅有这则广告。

---

[1] 未署名：《小说闲评》，光绪三十一年六月二十二日（1905年7月24日）《华字汇报》。
[2] 关于《小说世界日报》详情可参见陈大康《晚清〈小说世界日报〉考》，《华东师范大学学报》2016年第6期。
[3] 小说世界日报社：《特别广告》，光绪三十一年十月初一日（1905年10月28日）《醒狮》第二期。

在小说专刊初创期，除《海上奇书》外，《新小说》奉行梁启超以小说改良社会影响的主张，其他各家未能越其笼罩，同时又不满于一味地推崇政治小说，作图解政治理念的说教。那些编者小说观念不尽相同，其题材选择各有侧重，也都有体量不一的读者群体与之对应。主持者虽多为较有创作经验的作者，但办小说专刊却是都在经历摸索规律的过程，他们或是个人独办，或是几个志同道合者共同经营，其间也有向社会征稿者，但效果不如期望。缺少作者队伍的支撑，稿源不足始终是挥之不去的噩梦，出版愆期便也不可避免，刊物销路因读者购阅热情遭受挫伤而滞碍。为扩大影响与销路，刊物发行不得不委托他人，有关制度却不完善，资金周转因此而受伤害。种种因素的交杂，使那些刊物举步维艰，最后不得不停刊，种种经验与教训，则成了对后来办刊者的警示。

三、在起伏中摸索前行

初创期几家小说专刊都未能坚持较长的时间，都有较复杂的原因，但有三点却是共同的。其一是刊物定位，这决定了作品刊载的种类，读者面宽窄也由此而定。其二是稿源，这取决于它所联系的作者。其三是经营模式，包括编辑部的运转方式，以及对复杂多变的阅读市场的估测与应对。它们留下的经验教训可供后来者借鉴，小说专刊在光绪朝最后三年呈现出新旧交替态势，其整体则是在这此起彼伏的状态中摸索前行。

《新小说》与《绣像小说》即将停刊之际，《新世界小说社报》于光绪三十二年（1906）五月创刊，它由一年前成立的新世界小说社主办，而该社之成立，是因为"小说感人最深，故社会之风俗以小说为转移"[1],这是在重申梁启超的主张,后来编者对小说功用的估价似还有超越:"种种世界,无不可由小说造;种种世界,无不可以小说毁。过去之世界,以小说挽留之;现在之世界,以小说发表之;未来之世界,以小说唤起之","传播文明之利器在是,企图教育之普及在是,此《小说世界》之所以作也"。[2]但编者不赞同梁启超对政治小说的推崇,论及"新小说"的阅读时,更又指名嘲笑他"不善读"[3],还批评包括新小说社在内的"小说组织之机关"所为"于愚民无与也"。鉴于"以至浅极易小说之教育,教育吾愚民"是急不可缓之事[4],故该刊宗旨是"为开通社会起见,誓合四万万同胞饷以最新之知识"[5]。

创刊号展示的"最新之知识"之一,便是身处乱局,不要被政治家华丽的宣传所迷惑,它连载的《新中国之豪杰》,第一回便是"南海县教主传道,北京城公车上书",对康有为丑恶心思的剖析不遗余力,且讽刺挖苦不断。对革命党的批评也同样严厉,其《发刊辞》云:"新党之革命排满也,而继即升官发财矣。"编者对朝廷政事因失望而鄙恶,主笔警僧撰写的《狗骨谈》中,群狗为争夺主人扔出的骨头,有的去央求"内堂之阉狗",有的去巴结"邻家之恶狗",这则寓言漫画式地描写朝中大臣为争权夺利勾结李莲英等辈太监与诸国洋人,读者对照时事,都能明白其中影射,领略其"以滑稽之笔,寓讽刺之意,辞简旨远"的特点。[6]该刊还刊载了几篇自著小说,如叙衢州闹教戕官案的《铸错记》,嘲笑市侩囤米的《米芾乎米颠乎》,讽刺民间祭神活动的《大王会》等,也都是抚时感事,较明显地关联社

---

[1]《新世界小说社广告》,光绪三十一年五月二十二日(1905年6月24日)《时报》。
[2]《发刊辞》,光绪三十二年五月二十五日(1906年7月16日)《新世界小说社报》第一期。
[3] 未署名:《读新小说法》(下),光绪三十三年(1907)三月《新世界小说社报》第七期。
[4] 未署名:《论小说之教育》,光绪三十二年(1906)九月《新世界小说社报》第四期。
[5] 新世界小说社:《〈新世界小说社报〉第一期出版》,光绪三十二年五月十八日(1906年7月9日)《新闻报》。
[6] 新世界小说社:《〈新世界小说社(报)〉第七期》,光绪三十三年三月初四日(1907年4月16日)《时报》。

会现实。不过，这类小说所占篇幅较少，该刊主要刊载翻译小说，所谓"事迹之离奇，文笔之优胜，无体不备，无美不臻，洵足推倒一时小说"[1]正体现于此，与《绣像小说》《新新小说》相较，少谈政治而着眼文艺的倾向较为明显。创刊号上英国小说《情天磨蝎录》《死椅》与日本小说《新魔术》，都演述离奇的侦探案，有的还纠缠了男女情爱故事。其后《宝琳娘》《指弓沙》等翻译小说，或述恍惚迷离的爱情故事，或叙明争暗斗的财产争夺，悬念扣人心弦，情节又饶有趣味，突出文艺性且可读性较强的风格一直贯穿到停刊。

《新世界小说社报》有意改变同人办刊方式，从创刊号起接连刊载征稿启事，但未说明稿酬标准，只是说"译著诸君欲得何种权利，务请于寄稿时详细开明"，而"入选小说，板权概归本社"。[2]但该刊终究未跳出同人办刊窠臼，似仍是一些志同道合的朋友在撰稿。《小说林》介绍该刊第八、九期时明确注明"来稿无"[3]。该刊在各地共设39处代派处，现不详其运转情况，但估计并无良法可摆脱代派处拖欠报资的窘境。第二期出版便愆期一个月，第三期愆期二个月，稿源紧张与资金问题同样是难以施展拳脚的原因，它毕竟不是实力较雄厚的出版机构所办。到了第七期已愆期四个月，这时它才向读者解释说："本社因迁移编辑所，出版较迟，有辜诸君之望。"[4]在这次说明之后，也只是再坚持了两期。

《新世界小说社报》创刊两个月后，上海《小说七日报》问世，它设有论说、章回、短篇、传奇、传记、新剧与时评等十个栏目，每期约二万言。它批评以承担重大社会责任为己任的小说是"累牍连

---

[1] 未署名：《论小说之教育》，光绪三十二年（1906）九月《新世界小说社报》第四期。
[2] 新世界小说社：《新世界小说社敬告译新小说诸君》，光绪三十二年五月二十五日（1906年7月16日）《新世界小说社报》第一期。
[3] 未署名：《新书绍介》，光绪三十三年（1907）六月《小说林》第四期。
[4] 新世界小说社：《〈新世界小说社（报）〉第七期》，光绪三十三年三月初四日（1907年4月16日）《时报》。

篇，妨人视力，影响殊少"，并嘲讽那些作者道："改良社会乎？输灌文明乎？诸君子若各负有重大之责任也者。"该刊宗旨是"聊供休沐余暇陶情乐性之助"[1]，刊稿标准为"凡可以开进德智，鼓舞兴趣者，以之贡献我新少年，以之活泼其新知识"[2]。"陶情乐性"是在强调小说作为文学体裁的基本特性，将其与"开进德智"并重的主张与《新世界小说社报》类似，同样越出了梁启超"小说界革命"的核心内容，也否定了"政治小说为功最高焉"的评判标准，而小说专刊整体运动的这一变化，则是源于阅读市场对作者与办刊者的压力。

《小说七日报》仅出版五期，而它创刊时，名盛一时的《新小说》停刊，原因是其时主持者吴趼人、周桂笙应乐群书局之邀去创办《月月小说》。[3] 吴趼人是著名作家，又长期经办《新小说》，他创办《月月小说》时，对小说界状况不仅十分熟悉，且有冷静思考：自梁启超倡导"小说界革命"，"不数年而吾国之新著新译之小说，几于汗万牛充万栋，犹复日出不已而未有穷期也"，但绝大部分作品虽宣称"吾将改良社会也，吾将佐群治之进化也"，实际上却"于所谓群治之关系，杳乎其不相涉也"。[4] 统计数字可证明其判断，光绪二十九年（1903）至三十二年的四年里，报刊小说已多达744种，年均186种，此前光绪二十一年（1895）至二十八年的八年里只有91种，年均11.38种，年出率增长16倍强；小说单行本相应的数字则是346种与93种，年均分别为86.5种与11.63种，年出率增长7倍强。小说数量猛增，是"小说界革命"颠覆了人们鄙薄小说的观念，并得到

---

[1] 小说七日报社：《〈小说七日报〉出版》，光绪三十二年六月二十二日（1906年8月11日）《时报》。
[2] 留：《〈小说七日报〉发刊词》，光绪三十二年七月初一日（1906年8月20日）《小说七日报》第一期。
[3] 此事可参见光绪三十二年十月十五日（1906年11月30日）《月月小说》第一年第二号《本社紧要广告》、光绪三十三年（1907）二月《月月小说》第一年第六号《本社特别广告》。
[4] 吴趼人：《〈月月小说〉序》，光绪三十二年九月十五日（1906年11月1日）《月月小说》第一年第一号。

热烈响应；切实为改良社会而作的小说杳乎其然，是因为读者愿意购买的只是能引起欣赏欲望的小说，政治图解类呐喊式作品虽可有一时的震撼作用，却不能维持长久的阅读兴趣。此现状表明，梁启超强调政治功利的偏颇，正在被阅读市场逐步纠正。

《月月小说》的宗旨是"辅助教育、改良社会"[1]，与《新世界小说社报》"饷以最新之知识"，《小说七日报》"活泼其新知识"有相类之处，这些主张在同时出现，表明人们开始摆脱以小说为政治工具的观念羁绊，但吴趼人毕竟曾主持《新小说》，对"改良社会"的强调与之保持了一定的精神联系。该刊创刊时正值清廷颁布《宣示预备立宪谕》，故而又称"组织此册，以祈进吾国民于立宪之资格"[2]。现状是多数国民"仍瞢瞢焉而未有知也"，而《月月小说》之创办，"或亦开通智识之一助，而进国民于立宪资格乎？"[3]于是预备立宪成了"辅助教育、改良社会"提出的切入点。

吴趼人的小说理念见于创刊号《〈月月小说〉序》："吾于群治之关系之外，复索得其特别之能力焉"，"一曰足以补助记忆力也"，"一曰易输入知识也"，于后者又解释道，读者兴奋点在于"寻绎趣味"，"新知识实即暗寓于趣味之中，故随趣味而输入之而不自觉也"，即主张小说应遵循艺术创作规律，发挥寓教于乐的功能，而非政治理念先行，对读者强行灌输，这是对《新小说》前期状况的反思与匡正。吴趼人不赞同将小说视为政治的附庸；作为《新小说》后十七期的担纲者，他又熟悉读者需求与阅读市场环境，故其办刊方针较合乎小说本体发展的要求。

为借助"易输入知识"的特点以实现"辅助教育"的目的，吴

---

[1]《上海月月小说社广告》，光绪三十二年九月初九日（1906年10月26日）《中外日报》。
[2]《上海月月小说社广告》，光绪三十二年九月初九日（1906年10月26日）《中外日报》。
[3] 延陵公子：《〈月月小说〉出版祝词》，光绪三十二年九月十五日（1906年11月1日）《月月小说》第一年第一号。

趼人首选历史小说,因为以史为鉴,可帮助读者理解现实并判断其变化。这类作品既讲述生动有趣的故事,又叙述旧时雄风或惨痛教训,同时还联系"今日赔款,明日割地,被外人指笑我为病夫国"的现实[1],他的《两晋演义》标为"甲部历史小说第一种",从创刊号直至第十号都为刊物首篇小说,同时开始连载"乙部历史小说第一种"《美国独立史别裁》,这两种都易使读者阅读时与当下现实相对照。另一篇连载小说《中国进化小史》通过一个县城里的故事,描写国家从洋务运动以来如何逐步演变到今日现状。该作对一些"维新的志士、革命的党人"强烈不满:他们回来"也都是顶了翎子的了,也都是'来呀!来呀!'的了,也都有了姨太太了"。[2]《乌托邦游记》里也有类似批评:"我国里从前的志士,也是满口的流血革命,其实那里有点作为","到后来皇帝叫他们做官,要他们办事,他们欢喜极了,荣耀极了"。[3]这类内容在《新世界小说社报》的《新中国之豪杰》里也可读到,这应是当时人们关注的社会热点问题。

创刊号上这四篇可以归为"辅助教育",其他作品却并非紧扣此宗旨,它们或叙侦探破案,或演男女情爱,或嘲讽世事,刊载目的就是满足人们阅读的兴趣。《新小说》创刊号刊载小说七篇,《绣像小说》《新新小说》与《新世界小说社报》创刊号都是五篇,且题材、主旨都较为单一,《月月小说》却多达十七篇,按其标识有历史、虚无党、理想、社会、侠情、侦探、国民、写情、滑稽与札记十类,题材相当广泛,自著与翻译均有,更能满足不同的阅读需求。兼容并收的策略获得了成功,刊物发行不到两天,所印两千余份已售罄,新赶

---

[1] 吴趼人:《云南野乘》篇首语,光绪三十三年(1907)十月《月月小说》第一年第十一号。
[2] 燕市狗屠:《中国进化小史》第一回"应征兵塾师尚武,打知县学生扬威",光绪三十二年九月十五日(1906年11月1日)《月月小说》第一年第一号。
[3] 萧然郁生:《乌托邦游记》第二回"阅游记详知乌托邦,看章程爱坐飞空艇",光绪三十二年九月十五日(1906年11月1日)《月月小说》第一年第一号。

印的两千份于第三天中午面世。[1]受此鼓舞,第三号直接"印刷四千份"[2],同时宣布"第二号再版印刷中"[3],第四号出版时,创刊号已是三版,第二、三号都已再版[4],而第五号出版时,第四号又已再版[5],热销景象持续了好几个月。

销路畅通与作品多元化直接相关,该刊创刊时就定下方针,"除同人认定各门外,尚多为思想所不及之处,不得不征之海内诸君子"。征集题材共十二种,不列政治小说似是宣示与梁启超主张的差异。地理、侦探、科学与冒险四类因本土创作尚不成熟,故指明要译稿,历史、艳情、国民、社会、家庭、理想、军事与侠情八类"或著或译",二者均可。译稿每千字支付二元到五元不等[6],余者只是允诺"当报以相当之酬劳"[7],《新小说》之后,《月月小说》又重新明确征稿与稿酬制度。创刊号中至少包天笑、萧然郁生与杨心一的稿件属外稿,还宣布将刊载陆士谔的两部外稿,但后未刊出,而直接由乐群书局出版单行本。

从创刊号到第七号都是月出一期,第三号迟发行两天还特地登报说明"本期因为印刷四千份,未免多费时刻"[8];第五号出版迟了一

[1] 乐群书局:《〈月月小说〉紧要告白》,光绪三十二年九月十七日(1906年11月3日)《中外日报》。
[2] 月月小说社:《〈月月小说〉第三期出版紧要广告》,光绪三十二年十一月十六日(1906年12月31日)《中外日报》。
[3] 月月小说社:《广告》,光绪三十二年十一月二十一日(1907年1月5日)《中外日报》。
[4] 月月小说社:《上海〈月月小说〉第壹号三版,第二号再版,第三号再版,第四号初版发行》,光绪三十三年正月十六日(1907年2月28日)《中外日报》。
[5] 月月小说社:《看,看,看!〈月月小说〉第壹号三版出来,第贰号再版已出,第三号再版印刷中,第四号再版印刷中》,光绪三十三年(1907)正月《月月小说》第一年第五号。
[6] 小说丛报社:《新小说丛报社征求小说》,光绪三十二年七月十九日(1906年9月7日)《中外日报》。
[7] 月月小说社编译部:《本社征文广告》,光绪三十二年九月十五日(1906年11月1日)《月月小说》第一年第一号。
[8] 月月小说社:《〈月月小说〉第三期出版紧要广告》,光绪三十二年十一月十六日(1906年12月31日)《中外日报》。

星期,是因为"适值新年,印刷所照例停工"[1]。自《新小说》创刊以来,只有它接连七期不愆期。可是第八号却愆期一个月,第九号更愆期四个月,这是因为变故突起,乐群书局不愿再办,具体原因不详,现仅知"社里起了风潮"[2]。刊物蒸蒸日上之际,已倾注大量心血的吴趼人不可能突然撒手不管,乐群书局也不会无故割舍生财之道,办刊陷入僵局,似是双方发生了尖锐矛盾。后来群学社接管《月月小说》,社务改由许伏民主持[3],陈景韩与包天笑也参与社务[4],吴趼人仍任"总撰员",但不再参与日常报务处理。

改组后的《月月小说》既维持"辅助教育、改良社会"的办刊宗旨,同时又宣布"专在借小说家言以改良社会,激发人之爱国精神"[5],这当与其时亡国危机不断加重,社会矛盾越发尖锐的背景有关。不过,办刊须得满足读者艺术欣赏的需求,《月月小说》仍继续刊载读者喜爱的侦探小说与爱情小说,只是数量有所减少。刊物整体风格仍基本一致,办刊模式也一仍其旧:由较有实力的书局办刊、社会来稿占相当比例、规范稿酬支付以及各期篇数较多与题材多样化等等,这是总结以往各刊经验教训而形成的办刊模式,因而在当时的文化环境中能较长久地正常运转。有两点很能说明这种办刊模式的成功:一是创办时即已分析了以往小说专刊愆期的原因,并采取相应措施:"所选各稿均系已经杀青者,又能按月蝉联,绝无间断之弊。"[6]除更换主办书局与主编期间的第八、九号外,其他都是月出一期,与

---

[1]《月月小说社特别广告》,光绪三十三年(1907)正月《月月小说》第一年第五号。
[2] 报癖(陶祐曾):《论看〈月月小说〉的益处》,光绪三十四年(1908)正月《月月小说》第二年第一号。
[3]《群学社接办月月小说社并迁移广告》,光绪三十三年八月二十一日(1907年8月29日)《神州日报》。
[4] 月月小说社:《本社广告》,光绪三十三年九月初一日(1907年10月7日)《月月小说》第一年第九号。
[5] 月月小说社:《〈月月小说〉改良之特色》,光绪三十三年(1907)九月《月月小说》第一年第九号。
[6]《上海月月小说社广告》,光绪三十二年九月初九日(1906年10月26日)《中外日报》。

以往各刊屡屡愆期成鲜明对照。二是刊物始终受到读者欢迎,直到停刊前夕,它仍自豪地宣称:"当兹小说争竞世界,惟本报独能立于经久不败之地,良由采选宏博,撰译精湛之所至","每次出版,购者争先恐后,户阈为穿",因此"推之为当时惟一之小说月报,洵非自诩"。[1]

《月月小说》最后一期上有则《启事》:"本杂志第二年十二期业已出全。凡有欠缴报费者,即望如数寄清,以便续寄第三年报之(纸)",它的停刊似乎有点突然,但应是群学社早已决定事,所谓"续寄第三年报之(纸)"云云,只是虚晃一枪而已。由此《启事》可知,资金回收困难是停刊的重要原因之一。该刊外地发行与《绣像小说》一样主要靠代派处,它前期各期需再版甚至三版才能满足市场需求,故有底气要求"定报未交足报资者,本社则按照其洋发报,资满停止"[2],此时也未见对代派处违约的抱怨。月月小说社易主时,刊物出版拖延四个月,宗旨、内容也有所变化,销路受到影响,发行盛况不再,各代派处违约情况也随之发生。月月小说社不得已发出警告:"凡有未缴报价及悬欠未结者,务乞从速缴清。否则下次出版,恕不续寄也。"公开登报警告,可见违约者已占相当大比例,而"财源贵于流通,经济庶便周转"[3]表明资金链已受到严重影响。四个月后,月月小说社又公开催讨:"务请代派及订阅诸君查照定章,凡有旧欠新蒂,均望如数汇寄,以便接续维持。"[4]须再作催讨,表明并未真的"恕不续寄",违约者众多,一旦实行发行必会停滞。恳求未见效,便又换为威胁:若再不缴清,将公开"于代派一览表名下,标注'清

---

[1] 月月小说社:《〈月月小说〉第二十号已出、廿一号即出》,光绪三十四年九月十七日(1907年10月11日)《时报》。
[2] 《月月小说社特别广告》,光绪三十三年(1907)正月《月月小说》第一年第五号。
[3] 月月小说社:《本社广告》,光绪三十三年(1907)十一月《月月小说》第一年第十一号。
[4] 月月小说社:《本社启事》,光绪三十四年(1908)三月《月月小说》第二年第三期。

欠'字样,庶几一目了然"[1]。可是直到刊物停办,也未见"标注'清欠'"的公告。违约者太多,读者一旦看到满目"清欠"字样,对刊物的信任度会立即大幅度下降。发行须依赖代派处,它们不约而同地拖欠款项导致资金链断裂,群学社被迫作出停办的选择。

《月月小说》问世前半个多月,黄小配主办的《粤东小说林》于广州创刊。据该刊现存的第三、七、八期,可大概了解其宗旨及所载内容。黄小配曾云"外人知小说之重要,而风气愈开通;吾国不知小说之重要,而风气愈闭塞""轻视小说家而闭塞国民之知识不可也"[2],这是当时对小说功用较普遍的理解,但作为办刊者,他又清楚适应读者阅读趣味的重要。《并蒂莲》连载时标"政治小说",似是呼应梁启超的主张,但篇中虽有与政事相关叙述的穿插,主要内容却是男女情爱诸事,且描写细腻,绝非梁启超所推崇"政治小说"。现存三期十篇作品中七篇有题材标识,"侦探小说"两篇,"政治小说""近事小说""冒险小说""离奇小说"与"艳情义侠冒险小说"者各一篇,这些标识指向都是为引起人们的阅读兴趣。借小说唤醒大众是黄小配办刊的目的,但刊物要生存与发展,还须适应市场的需求,于是侦探、爱情小说等便占据了刊物大部分版面。《粤东小说林》也未能躲开靠代派处发行带来的困扰,"现际岁暮,尚多未交报费"[3]的现状妨碍了刊物的正常运行。

光绪三十三年(1907)五月,《粤东小说林》改刊为《中外小说林》,移至香港出版,先由黄伯耀、黄小配组建的中外小说林社主办,自第十七期起,改由香港公理堂主办,刊名加"绘图"二字,期号编排则仍其旧。该刊现共见27期,虽有残缺,但仍可把握其总体面貌。

---

[1] 月月小说社:《告白》,光绪三十四年(1908)四月《月月小说》第二年第四号。
[2] 世次郎(黄小配):《〈水浒传〉于转移社会之能力及施耐庵对于社会之关系》,光绪三十二年九月十九日(1906年11月5日)《粤东小说林》第三期。
[3] 粤东小说林社:《催收报费要告》,光绪三十二年十一月初九日(1906年12月24日)《粤东小说林》第八期。

其第一期宣称，该刊因小说"足以唤醒国魂，开通民智"而办，"务令普通社会，均能领略欢迎，为文明之先导"，并希望"有志之士，盍手一编"。[1] 其时各小说专刊都要论及"唤醒国魂，开通民智"，但只有《中外小说林》提出"演民族小说，足以生人之种族心"[2]；"将来汉族江山，如荼如火，安知非由今日编辑小说鼓吹之力也哉！又安知非敝同人创办《中外小说林》希望之偿也哉！"[3] 黄伯耀、黄小配都是同盟会员，他们的身份以及提倡民族主义的激烈主张，或为刊物迁至香港改办的重要原因，也正因为如此，该刊销售点只设于香港、澳门、广州与佛山[4]，以及南洋的新加坡等地[5]，而未能向内地流播。

《中外小说林》的文学主张以"情理说"为本："小说之神髓，纯乎情理"，"情者，感人最深者也；理者，晓人最切者也"，小说家的任务是"以感人之深，晓人之切，而演以圆密之格局，证以显浅之事迹，导以超妙之想象，舒以清新之藻彩"[6]，创作若能如此，小说的功用则可显现："足令读者想见其事其人之本真，而绅绎其情理兼尽之真趣。"[7] 该刊反对政治说教，而主张感情渲染"味以引而弥长，情以通而遂感"[8]，而读者天然地拥有"随地随事之感觉力"，故而作品

---

[1] 未署名：《〈中外小说林〉之趣旨》，光绪三十三年五月十一日（1907年6月21日）《中外小说林》第一期。
[2] 耀公：《普及乡间教化宜倡办演讲小说会》，光绪三十四年正月三十日（1908年3月2日）绘图《中外小说林》第二年第三期。
[3] 耀（黄伯耀）：《学校教育当以小说为钥智之利导》，光绪三十三年七月二十一日（1907年8月29日）《中外小说林》第八期。
[4] 中外小说林社：《本社要告》，光绪三十三年五月十一日（1907年6月21日）《中外小说林》第一期。
[5] 振源栈：《新书报广告》，光绪三十四年二月二十三日（1908年3月25日）《中兴日报》。
[6] 伯耀（黄伯耀）：《小说之支配于世界上纯以情理之真趣为观感》，光绪三十三年十月十一日（1907年11月16日）《中外小说林》第十五期。
[7] 耀公：《小说家对于英雄纪事当写其本真及其情理》，光绪三十三年九月二十一日（1907年10月27日）《中外小说林》第十四期。
[8] 亚尧：《小说之功用比报纸之影响为更普及》，光绪三十三年八月二十一日（1907年9月28日）《中外小说林》第十一期。

"情理印人者深，斯其易性移情者益捷"[1]，这就要求作品内容"与人类普通社会性情之相近"，因为"惟相近者，乃能相入。有所观感，则其顽性去；有所触发，则其慧根生。输灌之神速，莫有逾于此者"。义侠小说艳情小说之所以行销最广，"无他，感情之输灌使然也"，故而"今之欲挺笔濡墨，而移易社会感情，于小说时代中别高一帜者，其惟义侠小说，与艳情小说乎"。[2]该刊推出《难中缘》《好姻缘》《双美缘》等篇时标"艳情小说"，《长恨天》标"憾情小说"，《奈何天》标"痴情小说"，《爱缘》《情天孽海》《情天石》《情痴镜》等篇虽无标识，但篇名已足以醒目。《恩仇报》《巾帼英雄》《侠女奇男》与《华复兴》等篇标"义侠小说"，此"义侠"异于以往《七侠五义》等作，而是烙有鲜明的时代印记，故而有"义侠之于人大矣哉！自古无义侠而不爱国者，即无爱国而不义侠者"[3]一类的评论。论者认为本刊为"目前药世之金丹"，并主张小说创作应以争取最广泛读者为目的："合上中下三流社会于一炉而冶之，庶足以启民智，壮民气。如是则舍小说其曷由哉。"[4]为此，就须得突出小说的艺术性与可读性。如影射当时名臣张荫桓的《宦海潮》以清末各外交事件以及戊戌变法、庚子国变等为故事背景，它本可写成政治小说，作者着眼处却为"其轶事最为人所乐道"，并突出该作"笔法之奇幻，起伏之回环，章法线法之缜密，无美不备"。同样，《妇孺钟》"摹写家庭腐败之怪象"，以示家庭教育改革之必要，但该篇着力要点却为"寓庄于谐，借嘲作讽"，"其刻画处，能令读者哑然失笑；其发挥处，又能令读者

---

[1] 棣（黄小配）：《小说种类之区别实足移易社会之灵魂》，光绪三十三年九月十一日（1907年10月17日）《中外小说林》第十三期。
[2] 伯（谭荔浣）：《义侠小说与艳情小说具输灌社会感情之速力》，光绪三十三年七月十一日（1907年8月19日）《中外小说林》第七期。
[3] 耀公：《华复兴》篇末语，光绪三十三年八月十一日（1907年9月18日）《中外小说林》第十期。
[4] 老棣：《文风之变迁与小说将来之位置》，光绪三十三年七月初一日（1907年8月9日）《中外小说林》第六期。

爽然自失"。[1]

《中外小说林》现见53篇作品,翻译小说仅7篇,这是有意而为之。翻译小说的引入,对国人开阔眼界与壮大小说声势都起了积极作用,其热销也诱发了粗制滥造、滥竽充数等乱象,造成"著作者十不得一二,翻译者十常居八九"[2]的畸形繁荣,在某种程度上也抑制了本土创作。该刊不满于"小说之著述,大都乞灵于译本者为多"[3],认为引入翻译小说会激励本土创作的发展,故又云"始也乞灵于译本,继也著作相因而发达"[4]。它以长篇连载方式保证各期都有翻译小说供读者欣赏,篇首介绍也不吝赞美之词。创刊号就称赞《毒刀案》"于原著本来面目,不爽分毫。其描摹侦探之精神,与词藻之丰富,诚小说中杰作也",《黄钻石》则是"其笔墨之奇妙,冒险之精神,洵为有目共赏之作",第二期对《难中缘》的爱情描写更是赞不绝口:"写爱情处一缕缠绵,如春蚕之缚茧。"[5]

《中外小说林》上有不少只发表一篇作品者,当多为投稿被录用,这应是有意冲淡同人刊物的色彩。黄伯耀与黄小配创办过不少报刊,在报界与文化界拥有相当广泛的人脉,这给征集稿件带来不少便利。他们办报经验丰富的另一表现,是各期出版基本上没有愆期,这在小说专刊中显得相当突出。该刊停刊的时间与原因不详。其后,黄伯耀出现在美国编印《美洲少年周刊》,不久又改刊为同盟会在美洲的机关报,这或许也是停刊的原因吧。

黄伯耀、黄小配首创粤港地区小说专刊的历史,不久又有几种随

---

[1] 《篇目介绍》,光绪三十三年五月十一日(1907年6月21日)《中外小说林》第一期。
[2] 觉我(徐念慈):《余之小说观》(上),光绪三十四年(1908)二月《小说林》第九期。
[3] 耀(黄伯耀):《学校教育当以小说为钥智之利导》,光绪三十三年七月二十一日(1907年8月29日)《中外小说林》第八期。
[4] 棣(黄小配):《小说种类之区别实足移易社会之灵魂》,光绪三十三年九月十一日(1907年10月17日)《中外小说林》第十三期。
[5] 《篇目介绍》,光绪三十三年五月十一日(1907年6月21日)《中外小说林》第一期。

之而出。先是香港《小说世界》旬刊问世。因资料匮缺，其具体情况不详。由残存篇目可知，它刊载过描写社会现实的作品《神州血》，也有吸引读者阅读的《秘密踪迹》《失女奇案》与《春蝶梦》等。又有李哲于广州创办的周刊《广东戒烟新小说》。若仅观刊名，容易误以为此刊至少主要作品均围绕戒烟而创作，但现仅存的第七、九期中只有个别作品标"戒烟小说"，余者为侦探、军事与政治小说之类。该刊何时停刊不详，但以"戒烟"为刊名，必然会限制它的传播面与社会影响。继而又有林紫虬主编的《新小说丛》光绪三十三年（1907）十二月于香港创刊，它对小说功用的认识是"瀹瀞人之新智识，转移人之旧根性。要其实，差亦足为社会上趋进文明之一助也"，这与同时的小说专刊的宣称大致相同，但尤执着于翻译小说，"以之输进欧风而振励末俗"[1]，该刊三期共十五篇作品中十四篇为翻译小说。创刊号上七篇连载作品分别标为侠情、英国妇孺、家庭、怪异、惊奇、侦探艳情与侦探，似有意迎合读者的阅读趣味。第二期宣布对外征稿，但刊物上发表小说的作译者，均已在创刊号上该社社员合影中亮相，它实际上是纯粹的同人刊物。该刊只出版三期，第三期出版愆期四个月，足以说明办刊之不顺，传播面似也不广，内地报刊上未见有关介绍，其代售处仅见于香港、新加坡，从后来减价销售的广告来看，市场反应似乎并不理想。[2]

纵观上述小说专刊，创刊者都已不是站在忧国忧民的制高点向大众灌输政治理念，偶被提及的梁启超之主张已是装饰的标签。努力适应市场需求，选刊读者喜爱的作品，增加翻译小说，侦探、爱情小说必不可少，这都是转向的重要表征。读者的共同需求形成阅读市场的持续压力，向小说本体回归已成为不可逆转的大趋势，其时整个小说

---

〔1〕 黄恩煦：《〈新小说丛〉序》，光绪三十三年十二月（1908年1月）《新小说丛》第一期。
〔2〕 振源栈：《新书出售》，宣统元年十一月初八日（1909年12月20日）《中兴日报》。

界的态势亦是如此。

四、完成转向后进入稳定状态

　　光绪三十三年（1907）正月，《小说林》创刊，创办者徐念慈、曾朴与黄人此前先筹建小说林社，"筹集资本，先广购东、西洋小说三四百种，延请名人翻译。复不揣梼昧，自造新著，或改良旧作"[1]。他们对当时小说界相当不满，"迩年始稍稍有改革小说界之思想。然羼杂芜秽，又居半数"[2]，种种弊端可归纳为三类：一是"惟译著纷出，非定题问，则陈陈相因"；二是自著者意在特定政治问题，且违背小说"以稗官野史之记载，寓诱智革俗之深心"的特性；三是沿用旧小说撰写套路。按此状态发展，"将来小说界必有黯淡无光之一日。同人惧焉"[3]。他们反对政治功利性创作，但不否认小说服务社会的功用，故又言"黑暗世界，永永陆沉，开明社会，尸功小说"，并称旨在"输灌文明，开通风气"，[4]"择欧美小说中之新奇而宗旨正大者翻译成书，增进国民智识，以辅助教育之不及"[5]。小说林社成立时宣布，"务使我国小说界范围日扩，思想日进，由翻译时代渐进于著作时代，以与泰西诸大文豪相角逐于世界，是则本社创办之宗旨也"[6]，

---

[1]　小说林社：《小说林社特别广告》，光绪三十年九月十五日（1904年10月23日）《新小说》第十一号。
[2]　小说林社：《小说林社广告》，载《秘密海岛》第一卷，小说林社光绪三十一年（1905）版附页第2页。
[3]　小说林社：《谨告小说林社最近之趣意》，载《车中美人》附页，光绪三十一年（1905）十月小说林社版。
[4]　小说林社：《小说林广告》，光绪三十年四月十一日（1904年5月25日）《中外日报》。
[5]　《钦命二品顶戴江南分巡苏松太兵备道袁为给示谕禁事》，载《秘密海岛》第一卷书末附页，小说林社光绪三十一年（1905）版。
[6]　小说林社：《小说林社特别广告》，光绪三十年九月十五日（1904年10月23日）《新小说》第十一号。

《小说林》之创办,意亦同此。

《小说林》创刊号上,"摩西"(黄人)的《发刊词》与"觉我"(徐念慈)的《缘起》都直截了当地批判梁启超的小说主张:"出一小说,必自尸国民进化之功;评一小说,必大倡谣俗改良之旨",甚至"一若国家之法典,宗教之圣经,学校之科本,家庭社会之标准方式",按此观念创作的作品,"不过一无价值之讲义、不规则之格言而已","改顽固脑机而灵"与"祛腐败空气而新"的效果并没有产生,小说界本身倒是出现了不少乱象。黄人将"视小说又太重"列为社会之"弊",徐念慈后来则批评"所谓风俗改良、国民进化,咸惟小说是赖"的见解是"誉之失当"。[1]黄人认为,"小说者,文学之倾于美的方面之一种也"。徐念慈则言:"所谓小说者,殆合理想美学、感情美学,而居其最上乘者。"数月后,他在《余之小说观》里还以定义的形式阐述:"小说者,文学中之以娱乐的,促社会之发展,深性情之刺戟者也。"《余之小说观》中讲得十分明确:"小说固不足生社会,而惟有社会始成小说者也。"黄人则云:"小说之应(影)响于社会,固矣,而社会风尚,实先有构成小说性质之力,二者盖互为因果也。"[2]概言之,小说是社会生活的反映,其寓教于乐的功能可影响社会,但这毕竟只是一种文学体裁,硬要它肩负政治重任,作品必然失去美的本性,甚至不成其为小说,梁启超的倡导,实际上是将创作引离正常行进的轨道。此前,已有人批评那些为改良社会而创作的作品"有益而无味,开通风气之心,固可敬矣,而与小说本义未全也"[3]。《大陆》专设"小说"栏时也不赞同创作只着眼于改良社会,认为只要有"警醒与劝导"的主旨,"则无论何等文词,概可入选,盖小说

---

[1] 觉我(徐念慈):《余之小说观》(上),光绪三十四年(1908)二月《小说林》第九期。
[2] 蛮(黄人):《小说小话》,光绪三十四年(1908)二月《小说林》第九期。
[3] 冷(陈景韩):《论小说与社会之关系》(上),光绪三十一年五月二十七日(1905年6月29日)《时报》。

本美的化身也"[1]。这表明小说回归本体是创作的大趋势，也必然会出现相应的理论探讨，而《小说林》则是做了较系统的理论分析与批评。

《小说林》以其文学观念选刊稿件，创刊号首篇是曾朴的《孽海花》，"以当今唯一名妓赛金花为主纬，而以近三十年新旧社会异闻轶事串插变化之"[2]，小说林社曾分初、二编出版作品前二十回单行本，两年里就再版十五次，印数达五万册。创刊号乘此声势，从第二十一回开始连载，吸引读者的意图十分明显。鉴于作品的写作特点，目录页标"社会小说"，正文前又标"历史小说"，总之是不愿写成政治小说。另五篇连载小说或述侦探，或叙历史，或讲科学，也都是文学性与趣味性贯穿其间，供读者休闲时欣赏。徐念慈还以"觉我赘语"形式，结合具体作品从文学角度分析评论，确可辅助读者提高欣赏水准。该刊还有意推重短篇小说，前后40篇作品中短篇小说竟占了22篇，明显高于其他刊物。它又鼓励有志于文学者投稿，从创刊号开始就屡载征稿启事，且"篇幅不论长短，词句不论文言白话，格式不论章回、笔记、传奇"，并明示稿酬标准：文分三等，每千字从五元至三元[3]，还以悬赏方式征集作品[4]。在该刊发表作品的共28位作者或译者，应征者占60%，办刊者发表小说仅3篇。《小说林》的作、译者构成完全不同于以往的同人刊物，它向新人提供发表园地，其文学观念也影响了后来的一批作家。

《小说林》颇受读者欢迎，第一期还需再版，但其出版却不正常。第二期就愆期两个月，第六期更愆期五个月。对此，读者只看到极简单的抱歉："本社《小说林》报第六期因奔走他事，至愆期日，良为

---

[1]《大陆》第三年第一号"小说"栏下注，光绪三十一年正月二十五日（1905年2月28日）。
[2] 小说林社：《中国近三十年历史小说〈孽海花〉出版》，光绪三十一年二月初八日（1905年3月13日）《时报》。
[3] 小说林编辑所：《募集小说》，光绪三十三年（1907）正月《小说林》第一期。
[4] 小说林编辑所：《悬赏酬酢品目广告》，光绪三十四年（1908）二月《小说林》第九期。

歉然。"[1]原来，徐念慈急于扩大实力与影响，资金与印刷设备主要用于一批辞典与教科书的编辑出版，《小说林》被挪至较次要地位，那批辞典与教科书却又滞销。光绪三十四年（1908）五月，《小说林》第十一期发行之际，徐念慈因病去世；九月，第十二期出版后停刊，小说林社不久也因无力摆脱困境而停办。

《小说林》主张小说回归文学本体的同时，也有小说专刊仍由先前惯性推动而前行，光绪三十三年九月，彭俞因"丁此岌岌不可终日之时代，急欲出其回天手段，以拯死亡"而创办《竞立社小说月报》，主旨是保存国粹、革除陋习与扩张民权[2]，他甚至提出，"国家之亡，匹夫亦与有责；孰非天民，即各有天赋之主权"，不可"以天赋之主权，委诸他人之手"。[3]猛烈且不妥协地抨击社会现实与清王朝统治是彭俞的基本立场，出言直接与犀利，这在小说专刊发展过程中尚属首次。

创刊号首篇小说《空桐国史》中，彭俞直截了当地点明寓意："祖国之将亡，种族之不保"，爱国志士"奔走呼号，上告政府，下觉百族"，迫使"国家不得已爰布改良政体之文"，可是官员依旧"习于横暴自专，狃于蒙蔽自利，方且颠倒黑白，鱼肉天下"。所谓"改良政体"，指的便是清廷宣布的预备立宪。第二篇小说《歼鲸记》仍为彭俞所撰，故事背景假托日本明治时期，但篇首评释中便言"中国改良政治，事事有名无实"，篇中又提及"爱国之士正在组织一个团体，预备将这些政府里的守旧党一概驱逐去了，夺回政柄，好切实振作一番，以免将来灭国灭种之忧"。作者甚至为"造反"正名："如今

---

[1] 小说林编辑所：《〈小说林〉第六期出版》，光绪三十三年十一月十一日（1907年12月15日）《时报》。
[2] 《竞立社小说月报社征求小说启》，光绪三十三年九月初一日（1907年10月7日）《神州日报》。
[3] 竹泉生（彭俞）：《竞立社刊行〈小说月报〉宗旨说》，光绪三十三年九月二十八日（1907年11月3日）《竞立社小说月报》第一期。

的政府上悖天理,下拂民情,遗误国事民事,这是政府反国民,不是国民反政府",而圣人说过,"国君做事不合天理人情,这就唤做贼",推翻它"正是上顺天理,下顺人情之事",这已是在公开宣传推翻政府的主张。第三篇李辅侯的《过渡时代》"演说中国近来的时势",从甲午战争、戊戌变法、庚子国变一直讲到眼前的预备立宪,以嘲讽口吻批判清政府的昏庸腐朽。编末的《绍兴酒》以桂某与章中丞影射杀害秋瑾的绍兴知府贵福与浙江巡抚张曾敭,目录页的相关介绍实为点题:"铸民贼鼎,写女豪真。语借诙谐,音宣沉痛。"第二期中,首篇小说《剖心记》描写乾隆五十年的故事,作者却从徐锡麟刺杀安徽巡抚恩铭的时事起手,又言"化除满汉这件事,不过政府不做罢了"。《开国会》则是批判清政府的预备立宪,称"政治家与演猴剧者,相去不一间"。

  《竞立社小说月报》创办前一月,就恳请"志合道同而撰有说部书者,掷稿赐阅"[1]。彭俞似为独力办刊,但有一批热心供稿者,如著名小说家吴趼人,已出版数部翻译小说的吴梼,发表过多篇翻译小说的陈无我与朱陶,以及当时已较知名的李辅侯,他们应是经彭俞联络而撰稿,且作品基调与刊物立场相似。市场反响也不错,第一期出版后,"未满一月,销数已近千份"[2],还获得"内容丰富,撰译精详,于《月月小说》之外独树一帜"[3]之赞誉。该刊第二期告知读者,"本社第三期《月报》拟于十一月二十四日出版"[4],但终究未能面世,因为强力控制舆论的清政府不能容忍这家激烈抨击自己的刊物。

---

[1] 竞立社小说月报社:《竞立社小说月报社征求小说启》,光绪三十三年九月初一日(1907年10月7日)《神州日报》。

[2] 竞立社小说月报社:《〈竞立社小说月报〉第二期出版》,光绪三十三年十月二十四日(1907年11月29日)《神州日报》。

[3] 申报馆:《谢赠》,光绪三十三年十月初一日(1907年11月6日)《申报》。

[4] 竞立社小说月报社:《本社特别广告》,光绪三十三年十月二十四日(1907年11月29日)《竞立社小说月报》第二期。

坚持小说为政治服务者又有《宁波小说七日报》，它创办之初就重申梁启超的主张："民智何以开？必自新小说始"，"新小说者，可以为习俗之针砭，而文明之鼓吹也"[1]。这家"同人分认撰述"的刊物也向社会征集稿件，但选稿标准是"辅助教育、改良社会"[2]，显示了与《月月小说》的承袭关系。该刊上吸引读者的侦探、言情等作品一篇也无，也不于作品的趣味性着力，各篇内容都集中于直接针砭现实，甚至是直接的呐喊，如"咳！同胞，同胞！狂飙怒号，落日无色，大厦将倾，幻梦方酣"[3]。这是编者有意而为之："今日议为立宪之要素有两大端焉，一曰新政治，一曰新风俗。顾欲新政治，而在上者之朽旧如故；欲新风俗，而在下者之腐败仍如故"[4]，而该报欲借小说改变此现状。这一宗旨导致了它难以适应阅读市场，经济上陷入困境是必然之事。该刊名为周刊，可是自光绪三十四年（1908）五月创刊至约十二月停刊，总共只出版十二期。编者曾诉苦道："由来各报之不能持久，旋起旋仆者，每为经济所困，皆非出于得已。尚望阅者鉴办事苦衷，鼎力维持。"[5]后又言"本社为经济支绌，自六期后旷隔月余，几有为善不终之虑"[6]。仅靠几个志同道合的朋友惨淡经营，所办又非畅销读物，虽志向高远，却无法长久持续。

　　稍后，月刊《白话小说》问世，它创刊前向世人广告："小说出了狠多，开通民智不少，但是有许多有文理的，仍旧不能普及"，故

---

[1] 豫立：《〈宁波小说七日报〉序》，光绪三十四年（1908）六月《宁波小说七日报》第二期。
[2] 宁波小说七日报社：《本社征文广告》，光绪三十四年（1908）五月《宁波小说七日报》第一期。
[3] 十里花中小隐主：《黑海回澜》第一回："做大梦黄人肇祸，入迷途黑海生波"，光绪三十四年（1908）五月《宁波小说七日报》第一期。
[4] 豫立：《〈宁波小说七日报〉序》，光绪三十四年（1908）六月《宁波小说七日报》第二期。
[5] 宁波小说七日报社：《本社特别启事》，光绪三十四年（1908）七月《宁波小说七日报》第六期。
[6] 宁波小说七日报社：《本社特别启事》，光绪三十四年（1908）八月《宁波小说七日报》第七期。

该刊用白话描写,且"事实新奇,趣味浓厚"〔1〕,显然是希望能获得更多读者支持。可是该刊出版二期后即停刊,现仅存创刊号,所载8篇小说均为连载,其中《续青楼宝鉴》篇前有一说明:"《青楼宝鉴》即《海上花》更名,花也怜侬著。至六十四回而止,其后续稿,久未刊印。今以重价觅得,每月排印数页,以博阅者一粲。"〔2〕"重价觅得"自不可信,欲"博阅者一粲"确为实情,编者有意借《海上花列传》以助自己的风行,刊载《续官场现形记》的目的也同样如此。8篇小说描写的都是社会下层的故事,着力暴露现实生活中的阴暗面,或含有迎合某些读者俗趣的色情描绘。这些作品均未署名,可能都出自主编"姥下余生"之手,类似于韩邦庆一人独办的《海上奇书》,这恐怕也是仅出两期即停刊的原因。

《白话小说》停刊后不久,汉口《扬子江小说报》问世,宣布"以开化普通一般国民为宗旨","编成小说,以鼓舞民智,或译述欧化之贤豪,或形容社会之怪状,以提撕警觉之文,促国民于进化之域"。〔3〕该刊并未高调地突出救国救亡或强调改良社会,而是通过形象的故事感染读者,使其萌生救国救亡的意识。主笔胡石庵将自撰的《罗马七侠士》置于各期首篇连载,描写"数位豪杰之士,仗一片爱国热忱,逐暴君,行新政,御强敌,救危城"〔4〕,虽是古罗马故事,却能使读者联想到中国的社会现实,作品标为"奇情爱国小说",显然希望引发较多读者的兴趣,为此目的,创刊号又安排了2篇"侦探小说"、2篇"哀情小说"与1篇"言情小说"。不过胡石庵毕竟是著名

---

〔1〕 白话小说社:《最有趣味〈白话小说〉首期出现》,光绪三十四年十一月二十七日(1908年12月20日)《时报》。
〔2〕 未署名:《续青楼宝鉴》篇首语,光绪三十四年十二月二十日(1909年1月11日)《白话小说》第一期。
〔3〕 胡楫:《〈扬子江小说报〉缘起》,宣统元年四月初一日(1909年5月19日)《扬子江小说报》第一期。
〔4〕 胡石庵:《〈罗马七侠士〉楔子》,宣统元年四月初一日(1909年5月19日)《扬子江小说报》第一期。

的革命党人，办刊有服务其政治主张的目的，故又刊载主张"另造一个灿新的中国"[1]的"政治寓言小说"《蒲阳公梦》。该报声称由"本社同人组织"[2]，共出版五期，刊载作品15篇，涉及作译者7人，其中胡石庵、范韵鸾与高楚观为"同人"，涉及作品9篇；李涵秋与陶祐曾的4篇为约稿；红癯生的1篇为投稿，另一人情况不详，这基本上还是一家同人刊物。

《扬子江小说报》第一期出版后，出现了"争相购阅"，还需"继以再版"[3]的盛况，它后又宣布："本报发行三期以来，销数日有进步，海内人士以书相誉者，日凡数起"[4]；第五期出版时更宣布"销路渐增，理应减价改良"，每册售价从四角五分降为三角五分，以便"一般寒士"购阅。[5]受此形势鼓舞，胡石庵又创办《扬子江小说日报》，每日六版，"一版登白话小说，二版登文言小说，三版登传奇小说，四版登短章小说"[6]，余为诗歌、杂俎之类，原计划于九月初一日刊行，但因准备不足，两次推延，最后于十月初一日创刊。

此报今已不传，根据相关资料判断，大概只持续了两个多月，这结果证明了胡石庵决策的不周全。每日要刊出四版小说，另要刊载诗歌、杂俎各门，长期每日连轴转的工作量不是几个"同人"就可以应对，而且还须得有较多且较固定的作者与译者，以保证源源不断的稿件供给。虽然胡石庵从各地邀请了十余人撰稿，声称"各文豪尽力

---

[1] 凤俦（范韵鸾）：《蒲阳公梦》，宣统元年四月初一日（1909年5月19日）《扬子江小说报》第一期。
[2] 胡楣：《〈扬子江小说报〉缘起》，宣统元年四月初一日（1909年5月19日）《扬子江小说报》第一期。
[3] 顿（朱顿根）：《本报对于爱读诸君之歉词》，宣统元年五月初一日（1909年6月18日）《扬子江小说报》第二期。
[4] 扬子江小说报社：《〈扬子江小说报〉四期出版》，宣统元年七月初一日（1909年8月16日）《汉口中西报》。
[5] 扬子江小说报主人：《〈扬子江小说报〉大改良、大减价广告》，宣统元年七月二十四日（1909年9月8日）《汉口中西报》。
[6] 扬子江小说报主人：《看！看！看！〈扬子江小说日报〉出现》，宣统元年八月初八日（1909年9月21日）《汉口中西报》。

臂助，一时群贤毕至，无美不臻"[1]，但很难保证他们能长期连续地供稿。而且，日报资金运转周期短促，资金链断裂的危险远大于只出版月刊，而且《日报》创刊后，胡石庵再也无力编辑出版月刊，第五期成了最后一期。

在小说专刊中，宣统元年八月初一日（1909年9月14日）创刊的《十日小说》较为独特，其时环球社《图画日报》创刊一月有余，为助促销，便创办《十日小说》随报附送。随着《图画日报》销量猛增，已无须再靠赠送刺激读者购买，赠品反而成了负担："惟是销数愈多，则印钉、纸张、编辑诸费在在浩繁"[2]，于是第五期起作为单行本出售，但刊物仍维持了作为赠品时的风格。当时全册三十六页，十种小说共占二十二页，除《宦海》四页千余字，其余均为二页约五百字，读者刚读到些内容就得耐心等上十天方见下文，但也无法与赠品计较。改为出售后，编者宣布页数增加一倍，如第五册十二种小说共五十二页，其中两篇短篇小说一次刊完，连载小说篇幅长者达八页，后来小说减为八种，长者篇幅已达十二页。不再是赠品后，《十日小说》开始有了小说专刊独立品格的模样。

《十日小说》因促销他报而创刊，努力迎合与吸引尽可能多的读者便成了它的风格。创刊号上10篇小说题材依次为官场、滑稽、讽刺、国民、警世、醒世、义侠、社会、哀情与言情，均为读者爱读之作，但翻译小说缺位，或是编者有意为之。其时国家危亡日甚一日，读者关心社会动态与时局变化，编者也有意选刊与此相关联的作品。《宦海》开篇即言，"全国的权势都聚在一个中央政府，百姓们没有一些权力"，"说起近日官场中人的情形来，更是夤缘钻刺，无所不

---

[1] 扬子江小说报主人：《看！看！看！〈扬子江小说日报〉出现》，宣统元年八月初八日（1909年9月21日）《汉口中西报》。
[2] 图画日报馆：《第五期〈十日小说〉单行本出版》，宣统元年九月十七日（1909年10月30日）《申报》。

为；卑鄙龌龊，无所不至"。[1]《驴夫惨剧》第一回标题是"应明诏力行新政"，似是正面肯定，但内容却是推行"新政"给地方带来的祸害。《立宪梦》写维新派首领是"出洋留学的猪八戒"，以荒诞的故事批评清政府的"预备立宪"。《瓜祸》描写瓜田遭窃的故事，但其篇末语云："中国自开关以来，属地尽失，今又大祸燃眉，固谁之咎？而衮衮诸公若犹不矍然醒，幡然悟。"[2] 读者一阅便知，所谓瓜田遭窃是喻指中国正面临的遭列强瓜分的危机。

《十日小说》出版了十一册，刊载小说26篇，涉及20位作者，其中许指严、张春帆、蒋景缄是较知名作家，奇奇、天梦、逸民其时也有不少小说行世。该刊也接受来稿，第十一册上《浔学失物记》就标明是"来稿"。联络较知名的作家撰稿，又接受社会来稿，《十日小说》显然已越出同人刊物的模式，可是它坚持了五个月却突然停刊，实不知环球社究竟出于何种考虑而作此决定。

宣统二年（1910）九月，有正书局创办《小说时报》，主持者陈景韩、包天笑是当时著名小说家，曾参与《新新小说》《月月小说》《新世界小说社报》与《小说林》的编辑和撰稿，亲身经历过多种小说专刊的盛衰，积累了较丰富的经验。《小说时报》创刊号就显示出它的与众不同，居然没有各刊几乎必备的"发刊词"或"缘起"，而是刊载了《本报通告一》，宣布将矫正以往小说专刊之不足。首先是"东鳞西爪之弊"，每期所载作品虽多却都分期连载，违背了读者阅读完整作品的需求，《小说时报》则保证"每期小说每种首尾完全"，篇幅实在过长需分期刊载者，保证"每期不得过一种，每种连续不得过二次"。于是，长篇小说只能安排一种，其他小说的刊载就较少，且只能是中短篇，这实际上是顺应读者要求创立了新的小说专刊篇目安

---

[1] 张春帆：《宦海》第一回"说楔子敷陈宦海，奉恩纶廉访升官"，宣统元年八月初一日（1909年9月14日）《十日小说》第一册。
[2] 晨逸：《瓜祸》，宣统元年十一月二十日（1910年1月1日）《十日小说》第十册。

排体制。其次是"有始无终之弊"。读者非常反感刊物愆期及突然停刊,该刊保证"每月一期,每期均有定日,即或中有改变,亦必以半年六期为一结束。六期之内,决不中变",但实际上未能做到这一点,自第三期后,愆期已成常态。再次是"东拖西扯之弊"。以往各刊每期所载小说缺乏内在联系,《小说时报》则打算"每一期内所有小说自成一结构,每半年六期内又成一大结构"。此条是陈景韩协办《新新小说》时主张的重提,其实读者对于此条似乎并不在意。第四是"纸多字少之弊"。《小说时报》解决的办法是"均用大纸,每页均用五号细字",这样页面比其他刊物稍大但美观得多,且每页可排800字,远多于其他小说专刊的每页360字,即所谓"本报较平常小说大至一倍,一本应作二本看"[1]。由于五号细字会使目力不济者阅读时感到吃力,故第四期起改用四号字,每页可排560字,仍多于其他刊物。最后是"因陋就简之弊"。此条是自赞其图画"鲜明","不惜重资,均请名手制成"。这一《通告》表明,新刊创办时,已认真总结了以往各刊的经验教训。

《小说时报》创刊时就宣布:"本报乃冷血、天笑两先生为笔政主任,所登之件,两先生之稿居十之七八。如有外来佳稿,亦可兼收。"[2]截至宣统三年(1911)末,该刊14期共载作品60篇,其中陈景韩、包天笑著译者28篇,虽非"十之七八",但接近一半的数量已足以说明刊物个人色彩之浓烈。该刊对接受社会来稿似乎并不热情,其用词是"购稿"[3],按质分一元至两元半三等,标准明显偏低。林纾、恽树珏、许指严、杨紫骥、杨锦森与周瘦鹃诸人的作品不属于来

---

[1] 有正书局:《购〈小说时报〉者再鉴》,宣统元年九月二十一日(1909年11月3日)《时报》。

[2] 有正书局:《购〈小说时报〉者再鉴》,宣统元年九月二十一日(1909年11月3日)《时报》。

[3] 小说时报社:《本报通告二》,宣统元年九月初一日(1909年10月14日)《小说时报》第一期。

稿，这些小说界知名人物的稿件当是编者直接相约而得。虽然稿源构成比例不甚协调，但毕竟已是由办刊者自撰、约稿与接受来稿三部分组成。

陈景韩与包天笑先前的作品常嘲讽、抨击时政，有时态度还十分激烈，《小说时报》创办时社会矛盾更为尖锐，但该刊却与现实政治保持了一段距离，编者的侧重点在于故事情节的曲折动人，引人入胜，翻译小说占了总数的七成。他们并非不再关心时局，而是创作实践与相应的社会反响已使其意识到小说只是一种文学体裁，并不非得承担某种政治使命；阅读市场的压力以及对以往小说专刊成败得失的总结，也会使他们选择如此办刊，且颇见实效。第一期出版后"未及一月，已销行至二千余份"[1]，于是便宣布自第二期起降价25%，后来各期发行后还需再版。《小说时报》直到1917年11月才停刊，而"精选有趣味之小说"[2]以满足读者需求为第一要务的办刊策略，当是它能较长久存世的原因。

近代最后问世的小说专刊是宣统三年（1911）商务印书馆创办的《小说月报》，其创刊号也无"发刊词"或"缘起"，只是低调地刊载《编辑大意》，扼要叙述与先前《绣像小说》的渊源关系后，宣布"以迻译名作，缀述旧闻，灌输新理，增进常识为宗旨"。后两句只提开发民智，并无承担什么政治使命之意。出版两期后，上述提法又有修正："本报宗旨以怡情悦性、改良社会为主。"[3]尊重小说文学属性的"怡情悦性"列于首位，虽也沿用"改良社会"提法以示社会责任感，但所载作品中鲜见这方面内容。

《小说月报》借鉴了《小说时报》的成功之处，如以较小字体排

---

[1] 小说时报社：《〈小说时报〉减价原因》，宣统元年十月初三日（1909年11月15日）《时报》。

[2] 小说时报社：《〈小说时报〉第十一号大改良预告》，宣统三年五月二十二日（1911年6月18日）《小说时报》第十期。

[3] 商务印书馆：《新出〈小说月报〉》，宣统二年九月初八日（1910年10月10日）《时报》。

版，每页可排672字；又如"短者当期刊完，长者亦不过续二三期而止，免令阅者久盼"等举措[1]，都是择其长处而行之。当时只有这两家小说专刊行世，其办刊观念与策略有明显差异。《小说时报》力推"有趣味之小说"，难脱迎合读者之嫌，《小说月报》强调"怡情悦性"，意在引导与熏陶读者，故而其编辑原则是"宗旨正大，笔墨高尚，无牛鬼蛇怪之谈，鲜佶屈聱牙之语"[2]。这一意图还表现于白话与文言作品的兼顾安排，"文言雅赡，白话畅达"，以满足不同层次读者需求，又以"识字者读白话，可求通顺，粗解文理者读文言，可期文理进步"为目标[3]，引导读者不断进步。《小说月报》是"长篇短篇，文言白话，著作翻译，无美不收"，题材则是"侦探言情，政治历史，科学社会，各种皆备"[4]。这风格恰与《小说时报》成对照，后者作品题材较集中于言情、侦探与描写虚无党，翻译小说又占七成。自《新小说》以来卷首安排插图几成传统，《小说月报》是"选择綦严，不尚俗艳"，"专取名人书画，以及风景古迹"，以求陶冶之功效；《小说时报》则几乎每期都刊载上海及各地名妓照片甚至裸体照以博读者眼球，雅俗之别立见。

两家采集稿件方面也有差异。《小说时报》是陈景韩、包天笑的作品约占一半，余者约请同行撰写，对来稿态度较为冷淡。《小说月报》则是注重约请名家撰稿，"各种小说，皆敦请名士，分门担任"[5]，同时也主动向社会征求稿件："同人闻见无多，搜辑有限，尚

---

[1] 商务印书馆：《商务印书馆出版〈小说月报〉》，宣统三年三月二十五日（1911年4月23日）《法政杂志》第二期。
[2] 商务印书馆：《商务印书馆出版〈小说月报〉》，宣统三年三月二十五日（1911年4月23日）《法政杂志》第二期。
[3] 商务印书馆：《新出〈小说月报〉》，宣统二年九月初八日（1910年10月10日）《时报》。
[4] 商务印书馆：《编辑大意》，宣统二年七月二十五日（1910年8月29日）《小说月报》第一期。
[5] 商务印书馆：《编辑大意》，宣统二年七月二十五日（1910年8月29日）《小说月报》第一期。

祈海内大雅，匡其不逮，时惠鸿篇"，"本报各门，皆可投稿，短篇小说，尤所欢迎"，同时还允诺每千字二元至五元的稿酬标准[1]，几为《小说时报》的一倍。至辛亥年底，该刊十九期（含闰月增刊），共载作品72篇，涉及作译者54人；与《小说时报》相类数据对比，可明显看出作者参与宽泛程度以及外稿采纳程度上的差别。正因为稿源充足，《小说月报》除"因民军起义"[2]出现愆期外，余均为月出一期，这在小说专刊的历史上还是首次。

《小说月报》所载小说以描写社会现实者居多，内容涉及社会的方方面面。《卖药童》描写了一对母子的悲惨遭遇，读后使人心酸不已；《探囊新术》描绘了其时诈骗风行，"敲肤剥髓，视若营业"的社会乱象。有些直接批判当时的政治生态，《自治地方》描绘了打着"自治"旗号搜刮民脂民膏的现状；《美人局》讲述禁烟局师爷如何以禁烟为名攫财，后又被人设局，财物反被掠去的经历；《狱卒泪》在政府高调倡言文明之际，暴露了其时监狱暗无天日，动辄酷刑相加的实情。这些作品不取疾呼呐喊或愤言抨击的姿态，而是娓娓叙述故事，以曲折生动的情节使读者产生共鸣，而对现存社会制度合理性的怀疑，也正蕴含于故事的叙述中。强调文学性是《小说月报》的总原则，它标榜所载小说或风格绮丽雄壮，或情节瑰奇，或侠气挚情，或哀惨动人，总之情文并美，趣味酖深。社会生活丰富多彩，读者欣赏取向不一，为满足读者需求，言情小说也占不少篇幅，但也同样反映了社会现实，《佛无灵》描写了其时随处可见的爱情悲剧，作者自称"以个中人言个中事，字字是泪，字字是血"[3]，可知是亲历之事。读

---

[1] 小说月报社：《征文通告》，宣统二年七月二十五日（1910年8月29日）《小说月报》第一期。
[2] 商务印书馆：《〈东方杂志〉〈法政杂志〉〈教育杂志〉〈小说月报〉广告》，辛亥年十二月初六日（1912年1月24日）《时报》。
[3] 抱真：《佛无灵》篇末语，宣统三年二月二十五日（1911年3月25日）《小说月报》第二年第二期。

者乐意读到观照身边现实的作品,而作者与编辑部似也有意向观察描写社会黑暗以及人们痛苦生活的创作倾斜,后来该刊"为人生"而创作的思想似也酝酿于此时。

《小说月报》由实力雄厚的商务印书馆所办,出版、销售与资金运转可安然无虞,又借鉴了以往各刊的经验教训,其编辑部组成、稿件采纳、篇目及版面安排、作品题材与风格的决定以及编辑出版诸环节,都已较成熟规范,问世后即有较好的社会反响。《小说月报》创刊"甫及半年,销数已达六千以上"[1],后"未及一年,销数已达八千以上"[2],这一空前业绩证明了它的文学理念及其贯彻实施的成功。在近代小说专刊中,《小说月报》最后问世,进入民国后,它又长期持续出版,直到1932年1月日本入侵上海时轰炸了商务印书馆,才被迫停刊。

五、余　论

自《海上奇书》创刊,近代小说专刊的发展走过了二十个年头,从《新小说》起算,它呈现连续运动状态也已有十年。这十年是近代小说迅猛发展的时期,其运作机制也终于与现代小说发展模式相衔接。在终于完成近代小说历史使命的过程中,小说专刊起了极为关键的作用,尽管其作品数量在近代小说中只占较小比例,然而基本上却是当时相对优秀的作品。小说专刊为作家们提供了展示才华的园地,近代小说史上的中坚人物以及较知名的作者与译者,几乎都在这里发

---

[1] 商务印书馆:《〈小说月报〉第二年第一期》,宣统三年二月二十六日(1911年3月28日)《时报》。
[2] 商务印书馆:《〈小说月报〉临时增刊》,宣统三年八月初三日(1911年9月24日)《神州日报》。

表过作品，不少青年人也从这里出发，开始了创作生涯。同时，小说专刊在发展过程中逐渐规范的稿酬制度显示出了保障功能，使职业作家能脱颖而出，专心致力于创作。办刊经验的积累，各个环节的完善，也培养了一支编辑队伍，并一直延伸到现代小说阶段。这种小说传播的新方式刚开始时还较幼稚与简陋，而行进到近代的终点时，无论是内部运作还是与外部的联系交流，它的一系列环节都已较成熟与规范。这是总结了先前一家家小说专刊从兴办到停刊的经验教训才达到的较完善的境界，从而在近代小说发展的最后十年里起了引领与支柱式的作用。

分析各家小说专刊的相关资料，可以归纳并厘清其办刊宗旨、组稿标准与模式，以及经营方式，但单个孤立地考察，却难以解释它为何采取如此模式与形态，对后继者产生怎样的影响。这时，需要将那些小说专刊作为一个系统进行考察，关注系统内各元素间的联系，即它们在办刊各个环节之间的承袭或影响。在整体观照下，各刊物个案研究阶段不详或难以说明的问题，此时都可得到合理的解释。各刊物的状态与命运，其实都是整体运动的表现形式，于是又可进而把握近代小说专刊的行进轨迹与运动态势，探究其间的特点与规律。只有在这时，才能切实地了解小说专刊在近代小说发展过程中的地位与作用。

第五章　研究系统的新构建

　　古代文学的研究成果早已极为庞大，而且每年都还在以较大幅度递增，若加上未公开发表的硕士论文、博士论文，其数量似可以汗牛充栋形容。可是由于人们研究对象的类型基本相似，若从研究视野、思路与方法层面考察，可发现归纳所得相当有限。笔者曾统计20世纪90年代，即1990年至1999年公开发表的古代文学研究论文，十年间论文数共30963篇，其中作家作品研究25668篇，约占总数的83%。尽管论文数已以万为单位计量，但它们都同属作家作品研究，归纳时只能算作一类，其研究视野、思路与方法自然也就基本相仿。

　　人们进行古代小说研究往往从四个方面着手：作家生平与时代背景、作品思想倾向、艺术特色，以及该作传播与在小说史上的地位。这四个方面又都可再作分解，如艺术特色可分解为形象塑造、情节安排、结构设置与语言风格等等；它们还可往下再作分解，如分析人物形象塑造时，就需要考察他的言谈、举止、交往，在不同场景中的应对，及其思想和变化等。这些方面的分析还可做进一步细化分类，所有相关分析完成后的综合，便是对某个人物形象较全面的研究。作品重要人物形象的分析都完成后，可将它们相互比对，提炼出作家人物刻画方面的特点与成败得失；再进一步综合作品情节安排、结构设置与语言风格等方面的分析（它们也需要进一步分解做细化分析），便可完成作品艺术特色方面的研究；若再进一步综合作家生平与时代背景、作家思想倾向，以及作品传播与在小说史上地位等方面分析，整部作品的研究便已完成。这类研究的积累，逐渐形成了固定的研究模式，后来的作家作品分析也都依此进行。

以上所述介绍了作家作品研究系统及其四个子系统，以及它们各自所含的若干子系统。在系统内，子系统或元素并非机械地排列，它们之间有着密切的有机联系，系统其实就是把对象作为由各个组成部分构成的有机整体。考察人物形象刻画时，离不开对他所处的情节进展的分析，也不可忽视作家塑造形象时运用的语言。这样的人物形象的出现及其塑造方法的运用，都是在作家创作思想指导下进行的，而作家创作思想的形成，又与其生平经历密切相关。我们不应也无法抽取出某一部分作孤立的研究，必须照应各部分之间的联系，所谓"整体大于它的各部分的总和"，指的就是系统的整体性原则。明确了这一点，我们便能有意识地研究整体的构成及其发展规律。同时，系统整体的相关性原则还要求进一步将研究对象置于更大更高层次的系统中考察，考察它与周围系统之间的联系。这时研究对象成为更大更高层次的系统的子系统，相关的考察可使研究对象的性质与运动规律显示得更为全面。

长期以来，人们对作家作品的研究就是运用此系统，而且确也获得了许多有意义的成果，可是审视古代小说研究的历史与现状，可以发现此系统长时期占主导地位的运用，已使人们面对三种必须正视的研究状态：第一种状态是，该研究系统多年来持续运用，已使可供研究空间极度压缩。古代小说为数不少，但数量终究有限，各作品所包含的人物、情节等虽然相当众多，却不可能是无穷之数，而这么多年来学者们的研究未曾停歇，未被研究的作家作品数量自然是相应地不断递减。从理论上说，可供研究的空间随着学者们不间断地耕耘而不断压缩，当最后一部作品也被研究之后，这个空间便蜕变为一个已不含元素的空集。不过这纯为理论上的分析，实际上未被研究的作品递减到一定程度时，可供研究空间的压缩速度就变得迟缓，一大批难以研究且被判断为价值不高的作品长期以来无人问津。在人们的观念改变之前，它们没能进入研究者视野的情形就很难改变。

第二种状态是研究出现了大量雷同与高密度重复，这是第一种研究状态的逻辑延伸。如从1950年至2000年的五十一年里，关于《三国演义》《红楼梦》等七部名著的明清小说研究论文，竟占该时段明清小说作品研究总数的87.72%，其中有关《红楼梦》的论文就占总数的44.36%。伟大的作品理应得到更多的关注，但这么多论文集中于一部小说，它们论述之重复，甚至是多次重复便成难免之事，研究却并未因此而有所推进。这么多年来，学者的时间与精力都集中于那较少的作品，所依仗的研究对象系统的运用又长久不变，数以万计的古代小说作品研究论文基本上都在按同一套路进行，其结果必是出现论题大量雷同，阐述高密度重复的状态。研究者决定研究精力与时间投放点时多少有点无奈，因为长期沿用的研究视野、思路与方法的拘囿，在已被高度压缩的研究空间中寻找回旋余地何等不易，只要人们仍拘泥于作家作品研究系统的运用，继续用同一模式套用于作品分析，研究格局失衡的状态就必将延续。

第三种必须正视的状态也因长期只拘泥于作家作品研究系统的运用而产生，那就是一些与古代小说相关的重要问题长期以来遭受漠视，因为它们身处作家作品研究系统之外，无法进入研究者的视野。明初《三国演义》《水浒传》问世后直到嘉靖朝中期，通俗小说创作出现了约一百七十年的空白；明宣德朝后的五十年里，居然没有新的文言小说问世；拟话本创作在明末清初曾十分繁盛，可是通俗短篇小说在清中叶文坛上竟消失了百余年。面对这些文学史上的重要问题，作家作品研究系统却毫无用武之地，这里没有作家作品，要分析也无从着手。又如作品价值的评估依据作家作品研究系统的需要，关注的是作品供人欣赏方面的意义，而对小说发展的意义却被屏蔽在外。小说史上不少现象在作家作品研究系统的范围之外，当然也无法运用它进行研究。

一旦突破原有研究视野与思路的束缚,就可以发现在古代小说研究领域里,可供耕耘的园地还相当广袤,而要解决新发现的那些问题,就得突破已有研究系统模式化的藩篱,并将其完善,或根据需解决问题的特点,重建新的研究系统。

一、已有研究系统的调整与重组

人们在决定研究课题时的价值判断,致使古代小说中相当一批作品被置于研究视野之外。如刘大杰先生论及明代传奇小说时写道:那些作品"在这一时代已经失去其重要性,只好从略了"[1]。所谓"重要性",其实就是价值判断,若将研究拘囿于前面所述的研究系统内,那么这类作品无论在思想倾向还是艺术成就方面,确实都难以分析出有价值的内容。可是,传奇小说在元、明两朝不断出现,明嘉靖朝前后问世尤多,它们若确无价值,那些作者为何会去创作,而出版者与读者为何又会对此有如此之高的兴致?这一流派缘何而攀至繁盛的巅峰,其后又突然悄然退隐?它在古代小说创作发展历程中,究竟起过何种作用,又应如何恰如其分地评判其价值与地位?对此作出合理解释是古代小说研究者理应承担的职责,可是它们毕竟是在原有研究系统的视野之外,人们甚至还意识不到这些问题的存在,而重要现象被忽略,其本身就是特别值得研究的课题。

倘若套用原有的系统,这类问题无法得到解答,但如果对该研究系统作调整与重组,却可窥见答案之所在,这里不妨就以元明传奇小说为例作解说。为了更清晰地说明问题,这里主要考察篇幅在万字以

---

[1] 刘大杰:《中国文学发展史》,百花文艺出版社2007年版第526页。

上的中篇传奇小说。这类作品目前尚存十六种[1]，原本已佚，但据原本改编的作品尚存的有《荔枝奇逢》；现知的已佚作品则有《柔柔传》（李昌祺《剪灯余话序》著录）、《艳情集》八卷、《李娇玉香罗记》三卷与《双偶传》（以上三种高儒《百川书志》著录）。当年实际作品数应不止于此，若加上篇幅近万字者，叶德均先生所言"至少当有四十种"[2]似非夸张之语。这些作品基本上都在描写青年男女悲欢离合的爱情经历，表述形式主要是浅显的文言，与一般的文言小说或通俗小说都有所不同；其篇幅比通常的文言小说以及宋元话本小说长得多，却又明显短于当时流行的长篇通俗小说，同样也是居于两者之间。现存十六篇作品中，除首开风气的《娇红记》问世于元代外，其余都出现在明代，尤集中于嘉靖朝前后。万历朝通俗小说创作繁荣之后，这类小说不再有新作问世。[3]在小说发展的历史长河里，中篇传奇小说的出现只能算是短暂的现象，其数量相应地远少于通俗小说与一般的文言小说，这也是研究者们较少关注它们的原因之一。

这类作品在历史上很为封建正统士人所不屑，高儒著录《娇红记》等作后曾言："以上六种，皆本《莺莺传》而作，语带烟花，气含脂粉，凿穴穿墙之期，越礼伤身之事，不为庄人所取，但备一体，为解睡之具耳。"[4]在明清时期，这几乎是论及中篇传奇小说的唯一的文字，它也说明了当时人们虽对不少小说发表过评论，但对中篇传奇小说不置一词的原因，而今日人们的研究也略过这类作品，则是因为运用作品分析的研究模式很快就可以发现，它们在思想与艺术上都很

---

[1] 这十六种是元代的《娇红记》，明永乐间的《贾云华还魂记》，成化末年的《钟情丽集》，弘治至万历间的《怀春雅集》《龙会兰池录》《双卿笔记》《花神三妙传》《寻芳雅集》《天缘奇遇》《刘生觅莲记》《金兰四友传》《李生六一天缘》《传奇雅集》《双双传》《五金鱼传》与《痴婆子传》。
[2] 叶德均：《读明代传奇文七种》，载《戏曲小说丛考》，中华书局1979年版第535页。
[3] 清嘉庆时，陈球据明冯梦桢《窦生传》写成三万余言小说《燕山外史》，但其形式为四六体骈文，异于一般所说的中篇传奇，清初中叶时如此规模与形式的作品也仅此一篇。
[4] 高儒：《百川书志》，古典文学出版社1957年版第90页。

平庸，不值得为此花费时间与精力。直到20世纪90年代，对部分作品作单篇讨论的论文才开始出现，篇名都后缀"考"字，将论文内容限定于那些作品问世年代或作者，或篇中诗词出处的考辨，并不涉及作品思想倾向或艺术特色的讨论。

除思想与艺术都较平庸的原因外，各篇的创作雷同也是人们不愿留意于此的重要原因。各篇中的人物形象几乎是按同一模式在塑造，其情节安排也是在模仿已有的同类作品。高儒曾称那些作品"皆本《莺莺传》而作"，这不仅是指形式承袭与题材相类，同时也包括了情节安排与表现手法等方面的模仿。在《莺莺传》中，有几个情节是关键：一、封建时代青年男女交往不便，丫鬟红娘担任了张生与崔莺莺之间的传递员；二、张生与崔莺莺赋诗唱和，交流感情，相互间加深了了解；三、两人私下相会，发生了性关系；四、张生赴京赶考，与崔莺莺别离。通观那些中篇传奇小说，上述四个情节同样是故事发展的重要关目（可参见第八章表28：元明中篇传奇情节要素一览表），这不是巧合，而是有意套用那些情节作描写，那些作者也多熟悉《莺莺传》或《西厢记》。[1] 主要情节的相似，给中篇传奇小说的研究带来了难题：依据通过人物、情节、结构及语言等分析，从而归纳作品艺术特色的研究模式分析某一篇作品，确可较周全地作一番论述，若对所有的作品都作这样的论述，那些论文便会构成系列性的雷同，同时也模糊了中篇传奇小说研究应把握的要点。

由元明中篇传奇情节要素一览表可以看出，主要情节相似，同时在创作发展过程中情节设置又有所变化是中篇传奇小说的重要特点，而套用原已习惯使用的研究系统的作品分析，因需考察分析的文学要素较多，且又多集中于单部作品，中篇传奇小说整体的这一特点反而

---

[1]《娇红记》《贾云华还魂记》《钟情丽集》《刘生觅莲记》《花神三妙传》《寻芳雅集》《怀春雅集》《双双传》与《传奇雅集》都提及或引用了《莺莺传》或《西厢记》的内容。

被冲淡了。这一现状提示我们,要突破原有研究系统的束缚,直接将各篇情节及其表现方法作为要素构建系统,关注其间联系,观察各篇情节同中有异的变化过程,从而对中篇传奇小说创作流变的主要特点作把握与判断。新的研究系统与原有的研究系统仍具有相当的关联性,因此也可将其视为原有研究系统的调整与重组。

直接从主要情节的考察着手,首先看到的是中篇传奇小说与《莺莺传》等唐传奇挂上了钩,但按时间顺序排列那些中篇传奇小说,可以发现它们在上述关键情节之外,又增添了一些新情节,而前作的增添,又成了后作承袭的对象。在情节增添的过程中,作品营造的氛围与男女主人公的结局也发生了变化。《莺莺传》描写了女主人公几经犹豫、动摇后突破了封建礼教束缚,最终却又遭抛弃的悲剧,中篇传奇的开山之作《娇红记》同样描写了一对青年男女的爱情悲剧,而且它前半部分一些情节,如一见钟情,诗简往来,王娇娘开始时恪守礼法,见申纯思念成疾后又以身相许,等等,显然都是模仿《莺莺传》,接下来男主人公进士及第后求婚遭拒等则是新增添的情节。然而,尽管一些关键情节承袭前作,但具体的描写却有差异,男女主人公表现出的性格也因此迥然不同,特别是娇娘敢于主动约申纯夜半幽会,并以"复有钟情如吾二人者乎?事败当以死继之"相激励。申纯顾虑"不亦危乎"是因"钟情"而为娇娘设想,异于张生只以占有莺莺为目的,娇娘也因"钟情"而勇敢决断。作品的后半部分,这对恋人因家长不允与帅府逼婚双双以死抗争,既不同于《莺莺传》中莺莺被抛弃的悲剧,更异于据《莺莺传》改编而成的《西厢记》的大团圆,表现出强烈的反封建礼教的倾向。作者按照现实生活的实际情况安排了悲剧结局,但在作品结尾处却又写一对鸳鸯在两人合葬墓上飞翔,用寓意式的浪漫手法增添了情思与韵味,也借此表达对他们的同情与肯定,以美好的希望激励后来者。在明代中篇传奇小说中,男女主人公也确实常常以申纯与王娇娘为榜样。《娇红记》对《莺莺传》

结局的改造顺应了广大读者的愿望,才子抛弃佳人的格局也就此被中篇传奇所抛弃。

入明后不久,《贾云华还魂记》行世,作者李昌祺对《娇红记》颇有非议,故而作品中插入一细节:贾云华见魏鹏室内有《娇红记》一册,便说:"郎君观此书,得无坏心术乎?"可是尽管如此,《贾云华还魂记》中的重要情节,如男女主人公一见钟情,互通诗简,贾云华先恪守礼法但终于与魏鹏私下结合又都与《莺莺传》《娇红记》相仿,而魏鹏进士及第,求婚遭拒等则是袭用《娇红记》。为了不与封建礼法过于抵触,李昌祺在作品开始处就说明,魏鹏与贾云华在未出生前,两家父母就已指腹为婚,这显然是为男女主人公的私下结合寻找合法的依据,冲淡了爱情与封建礼法的尖锐矛盾。贾云华之母不愿爱女远离身边,拒不履行婚约,致使贾云华后来忧郁身亡。故事写到这儿完全是个悲剧,但李昌祺又加上一截"光明的尾巴":贾云华借尸还魂,严格按封建礼法,以处子之身与魏鹏成亲,且后来魏鹏历居高官,贾云华也受诰封,所生三子也均列显官。这是在套用唐人传奇《李娃传》的大团圆结局,魏鹏与贾云华的爱情的反封建意味则进一步被冲淡。用虚幻的和谐解决现实的尖锐冲突,这一无奈的情节设计,既维持了一定的悲剧气氛,同时也表现出向大团圆喜剧结局的转化,尽管它只是不合情理的虚构。

程朱理学的强力推行与相应的禁毁政策,包括中篇传奇在内的小说创作在明初后进入了萧条期,直到成化末年《钟情丽集》问世,七十年来中篇传奇创作的沉寂才被打破。这篇作品描写辜辂与其表妹瑜娘的爱情故事,前半部分情节与《娇红记》《贾云华还魂记》几乎完全相同,但后半部分却迥然不同:瑜娘以死抗争父亲决定的婚事,辜辂在表祖姑帮助下携自杀未遂的瑜娘逃回琼山举行婚礼。官府判此婚姻为非法,瑜娘被其父领回幽禁,欲令其自裁。辜辂在表祖姑帮助下重又携瑜娘逃回琼山,再次举行婚礼。瑜娘之父无可奈何,只得承认他们的婚姻。这篇小说曾被封建正统士人斥为"淫猥鄙俚,尤倍于稹(指撰写《莺莺传》的元稹)"[1],但实际上作品中并没有什么淫秽笔墨,作者对于在封建礼教禁锢下男女青年追求幸福时的心态把握得较为准确,刻画时又颇注意分寸,即使写到定情结合时,也尽可能地用蕴藉雅致的语言叙过,既无赤裸裸的描写,也未作过分的渲染,这与后来的《天缘奇遇》等作简直不可同日而语。

赞扬敢于冲破封建礼法禁锢的忠贞爱情,肯定为争取婚姻自主而进行的抗争,这是《钟情丽集》的精华所在。作品中多数重要关目是承袭前人之作,但描写风格有异,结局安排更是极为出色的突破:男女主人公完全凭借自己不屈不挠的抗争,终于迫使封建家长承认他们婚姻的合法性。这完全是一出真正的喜剧,尽情宣泄了对程朱理学思想长期禁锢的逆反心理,与正在蓬勃兴起的市民阶层的审美趣味相适应,其时要求个性解放的思想正开始萌生,并对封建势力已有所冲击。现实生活中的重大变化,使中篇传奇创作在情节设置方面出现关键性的突变。

《钟情丽集》使中篇传奇小说创作发生了转折,喜剧性结局是情节设置的醒目突变,从此这类作品在篇尾再也不闻悲声,不过后来的作者却不能接受该篇展现的辜辂与瑜娘对封建礼教的激烈抗争。《怀春雅集》继《钟情丽集》后最先问世,其情节设置出现了重要修正。它极力赞颂潘玉贞为人冰清玉洁,苏道春每欲非礼时她均以计脱身,可是当男女主人公循规蹈矩地依封建礼仪下聘定亲后,作品便开始浓墨渲染对世俗的享受及其欢乐。以往中篇传奇小说叙及性行为时的含蓄喻示开始变成露骨描写,潘玉贞"为情所困,乃藏生于内阁下十余日",以及两人白日里酒后于花园僻静处欢媾等描写,都是此前从未有过的情节。作者认为"父母之命,媒妁之言"的手续已经完备,小

---

[1] 张志淳:《南园漫录》,云南民族出版社1999年版第97页。

小的越轨只是增添了一段风流佳话，即所谓"正娶名婚者，莫作违条之论"。作品中另有一情节尤可注意：潘玉贞的母亲撞见了青年人的私合，可是她并没有严厉苛责，而是选择赶紧"择吉完亲"，为他们的纵情行乐披上合法的外衣。自《娇红记》以来，作品中父母辈的反对始终是青年男女感情发展的障碍，他们守护着自己的掌上明珠，同时也守护着封建的伦理道德规范，抗争或悲剧的发生也往往由他们直接促成。《怀春雅集》开创了撤去这层障碍的故事模式，在以后的作品中，父母辈或是懵懵懂懂毫不知情，或是谅解同情乃至主动成全，或是干脆在故事中不见踪影。另一情节变化也十分重要：从《娇红记》到《钟情丽集》都在赞美男女主人公的感情专一与坚贞不渝，是一男一女的模式，《怀春雅集》前半段描写了苏道春与潘玉贞的恋爱经历，主要情节与上几篇作品大同小异，后半段却出现了苏道春与璘娘等女性的感情纠葛，宣扬了一夫多妻的合理，并以此为荣为雅。此后，描写一男数女的故事成了中篇传奇小说的通共格局，人们也认可这一情节突变。后来的作者对这类情节的描写乐此不疲，则应是晚明的世风使然。

不过同是宣扬一夫多妻的合理，《怀春雅集》之后的中篇传奇小说却出现了两个走向。一类作品在创作时着意宣泄情欲，《寻芳雅集》通篇都在描写"寻芳主人"吴廷璋的艳遇。他以游学为名住进王士龙的府第，乘主人领兵在外，几乎将王府的女性一网打尽：先与侍女春英、秋蟾等多人私通，接着又与王士龙之妾柳巫云勾搭成奸，最后又与王士龙的两个女儿娇鸾、娇凤私合。篇中秽语时见，甚至还津津乐道地描绘吴廷璋与王氏姐妹二人同床纵欲的场景。《天缘奇遇》的描写则更露骨，作品前半部分主人公祁羽狄的放荡淫乱已超出常人想象：他先和一些良家女子勾搭成奸，后又四入姑夫廉尚家，先后与他的三个女儿以及六个婢女偷合，同时还和其他一些妇女发生了性关系。更令人吃惊的是，作者描写祁羽狄对徐氏及其女文娥、松娘及其女晓云的奸淫时，竟毫无顾忌地赞赏这种乱伦行为，情欲的汹涌澎

第五章　研究系统的新构建

湃，已无任何道德堤防可以阻挡。这类作品为年轻士人描绘了一幅理想的图景：既一见钟情、自由恋爱，又享有尚被容忍的风流乐事，再加上少年高第，此生可称得上是圆满无憾了。后来《天缘奇遇》更增添了得道成仙的情节。

另一类作品既同情青年男女自由恋爱，同时也强调理教的规范以作纠偏，《刘生觅莲记》是此类作品的代表作。作品中刘一春与孙碧莲相互爱慕，也私期暗约，但始终以礼相待，最后明媒正娶，结为夫妻。在男女主人公感情发展过程中，"情"与"理"也不断地发生冲突，但"理"始终占据上风，刘一春甚至还有意识地将克服感情的冲动，当作修身养性的锻炼："欲心固不可遏，然须于难克处克将去，使吾为清清烈烈丈夫，卿为真真贞女子，不亦两得乎？"作者还借女主人公孙碧莲之口，对《莺莺传》《娇红记》《钟情丽集》与《荔枝奇逢》中男女主人公婚前私合表达了强烈的厌恶。作者竭力将爱情与封建礼仪融为一体，春心的悸动严格地囿于父母之命、媒妁之言的框架中。这是中篇传奇小说中少有的男女婚前无性行为的作品之一，而在《双卿笔记》中，当男主人公华国文欲行苟合时，张从则以死相拒，并劝他"以义自处"。这两篇作品既写男女之爱，又赞颂对封建礼仪的恪守，同时还宣扬一夫多妻的自然合理，其格调已与《钟情丽集》等篇相去甚远；而其男主人公进士及第、荣升高官的结局，则又与《寻芳雅集》等宣扬纵欲的作品相同。如此处理"情"与"礼"矛盾的作品在中篇传奇小说中虽是少数，但它们却影响了清初兴起的才子佳人小说，在某种意义上可以说是该流派的先驱。

清初时以《玉娇梨》《平山冷燕》为开端，出现了二三十部才子佳人小说，这一流派由何发展而来的问题曾令人感到困惑。在寻觅其与以往创作的渊源关系时，人们往往追溯到唐传奇。这一见解无疑有其正确的一面，清初的才子佳人小说也确实从唐传奇中汲取了养分，甚至在某些作品里也可以看到对唐传奇中一些情节的模仿。但若细辨，两类青年男女的爱情故事又有所不同，其根本差异，就在于唐传奇中一般女主人公主要是以貌见长，而且她们往往是悲剧性的形象，即如《无双传》中的有情人终成眷属，也只是靠外来力量的援助，而这种援助又是虚幻而不真实的。可是清初才子佳人小说的结尾已是千篇一律的大团圆，在作品中很难寻觅到悲剧的成分。鲁迅在考察这一问题时曾言，"察其意旨，每有与唐人传奇近似者，而又不相关"[1]，这确实是非常精辟的论断。

由清初才子佳人小说联想到唐传奇中的爱情故事，起因是它们某些主要情节设置的相似。这样考察问题，其实已含有试图以情节为元素构建新研究系统的意味，但清初才子佳人小说与唐传奇中爱情故事的蕴含却有很大差异，无法简单地归为一类。倘若将中篇传奇小说的主要情节设置也纳入考察范围，这一系统的构建便具有了齐备性，因为清初才子佳人小说主要情节的设置正是直接承袭了中篇传奇小说。经过整体考察可以发现，正是那些中篇传奇小说，逐步完成了封建时代爱情故事由悲剧向喜剧的转变。中篇传奇小说的情节安排在总体上是逐步变化，但时有某些情节设置的突变，故而首尾差异甚大，若以《钟情丽集》作划分，那么前者情节与《莺莺传》类似处颇多，后者与清初才子佳人小说相衔接。才子佳人小说中一见钟情，诗简传递，才子与佳人别离，经一番曲折后进士及第以及最后生旦团圆（多与数美结成良缘）的通共熟套，其实就是承袭中篇传奇后期所形成的固定格式（可参见第八章表27：清初才子佳人小说创作公式化一览表）。正是比对了这些情节要素之后，王重民先生论及《绣谷春容》所载中篇传奇小说时曾言，这类作品"直开后来才子佳人派小说之源"[2]。

不过，虽然一些情节要素相同，但中篇传奇小说往往只是简单的

---

[1] 鲁迅：《中国小说史略》，人民文学出版社1981年版第189页。
[2] 王重民：《中国善本书提要》，上海古籍出版社1983年版第399页。

叙说,有的只是按套路叠加情节;才子佳人小说则是洋洋洒洒地铺叙,其间又有与故事相关的其他人物现身,他们的关系呈现出一定的复杂性,故而在情节推进的过程中,生发出许多曲折与巧合,作者对男女主人公的心理活动也详加描绘,同时又伴以场景的描写与氛围的烘托,许多生活细节的描写也自然地穿插其间。于是,情节要素大致相类的中篇传奇小说与才子佳人小说,在篇幅长短上出现了明显差异,前者一般都是二万字左右,个别的达到了三万字,而后者篇幅往往是十五万字上下。当然,前者表述以半文半白为主,而后者基本上都用白话描绘,这也是影响两者篇幅差异的因素之一。这许多方面的不同,正体现了传奇小说与通俗小说的差异。

中篇传奇小说与才子佳人小说的情节要素多数相同,但也有明显相异之处,如前者偶尔会写到小人拨乱其间,对后者来说,这已几为不可缺少的关目。才子佳人小说情节安排中异于以往的最醒目处,是婚前私合被坚决摒除,明理知礼的主人公似乎压根儿未曾思及越轨举动。那些作者又甚讲究"父母之命,媒妁之言",所谓"私订终身后花园",其实是对才子佳人小说的一种误解,而且即使偶有私订类描写,后来也往往得到长辈的首肯。另一不同处是才子不再均出生于世家,而多来自小康人家乃至是贫寒子弟,进士及第对他们的重要性也远甚于中篇传奇中的处理。清初统治者以强力提倡忠孝廉节、敦仁尚让,并厉禁"淫词琐语"是这类情节变化的背景,正如后期中篇传奇中的淫秽描写与当时浇薄世风相适应一般;同时,才子佳人小说的作者多为原本功名心极强,又因种种原因被迫放弃科举之途的失意文人,故而其作品常是"凡纸上之可喜可惊,皆胸中之欲歌欲哭","不得已而借乌有先生以发泄其黄粱事业"[1],即让笔下主人公去实现自己

---

[1] 天花藏主人:《〈平山冷燕〉序》,载《平山冷燕》,《古本小说集成》第二辑,上海古籍出版社1994年版第14—15页。

在现实生活中已付诸流水的向往与追求,并以此发泄胸中郁愤。创作可使这些作者自娱自慰,即所谓"泼墨成涛,挥毫落锦,飘飘然若置身于凌云台榭,亦可以变啼为笑,破恨成欢矣"[1]。为摆脱"谋食方艰"[2]的困境,作品中难免也有迎合某些读者的庸俗内容,但早年"笃志诗书,精心翰墨"[3]的生涯,又使他们很注重"理"对"情"的规范,甚至还认为其创作具有教育读者的功用,因为"情定则由此收心正性,以合于圣贤之大道不难矣"[4]。

清初的才子佳人小说可谓是《刘生觅莲记》的继续发展,而中篇传奇中承接《娇红记》《钟情丽集》但向宣泄情欲方向发展的《天缘奇遇》《如意君传》与《痴婆子传》等作同样也有继承者,那就是明末清初的淫秽小说。五陵豪长为《绣榻野史》所作的"小叙"就视该作为仿效中篇传奇之作,"殆扩《如意》而矫《娇红》者";《浓情快史》中武媚娘读《娇红记》而情弦拨动,《桃花影》中魏玉卿读《如意君传》而思念淫欲,由这类描写不难窥见那些作品与中篇传奇间的关系;至于交合时各类心理、姿态的描摹,也多本于《痴婆子传》等作而又大肆铺陈。若结合中篇传奇与其后的才子佳人小说、淫秽小说一起考察,可以发现,尽管万历后期中篇传奇已开始退出创作领域,但《钟情丽集》之后"道学"与"风流"两类内容不仅在创作领域中继续发展,而且还成为其时相当风行的创作流派。就这点而言,中篇传奇在内容题材方面同样起了重要的过渡作用。

清初才子佳人小说与中篇传奇小说的情节设置有很高的相似度,

---

[1] 烟水散人:《女才子书序》,载《女才子书》,《古本小说集成》第一辑,上海古籍出版社1994年版第5—6页。
[2] 烟水散人:《女才子书序》,载《女才子书》,《古本小说集成》第一辑,上海古籍出版社1994年版第4页。
[3] 天花藏主人:《〈平山冷燕〉序》,载《平山冷燕》,《古本小说集成》第二辑,上海古籍出版社1994年版第5页。
[4] 天花藏主人:《〈定情人〉序》,载《定情人》,《古本小说集成》第二辑,上海古籍出版社1994年版第18—19页。

但两者对情节发展的表现手法却有着明显的不同。早在20世纪30年代,孙楷第先生就对中篇传奇小说的表现手法作过归纳:"凡此等文字皆演以文言,多羼入诗词。其甚者连篇累牍,触目皆是,几若以诗为骨干,而第以散文联络之者。"他又评论道:"下士俗儒,稍知韵语,偶涉文字,便思把笔;蚓窍蝇声,堆积未已,又成为不文不白之'诗文小说'",因此他又将中篇传奇小说称为"以诗与文拼合之文言小说"。[1]小说中借助诗文推进情节发展的创作方法始于文言小说正式形成规模与体制的唐代,作品中那些诗文对烘托抒情气氛,抒写人物情绪与创造意境起了积极的作用。唐传奇中展现的是"诗笔"与小说创作的有机融合,可是在中篇传奇小说里,诗文却常是机械地插入。如在《怀春雅集》里,主人公苏道春、潘玉贞在花园里相遇,在这样的场合与气氛中,作者并未着力描写他们的谈情说爱,而是让潘玉贞去题咏各种花卉,且是一口气排列了十六首;这还不算完,因为苏道春不甘示弱,也接连吟赋了十六首。作者的目的是显示男女主人公的风雅(同时也想炫耀自己的诗才),但密密麻麻三十二首诗排列在一起,既未推动情节发展,也无助于人物形象的刻画,其效果只是令人生厌,还导致体裁不纯。此作篇幅不足二万五千字,插入的诗词数竟高达二百一十三首,平均每千字里就会出现近九首诗词。若以欣赏故事情节为主要目的,阅读这篇作品就须得较有耐心,因为往往情节尚无甚进展,诗词已大量涌来。此状态在中篇传奇小说中比较突出,且非个别现象。如《钟情丽集》中,诗文插入的篇幅已占全篇总字数的约54.32%,《龙会兰池录》的这一比例则是约51.67%。出现大量诗文插入小说创作的现象,与当时的文学思潮密切相关。其时以诗文为文学正宗思想浓烈,故事叙述中插入诗文成了逞才的手段,而这一处理方式还得到时人赞赏。简庵居士曾赞赏《钟情丽集》道:"大丈夫生

---

[1] 孙楷第:《日本东京所见小说书目》,人民文学出版社1981年版第126—127页。

于世也，达则抽金匮石室之书，大书特书，以备一代之实录；未达则泄思风月湖海之气，长咏短咏，以写一时之情状。是虽有大小之殊，其所以垂后之深意则一而已"[1]，而金镜尤称赞该篇的原因则是"词逸诗工，且铺叙甚好"[2]。同时，那些作者也将诗文创作视为实现自己人生价值的途径，《怀春雅集》的开篇诗就写道："百岁人生草上霜，利名何必苦奔忙。尽偿胸次诗千首，满醉韶华酒一觞。"

多插入诗文是中篇传奇小说的普遍现象，但在《钟情丽集》等作之后，诗文的比例逐次下降，这或是那些作者已意识到大量插入诗文会影响情节的发展。在后来出现的中篇传奇小说中，诗文插入的篇幅与全篇总字数之比一般都在20%左右，与先前的50%相较，已是大幅度下降。下降趋势一直延续到清初的才子佳人小说，现知该流派中最早问世的《玉娇梨》《平山冷燕》已可证实这一点。在《玉娇梨》中，诗文字数已只占全书篇幅的5.08%，平均每千字所含诗词仅0.89首，在《平山冷燕》中，相对应的数据是5.45%与0.73首。将中篇传奇小说与清初才子佳人小说合而观之，可以发现诗文插入数量的逐渐减少是发展的大趋势。这是因为随着创作发展与经验积累，人们对小说的作用、地位及其创作方式的认识逐渐深化，小说为独立文体的意识也不断增强，非小说创作所必需的诗文羼入自然就会相应减少；同时，通俗小说繁盛的基础是读者范围的扩大，不像文言小说只供士人阅读。这些读者关注于故事情节的叙述，并不在乎诗文的绮丽甚至厌烦诗文的大量插入，他们的阅读期望也在迫使诗文羼入程度日益降低。

通过在情节设置基本稳定又逐步变化，以及推进情节发展的表现手法方面所做的排比分析，可以看到这些变化的整个趋势。如果考察

---

[1] 简庵居士：《钟情丽集序》，载孙楷第《日本东京所见小说书目》，人民文学出版社1981年版第123页。
[2] 金镜：《钟情丽集跋》，载孙楷第《日本东京所见小说书目》，人民文学出版社1981年版第124页。

只限于中篇传奇小说或清初才子佳人小说,那展现在眼前的只是该趋势的局部,无法据此得出符合整体运动状态的判断,由此也可看出将中篇传奇小说与清初才子佳人小说视为一个系统进行分析的合理性与必要性。这一系统的构成,打破了一个流派为一研究系统的固有之见,而且它又不同于以往以作品分析方式所构成的系统。在这里,是直接将作品所含的某些要素作排比归类,确定它们在发展过程中各自的位置,并分析其间的联系。在某种意义上可以说,这是对已有研究系统的调整与重组,一些文学现象依据它可作清晰的展示,而通过系统内各要素间联系的分析,则可对那些文学现象的发生与走向作出合理的解释。当然,这类系统并非可随心所欲地臆造,其构建基础推动力以及某些要素的同类性是解决问题的需要,而构建能否成立,则有赖于具体的分析与证明。

二、情节主线外的信息梳理与系统构建

捧读一部小说,我们的注意力会不知不觉地跟随作者的叙述移动。情节的进展构成了一个系统,读者对作品的分析、把握,实际上是沉浸在这一系统中进行的。人物性格的刻画、形象的塑造、人物之间关系的把握,以及情节的安排、结构的设置、作者的叙事风格等等,种种分析无一不在故事系统内展开,而所谓分析,则是基于该系统内各元素间的联系。分析者游刃于作者展现的阅读空间里,当他们仔细审视作者的各种描述时,自然会发现有不少内容与情节主线,甚至与整个情节进展似乎并无实质性的直接关系,如果那些描写简略些,或者其中有些略去不提,故事仍然可逐步推进。这类描写似乎可有可无,作者为什么要将它们写入作品?何况有时所占的篇幅还不算小。作品中出现这种内容的原因有很多,如果将讨论范围限定于作家

精心创作的经典之作，我们就得注意这些看似与情节主线推进不直接相关的描写。在多次删改的过程中，作家对它们的或写或不写应有过反复斟酌，而最后仍出现在作品中的这些描写就更值得重视，因为它们体现了作家的某种创作意图，虽与情节主线进展不直接相关，却常或是与先前的情节相照应，或是后面某些情节展开的伏笔，或是增强当下情节进展的合理性与有序性，对情节的进展有着这样或那样的支撑作用，而忽略它们的研究自然也无法把握作品的深层意蕴。

若汇总与情节主线不直接相关的描写，可发现其中包含了极其丰富的信息，同时也给人以杂乱之感。这类信息呈现出三个特点：第一，它们并非时时地伴随着情节发展现身，作者在感到有必要时才会提及，因此它们在作品中只能是零散分布的状态。第二，如果某类信息能构成一个系统，那么它们在系统的结构中就应有各自的相应位置与顺序，但作者创作时考虑的是情节发展的顺序，以免前后颠倒或错乱的情形发生，当他提及与情节主线不直接相关的信息时，不会也无法考虑它们在自身系统中的位置与顺序，因此这类信息在作品中的出现呈现为无序杂乱的形态。第三，当刚开始关注这类信息时，并不能立即意识到它是否是属于某系统的元素，甚至也不知道它是否已与同类信息构成了一个系统，这需要从作品中筛选出这类信息并归类分析后方能得知，而当将注意力移至这方面时，我们面对的阅读空间已经改变了。

要从零散杂乱的信息中筛选出相关元素构建一个系统，首先得从作品中具体的描写着手。而这类作品应是作者精心创作的，其描写经得起推敲，实际上作者创作时这一系统即已了然于胸，只是由于作品进展顺序须以情节推进为主线，相关元素只能以零散杂乱的形态呈现，曹雪芹创作的《红楼梦》，即为此类创作的典范。

在《红楼梦》第五十八回里有这样一段描写：宝玉嫌火腿鲜笋汤太烫，袭人便让芳官学着些服侍，将汤端起轻轻用口吹。此时芳官的

干娘在屋外,她一心想讨好怡红院的袭人、晴雯等人:

> 今见芳官吹汤,便忙跑进来笑道:"他不老成,仔细打了碗,让我吹罢。"一面说,一面就接。晴雯忙喊:"出去!你让他砸了碗,也轮不到你吹。你什么空儿跑到这里槅子来了?还不出去。"一面又骂小丫头们:"瞎了心的,他不知道,你们也不说给他!"小丫头们都说:"我们撵他,他不出去;说他,他又不信。如今带累我们受气,你可信了?我们到的地方儿,有你到的一半,还有你一半到不去的呢。何况又跑到我们到不去的地方还不算,又去伸手动嘴的了。"一面说,一面推他出去。

作这段描写时,曹雪芹又交代道,"这干婆子原系荣府三等人物",将她分配到大观园的怡红院,"不过令其与他们浆洗"。[1]她的活动范围受到严格限制,不少小丫头能去的地方她不能去,而怡红院的核心区域,连小丫头也不能进入。书中有几处提到三等奴仆,第六十回里赵姨娘斥骂芳官时说"我家里下三等奴才也比你高贵些的"[2];第六十二回叙述平儿过生日时,作者又写"连三接四,上中下三等家人来拜寿送礼的不少"[3],这些描写都证实贾府内的奴仆确分为三等,其中三等是贾府奴仆中的最低等级。三等奴仆府内最多,第五十六回中薛宝钗提及婆子们的辛苦时曾说:"抬轿子,撑船,拉冰床,一应粗糙活计,都是他们的差使。"[4]不过,贾府毕竟是公爵之家,即使三等奴

---

[1] 曹雪芹:《红楼梦》第五十八回"杏子阴假凤泣虚凰,茜纱窗真情揆痴理",人民文学出版社1982年版第826—827页。
[2] 曹雪芹:《红楼梦》第六十回"茉莉粉替去蔷薇硝,玫瑰露引来茯苓霜",人民文学出版社1982年版第843页。
[3] 曹雪芹:《红楼梦》第六十二回"憨湘云醉眠芍药裀,呆香菱情解石榴裙",人民文学出版社1982年版第870页。
[4] 曹雪芹:《红楼梦》第五十六回"敏探春兴利除宿弊,时宝钗小惠全大体",人民文学出版社1982年版第790页。

仆，在外人看来仍是神气光鲜。刘姥姥初上荣国府，到角门前看到几个门卫"挺胸叠肚指手画脚"[1]，这时甲戌本有脂砚斋的双行夹批："为侯门三等豪奴写照。"[2]虽是最低等，但毕竟是"豪奴"，第三回里贾母派人接林黛玉上京，在林黛玉眼中，"这几个三等仆妇，吃穿用度，已是不凡了"[3]。为了维持大家族的体面与气派，即使是三等奴仆，也享有较好的生活待遇。

  《红楼梦》中写到许多丫鬟，她们也被分成了三等。第二十四回里，宝玉要喝茶，恰好贴身丫鬟都不在，小红听到呼唤进屋服侍，宝玉却不认识她，因为她只是三等丫鬟，平日里不得进入宝玉的卧室。秋纹与碧痕回来后，感到自己的特权受到侵犯，将小红好一顿训斥，她们是二等丫鬟，训斥三等丫鬟是常事。第三十六回里王熙凤向王夫人报告说，贾母有八个月钱为一两银子的一等丫鬟，其中袭人拨给宝玉使唤，但编制仍留在贾母房中。宝玉还有晴雯、麝月等七个二等丫鬟，月钱为一吊钱，此外还有佳蕙等八个三等丫鬟，每人月钱五百钱。由同一回王熙凤透露的信息还可以知道，每两银子的月钱还配发五百钱，这既是为了使用方便，同时也保证了即使银价偏低时，一等丫鬟的月钱仍高于二等丫鬟。王夫人使唤的金钏儿与玉钏儿是一等丫鬟，而赵姨娘与周姨娘，她们身边各有两个二等丫鬟。汇集书中这方面散见于各处的描写并作梳理，可以发现贾府那众多丫鬟属于什么等级，划归于哪一房都有明确交代，她们的工作职责、活动范围与领取月钱的多少也都有相应的规定。这一等级体系的存在，保证了贾府相关生活的运转不会出现大的错漏。曹雪芹在描写时，哪怕矛盾再尖锐，情节再复杂，那些人物的出场与言语举止都符合自己的等级归

---

[1] 曹雪芹：《红楼梦》第六回"贾宝玉初试云雨情，刘姥姥一进荣国府"，人民文学出版社1982年版第97页。
[2] 脂砚斋：甲戌本第六回双行夹批，《脂砚斋重评石头记》，天津古籍出版社2006年版第51页。
[3] 曹雪芹：《红楼梦》第三回"贾雨村夤缘复旧职，林黛玉抛父进京都"，人民文学出版社1982年版第38页。

属。并不是作者精心构建了这样的系统再进行写作，实际上它是封建大家族中的客观存在。曹雪芹曾生活于这样的环境中，他只是根据情节的发展，取其所需融入了作品，相关信息的呈现必然是零散杂乱的，但由于他描写的是封建大家族生活的全貌，那些信息整体上又具有完备性，因此我们可依据那些描写，将零散杂乱的信息组成原有系统的模样。

《红楼梦》以宝玉、黛玉的爱情故事为重要情节，同时也描写了宝钗、探春、湘云与王熙凤诸人，故其书曾名《金陵十二钗》。正因为这个缘故，作者对生活在她们身边的丫鬟也着墨不少，读者可据此将她们的等级与归属梳理清楚。贾府中还有众多奴仆，尽管作者也说他们有等级之分，可是有关的描写就少得多，许多时候是以泛指一笔带过，对他们的等级就只能作大致的估计。那些干粗笨活的老妈子或其他奴仆应该属于三等，哪些人是二等也不清楚，因为书中只是含糊地提及，如第六十三回里贾敬因服金丹去世，荣国府的主事者都在朝参加老太妃的祭祀，于是"只得将外头之事暂托了几个家中二等管事人"[1]，并未交代他们究竟是谁。同样，作者写到荣国府管家时，也从未给人冠以"一等"之名。

不过，在很不起眼处，作者透露了荣国府一等管家的组成。第五十四回回末写到元宵节后，十七日是薛姨妈家请吃年酒，接着又排了张名单："十八日便是赖大家，十九日便是宁府赖升家，二十日便是林之孝家，二十一日便是单大良家，二十二日便是吴新登家。"[2]除去宁国府的赖升，余下的四人都是荣国府的管家，他们有资格请贾母吃年酒，足以显示其身份异于一般管家。第七回介绍赖二是宁

---

[1] 曹雪芹:《红楼梦》第六十三回"寿怡红群芳开夜宴，死金丹独艳理亲丧"，人民文学出版社1982年版第902页。
[2] 曹雪芹:《红楼梦》第五十四回"史太君破陈腐旧套，王熙凤效戏彩斑衣"，人民文学出版社1982年版第767页。

国府大总管时，甲戌本有双行夹批云："记清，荣府中则是赖大。"[1]第十六回里，贾蔷提到赖大时口称"赖爷爷"[2]，第五十二回里宝玉遇见赖大，"忙笼住马，意欲下来"[3]，这些似不经意的描写都凸显了赖大的大总管身份。第四十四回里，鲍二媳妇因与贾琏通奸事发而自杀，贾琏允诺给钱，但又不是自己拿钱，而是"命林之孝将那二百银子入在流年账上，分别添补开销过去"[4]，由此可知林之孝是账房的主管；第七十回里则写道，"又有林之孝开了一个人名单子来，共有八个二十五岁的单身小厮应该娶妻成房，等里面有该放的丫头们好求指配"[5]，由此可以推知，奴仆的人事也由林之孝分管。吴新登在第八回出场时，作者对他的介绍是"银库房的总领"[6]，甲戌本在此处有侧批："妙！盖云'无星戥'也。"[7]称银两得用星戥，作者替荣国府银库总管取名为与"无星戥"谐音的吴新登，显然是有意而为，借此喻指银库管理的混乱。贾琏冒领二百两银子，要林之孝"入在流年账上"，若无账房与银库的串通，这件事就无法做成。

除名列请吃年酒的名单外，吴新登在建造大观园期间与赖大、林之孝一起出现过，后来书中再无他的踪影，而单大良仅现身于请吃年酒的名单。相比之下，倒是他俩的妻子出现的次数还稍多些。第五十五回里，吴新登的媳妇故意刁难代理管家的探春，结果碰了一鼻子灰，那些管事的媳妇便私下议论道："连吴大娘才都讨了没意思，

---

[1] 脂砚斋：甲戌本第七回双行夹批，《脂砚斋重评石头记》，天津古籍出版社2006年版第64页。
[2] 曹雪芹：《红楼梦》第十六回"贾元春才选凤藻宫，秦鲸卿夭逝黄泉路"，人民文学出版社1982年版第219页。
[3] 曹雪芹：《红楼梦》第五十二回"俏平儿情掩虾须镯，勇晴雯病补雀金裘"，人民文学出版社1982年版第731页。
[4] 曹雪芹：《红楼梦》第四十四回"变生不测凤姐泼醋，喜出望外平儿理妆"，人民文学出版社1982年版第614页。
[5] 曹雪芹：《红楼梦》第七十回"林黛玉重建桃花社，史湘云偶填柳絮词"，人民文学出版社1982年版第988页。
[6] 曹雪芹：《红楼梦》第八回"比通灵金莺微露意，探宝钗黛玉半含酸"，人民文学出版社1982年版第122页。
[7] 脂砚斋：甲戌本第八回侧批，《脂砚斋重评石头记》，天津古籍出版社2006年版第67页。

咱们又是什么有脸的。"[1]由这句话可以推知,吴新登的媳妇是那批管事的媳妇的领导,而在紧接着的第五十六回里,平儿又将吴新登媳妇与单大良媳妇称为"管事的头脑",其他管事媳妇"有一百个也不成个体统"[2]。在第五十七回里,紫鹃扯了个谎说黛玉要回苏州去,宝玉登时发起病来,而代表管家阶层前来探望的,则是林之孝家的与单大良家的。林之孝的媳妇在许多情节中都曾现身,俨然一副大管家的气派;赖大的媳妇较少出场,作者却点明了她的身份,第五十二回黛玉向宝玉介绍薛宝琴房中的花时,就说明这是"大总管赖大婶子"[3]送来的。在第七十三回中,贾母发怒要严查大观园内赌场时,王熙凤就"命人速传林之孝家的等总理家事四个媳妇到来"[4],她们正是赖大、林之孝、单大良与吴新登的媳妇,这四对夫妇显然是荣国府内的一等管家。

上文提到"总理家事",相对应地,书中也写到一个管理机构总理房,它有时又称作总管房,其组成人员是赖大、林之孝、吴新登与单大良四对夫妇,男性总管的管辖范围在二门外,二门内诸事务由女性总管负责。总管房的职能是根据祖宗定下的"旧例"或主子的指示,指挥各具体管理机构处理荣国府各种日常事务,可以说它是保证荣国府生活有序的中枢所在。若遇上某个管理机构无法独立处理的事件,也需要总管房出面协调。第五十八回贾府按朝廷的旨意解散戏房,这涉及人员、房屋与物资等方方面面的安置,于是此事就交由总管房统筹安排。总管房负责的范围很广,甚至就连丫头请大夫看病这

---

[1] 曹雪芹:《红楼梦》第五十五回"辱亲女愚妾争闲气,欺幼主刁奴蓄险心",人民文学出版社1982年版第778页。
[2] 曹雪芹:《红楼梦》第五十六回"敏探春兴利除宿弊,时宝钗小惠全大体",人民文学出版社1982年版第787页。
[3] 曹雪芹:《红楼梦》第五十二回"俏平儿情掩虾须镯,勇晴雯病补雀金裘",人民文学出版社1982年版第726页。
[4] 曹雪芹:《红楼梦》第七十三回"痴丫头误拾绣春囊,懦小姐不问累金凤",人民文学出版社1982年版第1035页。

类芥豆小事也得由它处理：总管房派人请大夫；令"管事的头脑"带进大夫的同时，知令"各处丫鬟回避"；大夫开出药方后，得到府内的药房领取，若府内没有，又得派买办外出购买。要动用银钱，就得禀报王熙凤批准、账房上账、银库支出银子。荣国府的大夫是固定的，事虽小，但牵一发动全身，非得总管房出面总负责协调不可，而常年到荣国府出诊的大夫，他们的费用由总管房每年统一总付，"每年四节大趸送礼"。第五十一回里宝玉私自为晴雯请大夫，老婆子就告诉他："这大夫又不是告诉总管房请来的，这轿马钱是要给他的。"〔1〕

　　荣国府内诸事繁杂，大多可划归具体的管理机构处理。这些机构都从属于总管房，只有当某事涉及几个管理机构时，才由总管房出面负责协调。作者没有用专门的篇幅去介绍这些管理机构，它们在书中全都是随着情节发展需要而现身。若从书中摘录出这类散见于各处的信息作归并梳理，就能惊讶地发现，曹雪芹在描写引人入胜的故事时，竟然已不着痕迹地为荣国府设置了一个完整的管理体系，总管房之下，各种专门的管理机构竟有近二十个，除个别关键岗位如账房、银库由大管家兼管外，它们的主管者当属二等奴仆。

　　在书中，与银钱流通直接相关的要害部门出现次数相对较多。首先是账房，所有银钱出入都得由账房入账，因此它同时也具有监察功能。账房只负责登记入账，银钱出入的具体事务则由银库掌管。第二十三回与第二十四回写到了贾芹与贾芸到银库支取银两的事，他们须得有对牌与分管主子已画押的领票方能办理。到银库支取银两最频繁的应是买办房，虽然庄田缴来了大量实物供府内消费，但毕竟还有许多物件需要向外购买，承担此工作的便是买办房。第十四回

---

〔1〕 曹雪芹：《红楼梦》第五十一回"薛小妹新编怀古诗，胡庸医乱用虎狼药"，人民文学出版社1982年版第718页。

第五章　研究系统的新构建　　253

王兴家的购买车轿网络的申请被批准,她领取对牌后便交与买办房办理,回复王熙凤时不仅交回对牌,同时呈上的还有"买办的回押"[1]。第五十六回里平儿介绍说,各房购买头油脂粉的钱,都是"外头买办总领了去,按月使女人按房交与我们的"[2]。第六十一回里柳家的提到鸡蛋短缺时就说,"四五个买办出去,好容易才凑了二千个来"[3]。买办房的成员应该不会少,现在明确知道有两人,一人是钱华,他能参加账房、银库与买办房的联席会议,应有一定的地位;另一人是金文翔,他妹妹是贾母的贴身丫鬟鸳鸯,凭着这层关系,他的地位也不会低。在贾府内,只要动用"官中的钱"向外采购,就必定要经过账房、银库与买办房。为防止财务弊端,它们的管理不得由一人同时兼任。账房与银库分别由总管房的大管家林之孝与吴新登亲自掌管外,书中未提及买办房主管,但根据分人管理的原则,似应是总管房的另一个大管家单大良。

荣国府有四百余人,他们的生活所需全部实行供给制,无论主子还是奴仆,都有相应的等级待遇,于是必须有各种管理机构具体执行,以保证他们的生活不至于出现混乱。衣食住行是人类最基本的生活需求,在荣国府,吃的方面涉及的机构有负责供应膳食与餐具管理的厨房,供应茶水与茶具管理的茶房,若将吃药也归于此类,那么还要算上另一机构药房。荣国府上下人等的衣裤鞋袜,也是由"官中"供给,府内有一批称为"针线上的人"[4]专事缝纫,其机构不妨称为针线房。据第十四回与第二十七回提及的信息,张材家的应是针线

---

[1] 曹雪芹:《红楼梦》第十四回"林如海捐馆扬州城,贾宝玉路谒北静王",人民文学出版社1982年版第191页。
[2] 曹雪芹:《红楼梦》第五十六回"敏探春兴利除宿弊,时宝钗小惠全大体",人民文学出版社1982年版第783页。
[3] 曹雪芹:《红楼梦》第六十一回"投鼠忌器宝玉瞒赃,判冤决狱平儿行权",人民文学出版社1982年版第853页。
[4] 曹雪芹:《红楼梦》第三十二回"诉肺腑心迷活宝玉,含耻辱情烈死金钏",人民文学出版社1982年版第443页。

房的负责人。衣裳穿过后需要浆洗,荣国府设置了专门的机构包办此事,该机构不妨称为浆洗房。由第四十六回可知,"浆洗的头儿"[1]是鸳鸯的嫂嫂金文翔媳妇。在出行方面,许多人外出都得靠骑马,由第三十九回描写可知,相应的管理机构似是位于南院的马棚。荣国府豢养了不少马匹,第五十二回里宝玉外出拜客,马棚的几个马夫在门外"早预备下十来匹马专候"[2]。女眷常用的交通工具是车与轿,尽管宁国府与荣国府只是隔街相望,"只几步便走了过来"[3],但她们也是坐车往来。书中还常描写她们坐轿的情形,轿子则有大轿、驮轿、竹轿等各种。无论骑马还是坐车或是坐轿,甚至是什么规格的轿子,在不同场合,因各人性别、辈分与资历也都有讲究。动用车或轿时,又有"车轿人"[4]跟随,荣国府显然是将车与轿合在一处管理,该机构当称为车轿房。至于住的方面,书中并未提及相应的管理机构,只是在第四十六回提到荣国府在南京的房产由鸳鸯的父母等人看管。作品中有关管理的信息都是随情节发展需要而出现,当没有涉及府内那些房屋管理与维修的情节时,它们自然就会出现缺失,但这并不妨碍认定有这样一个管理机构的存在。

此外,书中还提及了一些大家族生活所需的管理机构。储藏与保管器物的是库房,荣国府设有两处。一处在后楼,贮藏绫罗绸缎,估计是为防止纺织品受潮,故设于楼上。另一处是缀锦阁,刘姥姥曾带板儿进去看过,"只见乌压压的堆着些围屏、桌椅、大小花灯之

---

[1] 曹雪芹:《红楼梦》第四十六回"尴尬人难免尴尬事,鸳鸯女誓绝鸳鸯偶",人民文学出版社1982年版第640页。
[2] 曹雪芹:《红楼梦》第五十二回"俏平儿情掩虾须镯,勇晴雯病补雀金裘",人民文学出版社1982年版第732页。
[3] 曹雪芹:《红楼梦》第七十五回"开夜宴异兆发悲音,赏中秋新词得佳谶",人民文学出版社1982年版第1069页。
[4] 曹雪芹:《红楼梦》第十四回"林如海捐馆扬州城,贾宝玉路谒北静王",人民文学出版社1982年版第194页。

类"[1],甚至连舡上划子、篙浆、遮阳幔子等物都有。在库房服役当差的叫"内库上人"[2],这是作者在第五十六回里交代的,库房的负责人则由王熙凤亲任,库房的钥匙全在她的手里。库房贮藏、保管的物品琳琅满目,但古董与金银器皿却不在其内,因为它们价值不菲且数量众多,故另有专设机构管理。古董房的职能是对府内所有古董造册登录,摆放处发生变化也须得登记在册。府内各房都有古董摆设,如怡红院房内就是"满墙满壁,皆系随依古董玩器之形抠成的槽子"[3]。蘅芜苑因宝钗不喜欢摆放古董而成例外,第四十回里贾母发现后,便忙"命鸳鸯去取些古董来",还责问道:"有现成的东西,为什么不摆?"[4]在第七十二回里,贾琏向鸳鸯询问摆在贾母房内蜡油冻佛手的下落,因为"古董房里的人也回过我两次,等我问准了好注上一笔"。后来发现那只佛手就在王熙凤房中,此事早已告知古董房,可是他们"发昏,没记上"[5],显然是管理中出了问题。荣国府内的金银器皿也是数量众多,而且还在不断增加,为了迎接元妃省亲,在第十六回里就可看到"贾蓉单管打造金银器皿"[6],紧接着第十七回至十八回中又提到"请凤姐开库,收金银器皿"[7],这是贾蓉打造后的移交,然后再统一分发至大观园诸房,其间金银器皿房造册登记是必不可少的工作,日后这些物件的调度,都得经过金银器皿房。在第四十

---

[1] 曹雪芹:《红楼梦》第四十回"史太君两宴大观园,金鸳鸯三宣牙牌令",人民文学出版社1982年版第545页。
[2] 曹雪芹:《红楼梦》第五十六回"敏探春兴利除宿弊,时宝钗小惠全大体",人民文学出版社1982年版第792页。
[3] 曹雪芹:《红楼梦》第十七回至十八回"大观园试才题对额,荣国府归省庆元宵",人民文学出版社1982年版第239页。
[4] 曹雪芹:《红楼梦》第四十回"史太君两宴大观园,金鸳鸯三宣牙牌令",人民文学出版社1982年版第555页。
[5] 曹雪芹:《红楼梦》第七十二回"王熙凤恃强羞说病,来旺妇倚势霸成亲",人民文学出版社1982年版第1020—1021页。
[6] 曹雪芹:《红楼梦》第十六回"贾元春才选凤藻宫,秦鲸卿夭逝黄泉路",人民文学出版社1982年版第220页。
[7] 曹雪芹:《红楼梦》第十七回至十八回"大观园试才题对额,荣国府归省庆元宵",人民文学出版社1982年版第243页。

回里,王熙凤等人为了捉弄刘姥姥,在宴会上故意给她使用"四楞象牙镶金的筷子",贾母见后说,这是"请客摆大筵席"才上桌面的物件。[1]这样的筷子难得一用,平常就该金银器皿房保管;同样,家常不使用的金银杯盏也当如此。在第三十五回里,挨打后的宝玉想吃小荷叶儿小莲蓬儿的汤,王熙凤先派人去厨房要银制的汤模子,厨房回复说,上次做汤后,汤模子都已上交,再去问茶房,回答是"不曾收",最后"还是管金银器皿的送了来"。[2]这一细节描写,既反映了荣国府专设机构职能划分的精细,同时也显露了它们的功能有一定的交叉重叠,故而连王熙凤一时也弄不清楚。

荣国府有许多门与外界相通,如大门、后门、侧门、角门等,那些门的出入状况涉及荣国府与大观园的安全,都有专人管理看守,相应的管理机构可称为门房。荣国府内主子居住的内宅是核心区域,出入须经过二门,非居住者哪怕是至亲好友,也只能走到二门口停下,请当值者通报,得到允许后才能入内。第六回里贾蓉求见王熙凤、第十六回里贾蓉与贾蔷求见贾琏,都是先经由二门上的小厮通报,得到批准后方能进入。二门是要害所在,故其管理权直接划归于贾琏、王熙凤夫妇。荣国府门多,当值者亦多,有些人就利用手中权力谋取利益。在第七十一回里,尤氏发现尽管已过了时辰,"园中正门与各处角门仍未关"[3],这仅仅是管理松懈还是另有原因?第七十二回里的描写作出了回答:潘又安之所以能私自入园与司棋约会,前提是"二人便设法彼此里外买嘱园内老婆子们留门看道"。[4]门房看守

---

[1] 曹雪芹:《红楼梦》第四十回"史太君两宴大观园,金鸳鸯三宣牙牌令",人民文学出版社1982年版第550—551页。
[2] 曹雪芹:《红楼梦》第三十五回"白玉钏亲尝莲叶羹,黄金莺巧结梅花络",人民文学出版社1982年版第476页。
[3] 曹雪芹:《红楼梦》第七十一回"嫌隙人有心生嫌隙,鸳鸯女无意遇鸳鸯",人民文学出版社1982年版第1004页。
[4] 曹雪芹:《红楼梦》第七十二回"王熙凤恃强羞说病,来旺妇倚势霸成亲",人民文学出版社1982年版第1017页。

第五章　研究系统的新构建　　257

不严，结果便是"趋便藏贼引奸引盗"，难怪第七十三回里贾母发现"门户任意开锁"的状况后大为震怒。[1]

为迎接元妃省亲，荣国府曾设置了戏房，因府内的主子有看戏的需求，戏房便保留了下来，所在处为原安置薛姨妈一家的梨香院，由贾蔷"总理其日用出入银钱等事，以及诸凡大小所需之物料账目"[2]。后来老太妃死了，朝廷下令"各官宦家，凡养优伶男女者，一概蠲免遣发"[3]，荣国府的戏房也在此时撤销了。此外，荣国府还有家庙铁槛寺，与水月庵、水仙庵及地藏庵等寺庙关系也十分密切，每月向它们发放月例银子，由第七回中水月庵主持净虚催讨月例银子的描写可知，管理者是余信。

荣国府可能还有其他的管理机构，由于作者描写情节时没有必要提及，故而在书中未曾出现，而随着情节发展浮现出的那些机构，已可组成比较完整的管理体系，它们在总管房统一协调下运转，使荣国府的生活有条不紊地展开。有时，它们还成为情节展开时的重要元素。从第六十回到六十二回，作者围绕大观园的厨房做足了文章，第五十六回探春要推行兴利除宿弊的措施，如何对付账房与买办房就是她要考虑的重要内容。就连不甚起眼的戏房，在情节发展中也有过不可忽略的作用。第二十三回"牡丹亭艳曲警芳心"，是历来红学研究者喜欢引用的经典描写，其起因就是林黛玉听到戏房里女孩子在演习《牡丹亭》；而第三十六回对掌管戏房的贾蔷与小旦龄官的恋情的描写，突出了宝玉对情缘认识的深化："自此深悟人生情缘，各有分定。"[4]

---

[1] 曹雪芹：《红楼梦》第七十三回"痴丫头误拾绣春囊，懦小姐不问累金凤"，人民文学出版社1982年版第1034页。

[2] 曹雪芹：《红楼梦》第十七回至十八回"大观园试才题对额，荣国府归省庆元宵"，人民文学出版社1982年版第242页。

[3] 曹雪芹：《红楼梦》第五十八回"杏子阴假凤泣虚凰，茜纱窗真情揆痴理"，人民文学出版社1982年版第818页。

[4] 曹雪芹：《红楼梦》第三十六回"绣鸳鸯梦兆绛芸轩，识分定情悟梨香院"，人民文学出版社1982年版第496页。

荣国府内不少矛盾与风波的发生，都与某些管理机构相关，也正是对这些矛盾与风波的描写，才使各个管理机构呈现在读者眼前。

各个管理机构在书中不是静止的存在，它们是在运转过程中才引发了各种矛盾与冲突。其运转并非随心所欲的无序状态，我们有意识地收集、汇总与梳理这方面信息时，便可发现其间有一套严整的管理制度，书中往往以"旧例"一词相称。有两条原则可谓是这套管理制度设立的基石，而置于首位的应是"尊卑有序"，它体现在荣国府生活的方方面面。就拿厨房的供应来说，不同等级的人分别有各自的"分例"相对应。贾母的伙食标准最高，据第六十一回里柳家的介绍，是"把天下所有的菜蔬用水牌写了，天天转着吃"[1]，第七十五回里又介绍说，各房主子还须将自己的"分例"菜送一样给她，这是"各房另外孝敬的旧规矩"[2]。王熙凤的"分例"当然要低于贾母，但也相当丰盛，第六回里刘姥姥看到，"桌上碗盘森列"，她用膳后"仍是满满的鱼肉在内"[3]。平儿的身份是通房丫头，她就只有"四样分例菜"，与王熙凤一起用膳时，还须得"屈一膝于炕沿之上，半身犹立于炕下"[4]，以表示对王熙凤的尊重与恭顺。荣国府内诸人衣着也是统一供给，正如第三十七回里秋纹所说，"衣裳也是小事，年年横竖也得"[5]，各人按自己的等级领取"分例"，第二十七回里探春就曾提到贾环衣着的"分例"。

贯穿于管理制度的第二条原则是防止作弊，故而设置了一些检

---

[1] 曹雪芹：《红楼梦》第六十一回"投鼠忌器宝玉瞒赃，判冤决狱平儿行权"，人民文学出版社1982年版第855页。

[2] 曹雪芹：《红楼梦》第七十五回"开夜宴异兆发悲音，赏中秋新词得佳谶"，人民文学出版社1982年版第1067页。

[3] 曹雪芹：《红楼梦》第六回"贾宝玉初试云雨情，刘姥姥一进荣国府"，人民文学出版社1982年版第101页。

[4] 曹雪芹：《红楼梦》第五十五回"辱亲女愚妾争闲气，欺幼主刁奴蓄险心"，人民文学出版社1982年版第781页。

[5] 曹雪芹：《红楼梦》第三十七回"秋爽斋偶结海棠社，蘅芜苑夜拟菊花题"，人民文学出版社1982年版第508页。

查、审核与相互制约的措施。如为了保证大观园夜间的安全，总管房每天都安排一批人"上夜"，即值夜班，同时大管家还要带人巡夜，检查这些人值班的状态。第六十三回里就描写了林之孝家的带着几个管事的女人如何查上夜：大观园里各房都要查到，每到一处，又要清点上夜的人数，并作"别要钱吃酒，放倒头睡到大天亮"之类的训诫，而众人则回答说"那里有那样大胆子的人"。[1] 可是等林之孝家的等人一走，赌局便开场了，这种情况在园内是公开的秘密，就连林黛玉也知晓个中详情。在第四十五回里，她对送燕窝来的婆子说："我也知道你们忙。如今天又凉，夜又长，越发该会个夜局，痛赌两场了。"那婆子也坦承道："今儿又是我的头家，如今园门关了，就该上场了。"[2] 连不问俗事的黛玉都已知晓，负责巡夜的林之孝家的当然不会蒙在鼓里，那她为何又佯作不知呢？谜底在第七十三回里揭晓：贾母发怒，下令彻查赌局，"原来这三个大头家，一个就是林之孝家的两姨亲家"[3]。其实，探春代管家务时已感觉到林之孝家的巡夜并不可靠，故而她与李纨、宝钗每天晚上也都"带领园中上夜人等各处巡察一次"[4]，但她们的努力并不能改变园中夜间当值者耍钱吃酒争斗已"渐次放诞"[5] 的态势，负责督查的总负责人林之孝家的有意放任是根本原因。就制度层面而言，防止玩忽职守的考虑似已较周全，但设计者未曾考虑到该如何对该制度的总负责人进行约束。

对于银钱的动用，荣国府也设立了一套完整的制度以防止经手人

---

[1] 曹雪芹：《红楼梦》第六十三回"寿怡红群芳开夜宴，死金丹独艳理亲丧"，人民文学出版社1982年版第887页。
[2] 曹雪芹：《红楼梦》第四十五回"金兰契互剖金兰语，风雨夕闷制风雨词"，人民文学出版社1982年版第629页。
[3] 曹雪芹：《红楼梦》第七十三回"痴丫头误拾绣春囊，懦小姐不问累金凤"，人民文学出版社1982年版第1035页。
[4] 曹雪芹：《红楼梦》第五十五回"辱亲女愚妾争闲气，欺幼主刁奴蓄险心"，人民文学出版社1982年版第771页。
[5] 曹雪芹：《红楼梦》第七十三回"痴丫头误拾绣春囊，懦小姐不问累金凤"，人民文学出版社1982年版第1034页。

作弊，第十四回里就透露了一些这方面的信息。协助王夫人管理家务的王熙凤掌握了一笔流动资金，但这些银钱不在她身边，而是由银库保管，需要用钱时王熙凤就靠对牌调度。对牌的一半在王熙凤手里，另一半在银库，两者相合，银库才会支出银子，其功能有点像古代调动军队的虎符。当需要动用"官中"的银钱外出购买物品时，由总管房或相关管家开出帖子，写明何物购多少，应用银若干。王熙凤审核后同意，就命身边小童彩明收帖登记，并将对牌交来人去支银。银库验牌后发出银钱，该人再将银钱交买办外出购物。事办完后，持牌人将"回押"，即买办购物用银多少的证明呈王熙凤查验，并将对牌交还给她，而"回押"则须呈交账房入账。类似的情节后来在作品中又出现了三次：第二十三回里，管理小和尚的贾芹要领取经费，"贾琏批票画了押，登时发了对牌出去。银库上按数发出三个月的供给来，白花花二三百两"[1]；第二十四回里，贾芸得到大观园种树的差使，"便写个领票来领对牌"，"彩明走了出来，单要了领票进去，批了银数年月，一并连对牌交与了贾芸"，喜不自禁的贾芸"翻身走到银库上，交与收牌票的，领了银子"[2]；第五十五回里，赵姨娘的兄弟死了，李纨不了解姨娘的某些待遇有"家里的"与"外头的"的分别，欲仿抚恤袭人母丧之例赏银四十两，"吴新登家的听了，忙答应了是，接了对牌就走"[3]。此时李纨、探春与宝钗因王熙凤患病代理管家，故而对牌移交到她们手里。

第六十八回里，善姐曾唬弄尤二姐，说王熙凤忙得很，"银子上

---

[1] 曹雪芹：《红楼梦》第二十三回"西厢记妙词通戏语，牡丹亭艳曲警芳心"，人民文学出版社1982年版第318—319页。
[2] 曹雪芹：《红楼梦》第二十四回"醉金刚轻财尚义侠，痴女儿遗帕惹相思"，人民文学出版社1982年版第340页。
[3] 曹雪芹：《红楼梦》第五十五回"辱亲女愚妾争闲气，欺幼主刁奴蓄险心"，人民文学出版社1982年版第771页。

千钱上万,一日都从他一个手一个心一个口里调度"[1],读者也常会产生误解,以为荣国府所有银钱的动用都得由王熙凤审批。可是对书中提供的不少信息的分析表明,日常情形并非如此,实际上也无法这样操作。第六十一回里柳家的提到,她负责的大观园内的小厨房,每日需购买一吊钱的新鲜蔬菜,要她天天到王熙凤那儿领对牌,再到银库支取一吊钱,然后再交与买办外出购买,这样一圈折腾下来,小厨房一日三餐的供应早就被耽搁了。按照上述方法操作显然不可能,而且各管理机构都有固定的日常开支,大家都到王熙凤那儿领对牌支钱,别说王熙凤应对不了,全府只有一副对牌,也根本无法周转。第七十二回里写道,贾琏掌管的流动资金用完了,他托鸳鸯帮忙时提到,"也还有人手里管的起千数两银子的"[2],但没人敢挪给他使用。这是一个十分重要的信息,它表明为了应对日常的固定开支,各管理机构的负责人都有一定数额可动用的银两,贾琏与王熙凤都管不着这笔资金。这意味着总管房对各管理机构一年的开支都有预算,保证专款专用。账房负责的是账面上的预算,银子则都在银库,各管理机构需要时前去支取。

　　收集、综合与梳理散见于作品各处的相关信息,可以看到荣国府里存在着一套完整的管理机构,它正按相应的规章制度运行着,而这并不是曹雪芹创作小说时的特意设置。他早年生活于封建大家族,曾亲见亲闻这类管理机构与相应的规章制度,也亲身感受到它们在自己生活中的作用,他讲述封建大家族的故事时,自然也少不了这方面的内容。当然,他的着眼点是故事的讲述,有关管理机构与规章制度的内容,只有当情节发展需要时才会出现。曹雪芹在第六回里曾说,

---

[1] 曹雪芹:《红楼梦》第六十八回 "苦尤娘赚入大观园,酸凤姐大闹宁国府",人民文学出版社 1982 年版第 965—966 页。
[2] 曹雪芹:《红楼梦》第七十二回 "王熙凤恃强羞说病,来旺妇倚势霸成亲",人民文学出版社 1982 年版第 1021 页。

"按荣府中一宅人合算起来，人口虽不多，从上至下也有三四百丁；虽事不多，一天也有一二十件，竟如乱麻一般"[1]，能将头绪纷繁的人与事有机组合，使全书情节有条不紊地发展，这充分显示了曹雪芹天才的艺术创造力，其中也包括那套管理机构与规章制度对情节有序发展的支撑。作品中这套机构与制度的存在，不仅艺术地再现了大地主大贵族家庭生活的真实，而且也使全书情节的发展建立在严整结构的基础上，从而能自然地展现这个封建大家庭生活的各个侧面。尽管书中有那么多人，发生了那么多事，但由于他们都处于分条块管理的框架之中，于是这部作品读起来就没有杂乱无章、漫无头绪的感觉。

这套管理机构与制度对于情节的发展并非只起支撑作用，在不少场合，它们又是情节本身必不可少的有机组成部分。如果缺少了月钱发放制度，那么王熙凤与赵姨娘的冲突以及与李纨的矛盾，王熙凤挪用月钱放债，王夫人提升袭人为准姨娘的举措，等等，一系列故事将无法着笔；如果缺少了关于门房的描述，荣国府内许多争斗或弊端的起因就无从谈起；而如果缺少了厨房，围绕它展开的好多故事都得从书中消失。各个机构与制度，在故事发展的过程中都有类似的作用，只是相对应内容的篇幅各有大小而已。而且，曹雪芹借助这套管理机构与制度，还写出了既不是主子但又有别于一般奴仆的管家阶层。这些管家自己也是没有人身自由的奴仆，但他们管理欺压下层奴仆时却也是颐指气使，同时又利用职权盗取主子钱财而自肥。那些大小管家是贾府中的重要存在，缺了他们，庞大的管理机构就无法运转，主子们穷奢极侈的生活将随之难以维持，荣国府将成为杂乱无序的所在，而《红楼梦》也成不了一部伟大的现实主义杰作。

《红楼梦》中的管理机构与制度已具有完整的体系形态，但长久

---

[1] 曹雪芹：《红楼梦》第六回"贾宝玉初试云雨情，刘姥姥一进荣国府"，人民文学出版社1982年版第94页。

以来却被人忽略,这是因为它不像结构、情节、人物形象与语言等文学要素那般直观地显示,也不在作家作品研究系统的范围之内,因而不会被人们列为研究对象。而且,只有经过收集梳理,使之以体系形态呈现,即构建相应的新的研究系统并据此考察作品时,这类描写的集合才能充分显示出对深刻理解作品内涵与意义的重要性。这是先前未曾有过的研究路径,自然也就无法借用原有的各种研究系统。上文的具体阐述,实际上是经过收集梳理,进行了这套管理机构与制度的还原工作,这类工作可归纳为三个步骤:

首先,仔细阅读作品,发现这套管理机构与制度的存在。在阅读作品特别是初次阅读时,人们的注意力往往集中于情节主线的发展,与之不直接相关的叙述易被略过或下意识地屏蔽,也不会去体察作者作此类描述的意图。当越过欣赏阶段而开始研究时,就需要反复仔细地阅读作品,包括原先略过的与情节主线不直接相关的内容,这时那些管理机构与制度便陆续呈现在眼前,逐渐便可意识到它们实际上已自成体系。其次,以考察这套管理机构与制度为主要目标再次阅读作品,钩稽与之相关的内容,同时又将其归类。如考察管理机构时,将涉及总管房、账房、银库等各机构的描写都各自归为一类,待这项工作完成,荣国府管理机构体系的模样已初步呈现。再次,书中关于各机构的描写都是零散地存在,将其归类后也只是一条条孤立性材料的汇总,这时需要逐类地进行分析,厘清并梳理各机构的职能、人员组成与活动范围,厘清它们间的交集,以此为基础,使原本孤立性描写的内在联系逐渐浮现。在寻觅其间的联系时,还不能仅局限于关于管理机构的直接描写。如书中关于总管房的材料只有零散的几条,无法由此知晓其人员组成,而作者在第五十四回里开列了元宵节后荣国府管家请贾母吃年酒的名单,他们分别是赖大、林之孝、单大良与吴新登,第七十三回里则有王熙凤"命人速传林之孝家的等总理家事四个媳妇到来"之语,以此为线索再查寻书中关于这四对夫妇所负责的工作的描写，就可以确切地判定，总管房就是由这些人组成，他们同时又各自分管了荣国府内要害部门。通过这样的方法，荣国府管理机构与制度构成的体系就可以完整地复原。最后，这套管理机构与制度并非游离于《红楼梦》的情节发展之外，而是拆解后以零散的形式融入了各个情节，有时甚至是推动情节发展的重要因素。同时，这套管理机构与制度整体的存在，又是全书情节发展有序化的保证之一。这套管理机构与制度本身已构成一个系统，追寻其中各个元素之间的联系，有助于我们更清楚与全面地了解该系统整体及其各组成部分在书中的意义与作用。此系统与书中人物、情节、语言等各自构成的系统一样，都是《红楼梦》这一大系统的子系统，它们之间，甚至它们所包含的元素之间都有着密不可分的有机联系。各子系统的研究都服务于《红楼梦》研究的总目的，而综合各子系统进行交叉融合性的研究，则可使《红楼梦》的整体研究进一步深化。上述前三步工作，是着眼于管理机构与制度对全书作相关筛滤，继而建立筛滤出的元素之间的联系，并使之成为一个系统。做这些处理时，与情节描写有相当程度的割断，而最后一步工作，则是将已建立的管理机构与制度系统融入全书所构成的大系统，着眼于它与其他子系统，以及它与大系统整体之间的联系，这时方能达到推动《红楼梦》整体研究的目的。

　　一部作家精心创作的作品，其情节往往不会是直白且平铺直叙地一往直前，书中常有含蓄的描写，甚至有不写之写，留下让读者思索的空间。不少描写似与情节主线的推进不直接相关，但作者将它们写入作品自有其用意。将这类内容整体视为一集合，追寻其间各元素间的联系，常可构成一系统，对该系统，以及该系统与作者创作意图间关系的研究，可加深对作品的把握与理解。《红楼梦》中管理机构与制度体系的建立与相应研究，就是这方面的一个例证。在某种意义上也可以说，它提供了新的研究模式的示范。

三、跨越作品的零散信息与系统构建

在小说中，或多或少都有些与情节主线不直接相关的描写，其中有些删去或被替换，对故事发展都不会有太大的影响。如冯梦龙《古今小说》第十八卷描写了杨复外出经商的奇遇：他在西安已有家室，为经商方便又在漳浦被檗家招赘，也生一子。后来他被倭寇掳去，其间两个儿子逐渐长成并当了官。十九年后，杨复随倭寇返国被误抓，幸遇其二子得到了解救。这则故事的叙述娓娓动人，而在作品开始时，作者交代了杨复前往福建经商的缘由，他和妻子商量道：

> 杨八老对李氏商议道："我年近三旬，读书不就，家事日渐消乏。祖上原在闽、广为商，我欲凑些赀本，买办货物，往漳州商贩，图几分利息，以为赡家之资。不知娘子意下如何？" 李氏道："妾闻治家以勤俭为本，守株待兔，岂是良图？乘此壮年，正堪跋踄；速整行李，不必迟疑也。"[1]

没有这番商议，就没有杨复的外出经商，也不会发生后来一连串的曲折故事，因此这是作品开始时必不可少的交代。在这段交代中，"年近三旬，读书不就"一语透露了杨复原是儒生的身份，但他未能取得功名，同时又受到"家事日渐消乏"的压力，终于走上了弃儒经商的道路。对杨复来说，这应该是极为重要且痛苦的选择，但就作品构思而言，不管杨复原是儒生或本来就是商人，甚至无论安排他是什么身

---

[1] 冯梦龙：《古今小说》第十八卷 "杨八老越国奇逢"，《古本小说集成》第四辑，上海古籍出版社 1994 年版第 664 页。

份，对故事的发展都不会产生太大影响，即在作品中这是可有可无且可被置换的信息，它应该不是作者的有意设置，当是他在现实生活中有所见闻而写入了作品。

冯梦龙在《醒世恒言》第十卷里，为主人公刘奇安排的身份也是儒生，"自幼攻书，博通今古，指望致身青云"，可是他的人生选择却是开了家布店，"一二年间，挣下一个老大家业"。[1]刘奇曾是儒生的背景在情节发展过程中多少起了点作用，因为后来他要在墙上题诗，与女主人公刘方互诉爱慕之情。不过，如果将刘奇安排为自幼读过书的商贾子弟，他同样可墙头题诗，并无碍于情节的发展。这显然也是作品中可有可无且可被置换的信息，而作者在无意中又让读者见到一个弃儒经商的人物形象。

在与冯梦龙齐名的凌濛初的作品中，也出现了类似的现象。《二刻拍案惊奇》卷二十一描写的是破案故事，人们阅读时关心的是王爵究竟为何人所杀，都察院的许公又如何破案，对于作者在开篇处对王家情况的介绍却容易忽略：

> 话说国朝正德年间，陕西有兄弟二人，一个名唤王爵，一个名唤王禄。祖是个贡途知县，致仕在家。父是个盐商，与母俱在堂。王爵生有一子，名一臬，王禄生有一子，名一夔。爵、禄两人幼年俱读书，爵进学为生员。禄废业不成，却精于商贾榷算之事，其父就带他去山东相帮种盐。见他能事，后来其父不出去了，将银一千两托他自往山东做盐商去。[2]

由上述介绍可以知道，王爵的祖父是"贡途知县"，即由贡生进入仕

---

[1] 冯梦龙:《醒世恒言》第十卷"刘小官雌雄兄弟"，人民文学出版社1956年版第222页。
[2] 凌濛初:《二刻拍案惊奇》卷二十一"许察院感梦擒僧，王氏子因风获盗"，《古本小说集成》第五辑，上海古籍出版社1994年版第1005—1006页。

途，其功名为秀才，可是他的儿子即王爵的父亲却是个盐商。王爵与王禄兄弟二人"幼年俱读书"，王爵考取了秀才，王禄却"废业不成"，干脆继承父业，当了个盐商。王家三代都在儒与商之间摇摆，而王禄走的是弃儒经商的道路。

在凌濛初《二刻拍案惊奇》卷三十七"叠居奇程客得助，三救厄海神显灵"中，又可以看到弃儒经商的例子。这则故事描写徽商程宰因得海神相助，经商屡获巨利，后来三遇危厄，也都是海神救其脱难，而在作品开篇处，作者就介绍程宰是"世代儒门，少时多曾习读诗书"[1]。其实，如果在介绍中将程宰身份换成出身于商贾世家，故事情节发展并不会受到任何影响。凌濛初如此介绍有其出处，这篇作品是根据嘉靖时蔡羽《辽阳海神传》改编而成，蔡作最后写道："程故儒家子，少尝读书，其言历历，具有原委。"[2]蔡羽在篇末加上这一介绍，是想说明程宰口述的真实性，它纯是整个故事的篇外之语，与情节发展并无关系。凌濛初将这一介绍从篇末移至篇首，同时又对程宰为何弃儒经商增添了解释："徽州风俗，以商贾为第一等生业，科第反在次着。"[3]读者通过这一解释可以理解徽州人程宰为何会抛弃书本捧起算盘。《拍案惊奇》卷之二中，因"家道艰难"而"已自弃书从商"的潘甲[4]，同样也是徽州人。在《生绡剪》第十一回中，曹亮是个"饱学秀才"，其子曹复古自幼随父攻书，通晓经史，可是"家道一发穷得不像样了"，曹复古出于无奈，借贷了银两外出做生意。他先跑到苏州城里卖假药，后来又做盐务买卖，不

---

[1] 凌濛初：《二刻拍案惊奇》卷三十七"叠居奇程客得助，三救厄海神显灵"，《古本小说集成》第五辑，上海古籍出版社 1994 年版第 1683 页。
[2] 蔡羽：《辽阳海神传》，载《古今说海》说渊十六，巴蜀书社 1988 年版第 279 页。
[3] 凌濛初：《二刻拍案惊奇》卷三十七"叠居奇程客得助，三救厄海神显灵"，《古本小说集成》第五辑，上海古籍出版社 1994 年版第 1683 页。
[4] 凌濛初：《拍案惊奇》卷之二"姚滴珠避羞惹羞，郑月娥将错就错"，上海古籍出版社 1982 年版第 29 页。

几年后,这位穷书生居然不仅高堂大厦、美食鲜衣、使婢唤奴、轻车骏马,而且还轻而易举地当上了官。曹复古是"直隶徽州府休宁县"人[1],他的经历也证实了凌濛初所说的徽州重商贾轻科第的风俗。由以上介绍可知,穷书生弃儒经商的直接原因往往是为生计所迫,而随着尊商鄙儒观念地位的逐渐上升,弃儒经商也就逐渐成为较普遍的社会现象。

不过弃儒经商并非只是发生在徽州地区的现象,在前面提到的作品中,杨复、王爵都是陕西人,刘奇是山东人,显然无法用徽州的风俗解释他们何以弃儒经商,而王爵这一人物形象,就是出自凌濛初的笔下,他另一篇小说,《拍案惊奇》卷之一中,"看见别人经商图利的,时常获利几倍,便也思量做些生意"[2]的文实,就是苏州府长洲县人。当时的小说中写到徽州以外的读书人弃儒经商的事例还时常可见,李渔《十二楼》中的《萃雅楼》在第一回里就写道,金仲雨与刘敏叔都是"到二十岁外,都出了学门,要做贸易之事"。在决定做何种买卖时还商议道:"我们都是读书朋友,虽然弃了举业,也还要择术而行,寻些斯文交易做做,才不失文人之体。"[3]商议的结果,是选择了较为文雅的书籍、香料、花卉与古董之类的买卖。李渔在开篇处就介绍道,金仲雨与刘敏叔是"北京顺天府宛平县"人。李渔在《连城璧》巳集中描写了秦世良经历惊险终于发家的故事,还介绍说,此人"是个儒家之子。少年也读书赴考,后来因家事萧条,不能糊口,只得废了举业,开个极小的铺子,卖些草纸灯心之类"[4],而这位秦

---

[1] 钝庵:《生绡剪》第十一回"曹十三草鼠金章,李十万恩山义海",《古本小说集成》第一辑,上海古籍出版社1994年版第609—610页
[2] 凌濛初:《拍案惊奇》卷之一"转运汉遇巧洞庭红,波斯胡指破鼍龙壳",上海古籍出版社1982年版第5页。
[3] 李渔:《十二楼》卷之六《萃雅楼》,《古本小说集成》第二辑,上海古籍出版社1994年版第322—323页。
[4] 李渔:《连城璧》巳集"遭风遇盗致奇赢,让本还财成巨富",《古本小说集成》第一辑,上海古籍出版社1994年版第354—355页。

世良也非徽州人,他是广东南海县人。在天然痴叟《石点头》第一卷"郭挺之榜前认子"中,主人公郭乔的家乡是"南直隶庐州府合肥县",他屡试不第,"到了三十以外,还是一个秀才"[1],于是他也做起了买卖。郭乔由于家境比较宽裕,便能一面潇洒地游山玩水,一面指挥家人在安徽、广东之间来回贩运,每跑一次就可赚几百两银子,比秦世良开始时只是"开个极小的铺子"强多了。

当时不少小说中的商贾都显示出了早年曾为儒生的身份,有的作者在讲史故事时甚至还出言劝导尚在彷徨犹豫中的书生早下决断:

> 若是秀才,儿子又读书,美名是接续书香,其实是世家穷鬼。除非速速知机,另显手段,即不想做发达路头,终久三头五分,暂且活活小肠。……若今日诗云,明日子曰,指望天下脱落富贵来,不怕你九个饿死十个哩![2]

有的小说还写道,穷书生若仍坚持读书,就会遭到世人嘲讽。瓮庵子《生绡剪》第十二回中,穷书生虞廷家中揭不开锅,到伯伯那儿去借粮,结果被奚落了一通:"可笑我那侄儿,这一把年纪,也不去觅些生意做做。"他的勤奋苦读,也被讥为"咿咿唔唔,只是妆鬼叫"[3]。

在上述描写明末故事的作品里,主人公都是抛弃了举业去经商,他们的这一经历并非故事的重要组成,如果抽去他们曾为读书人的内容另换其他身份,其实不影响后面情节的曲折变化。这表明他们曾为读书人并非作者安排情节时非此不可的设计,应该是作者身边有过这

---

[1] 天然痴叟:《石点头》第一卷"郭挺之榜前认子",《古本小说集成》第五辑,上海古籍出版社1994年版第4页。
[2] 钝庵:《生绡剪》第十一回"曹十三草鼠金章,李十万恩山义海",《古本小说集成》第一辑,上海古籍出版社1994年版第608—609页。
[3] 瓮庵子:《生绡剪》第十二回"举世谁知雪送炭,相看都是锦添花",《古本小说集成》第一辑,上海古籍出版社1994年版第661页。

样的令其感慨的人和事，创作时便写入了作品。上述各作品中都有类似的内容，已可说明这是明末清初时小说创作的共同现象，如果再仔细检索当时的其他小说，还可以发现更多的类似描写。现实生活中倘若没有或很少有此类现象，作品中就不会有或只是个别的相应描写，如今它成了创作中常见的内容，那就应该是明末时弃儒经商已是社会上较普遍的现象。

这是汇合类似描写并作分析归纳而得到的结论，而史家于此却无有涉及，因为他们研究所依据的正史中并无这方面的记载。这一发现也证明，正史的记载远未能涵括我们历史的全部。在那里，所载录的大多为战争的爆发与结束、政界的争斗与动荡以及烦琐枯燥的典章制度、礼乐祭祀之类，而涉及的历史人物又不外是帝王将相以及与军国大事相关的某些官吏或名士。士人是封建时代极为重要的社会集团，但即使是金榜题名的进士，也只有较少的一部分人有幸被正史立传，而进士之下还有举人、秀才，甚至与秀才也无缘的童生，这些人偏又占了士人的绝大多数。如果因为正史未有载录而将他们的生活状况、经历遭遇与思想倾向等等全都置之不问，那么研究只能是残缺不全的，人们也难以恰如其分地说明整个士人集团的动向及其原因，甚至还可能对某些历史事件的发生与变化感到莫名其妙。对商贾历史的研究也是如此。如《明史·食货志》等确实对当时经济生活的某些方面作了粗线条的勾勒，但是若要具体地了解明代中后叶商贾势力膨胀的历程，以及社会价值观念、封建伦理道德观念因此而遭到的越来越猛烈的冲击，研究者就须得另辟蹊径。因为仅凭正史，这样的研究将由于材料缺乏而难以进行，更遑论深入的研究。

正史未载明末弃儒经商的发生与蔓延，而在明清时的笔记中，偶尔会见到一些儒生经商的事例。如万历年间宁波人孙春阳"应童子试不售，遂弃举子业为贸迁之术"。他先是在苏州开了个小铺，后来小铺扩展成"天下闻名"的孙春阳南货铺，"其店规之严，选制之精，合郡无有也"[1]。清道光间梁章钜提及该铺时还写道："自明至今，已二百四十余年，子孙尚食其利，无他姓顶代者。"[2]孙春阳无疑是弃儒经商的成功人物，但仅凭有关记载，却无法断定这是历史上的偶然事例，还是较普遍的弃儒经商现象中的脱颖而出者，而综合其时小说中那许多儒生经商故事的描写，便可作出应是后者的判断。

正史中并无关于明末时较普遍地出现弃儒经商现象的记载，我们认定此现象确为史实，所凭借的依据是当时小说中的描写。小说描写当然不可随意地当作史料运用，但经过筛滤与归类分析之后，却可在一定程度上复原当年的社会现象。所谓筛滤与归类分析，是指处理那些小说描写的两个步骤。首先，关注那些具有儒生身份的商人，随后可发现将此身份做替换后并不影响后面情节的展开。那些商人具有此身份，或是作者从现实生活取材时，故事原型即如此，或是所见所闻给作者留下较深的印象，创作时便将其融入作品。总之，小说故事是在对生活素材作剪裁、捏合基础上的虚构，小说人物也无法与历史上的人物作对应，但主人公弃儒经商身份，却有着生活中的真实为支撑，而非作者的臆造。正如明代小说评论家叶昼所言："非世上先有是事，即令文人面壁九年，呕血十石，亦何能至此哉？"[3]其次，只有一个作家笔下出现曾为儒生的商人形象，这有可能是当时社会生活中的偶然事例，如今明末清初时不少小说都出现了这样的人物形象，将它们作归类分析后即可作出判断：明末时确出现了较普遍的弃儒经商的现象。当年社会生活中的真实，在今日看来即史实，尽管它抽象于小说描写，而非正史的记载。

上述处理方法实际上是将各作品中有关弃儒经商的信息抽取出

---

[1] 钱泳：《履园丛话》丛话二十四"孙春阳"，中华书局1979年版第640—641页。
[2] 梁章钜：《浪迹续谈》卷一"孙春阳"，福建人民出版社1983年版第4页。
[3] 叶昼：《水浒传一百回文字优劣》，见黄霖，韩同文选注《中国历代小说论著选》，江西人民出版社1982年版第186页。

来归为一类，即建立了一个新的系统。此系统不是建立于某部作品之内，而是跨越了各部作品；建立的目的也不是要进行某种艺术分析，而是为了揭示某一史实，这在加深对作品的理解方面也不无益处。不过，研究并非到此而结束，因为还有个问题有待回答，即明末时为何会发生较普遍的弃儒经商的现象。前面的考察比较偏重于"儒"，而要回答此现象发生的原因，就须得加强对"商"的考察，并将注意力集中于儒贾关系及其演变。为了对此现象作较完整的研究，还得构建更大的系统，其要素的抽取也同样是跨越了各部作品。

在明中叶以前，弃儒经商是不可思议之事。当时各社会阶层等级秩序的排列为士、农、工、商，地位最高的"士"被视为封建国家的精华，是社会上道德操守的表率。各级官吏都是通过科举考试从读书人中遴选，获得功名的士人可以获得减免租税和徭役的特权。商贾则是被朝廷压于社会底层的贱民，明初的封建统治者一方面严厉地控制商贾的经营活动，同时还制定了许多带歧视性的法令，以压低他们的社会地位。就拿穿衣这种小事来说，明太祖就曾在洪武十四年（1381）作出规定："农家许着绸纱绢布，商贾之家，止许着绢布，如农民之家，但有一人为商贾者，亦不许着绸纱。"[1]一直到正德年间，明政府还重申过"商贩、仆役、倡优、下贱不许服用貂裘"[2]，"商贾、技艺家器皿不许用银"[3]之类的禁令。可见在明初，封建统治者从各个方面都采取了配套措施，以保证将商贾打入与仆役、倡优、技艺、下贱同列的社会底层。当然，并不是在那样的环境中就没有书生经商，须知经商毕竟可以获利。如后来官至云南布政使的袁恺，年轻

---

[1] 田艺蘅：《留青日札》卷二十二"我朝服饰"，上海古籍出版社1985年版第427页。
[2] 《明史》卷六十七，中华书局1974年版第1650页。
[3] 《明史》卷六十八，中华书局1974年版第1672页。

时由于实在太穷也做过买卖。从"独学时出事贾贩,不为人知"[1]的记载来看,这位袁恺对于不得已的经商抱有深重的羞愧感,而这种事一旦传出去,他将不齿于士林,成为终身的污点。袁恺是景泰二年的进士,他偷偷地做买卖当是宣德、正统年间的事。明末出现较普遍的弃儒经商现象使人感到疑惑的原因正在于此:列于首位的"士"怎肯放弃尊贵的身份而甘心去做排在末位的"商"?

对于这个问题,正史同样没有提供相关的记载,而通过明末清初的一些小说描写,却可发现答案所在。在明末的拟话本集《石点头》第四卷中,作者天然痴叟曾经细致地描摹了米商孙谨出场时的衣着打扮:

> 头戴时兴密结不长不短骔帽,身穿秋香夹软纱道袍,脚穿玄色浅面靴头鞋。白袜袜上,罩着水绿绉纱夹袄,并桃红绉纱裤子。[2]

阅读古代小说时,这类描写易被一掠而过,孙谨的衣着与后面的情节确实也没什么关系,可是与前所述朝廷洪武十四年的商贾"不许着紬纱"的规定相较,这位米商的一身穿戴,显然是违反了太祖皇帝的禁令。当年皇上的旨意是严格且严厉地令行禁止,正如万历时吏部尚书张瀚所言:"国朝士女服饰,皆有定制。洪武时律令严明,人遵划一之法。"[3]明初中叶时,为了维系封建等级制度,朝廷在衣食住行等各个方面都以法令的形式作出一系列规定以显示尊卑有序,当时也曾严格执行,商贾仍然是被置于下贱之列。可是由明末清初时那些小说中

---

[1] 李廷星:《南吴旧话录》,上海古籍出版社 1985 年版第 205 页。
[2] 天然痴叟:《石点头》第四卷"瞿凤奴情衍死盖",《古本小说集成》第五辑,上海古籍出版社 1994 年版第 240—241 页。
[3] 张瀚:《松窗梦语》卷之七"风俗纪",中华书局 1985 年版第 140 页。

有关生活细节的描写可以看到,商人们都已违反了这些禁令,《金瓶梅》中关于西门庆一家奢华生活的描写,就是很典型的例证,其他小说中也常可看到类似的景象,商人们甚至将原先只有高级官僚可以享受的特权庶民化。明初洪武、永乐年间,文武百官都不得坐轿,"虽上公,出必乘马"[1];景泰四年朝廷议决三品以上的官员才可以坐轿;弘治七年,明孝宗重申了这一规定,并宣布只能坐四人轿,"违例乘轿及擅用八人者"将受到处罚。[2]其后,朝廷与不安分的百官围绕着乘轿问题展开了长达百余年的拉锯战,到了万历间,官员违例坐轿已成普遍现象,紧接着是有钱的百姓也开始坐轿,而商人不仅自己坐轿,还将社会上许多人想坐轿却不具备自备轿子与长期雇用轿夫的条件视为商机,开辟了专门租赁轿子与提供轿夫的新行业。在陆人龙《型世言》第二十六回中,可以读到有关雇轿的细节描写:张二娘要出门,她就"隔夜约定轿子",第二天一早,轿夫就按约定的时间将轿子抬到了她家门口,何等的方便爽快。[3]朝廷庄严的规定,如今被商人弄成为一方出钱、一方派轿派夫的买卖,只要有银子,谁都可以享受到原先只有三品以上的高级官员才拥有的特权。

汇合当时小说中各种相关的细节描写,可以意识到明末商人的社会地位业已骤升,他们已非读书人可以傲视的对象。原先商人的地位无法逾越书生的重要原因之一,是唯有他们才能通过科举步入仕途。进士至少可当个县令,举人有选官的资格,被选送国子监读书的秀才出监后也能当官,这也是即使穷儒也或多或少地为人们所敬畏的原因,说不定哪一天他就突然发迹了。不过,即使是秀才要按正常途径进入国子监读书也不是一件容易的事。根据朝廷规定,各地可推选

---

[1]《明史》卷六十五,中华书局1974年版第1611页。
[2]《明史》卷六十五,中华书局1974年版第1611页。
[3] 陆人龙:《型世言》第二十六回"吴郎妄意院中花,奸棍巧施云里手",《古本小说集成》第五辑,上海古籍出版社1994年版第1116页。

秀才入监的人数至多是府学每年二人,州学每两年三人,县学每年一人。[1] 明末时,情况发生了变化。冯梦龙在《警世通言》第三十二卷故事开始时有段背景介绍：

> 有户部官奏准：目今兵兴之际,粮饷未充,暂开纳粟入监之例。原来纳粟入监的,有几般便宜：好读书,好科举,好中,结末来又有个小小前程结果。以此宦家公子、富室子弟,到不愿做秀才,都去援例做太学生。自开了这例,两京太学生各添至千人之外。[2]

只要有钱就可以入监,北京与南京的国子监因此急剧扩招,朝廷则借此解决了财政上的困难,而冯梦龙之所以写这段内容,是因为作品中两个重要人物李甲与孙富都是国子监的太学生。李甲"自幼读书在庠,未得登科,援例入于北雍","在庠"是指在学的秀才,故这里的"援例"是指未能考取举人的李甲按正规途径遴选后进入北京的国子监;而孙富"家资巨万,积祖扬州种盐"[3],这位盐商子弟进入南京国子监走的是纳粟入监的路。这两个人如果没有太学生的身份,并不会影响情节的发展。冯梦龙的这篇小说是依据万历时宋懋澄《九籥集》卷五中的《负情侬传》写成,文言译成了白话,情节发展线索并无变化,但两个男主角的身份却被改变。原文中李生是"入赀游北雍",即靠纳粟而入监,冯梦龙却改成已是秀才的李甲"未得登科,援例入于北雍",即按科举的规定进入北京国子监。至于孙富,原文中以

---

[1]《明史》卷六十九,中华书局1974年版第1680页。
[2] 冯梦龙:《警世通言》第三十二卷"杜十娘怒沉百宝箱",《古本小说集成》第四辑,上海古籍出版社1994年版第1297页。
[3] 冯梦龙:《警世通言》第三十二卷"杜十娘怒沉百宝箱",《古本小说集成》第四辑,上海古籍出版社1994年版第1320页。

"新安人"相称，且只说他"积盐维扬"[1]，并无纳粟入南京国子监的身份。经比对即可明白，冯梦龙是有意作了上述改动，他在现实生活中的所见所闻是作此改动的依据，而动因当是不满于商贾对原本只属于读书人的特权的侵占。

进入国子监图的是出监后可以当官，商贾侵占的读书人特权不止这一项，他们还干脆掏银子换取官职。读书人经科举之途而当官，都少不了萤窗雪案，朝吟暮呻的苦读经历，其中只有少数人在多年的辛酸苦熬后方能步入仕途，可是在明末，许多读书人无奈地发现，他们的艰辛抵不上商贾的银子，陆人龙《型世言》第二十三回中就写道：

> 一个秀才与贡生，何等烦难！不料银子作祸，一窍不通，才丢去锄头、匾挑，有了一百三十两，便衣巾拜客，就是生员。身子还在那厢经商，有了六百，门前便高钉"贡元"扁额，扯上两面大旗，偏做的又是运副、运判、通判，州同、三司首领，银带绣补，就夹在乡绅中出分子请官，岂不可羡？岂不要银子？[2]

如今是有了足够的银子定可当官，银子越多官越大。现实使读书人大为贬值，对以当官为最终目的的人来说，他们又何苦去和子曰诗云打交道，走那条又苦又累又无绝对把握的弯路呢？大气候已是如此，东鲁古狂生《醉醒石》第七回中便出现了这样的情节：中州有个姓吕的缙绅靠当官积下了万贯家财，他本是读书人出身，但通晓当下现实的他却不让儿子捧书本了。有人劝他说："你是该快乐的了。但这五个贤郎，应请名师良友，叫他潜心读书，以取上第。"这位前官员闻言

---

[1] 宋懋澄：《九籥集》卷五《负情侬传》，中国社会科学出版社1984年版第112、114、115页。
[2] 陆人龙：《型世言》第二十三回"白镪动心交谊绝，双猪入梦死冤明"，《古本小说集成》第五辑，上海古籍出版社1994年版第973页。

"仰天大笑",说出一番令人惊心动魄的言语:

> 读什么书,读什么书!只要有银子,凭著我的银子,三百两就买个秀才,四百是个监生,三千是个举人,一万是个进士。……读什么书,若要靠这两句书,这枝笔,包你老死头白。[1]

所谓"三百两就买个秀才",陆人龙《型世言》第二十七回"贪花郎累及慈亲,利财奴祸贻至戚"中有具体的说明。这篇小说里有个名叫钱公布的秀才,他在杭州、嘉兴、湖州一带为不读书却要当秀才的富家子弟效劳,收到三百两银子后,便"去寻有才、有胆、不怕事秀才,用这富家子弟名字进试",那三百两银子"一百八十两归做文字的,一百二十两归他",而那些富家子弟"一个字不做,已是一个秀才了"。[2]这里虽是用银子作弊,但毕竟还是通过科举考试获取功名,有的商贾则是直接靠银子换取官职,《金瓶梅》里的西门庆就是通过两次行贿巴结当朝宰相蔡京,先后当上了金吾卫衣左所副千户和金吾卫衣左所千户,这可是个五品官员,他还公然升堂审事呢。社会现状如此,难怪冯梦龙《警世通言》第十一卷中,那位李宏会说出"世间所敬者财也,我若有财,取科第如反掌耳"的话[3],正是在此背景下,才会出现凌濛初所介绍的"以商贾为第一等生业,科第反在次着"的徽州风俗。

儒贾关系的这种变化,在婚姻问题上表现得尤为典型。明初、中

---

[1] 东鲁古狂生:《醉醒石》第七回"失燕翼作法于贪,堕箕裘不肖惟后",《古本小说集成》第一辑,上海古籍出版社1994年版第240—243页。
[2] 陆人龙:《型世言》第二十七回"贪花郎累及慈亲,利财奴祸贻至戚",《古本小说集成》第五辑,上海古籍出版社1994年版第1144页。
[3] 冯梦龙:《警世通言》第十一卷"苏知县罗衫再合",《古本小说集成》第四辑,上海古籍出版社1994年版第351页。

叶时,商贾的社会地位低下,一些商人很乐意将女儿嫁与读书人以改变处境,即使在商贾地位已上升的明末,一些商人仍怀有这种念头,因为通过科举而发达的通道此时主要仍只对书生开放。冯梦龙在《醒世恒言》第七卷中就写道,"惯走湖广,贩卖粮食"的高赞就不愿将女儿"配个平等之人",而是"定要拣个读书君子"[1],他最后选定的钱青果然也一举成名。相对而言,商人将女儿嫁与读书人障碍较小,而商人要娶仕宦人家女儿,就难免忐忑不安。凌濛初《二刻拍案惊奇》卷二十九中,马家为治疗女儿的癫疮广招医生时,曾有以女相嫁的承诺,得到狐狸精相助的商人蒋生治好了马家小姐,论及亲事时他卑谦地说:"经商之人,不习儒业,只恐有玷门风",而马家的回复是"经商亦是善业,不是贱流"。[2] 作者以天顺年间为故事发生的年代,与儒贵商贱的明初时相较,两者关系已有了变化,但商人仍有浓重的自卑感。

到了明末时,情况发生了很大变化,而关于这方面的内容,仍然主要见于当时小说中的描写。凌濛初在《拍案惊奇》卷之十"韩秀才乘乱聘娇妻,吴太守怜才主姻簿"中,以"贫苦的书生,向富贵人家求婚,便笑他阴沟洞里思量天鹅肉吃"的议论开始故事,他笔下的主人公韩师愈"虽是满腹文章,却当不过家道消乏",因此对婚姻也不敢有什么奢望:"家下贫穷,不敢仰攀富户,但得一样儒家儿女,可备中馈、延子嗣,足矣。"嘉靖初年,民间谣传朝廷要在浙江点绣女,一时间慌得许多人家匆匆忙忙地送女儿出嫁或与人定亲,正在路上散步的韩师愈被徽商金朝奉一把抓住,硬要将女儿嫁给他。一直无力娶妻的韩师愈"心中甚是快活"。可是等谣言平息后,金朝奉却"不舍得把女儿嫁与穷儒,渐渐的懊悔起来",饶是曾亲笔立下婚约,但仗着

---

[1] 冯梦龙:《醒世恒言》第七卷"钱秀才错占凤凰俦",人民文学出版社1956年版第136、137页。
[2] 凌濛初:《二刻拍案惊奇》卷二十九"赠芝麻识破假形,撷草药巧谐真偶",《古本小说集成》第五辑,上海古籍出版社1994年版第1378页。

"我们不少的是银子",仍要赖婚,而面对这背信弃义的行径,那韩师愈竟然表示,只要给他五十两银子,他便同意退亲。[1]就是已经成婚的穷儒,他的家庭在金钱势力的冲击下也面临着破裂的危机。东鲁古狂生《醉醒石》第十四回写道:有个苏秀才早年算过命,道是"少年科第,居官极品",于是有个姓莫的财主便将女儿嫁给了他,大概算是预付资本吧。可是谁知结婚以后,那苏秀才三年一考,总是名落孙山。那莫氏嫁他是想当官太太,如今见他始终蹭蹬困厄,便不由得发火了:"三年三年,哄了几个三年!"再看到自己不读书的姐夫靠银子当上了官,莫氏更下定决心要离婚:"如何!不读书的,偏会做官,恋你这酸丁做甚?"[2]说来真要让书生们掉眼泪,那莫氏抛弃了苏秀才后嫁给了开酒店的老板。《金瓶梅》里也有类似的故事,第七回专写孟玉楼的婚姻选择:去尚举人家当夫人,还是去临清商界头面人物西门庆家做妾?结果孟玉楼毫不犹豫地作出了与莫氏相类似的决定。

在封建等级制度中,商贾原本只是卑微的群体,可是到了明末,商贾仗着拥有钱财,竟然欺压列于庶民之首的儒生。凌濛初在《二刻拍案惊奇》卷三十一"行孝子到底不简尸,殉节妇留待双出柩"中,还写过一则令读书人心酸、心寒的故事:万历年间,金华府武义县有个儒士叫王良,他的族侄王俊是个"家道富厚,气岸凌人"的高利贷商人。王良曾向王俊借过二两银子,后来每年以教书所得还债,已经还了好几个二两,但王俊却说还的只是利钱,"本钱原根不动,利钱还须照常"。叔侄俩为此发生了争执,最后王俊竟当着族长的面将王良活活打死。按大明律,打死人应抵命,按封建伦理道德,侄子打死叔叔也是逆伦大罪,可是王俊却宣称:"便打了,只是财主打了欠债

---

[1] 凌濛初:《拍案惊奇》卷之十"韩秀才乘乱聘娇妻,吴太守怜才主姻簿",上海古籍出版社1982年版第159、162、167、168页。
[2] 东鲁古狂生:《醉醒石》第十四回"等不得重新羞墓,穷不了连掇巍科",《古本小说集成》第一辑,上海古籍出版社1994年版第537、539、540页。

的",得到王俊"分外酬谢"的族长则极力化解,草草地了结了这桩人命大案。[1]这桩人命案或许只是当时社会上的极端事件,但读书人的子曰诗云已敌不过商贾的钱囊,在明末时已是严酷的现实,明初、中叶时的儒贾关系此时已被颠覆。

这一现状,在明末的一些笔记中也有所反映。万历年间,举人金元焕的家人与某徽商做买卖时发生了争执,以致互相斗殴。后来徽商回家得病死了,其家属便以人命案告到官府。开始时,金元焕仗着自己是举人不把这当一回事,但到了后来,徽商竟有办法逼得金元焕被迫弃家逃亡。沈德符在记叙这件事时愤愤然地斥责"徽人皆狡狯善谋"[2],但他对于商贾斗败书生的现实却是无可奈何。有时,儒生们也会团结起来抗击商贾的压迫。万历年间,华亭县的秀才陆龙基、刘致和先后遭富商殴打,一时间众秀才群情激愤,一起涌进县衙门伸张正义。官府见秀才结伙闹事也有点害怕,便赶紧严惩富商,以平息事端。范濂在记述这件事时,忍不住要赞叹"何壮也"[3]。东鲁古狂生《醉醒石》第八回中对秀才结伙反抗商贾欺凌的描绘,简直就像是在为范濂的"何壮也"三字作注释:

墨兜鍪乌云一片,蓝战袍翠霭千层。皂靴脱脱壮军声,腰际丝绦束紧。尽道百年养士,何尝受役阉人。卷拳攘臂竟先登,排个簸箕大阵。[4]

---

[1] 凌濛初:《二刻拍案惊奇》卷三十一"行孝子到底不简尸,殉节妇留待双出柩",《古本小说集成》第五辑,上海古籍出版社1994年版第1437—1439页。
[2] 沈德符:《万历野获编》卷二十二"金元焕",中华书局1959年版第577页。
[3] 范濂:《云间据目抄》卷二"记风俗",《笔记小说大观》第十三册,江苏广陵古籍刻印社1983年版第114页。
[4] 东鲁古狂生:《醉醒石》第八回"假虎威古玩流殃,奋鹰击书生仗义",《古本小说集成》第一辑,上海古籍出版社1994年版第300页。

所谓"墨兜鍪"与"蓝战袍",是指只有秀才才能穿戴的儒冠与襕衫。穷秀才的自我感觉是声势雄壮,然而富商们却轻蔑地称之为"破靴阵"。不过,他们对此毕竟有几分忌畏,在东鲁古狂生《醉醒石》第四回中,商贾有时也自我告诫说:"破靴阵不要惹他。"[1]不过,秀才们聚众闹事并不全都是为了伸张正义、反对世道不公,有时摆"破靴阵"只是想诈钱而已,而"捏情需索"的原因,则是"士之所在清苦,其势不得不流而为近利"[2]。整个世道风情如此,秀才又穷急了,怎能苛求他们不变?尽管这时秀才们摆出的"破靴阵"也常能获胜,但这只意味着他们的堕落,而绝不是读书人社会地位的提高。

在明末那些小说以及一些笔记里,商贾凭借其沉甸甸的钱袋,社会地位已然超越了穷书生。自明初以降的很长时期里,人们的观念是士人高踞庶民之首而商贾与贱民同列,而那些故事描写的内容显然与之不符。如果只有一篇小说描写这样的故事,我们可以怀疑它是社会上的偶然事件,或纯是作者的向壁虚构,可如今是同时期不少作品都描写了类似的故事,其性质同一,只是主人公的姓名与情节的曲折程度以及发展的节奏不同而已。只有一种情况才会导致此现象的发生,即贾优儒劣至少在商业发达地区已是社会常态,那些作者才会不约而同地将其写入作品。我们正是从众多的作品中钩稽相关的描写,将其作分门别类的组合并经综合性分析后,方还原出明末社会中正史未曾记载的那些现象,而有筛滤众多作品后的综合分析为依据,我们在文学意义上对各部作品的理解也就能更深一层。

由以上种种分析可以知晓,我们为了解明末儒贾关系而考察作品,采用的方法与通常的作品分析迥然不同,不是对一部作品作完整

---

[1] 东鲁古狂生:《醉醒石》第四回"秉松筠烈女流芳,图丽质痴儿受祸",《古本小说集成》第一辑,上海古籍出版社1994年版第127页。
[2] 范濂:《云间据目抄》卷二"记风俗",《笔记小说大观》第十三册,江苏广陵古籍刻印社1983年版第114页。

的分析，而是从各作品中钩稽出类似的描写进行归类组合，而钩稽出的内容在原作品中传递的艺术信息较为次要，甚至很可能是与情节无直接关系的描写。将钩稽出的众多类似的描写组合在一起，经分析后便可展现全新的史学意义与文学意义。这一工作不同于通常的文学研究，其研究系统异于以往处，是构成它的元素不是来自同一部作品，甚至不是同一流派的作品，该系统的构成没有特定作品或特定流派之类的限制，那些元素入选的唯一条件，是它们与明末儒贾关系及其变化相关。明末儒贾关系的变化表现在许多方面，入选的元素则按其本身的内容相对应地聚集为若干组合，这其实就是该系统的各个子系统，整个系统的构造与层次则由那些元素的不同组合而确定。在具体研究时，第一步的重点是将那些元素所对应、与儒贾关系相关而正史未载的社会现象互作比对与印证，以确定其间的真实成分，而它们的汇集与梳理，则可在相当程度上展现明末的儒贾关系及其变化。

系统所含的元素来自各部作品，与明末儒贾关系及其变化相关是入选条件，这就决定了我们研读作品时的关注点明显不同于赏析型的研究。这里不妨以明末小说《型世言》第三回"悍妇计去媚姑，孝子生还老母"为例，说明确定入选元素的方法。该篇的主要情节可概括如下：原为儒生的周于伦迫于生计而"丢了书"，做起了在城中收购旧衣，改制重染后再到农村贩卖的生意。他整日在外穿乡过镇，不料家中与婆婆发生矛盾的媳妇，竟设计将老人卖嫁到外县去了。故事的结局是周于伦找回了老母，并将恶妻逐出家门。通常的作品研究是从人物、情节以及创作风格等方面进行分析，而现在是以考察明末儒贾关系及其变化为目的，情节具体如何发展已不是关注的重点，需要着力的应是依据研究的目的，从作品中钩稽相关内容。作品开始后不久，我们便可看到作者的交代：盛氏在丈夫去世后独自带大周于伦，"叫他读书争气"，可是后来家中的酒店日见萧条，"周于伦便去了书，来撑支旧业"，这又是一个弃儒经商的描写，他同样也是为生计所迫。

丢下书本的周于伦如何经商也值得关注。他让母亲与妻子打理酒店，自己则"买了当中衣服，在各村镇货卖"，卖前又拆改与染色，如同"簇新"一般，"这些村姑见了无不欢天喜地，拿住不放"。作品中还有一些细节描写可供注意，研究货币史的人也许会格外注意那买卖时关于"低钱"或"低银"的细节描写，而关心服饰变迁的人则可能会对这样的材料感兴趣：明代法令禁止民间用大红色，可是这篇小说却写到"乡间最喜的大红、大绿"，周于伦为旧衣染色时也就有意地迎合他们的偏爱。[1]

上面的例子表明，当以考察明末儒贾关系及其变化为标准钩稽相关内容时，我们采用的是与以往作品分析时相异的新的阅读模式，所谓相异，主要表现于构成作品各要素地位的差异。进行作品分析时，人们关注的是人物的刻画、情节的构思，这是作者艺术创造力的显示。考察明末儒贾关系及其变化时却不能以此为主要依据，因为那些人物或情节，基本上都由作者虚构而成，尽管那些经艺术加工的内容也有生活的真实为支撑。这时需要钩稽的对象，往往正与该作品中的人物或情节没有多直接的关系，它们常是细节或背景介绍之类的描写。小说中故事情节所提供的有关历史的信息未必很多，而且为了滤去其中的虚构成分，还必须作进一步的细致深入的分析。细节或背景介绍在作品艺术分析中只占较次要地位，但它们蕴含的关于当时社会实情的信息量就丰富得多，表现又相当直接，且较为真实。因为作品问世后都得接受与自己同时代的读者的检验，他们乐意欣赏虚构的故事，却不能容忍违背生活真实的细节或背景介绍。诚然，个别的细节描写或背景介绍只是从某个侧面反映了当时的社会生活，但每部作品中都有不少细节描写或背景介绍，若将众多作品中的这类描写全都汇

---

[1] 陆人龙：《型世言》第三回"悍妇计去媚姑，孝子生还老母"，《古本小说集成》第五辑，上海古籍出版社1994年版第109、110、117、122页。

集在一起，其数量更是极为可观。这个庞大集合的涉及面十分之广，对它做适当的梳理与综合，我们便能对当时社会生活的方方面面获得丰富、生动且较为直观的了解。

以上是以明末儒贾关系及其变化为专题构建了新型的研究系统，作此研究的动因是，由当时众多小说描写表明，与明初、中叶相较，明末时儒贾关系发生了巨大变化，可是在正史中却没有这方面的记载，而小说中虽含有生活的真实，同时又有太多的虚构成分，并不能直接当作史料运用。构建新的研究系统，其实也是方法论上的一种创新，即如何从小说描写中筛滤出历史的真实，从而补正史之不足。所含元素根据某专题的要求筛选自各部作品，这是该系统与众不同之处，那些元素又根据研究的需要作若干分类并相互印证比对，这又构成了系统的内在结构。借助此系统，关于明末儒贾关系的研究颇有收获，而这样的研究方法又可应用于古代社会生活史研究的其他领域，在那里，同样也遇上了正史未载甚至无载的难题。鲁迅曾指出，"中国学问，待从新整理者甚多"，他列举的"都未有人着手"者，有社会史、艺术史、赌博史、娼妓史与文祸史等等[1]，可是此类专著，特别是扎实厚重者至今鲜见。并非学者们都无意于此，实际上是这类研究课题因缺充分的史料而难以着手，如各朝的史官，又何曾撰写过诸如"赌徒列传"之类的文字？越是具体地深入社会生活各个领域，正史的缺略就越发显得严重，而与之相反，当时的小说在这方面却有相当丰富生动的描写，而且其他的文学体裁都不可能像它那样几乎是全方位且相当细致地反映社会生活，展现的又往往是蕴含着各种有机联系的浑然一体的生活画面。在这方面，正史恰恰显得较为逊色。天都外臣在万历十七年为《水浒传》作叙时，就曾对这一特点发表过比较中肯的评论：

---

[1] 鲁迅：《致曹聚仁》，载《鲁迅全集》第十二卷，人民文学出版社1981年版第184页。

> 载观此书，其地则秦、晋、燕、赵、齐、楚、吴、越，名都荒落，绝塞遐方，无所不通；其人则王侯将相，官师士农，工贾方技，吏胥厮养，驵侩舆台，粉黛缁黄，赭衣左衽，无所不有；其事则天地时令，山川草木，鸟兽虫鱼，刑名法律，韬略甲兵，支干风角，图书珍玩，市语方言，无所不解；其情则上下同异，欣戚合离，捭阖纵横，揣摩挥霍，寒暄嚬笑，谑浪排调，行役献酬，歌舞谲怪，以至大乘之偈，《真诰》之文，少年之场，宵人之态，无所不该。[1]

这一评论对于其他小说，特别是以现实生活为题材的作品也完全适合，而那些作品中相关描写的汇总，就像蕴藏丰富的矿藏，只是我们撷取所需资料后尚需"提炼"，即进行分析、比对与印证。比如说，从研究赌博史角度出发阅读小说时，对其中诸如赌徒的姓名、经历等方面的描写不必究其真伪，它们往往也是作者的虚构。这里需要关注的是各作品中关于赌博的方式与规则、赌具的样式、赌场的气氛、赌徒的心理、与赌博相关联的风俗人情，以及赌博对社会生活的影响等方面的介绍与刻画。作品问世后，这类描写得受同时代读者的检验，作者也不会背离当时的实际情况自行臆造，因此它们应该是真实的。一部作品可能只是在某些方面描绘了当时的赌博情形，而众多作品关于赌博描写的汇集，则基本上可合成全景式的图像。当然，这一合成须是在将各作品中的相关描写进行分析、比对与印证之后。这里只是以赌博专题为例进行说明，而构建的系统与使用的研究方法，同样适用于正史鲜有记载而小说却有丰富描写的有关古代社会生活的其他专题。总而言之，正史记载缺略甚多，而对众多古代小说相关内容的分

---

[1] 天都外臣：《水浒传叙》，载丁锡根《中国历代小说序跋集》，人民文学出版社1996年版第1463页。

析、综合，却能弥补这方面的不足。彼正需，此恰有，创建沟通两者的研究系统，实际上是开拓了一个新的领域，并提供了解决问题的途径与手段。

余 论

任何一项研究，其实都是构建了一个系统的研究。有时研究者自己未必意识到这一点，但相关的系统毕竟是客观的存在，而研究能否成功或能进展到什么程度，都与系统的构建是否完善密切相关。该系统内应有的元素是否齐备，对元素间联系的考察是否周全，系统内在结构的显示是否清晰，该系统与其他相关系统的关系是否已置于研究视野之内，对这些问题的考虑若出现疏忽，研究的成效必定会受到影响，有时甚至会出现严重的错漏或误判。研究者若能较自觉地树立系统意识，并以此审视查验自己的工作，显然有助于研究的顺利进行。

追溯多年来的文学研究并抽象其相应的研究系统，可以发现那些系统的类型并不很多，此现状实际上是研究课题的类型较为有限的反映。如果将这些"类型"视为一个元素，那么它们的集合也是一个研究系统，该系统的完善程度，正与文学研究所取得的成就相对应。这里不妨用我们熟悉的作家作品分析为例以助说明。在这一研究中，作家研究是不可缺少的一部分，这自然也是研究中的一种"类型"，而它又包含了以下几类研究，如作家生平、家庭、交游以及创作与文学渊源等。与此关联的是相应的作品分析，它包含了作品结构、情节设置、人物形象刻画、语言特色等。为了准确地给该作家作品的文学成就定位，还须考察作品问世后对后来创作的影响，或将其置于所属创作流派中与其他作品进行比较分析。以上几类研究都围绕作家作品分析而展开，构成了相应的研究系统。这是我们最熟悉也最常用的研究系统，这是因为尽管文学史上作家作品的数量极为庞大，我们运用这一系统进行研究，总可有所收获，而我们现有的文学史，基本上都是作家作品分析的叠加，就系统的角度而言，是将各作家作品研究系统组合成更高层次的文学史研究系统。

然而，这一研究系统远不能覆盖文学研究的全部。本章提及的明初后通俗小说与文言小说分别出现的创作空白，通俗短篇小说百余年的消失，都是文学史上的重要问题，可是作家作品研究系统面对它们却毫无用武之地。这里没有作家作品，要分析也无从着手，而要对这些问题做出合理解释，就须得构建以创作、理论、传播、读者与官方文化政策为要素的研究系统，这五者又分别构成了子系统，上述问题的答案，只有在分析梳理它们的联系后方可寻得。

系统的基本法则始终存在并适用于各种情况，而具体的研究系统则是应某种课题的解决而构建，针对不同的课题，有不同研究系统的构建。课题的确定，取决于研究者的需要、学术积累的深度与研究视野的广度。长期以来，古代小说主要是作家作品研究系统的运用，这正与人们的注意力都倾注于具体的作家作品相对应。对于明代小说史上的创作空白，由于没有具体的作家作品，就无法进入研究视野，不会有诠释此现象的课题提出，自然也不会有相应研究系统的构建。

古代小说其实也是一个系统，作家作品是其组成元素，它们是实在、直观的存在，故而人们的注意力首先倾注于此。然而，作为一个系统，它所涵括的不只是那些元素，"整体大于部分之和"的原则告诉我们，把握各元素之间错综复杂的有机联系，同样也是了解该系统构造与性质不可或缺的重要方面，那"整体"与"部分之和"的差异，就是各元素之间的联系，即系统并非所含元素的机械叠加。以系统的观念作衡量就不难发现，对于作家作品研究系统，我们在使用时暴露的不足。应该承认，当运用该系统分析作品时，人们也意识到对"联系"的考察，如时代氛围及作家经历对创作的影响，又如作者运用各种艺术手段之间的协调，等等，同时也得承认，由于拘囿于固有的研究模式，作品含有的不少信息被忽略了，它们之间的联系及其与创作间的联系自然也在研究范围之外，上文提及的《红楼梦》中管理机构与制度的存在及其与创作间的关系便是这样的例证。当人们研究某部古代小说时，往往没有注意到自己的研究对象是从古代小说发展的整体中抽取而来，这时它与整体间的有机联系已遭割裂。若要客观全面地评估该作品的价值与意义，还得将其置于古代小说发展的整体中进行考察，这时就会发现，原先作出的评估需要修正，有时甚至被颠覆，上文提及的熊大木的《大宋中兴通俗演义》便是典型的样本。

在某种意义上可以说，古代小说以往的研究主要是"元素"的研究，如今要有所突破或创新，就得在已有的"元素"研究的基础上，既关注过去被忽略的"元素"的研究，也将相当的时间与精力转至"联系"的研究。相对来说，作品研究中关注过去被忽略的"元素"较易着手，这只需在阅读作品，特别是经典作品时，不按常用的研究模式划定仔细阅读与可快速掠过的范围，对于后者更要仔细推敲作者的写作意图。这样的阅读与推敲积累到一定程度时，自然会有所发现与创见。"联系"的关注较为复杂，这里既有众多元素间的联系，以及它们与所属子系统乃至系统间的联系，也有子系统之间以及与整体间的联系，有时还得考虑整体与相邻系统间的联系。这许多联系不仅错综复杂，而且数量极为庞大，胸中若无盘算，对如何抓取便茫然无数。

其实，应该筛选与抓取哪些元素间的联系，全由课题研究的需要而定，而抓取的联系是否周全，则依赖于对系统论那几条基本法则理解与遵循的程度。课题的确定是研究的关键一步，其成果能否有开拓或创新的意义，与此关系甚大，有的研究只能在旧有的框架内徘徊，课题确定的先天因素也是其中的重要原因。那么，如何才能在某研究领域里选定能有开拓或创新意义的课题呢？对此问题，似无现成的或固定的可按图索骥的操作途径，它全由研究者的学术视野、功力与经验所决定。不过有一点却可明确，任何有价值的课题的发现与确定，都与研究者的学术积淀相关，而且为此已做了大量且艰苦的预前准备。探索明代通俗小说自明初后约一百七十年的创作空白或文言小说五十年的创作空白，无疑是极有开拓价值的课题，可是要发现并确定这创作空白的存在，就须得将那许多通俗小说或文言小说按问世时间排序。能够排序的前提是确定每部作品问世的时间或时间段，这就需要参阅许多前人的相关著述，他们的判断须逐一确认或辨误；有不少作品前人未曾涉及，这时就需要自己动手考辨，对无法获取准确的问世时间者，也至少得有个大致的时间框定。各作品的定位与排序是较有难度且十分繁杂的工作，而这正是发现各元素间联系的过程。在投入相当的时间与精力后，我们才能发现那创作空白的存在，从而确定具有较高研究价值的课题。

明代小说中创作空白的发现，暴露了我们研究中存在的问题。将各部作品定位与按问世时间排序，本来应是明代小说研究一开始就进行的基础性工作之一，这一类工作可使人们对明代小说的总体框架、创作的行进路径有所了解，此后的各项研究便能很自然地与整体把握相联系。王国维论及治学三境界时，列于首位的便是"独上高楼，望尽天涯路"，用系统论的术语来说，便是各研究领域都自成一个系统，自己在研究前，应通观其所含元素及其性质与所属层次，以及它们之间的各种联系，然后再确定某个具体的课题着手研究。可是在古代小说研究领域中，不少人是直接从作家作品分析开始自己的研究生涯，依仗的又是固有的模式，要有所开拓与创新，难矣。因此，不妨先回到本领域的起点，审视其格局与大势，并辅以必要的预前准备，然后再确定课题。着手这类基础工作虽有些艰苦，但总比老在圈内徘徊强。

第六章 "空白"的发现与解读

在文学研究中,我们习惯于对直接看到的对象作考察分析,研究文学史时,注意力往往集中于那些作家作品,并以此为基础考察创作盛衰起伏的态势,以及归纳其间的特点与规律;而阅读作品时,关注的是情节如何发展、人物形象怎样塑造,以及作者布局构思的特点等等。概言之,我们是依据眼中有形的对象进行研究,对于以无形的方式出现的对象,一般都在研究视野之外,在许多情况下,甚至没发现它们的存在,或者虽有感觉却将它们忽略了。这类以无形的方式出现的对象可称为"空白",它是指按文学规律与逻辑推理,某时段应该有某种文学现象但实际上却因为某种原因没有出现,或作品中应该有某些描写而作者却未着一字。"空白"现身于无形,不像有形的文学现象因形态清晰而不会遭到忽视。"空白"不易发现,而研究中突然遇见"空白",也易使人茫然不知所措,因为面对这种一无所有的状态,我们的常备武库里还找不到能够应对的储备。然而,对"空白"的研究,有时确实是解决问题的关键。

其他学科的一则小故事可供我们参考。第二次世界大战期间,为了减少轰炸机被击落的数量,英美军方决定加强对飞机的防护,他们对执行任务后飞回的轰炸机进行弹痕分布的调查,发现机翼上弹孔最多,而飞行员的座舱与装有发动机的机尾上几乎没有发现弹着点。人们都认为机翼弹痕最多,应该加强那儿的装甲,但著名统计学家沃德教授力排众议,认为座舱与机尾发动机部位才需要加强装甲。沃德的理由说服了大家：弹痕分布调查的对象都是能够飞回的轰炸机，被击落的并不在调查范围之内，而座舱与机尾发动机一旦中弹，根本就无法返航，因此正是那儿需要加强装甲。沃德的建议被采纳后，联军轰炸机被击落的比例显著降低。同时，英国军方又派出人员调查了部分坠毁在德国境内的联军轰炸机残骸，飞机中弹部位，确实主要集中在驾驶舱与机尾发动机。"空白"的发现与研究，才是真正解决问题的关键。

在这个事例中，多数人的注意力都集中于已飞回的轰炸机，他们习惯于分析研究有形的对象，而沃德考虑的则是所有前去执行任务的轰炸机，这就体现了与众人不同的思维方式。将沃德的分析思路抽象化，所有的轰炸机组成集合 S，飞回的轰炸机是它的子集合 A，它们的中弹情况一目了然，是有形的对象；未能飞回的轰炸机则是它的另一子集合 B，因未飞回，对沃德等人而言是无形的对象。集合 A 与集合 B 组成了集合 S，它们互为补集，其间存在着不可分割的有机联系。通过对集合 A 的研究，可以推知集合 B 的情况。集合 A 中的轰炸机都是机翼中弹，而座舱与机尾发动机却并无弹痕，这就反证了集合 B 中的轰炸机是座舱与机尾发动机处中弹。

一般人遵循习惯的思维方式只关注有形的对象，作出了与实际情况不相符的判断，沃德则是将有形与无形视为一个整体作综合思考，从而切实地解决了问题。这一事例为文学研究如何面对"空白"提供了启示与借鉴。在文学研究领域里，我们面对"空白"，即以无形方式呈现的现象常是束手无策，这是因为思维方式已被束缚。长期以来，我们已习惯于对眼见的具体的有形对象作考察分析，研究方法、模式都基于此而形成，而"空白"则在此之外，即使偶尔发现了，对它们出现的原因及其意义的解释往往又力不从心，因为已有的分析思路与解决问题的手段无法对"空白"的存在作出解释。然而，"空白"毕竟是客观存在的文学现象，对它的考察分析也应是文学研究的组成部分。仅对有形的对象作考察分析并不是完整的文学研究,仅适合有形对象的研究方法与模式也不是完整的文学研究方法与模式,我们对无形的文学现象的解释力不从心也说明了这一点。如果从整体性观念出发,面对的对象无论有形还是无形,它们都是整个文学现象的一部分,两者之间具有互补关系,其间也有着许多不可分割的有机联系。通过梳理、比对与分析这些联系,可以发现并总结出适合无形对象的研究方法。另外还应该指出,文学是相对独立的运动实体,其发展受到了创作、传播、理论引导、官方的文化政策以及读者需求等要素的制约,因此有时还得梳理分析这些要素间的联系,方能发现"空白"并做出相应的合理解释。经过这样的多次实践,可逐步丰富先前所归纳的文学发展规律,并完善已有的研究模型。

以下我们拟以一些具体的实例,讨论"空白"的发现途径,诠释其产生的原因,并进而探讨"空白"研究的价值与意义。

一、显化"空白"现象的途径

文学的"空白"现象同样具有重要的研究价值,缺少这方面的考察分析,必然导致研究缺乏齐备性。同时,"空白"又以无形状态呈现,只有使它们像有形状态的现象那样凸显出来,研究方能进行。文学现象可分为有形状态与无形状态两种类型,它们并非完全割裂的独立存在,两者之间具有密不可分的有机联系。无形状态现象并不直观地呈现在人们眼前,要将这类"空白"显化,还须得依靠对组成有形状态的诸元素作梳理与分析。明代小说创作历程中一些重要"空白",就是通过这种方法发现的。

以往明代小说发展历程的研究,人们的注意力都集中于以直观形式呈现的作家与作品。就供案头阅读的通俗小说而言,人们关注的是那些名著以及在其影响下形成的创作流派，按照时间顺序，分别是问世于元末明初的《三国演义》与《水浒传》这两部优秀巨著，以及受其影响形成的讲史演义、《西游记》与神魔小说、《金瓶梅》与人情小说以及"三言""二拍"与拟话本等。人们的研究围绕各部名著的思想倾向与艺术特色、各创作流派的特点与发展状态、创作的时代环境、作者的生平与思想等而展开，分析、考证、探源等各种研究也洋洋大观，在此基础上又有全景式的史的研究。这些研究多年积累，构成了一个系统，在很长时间里，人们认为明代通俗小说研究应有的内容已尽在其中。然而，这只是有形对象研究的集合，并非明代通俗小说研究应有的全部，因为以无形状态呈现的"空白"并不包括在内。

明代通俗小说发展过程中出现过哪些"空白"？这个问题的答案，有赖于对作家作品等有形现象进行梳理与分析。在较长的时间里，尽管有关明代通俗小说的论著已相当丰富，但始终没有将所有已知作品按时间顺序排列的年表式的成果。[1]要完成这样的编年，首先得确定各部作品问世与出版的时间，或框定大概的时间段，而将所有已知的明代通俗小说逐部地做时间定位，就要进行大量相应的考订与辨析，同时又得对现已无法考辨者设计合理适当的方法做安置。也许正由于这类繁杂工作的阻碍，致使迟迟未有编年体式的作品排列。然而，这恰是一项不可缺少的基础性工作，据此可从整体上把握明代通俗小说的创作走向及其盛衰起伏的态势，而各作品按时间顺序排列完成之后，我们便可发现其间有个长时期的创作空白。

排在明代通俗小说编年最前列的，是问世于元末明初的罗贯中的《三国演义》与施耐庵的《水浒传》，以及罗贯中的《残唐五代史演义传》《隋唐两朝志传》与《三遂平妖传》等三部作品，这些作品目

---

[1] 陈大康《明代小说史》中的《明代小说编年史》是这项工作的最先完成，上海文艺出版社2000年版。

前只知出现的大概时间，尚无法作精确的时间定位。在其之后出现的通俗小说是郭勋授意其门人撰写的《皇明开运英武传》，现通常称之为《英烈传》，据与郭勋同朝为臣的郑晓所言，其成书时间为嘉靖十六年（1537）[1]，相距明王朝立国已一百七十年。在这部作品之后，也不是立即又有其他的新作紧跟着问世，而是一直到嘉靖三十一年（1552）与三十二年，才分别出现了由熊大木编撰的《大宋中兴通俗演义》与《唐书志传》，其后又有同为熊大木编撰的《全汉志传》与《南北宋志传》，实际上一直到万历年间，新创作的通俗小说才逐渐增多。有一条文学发展规律，即优秀作品问世后，创作会因其刺激而兴盛。可是《三国演义》与《水浒传》在元末明初问世后，相应的创作却无动静，这条文学发展规律居然潜伏了二百多年，直到万历朝才得以体现。另一条文学发展规律，是优秀作品的问世能促使新的创作流派形成，可是《西游记》问世于明嘉靖后期，在其影响下也确实形成了神魔小说创作流派，但时间却是在万历三十年（1602）左右，这相间隔的约半个世纪，其实也是一种"空白"。

在元末明初之前，通俗小说的主要形态是话本，即书会才人创作的供说书人演说所依据与发挥的梗概式底本，而无论是创作或演出，都是以诉诸欣赏者听觉为目标。《三国演义》与《水浒传》的创作则是供人们案头阅读，其出现是话本创作长期积累后的一次飞跃，因此在《三国演义》与《水浒传》这两部开山之作之前，并不存在供案头阅读的通俗小说的创作空白。可是这两部优秀巨著问世后，通俗小说创作并没有出现繁荣，反倒出现了将近一百七十年的空白，优秀作品的问世会刺激创作的繁荣的文学发展规律，在这一阶段为何未能产生作用？

若将明代的文言小说作品按其问世时间排列，也出现了类似的情

---

[1] 郑晓：《今言》卷之一"九十二"，中华书局1984年版第48页。

况。明初时,瞿佑的《剪灯新话》与李昌祺的《剪灯余话》艺术水准较高,其后也有效仿之作,如赵弼的《效颦集》于宣德三年问世,可是其后便是创作空白,一直到成化朝,姚福的《清溪暇笔》、沈周的《石田杂记》等作才陆续出现。不过与通俗小说相较,这个创作空白的时间明显较短,大约持续了半个世纪。明中叶人祝允明论及此类创作时曾有"国初殆绝,中叶又渐作"之语[1],证明当时人清楚地知道这一创作空白的存在。明代文言小说创作为何也出现这样的现象,其原因是否与通俗小说创作空白的出现相同,其时间长度为何又明显较短?这一空白的发现引来了一连串的问题。

以上事例表明,对各作品做时间定位,按其先后排列,这是发现创作空白的有效途径。如果再将那些作品按照不同的标准进行划分,分类后排列,可能还会发现一些创作空白。如将明清通俗小说各作品按篇幅划分,然后将其中的短篇小说按时间顺序排列,我们同样可以发现这类作品的创作空白。目前所知最早出现的供案头阅读的短篇小说集,是天启初年冯梦龙的《古今小说》(又名《喻世明言》)。对广大读者来说,这是一种新的文学样式,天许斋为此特意在扉页印上"识语",以助读者接受:

> 小说如《三国志》《水浒传》称巨观矣。其有人一人一事,足资谈笑者,犹杂剧之于传奇,不可偏废也。本斋购得古今名人演义一百二十种,先以三之一为初刻云。[2]

明代一直有话本,即说书人的底本刊行,而上述这则"识语"表明,就供案头阅读而创作的短篇通俗小说而言,《古今小说》是第一部。

---

〔1〕 祝允明:《寓圃杂记序》,载王锜《寓圃杂记》,中华书局1984年版第1页。
〔2〕 《冯梦龙全集·古今小说(上)》,上海古籍出版社1993年版第1页。

在此之前没有这类作品的原因也容易理解,通俗小说创作自嘉靖朝复苏后,人们的创作都模仿《三国演义》与《水浒传》,其手法也是据先前的平话、戏曲或民间传说进行改编,作品的形态自然是长篇小说,在当时的情况下,那些作者的意识里还没产生创作短篇小说的念头。至于冯梦龙创作《古今小说》的动因,他在作品的序言里交代得很明白,那是"因贾人之请"[1]。当时话本行销于世,较著名的有洪楩编辑清平山堂刊行的《六十家小说》等,明嘉靖时晁瑮编撰的《宝文堂书目》中载录了不少话本单行本的书目,其中既有宋元旧本,也有明代的新作。书坊主清楚这些作品受欢迎的情况,但供说书人演出使用的话本,只是故事梗概的描述,了解读者阅读需求的书坊主发现,如果将这类作品改编润色,就更能畅销于世,而冯梦龙是收集整理通俗文学的大家,《古今小说》便是他与书坊天许斋合作的产物。随后短篇小说集《警世通言》与《醒世恒言》也相继问世,它们与《古今小说》(《喻世明言》)合称"三言"。供案头阅读的短篇小说集一出世便声势夺人,眼见"三言"的"行世颇捷"[2],书坊尚友堂主人便找到凌濛初,央求他撰写类似的短篇小说集,这便是《拍案惊奇》诞生的起因。此书出版后同样成了畅销书,受"一试之而效"的鼓舞,尚友堂主人又恳请凌濛初"再试之"[3],于是便有《二刻拍案惊奇》的问世。"三言""二拍"行世后不久,市场上即出现从中选辑四十种作品的选本《今古奇观》,这也是短篇小说甚受读者欢迎的证明。在随后的十余年里,又陆续有十五种拟话本集先后问世,短篇小说创作开始呈现繁盛景象,而且这态势还一直延续到清初,其时短篇小说集也是

---

[1] 绿天馆主人:《古今小说叙》,载《古今小说》,《古本小说集成》第四辑,上海古籍出版社1994年版第7页。
[2] 即空观主人:《拍案惊奇序》,载《拍案惊奇》,《古本小说集成》第五辑,上海古籍出版社1994年版第1页。
[3] 即空观主人:《二刻拍案惊奇小引》,载《二刻拍案惊奇》,《古本小说集成》第五辑,上海古籍出版社1994年版第3页。

相继而出，其中更有创作大家李渔的《十二楼》《连城璧》这样的精品。明清鼎革之变给那些作家留下了惨痛的印象，他们直接描写经历的社会动乱并自觉地"采闾巷之故事，绘一时之人情"[1]。可是清康熙中期以后，短篇小说创作开始趋于萧条，数十年间只有个别几种问世，而雍正年间石成金撰写的《雨花香》与《通天乐》，是现所知该时期最后的短篇小说创作[2]。短篇小说创作直到晚清才重在文坛上现身，其中断绝的一百五十余年形成了个偌大的空白。这无疑是小说史上十分重要的现象，但它因以空白的形式呈现而不易被发现，而且即使发现，该如何解释也是相当繁难的课题。

按篇幅分类后对相关作品做时间定位与排列，我们发现了短篇小说长时期的创作空白，如果以各种创作的类别作为标准进行分类，还可以有新的发现。如明代的文言小说创作在经历了从明初到中叶约半个世纪的创作空白后，在成化年间开始复苏，可是在随后的百余年里，创作却呈现出只继承文言小说中笔记小说一派的倾向，似是向魏晋南北朝时小说创作格局回归，恰与文坛上盛行的"文必秦汉"的复古主义思潮相呼应。

逸事小说是其时创作的大类，其内容为朝野掌故、里巷传说、民风习俗以及士流言行等。那些作者的写作过程十分相似：或"遇事有可记，随笔记录"[3]；或"偶有所得，辄书漫志"[4]；或"每遇所见所闻暨所传闻，大而缙绅之所纪，小而刍荛之所谈，辄即钞录"[5]；或"见

---

[1] 谐野道人：《照世杯序》，载《照世杯》，《古本小说集成》第三辑，上海古籍出版社1994年版第5页。
[2] 乾隆五十七年（1792）有"草亭老人"杜纲编撰的《娱目醒心编》刊行，但书中各篇多为改编先前的《古今小说》《醒世恒言》《石点头》与《醉醒石》等短篇小说集中的作品。
[3] 许浩：《复斋日记叙》，载孙毓修编《涵芬楼秘笈》，北京图书馆出版社2000年版第223页。
[4] 陆深：《金台纪闻题记》，载《笔记小说大观》（四编），台湾新兴书局有限公司1978年版第2881页。
[5] 黄瑜：《双槐岁钞自序》，载《双槐岁钞》，中华书局1999年版第5页。

先生嘉言善行，即笔于楮，或于载籍中间见异人异事，亦录之"[1]。不过他们也有载录的标准，"不足为蓄德之助"，就归入"可厌者削之"。[2]那些作者其实并非有心于文学创作，他们载录的初衷还是想补正史之缺。逸事小说是由记录史实的文字逐渐脱胎而来，因此都较强调描写的真实性。他们记载的某些逸闻其实在流传过程中已或多或少地增添了虚构成分，情节也因此较生动趣味，但作者却是据耳闻而实录。这些作品一般不是独立成册，它们散见于各种笔记，与杂述、议论、考辨甚至志怪等内容混杂在一起。不过辨析筛滤后将它们作汇集，倒也蔚然大观，可证此时的逸事小说创作已颇成气候。

第二类作品是以妖精、物魅、幽冥、神佛或奇闻为内容的志怪小说，作者的撰写目的多为劝善惩恶，以因果轮回报应等内容宣扬封建伦理道德。弘治年间的黄瑜曾言："异端奇术必书，正大经也"，"言变必揆诸常，言事必归诸理，此予著述之志也"。[3]祝允明曾明确宣称："志怪虽不若志常之为益，然幽诡之事，固宇宙之不能无，而变异之来，非人寻常念虑所及。今苟得其实而纪之，则卒然之、顷而值之者，固知所以趋避，所以劝惩，是亦不为无益矣。"[4]他正是从这方面肯定志怪小说存在的价值，至于这类作品"恍语惚说，夺目惊耳"，从而使人们"喜谈而乐闻"倒是较其次的事。这在当时是颇有代表性的见解，也是上述那些志怪类文字出现的原因。这些作品大多数是记录怪异的"丛残小语"，但也出现了少数作者为寄寓感慨或针砭社会而精心编撰的情节相对完整、人物形象较为分明的作品。

在文言小说创作复苏后的约百年里，作品主要就是逸事小说与志怪小说两类，其形态与魏晋南北朝时相类，这里就出现了一个问题：

---

[1] 曹安：《谰言长语题记》，载《景印文渊阁四库全书》第867册，台湾商务印书馆1985年版第28页。
[2] 黄瑜：《双槐岁钞自序》，载《双槐岁钞》，中华书局1999年版第5页。
[3] 黄瑜：《双槐岁钞自序》，载《双槐岁钞》，中华书局1999年版第5页。
[4] 祝允明：《志怪录自序》，载《丛书集成初编》，中华书局1991年版第1页。

唐代开始了自觉有意地为小说的时代，唐宋时期出现了大量优秀的传奇小说，其成就远超魏晋南北朝时的创作，可是明中期的文言小说创作中却看不到唐宋传奇小说的影响。到了嘉靖朝开始出现个别类似传奇小说的作品，如嘉靖十九年（1540）前后蔡羽的《辽阳海神传》，但作者的本意却是在"志怪"，而且他于篇末特地说明，自己曾向作品中的主人公程宰"询其始末"[1]，即强调所写均为实录，而非小说。到了万历朝，传奇小说创作才开始较多地出现。钓鸳湖客的《鸳渚志余雪窗谈异》约问世于万历初年[2]，它出现得较早，故又延续了先前创作的格调，如情节简单而又好作因果报应之谈，劝诫意味较为浓厚，在某种意义上颇像对上阶段志怪小说作丰满式的演化，书中有些篇章还干脆模仿《剪灯新话》中的作品。万历二十年（1592），邵景詹的《觅灯因话》问世，作者自称该书所写"非幽冥果报之事，则至道名理之谈；怪而不诬，正而不腐；妍足以感，丑可以思"[3]，但他在展开故事时，却有意揭示了当时社会上种种败德恶行。这部小说集叙事朴实，不假雕琢，重视情节交代的清晰与人物形象的刻画，并不有意追求文采斐然，它的问世可视为文言小说创作进入万历朝后风格开始变化的标志。此后，出现了模仿唐宋传奇小说的作品，如陈继儒的《李公子传》、胡汝嘉的《韦十一娘传》等，而宋懋澄的《九籥集》与《九籥别集》更是当时文言小说创作的代表作。两书均辟稗类，去重复者不计，共收文言小说四十四篇，其中描写爱情、婚姻的作品《珠衫》与《负情侬传》均为模仿唐宋传奇小说的佳作，它们后来先后被冯梦龙改编为《蒋兴哥重会珍珠衫》与《杜十娘怒沉百宝箱》，广为流传。

---

[1] 蔡羽：《辽阳海神传》，载《古今说海》说渊十六，巴蜀书社1988年版第279页。
[2] 书中《天王冥会录》《鹭柑老人录》《海变录》等篇已叙及万历三、四年间事，而刊于万历十五年（1587）的《国色天香》已收录该书的一些作品，故其成书当在万历十年前后。
[3] 邵景詹：《〈觅灯因话〉小引》，载《觅灯因话》，《古本小说集成》第五辑，上海古籍出版社1994年版第1页。

上述作品是明代继承唐宋传奇小说传统而创作的代表，它们多是自万历朝中后期方才现身，此时距文言小说创作复苏已有百余年，为何先前的作家都只热衷于逸事与志怪类创作而置唐宋传奇小说传统于不顾，以致造成创作中的这种"空白"？明代通俗小说或清代短篇通俗小说的创作"空白"，都是某阶段作品的缺失，现在遇见的则是作品创作已呈连续状态，所谓"空白"是指继承唐宋传奇小说传统这种创作内涵出现了缺失。明代文言小说自中叶以后的创作变化，似乎是在重新经历从魏晋南北朝的志人、志怪到唐宋传奇小说的过程，这也是个十分奇特的现象。

　　如果按时间顺序排列明代那些通俗小说作者的身份，我们又可有新的发现。供案头阅读的通俗小说从嘉靖朝开始复苏。其时首先问世的是《皇明开运英武传》，此书为郭勋谋求公爵的政治诉求而授意其门客撰写，属于特例。继而是《大宋中兴通俗演义》《唐书志传》《全汉志传》与《南北宋志传》，作者熊大木身份是福建建阳书坊忠正堂的堂主，他在姻亲书坊清白堂堂主杨涌泉的怂恿下，开始了通俗小说的编撰。稍后有编撰《列国志传》的余邵鱼，他是建阳刻书世家余家的人。万历朝时，余家编撰通俗小说最多者是书坊三台馆主人余象斗，他先后编撰了《五显灵官大帝华光天王传》《北方真武师祖玄天上帝出身志传》《列国前编十二朝传》《皇明诸司公案传》与《皇明诸司廉明奇判公案传》，下层文人吴元泰编撰《八仙出处东游记》则是受他雇请。萃庆堂也是余家的书坊，邓志谟任其塾师时，先后编撰了《吕仙飞剑记》《萨真人咒枣记》与《许仙铁树记》，都由萃庆堂刊行。此外，《三宝太监西洋记通俗演义》的作者罗懋登、编撰《西游记传》的杨致和与编撰《南海观音菩萨出身修行传》的朱鼎臣等，这些下层文人与书坊的关系也都相当密切。书坊主原本只应活跃于传播环节，可是在这约半个世纪里，他们同时也进入了通俗小说的创作领域，甚至还起了某种主宰作用。在明清小说发展历程中，涌现过许多学养深厚、精心创作的作家，罗贯中、施耐庵、曹雪芹、吴敬梓自不必论，冯梦龙、凌濛初与李渔也有过十分出色的作品，优秀的作家还有许多。然而在嘉靖后期到万历前期的约半个世纪里，只见书坊主在包办一切，却见不到这样的作家的身影，这也是一种创作空白。

与此空白相伴的是独立创作的作品的空白。在此阶段流行的是两类作品，一是讲史演义，描述各朝各代历史故事的作品相继问世；一是神魔小说，各种古代神话故事经敷演增色后以通俗小说的形式呈现在人们眼前。不能否认这些作品中有现实生活内容的折射，可是直接以现实人生为描写对象的作品却没有，直到"金瓶梅"以及"三言""二拍"等拟话本问世，这种创作状态才得以改变。如果进一步对那些作品的编创手法作辨析，不难发现它们均非出于独立创作，而是在改编话本、戏曲或民间传说的基础上编撰而成。其实，最早问世的供案头阅读的通俗小说《三国演义》和《水浒传》等，同样也是改编而成的作品。书坊主的文化水平不高，他们进入创作领域后，也只能承袭这种编创手法。直到明末天启、崇祯年间，在冯梦龙的"三言"与凌濛初的"二拍"中，开始出现文人独立创作的短篇小说。此后，独立创作的小说日益增多，入清后已占据了小说创作的主导地位。将这一历史阶段里的作品按编创手法排列，可以看出独立创作的作品在相当长的时期里是一空白。

上述种种"空白"在研究中迟迟未能发现的重要原因，是人们对某个阶段的文学现象考察时，常常不自觉地带有事先预设的判断，即认为创作所包含的各种要素，其发展变化都具有连续性，这或许是由于先前所受的文学史教育的灌输，或是由于传统研究思维的惯性积淀，而它的存在会使人想不到去关注"空白"问题，有时甚至会自动过滤掉与预设判断不相符的现象。即使遇见与"空白"相关的某些问题，也会将它判断为个别的偶然现象，或是认为这是因资料掌握尚有缺略所致，预设的判断使人不再考虑其他可能性的存在。如果没有预设判断的影响，创作进程中的异动现象就会引起人们的警觉，而努力地对此作深究，如对相关作品全都进行各种划分的定位与排列，那些"空白"也就无所遁形了。这种定位与排列工作本应是必须有的基础准备，但其操作却较为烦琐，特别是有些作品的时间定位以往并无明确的结论，须查阅大量资料并伴以必要的考证方能确定。而且这项工作看上去与研究的主旨似相去较远，忽略似无大碍，人们往往舍此而直接去探讨自己关注的主要问题，于是便与这一类"空白"的发现失之交臂了。

不仅小说发展史上存有各式各样的"空白"，在一些文学作品中，按情节发展逻辑应有，却看不到相应文字描述的"空白"也同样存有。一种"空白"有可能是因为作者思虑不周，忽略了这方面的描写。它本应是作者创作研究中不可忽略的方面，对作品造成的影响及其产生的原因不可置而不顾。另一种"空白"却是作者有意而为之，在应有内容处偏不作描写，以此方式引导读者根据作品中的其他描写作分析判断。如果只是粗略地浏览作品，这类"空白"在以往的作品分析中常被忽略，而一旦发现了就应追寻其由来与产生的作用，这样便可加深对作品的理解，对作者的艺术匠心也可有更深切的体会。

经典名作《红楼梦》中就有不少这类创作"空白"，王夫人和李纨关系的描写就是很有说服力的例证。她们都是书中的重要人物，王夫人是宝玉的妈妈，名列"金陵十二钗"的李纨是宝玉的大嫂，她们的婆媳关系决定了她们在日常生活中必然免不了频繁接触，可是翻遍曹雪芹写的前八十回，居然找不到这两人之间的直接对话。如果比照两人各自与其他女性主子的对话就会产生疑问，作者为何不去描写这对婆媳之间的直接对话。与此相类似，探春与贾环这对姐弟都是赵姨娘所生，曹雪芹对这三人的描写没少花笔墨，可是在他笔下，探春与贾环之间却一句对话也没有，尽管他们的接触十分频繁，作者在第五十八回里也曾交代道：探春虽在秋爽斋另住，却"不时有赵姨娘与贾环来嘈聒"[1]。仔细梳理与比对书中描写的人物关系，产生疑问后重再检阅全书以核实，此法是发现这类"空白"的主要途径。运用这一方法细读作品还会不断有发现，如作者多次写到贾母与贾政对贾兰的喜爱，可是却不提及身为祖母的王夫人有何表示，尽管她经常同在现场。在不少情节中，其实作者只要花费不多的笔墨，就可以让读者明白是怎么回事，可是曹雪芹却偏惜墨如金，未著一字，在读者眼中，这就是描写上的空白。

《红楼梦》中那些描写上的空白，是曹雪芹有意而为之，脂砚斋还几次为此写下"不写之写"[2]或"不写而写"[3]之类批语，或是批"是他处不写之写也"[4]，即某处描写透露了理解另一处描写空白的线索。在史传撰写中，这种描写手法被称为"不书"，这是汉代人刘歆从《左传》中归纳出的"义例"之一。作者出于某种原因而略去某些直接描写，这部分内容因其缺失可引起读者注意，而梳理书中他处的相关描写所透露的信息，却可推知那些被略去的内容，并对作者于此处"不书"的原因有所了解。曹雪芹熟悉我国史传中固有的"不书"传统，而且有意在《红楼梦》创作中运用此法。第四十二回里，他借薛宝钗之口论及作画技法，强调若按原样画到纸上"是必不能讨好的"，而应该根据需要，"该添的要添，该减的要减，该藏的要藏，该露的要露"[5]，这一原则对于文学创作同样适合。所谓"添"者，是指符合生活逻辑的那些虚构，而"减"与"藏"者，正是"不书"手法的运

---

[1] 曹雪芹：《红楼梦》第五十八回"杏子阴假凤泣虚凰，茜纱窗真情揆痴理"，人民文学出版社1982年版第818页。
[2] 脂砚斋：甲戌本第三回侧批、第十三回眉批，庚辰本第三十九回双行夹批、第四十五回双行夹批，《脂砚斋重评石头记》，天津古籍出版社2006年版第20、26、102、312、359、516页。
[3] 脂砚斋：庚辰本第二十二回双行夹批，《脂砚斋重评石头记》，天津古籍出版社2006年版第178页。
[4] 脂砚斋：甲戌本第三回侧批，《脂砚斋重评石头记》，天津古籍出版社2006年版第26页。
[5] 曹雪芹：《红楼梦》第四十二回"蘅芜君兰言解疑癖，潇湘子雅谑补余香"，人民文学出版社1982年版第586页。

用，作品中许多"空白"就是这样形成的。

二、传播环节中的阻碍与创作空白的形成

通常发现"空白"不易，而对它产生的原因做出合理解释更是一种挑战。我们长期以来的研究都是根据看到的具体对象作分析，面对一无所有的"空白"时，使用习惯的研究模式或方法便不知该从何处着手，这正暴露了它们只适用于有形对象研究的局限。我们的研究思维其实还受到了另一种局限，即认定文学问题的解决，只须在文学领域中探寻答案，故而研究视野也往往只囿于此。但要对一些创作空白的形成作解释时，就会发现那些问题仅在文学领域里无法解决，需要综合其他领域的研究，方能得出较全面的答案。对从明初到嘉靖朝的一百七十年没有通俗小说新作问世的"空白"的解释，便是相当典型的一个事例。

《三国演义》与《水浒传》问世于元末明初，为什么在随后的一百七十年里，竟没人受它们的影响进行创作？在嘉靖朝，连熊大木这样创作能力低下的书坊主都能模仿着编撰小说，如果《三国演义》与《水浒传》在那一百七十年里确已广泛流传，就理应会有人受它们的影响而创作。现在既然形成了这么长时间的创作空白，我们就有理由猜测，那段时间这两部优秀巨著实际上并没有流行，现存的史料也证实了这一猜测。有关《三国演义》史料中有这样两句话：第一句话载于庸愚子弘治七年（1494）所写《三国志通俗演义序》，称"书成，士君子之好事者，争相誊录，以便观览"[1]，这表明从明初到弘治七年

---

[1] 庸愚子：《三国志通俗演义序》，载《三国志通俗演义》，《古本小说集成》第三辑，上海古籍出版社1994年版第5页。

的一百二十余年里,这部小说只有抄本流传,并无刊本行世。第二句话是嘉靖元年(1522)时修髯子所言,他在《三国志通俗演义引》中写道:"简帙浩繁,善本甚艰,请寿诸梓,公之四方可乎?"[1]由此语可知,在弘治七年到嘉靖元年的二十八年里,这部小说仍然是在靠抄本流传,而嘉靖元年版的《三国志通俗演义》是它的第一个刊本,它实际上也是目前所知道的明清通俗小说的第一个刊本。由周弘祖的《古今书刻》与晁瑮的《宝文堂书目》的著录可知,《三国演义》与《水浒传》在嘉靖朝时出现过武定侯郭勋刊本与都察院刊本。周弘祖与晁瑮都是嘉靖时进士,又都是著名的藏书家,他们对这两部小说都只提及嘉靖朝刊本,这意味着它们都是在此时才开始以刊本行世。

《三国演义》与《水浒传》在长时期里仅靠抄本流传,这是探寻通俗小说长期创作空白形成原因的重要线索。诗、词与散文等文学体裁,仅靠口诵笔录就可广为传播,"旗亭画壁"故事、"凡有井水处即能歌柳词"之说以及成语"洛阳纸贵"等都能说明这一事实,可是长篇通俗小说的篇幅动辄数十万字,誊录一部已非易事,而一部作品就算是有了十部或二十部抄本,又能供多少人传阅?只有刊印成书,它才有广泛传播的可能。在那约一个半世纪里,视小说为邪宗的舆论占据了主导地位,士人思想已为程朱理学所禁锢,走科举之途博取功名是他们孜孜以求的目标。环境如此,又只有很少的人接触到《三国演义》与《水浒传》抄本,指望他们受影响而创作实是难矣。

对供案头阅读的通俗小说来说,《三国演义》与《水浒传》是开山之作,既然它们未能广泛流传,说明当时人们脑海中连通俗小说这样的概念都没有,不知道可以用这样的文学样式来反映生活与抒发自己的感受,更不会有动手创作的念头。未接触《三国演义》与

---

[1] 修髯子:《三国志通俗演义引》,载《三国志通俗演义》,《古本小说集成》第三辑,上海古籍出版社1994年版第3页。

《水浒传》的情况下没有人从事通俗小说的创作，意味着使这一文学样式诞生的开创性工作，若无特定的历史条件，若作者无文学天才，显然是无法完成的。由明代小说的发展历程可知，先有《三国演义》与《水浒传》在嘉靖朝的刊刻成书，广为传播，随后才有通俗小说创作的重新起步，而且在很长的时期里，那些创作一直都在《三国演义》与《水浒传》影响的笼罩之下。这一史实告诉我们，这两部开山之作长时期内未能刊行于世，是那约一百七十年创作空白形成的主要原因。

分析至此，我们还需要追寻的问题是，《三国演义》与《水浒传》问世后，为何未能刊刻出版？明初时，书籍出版并不是一件容易的事，当时除官刻之外，承接这一任务的是民间书坊，而自南宋以来，福建的建阳是全国的刻书中心。在王道生的《施耐庵墓志》里，有"及长，得识其门人罗贯中于闽，同寓逆旅"[1]一语，透露了罗贯中曾到福建的信息。学术界对这篇《墓志》的真伪尚有争论，但罗贯中希望出版自己的著述应是情理中事，而且此公本来就是浪迹天涯之人，到过福建也不无可能，须知他创作时曾经借鉴过的《三国志平话》，及其他宋元讲史平话都是出版于福建。然而不管罗贯中当年做过怎样的努力，《三国演义》在当时毕竟未能出版，而书坊的拒绝又几乎是必然的，因为在当时的条件下，要它们刊印诸如《三国演义》这样的长篇小说，实在是一件极其困难的事。

书坊刊印书籍的目的是获取利润，所追求的是售多利速，明代人谢肇淛对此早就做过归纳："徒为射利计，非以传世也。"[2]当书坊主面对《三国演义》时，首先是估量刊印这部小说需要多少投入，生产过程有多长，这也是资金积压的时间。书印成后，销路将会如何，因

---

[1] 王道生：《施耐庵墓志》，载朱一玄，刘毓忱《水浒传资料汇编》，南开大学出版社2002年版第120页。
[2] 谢肇淛：《五杂俎》卷之十三，中央书店1935年版第209页。

为这决定了能否收回成本与获得利润，以及花费时间的长短与利润数量的多少。至于作品的文学价值与艺术成就，只有在转化为可估量的经济价值后才会被考虑。在明初时，这一估测的结果对《三国演义》的刊印极为不利。首先，这部作品篇幅宏大，它的刊印须得花很长的时间。每个工匠每天可刻二百余字[1]，按此速度，十个工匠刻印八万字的《三国志平话》，估计一个多月便可完工，可是《三国演义》的篇幅有七十余万字，十个工匠刻印就得花上十个月。而且，雕版前须由写工逐字书写与校勘，雕版后还需经刷印、折叠、装订等工序，前后得花费一年时间。当时书坊能拥有十名刻字匠，其规模已不能算小，而且它还需配备写工、刷印工、折工与装订工等，总计得有二十余人。然而就是这样规模的书坊，如果它决定刊印《三国演义》，那么这一年里就不能承接其他的生意。其次，这部小说的刊印成本又相当高。有两个刻字价格可供参考：常熟的毛晋在明崇祯时为刻印"十三经"与"十七史"曾广招刻工，"三分银刻一百字"，清宣统初年湖南刻书每叶五百字，工价是"叁钱畸零"[2]，高了一倍。明初工价情况不详，但此时刻工力量严重不足，恐怕还要更高些。即使按刻百字三分银为标准估算，七十万字的《三国演义》仅仅刻字费一项就需要支付二百余两银子，再加上写勘、刷印、纸张与装订等方面的费用，其投资总额就更为可观。这笔钱若购置田产可有数十亩[3]，又何苦用去刊印小说？

投资量过大且生产周期较长固然是不利因素，但是如果肯定有丰

---

[1] 洪武七年（1374）刊印的《宋学士文粹》为122000余字，十个工匠刻了52天，即人均日刻200余字。
[2] 叶德辉：《书林清话》卷七"明时刻书工价之廉"，中华书局1957年版第186页。
[3] 俞弁《山樵暇语》卷八云：弘治间因"田多者为上户即金为粮长应役，当一二年，家业鲜有不为之废坠者。由是人惩其累，皆不肯置田，其价顿贱，往常十两一亩者，今止一二两，尚不欲买"。江南地价最高之徽州，"一亩价值二三十两者，今亦不过五六两而已"。见《涵芬楼秘笈》，北京图书馆出版社2000年版第372页。

厚利润回报，书坊主即使借债也要设法刊印。明万历年间，苏州的舒载阳对《封神演义》的稿本就是"不惜重赀，购求锓行"[1]，因为那时正是神魔小说风行之际，销路与利润都有可靠的保证。又如在清代，文光楼主人石振之闻知《小五义》稿本，就"不惜重赀，购求到手"，随后又通过借债"急付之剞劂"[2]，而且是一次就"刷印五千余部"。[3] 他深知在《三侠五义》风靡之际，推出它的续书一定会受到热烈欢迎。文光楼版《小五义》面世约四个月，申报馆的翻刻本即已行世，其销路极好，"未及一稔，箧笥已空"[4]，便又重印以满足市场需求，而上海书局、善成堂、广百宋斋、扫叶山房和禄英堂等书局也都推出自己的翻刻本。这些事实证明，文光楼主人对这部小说销路的预测完全正确。

可是在明初时，书坊主们对于《三国演义》与《水浒传》的销路却无法作出乐观的估计，因为这是供案头阅读的长篇小说的首次问世，书坊主们先前从未刊售过这样的书籍，他们不知道刊印成书后是否会有人购买。事实上，第一个有能力购买长篇通俗小说的群体，要到嘉靖、万历朝方才形成。当时的通俗小说在传播方面有两个特点：首先是书价较高，如万历时舒载阳销售《封神演义》时，封面上就盖有"每部定价纹银贰两"[5]的木戳，如果按万历时的平均米价计算，则可以购米三石有余，这约相当于六品官员一个月的官俸[6]。同样是

---

[1] 舒载阳版《封神演义》"识语"，见孙楷第《日本东京所见小说书目》，人民文学出版社1981年版第91页。
[2] 文光楼主人：《小五义序》，载《小五义》，《古本小说集成》第四辑，上海古籍出版社1994年版第1页。
[3] 知非子：《小五义序》，载《小五义》，《古本小说集成》第四辑，上海古籍出版社1994年版第2页。
[4] 申报馆主人：《新书减价》，光绪十八年五月初三日（1892年5月28日）《申报》。
[5] 舒载阳版《封神演义》"识语"，载孙楷第《日本东京所见小说书目》，人民文学出版社1981年版第91页。
[6] 明初时官员俸禄较高，但后来各朝递减，呈下降趋势。此处按成化七年（1471）的标准计算。

万历年间，龚绍山刻印的《春秋列国志》格式同于上书，字数约是前者的五分之二，该书定价是银一两。[1]如此之高的书价，表明通俗小说在那时还不是一般人能够享受的奢侈品，不是特别有钱的人不会去购买阅读。其次是作品刊印时又被进一步通俗化。如《三国演义》是用浅显文言写成，本已"文不甚深"[2]，"以俗近语檃栝成篇"[3]是其特点，可是万历时仁寿堂刊印这部小说时，封面上却印有广告："句读有圈点，难字有音注，地里有释义，典故有考证，缺略有增补，节目有全像"[4]，这是在有意招徕那些拙于断句，不识难字，需要靠插图以提高兴趣、帮助理解的读者。当时有不少通俗小说还采用了上图下文的刊印方式，以助这类读者观览。由以上两点可知，嘉靖、万历时通俗小说的主要购买者，其特点应是比较有钱，同时文化程度不高，他们的身份应该是商人。可是在明初时，这样的读者群尚未形成。当时由于长期战乱，农村的普遍现象是人口减少与田地荒芜。为恢复经济，明政府确立了重农抑商的国策。朱元璋用各种手段打击由元入明的富商巨贾，强行置商贾于社会底层，同时又严格控制他们的经商规模与经营范围。处于这样的环境，商人们大多只是为蝇头微利奔波，不可能花钱购买通俗小说。这一局面使书坊主看不到刊印后的销路，自然就不肯摸出银子刊印《三国演义》这样的长篇小说。

可是在约二百年后的嘉靖、万历朝，却出现了书坊主争相刊印《三国演义》与《水浒传》的盛况。余象斗曾云："《水浒》一书，坊

---

[1] 王古鲁：《日本访书记》，海峡文艺出版社1986年版第57页。
[2] 庸愚子：《三国志通俗演义序》，载《三国志通俗演义》，《古本小说集成》第三辑，上海古籍出版社1994年版第11页。
[3] 修髯子：《三国志通俗演义引》，载《三国志通俗演义》，《古本小说集成》第三辑，上海古籍出版社1994年版第1页。
[4] 仁寿堂版《三国志通俗演义》识语，载孙楷第《中国通俗小说书目》，人民文学出版社1982年版第36页。

间梓者纷纷"[1],"坊间所梓《三国》,何止数十家矣"[2]。他身为书坊主,熟悉当时出版界的情形,所言当为可靠,而且其中有些刊本至今犹存。不过,书坊主并非率先刊印者,最早刊印《三国演义》的是司礼监的经厂。这家皇家印刷厂规模宏大,工种齐全,嘉靖时共有工匠一千二百七十五名,其中刊字匠三百十五名。武定侯郭勋与都察院也都曾刊印过《三国演义》与《水浒传》,前书又有金陵国学本。这两部长篇通俗小说开始在社会上流传,并受到人们热烈欢迎,这才是书坊主加入刊印行列的时间。官方率先刊印,打消了他们政治上的顾虑,而这两部小说如此受欢迎,保证了丰厚利润的获取,再加上其时出版业之发达已远非明初可比,而自成化朝以降,商贾已发展成实力雄厚的社会阶层,于是"坊间梓者纷纷"的盛况便应时而生。

嘉靖、万历朝出版业的发达,使长篇通俗小说的顺利发展在物质基础上得到了有力的支撑,可是明初时,印刷力量还很薄弱,印刷工匠相当缺乏是其突出表现。当时司礼监的经厂是全国最大的印刷机构,洪武年间有刻字匠一百十五名,裱褙匠三百十二名,印刷匠五十八名,共计五百余名。其他诸如秘书监、钦天监以及六部等一些政府部门,也都拥有印刷工匠,但人数都不多。国子监作为国家最高学府比较受重视,有四名印刷匠供职,但实际上是不敷使用,于是有时还得动员太学生参与写版、校勘,甚至直接动手刻字。当时在京城服役的刻字匠,总数似不会超过二百人,由政府各部门印刷力量的不足,也可推知当时全国的状况。洪武十九年(1386)时,朝廷规定各地的工匠须得分班轮流去京城服役,每三年去一次,每次时间为三个月;洪武二十六年(1393)改为按工种不同,一年一班至五年一班不

---

[1] 余象斗:《水浒辨》,载《忠义水浒志传评林》,《古本小说集成》第三辑,上海古籍出版社1994年版第1页。
[2] 余象斗:《批评三国志传·三国辨》,载陈翔华主编《日德英藏余象斗刊本批评三国志传》,国家图书馆出版社2013年版第3页。

等，如刻字匠是二年一班，刷印匠则是一年一班。按平均每年服役一个月的比例，京城政府各部门服役的刻字匠人数应是全国总数的十二分之一，即明初时全国的刻字匠总共约二千名。朱元璋曾于洪武元年（1368）八月"诏除书籍税"[1]，希望能刺激印刷业发展当是原因之一，但实际效果并不明显，"宣德、正统间，书籍印版尚未广"，直到成化年间才出现了快速发展，"今所在书版，日增月益"[2]，而要到嘉靖朝，印刷业才开始呈现繁荣景象。王慎中与唐顺之曾议论道，其时读书人"能中一榜，必有一部刻稿"，甚至"屠沽小儿"去世时，也多有墓志铭雕版[3]。由以上所述可以知道，如果《三国演义》《水浒传》在明初时就已刊行于世，通俗小说行进轨迹与今日所看到的可能会有所不同，可是即使有人受到影响也撰写了通俗小说，他面临的仍是难以出版的现状。如果得不到印刷力量的支持，通俗小说发展态势就不可能发生根本性的改变，也正是由于这个因素，通俗小说创作直到嘉靖朝才重新起步。

　　了解了明代通俗小说长期创作空白形成的原因，也就不难明白，为何《西游记》问世与神魔小说流派形成之间，会出现半个世纪左右的滞迟性空白。《西游记》明嘉靖后期虽已问世，却没有刊刻成书，人们一般并不知道世上已有这样一部小说，自然也就谈不上受其影响而创作。一直到万历二十年（1592），南京书坊世德堂才首次刊行这部被称为明代"四大奇书"之一的作品。《西游记》刊行后，很快就在创作领域引起了反响，罗懋登撰写的《三宝太监西洋记通俗演义》于万历二十五年（1597）问世。这部小说从《西游记》中抄袭了不少情节，如误饮"子母河"水而怀孕，女儿国国王强要成亲，叫声名字就将人吸入玉瓶，等等，第二十一回里竟将《西游记》中魏征斩

---

[1] 龙文彬：《明会要》卷二十六"书籍"，中华书局1956年版第418页。
[2] 陆容：《菽园杂记》卷十，中华书局1985年版第129页。
[3] 叶德辉：《书林清话》卷七"明时刻书工价之廉"，中华书局1957年版第185页。

泾河老龙和唐太宗游地府的故事全抄入作品。这部小说的结构是串联征战三十多个国家的故事，每则故事里又都有妖精捣乱、抗拒之类的麻烦，这样的写法完全是在模仿《西游记》，而遇到挫折时，郑和身旁那位马公公又总是建议停止前行，赶紧收拾回家，这和《西游记》里每当遇见危难，八戒就提出散伙回高老庄一样。相似之处何其多，足以证明罗懋登的创作是受《西游记》影响，而这部小说行世距《西游记》首次刊行仅相隔五年，其中还包括创作与刊刻印刷的时间。

到了万历三十年（1602）前后，世上流传的神魔小说已为数不少，而《西游记》里的内容则是这些作品模仿甚至抄袭的对象。《封神演义》第五十二回直接抄入了《西游记》中对高老庄的"有赞为证"，余象斗的《五显灵官大帝华光天王传》中，华光变成孙悟空的模样去王母娘娘的桃园偷取仙桃，吴元泰的《八仙出处东游记》里有齐天大圣手持铁棒，英勇无比的描写，朱鼎臣的《南海观音菩萨出身修行传》中，可看到青狮白象两怪又在作祟，混战中又有蜈蚣精、红孩儿的身影出没。邓志谟做得最过分，他的《咒枣记》大段大段地抄袭《西游记》第四十七回"圣僧夜阻通天水，金木垂慈救小童"中的文字，所不同处则是灵感大王换作王恶，孙悟空换成萨真人之类的人名更替。这类描写是神魔小说流派在《西游记》影响下形成的佐证之一，如果以《西游记》诞生为起点，它与神魔小说流派形成间有约半个世纪的空白，但若以《西游记》刊行起算，两者间可以说是无缝对接，这意味着该"空白"纯是因出版的缘故而造成。

这也是另一个创作空白产生的原因。明代文言小说创作复苏后的约百年里，兴盛的是逸事、志怪之类的笔记小说，而未见唐宋传奇小说的影响。按过去的习惯思维，既然唐宋传奇小说在前，明代文言小说在后，后者受前者影响是理所当然之事，故而这一空白的出现似乎难以解释。查阅相关资料后可以发现，明中期文言小说创作中未见唐宋传奇小说的影响，是因为当时人们一般都无缘见到那些作品，实际上接触到明以前文言小说都是不容易的事。明初《剪灯新话》等作遭到禁毁，苛严的社会舆论迫使人们不再去阅读先前的文言小说。当时诸如段成式的《酉阳杂俎》、陶宗仪的《辍耕录》等作品，都被归入"君子弗之取"一类，理由是"多闻不能以阙疑，多识不足以蓄德故也"[1]。许多作品已只有收藏了一二百年的宋版书或抄本，只能流传于非常小的范围，社会上绝大多数人都无缘得见。其时对岳珂《桯史》的介绍是"访求每恨未见其全者"[2]；洪迈的《容斋随笔》则是"传之未广，不得人挟而家置"[3]；周密的《齐东野语》靠少量抄本流传，"传写既久，鱼鲁滋多"[4]；而李石的《续博物志》仅存宋版在世[5]。被列入子部小说类的作品的遭遇大抵类此，故而人们时有感叹："每以不获一经目，迨今深置恨焉。"[6]从成化年间开始，前代的文言小说逐渐重刊于世，以今日标准衡量，那些著作也只是含有某些小说或"准小说"式记载，但长期被子曰诗云环绕压抑的人们，却由其传播惊喜地看到了一个新天地，阅读之后便是一些模拟之作或仿效之作的问世。陆灼喜读苏轼的《艾子》，又自撰《艾子后语》，"纂而成编，以附坡翁之后"[7]；祝允明坦承其创作受到洪迈著述的影响，还说："吾以此知吾书虽芜鄙，不敢班洪，亦姑从吾所好耳！若有高论者罪其缪悠，而一委之以不语常之失，则洪书当先吾而废，吾何忧哉！"[8]此

---

[1] 黄瑜：《双槐岁钞自序》，载《双槐岁钞》，中华书局1999年版第5页。
[2] 江沂：《〈桯史〉题记》，载《桯史》，中华书局1981年版第182页。
[3] 李翰：《〈容斋随笔〉序》，载《容斋随笔》，《笔记小说大观》第六册，江苏广陵古籍刻印社1983年版第134页。
[4] 盛昊：《〈齐东野语〉后序》，载《齐东野语》，中华书局1983年版第387页。
[5] 都穆：《〈续博物志〉后序》，载丁锡根《中国历代小说序跋集》，人民文学出版社1996年版第91页。
[6] 顿锐：《〈侯鲭录〉序》，载《侯鲭录》，《笔记小说大观》第八册，江苏广陵古籍刻印社1983年版第94页。
[7] 陆灼：《〈艾子后语〉序》，载丁锡根《中国历代小说序跋集》，人民文学出版社1996年版第640页。
[8] 祝允明：《〈志怪录〉自序》，载《丛书集成初编》所收《志怪录》，中华书局1991年版第1页。

语似也透露了志怪小说撰写所承受的舆论压力。

前代文言小说的出版，带动了明中期的创作，由于其时出版的前人作品主要是逸事、志怪一类笔记小说，明人相应的创作也多集中于这一范围，唯有正德年间都穆仿《世说新语》而作的《玉壶冰》是个例外。《世说新语》在南宋刊行后，三四百年间一直是靠宋版或抄本流传，都穆也是因岳父家中有宋版藏本方能仿作，书中有些文字甚至还有恃无恐地一字不差地抄袭，因为当时一般人没有阅读这部作品的机会。《世说新语》在明代无刻本的情况结束于嘉靖十四年（1535），当时袁褧拿出"家藏宋本"刊行于世[1]，随后又出现数家翻刻本。这部作品的广为传播，不久就引来创作方面的反应，何良俊的《语林》、焦竑的《玉堂丛话》、李绍文的《明世说新语》、江东伟的《芙蓉镜寓言》、曹臣的《舌华录》与郑仲夔的《清言》等模仿之作接连问世。由以上事例可知，明代文言小说创作与前代作品的刊行有着莫大的关系，而且其创作内容、手法都受到它的制约。

明中期开始的前代文言小说出版的过程中，唐宋传奇小说的刊行传播相对较迟。首先应提及的是嘉靖四年（1525）前后《虞初志》的刊行，此书共八卷，收前代小说三十一种，除南朝梁吴均之《续齐谐记》外，其余三十种均为唐代传奇作品。元稹的《莺莺传》、蒋防的《霍小玉传》、白行简的《李娃传》、薛调的《无双传》、李公佐的《南柯太守传》等名篇均收录在内。该书卷一《续齐谐记》之末有跋语云："是书亦罕得佳本，惟外舅都公家藏有之，命余锓梓以传焉。"[2] 这里"都公"是指陆采的岳丈都穆，"是书"指《续齐谐记》，而那"亦"字，表明其余三十种唐人小说，同样是"罕得佳本，惟外舅都公家藏有之"，"锓梓以传"一语表明，这些作品在明代是首次刊

---

[1] 袁褧：《刻世说新语序》，载丁锡根《中国历代小说序跋集》，人民文学出版社1996年版第265页。
[2] 《虞初志》卷一，中国书店1986年版第12页。

行传播。尽管书中所收也有误题作者者，如陈玄祐的《离魂记》题韦庄、沈既济的《枕中记》题李泌，但它的刊刻行世，毕竟让众多读者领略到唐代小说的风采，此后在明代文言小说的创作中，传奇小说一类开始出现。嘉靖四十五年（1566），"从六朝到宋初的小说几乎全收在内"[1]的《太平广记》的刊行，更是推动了这类作品的创作。《太平广记》编成于宋初，当时"言者以《广记》非后学所急，收板藏太清楼，于是《御览》盛传而《广记》之传鲜矣"；或以为南宋时曾有过刻本，但即使如此，入明以后它也已是难得一见之书，而且由于"传写已久"，已是"亥豕鲁鱼，甚至不能以句"的状态。[2]这部谈恺校勘本问世后，很快出现了许自昌等人的翻刻本，随后又有冯梦龙的节选本《太平广记钞》。这些版本的相继问世，消除了明代人与唐人小说之间的隔膜，正是在这样的背景下，明代传奇小说的创作开始兴起。

　　无论是明代通俗小说创作的长期空白，还是明代文言小说创作中传奇类作品的长期缺失，这类奇特文学现象的形成都有一个共同的关键原因：由于缺少印刷业的支持，那些可引导创作的作品未能及时地刊行于世，人们一般没有阅读的机会，也想不到以创作反映生活时，可以采用这样的文学样式。新文学样式的产生，一般需要满足三个条件，第一，需要有长期创作的积累，使开创新文学样式的趋向逐步形成；第二，需要有合适的历史机缘，从而能在不断积累的基础上出现突破性的创作；第三，这一突破性的创作，须得有艺术修养丰厚的作家承担。绝大多数作者需要在学习、揣摩先前的作品的基础上创作，倘若缺少这一环节，就相当于一种新文学样式的重新开创，而这一工

---

[1] 鲁迅：《集外集拾遗补编·破〈唐人说荟〉》，《鲁迅全集》第八卷，人民文学出版社1981年版第108页。

[2] 谈恺：《太平广记序》，载丁锡根《中国历代小说序跋集》，人民文学出版社1996年版第1770—1771页。又，郎瑛《七修类稿》卷四十九"海观杜撰"条记云："海观张天锡锡，作文极敏捷，而用事多出杜撰。有人质之者，则高声应之曰：出《太平广记》。盖其书世所罕也。"（上海书店出版社2009年版第516页）此也可为该书至嘉靖时仍未流传之佐证。

作恰是杰出作家在特定历史条件下才能完成。优秀作品问世后,通过传播影响后来创作,一部文学史在这个意义上可看作是这一不断反复的盛衰起伏的历程,它可用公式"创作——传播——创作"概括。一旦传播环节出现阻隔,相应地就会出现某些创作空白。如果只是停留在纯文学研究范畴内苦思冥想,空白出现的原因就永远无法得到解释。因此可以说,"空白"的研究便成了越出藩篱的突破。

三、多重约束力合成下的"空白"

《三国演义》与《水浒传》之后,通俗小说长期无新作问世,明中期时文言小说创作中传奇小说一派长期缺位,其中关键的原因,就是那些能够引导创作的作品未能及时地刊刻行世,当时的人们未能接触到它们。在文学史上,还有一些空白出现的原因就较为复杂,明初到中叶时,文言小说创作出现的约半个世纪的空白便是其中一例。

这个空白形成的原因中也有出版环节的因素。明初出现了两部优秀的文言小说集,即瞿佑的《剪灯新话》与李昌祺的《剪灯余话》,它们虽曾出版,但后来在相当长的时间里却未能广泛传播,这局面直到成化朝重新刊行后才得以改变,明代文言小说创作在成化朝开始复苏,显然与此有着直接的关系。这两部文言小说集明初刊刻成书但很快在传播环节出现了阻隔的原因有二:文言小说都由文人创作,传播范围也限于士林,而当时鄙视小说的观念在文人心目中占据了主导地位,一句"子不语怪力乱神"就否定了所有的小说创作。尽管当时瞿佑享誉于士林,但他创作了《剪灯新话》后,即面临来自正统舆论的压力。其友桂衡为该书所写的"序"中,提到瞿佑写成后,只是"藏之篋笥,以自怡悦",并含蓄地解释了不公开出版的原因,他以"沾沾然置喙于其间"一语概括了当时封建正统人士对《剪灯新话》的抨击,而那句"何俗之不古也如是"的感叹,使人知晓小说在明初时受到的非议与鄙视,要远比以往严厉。[1]身为作者的瞿佑当然清楚这一状况,故云:"既成,又自以为涉于语怪,近于诲淫,藏之书笥,不欲传出。"[2]后来在喜爱这部作品的读者的要求下,瞿佑才将它公之于世。这是与强大舆论压力抗衡的勇敢之举,但随后就得经历坎坷的人生之途。他一生只做过教谕、训导之类的下级官吏,永乐年间还蒙祸被捕,流放十年后方得归乡。瞿佑后来回想起往事就黯然神伤:"念夙志之乖违,怜旧学之荒废,书空默坐,付之长太息而已。"[3]《剪灯新话》能流传至后世还算是侥幸者,瞿佑还有过一部文言小说集《剪灯录》四十卷,却因其时环境恶劣而永远失传了。

明初时,文言小说集《剪灯余话》同样未能避免厄运。李昌祺作此书有意纠正《剪灯新话》"措词美而风教少关"的倾向,可是书成后他同样不敢将作品公之于世:"既成,藏之笈笥,江湖好事者,咸欲观而未能。"[4]用李昌祺自己的话来说,是"虑多抵牾,不敢示人",他甚至"亟欲焚去以绝迹"。[5]一些朋友在为这部文言小说集作序时,也多突出作品的教化功用,从这一角度为李昌祺辩解。尽管李昌祺拒绝将书付梓,但《剪灯余话》已流传在外,终于还是出版了。李昌祺官至河南左布政使,《明史》曾以"廉洁宽厚"评价其仕途生涯[6],"为人正直不阿,于才学亦赡雅少双"也是朝野的公认,可是就是因为创作了《剪灯余话》,他遭到了正统士人的鄙薄:"同时诸老,多面交心恶之。"[7]他死后还为此遭遇不公正的待遇,江西巡抚韩雍曾将已

---

[1] 桂衡:《剪灯新话序》,载《剪灯新话》,上海古籍出版社1981年版第4页。
[2] 瞿佑:《剪灯新话序》,载《剪灯新话》,上海古籍出版社1981年版第1页。
[3] 瞿佑:《重校剪灯新话后序》,载《剪灯新话》,《古本小说集成》第四辑,上海古籍出版社1994年版第7页。
[4] 张光启:《剪灯余话序》,载《剪灯新话》(外二种),上海古籍出版社1981年版第120页。
[5] 李昌祺:《剪灯余话序》,载《剪灯新话》(外二种),上海古籍出版社1981年版第121页。
[6] 《明史》卷一百六十一,中华书局1974年版第4375页。
[7] 王圻:《稗史汇编》卷八十五"李昌祺",北京出版社1993年版第1247页。

故高官列入乡贤祠,唯独将李昌祺排斥在外:"祯独以尝作《剪灯余话》不得与。"韩雍的同僚叶盛不赞同这种做法,但他也认为"《余话》诚谬"[1]。

乡贤祠事件不仅在当时引起了较大反响,直到百余年后的嘉靖、万历时,人们仍是议论纷纷。张萱将韩雍的做法与王安石集三家诗不录李白相提并论,感叹"二李之遭王、韩,亦不幸矣"[2];王圻也为李昌祺打抱不平:"未知此公大节高明,安得以笔墨疵戏累之"[3],不过"疵戏"二字,却表明了对小说创作的不以为意。此时也有不少人仍然坚持排斥小说的立场,徐三重就针对王圻等人的意见写道:"此语非是。士大夫立言垂世,不能端正风俗,乃作猥亵怪乱之语,以荡人志意,即其人身世无他,而于世教有舛,亦为名实之瑕。"[4]在小说创作渐趋繁盛,相当多的显宦名士已开始欣赏、赞扬小说的万历朝,卫道士们仍在不遗余力地攻击小说,由此不难想知,在明前期,小说曾遭受过何等巨大的压力。成化时陆容曾言:"李公素著耿介廉慎之称,特以此书见黜,清议之严,亦可畏矣。"[5]所谓"清议",就是来自封建卫道士的鄙视、仇视小说的社会舆论,而其"可畏",是因为它占据了主导地位,有强大的国家机器为后盾,从而能切实地决定一个人的生死荣辱,难怪有人从李昌祺事件中得出"著述可不慎欤"[6]的教训,而这正是封建卫道士们所要达到的目的之一。拒列李昌祺于乡贤祠,这不仅是对作小说者的惩罚,同时也是对可能作小说的人的警告与威胁。

---

[1] 叶盛:《水东日记》卷十四,中华书局1980年版第142页。
[2] 张萱:《疑耀》卷五"以诗句定人品",商务印书馆1939年版第89页。
[3] 王圻:《稗史汇编》卷八十五"李昌祺",北京出版社1993年版1247—1248页。
[4] 徐三重:《牖景录》卷下,转引自王利器辑录《元明清三代禁毁小说戏曲史料》,上海古籍出版社1981年版第218页。
[5] 陆容:《菽园杂记》卷十三,中华书局1985年版第159页。
[6] 都穆:《听雨纪谈》,载陆采《都公谈纂》,《明代笔记小说大观》,上海古籍出版社2005年版第561页。

乡贤祠事件的发生，与朝廷决心禁毁小说的背景相关。正统七年（1442）三月，国子监祭酒李时勉在给明英宗的奏章中，接连提出五件事要求处理，其中第五件事便是禁毁小说：

> 近年有俗儒，假托怪异之事，饰以无根之言，如《剪灯新话》之类，不惟市井轻浮之徒，争相诵习，至于经生儒士，多舍正学不讲，日夜记忆，以资谈论。若不严禁，恐邪说异端，日新月盛，惑乱人心。乞敕礼部，行文内外衙门，及提调学校佥事御史，并按察司官，巡历去处，凡遇此等书籍，即令焚毁，有印卖及藏习者，问罪如律，庶俾人知正道，不为邪妄所惑。[1]

曾棨为《剪灯余话》作序时曾指出：《剪灯新话》"率皆新奇希异之事，人多喜传而乐道之，由是其说盛行于世"[2]，李昌祺也说自己的作品写成后，"索者踵至，势不容拒"[3]，这两部文言小说集在当时的影响由此可见。可是在国家培养人才的重地国子监，经生儒士居然"多舍正学不讲"，而着迷于阅读小说，这使上任不久的李时勉感到惊骇。他意识到，如果任由这种风气蔓延，各种与儒学相悖的"邪说异端"势必"日新月盛"，其结果必是导致封建统治者主张的教化、善俗、致治的愿望都化为乌有。于是他要求朝廷开动国家机器，号令各部门通力合作，不仅禁毁已在传播的小说，还对与小说相关的印刷、销售、收藏等各个传播环节都严格控制，对胆敢违禁者"问罪如律"。

明英宗要求礼部讨论李时勉的奏章，尚书胡濙等人认为其主张"切理可行"，于是李时勉禁毁小说的建议，便成了朝廷通令全国的政

---

[1] 顾炎武：《日知录之余》卷四"禁小说"，转引自王利器辑录《元明清三代禁毁小说戏曲史料》，上海古籍出版社1981年版第15页。
[2] 曾棨：《剪灯余话序》，载《剪灯新话》（外二种），上海古籍出版社1981年版第117页。
[3] 李昌祺：《剪灯余话序》，载《剪灯新话》（外二种），上海古籍出版社1981年版第121页。

令。李时勉在奏章中没有提及《剪灯余话》,其中原因也不难想知:他与该书作者李昌祺,以及曾为《剪灯余话》写序的曾棨、王英、罗汝敬、刘子钦等人都是永乐二年(1404)的进士,有同年之谊,由李时勉曾为《剪灯余话》中的《至正妓人行》作跋来看,他与李昌祺的关系较为密切,不过李时勉的跋中有"当以功名事业自期"[1]之语,婉转地表示他并不赞成撰写这样的作品。明末清初人黄虞稷在《千顷堂书目》中著录瞿佑的《存斋类编》与《香台集》时曾加注云:"佑又有《剪灯余话》。正统七年癸酉李时勉请禁毁其书,故与李祯《余话》皆不录。"[2] 再结合当时韩雍拒列李昌祺于乡贤祠事件,可以判定《剪灯余话》也在禁毁之列,因此李时勉奏章中所说的"《剪灯新话》之类",其真正含义应该是指所有的小说。

  明初时封建统治者对程朱理学的强力推行,迫使士人走上潜心阅读儒家典籍与写作八股文的道路,思想异端者都面临流放、监禁乃至处决的危险,瞿佑与李昌祺的遭遇就是活生生的教训,更何况朝廷正明令禁毁小说。文言小说作者都是文人,他们或本身就鄙夷小说而不屑于从事创作,或惧于高压而不敢撰写,这是没有新作问世的重要原因,而先前的优秀小说不再刊印行世,也阻断了潜在的作者可供借鉴的对象。作品的传播依赖于读者的阅读,而有条件阅读文言小说的主体是文士。在当时的环境中,师长的呵责、社会舆论的抨击与司法机关的惩罚,多重压力或威胁,造成了他们与文言小说的隔膜,而其中有些人本来就瞧不起这类"不经之言"。当基本上无读者的局面形成后,即使有个别桀骜不驯者胆敢撰写小说,他又得于何处寻觅知音?文学发展必不可少的重要动力之一是读者的欣赏,一旦某一类文

---

[1] 李时勉:《〈至正妓人行〉跋》,载《剪灯新话》(外二种),上海古籍出版社1981年版第261页。
[2] 黄虞稷:《千顷堂书目》卷十二,上海古籍出版社1990年版第333页。文中"佑又有《剪灯余话》",当为《剪灯新话》。

学作品失去读者,那么它的衰落也就很快地随之而来。上述这些因素的交融构成一种强力控制,明代文言小说创作正是在此约束下出现了约半个世纪的空白。

短篇通俗小说在清代出现过约百年的创作空白,同样也是因多种因素交融的制约而形成的文学现象。短篇通俗小说创作在明清鼎革前后曾十分繁盛,明末天启朝以降的二十余年里,短篇小说集至少有二十种行世,可是清康熙朝后期至乾隆朝的百年里,新问世的短篇小说集仅有寥寥数种,有的还是割取明代短篇小说以充数,再往后便是约百年的短篇小说创作空白。作为一种文学样式,短篇小说有其充分的生存与发展的理由,鲁迅先生曾以"借一斑略知全豹,以一目尽传精神"概括其功用,并又具体说明道:

> 但至今,在巍峨灿烂的巨大的纪念碑底的文学之旁,短篇小说也依然有着存在的充足的权利。不但巨细高低,相依为命,也譬如身入大伽蓝中,但见全体非常宏丽,眩人眼睛,令观者心神飞越,而细看一雕阑一画础,虽然细小,所得却更为分明,再以此推及全体,感受遂愈加切实,因此那些终于为人所注重了。[1]

冯梦龙的"三言"开启了短篇通俗小说创作的历程,它在明末清初一度十分繁盛,若按常理推测,其后应是维持这一创作态势,可是它却跌落至萧条。现所知乾隆五十七年问世的杜纲的《娱目醒心篇》,是萧条阶段的最后一部短篇小说集。书中各篇均围绕忠孝节义的宣扬而展开故事,其中不少是杜纲据家乡昆山一带明朝至清初的逸闻琐事编撰,余者则采自明末的《古今小说》《石点头》与《醉醒

---

[1] 鲁迅:《三闲集·近代世界短篇小说小引》,《鲁迅全集》第四卷,人民文学出版社 1981 年版第 131 页。

石》等作。此书之后是短篇小说创作的长时期空白,直到百年后的光绪朝才重新复兴,它应有的行进轨迹显然是被文学领域之外的某些力量改变了。

当论及这种状况形成的原因时,首先应提及的是封建统治者对小说的强力禁毁。经过近半个世纪的战争,清政府在平定了各种武装势力的反抗后,加强了对意识形态领域的控制,禁毁小说是其中重要的内容。其时江苏是小说创作、刻印与流通的主要地区,汤斌任巡抚后颁布小说禁毁令,理由是这类作品"宣淫诲诈,备极秽衷,污人耳目","致游佚无行与少年志趋未定之人,血气摇荡,淫邪之念日生,奸伪之习滋甚,风俗陵替,莫能救正,深可痛恨,合行严禁";他还严词警告道:"若仍前编刻淫词小说戏曲,坏乱人心,伤败风俗者,许人据实出首,将书板立行焚毁。其编次者、刊刻者、发卖者,一并重责,枷号通衢;仍追原工价,勒限另刻古书一部,完日发落。"[1]汤斌于康熙二十五年(1686)向康熙帝报告了他在江苏"救正"民俗的措施,并建议将其推广至全国:"若地方有司,守臣之法,三年之后,可以返朴还淳。"[2]翌年,刑科给事中刘楷也向康熙帝报告,他发现京城书坊出赁"多不经之语、诲淫之书"的小说,刊单上这类书多达一百五十余种。他想到"一二小店如此,其余尚不知几何",便上奏提醒康熙帝:"自皇上严诛邪教,异端屏息,但淫词小说,犹流布坊间",这类作品的传播,将引起"其小者甘效倾险之辈,其甚者渐肆狂悖之词"[3]的社会效应,须应下令严禁。康熙帝召集九卿会议讨论,他还发表了指导性意见:"淫词小说,人所乐观,实能败坏风俗,

---

[1] 汤斌:《汤子遗书》卷九《严禁私刻淫邪小说戏文告谕》,人民出版社2016年版第534—535页。
[2] 汤斌:《汤子遗书》卷二《请毁江祠疏》,人民出版社2016年版第129页。
[3] 琴川居士编:《皇清奏议》卷二十二,转引自王利器辑录《元明清三代禁毁小说戏曲史料》,上海古籍出版社1981年版第24页。

蛊惑人心。朕见乐观小说者多不成材，是不惟无益而且有害。"[1]皇上意见如此，九卿会议的结果自然便是通令全国禁毁。此后，康熙四十年（1701）与四十八年（1709）时，清廷都再次重申禁毁小说令。可是社会上小说传播状况依然如旧，于是康熙五十三年（1714）时，禁毁小说再次成为朝廷讨论的重要内容。康熙帝重申了自己的意见："近见坊间多卖小说淫辞，荒唐鄙俚，殊非正理，不但诱惑愚民，即缙绅士子，未免游目而蛊心焉。所关风俗者非细，应即行严禁。"[2]大臣们讨论后，除以往的禁令再次重申外，还增加了具体的处罚条例："如仍行造作刻印者，系官革职，军民杖一百，流三千里；市卖者杖一百，徒三年。该管官不行查出者，初次罚俸六个月，二次罚俸一年，三次降一级调用。"[3]这是通俗小说史上，封建统治者第一次制定如此具体且严厉的处罚条例，而作者与书坊主是打击的重点。

小说禁毁令在随后的雍正、乾隆两朝继续贯彻执行，乾隆三年（1738）时，面对"不但旧板仍然刷印，且新板接踵刊行"的小说传播局面，朝廷除了重申以往的禁令外，又修订了处罚条例："该管官员任其收存租赁，明知故纵者，照禁止邪教不能察缉例，降二级调用。"[4]在长达约半个世纪的时间里，清政府一直以高压的态势打压小说，尽管书坊主们依仗读者对小说的喜爱想方设法地继续刊行，但小说的发展毕竟受到了沉重打击，新出的小说数量开始急剧减少[5]，而短篇小说之所以数量减少尤甚，其间又有独特的原因。

[1]《大清圣祖仁皇帝实录》卷一百二十九，转引自王利器辑录《元明清三代禁毁小说戏曲史料》，上海古籍出版社1981年版第25页。
[2]《大清圣祖仁皇帝实录》卷二百五十八，转引自王利器辑录《元明清三代禁毁小说戏曲史料》，上海古籍出版社1981年版第27页。
[3]魏晋锡：《学政全书》卷七"书坊禁例"，转引自王利器辑录《元明清三代禁毁小说戏曲史料》，上海古籍出版社1981年版第24—25页。
[4]魏晋锡：《学政全书》卷七"书坊禁例"，转引自王利器辑录《元明清三代禁毁小说戏曲史料》，上海古籍出版社1981年版第41—42页。
[5]详见陈大康：《从繁荣到萧条——论清初通俗小说的创作》，《学术季刊》1993年第3期。

此时短篇小说新作数量大幅度减少，首先与作者创作时的取舍相关，而在当时的历史条件下，他们的选择又具有必然性。从康熙朝后期开始，朝廷的小说禁毁令已使创作陷入萧条，统治者又兼用怀柔与高压手段，将士人逼入潜心于程朱理学或者埋头考证的狭窄之途。小说的地位在明末清初时一度上升到与经传并列，此时的文人却视小说为末等书籍，归于伤风败俗一类。文人们热衷于科举功名，愿意从事小说创作者已十分稀少，而且那些创作小说者也无意于短篇小说。对于成长于封建正统教育禁锢之下的他们来说，"三不朽"，即立德、立功与立言是萦绕于心头的事业。当与科举仕途无缘时，立德、立功的希望也就无法实现，也只能"惟念立言居不朽之一"[1]，而小说创作也可视为"立言"的一种方式："如一人读之曰善，人人读之而尽善，斯可以寿世而不朽矣。"[2]一旦这些作家在特定的环境中已将创作小说当作实现人生价值的唯一途径，并为此花费了极大甚至是毕生精力，其选择自然就会倾向于长篇小说，因为短篇小说的篇幅过小，与"立言"的目标实是相距太远，称不上是在实现人生价值。《儒林外史》是公认的优秀的讽刺小说，但其结构处理却有着明显缺陷："全书无主干，仅驱使各种人物，行列而来，事与其来俱起，亦与其去俱讫，虽云长篇，颇同短制"[3]。如果将这部作品改写为短篇小说集似是更为完美，但吴敬梓却选择了将一些并无直接关系的故事连缀成长篇小说的写法。作家们的共同选择，当是短篇小说消失一时的重要原因之一。

读者的选择同样也是重要原因。清初后期时也偶有短篇小说问世，但通篇的封建说教内容却不为读者喜爱，这便累及了这种文学

---

[1] 镜湖逸叟：《雪月梅序》，载《雪月梅》，《古本小说集成》第四辑，上海古籍出版社1994年版第2页。
[2] 董寄绵：《雪月梅跋》，载《雪月梅》，《古本小说集成》第四辑，上海古籍出版社1994年版第2—3页。
[3] 鲁迅：《中国小说史略》，《鲁迅全集》第九卷，人民文学出版社1981年版第221页。

样式的行销。这类作品的问世缘于封建统治者的倡导，当年汤斌在江苏禁毁小说时，就曾责令书坊主"请老诚纯谨之士，选取古今忠孝廉节、敦仁尚让实事，善恶感兴，懔懔可畏者，编为醒世训俗之书"，而只有这种"既可化导愚蒙，亦足检点身心"的作品才被允许出版。[1] 在这一背景下出版的作品，充斥了劝善惩恶、弘扬忠孝节义以及宣扬封建伦理道德的内容，那些作者可以说是遵循官方指令改写维系封建纲常故事，这类创作一般多为短篇小说。如雍正四年（1726）有《二刻醒世恒言》刊行，它显然是想借重《醒世恒言》之名行销，但两书之思想、艺术均相去甚远。该书都是讲述忠孝节义一类的故事，既缺乏新鲜活泼的现实生活内容，同时单调的平铺直叙的手法也毫无艺术魅力可言。作者的创作只是追求"使善知劝而不善亦知惩，油油然共成风化之美"[2]，故而各篇之命名多为"张一索恶根果报""申屠氏报仇死节"一类。石成金的《雨花香》于同年刊行，其创作目的也是向世人劝善惩恶："是为善有如此善报，为恶有如此恶报，皆现在榜式，前车可鉴。"[3] 该书内收短篇小说共四十种，由"旌烈妻""剐淫妇"等篇名，也不难想知作者描写的内容。此书以"晓示愚蒙""开导常俗"为宗旨，对封建伦理纲常的宣扬颇为正统士人称道："若以此书遍布户晓，人各守分循良，普沾圣天子太平安乐之福，亦有补于名教不小。"[4] 在百年空白产生前，现所知最后一部短篇小说集是杜纲撰写的《娱目醒心编》，从该书"走天涯克全子孝""变异类始悔前非""恶孽人死遭冥责"之类的篇名，也可领会到作者的

---

[1] 汤斌：《汤子遗书》卷九《严禁私刻淫邪小说戏文告谕》，人民出版社2016年版第535页。
[2] 苇斋主人：《二刻醒世恒言序》，载《二刻醒世恒言》，《古本小说集成》第二辑，上海古籍出版社1994年版第4页。
[3] 石成金：《〈雨花香〉自叙》，载《雨花香》，《古本小说集成》第一辑，上海古籍出版社1994年版第2页。
[4] 袁载锡：《〈雨花香〉序》，载《雨花香》，《古本小说集成》第一辑，上海古籍出版社1994年版第5页。

创作宗旨,即"无不处处引人于忠孝节义之路",其是"既可娱目,即以醒心,而因果报应之理,隐寓于惊魂眩魄之内,俾阅者渐入于圣贤之域而不自知,于人心风俗不无有补焉"。[1]这类作品通篇封建说教,已无当年"三言""二拍"的风采,也难以引发读者浏览的兴趣,而他们的拒绝则意味着销路堵塞,了解市场动态的书坊自然不愿刊印。

若与明末清初时的短篇小说相比较,那时的创作也都包含劝善惩恶、宣扬忠孝节义的内容,但"三言""二拍"等作均非直接以议论的方式向读者灌输,而是通过生动的故事,让读者阅读时自然地有所体悟。那些作者在人物形象塑造、情节设置以及生活细节描绘等方面都倾注了不少心血。当时伴随市民阶层兴起而萌生的民主思想,在有些作品中也或多或少地有所反映,因此甚为大众喜闻乐见。与此相对照,康熙后期以后的短篇小说创作无论是旨趣还是表现手法,都与之迥然有异,新鲜活泼的内容为图解式的理学说教所取代,而且常是通篇喋喋不休。在当时的其他小说创作中也有类似的说教,但在结构相对复杂的长篇小说中,毕竟描写了众多的人物,其情节也较复杂曲折,那些劝善惩恶与弘扬忠孝节义一类的议论,常湮没于大段的故事叙述中,说教意味也就没那么浓烈。可是短篇小说由于篇幅较为短小,如果它格外着意于宣扬封建道德思想,现实生活内容的单薄与艺术匠心的缺乏就会显得十分突出。石成金的《雨花香》讲述故事时一直围绕辅助名教的主旨,第一种《今觉楼》开篇就以大段议论告诫人们要知足安命;篇末似乎意犹未尽,又排列六百余字的议论,内容仍是告诫人们,生活再不如意也要知足。第四种《四命冤》开篇处五百余字全为说教,故事结束时又有六百余字的"为官切戒"。那些作者

---

[1] 自怡轩主人:《娱目醒心编序》,载《娱目醒心编》,《古本小说集成》第三辑,上海古籍出版社1994年版第4—5页。

自以为是"晓示愚蒙"与"开导常俗",可是人们怎肯解开钱袋去购买通篇弥漫说教意味的乏味作品。作品销路由广大读者好恶所决定,书坊主取舍书稿的标准是能否牟利,这些因素决定着那些充斥说教内容的短篇小说的存亡。读者并不是排斥短篇小说,他们只是拒绝违背其欣赏习惯的图解封建伦理道德的作品,而在当时特定的环境中,短篇小说却基本上只能以这种面貌出现。两者互不相容,于是小说史上便出现了短篇小说创作的百余年空白。

短篇小说的创作在光绪朝开始复兴,而新作问世之前,先前的一些作品重新刊印行世。咸丰十一年(1861),芝香馆居士从明末的《拍案惊奇》与《今古奇观》中辑录了一些作品,以《二奇合传》为名刊行,光绪四年(1878)重庆二胜会还翻刻了此书。《西湖遗事》于光绪六年(1880)刊行,书中共含十六则故事,除一则采自问世于康熙十二年(1673)墨浪子的《西湖佳话》之外,其余十五则均采自明崇祯时周清原的《西湖二集》。光绪十三年(1887),上海东壁山房出版《今古奇闻》,共二十二卷,均是辑录各书而成,其中一篇出自光绪元年(1875)问世的王韬的《遁窟谰言》,其余都是选录短篇小说集《醒世恒言》《娱目醒心篇》与《西湖佳话》中的旧作重印。光绪十九年(1893),上海千顷堂石印出版《西湖佳话》,"每卷绘图,分四本装套,实洋四角"[1],书价较为低廉,新法印刷在竞争中的优势由此可见。时人已不清楚明末清初短篇小说创作出版的状况,芝香馆居士为《二奇合传》作序时称:"即空观主人采唐代丛书及汉宋以来故事,衍成二百种,名以《拍案惊奇》。其后抱瓮老人删存仅四十种"[2],明显与当时事实不符。王寅在《今古奇闻自序》中称,这书

---

[1]《石印绘图〈西湖佳话〉》,光绪十九年正月初一日(1893年2月17日)《新闻报》。
[2] 芝香馆居士:《删定二奇合传叙》,载《二奇合传》,《古本小说集成》第三辑,上海古籍出版社1994年版第1—2页。

中作品为"浮海游日本国,搜罗古书"[1]时所得,可见短篇小说创作不仅经历了长时间的萧条与空白,连已有作品的传播也受到滞碍,一些作品在中土甚至几近失传。

这些旧作重印有其特定的历史背景。申报馆在同治十三年(1874)九月用新法出版一千部《儒林外史》,售价仅五角,它借助其送报系统出售,不到十天就销售一空。随后申报馆再版了一千五百部,但仍无法满足市场需求,于是后来又出三版。[2]几乎同时,它又出版了几已失传的《快心编》,这部小说也成了畅销书,共出了三版。[3]见利润如此丰厚,申报馆便连续不断地出版传统小说,还为此扩大再生产。资金向高利润率领域转移是铁的经济法则,申报馆的成功很快引来了竞争对手,"各商仿效其法,争相开设,而所印各书,无不勾心斗角,各炫所长"[4]。在各家出版机构的激烈竞争中,已有传统小说中的大多数都纷纷重新面世。其间,书价因使用了先进的印刷设备与技术而降低,小说读者群则相应扩大,这与小说出版构成了良性互动态势。小说出版界的繁盛,又与当时政治形势急遽变化密切相关。自康熙后期以降,朝廷对意识形态的严厉控制持续了百余年后已逐渐松弛,此时外国列强的入侵与太平天国时期战乱等内外矛盾,更使朝廷顾暇不及,而且那些出版小说的书局多设于租界,清政府即使想控制也是鞭长莫及。人们的小说观念因社会动荡与意识形态领域的变化而改变,包括短篇小说在内的小

---

[1] 东壁山房主人:《今古奇闻自序》,载《今古奇闻》,东壁山房光绪十三年(1887)版第1页。
[2] 参见《申报》广告:《新印〈儒林外史〉出售》,同治十三年九月二十七日(1874年11月5日);《〈儒林外史〉出售》,光绪元年四月十五日(1875年5月19日);《重印〈儒林外史〉出售》,光绪七年二月十七日(1881年3月16日)。
[3] 参见《申报》广告:《新印〈快心编〉出售》,光绪元年十一月十三日(1875年12月10日);《重印〈快心编〉出售》,光绪十六年七月二十一日(1890年9月4日);《第三次印〈快心编〉告成》,光绪十八年五月二十四日(1892年6月18日)。
[4] 委宛书佣:《秘探石室》,光绪十三年正月十三日(1887年2月5日)《申报》。

说创作迎来了新的发展时期。光绪二十五年（1899），刘省三的《跻春台》问世，此书共汇编四十则故事，作者在《序》中介绍著书宗旨云："积善必有余庆，而余殃可免；作善必召百祥，而降殃可消。将与同人共跻于春台，熙熙然受天之祐。"[1]书中的故事都在图解封建伦理道德，丰富多彩且千变万化的社会生活，都被模式化为按套路推进的情节，在现实生活中性情互异、性格复杂的各色人等，都被简化为忠贞、孝顺、勤劳善良的好人与奸诈、不孝、好色贪财的恶人。不仅人物形象脸谱化，那些故事情节也都是按照因果报应的模式处理，当时《辅化篇》《大愿船》《保命救劫录》等作的情况也与此书相类。[2]这些短篇小说创作的宗旨、叙事体制以及艺术风格都延续了清康熙中期后的格局，与当时急剧动荡的社会以及读者群的阅读需求已不相适应，它们也是中国小说史上这类作品的最后一批。这种回光返照式的现身，表明当时阅读市场已开始对短篇小说有所需求。这一文学体裁重新发展的时机正在酝酿中，但其复兴还有待于适合其发展的环境的形成。

过了没多久，梁启超倡导的"小说界革命"以磅礴气势扫荡了小说生存与发展的障碍，扭转了持续千百年来的鄙薄小说的偏见，其情形恰如时人云："自小说有开通风气之说，而人遂无复敢有非小说者"[3]；"十年前之世界为八股世界，近则忽变为小说世界"[4]。不过"新小说"兴盛之初，短篇小说尚未受到关注。《新小说》前七期为梁启超主办，其间没有一篇自创的通俗短篇小说，向社会征稿时，该刊也

---

[1] 林有仁：《新镌〈跻春台〉序》，载《跻春台》，《古本小说集成》第一辑，上海古籍出版社1994年版第5—6页。
[2] 竺青：《稀见清代白话小说集残卷五种述略》，《上海师范大学学报》2005年第5期。
[3] 冷（陈景韩）：《论小说与社会之关系》（上），光绪三十一年五月二十七日（1905年6月29日）《时报》。
[4] 寅半生（钟八铭）：《〈小说闲评〉叙》，光绪三十二年（1906）四月《游戏世界》第一期。

明确要求"章回体小说在十数回以上"[1],稍后创刊的《绣像小说》前后出版了七十二期,同样也未刊载自创的短篇小说。对短篇小说创作复兴起了重要作用的是陈景韩,他从光绪三十年(1904)开始创作"侠客谈"系列,首篇《刀余生传》刊于《新新小说》创刊号,作者特意说明是"为少年而作",由于"少年之耐性短,故其篇短"[2],即他是针对青年人的阅读特点而采用短篇小说的形式。一个多月后,该系列第二篇《马贼》刊于《时报》时,还刊载启事向尚不习惯短篇小说阅读的读者作解释:"短篇小说本为近时东西各报流行之作",《时报》同时又向社会征稿:"如有人能以此种小说(题目、体裁、文笔不拘)投稿本馆,本报登用者,每篇赠洋三元至六元。"[3]此后,各报纷纷效仿《时报》的做法,《笑林报》曾经在一周内两次向社会征文,并明确提出"征短篇小说"[4],《杭州白话报》同样也是"拟征求短篇小说"[5],《天铎报》征求短篇小说时还要求"文俗夹写,毋取高深"[6]。报刊的出版周期短,传播面又广,而可供刊载小说的版面却有限,短篇小说正适合其需求,于是它便借助报刊而复兴。社会上本就潜藏着创作能量,如今则有了喷发通道,而报刊通过向社会征稿,也可逐渐形成自己的作者队伍,摆脱稿源不足的困境。

报刊登载的短篇小说多以军国大事或社情民意为内容,显示出与时代相平行的即时性特点,而这正是办报者有意而为之:"惟当以国民最多之数,与乎时势最急之端,以及对于外界竞争最有用之三

---

[1]《本社征文启》,光绪二十八年十月十五日(1902年11月14日)《新小说》第一号。
[2] 陈景韩:《〈侠客谈〉叙言》,光绪三十年八月初一日(1904年9月10日)《新新小说》第一期。
[3]《广告》,光绪三十年九月二十一日(1904年10月29日)《时报》。
[4]《本馆征文》,光绪三十三年十月十五日(1907年11月20日)《笑林报》。
[5]《本馆征求小说、插画启》,光绪三十四年十一月十八日(1908年12月11日)《杭州白话报》。
[6]《征求小说》,宣统二年四月初九日(1910年5月17日)《天铎报》。

者，以为之准已耳。"[1]许多短篇小说以批判种种社会怪现状为重要主题，其中对官场腐败的抨击尤烈。虽然各篇都仅是攻其一点，但其汇合成的总体，却已涉及晚清社会的方方面面，自然引起了本已对社会上种种不公、龌龊与腐败强烈不满的读者的共鸣。作者借创作宣泄愤懑，读者则开始改变阅读习惯，逐渐接受这一重又兴起的小说形式。读者爱读，作者愿写，稿源无虞且销量提升，短篇小说由此迅速成为晚清小说创作的主要部分，仅宣统朝三年里日报刊载的短篇小说，每年都在五百种以上。短篇小说集也开始出版，人们还赞誉它"其文辞简劲，其思想锐奇，若讽若嘲，可歌可泣，雅俗共赏，趣味横生，为小说界别开生面"[2]。一大批作者就是通过短篇小说创作而进入文坛，而原先以创作长篇小说著称的著名作家，也开始创作短篇小说。以《二十年目睹之怪现状》等长篇小说享誉文坛的吴趼人，此时也接连创作多篇短篇小说，那些作品后来结集为《趼人十三种》出版，他创办《月月小说》时还宣布："定于每期刊入短篇小说数种，一期刊竣。"[3]当时引领创作潮流的小说专刊大多都如此行事，《小说林》为短篇小说留下了相当篇幅，前后共刊载短篇小说二十二篇，占总数四十篇的一半以上，而《小说月报》向社会征集稿件时则特地声明"短篇小说，尤所欢迎"[4]，宣布的稿酬标准是每千字二元至五元。形成这样的创作态势表明，清中叶以降曾消失百余年的短篇小说，到此时已完成了它的创作复兴。

在文学发展的过程中，有的"空白"的产生由一个关键因素决

---

[1] 冷（陈景韩）：《论小说与社会之关系》（上），光绪三十一年五月二十七日（1905年6月29日）《时报》。

[2] 新世界小说社：《新书广告》，光绪三十二年（1906）十月《新世界小说社报》第四期。

[3] 月月小说社：《〈月月小说〉第三期出版紧要广告》，光绪三十二年十一月十六日（1906年12月31日）《中外日报》。

[4] 小说月报社：《征文通告》，宣统二年七月二十五日（1910年8月29日）《小说月报》第一期。

定,如缺少印刷业的支持,通俗小说创作从明初到中叶长时期无新作问世。但一般地说,更多的"空白"是由各种因素的共同制约而形成,明初以降文言小说创作的空白,以及清中叶以来短篇小说消失了百余年都是这样的例证。其他诸如明代通俗小说创作长时期徘徊于改编成书,直到明末才有独创作品的问世,以及通俗小说创作在嘉靖年间复苏后,约半个世纪里由书坊主主宰而其间文人却缺位,这些"空白"的产生,也都是由各种制约因素共同作用而造成的,此时需要仔细梳理与此相关的各种因素,分析其间的联系,便能将那些"空白"产生的原因解释清楚。

四、经典作品中的创作空白

文学作品中的内容是对现实生活的反映,作者的描写是对大量生活素材的提炼与捏合,因此它得遵循现实生活本身发展的逻辑,以及作品描写中那些安排线索、设置情节、塑造人物与烘托氛围等要素之间的内在逻辑。如果作者没去描写按照这些逻辑应该出现的内容,这便是作品创作中的描写空白。

并不是所有的作品创作中的空白形成的原因都值得讨论,因为其中相当大一部分只是由于作者驾驭乏力或是一时疏忽。伟大的作家一般不会出现这类问题,如果在经典作品中出现了描写上的空白,就应该认真探究其中的原因,因为这些往往也是他的艺术匠心所在,是智慧地显示其创作意图的有意设置。这里不妨以《红楼梦》为例,曹雪芹已是"披阅十载,增删五次"[1],却只完成了八十回,这样的精品中

---

[1] 曹雪芹:《红楼梦》第一回"甄士隐梦幻识通灵,贾雨村风尘怀闺秀",人民文学出版社1982年版第6页。

不能说已绝对没有偶尔的疏忽，但我们阅读时遇上的创作空白往往都是作者颇有深意的安排。首先论及《红楼梦》描写中这类空白的是俞平伯先生，他在《红楼梦辨》中围绕秦可卿之死有专篇的分析。第五回贾宝玉梦游太虚幻境时，看到金陵十二钗的册子上，清楚地画着"有一美人悬梁自缢"，已明确地宣告了秦可卿的结局。由于作品第十回几乎全回都在渲染秦可卿的病情，而第十三回虽花费了整回篇幅描写秦可卿之死，但是对其死因其实未发一言，所以读者一般多以为她是病死的。按一般逻辑推理，既然以整回篇幅描写秦可卿之死，自然就应提及她的死因，这里显然是作者故意留下一处创作上的空白。俞平伯先生以抽丝剥茧的方式对秦可卿之死作了全面分析，并解释了该空白出现的原因：

> 若明写缢死，自不得不写其因；写其因，不得不暴其丑。而此则非作者所愿。但完全改易事迹致失其真，亦非作者之意。故处处旁敲侧击以明之，使作者虽不明言而读者于言外得求其言外微音。全书最明白之处则在册子中画出可卿自缢，以后影影绰绰之处，得此关键无不毕解。[1]

曹雪芹不交代秦可卿死因是描写上的一处空白，但他同时在第十三回中留下一些线索供读者思考，如"另设一坛于天香楼上"，秦氏之丫鬟瑞珠"触柱而亡"，另一丫鬟宝珠"甘心愿为义女，誓任摔丧驾灵之任"，这些线索的汇合指向了第五回册子上那幅"悬梁自缢"的图画。脂砚斋对该回曾批云"隐去天香楼一节，是不忍下笔也"[2]，这也证明了确如俞平伯先生所说："处处旁敲侧击以明之，使作者虽不

---

[1] 俞平伯：《红楼梦辨》，人民文学出版社 1973 年版第 163—164 页。
[2] 脂砚斋：甲戌本第十三回回前批，《脂砚斋重评石头记》，天津古籍出版社 2006 年版第 100 页。

明言而读者于言外得求其言外微音。"脂砚斋的批语引起了俞平伯先生对此处空白的注意,甲戌本第十三回中有"彼时合家皆知,无不纳罕,都有些疑心"一语,此处的眉批云:"九个字写尽天香楼事,是不写之写"[1],而回末又有批语"作者用史笔也"[2]。所谓"史笔",指的就是"不写之写",史家则称之为"不书"。这一手法是指不去描写某些客观存在的史实,或不正面描写,读者可根据作者的其他描述了解那些史实。采用"不书"手法,常是作者表明褒贬态度的一种方式,当因种种原因牵制,作者很难落笔或不宜直写时,也会采用"不书"的方式,而读者在阅读过程中,还是能感受到作者的倾向。

曹雪芹创作《红楼梦》时,也常采用这一手法,故而脂砚斋批语中常见"不写之写"或"不写而写"等语,第二十二回的批语更云:"此书通部皆用此法,瞒过多少见者。"[3]脂砚斋熟悉曹雪芹的创作,由他的批语可知,《红楼梦》中这类描写上的空白为数不少,而且它们都还是作者出于某种写作目的的艺术构思,王夫人与李纨两人间的直接对话被有意略去,也是书中较典型的例子。

王夫人与李纨都是《红楼梦》中的重要人物,前者是宝玉的妈妈,后者是宝玉的大嫂,又是"金陵十二钗"之一,这对婆媳在生活中必然有许多交集,可是曹雪芹就是不去写她俩的直接对话。曹雪芹描写另一对婆媳即邢夫人与王熙凤时就没有吝惜笔墨,邢夫人对王熙凤的数落,甚至给她难堪,反过来王熙凤对邢夫人也颇多非议;同时,在书中还可以看到,王夫人与贾母、邢夫人、薛姨妈、林黛玉、薛宝钗以及探春、迎春、惜春等女性主子都有对话,而李纨与其他女性主子也同样都有对

---

[1] 脂砚斋:甲戌本第十三回眉批,《脂砚斋重评石头记》,天津古籍出版社2006年版第102页。
[2] 脂砚斋:甲戌本第十三回回末总评,《脂砚斋重评石头记》,天津古籍出版社2006年版第106页。
[3] 脂砚斋:庚辰本第二十二回双行夹批,《脂砚斋重评石头记》,天津古籍出版社2006年版第178页。

话，这些描写的衬托，就使王夫人与李纨没有直接对话这一情况显得更为突出。如果没有特定的创作意图，曹雪芹不会略去王夫人与李纨所有的直接对话，若按常理写作，这些内容是作品中本应有的。

《红楼梦》中有三处间接地提到王夫人与李纨间的对话，在第五十一回中，李纨知道晴雯患病后，便要她按例搬出大观园。晴雯得知十分生气，宝玉便向她解释道："这原是他的责任，唯恐太太知道了说他不是。"[1]宝玉能明白李纨的心思，可见他平日里见到过王夫人对李纨的训诫。第五十五回中，王夫人在王熙凤病时"将家中琐碎之事，一应都暂令李纨协理"，接着又"命探春合同李纨裁处，只说过了一月，凤姐将息好了，仍交与他"。[2]王夫人这里显然是在当面作交代，但是曹雪芹仍然没有直接描写她们间的对话，以及当时的场景与氛围。再在第七十八回中，王夫人告诉王熙凤，她在稻香村向李纨交代了两件事："兰小子这一个新进来的奶子也十分的妖乔，我也不喜欢他。我也说与你嫂子了，好不好叫他各自去罢。况且兰小子也大了，用不着奶子了"；"宝丫头出去难道你也不知道不成"。[3]这三处都可用直接对话的方式作描述，但曹雪芹都回避了，这就使人感觉他是有意如此。可是尽管没有直接对话，通过这三处的描写，读者仍可觉察到王夫人以上凌下、咄咄逼人的气势。

先看"这原是他的责任，唯恐太太知道了说他不是"这一句。所谓"责任"的具体说明在第六十五回中有，当时兴儿向尤二姐介绍李纨时说道："只把姑娘们交给他，看书写字，学针线，学道理，这是他

---

[1] 曹雪芹：《红楼梦》第五十一回 "薛小妹新编怀古诗，胡庸医乱用虎狼药"，人民文学出版社1982年版第717页。
[2] 曹雪芹：《红楼梦》第五十五回 "辱亲女愚妾争闲气，欺幼主刁奴蓄险心"，人民文学出版社1982年版第769页。
[3] 曹雪芹：《红楼梦》第七十八回 "老学士闲征姽婳词，痴公子杜撰芙蓉诔"，人民文学出版社1982年版第1117页。

的责任。"[1]在第四十二回中林黛玉对李纨说"这是叫你带着我们作针线教道理呢"[2]，是对兴儿说法的印证。管教青年主子身边的丫鬟也应是责任范围里的事，如果晴雯患病不搬出大观园，这便是李纨的失责了；王夫人那句"宝丫头出去难道你也不知道不成"，同样也是基于此责任的追问。只要李纨承担着这一责任，王夫人随时都可以追责，李纨也只能小心翼翼地履责，"唯恐太太知道了说他不是"。可是这里有个问题：为什么李纨要承担这个责任？联系到第五十五回里曹雪芹暗示王夫人与李纨有对话却不直接描写，就使人更为关注这个问题。

在那里，王夫人先是指示家中琐碎之事"一应都暂令李纨协理"，增添探春协管后，话说得更明白："过了一月，凤姐将息好了，仍交与他。"显然，荣国府里的管家责任是由王熙凤承担，而李纨的职责是照料年轻主子及其身边丫鬟。王夫人与这两人的亲疏关系书中交代得很清楚，她显然不愿让李纨接手管家事务，李纨对她这样安排的意图也心知肚明。直到王熙凤生病，王夫人才不得已让李纨管家，但讲明是暂时的，一旦王熙凤病愈，便一切恢复原样。王夫人向李纨交代这些事项时，谈话必然是僵硬而冷冰冰的，如果直接描写这些对话，曹雪芹那特定的创作意图的实现就会受到影响。

第三处以间接方式写出的对话的内容更令人不愉快，王夫人竟要裁撤贾兰的奶妈，而理由是"兰小子也大了，用不着奶子了"。这句话似乎没有问题，但联系作品所交代的贾府祖宗定下的"旧例"，立即便可发现，这是王夫人蛮不讲理的违规操作。在第三回里作者就已交代清楚，贾府的公子、小姐"每人除自幼乳母外，另有四个教引嬷嬷，除贴身掌管钗钏盥沐两个丫鬟外，另有五六个洒扫房屋来往使

---

[1] 曹雪芹：《红楼梦》第六十五回"贾二舍偷娶尤二姨，尤三姐思嫁柳二郎"，人民文学出版社1982年版第936页。
[2] 曹雪芹：《红楼梦》第四十二回"蘅芜君兰言解疑癖，潇湘子雅谑补余香"，人民文学出版社1982年版第585页。

役的小丫鬟"[1]，宝玉的情况更特殊，他一个人就有四个奶妈，她们一直到年纪大了才"告老解事出去"[2]，而李嬷嬷其实还经常在宝玉身边照料。第七十三回里贾母彻查大观园里的赌局，迎春的奶妈就是三个"大头家"之一。尽管迎春的辈分比贾兰高，年龄也大得多，但她的奶妈还始终留在她的身边。奶妈一直留在那些公子小姐身边，责任就是贴身料理他们的日常起居。奶妈的身份高于一般下人，用贾母的话说，是"一个个仗着奶过哥儿姐儿，原比别人有些体面"[3]。王夫人将贾兰的奶妈赶出去，并声称贾兰不再需要奶妈，这明显与祖宗定下的"旧例"不符，身为祖母而如此对待年幼的唯一的孙子，而且其父又早已去世，这实是有悖情理之事。作者曾多次写到贾母与贾政如何喜爱与关心贾兰，脂砚斋在第二十二回里还有"看他透出贾政极爱贾兰"的批语[4]。可是翻遍全书，却看不到王夫人对贾兰有何喜爱、照料的表示，甚至在书中都看不到王夫人与贾兰的交集，作者在这里也设置了描写上的空白，其性质同书中不写王夫人与李纨的直接对话一样。

　　书中虽然没写王夫人与李纨的直接对话，但那三处以间接的方式提到的对话已表明，王夫人与李纨的关系相当不和谐。这三处中，王夫人只让李纨在王熙凤病时暂时代管家事尤引人注目，为何只能是王熙凤而非李纨管家，作者在此处甚至在前八十回中都未做任何交代，可以说这也是个空白，同时他又在书中多处透露了不少线索，读者若能将其汇总分析，即可领会到这空白中的内容。

----

[1] 曹雪芹：《红楼梦》第三回"贾雨村夤缘复旧职，林黛玉抛父进京都"，人民文学出版社1982年版第53页。
[2] 曹雪芹：《红楼梦》第十九回"情切切良宵花解语，意绵绵静日玉生香"，人民文学出版社1982年版第266页。
[3] 曹雪芹：《红楼梦》第七十三回"痴丫头误拾绣春囊，懦小姐不问累金凤"，人民文学出版社1982年版第1035页。
[4] 脂砚斋：庚辰本第二十二回双行夹批，《脂砚斋重评石头记》，天津古籍出版社2006年版第184页。

书中曾提及贾母对库房的情况比谁都清楚，别人找不到的，她能准确地指示方位，可知早先是贾母在管家。后来，她将这权力交付给了自己的儿媳妇王夫人。因为贾赦与贾政已分房而居，经济或家事都已分别治理，至少各自有着相当大的独立性，作品中所提到的荣国府，其实是指贾母与贾政同住的家，贾赦的媳妇邢夫人自然不会去管理贾政一房的事。《红楼梦》故事开始时，作者已借冷子兴之口说，贾琏与王熙凤"如今只在乃叔政老爷家住着，帮着料理些家务"[1]，但王夫人相当放权，第六回里周瑞家的就向刘姥姥介绍道，"如今太太竟不大管事，都是琏二奶奶管家了"[2]。不过王夫人仍是家事管理的主宰，她会不时地过问一些事，重要事项王熙凤也须得遵循王夫人的指示，但她毕竟已是大权在握。王熙凤在作品中出场时，读者见到的已是这种现状，由于先入为主地接受了这一事实，常忽略了作者对这一安排的异常曾有多次暗示。邢夫人对王熙凤去贾政一房帮忙料理家务十分不满，曾数落说"自家的事不管，倒替人家去瞎张罗"，她的心思连下人兴儿都很清楚，"若不是老太太在头里，早叫过他去了"[3]，这意味着王夫人的安排得到了贾母的赞同。这种安排只能是暂时的，王熙凤与平儿其实心里都明白："纵在这屋里操上一百分的心，终久咱们是那边屋里去的。"[4]

王熙凤管家只是暂时的，王夫人又拒绝将管家权交予李纨，于是在她的计划中，将来能执掌管家权的便只有一人，那便是贾宝玉日后娶进门的媳妇。王夫人心目中的理想人选是薛宝钗，即便是其他人，

---

[1] 曹雪芹：《红楼梦》第二回"贾夫人仙逝扬州城，冷子兴演说荣国府"，人民文学出版社1982年版第34页。
[2] 曹雪芹：《红楼梦》第六回"贾宝玉初试云雨情，刘姥姥一进荣国府"，人民文学出版社1982年版第98页。
[3] 曹雪芹：《红楼梦》第六十五回"贾二舍偷娶尤二姨，尤三姐思嫁柳二郎"，人民文学出版社1982年版第934页。
[4] 曹雪芹：《红楼梦》第六十一回"投鼠忌器宝玉瞒赃，判冤决狱平儿行权"，人民文学出版社1982年版第862页。

管家权也得交给她而绝非另一个儿媳妇李纨，这一安排对她日后在家庭中的地位与生活状态，都有着莫大影响。当贾兰年长之后，他与贾宝玉之间就须得有一人搬出去另住。贾兰是贾政一房的长子长孙，按封建礼法拥有第一继承权，那时分房另住的应该是贾宝玉。身为祖母的王夫人可以留下来与孙子贾兰同住，可是如果管家权早就交给了李纨，这时王夫人的地位就颇为堪忧。如果握掌管家权的是贾宝玉日后娶进门的媳妇，王夫人的地位就如同书中的贾母一般，那时就很可能是势单力薄的李纨母子搬出去另住。两种结果悬殊，王夫人自然得预做谋划，在贾宝玉成亲之前先让王熙凤握掌管家权，充任卡位的角色。

在王夫人与李纨之间其实还涉及一个很关键的问题，那就是在贾赦之后，荣国公的爵位又应该由谁来承袭。在封建时代里，帝位或爵位是按照嫡长子继承制运作。根据书中的描写，贾赦一房中并无嫡子，邢夫人在第七十三回中已讲得很清楚："倒是我一生无儿无女的，一生干净"[1]，所以贾赦在第七十五回中，才会当众对贾环说"将来这世袭的前程定跑不了你袭呢"。这句话透露了贾赦一房中并无人可继承爵位，人选便只能出在贾政一房。贾赦在全家族中秋节宴会上，以现任荣国公身份突然提出让贾环继承爵位，必定会使在场的人都大为吃惊，并进而思考贾赦说这番话的真正含义。贾环母亲赵姨娘是偏房，贾环的庶出身份就已是难以逾越的障碍，况且其兄贾宝玉是正宗嫡子。贾赦当然很清楚这一情况，可是他还是提出由贾环来继承，言下之意是将贾宝玉排斥在继承人之外，所谓贾环作为人选，其实只是虚晃一枪。如果人们要否定贾环，就会想到贾宝玉同样也有麻烦，他确是嫡出，却非长子，而贾政一房中的长房长孙贾兰，则完全符合条

---

[1] 曹雪芹：《红楼梦》第七十三回"痴丫头误拾绣春囊，懦小姐不问累金凤"，人民文学出版社 1982 年版第 1037 页。

件。贾赦突然在全家族面前提出这个重大问题，贾政赶紧截住他的话题："那里就论到后事了。"[1]这个"后事"实在关系重大，人们虽不方便议论，当事人却不能不想。由贾兰承袭爵位最为名正言顺，不过贾宝玉也并不是没有一争的希望，他们各自的母亲王夫人与李纨对此都十分清楚，这是她们心中解不开的结，由此也可理解王夫人对李纨与贾兰的态度。如果这些内容都直截了当地在《红楼梦》中写明，作品主线的推进就必然会受到干扰，读者的注意力也会被转移，于是曹雪芹描写时便以"空白"的方式处理，同时又在描述其他情节时作种种透露，读者由此便可领会此空白中的内容。

曹雪芹没有描写王夫人与李纨的直接对话，但他在各处不时地透露出相关信息，让读者逐渐了解这一空白的含义，并领会自己的创作意图。在《红楼梦》中还有这样的情况：某个情节的进展尚未结束，可是书中却再无下文，这是另一种形式的空白。同时，书中的有些描写看似与先前的情节没有关系，但若仔细辨析，却可发现它正是对前面空白的填补。在第二十八回中，作者写到了元妃端午节赏赐贾府诸人，其中宝玉与宝钗收到的礼物都是"上等宫扇两柄，红麝香珠二串，凤尾罗二端，芙蓉簟一领"，而黛玉、迎春、探春与惜春则都是"只单有扇子同数珠儿"。[2]元春省亲时也曾赏赐过这些人，他们所得规格完全相同，而这次端午节赐赠却分出两个等次，只有宝玉与宝钗两人所得相同。元春显然是借此举告诉大家，她赞同宝玉与宝钗的金玉良缘之说。自宝钗随薛姨妈住进荣国府后，这一说法便已传开，第八回里宝钗的贴身丫鬟莺儿就对宝玉说，他那玉上的两句话，"倒象

---

[1] 曹雪芹：《红楼梦》第七十五回"开夜宴异兆发悲音，赏中秋新词得佳谶"，人民文学出版社1982年版第1079页。

[2] 曹雪芹：《红楼梦》第二十八回"蒋玉菡情赠茜香罗，薛宝钗羞笼红麝串"，人民文学出版社1982年版第400页。

和姑娘的项圈上的两句话是一对儿"[1]。这里是作者首次且较含蓄地通过莺儿之口引出金玉良缘之说,故而该回的回目就是"比通灵金莺微露意"。到了第二十八回描写元春端午节赏赐时,作者又插入一段补叙,薛姨妈曾经告诉王夫人"金锁是个和尚给的,等日后有玉的方可结为婚姻"[2],撮合宝钗与宝玉的意思已表露得十分清楚,这也是金玉良缘之说首次在书中出现。元春是省亲时才与薛宝钗及林黛玉相见,她浏览诸人诗作后评论道,"终是薛林二妹之作与众不同,非愚姊妹可同列者"[3],其心目中是薛、林并列,对两人并无扬抑之别。可是只过了四个月,元春端午节的赏赐却与金玉良缘之说相合。作者对其中原因曾有伏笔,元春在省亲结束离别时与贾母、王夫人说道:"一月许进内省视一次,见面是尽有的。"[4]元春对金玉良缘之说原本一无所知,而端午节的赏赐却已含有特定的目的,显然王夫人在某次入宫觐见时,将薛姨妈的那番话做了倾向性地转述,于是在元春心目中,薛、林并列的平衡被打破了。

同时,被打破的还有宝玉、黛玉与宝钗的心情以及他们间原本还较和谐的关系。元春端午节有区别赐赠的消息很快在荣国府内传开了,宝玉的反应是难以理解:"这是怎么个原故?怎么林姑娘的倒不同我的一样,倒是宝姐姐的同我一样!别是传错了罢?"林黛玉则是毫不掩饰地向宝玉倾诉了自己的恼火与委屈:"我没这么大福禁受,比不得宝姑娘,什么金什么玉的,我们不过是草木之人!"闻此言宝玉急得发誓赌咒:"除了别人说什么金什么玉,我心里要有这个想头,

---

[1] 曹雪芹:《红楼梦》第八回"比通灵金莺微露意,探宝钗黛玉半含酸",人民文学出版社1982年版第125页。
[2] 曹雪芹:《红楼梦》第二十八回"蒋玉菡情赠茜香罗,薛宝钗羞笼红麝串",人民文学出版社1982年版第401页。
[3] 曹雪芹:《红楼梦》第十七回至十八回"大观园试才题对额,荣国府归省庆元宵",人民文学出版社1982年版第253页。
[4] 曹雪芹:《红楼梦》第十七回至十八回"大观园试才题对额,荣国府归省庆元宵",人民文学出版社1982年版第258页。

天诛地灭，万世不得人身"；并说"除了老太太、老爷、太太这三个人，第四个就是妹妹了"。饶是如此，黛玉终究有点不放心："我很知道你心里有'妹妹'，但只是见了'姐姐'，就把'妹妹'忘了。"宝钗自然也体会到元妃的意图，她的反应在作者笔下比较含蓄："昨儿见元春所赐的东西，独他与宝玉一样，心里越发没意思起来"，她见到宝玉与黛玉，"只装看不见，低着头过去了"。[1] 元妃端午节赏赐使宝玉、黛玉与宝钗思绪大乱，同时也引起贾府长辈们的重视，因为这不仅关系到宝玉的终身大事，还涉及整个家族的未来。

元春端午赏赐可以说是荣国府生活中的重要事件，它搅动了宝玉等人以及家中长辈的正常生活。按常理，作者应接着描写这场风波的后续发展，谁知他却戛然而止，不再有任何描述，留下了一个空白，后来中秋节、春节元春自然也应有赏赐，可是作者都不作描述，读者也无法知道宝玉与宝钗收到的赏赐是否一样而异于他人。第二十八回的描述似未完即戛然而止，在接下来的第二十九回中，作者另起一段，围绕清虚观打醮事展开铺叙。此事也由元春引起，她在端午节赏赐时又送银一百二十两，指名让贾珍"领着众位爷们"到清虚观打醮。[2] 那天领衔前往的换成了贾母，她还特意派人去邀请薛姨妈，又告诉王夫人，要带宝钗、黛玉诸姊妹一起去。同时作者又加了一句："王夫人因一则身上不好，二则预备着元春有人出来，早已回了不去的。"追随贾母而去的人很多，车辆也"乌压压的占了一街"[3]。作者洋洋洒洒地用了五千字的篇幅描写了从出发到离开道观的全过程，其中大部分内容与前后情节的关联度不高，若非其间有一段贾母与张道

---

[1] 曹雪芹：《红楼梦》第二十八回"蒋玉菡情赠茜香罗，薛宝钗羞笼红麝串"，人民文学出版社 1982 年版第 400—401 页。

[2] 曹雪芹：《红楼梦》第二十八回"蒋玉菡情赠茜香罗，薛宝钗羞笼红麝串"，人民文学出版社 1982 年版第 400 页。

[3] 曹雪芹：《红楼梦》第二十九回"享福人福深还祷福，痴情女情重愈斟情"，人民文学出版社 1982 年版第 403—404 页。

士的对话，这一大段叙述几乎就是《红楼梦》里一则独立的故事。当时张道士向贾母为宝玉提亲：有家小姐"模样儿，聪明智慧，根基家当，倒也配的过"[1]。贾母虽然没有应允，但此事却引出了第二天宝玉与黛玉间的一场大风波，两人争吵时又纠缠到金玉良缘之说上了，正与端午赏赐那场风波相呼应。

清虚观打醮中张道士提亲那段情节，其实是作者的填补之笔，是对端午节赏赐风波描写后突然收笔的交代。贾母首先拒绝张道士的提亲："上回有和尚说了，这孩子命里不该早娶"，此言正与薛姨妈那句"金锁是个和尚给的"相对应，都是拿"和尚"来说事。接着贾母又说："你可如今打听着，不管他根基富贵，只要模样配的上就好，来告诉我。便是那家子穷，不过给他几两银子罢了。只是模样性格儿难得好的。"[2]贾母以"不该早娶"的理由拒绝了张道士的提亲，同时又托他物色人选，这似乎有点矛盾；张道士提亲时强调"根基家当"相配，贾母却提出"不管他根基富贵"，这又与封建时代大家族通婚惯例不合。不过处于当时的场景中，贾母这番似有矛盾的话却可起特定的作用，须知在场的不只是张道士，薛姨妈与薛宝钗此时都在她的身旁。薛姨妈进入荣国府后就曾告诉王夫人，宝钗"等日后有玉的方可结为婚姻"，其意图表露得十分清楚，元春通过端午节赏赐含蓄地支持这一设想，这应该也是王夫人的意思。如今贾母那番话委婉但又十分清晰地表示，她对元春的考虑并不认可，她要物色的人选并不是薛宝钗，"不管他根基富贵"一语，则是在加强她这层意思的表述。贾母去清虚观打醮之所以特意邀请薛姨妈，原是将她与宝钗等人作为自己预设的听众，这几位听众若不在场，贾母那番话就失去了意义；王

---

[1] 曹雪芹：《红楼梦》第二十九回"享福人福深还祷福，痴情女情重愈斟情"，人民文学出版社1982年版第408页。
[2] 曹雪芹：《红楼梦》第二十九回"享福人福深还祷福，痴情女情重愈斟情"，人民文学出版社1982年版第408—409页。

夫人"早已回了不去的"也不是可有可无的闲文，它暗示王夫人已知贾母到时会说些什么，以免在场徒增尴尬，而元春赏赐后不久又派人见王夫人，那多半是希望了解她如此赏赐后府内诸人的反应。

在清虚观打醮的过程中，贾母那番话毫不突兀地自然带出，但这却是那一大段描写中的关键所在。对于贾母与张道士的对话，薛姨妈当然明白个中深意，不过作者在相隔二十八回后才写到她的反应。在第五十七回里，她当着林黛玉与薛宝钗两位当事人的面说了这样一番话："我想着，你宝兄弟老太太那样疼他，他又生的那样，若要外头说去，断不中意。不如竟把你林妹妹定与他，岂不四角俱全？"[1]不管原先强调"金玉良缘"的薛姨妈这样说究竟是什么意图，但她至少是在表面上在顺从贾母的主张。第六十六回中，仆人兴儿向尤氏姐妹介绍荣府的情况时也提及宝玉的亲事："将来准是林姑娘定了的。因林姑娘多病，二则都还小，故尚未及此，再过三二年，老太太便一开言，那是再无不准的了。"[2]在清虚观打醮后，阖府皆知贾母的意图，黛玉将与宝玉结亲的舆论在荣国府已占了上风。曹雪芹在描写端午赏赐风波后突然煞笔留下空白，紧接着的清虚观打醮一段看似与此无关，实际上却正是对空白的填补，后面情节的走向也受此影响，这一空白与后面不着痕迹的填补，展现了作者艺术构思的巧妙。

余　论

至此，可以对以上的论述进行数理抽象。考察文学史发展盛衰

---

[1] 曹雪芹：《红楼梦》第五十七回"慧紫鹃情辞试忙玉，慈姨妈爱语慰痴颦"，人民文学出版社1982年版第813页。
[2] 曹雪芹：《红楼梦》第六十六回"情小妹耻情归地府，冷二郎一冷入空门"，人民文学出版社1982年版第939页。

时，历史上所有文学现象理应都是研究对象，我们将这总集合称为 S，人们通常所关注的作家作品以及各种文学现象、事件等以有形方式出现的对象，则视为集合 A，它是 S 的子集合。文学史上还有不少文学现象、事件以无形的方式出现，本文讨论的"空白"即属此类，它们也组成了一个集合，可称之为集合 B，这同样也是 S 的子集合。集合 S 由集合 A 和集合 B 相加而成。当分析某部作品时，人们通常关注的是人物形象的塑造、语言的特色、场景氛围的渲染、情节的安排以及结构的设置等以有形方式出现的对象，考察文学发展历程时，那种种事件和现象也都是以有形方式呈现，它们都是集合 A 中的元素。这方面的讨论都没有涉及集合 B 中那些以无形方式呈现的内容，即所研究者仅仅只是集合 S 的一部分。

  以往关于集合 A、B 与 S 关系的认识及其相应研究存在着两个问题。首先是误将集合 A 与集合 S 相等同，忽略了集合 B 中的内容，这样的研究并不能构成对文学史整体的研究。其次是由于以往注意力都集中于集合 A，故而对于集合 B 中内容发现的途径与相应的研究方法都尚不清楚，我们所习惯的研究方法一般也不适合于集合 B 中的内容。不过，集合 A 和集合 B 都是集合 S 的子集合，而且集合 S 也只有这两个子集合，集合 A 和集合 B 互为补集，因此通过对集合 A 中元素的考察，可以推知集合 B 中相应元素的状况。在这一过程中，可逐步摸索出适合"空白"研究的方法与模型，只有同时推进集合 A 和集合 B 的研究，并将其综合，方能称得上是对所有的文学现象与事件，即集合 S 进行了全覆盖的研究，也只有在这样研究的基础上，方能对文学进程的特点和规律作出较全面和准确地归纳。

第三编

逻辑推理与数理统计编

第七章　考证与逻辑推理

文学研究离不开逻辑推理，对文学研究中的考证来说，更是得严格遵循逻辑推理的法则行事。在一般的文学研究中，如果某处出现了不符合逻辑的推理，固然会导致某一判断的失误，但只要非要害处，未必就会影响总结论的成立。可是对于考证来说，由于它采用的方法是步步推进式的论证，即前一步推理所得的判断是后一步推理的前提，由此只要其中有某一步的论证不符合逻辑法则，其后所得出的判断必皆属讹误。在各种文学研究中，考证对逻辑推理的要求最为严苛，这也是本章选取考证以说明文学研究与逻辑推理关系的原因。

在古代，小说是地位低下的文学体裁，故而鲁迅曾言，"小说和戏曲，中国人向来是看作邪宗的"[1]，《论语·述而》中那句"子不语怪、力、乱、神"，使许多正统士人看不起小说阅读，更不用说让他们从事创作了。然而，娱乐的需求又使小说在中、下层社会甚受欢迎，正统士人的鄙视，乃至政府的禁毁，都未能阻断小说的发展，新作品的问世也一直源源不断。在那些作者中，有不少是因科举之途蹭蹬而落魄的下层文人，这些人创作或是为了自娱，或是为抒写对生活的感受，或是视其为谋生之道。当然，确有一些人通过小说创作孜孜不倦地追求艺术创造，他们并不在意社会的偏见，"也不愿世人称

---

[1] 鲁迅：《且介亭杂文二集·徐懋庸作〈打杂集〉序》，《鲁迅全集》第六卷，人民文学出版社1981年版第291页。

奇道妙，也不定要世人喜悦检读"[1]，但更多作者的创作却受到了迎合阅读市场需求的约束。当时占主导地位的舆论鄙视小说创作，强大的舆论压力使许多作品往往没有作者真名实姓的署名，而只有一个别号作取代，有时干脆什么都没有，作者究竟是谁便成了谜，后人对其成书过程也一无所知。甚至有些作品完成后，又先后有人接着修改或重写，他们一般也都没有留下真名实姓。这类"世代累积型"作品的成书过程引起了后来研究者的很大兴趣，而且一些作品究竟是不断改编而成或是属于独立创作型，这也引起了不少争论。作品进入传播渠道后，就可能被不断翻刻，在这过程中有些书坊会出于自己的需要删改作品，对后世来说，这就是版本问题，其嬗变状况究竟如何也耗费了人们许多时间与精力。

正由于上述原因，相对于诗文等其他文学体裁，小说史上留下的疑问就更多些，今日各类小说考证论文也时常可见。梳理这类论文，可以发现一个有趣的现象：先有一位研究者言之凿凿地声称某个问题已考证出结果，可是许多研究者却不认可，仍然将它归为尚未解决的一类，后来对此问题还会出现新的考证，结论自然与先前的不同，人们对这一新考证往往仍只是姑妄听之而已。这种现象在那些小说考证论文的序列中反复出现，人们对此已习以为常。总体而言，小说考证中结论被公认为确论，人们继而据此做进一步研究者实是不多。有关古代小说考证论文的总数已颇为可观，而结论被认为可靠者只占了很小的比例，这究竟是什么缘故？

要了解这一局面形成的原因，首先要回到问题的本源，即究竟什么是考证，以及人们对它的理解和相关操作。考证又可称为考据、考辨、考订等，概括地说，它是指根据现有的资料作梳理、分析与推

---

[1] 曹雪芹：《红楼梦》第一回"甄士隐梦幻识通灵，贾雨村风尘怀闺秀"，人民文学出版社1982年版第5页。

理，从而得出不可动摇的确论。这必须有两个前提为保障：一是用以考证的相关资料必须可靠，这不仅是指它们的出处或版本，资料中有关考证问题的记载也必须真实可靠，须知有些文献的内容只是书写者依据耳闻而记载，与实情已有所出入，有些在今日看来是历史文献，但它们于事件的发生已滞后了数十年甚至数百年；二是遵循逻辑法则对已掌握的文献资料作由表及里、由此及彼、去伪存真的分析，它只能将本已客观存在但未经梳理分析不易觉察的联系显化，而绝不可能凭空增添出什么新东西，最后的判断不能越出辨析、推理所能覆盖的范围。将今日所见的小说考证论著与上述两条比对，便可明白我们面对的小说考证现状为何会如此。除少量确证者，有一些考证论著发表后即遭到强烈质疑，而更多的则是发表后竟未能产生丝毫反响，悄然无息地湮没在那许许多多的论著中。集中审视那许多有关小说考证的论著，并从方法论的角度进行归纳，可以发现它们在以下某个或同时在某几个方面违背了逻辑推理法则。

一、考证前提缺乏可靠性保障

考证须依据资料作分析，作为考证前提的资料如果不可靠，或者载录内容的可靠性尚可存疑，那么以此类资料为考证的前提，其本身就违背了逻辑推理的要求。其后据此所作的分析、推理即使全然遵循逻辑法则，所得结论也难以是当年事实的客观反映。这正像一座大厦看似雄伟傲立，其地基却有一条深深的裂缝，一遇外力摇动，就难免轰然坍塌。

这里不妨先以《金瓶梅》作者考证为例。多数考证论著都以该书作者为"嘉靖间大名士"为入手的前提，所作的辨析、推理则是想证明这位"大名士"究竟为何人。"嘉靖间大名士"一说确为明代人所言，其出处为万历年间沈德符所著的《万历野获编》：

> 闻此为嘉靖间大名士手笔，指斥时事。如蔡京父子则指分宜，林灵素则指陶仲文，朱勔则指陆炳，其他各有所属云。[1]

按此条记载所言，《金瓶梅》是在影射嘉靖时权势熏天的朝廷重臣严嵩、陆炳以及深受嘉靖帝信任的道士陶仲文，当时一些人就是因此而对这部作品产生兴趣的。过去只是在《红楼梦》研究中提到索隐派，其实早年《金瓶梅》的抄本流传时，书中描写的人物和相关内容就成了一些人索隐的对象，沈德符的记载主要是讲述当时人们议论的内容。然而，这部作品描写的是西门庆及其家庭的生活，蔡京父子等人在书中出现的次数很少，为了影射他们而编织出一大部西门庆的故事，这似乎不合情理。不过对考证《金瓶梅》作者来说，沈德符记载最关键处是"此为嘉靖间大名士手笔"一语，因为这提供了考证作者的线索，但是列于此言之首的那个"闻"，却被人有意或无意地忽略。"闻"者，听说之谓也，沈德符的意思表达得很清楚，他记载的依据只是当时的传言，并不能保证它准确无误，我们今日能径直将它拿来当作考证的前提吗？如果万历时人留下的记载都是将《金瓶梅》的作者指向"嘉靖间大名士"，那么这一说法的可信度可增加不少，可是事实却恰恰相反，与沈德符同时的袁中道，在其《游居柿录》中写道：

> 旧时京师，有一西门千户，延一绍兴老儒于家。老儒无事，逐日记其家淫荡风月之事。以门庆影其主人，以余影其诸姬，

---

[1] 沈德符：《万历野获编》卷二十五"金瓶梅"，中华书局1959年版第652页。

琐碎中有无限烟波,亦非慧人不能。[1]

按照袁中道的记载,《金瓶梅》是某个"绍兴老儒"根据西门千户家的"淫荡风月之事"而写成,这与沈德符所说的"嘉靖间大名士"为影射严嵩父子等人而作的说法矛盾。这两条记载都是《金瓶梅》问世之初明代人所写,就其文献而言,它们的地位应该是平等的,如果取其中的一条作为考证前提,就必须证明该条记载确凿可靠,同时也得说明另一条记载失真的理由。此步骤不可省略,这是基本的逻辑常识,可是在现今的以"嘉靖间大名士"为考证前提的论著中,竟无一人在这方面有所论述。

其实,明代人猜测《金瓶梅》作者的记载还不止沈德符与袁中道所写的那两条,与他们相同时代的谢肇淛曾撰写《金瓶梅跋》,又提出了一种说法:

> 相传永陵中有金吾戚里,凭怙奢汰,淫纵无度,而其门客病之,采摭日逐行事,汇以成编,而托之西门庆也。[2]

按照谢肇淛的记载,《金瓶梅》的作者又成了某金吾戚里的门客,但似乎无人根据此条记载去考证《金瓶梅》的作者。可称为"嘉靖间大名士"的为数不少,若标准放宽些数量更为可观,故而可搜寻到相当多的资料以供推测,而即使是"绍兴老儒",也总还能找到点材料做相关梳理与推断。可是,如果作者的身份是当时某金吾戚里的门客,今日要搜集到相关资料几无可能,于是各种考证论述对谢肇淛的记载都视而不见,尽管它的地位与沈德符或袁中道的记载应该完全

---

[1] 袁中道:《游居柿录》卷九,上海远东出版社1996年版第212页。
[2] 谢肇淛:《金瓶梅跋》,引自朱一玄编《金瓶梅资料汇编》,南开大学出版社2002年版第179页。

等同。这一状况显示出那许多考证的一个致命弱点,考证者没有也无法提出以此说为考证前提而舍弃他说的理由,实际上是有倾向性地对已有文献资料进行选择或屏蔽。谢肇淛的说法遭屏蔽或许可以记载中"相传"二字为理由,因为传说的内容算不得数,可是沈德符说"嘉靖间大名士"时,也用了个"闻"字,这与"相传"完全是一个意思,为什么许多考证者都不约而同地以沈德符的说法为考证前提呢?没人提出这个问题,当然也没人回答,此问题一旦凸显,其间的逻辑缺陷便使人无法自圆其说。

明代人关于《金瓶梅》作者的说法还没完,与上述诸人同时的屠本畯在《山林经济籍》中也有条相关记载:

> 相传嘉靖时,有人为陆都督炳诬奏,朝廷籍其家。其人沉冤,托之《金瓶梅》。王大司寇凤洲先生家藏其书,今已失散。往年予过金坛,王太史宇泰出此,云以重赀购抄本二帙。[1]

这条记载与后来流传甚广的王世贞为报父仇而著《金瓶梅》的说法隐约相关,但处死王世贞父亲王忬的是严嵩父子,并非陆炳,当时朝廷也并没有"籍其家"。由此条入手考证难度更大,"有人"二字说得过于笼统宽泛,又无任何提示,更何况记载起始处也有"相传"一词。

以上四种说法都是针对《金瓶梅》抄本而发,也有可能还有其他一些说法未被今日知晓,这表明作品在刊刻本流传之前,当时人已对作者究竟是谁的问题产生了兴趣,不过各种说法并存,没有形成统一的或某种说法占上风的共识。意见不统一是因为传闻不一,而那些记载者并没有强调自己所记为真,他人的说法为误,相反,他们只是客

---

[1] 屠本畯:《山林经济籍》,引自朱一玄编《金瓶梅资料汇编》,南开大学出版 2002 年版第 82 页。

观地记载自己的听闻，谨慎地用了"闻""相传"之类的字眼，即他们在著述中记载的只是传言，对此也未做判断。沈德符、袁中道、谢肇淛与屠本畯都是万历时交游颇广的著名文人，他们的消息来源也多，而且与《金瓶梅》抄本拥有者都有着直接或间接的联系。他们记录的"闻"或"相传"的内容，应该是当时相当一部分人的意见，而这四种说法又互相抵触，表明明代人关于《金瓶梅》的作者是众说纷纭，没有一致的意见。

如果要选取上述四条记载中的某一条为考证的前提，首先就得保证其中确实有一条是反映了真实情况，同时还得证明自己选取的那一条为真而其他三条都不成立，在这两者都成立后，方能以该条为前提进行考证。可是相关的考证论文没有一篇在这方面花费过力气，它们呈现的结果能让人信服吗？眼下关于《金瓶梅》作者已经考证出六十余人，很可能还会继续增加，这种混乱局面的形成，正是前提可靠性尚未得到保证即着手进行考证的必然恶果。

万历四十五年（1617），《金瓶梅词话》刊本行世。在这目前所知的首刻本上，有欣欣子所作之序，其首句云"窃谓兰陵笑笑生作《金瓶梅传》，寄寓于时俗，盖有谓也"；该序最后又重复道："笑笑生作此传者，盖有所谓也。"[1]"笑笑生"为何人？他究竟为何要写《金瓶梅》？该刻本上廿公的跋于此当有所涉及：

《金瓶梅传》，为世庙时一巨公寓言，盖有所刺也。然曲尽人间丑态，其亦先师不删《郑》《卫》之旨乎。中间处处埋伏因果，作者亦大慈悲矣。今后流行此书，功德无量矣。不知者竟目为淫书，不惟不知作者之旨，并亦冤却流行者之心矣。特为

---

[1] 欣欣子：《金瓶梅词话序》，引自朱一玄编《金瓶梅资料汇编》，南开大学出版社2002年版第177页。

白之。[1]

廿公称《金瓶梅》作者"为世庙时一巨公",此说法与沈德符所"闻"的"嘉靖间大名士"说相近,所谓"盖有所刺也",也与沈德符的"指斥时事"是一个意思。然而,廿公毕竟没有确指作者,他为《金瓶梅》作跋时,应该也知道社会上关于作者猜测的各种传言,他的表述没有对了解作者是谁提供新的线索,这表明他只是信从了其中的一种而已。不过廿公的说法与沈德符所言相近,两者产生了重叠效应,后来较多人由"嘉靖间大名士"着手考证作者,这当是重要原因。

万历四十五年的刻本上,欣欣子的序首句便称《金瓶梅》的作者是"兰陵笑笑生",这一说法虽然出现最迟,但它指明作者籍贯为"兰陵",因此受到后来众多考证者高度重视,并将"兰陵"与"嘉靖间大名士"并列为考证前提,但没有人对这一前提的可靠性进行验证。其实与当时《金瓶梅》流传的情况作比对,此说自然会令人产生疑惑。沈德符、袁中道、谢肇淛与屠本畯等人在《金瓶梅》刊行前都接触过甚至誊录过抄本,关于这部作品的传言听到的也多,同时又互有来往谈论过《金瓶梅》,为什么"兰陵笑笑生"没有在他们的记载中出现?按照情理判断,这些人在追寻作者时,无论如何都不会忽略如此重要的线索,也不会漠视线索提供者"欣欣子"的。在初刻本中,"廿公"所作的跋十分肯定地写道:《金瓶梅传》为世庙时一巨公寓言",如果刻本前的抄本中已有此跋,或者当时已有这一明确说法,为什么沈德符提到作品"为嘉靖间大名士手笔"时,还要很谨慎地用"闻"字引出,而其他人论及作者时,还要发表诸如"绍兴老儒""金吾戚里"门客之类的其他主张?

---

[1] 廿公:《金瓶梅跋》,引自朱一玄编《金瓶梅资料汇编》,南开大学出版社1985年版第188页。

有些研究者根据明代诸人都未提及"欣欣子"的序与"廿公"的跋，提出这些文字在当时流传的各抄本中都不存在，而它们都是在《金瓶梅词话》初刻本中才首次出现，表明这是后来作品刊刻时才被添入。这是对上述疑问较为合理的解释，同时它也意味着"欣欣子"的序与"廿公"的跋关于作者介绍的可靠性，不仅未强于沈德符、袁中道、谢肇淛与屠本畯的说法，而且还不能排除其间有书坊主作伪的因素。纵观有关《金瓶梅》作者考证的论文，以"欣欣子"的序与"廿公"的跋为论证前提者甚多，却无一人认真检验过它的可靠性，这本应是考证必经的初始环节，但都一跃而过了，这实是很奇怪的不合逻辑的现象。

总之，确立考证《词话》本作者的前提时，可依据的原始材料主要是屠本畯、袁中道、谢肇淛、沈德符等人的记载，以及《词话》本上欣欣子的序与廿公的跋。作为考证的出发点，这些条件似已嫌不足，更严重的是它们还未必可靠。那些对作者问题产生过兴趣的明代文人在作品刊刻前就拥有抄本，所说自有一定的权威性，可是他们主张的"嘉靖大名士"、"金吾戚里"的门客、"绍兴老儒"等出入如此之大，今人究竟该以何说为准？又能有什么理由厚此薄彼？值得注意的是，那些意见又几乎同时发表，仿佛早在作品刊刻前就曾兴起一阵小小的作者考证热，这些人大概不曾想到，当时的推测会给今日的考证带来多大麻烦。不过，他们的议论大多谨慎地以"相传"之类表示不确定的字眼引出，而把古人不敢肯定的判断当作考证的可靠前提，则全是今人所为，沈德符等人无须承担责任。

二、占有的资料无法支撑结论的成立

考证结论能否成立，取决于相关资料的支撑，当占有的资料经过严格的逻辑推理与准确的分析后,能无可辩驳地指向唯一事实,考证结论的可靠性方可认定。也就是说,那些资料应该已隐含保证结论成立的成分,所作的推理与分析则是厘清其间的逻辑关系,从而能清晰地显示结论,即那些资料是结论能够成立的充分条件。推理与分析时,严防有意或无意地添加某些内容,从而使预设结论能够成立。这种现象出现的重要原因,则是所依据的资料并不能充分保证结论的成立,考证者自觉或不自觉地以猜想作补充,最后使结论具有唯一性的,其实就是那些猜想。

这类事例在古代小说考证中有相当数量的存在,考定清初小说《樵史通俗演义》作者是陆应旸,便是这样的案例。此书原题"江左樵子编辑,钱江拗生批点",书首有作者自序,署名为"花朝樵子"。长期以来,谁也不知这位"樵子"究竟是何人。20世纪80年代初,先是王春瑜先生主张"樵子"是明末青浦人陆应旸,后来栾星先生又撰写长文呼应。他们作此认定的依据,是光绪版《青浦县志》上有两条记载:卷二十七"艺文上"子部中著录了《樵史》,其下有注:"四卷,陆应旸著";卷十九"人物三·文苑"中有陆应旸的小传(文中"旸"作"阳")[1]:

> 陆应阳,字伯生,郊子也。少补县学生,已而被斥,绝意仕进。诗宗大历,黄洪宪及许国、申时行皆折节交之。王世贞好以名笼络后进,常誉应阳,应阳不往,时论益以为高。万历时修复孔宅,应阳之力居多。卒年八十有六。应阳作诗喜用鸿雁字,人呼为陆鸿雁。[2]

---

[1] 杨剑兵《〈樵史通俗演义〉作者考辨》(《明清小说研究》2009年第2期)指出,《青浦县志》时将"陆应阳"误作"陆应旸"。
[2] 陈其元等修,熊其英等纂:《青浦县志》卷十九,光绪五年刊本,叶十五下至叶十六上,尊经阁藏版。

小传没有提及《樵史》，它只是让人们对陆应旸有个大概了解，而认定他就是《樵史通俗演义》作者的唯一依据，仅仅只是《青浦县志》卷二十七对《樵史》一书所注的"四卷，陆应旸著"这六个字，"四卷与今传本符合，其为一书当无疑"[1]，这一说法还曾得到不少人的认可[2]。

然而，《樵史》究竟是否就是《樵史通俗演义》，或者这完全是两本不相干的书，必须有充分证明后才能做出判断，须知著述以《樵史》命名者并非只有陆应旸，明代的陶辅有本著作也以《樵史》为名。考证者的思路甚可置疑，仅以卷数相符就认为"其为一书当无疑"，这判断下得显然过于轻率。一书名《樵史》，一书名《樵史通俗演义》，两本书名差异不能算小，怎可仅凭卷数相同就断定它们为同一种书？何况待考的《樵史通俗演义》与陆应旸所著的《樵史》的卷数实际上并不相同。孙楷第先生《中国通俗小说书目》交代得很清楚："樵史演义八集八卷四十回"[3]，胡士莹先生的著录也是如此，并介绍了该书来源："民国二十三年春，此书忽发现于北京厂肆，系清初写刻本。书内封面题绣像通俗樵史演义，分为八集，每集各为一卷，共四十回。"[4]一书为四卷，一书为八卷，"其为一书当无疑"的结论显然不能成立，而这偏偏是那篇考证文字最核心的内容。考证的每一个步骤都须严格遵循逻辑法则，而"当无疑"是应该无疑问之意，这虽是一种常见的表述方式，但它因含有判断者主观认定的成分，并不适合出现在作出最后判断的关键处。

---

[1] 栾星：《〈樵史通俗演义〉校本序》，中州古籍出版社1987年版第1页。以下引用栾星先生此篇，不再另作注。
[2] 大众文艺出版社1999年出版《樵史通俗演义》时署"陆应旸著"，远方出版社2007年出版该书时署名亦如此。
[3] 孙楷第：《中国通俗小说书目》卷二，人民文学出版社1982年版第79页。
[4] 胡士莹：《〈中国通俗小说书目〉补》，《明清小说论丛》第四辑，春风文艺出版社1986年版第162页。

为了坐实陆应旸就是《樵史通俗演义》的作者，栾星先生还根据《青浦县志》中他的小传推定其生卒年。此前王春瑜先生曾根据《青浦县志》中的小传推测过陆应旸的生卒年："卒于顺治初年，生年当在明世宗嘉靖三十八年左右。"[1] 王春瑜先生作此推测时，可能还不知道这部《樵史通俗演义》已经提及顺治八年（1651）方才刊刻行世的小说《新世弘勋》，故而其写定时间不得早于顺治八、九年间，成书的实际时间可能还更迟些。如果陆应旸于顺治初年已去世，那部《樵史通俗演义》便与他毫无关系了。可能就是因为这个原因，栾星先生根据《青浦县志》中的小传重新估测了陆应旸的生卒年："少年应旸既受誉于世贞，则其生年最晚不得晚于隆万之交（约一五七二）"，再根据陆应旸"卒年八十有六"推算，认定其卒年为顺治十五年（1658）前后。在这一推测过程中，小传中的"王世贞好以名笼络后进，常誉应阳（旸）"，栾星先生却替换为"少年应旸既受誉于世贞"，"少年"一词，完全是栾星先生自行添加的。这一添加有不得已的原因，因为《樵史通俗演义》写定时间最早也得在顺治八、九年间，实际时间可能还更迟些，王世贞在万历十八年（1590）就已去世，他赞誉陆应旸应是在此之前，这里又有陆应旸"卒年八十有六"之限定。一端是须能受誉于王世贞，一端是《樵史通俗演义》问世的时间，这两端卡死了推算余地，为了两者都能兼顾，陆应旸此时就非得是"少年"不可。但这只是论者的主观猜测，并无任何资料支撑，而现存的资料表明，这一猜测完全错了。

　　在明末的文献中，可以搜寻到一些与陆应旸有关的资料，对其分析后，可以确切断定陆应旸的生卒年。首先是郭浩帆先生在《〈樵史通俗演义〉作者非陆应旸说》（《明清小说研究》1991年第1期）中提

---

[1] 王春瑜：《李岩·〈西江月〉〈商雒杂忆〉——与姚雪垠同志商榷》，《光明日报》1981年11月9日。

及的《石渠宝笈》中的记载:

> 戊午秋仲,录似嗣端世兄便面。余年七十有七,久谢去小书矣。因嗣端强索,仅仅走笔,后勿为例也。陆应旸伯生。[1]

戊午年陆应旸七十七岁,从情理上判断,此"戊午"应是万历四十六年(1618),但须得将与此前后相邻的两个戊午年排除后,方能确认。首先,后一个戊午年,即康熙十七年(1678)明显不可能,因为按戊午年七十七岁推算,陆应旸就该生于万历二十九年(1601),显然与《青浦县志》称"王世贞好以名笼络后进,常誉应阳(旸)"一语相矛盾,因为王世贞在万历十八年(1590)就已去世。前一个戊午年是嘉靖三十七年(1558),相应的陆应旸就该生于成化十七年(1481),比生于嘉靖五年(1526)的王世贞还年长四十五岁,这显然与"王世贞好以名笼络后进"相矛盾。因此,这里的戊午年只能是指万历四十六年(1618),这时再以陆应旸此时七十七岁推算,他应生于嘉靖二十一年(1542),按其"卒年八十有六",应是卒于天启七年(1627),早于《樵史通俗演义》问世至少二十年。

断定此戊午年为万历四十六年也得到其他一些资料记载的支持。沈德符《万历野获编》载云:

> 近来山人遍天下。其寒乞者无论,稍知名者如余所识陆伯生名应阳,云间斥生也。不礼于其乡。少时受知于申文定相公,申当国时,借其势攫金不少。……时同里陈眉公方以盛名倾东南,陆羡且妒之,詈为咿哑小儿,闻者无不匿笑……[2]

---

[1] 张照、梁诗正等:《石渠宝笈》卷二十一"明人便面",见台湾商务印书馆《文渊阁四库全书》1983年版子部一三一艺术类第831页。
[2] 沈德符:《万历野获编》卷二十三"山人愚妄",中华书局1959年版第586—587页。

申时行入阁时为万历六年（1578），他为首辅是万历十一年至十九年的事，若此戊午年是嘉靖三十七年，陆应旸在申时行入阁拜相时已是近百岁的皤然老翁，这与沈德符所言"少时受知于申文定相公"无论如何都对不上号。

另一条记载见于范濂的《云间据目抄》：

> 伯生与予同游黉序，即督学耿公所取士也。其间奋翼巍科者，几二十人，独予与伯生为老博士。然皆能以古文、词，表见于世。……乃所谓奋翼巍科者，先夭折四五人；与草木同腐者，又几七八人。倘以吾两人较之，昌黎氏所谓孰得孰失，必有能辨之者。[1]

从文中不难看出，陆应旸与范濂年龄相仿。《云间据目抄》卷首有高进孝万历二十一年写的序，序中明言"叔子生于嘉靖庚子"，即嘉靖十九年（1540），若以陆应旸戊午年七十七岁计，他生于嘉靖二十一年（1542），只比范濂小两岁，比生于嘉靖三十七年（1558）的陈继儒年长十六岁，沈德符的记载中说他骂陈继儒是"咿哑小儿"，这与他们的年龄差距也相符合。

通过对以上资料的排比分析，现在完全可以断定，陆应旸生于嘉靖二十一年（1542），卒于天启七年（1627），而《樵史通俗演义》最早也须得在顺治八年（1651）以后问世，此时陆应旸已去世二十余年，他当然不可能是这部小说的作者。认定他是作者的误判之所以会出现，就是因为通篇考证的依据实际上只有一条，即陆应旸所作的《樵史》与《樵史通俗演义》书名有相似之处，且误以为两书卷数相

---

[1] 范濂:《云间据目抄》卷一"记人物"，《笔记小说大观》第十三册，江苏广陵古籍刻印社1983年版第107页。

同。考证者在随后的推演中又羼入了不少自己的设想，误判自然不可避免。

仅凭书名相似就努力考证它们为同一本书是十分危险的事，而即使书名完全相同，倘若没有其他文献资料的有力支撑，那它只能成为审视问题的线索，而不可成为考证的前提。这是因为历史上的书籍浩如烟海，书名相同者也不在少数。如果书名相同是考证的主要依据，甚至是唯一的实质性的前提，那么由此而考证出的结论要么是误判，要么就得承受人们强烈的质疑，《西游记》作者为吴承恩一说便是如此。

《西游记》问世于明嘉靖后期，它由金陵世德堂首次刊行却是在数十年后的万历二十年（1592）。书首陈元之的《西游记序》论及作者时云"不知其何人所为"，他只是通过作品阅读感到"谭言微中，有作者之心傲世之意"；同时又透露了个信息："旧有叙，余读一过，亦不著其姓氏作者之名。"[1] 世德堂本仅署"华阳洞天主人校"，此"校"字表明，"华阳洞天主人"并非作者。自此以降一直到20世纪20年代的三百余年里，各种《西游记》刊本或无署名，或只署华阳洞天主人校，或署朱鼎臣编辑，或署丘处机撰，没有一本署吴承恩为作者。

将《西游记》的著作权归于吴承恩，源于胡适1923年所作的《〈西游记〉考证》，篇中他回顾了自己1921年为亚东图书馆版《西游记》作序时所言，"我前年做《西游记序》，还不知道《西游记》的作者是谁，只能说：'《西游记》小说之作必在明朝中叶以后'，'是明朝中叶以后一位无名的小说家做的'"，后来鲁迅先生"把他搜得的许多材料钞给我"。[2] 吴承恩是《西游记》作者的判断，就是基于对这些

---

[1] 陈元之：《全相〈西游记〉序》，载孙楷第《日本东京所见小说书目》卷四"明清部三"，人民文学出版社1981年版第75—76页。
[2] 胡适：《〈西游记〉考证》，载《胡适古典文学研究论集》，上海古籍出版社1988年版第908页。

材料的分析而得出的。

在这"许多材料"中，最受关注的是天启《淮安府志》卷十九《艺文志》一《淮贤文目》中记载的"吴承恩：《射阳集》四册□卷，《春秋列传序》，《西游记》"。这是支持吴承恩为作者的最关键的一条资料，但由此记载而得出结论的过程却不符合逻辑法则。为此，章培恒先生曾反驳道：

> 天启《淮安府志》既没有说明吴承恩的《西游记》是多少卷或多少回，又没有说明这是一种什么性质的著作，那又怎能断定吴承恩的《西游记》就是作为小说的百回本《西游记》而不是与之同名的另一种著作呢？要知道，在我国的历史上，两种著作同名并不是极其罕见的现象，甚至在同一个时期里出现两种同名的著作的事也曾发生过，例如，清初就曾有过两部《东江集钞》，一部的作者是沈谦，另一部的作者是唐孙华。在小说中，两书同名的事也有。在明代有过一部秽亵小说《如意君传》，在清代另有一部《如意君传》，却非秽亵小说。总之，如果没有有力的旁证来证明《淮安府志》著录的吴承恩《西游记》乃是百回本小说，也就无法确切地断定百回本《西游记》为吴承恩所作。[1]

章培恒先生的反驳在逻辑上十分严密，仅凭一个书名，确实无法证明吴承恩所著的《西游记》就是百回本《西游记》。章培恒先生还以清初黄虞稷所撰的《千顷堂书目》卷八史部地理类中的著录继续质疑："唐鹤征《南游记》三卷　吴承恩《西游记》沈明臣《四明山游籍》一卷"。一部小说当然不可能著录在地理类，而且同时著录的唐鹤征与

---

[1] 章培恒：《百回本〈西游记〉是否吴承恩所作》，《社会科学战线》1983年第4期。

沈明臣的作品都是游记，现在这三部作品并列在地理类，至少说明黄虞稷判定吴承恩的《西游记》也是一部游记。

胡适与鲁迅将《西游记》著作权归于吴承恩，还有几条间接材料的支持。其一为吴玉搢《山阳志遗》卷四的记载：

> 天启旧志列先生为近代文苑之首，云："性敏而多慧，博极群书，为诗文下笔立成，复善谐谑，所著杂记几种，名震一时。"初不知杂记为何等书，及阅《淮贤文目》，载《西游记》为先生著。考《西游记》旧称为证道书，谓其合于金丹大旨，元虞道园有序，称此书系其国初丘长春真人所撰；而《郡志》谓出先生手。天启时去先生未远，其言必有所本。意长春初有此记，至先生乃为之通俗演义，如《三国志》本陈寿，而《演义》则称罗贯中也。书中多吾乡方言，其出淮人手无疑。或云有《后西游记》，为射阳先生撰。[1]

此处"天启旧志"是指天启《淮安府志》，而"及阅《淮贤文目》，载《西游记》为先生著"，表明他认定吴承恩为作者，依据只是《淮安府志》的《淮贤文目》中"西游记"三字的著录，为什么此《西游记》就是小说《西游记》，吴玉搢并没有任何其他材料证明。

其二是阮葵生《茶余客话》中的记载：

> 按旧志，称射阳性敏多慧，为诗文，下笔立成。复善谐谑，著杂记数种，惜未注杂记书名，惟《淮贤文目》载射阳撰《西游记通俗演义》。是书明季始大行，里巷细人乐道之，而前此亦

---

[1] 吴玉搢：《山阳志遗》卷四，引自朱一玄、刘毓忱编《西游记资料汇编》，中州书画社1983年版第171页。

未之有闻……按明郡志谓出自射阳手,射阳去修志时未远,岂能以世俗通行之元人小说攘列己名?或长春初有此记,射阳因而衍义,极诞幻诡变之观耳;亦如《左氏》之有《列国志》,《三国》之有《演义》。观其中方言俚语,皆淮上之乡音,街谈巷弄,市井妇孺皆解,而他方人读之不尽然,是则出淮人之手无疑。[1]

文中"惟《淮贤文目》载射阳撰《西游记通俗演义》"一语,表明阮葵生与吴玉搢一样,他认定吴承恩为小说《西游记》的作者,依据的也只是《淮安府志》的《淮贤文目》中"西游记"三字的著录。认定其为小说《西游记》,完全是他们的主观判断,《淮贤文目》仅著录"西游记"三字,而在阮葵生笔下,却成了"《淮贤文目》载射阳撰《西游记通俗演义》",所谓"通俗演义",纯为阮葵生的自行添加。而且,吴玉搢与阮葵生都是清乾隆时人,他们的生活年代距小说《西游记》问世已近二百年,判断的依据又唯有明天启《淮安府志》,他们的发言权其实和我们差不多,而鲁迅与胡适考证时,显然受到了吴玉搢与阮葵生记载的误导。

纵观后来认定吴承恩是小说《西游记》作者的考证,可以发现它们都无法绕过以下三条:1.无法否认《淮安府志》著录《西游记》时未说明该书的性质,2.无法证明黄虞稷的《千顷堂书目》将吴承恩的《西游记》归入地理类是错误的,3.无法指责根据《淮安府志》与《千顷堂书目》的著录判断吴承恩的《西游记》是游记的逻辑是错误的。

若作逻辑抽象,这些考证唯一的可靠依据仅仅是书名相同,这是依据并非支撑结论成立的典型例证,小说《西游记》的著作权不能因此而轻率地判给吴承恩。

---

[1] 阮葵生:《茶余客话》卷二十一,上海古籍出版社2012年版第535页。

其实，如果将《西游记》的著作权判给吴承恩，比对作品的内容，就会发现有些问题很难得到解释。如吴承恩曾回忆说，其父吴锐家境贫困，年长后无法成婚，不得已入赘于商人徐氏家，后来又娶张氏，吴承恩即为张氏所生。[1]在封建时代，业儒子弟不得已入赘社会地位低下的商贾之家，虽因婚姻摆脱了贫困，但也带来了屈辱感，而"招女婿"在社会上备受歧视。这段经历是吴锐，同时也是吴承恩无法排遣的隐痛，可是《西游记》中却偏偏写到了许多招女婿的情节。猪八戒入赘高老庄自不必说，牛魔王也到玉面公主的摩云洞当了上门女婿，而偷了塔中的舍利子佛宝的九头虫在碧波潭入赘。取经队伍齐全后面临的第一个考验，竟是观音邀集了黎山老母、普贤与文殊变成母女四人，以庞大家产招徕，要唐僧师徒四人留下为婿。虽然这次唐僧经受住了考验，但佛祖仍不放心，于是西行途中那些女妖精或西梁女国国王等逐一上场，唐僧一而再，再而三地面对招女婿科目的测试。作者描写这些故事时，一有机会就要揶揄、调侃、讥笑乃至挖苦，语气则是轻慢与不恭敬，而这恰与社会上歧视性的舆论相一致。如果为父亲招女婿经历而抱憾的吴承恩是小说《西游记》的作者，他会隔三岔五地就要写上一段招女婿的故事吗？会对作品中的上门女婿如此这般地尽情揶揄与挖苦吗？吴承恩在当地已是有一定声望的士绅，如果真的写了小说《西游记》，那么他立即会因那些招女婿的故事受到社会舆论的谴责，对照他父亲的经历，这样的写作可不是一般的不孝。他将为士林所不齿，根本无法在社会上立足，他那本《西游记》也实在不可能被《淮安府志》收录。

---

[1] 吴承恩：《先府君墓志铭》，引自朱一玄、刘毓忱编《西游记资料汇编》，中州书画社1983年版第159页。

三、推理与逻辑法则相悖

所有的考证都需要运用推理以得出结论,推理是概念和判断等要素按照一定的内在联系组织起来的整体思维过程,它根据已知的判断经梳理辨析得出另一个新判断。推理要获得必然而真实的结论,必须具备前提真实和推理形式正确两个条件。前提真实的问题如前已述,此处主要考察推理的形式。

在探寻《金瓶梅》的作者时,许多人以沈德符等人所说的"嘉靖间大名士"为前提进行考证,而各人"考"出的结果互不相同,总计有三四十个作者候选人。为何前提相同而结论迥异?问题出在他们的推理方法上。纵观那些考证论文,它们在逻辑上可抽象出这样的三段论:

大前提:《金瓶梅》作者是"嘉靖间大名士"。
小前提:×××是"嘉靖间大名士"。
结论:×××是《金瓶梅》作者。

那些论述一旦抽象为三段论格式,便可感觉到这是一个不能成立的推理,而要指出它的错误所在,就得依据逻辑推理法则进行分析。在上述三段论中,"嘉靖间大名士"是大、小前提中共出现两次,而在结论中不出现的中项 M;"《金瓶梅》作者"是在结论中作为谓项的大项 P;"×××"则是在结论中作为主项的小项 S。上面的三段论可抽象为大前提:P—M,小前提:S—M,结论:S—P。按照逻辑学法则,中项在前提中至少要周延一次,所谓周延,是指全部外延的确定。可是在上面的三段论中,中项 M 在两个前提中都是谓项,都是不周延的，因此该推导明显地出现了"中项不周延"的逻辑错误。而且，上面的推导中项M在两个前提中都是谓项，这属于三段论的第二格。为了保证中项在前提中至少要周延一次，第二格明确要求两个前提中必须有一个是否定性陈述，而上面三段论的两个前提都是肯定性陈述，显然违反了第二格的规定。按照这种错误的推断，所得结论不具有唯一性，《金瓶梅》作者能被考证出数十人，这是重要的原因之一。如果不停止这种错误的推断法的运用，作者候选人势必还会不断地涌现。

《金瓶梅》作者考证中类似的逻辑错误，并非在论述"嘉靖间大名士"时才出现的。由于《金瓶梅词话》中欣欣子的序将著作权归于"兰陵笑笑生"，于是不少人就这样确定作者：《金瓶梅》作者是兰陵人，×××是兰陵人，所以×××是《金瓶梅》作者。尽管考证者论述时旁征博引，排列了不少资料，可是推理明显地违反了逻辑法则，以作者是兰陵人为线索，同样也考证出了好些个作者。

错误运用三段论可谓是不乏其例，如有人试图通过《山中一夕话》的署名探寻《金瓶梅》的作者，该书各卷的署名有"卓吾先生编次，笑笑先生增订，哈哈道士校阅"，"卓吾先生编次，一衲道人屠隆参阅"等。由于明清时有一人所编之书却题上不同署名之例，于是考证者得出结论：据此，可以认定，笑笑先生、哈哈道士、一衲道人、屠隆都是同一人。这段推理所运用的三段论可抽象如下：

大前提：有些有不同署名的书是一人所编。
小前提：《山中一夕话》上有不同署名。
结论：《山中一夕话》是一人所编。

此处中项M（即"不同署名"）分别是大前提的主项和小前提的谓项，推导方式是：M—P，S—M，S—P，这是三段论的第一格。此处的推导违背了第一格关于大前提必须全称的规定,大前提若改为"所有不同署名的书都是一人所编"方才符合逻辑法则。而且,考证者论证时将"卓吾先生编次"置于不顾,即使《山中一夕话》是一人所编,那编者为什么不是"卓吾先生"而非得是屠隆呢?做此取舍,也应交代其中的原因。

考证者的探寻思路是先证明《山中一夕话》是一人所编,从而让屠隆与"笑笑先生"合一,接着便是让"笑笑先生"与"笑笑生"合一,而"笑笑生"不正是《金瓶梅》的作者吗?要证明"笑笑先生"就是"笑笑生"是个大难题,可是考证者仅用了四个字就解决了:"生即先生。"[1]这样的论证方式遭到了质疑[2],继而质疑又受到反驳:

> 遗憾的是,他文章开头的引子就把我说的"生即先生"强断为"主观解释"。其实,稍知一点他说的"常理"的话,当知"生"与"先生"并非为二。《史记·儒林列传》司马贞《索隐》云:"自汉以来,儒者皆号'生',亦'先生'者省字呼之耳。"[3]

上文中提到的司马贞是唐开元间著名史学家,但"自汉以来,儒者皆号'生',亦'先生'者省字呼之耳"一语说得过于绝对,他要表达的意思应是有些儒者号"生",这是"先生"的简称,但现在所用的却是全称判断。其实,唐代作这样注释的并不只是司马贞,贞观时人颜师古为《史记》中"以万户封生"的注释,便是"生犹言先生"。不过这里有个问题,如果儒者号"生"是"先生"的简称在当时是人所共知的普遍现象,还需要两位著名的史学家不厌其烦地作注

---

[1] 黄霖:《〈金瓶梅〉作者屠隆考》,《复旦学报》1983年第2期。
[2] 张远芬:《笑笑生何许人也》,《文史论坛》1986年第1期。
[3] 黄霖:《〈开卷一笑〉与〈金瓶梅〉作者问题》,《复旦学报》1987年第3期。

解吗？显然，"'生'与'先生'并非为二"的判断并非为真，否则宋濂的《送东阳马生序》便可理解为是写给"马先生"的了。在对"生"与"先生"的关系作梳理分析后，我们可对考证者使用的三段论作一归纳：

大前提："生"等同于"先生"。
小前提：《金瓶梅》作者是"笑笑'生'"。
结论：《金瓶梅》作者是"笑笑'先生'"。

上面的三段论可抽象为大前提：M—P；小前提：S—M；结论：S—P，即它属于三段论的第一格。此处"生"是中项M，它在小前提里是谓项，是不周延的，按照三段论的规则，中项在前提中至少要周延一次，因此大前提就必须是全称，但如上面所分析，并非所有的"生"都等同于"先生"，此处的大前提实际上并非全称，这表明上面的三段论违背了第一格的规则，其推导过程与最后结论自然也不可信。

在探寻《金瓶梅》作者究竟为何人时，由于各人得出的结论互不相同，于是相互间的争论便形成犬牙交错的态势。争论是希望推进认识，得出统一的结论，但事实上人们见到的却是最后只能不了了之的一场混战。出现这样结果的原因可能有多种，而从逻辑学考量，这种违反同一律的讨论必然是如此走向。在讨论问题、回答问题或反驳别人时，各方思维的对象、使用的概念必须保持同一。如对"嘉靖间大名士"，各人对"嘉靖间"的时间限定均无异议，但对何谓"大名士"，各人的理解就大不相同。有人主张从严，入选者须得身居高位，名扬四海；有人却放宽条件，认为有相当的知名度即可。或严或宽，其实考证者都在根据自己心中的作者候选人定标准。尽管争论时大家使用的概念都是"嘉靖间大名士"，但其内涵与外延都不相同。这种违背逻辑学法则的偷换概念式的争论，自然不可能使那些不同的意见达成统一。

在各种考证中，相当大的一部分推理都违背了逻辑法则中的充足理由律。所谓充足理由律，是指任何一件事如果是真实的或实在的，或任何一个陈述如果是真实的，就必须有一个为什么这样而不是那样的充足理由。在具体考证中，充足理由律要求手中掌握的资料能够而且只能够导出一种判断，同时否定其他判断成立，但我们见到的许多考证的推理过程并非如此。如有人认为黄正甫刊本《三国演义》表明这部作品并非罗贯中所著，其中重要的理由，是该版第一卷卷首的书名下只标为"书林黄正甫梓行"，而未标作者名字。该版的封面与序言均已散佚，会不会那里有作者的署名？考证者的回答是不可能：

> 从今所能见到的各种《三国演义》的版本来看，不管是分为二十卷的，还是二十四卷的，还是一百二十回的，这些书除了在封面、序言上要标明书名、作者、刊刻者之外，其正文中每一卷的卷首，也都要标一个完整的书名，至于作者、刊刻者的名字有些版本是每卷皆署，有些则只在第一卷卷首标明，连第一卷卷首也不标作者的名字，而只在封面、序言上标作者名字的版本，笔者尚没有看到。明代建阳书坊刊刻的《三国演义》各种版本大抵都是这样，也可以说是通例。[1]

考证者也感到已散佚的封面与序言会不会有作者的署名是个问题，但他论证的理由却是"只在封面、序言上标作者名字的版本，笔者尚没有看到"，又以明代建阳刊本《三国演义》的情况，称这是个"通例"。仅凭自己"没有看到"，就认定这种情况不会存在，稍有常识者

---

[1] 张志和：《再论〈三国演义〉作者不是罗贯中》，《许昌师专学报》2002年第3期。

恐怕都难以接受这样的判断。而且，今日所知建阳书坊刊刻的《三国演义》毕竟数量有限，仅凭数量有限的归纳就直接上升到古代刻书的"通例"，这类跳跃性的判断显然也不妥当。现在无法知道古代刊刻的实际情况如何，能掌握的资料只是让人可以设想多种可能性，考证者的认定其实只是诸多可能性中的一种。而且，由这些认定就跃至《三国演义》非罗贯中所著，同样是明显地违反了充足理由律。

这里不妨再以关于《今古奇观》辑者抱瓮老人的考证为例，有人考证出"他就是明遗民诗人顾有孝"：

> 顾有孝之友，民族英雄魏耕《雪翁诗集》卷四有《秋夕宴集吴松顾有孝北郭草堂，顾请予作抱瓮丈人歌。予时大醉，为赋此篇，不自知其潦倒也》一诗。"丈人"系对老人的尊称，在魏耕称"抱瓮丈人"者，在顾氏本人则当是"抱瓮老人"，虽相差一字，实质上却没有截然区别。

《今古奇观》具体刊刻时间不详，据现存版本，卷首姑苏笑花主人序书"皇明"二字提行，书中凡言及明代皇帝，都前空一格，以及为避崇祯帝朱由检讳，改"检"为"捡"等，可证其刊刻不迟于崇祯十七年（1644）。顾有孝生于万历四十七年（1619），明亡时仅二十五岁，与"抱瓮老人"之称似不甚匹配。更重要的是，上面所引的魏耕之语中只是称顾有孝为"抱瓮丈人"，而非"抱瓮老人"，考证者却仍然做出了结论："虽相差一字，实质上却没有截然区别。""丈人"在唐代以前也可解释为对老人的尊称，如《论语》中的"遇丈人，以杖荷蓧"，在这点上其意与老人确实没有截然区别，但这里需要论证的要点是考证"抱瓮丈人"与"抱瓮老人"是同一人，考证者却用解释"丈人"含义的方式，避开了关键的证明。考证者后来论及《皇明遗民传》中关于顾有孝的记载时又云："其称'丈人'，显然是对前人资料的转抄。而其实质,也应是'老人'的变易。"[1]这里考证者干脆用"显然"二字,取代了关键处的证明。

要证明"抱瓮丈人"就是"抱瓮老人",这需要有确凿的资料为依据,绝非如考证者那样,用"实质上""显然"与"也应是"几个虚词即带过。而且,即使有办法让人们信服"抱瓮丈人"指的就是"抱瓮老人",那么这位"抱瓮老人"是否就是编辑《今古奇观》的"抱瓮老人"仍然需要证明。小说史上有不同的人用同一名号写小说之例,如现所知作者署"烟水散人"的作品就有好几部。清初顺治、康熙间创作《女才子书》和《赛花铃》的"烟水散人"据考证是徐震[2],撰写《桃花影》《春灯闹》《梦月楼情史》《鸳鸯配》《珍珠舶》与《合浦珠》的"烟水散人"究竟为何人尚有争议,而清咸丰间创作《明月台》的"烟水散人"则是翁桂。徐震与翁桂生活的年代相距二百年,他们所写的小说虽都署"烟水散人",但此"烟水散人"非彼"烟水散人"。因此仅凭名号相同就断定是同一人,显然是不符合充足理由律的。

四、视可能性叠加为必然性

考证追求的是确凿肯定的结果,在搜集相关资料时,一般不大会遇上直接揭示结果的记载,查找到的资料往往只是提供了某种可能性,而这种可能性可视为追寻方向的提示;依此线索继续搜集相关资料,经过一步步推进式地追寻,通过分析考辨,最后得到肯定的答案。这种方法可称为直线追踪,这应是考证的基本途径。当然,在许

---

[1] 冯保善:《〈今古奇观〉辑者抱瓮老人考》,《文学遗产》1988年第5期。
[2] 胡士莹《话本小说概论》、柳存仁《伦敦所见中国通俗小说书目提要》等均持此说。

多情况下，仅靠直线追踪并非就能得到确凿的结论，还需要辅之以其他方法做印证、比对后方能成功。当考证结束后回顾整个过程，可以发现最后得到的结论，本来就已隐含在那些互有联系的相关资料里，直线追踪及那些印证比对，其实是将本来处于隐含状态的事实，经辨析后显化。

可是，现在有不少考证的途径却并非如此。当掌握的资料提供了某种可能性，却发现沿此线索作若干推进后却无法做进一步追踪时，考证者便将沿此可能性的追索暂时搁置，注意力转向另一条资料，因为它也提供了某种可能性。当第二种可能性也无法继续深究至最后结果时，对第三种可能性的考察便提上日程。如此反复，直到穷尽可以注意到的可能性。这样，沿每一种可能性都进行了一定的追索，但都未能得出肯定的答案，若将各种可能性综合叠加，却也可写成颇有架势的考证论文，只是该结论或是很快遭到质疑，或是被束之高阁，无人问津。因为文中那一个个可能性的叠加，与考证者宣称所得到的结果之间，仍然横亘着难以逾越的鸿沟。

以这种方法作考证者，他们的思路是以为将平行并列的可能性叠加，就可以得出或近似必然性的结论。如有人在证明万历间世德堂本《西游记》刊刻者唐光禄是唐鹤征，而作品是其父唐顺之所撰写时，叠加平行并列的可能性便是主要方法之一。世德堂本《西游记》卷首陈元之所写的序中，有"唐光禄既购是书，奇之，益俾好事者为之订校，秩其卷目，梓之"等语，孙楷第先生著录该序时就曾推断，唐光禄就是刻印《西游记》的金陵书坊世德堂主人[1]。这样的推断不无道理，因为明清时小说序跋之类文字中，常会有书坊主与作品刊刻间关系的介绍，如清光绪时《小五义》首刻本的序中就称文光楼主人"不

---

[1] 孙楷第：《日本东京所见小说书目》，人民文学出版社1981年版第76页。

惜重赀，购求到手，……兹特将中部急付之剞劂"[1]，明万历时苏州舒载阳对《封神演义》的稿本就是"不惜重赀，购求锓行"[2]，这类序跋在明清小说中并不少见。但考证者认为唐光禄并非书坊主，理由是缪咏禾《明代出版史稿》所载明代南京唐姓书坊主名单中并无唐光禄。如果该名单已穷尽其时南京唐姓书坊主，并能确定名单上的书坊主均无其他名号，那么唐光禄并非书坊主的推断可以成立。然而事实并非如此，缪咏禾先生的名单是依据张秀民的《中国印刷史》并补充而成，穷尽性无法保证，而且古人有多个名号又是常事。因此所谓唐光禄并非书坊主，其实只是考证者提出的一种可能性。

考证者又提出，古代有以官职相称的通例，如果有姓唐的光禄寺卿或光禄寺少卿，也会被人称为唐光禄。考证者在《明实录》的《神宗显皇帝实录》中找到了万历十七年（1589）的两条记载，其一是卷二百八所记："二月，升尚宝寺少卿唐鹤征为光禄寺少卿"；其二是卷二百一十六所记："十月，升光禄寺少卿鹤征为太常寺少卿。"据此，唐鹤征又可称为唐光禄，由此产生了他是陈元之序所说的唐光禄这种可能性。依据以上两种可能性，考证者认为已查清了唐光禄的身份，"他的真名就叫唐鹤征"，而且"他并不是大家过去所误认为的普通平民商人世德堂书坊主的唐氏"。[3]

两个可能性的叠加，其实加不出考证者所认定的必然性，何况第二个可能性能否成立还是个问题。唐鹤征是万历十七年二月升任光禄寺少卿，此时确可称其为唐光禄，可是他当年八月又晋升一级，任太常寺少卿，人们对他的称呼显然应随之改为唐太常，如黄宗羲《明儒

---

[1] 文光楼主人：《小五义序》，见《小五义》，《古本小说集成》第四辑，上海古籍出版社1994年版第1页。
[2] 舒载阳版《封神演义》"识语"，载孙楷第《日本东京所见小说书目》，人民文学出版社1981年版第91页。
[3] 胡令毅：《论〈西游记〉校改者唐鹤征》，《昆明学院学报》2010年第1期。

学案》中的称谓便是"太常唐凝庵先生鹤征"[1]。世德堂《西游记》刊刻于万历二十年,此时唐鹤征任太常寺少卿已约三年。如果陈元之的序中是以官衔称呼,那无论如何应称唐太常才对,现以唐光禄相称,他是唐鹤征的可能性就非常小。考证者也意识到这个问题,并解释说:光禄寺与太常寺"两者为兄弟单位,关系很密切,并有诸多重叠的部分",故而唐鹤征仍可称为唐光禄。可是太常寺少卿是正四品官员,而光禄寺少卿仅正五品,别人称呼他时,哪有以较低的旧官衔相称的道理?

也有人呼应此说:"唐鹤征在南京任职,世德堂也在南京印书,时间、地点、职位、姓氏全部契合,因此基本可成定论:世德堂本《西游记》就是唐鹤征主持刊刻的。"[2]所谓"时间、地点、职位、姓氏"的契合,只是给出了四个方面的可能性,而且"光禄"那个职位实际上并不怎么契合,但这不妨碍呼应者将它们叠加出了"定论"。为了增强说服力,呼应者又设法寻找了一些可能性,如《西游记》中"阴棍手""长拳空大"等武术术语,与唐鹤征的父亲唐顺之的《武编》所述有某些相似之处等。其实,既然已"可成定论",又何须画蛇添足地寻找其他可能性,而寻找到的,也仍仅是可能性,并无助于达到考证的目的。

贾三近被考证为《金瓶梅》的作者,用的同样是可能性叠加的方法,而且找出的可能性还不少:

1. 考证者认定《金瓶梅》作者就是"兰陵笑笑生",推论"兰陵"就是山东的峄县,而贾三近是峄县人,"符合这一最重要的条件"。

2. 贾三近是嘉靖三十七年(1558)山东乡试第一名,"完全有资格被称为'嘉靖间大名士'"。于是他又具备了第二种可能性。不

---

[1] 黄宗羲:《明儒学案》,中华书局2008年版第603页。
[2] 施鸥:《与〈西游记〉相关的几位重要人物初考》,《文史杂志》2017年第4期。

过,贾三近在嘉靖年间最高声誉只是山东的解元,他直到隆庆二年(1568)才中进士,从这时才开始他的仕途,官声显赫更是万历朝的事,将在嘉靖朝还只是个年轻举人的贾三近称为"大名士",这个可能性相当勉强。

3. 考证者接受各家《金瓶梅》成书时间上限为隆庆二年(1568)的说法,又根据自己的需要与猜测,将成书时间的下限提升至万历二十年(1592),因为贾三近于该年去世,成书下限非提升到此时不可,但对这一提升并未给出证明。贾三近在这时段是三十四至五十九岁,考证者认为,"事实上,也只有这样年龄的人才能写出《金瓶梅》来",这显然是没有说服力的论断。

4. 考证者接受朱星先生《金瓶梅》的作者"不单是大名士,还是大官僚"的说法,因为贾三近官至兵部右侍郎,"他的'阅历、见识和经验',无疑是足够写一部《金瓶梅》的,而在当时的峄县,再也找不出第二个人有如此经历"。可是贾三近或可称为"万历间大名士",却非"嘉靖间大名士"。而且,他所任的最高官职是从三品的南京光禄寺卿。万历二十年(1592)夏,朝廷确曾遣使至峄县擢升贾三近为正三品的"兵部右侍郎",但他以父母年高,上书辞谢。因此他似乎还算不上是"大官僚",这一可能性能否成立值得斟酌。

5. 沈德符说《金瓶梅》是"指斥时事"之作,"贾三近身为谏官,几乎是以'指斥时事'为业",这也是他为作者的可能性。不过沈德符说"指斥时事"时,明言所指是嘉靖朝的严嵩,而贾三近是在万历朝任谏官,时间上相差了几十年。

6.《金瓶梅》中运用了大量的峄县、北京与华北的方言,贾三近在世的五十九年里,曾在北京与华北生活了十五年,其余时间都在峄县,因此从作品使用的语言考虑,贾三近也有可能性。

7.《金瓶梅》中有"几篇文字水平极高的奏章",贾三近写过许多奏章,"对明代上层社会的腐朽,地方官吏的贪酷,不但认识极为

第七章 考证与逻辑推理

深刻，而且和《金瓶梅》用具体形象所描写出的明代社会是完全一致的"。

8.《金瓶梅》中只有两个正面官僚形象，"宇给事劾倒杨提督"里的宇文虚中、"曾御史参劾提刑官"里的曾孝序，"而贾三近既做过吏科给事中和户科都给事中，又做过都察院右佥都御史"，因此，"有理由认为，宇文虚中就是贾三近的自我形象"。

9.《金瓶梅》保存了大量的戏曲史料，证明笑笑生十分熟悉元明戏曲。"一五八六年贾三近请告家居之后，向父母'日进醴酏珍异，多置园亭花竹，征乐佐酒，以娱侍其意'"，这证明他有"这方面的生活积累"。

10. 否定王世贞是《金瓶梅》作者的原因之一是他"身总繁剧"，无暇集中精力完成创作，而贾三近"前后三次共十年的时间在家中闲居，物质生活和时间条件，都有充分的保证，让他来写出《金瓶梅》"[1]。

不难看出，以上10条可能性都比较牵强，其中第2条、第4条与第5条还无法成立。也许考证者自己也感觉到这点，故声称"断定贾三近就是《金瓶梅》的作者"时，前面又加了"初步"二字。同时，他又寻找了一些可能性，而且有些话还讲得相当绝对。于慎行《哭德修司马二首》的第二首中，有"词垣文赋拟枚邹"之句，即贾三近的文学创作在追随枚乘与邹阳，而袁宏道读过《金瓶梅》后，在《与董思白书》中说"胜于枚生《七发》多矣"。考证者认为："这岂止是智者所见略同，简直就是不期然地反证了贾三近作为《金瓶梅》作者的资格。"于慎行读到贾三近的作品时想到了枚乘，袁宏道读到《金瓶梅》也想到了枚乘，于是考证者便得出了《金瓶梅》作者是贾三近的结论。要能得出这一结论就必须有个前提，即唯有《金瓶

---

[1] 张远芬:《金瓶梅新证》，齐鲁书社1984年版第35—38页。

梅》的作者方能写出与枚乘《七发》相似的作品，而贾三近的创作风格与《七发》相似，只有在这样的情况下，贾三近是《金瓶梅》作者的结论方能成立。可是这一前提与推断，完全与中国文学史上的事实相背离。而且，当论及与枚乘《七发》关系时，关于贾三近的用词是"拟"，是模拟追随之意；关于《金瓶梅》的用词是"胜"，表明其成就的超越与胜出，从这两个不同层次的概念出发，也无法得出考证者所需要的结论。

一些考证者以为可能性排列得愈多，将其综合后就愈能逼近乃至达到目标。误以为可能性叠加可求得必然性者，显然未厘清可能性与必然性之间的关系及其应有的处理方式。所谓可能性，是指复杂交错甚至无法知晓的因素，使事件可能发生，也可能不发生，可能这样出现，也可能以另外的方式出现，表现出非确定的、不稳固的特点。所谓必然性，是指根本性的因果关系，使事件在给定条件下只能以唯一的方式存在并以唯一的可能性转化为现实。前者只表示某种相关程度，后者则是具有因果关系的唯一指向，这两者虽然有一定联系，但揭示的是两种截然不同的现象，绝不能将其混为一谈。

诸多可能性的叠加实际上是个事件发生概率相加的问题。如果两个事件相互独立，它们同时发生的概率是其各自发生的概率之积。如为了证明贾三近为《金瓶梅》的作者，考证者列出的可能性中有贾三近的年龄能写出《金瓶梅》，以及他在语言使用方面有可能，这是两个相互独立的事件，假设其发生可能性各自都是50%，那么它们同时发生的可能性为两者之积，即只有25%。如果两个事件相互关联，它们同时发生的概率是1减去各自不可能发生的概率之积。如《金瓶梅》中有"几篇文字水平极高的奏章"，而贾三近写过许多奏章，以及《金瓶梅》是"指斥时事"之作，而"贾三近身为谏官，几乎是以'指斥时事'为业"，这是两个互有关联的事件。假设其不发生的可能性各自都是50%，那么两个事件同时发生的可能性便是

1−50%×50%=75%，虽然可能性有所增大，但毕竟不可能是1，即无法成为必然性。

由以上的事件发生概率分析可以看到：一、各种考证论文所列出的所有可能性，其发生概率都小于1，即不能保证它们必然发生。二、各种可能发生的事件同时发生的可能性大小分两种情况：1.互相独立的事件同时发生的可能性小于它们各自发生的可能性；2.相互关联的事件同时发生的可能性大于它们各自发生的可能性，但不可能达到1，即不可能成为必然性。由此可见，考证论文哪怕列出再多的可能性，其综合的结果仍然只是悬而未决的可能性。因此，可能性的盘点，只能成为为设计或调整考证思路提供线索的方法之一，而不能成为得出考证结论的论据；它可以成为考证的辅助性成分，但一篇考证论文绝不能只是由辅助性内容组成。以为可能性罗列得愈多，预设的结论就愈能成立，甚至是认为就已成立，这是违背概率论基本原理的错误的研究方式。不幸的是，采用这种方式的考证论文占了相当大的比例。

最后还应指出，即使是可能性，它也仍有被质疑能否成立的问题。有人根据《金瓶梅》中引用了屠隆的《哀头巾诗》《祭头巾文》，提出屠隆为作者的可能性，并认为所引文字"既和屠隆的思想特点一致，又与《金瓶梅》所反映的思想合拍"[1]。可是也有人提出，《金瓶梅》中多处引录了李开先《宝剑记》传奇的曲文，而且"二者有共通的改编思想（都是由《水浒》故事改编衍变）和创作意识，有近同的行文造句的习惯，其在描写人物、绘制意境、设置情节上都有着惊人的写作手法的一致"[2]。两者的论证方法如出一辙，但判断却互相排斥，更何况《金瓶梅》引用前人作品远不止这些。如宋元话本的《刎颈鸳鸯会》《至诚张主管》《戒指儿记》《西山一窟鬼》《五戒禅师私红

---

[1] 黄霖：《〈金瓶梅〉作者屠隆考》，《复旦学报》1983年第2期。
[2] 卜键：《〈金瓶梅〉作者李开先考》，甘肃人民出版社1988年版第43页。

莲记》《杨温拦路虎传》《新桥市韩五卖春情》等等，它们的情节就被《金瓶梅》或多或少地借用[1]；而元明中篇传奇如《娇红记》《贾云华还魂记》《钟情丽集》《怀春雅集》等，"至少有二十八首诗词为《金瓶梅词话》所袭用"[2]；而《金瓶梅》所涉及的元明戏曲，据学者考定，目前可以确定的至少有二十种。由《金瓶梅》引用他人作品的繁杂情况来看，恐怕很难证明被引用作品的作者即为《金瓶梅》作者的可能性。

五、需要证明的关键处略而不论

证明是一个完整的过程，其间只要有一个步骤缺略，论证的思路就可能被引向歧路，若关键处缺乏证明，则会危及论证结论的成立。大家都经历过数学考试做证明题的艰辛，一道证明题做不出，往往就是在关键处被卡住。此题假设是20分，若一字不落开天窗，则必是一分不得。为了尽可能获得一些分数，同学们往往采用这样的办法：从已知条件往下推，再从求证结果往上推，两段推论当中所缺少的，正是该题最关键处的证明，也是同学们解题时被卡住的地方。无奈之中，便用"显然"或"显而易见"之类的字眼衔接那两段推论，全题算是解毕。整个解题过程中缺少了关键的证明，阅卷老师自然明白是怎么回事，但由于证明的其他步骤都有且并非开天窗，老师往往也会多少给些分数，一般不会也无法禁止同学们采用这样的论证方法。不过，严肃的考证中并不允许采用这种手法，关键处没有证明，就无法认定结论成立，这样论文发表也就毫无意义。这道理应该是谁都明

---

[1] 韩南：《金瓶梅探源》，见徐朔方《金瓶梅西方论文集》，上海古籍出版社1987年版第10页。
[2] 陈益源、傅想容：《〈金瓶梅词话〉征引诗词考辨》，《昆明学院学报》2010年第5期。

白,但考证中采用这种手法者却不鲜见,明末拟话本《欢喜冤家》作者的考证便是其中一例。

这部拟话本明末刊行时未题撰人,书首《欢喜冤家叙》署"重九日西湖渔隐题于山水邻"。其《叙》云:"庚辰春正遇闰,瑞雪连朝,慷当以慨,感有余情,遂起舞而言:'世俗俚词,偏入名贤之目;有怀情笔,能舒幽怨之心。记载极博,讵是浮声。竹素游思,岂同捕影。'演说二十四回以纪一年节序,名曰《欢喜冤家》。"[1]据此,作《叙》者当是编撰者。这位西湖渔隐究竟是何人,过去学界有所猜测。韩南认为"本书的作者应是杭州的高一苇,一位无名的作者,曾编印过几部戏剧"[2];杜信孚则云"疑王元寿",又称其为"钱塘县人",这可能是他有西湖居士、西湖主人、湖隐居士等别号的缘故[3];邵海清称"作者西湖渔隐真实姓名与生平无考,但其受冯梦龙影响至为明显"[4];吴小珊则更进一步作一番论证提出,"《欢喜冤家》由冯梦龙编辑和出版具有思想理论上的依据"[5];春风文艺出版社出版该书时则提出另一种解释,"《欢喜冤家》中的二十四个短小说,视其文风,非出一人之手,故署西湖渔隐主人编。西湖渔隐主人姓氏不详"[6]。诸说不一,尚无定论,这在古代小说研究中是常有的现象。

然而,有人撰文考证,认定《欢喜冤家》的作者就是王元寿。学界多以为王元寿是陕西郃阳(今陕西合阳)人[7],为了使他与西湖挂钩,考证者根据一些资料发现他曾居住于浙江钱塘,便认定"他由

---

[1] 西湖渔隐:《欢喜冤家叙》,载《欢喜冤家》,《古本小说集成》第一辑,上海古籍出版社1994年版第1—3页。
[2] 韩南:《中国白话小说史》,浙江古籍出版社1989年版第158页。
[3] 杜信孚:《明代版刻综录》第一卷页八b面,江苏广陵古籍刻印社1983年版。
[4] 邵海清:《前言》,载《欢喜冤家》,《古本小说集成》第一辑,上海古籍出版社1994年版第1页。
[5] 吴小珊:《山水邻与冯梦龙》,《明清小说研究》2008年第3期。
[6] 《出版说明》,载《欢喜冤家》,春风文艺出版社1989年版第1页。
[7] 也有考定王元寿实为浙江钱塘人的说法,见裴喆《明代戏曲家王元寿考》,《文学遗产》2011年第2期。

衷地喜欢江南风物,以钱塘人自称,也可以理解"。接着,考证者将《欢喜冤家》和王元寿的戏曲作品作比较,"看出二者存在很多共同之处":"一是擅长描写'男女风情',以'奇巧'见称";"二是雅俗共赏";"三是女性形象的侠与烈";"四是毁佛谤僧";"五是对人情世态的展示";"六是才子佳人模式"。由此,考证者便得出了结论:"综合以上考辨,我们可以说'西湖渔隐主人'就是王元寿",而作者没有署真名,"只不过因为《欢喜冤家》题材比较敏感"。[1]

考证者的上述分析很值得商榷。首先,古代小说的作者没有署真名甚至不署名的原因并非只是因为"题材比较敏感",许多意在劝善惩恶的作品同样没有署真名或不署名;反之,如"三言""二拍"中有些作品的题材何尝不敏感,但冯梦龙与凌濛初的大名赫然在目,似并无忌讳。其次,考证者归纳的那六条相似处也有以偏概全之嫌,只要翻阅《欢喜冤家》就可发现,那些作品中的女性形象并非都是"侠与烈",一些作品中的男主人公也无论如何都称不上"才子",且书中"毁佛谤僧"的内容只是存在于某些篇章之中。最后,同时也是最重要的,即使上述六条都能成立,又如何能从六条的相似,就得出作者是王元寿的结论?古代创作有某些相似度的作品多矣,难道就可以据此认定那些作品的作者都是同一人?这是整篇论文能否得出结论的最关键处,考证者在没给出任何证明的情况下,断然推出了自己预设的结论。

关键处证明略而不论,往往是因为考证者将这类不可缺少的证明当作了已知的前提。清初与十余部小说有关系的天花藏主人是学界较关注的人物,且多以为作者题为荑秋散人的《玉娇梨》与作者题为荻岸散人的《平山冷燕》均为其手笔,但他究竟是何人,人们虽有猜测,却无确论。曾有人要论证他是嘉兴秀水的张匀,便从孙楷第先生

---

[1] 刘凤:《明末白话小说〈欢喜冤家〉作者考》,《中州学刊》2015年第6期。

著录《平山冷燕》时提及的两条资料入手:"清无名氏撰。题'荻岸散人(一作山人)编次'。清盛百二《柚堂续笔谈》,谓张劭撰,《槜李诗系》又以为秀水张匀所作,未知孰是。"[1]考证者从孙楷第先生的著录出发,根据清初一些资料判定张劭生于顺治九年(1652),而《玉娇梨》与《平山冷燕》的合刻序以及《平山冷燕》单刻本的序署"顺治戊戌立秋月天花藏主人题于素政堂",顺治戊戌即顺治十五年(1658)。据此,《平山冷燕》顺治十五年时已刊行,而《玉娇梨》创作完成的时间则应更早,而顺治十五年时张劭只有六岁,"不可能是《玉娇梨》与《平山冷燕》的作者",此判断言之有理。《柚堂续笔谈》称张劭十四五岁时作《平山冷燕》当是讹传,须知盛百二是乾隆间人,生活时代距顺治朝约百年。

当张劭为作者的可能性被否定后,考证者认为问题已得到解决,因为"根据孙楷第先生发现的两条史料,如果排除了张劭,那么《平山冷燕》的作者就应该是张匀了"[2],也就是说,张匀就是天花藏主人。可是,如果说《柚堂续笔谈》称张劭为作者的记载不可靠,那么清康熙时沈季友的《槜李诗系》称张匀十二岁时就创作了《平山冷燕》,也同样使人感到怀疑。鲁迅先生评论《平山冷燕》时曾言,"文意陈腐,殊不类童子所为"[3],这是针对张劭十四五岁时作《平山冷燕》而发,但对所谓张匀十二岁创作此书就更为适用。正因为如此,一直有人在张匀与张劭外探寻天花藏主人究竟为何人,有人认为是冯梦龙之子冯焌[4],也有人认为是嘉兴人徐震[5],另有人则提出天花藏主

---

[1] 孙楷第:《中国通俗小说书目》卷四,人民文学出版社1982年版第152页。
[2] 刘雪莲:《天花藏主人为嘉兴秀水张匀考辨》,《古籍整理研究学刊》2013年第4期。
[3] 鲁迅:《中国小说史略》第二十篇"明之人情小说(下)",人民文学出版社1981年版第191页。
[4] 文革红:《"素政堂主人"为冯梦龙之子冯焌考》,《复旦学报》2006年第2期。
[5] 范志新:《冀荻岸散人·主人天花藏·徐震——〈平山冷燕〉作者考》,《明清小说研究》1985年第3期。

人是一位女性[1],甚至有人认为天花藏主人只是位书坊主,《玉娇梨》和《平山冷燕》的作者另有其人[2]。

在关于天花藏主人与《平山冷燕》作者有多种说法并存的情况下,推出张匀者采用的考证策略令人惊讶:以孙楷第先生提供的两条资料为准,认定只要在张匀与张劭两人中排除了一个,剩下的就必为作者。这一思路是整个考证的最关键处,而二者必居其一的预设由何而来,考证者却偏偏未作任何证明。其实,孙楷第先生提供两条资料后又言"未知孰是",就包含着谁都不是作者的可能。需要证明的最关键处略而不论,考证的结论能否成立自然就成了问题。

运用排除法,但在有待排除的范围这一最需要证明的关键处略而不论的情况,同样存在于《金瓶梅》作者的考证中。有考证者以排斥法为自己的论证工具,他首先框定使用排斥法的范围,称"到目前为止,已提出的《金瓶梅》作者,不下十二个":兰陵笑笑生、嘉靖间大名士、王世贞、王世贞门人、李卓吾、薛方山(应旗)、赵侪崔(南星)、冯惟敏、李开先、徐渭、卢楠、李笠翁,其中"嘉靖间大名士"只是泛指,因此考证者实际开列的应为十一人。接着,考证者便以"嘉靖间大名士"等条件逐一作排斥:1."'兰陵笑笑生'根本是捏造的,吴中初刻本上没有,所以袁中郎、沈德符都未提及。"2."王世贞写这部长篇小说涉及当代的人太多,不愿用自己真名。在晚年动笔时根本不(想)让人知道",所以作者"决不是什么门人"。3.李卓吾"官小,经历不足,且未到过山东"。4.薛方山是道学家,"著书很少,更不愿写小说"。5.赵南星"时代较晚,是万历进士,忤魏忠贤,与严嵩无关,著书也很少"。6.冯惟敏"功名官职都很卑,是举人,官保定通判,称不上'巨公',也写不出《金瓶梅》中许多大场

---

[1] 邱江宁:《天花藏主人为女性考》,《复旦学报》2006年第1期。
[2] 梁苑:《〈玉娇梨〉和〈平山冷燕〉的作者不是天花藏主人》,《明清小说研究》2010年第3期。

面"。7.李开先"官儿还不够大","又时代较早",且"与严嵩无怨"。8.徐渭"经历不足,没有做过大官"。9.卢楠"颇有点名气,但还不够个大名士","经历和遭遇也不称写这部小说"。10.李渔是清康熙时人,"这根本不值一驳"。以上十人已被排斥,岿然不动者只剩下了王世贞,于是结论随之而出:《金瓶梅》的作者只可能是王世贞。

考证者没有明言自己排斥的标准,而细察上述过程,可发现时代是否相符是其中之一,赵南星与李渔就因生活时代较晚而被排斥。另一标准是官职的大小,如李贽"官小",冯惟敏"功名官职都很卑",李开先"官儿还不够大",徐渭"没有做过大官",这显然是将"做大官"视为创作《金瓶梅》的先决条件。此条件成立与否是考证能否继续进行的关键,可是考证者对此却是略而不论,未作任何说明。而且,究竟多大的官才符合标准算是"大官"呢?考证者对此也未作解释。标准未被证明却已用来排斥他人,所得的结果自然很快就遭到了驳斥。

排斥法本是科学的方法,但其使用必须有几个条件得到保证。排斥标准正确的重要性已如前所言,否则就无法得到可靠的结果。同时,有待排斥的对象必须是外延明确的精确概念,若是外延不确定的模糊概念,排斥法就无从使用。"嘉靖间大名士"就是个模糊概念,它无法确定外延的边界,各人的理解也会出现很大的差异,考证者称卢楠"颇有点名气,但还不够个大名士",其实也反映了考证者把握模糊概念时的困惑。使用排斥法的另一关键要点,是有待判别的对象所组成的集合必须是齐备的,特别是有待证实的元素确在该集合之内,若违反这一条,就无法保证能得到正确的结果。就上述考证而言,考证者提出的有待判别对象集合就是那十一个人,并认为将其他人排除后,剩下的便是作者。如果作者确在这十一人之内,且排除其他人均有确凿可靠的证据,那么这种方法的采用可以成立。作者是否确在这十一人之内,这一关键问题必须有充分的证明,可是考证者直接越过这一关键的证明,且将它作为自己论证的前提。这是最关键处没有证明的考证,其结果自然也就与考证者预设的结论相一致,而与事实真相如何并不相干。

就对《金瓶梅》作者考证来说,还有个更关键处需要证明,即它确实有一个独立创作的作者。这好像是无须说明的废话,许多考证者也都视《金瓶梅》有个作者为天经地义之事,总是毫不犹豫地站在这基础上开始考证。他们没有,似乎也不愿去怀疑基础是否牢固。然而事实却偏不如人意,因为这恰恰是一个有着深深裂缝的基础。《金瓶梅》作者的考证者多认为这是部文人独立创作的作品,但由于该书《词话》本中可唱的韵文极多,又大量采录、抄袭他人之作,讹误、重复、破绽处也屡见不鲜,相当多的学者认为它与《三国演义》《水浒传》一样,也是一部世代累积型的小说。这样的作品成书过程又有两种可能:有人作了罗贯中、施耐庵那样的集大成式的改编与再创作,他对于作者的桂冠应当之无愧;但另一种可能性似更大,即《词话》本在流传过程中曾经不少人修订,不断丰富其内容,而刊刻前最后一位改动者所做的工作又未必超过他的前人,将《金瓶梅》的著作权归于他显然不妥,而且这样的作者恐怕也难以考证。明崇祯年间的《新刻绣像批评金瓶梅》对作品中的人物、事件、结构乃至回目都作了较全面的润色、删改与增饰,将它与《词话》本作比较,就无法排斥后者因尚未最后定型而并没有可称为作者的最后集大成式改定者的可能性。《词话》本究竟有无独创者或集大成式的创作者,这疑问使得作者考证从起步开始就笼罩在巨大的阴影之中,若情况果真如此,所有的作者考证只是在搭建空中楼阁而已。所有的考证者对此需要证明的最关键处都是一言不发,但这并不意味着问题就会因此而消失。

六、以联想与猜测为论证

考证是根据文献资料而进行的严格的逻辑推理过程，其间考证者不得省略论证的步骤，同时也不允许羼入自己的猜测或臆想充任证明，关键处尤其如此。可是，有些论著中的表述却不是一步步地按逻辑法则向前推进，论述者以自己的想象代替了考证。这种想象若作细分，大抵可分为联想与猜测两种。

越过证明作跳跃性判断是联想法的特征，助跳石则是或许有那么一点理由的想象。跳跃的指向早在想象前就已规定，甚至"考证"材料也是根据该指向而寻找，不利于想象成立者则被屏蔽。如有考证者在于慎行为贾三近的父亲贾梦龙的祝寿文中，发现了转引贾三近的两句话，其一："嘻，吾日侍上左右，而大人严然在千里之郊，顾安得一谒见？"其二："嘻，大人今岁六十也，其诞五月十一日，顾安得一称觞乎？"贾三近的两句话均以"嘻"开头，考证者便据此作跳跃性联想：贾三近的"习惯"是"每当开口说话，总要先笑一声"。联想至此，又作一跃："这样的人，是很容易被同僚们戏称为笑笑生的。"行文至此，考证者的思维又出现一跃："我相信，终有一天定然会在贾三近的其他著作或他的朋友们的文集里找到这三个字的。"[1]此时，想象已成为考证者深信不疑的确论，所谓的"考证"也算完成了。

从文献材料分析到得出结论，其间主要的方法是猜想，同时考证者还犯了两个常识性的错误。首先，仅由两处"嘻"就认定了"贾三近平日说话时的习惯"，这已不是在运用归纳法，而纯是猜测。因为归纳是指从许多个别的事物中概括一般性概念、原则或结论，而考

---

[1] 张远芬：《金瓶梅新证》，齐鲁书社1984年版第51—52页。

证者只凭两例就做出了普遍性的结论。其次，称贾三近"每当开口说话，总要先笑一声"，则完全是将文中两处"嘻"的含义理解错了。在古汉语中，嘻不仅是描绘嬉笑的拟声词，还是具有多种含义的感叹词。如《庄子·养生主》中"嘻，技亦灵怪矣哉"之语，此处的"嘻"表示赞叹；司马光《训俭示康》中的"古人以俭为美德，今人乃以俭相诟病，嘻，异哉"，表示的是痛惜与斥责之意。至于于慎行所引贾三近的话，第一句是哀叹父亲远在千里之外，自己不能在膝下尽孝，此处的"嘻"无论如何也不能解释为"先笑一声"，第二句中的"嘻"，是哀叹自己在北京为官，无法亲自为在家乡的父亲举杯祝寿。这两个"嘻"都与"每当开口说话，总要先笑一声"毫不相干，由它们得出贾三近会被人称为"笑笑生"的结论实属无稽之谈。

联想法的使用还见于将"南州西大午辰走人"与吴还初合二为一的论证。为了证明"订著"《全像观音出身南游记传》的"南州西大午辰走人"就是《天妃娘妈传》的作者吴还初，考证者先是根据《郭青螺六省听讼录新民公案》前《新民录引》的撰者署"南州延陵还初吴迁"，说明吴还初即吴遷（迁），接着考证者便做了一番发挥：

> 我们看吴遷的"遷"字。"遷"右侧半包围结构上中下分别是：西、大、巳。
>
> "西大午辰走人"中"西大"与遷字半包围结构中的"西、大"相同；"午辰"，我们知道"辰巳午"是地支中三个挨着的时序，"午辰"中间恰缺少"巳"；"走"，遷字的"辶"旁亦是"走"。"西大午辰走人"倒过来看，实是隐着一个"遷"字。况且，遷也是走动、移动之意。[1]

---

[1] 程国赋、李阳阳:《〈南海观音菩萨出身修行传〉作者探考》,《明清小说研究》2010 年第 3 期。

"西大午辰走人"是否就是吴遷,这个问题不是不可以探讨,但主观色彩浓烈的拆字毕竟不等同于考证,而且从"午辰"拆出个"巳"字的手法实是别出心裁。如果作者确想通过此法透露自己的名字,那么他在"西大"之后写个"巳"字显然更容易让人明白,现在要从"午辰"想到"午巳辰"中所缺的那个"巳"字,这样的显示途径显然很牵强,须知正常的排列顺序是"辰巳午"而非"午巳辰",何况对于"午辰"还可以有其他解释。即使考证者的猜想能够成立,"西大午辰走"是个"遷"字,那么最后那个"人"字又当何解?"遷人"又是什么意思?如果说"遷人"就是吴遷,那须得有令人信服的证明。

认定《警世阴阳梦》的作者长安道人就是《玉镜新谭》的作者朱长祚,运用的主要方法也是联想法。朱长祚号浪仙,他在《玉镜新谭》的《凡例》后有段附言,内有长安道人与浪仙的对话,考证者据此认为"长安道人谙知甚至可能参与了此书创作,并且与作者朱长祚关系非同一般",由此进一步联想到,"从第三者视角详细叙述创作经过,使行文更为方便",因此"有理由推测朱长祚和长安道人可能实为一人。长安道人只不过是朱长祚假托的叙事人"。行文至此,其表述还是"推测"与"可能",可是紧接着考证者竟已得出明确的结论:"《(警世)阴阳梦》的创作构思在《玉镜新谭》中已有显现,这就进一步证实,两书为同一作者。"[1]魏忠贤宦官集团覆灭后,即有多种作品揭露与批判他们的罪行,怎能因创作构思有某种程度的相似,就断定是同一作者所为?与《警世阴阳梦》同时问世并揭露魏忠贤宦官集团罪恶的小说还有《皇明中兴圣烈传》和《魏忠贤小说斥奸书》,它们的主旨、构思与内容都有某种程度的相似,难道这几部小说都是一人所写?以联想为主导思路,辅以若干材料作增饰,这样的考证自然经不起逻辑的质疑。

---

[1] 顾克勇、蔚然:《〈警世阴阳梦〉作者为朱长祚考》,《济宁师专学报》2000年第1期。

考证者以猜想立论时，总得说上一些理由以争取人们的赞同，而往往就是这些理由，将猜想的本质暴露无遗。如明万历四十八年有部明代文言传奇小说选集《闲情野史风流十传》，其中《双双传》终篇处有跋语云："此传汝南姬邦命识之，江都梅禹金撰之。"万历时有著名作家梅鼎祚字禹金，他曾辑有小说《青泥莲花记》和《三才灵记》，还创作过戏剧《昆仑奴》，那么创作《双双传》的"江都梅禹金"是否就是梅鼎祚呢？孙楷第先生曾探讨过这个问题："按梅鼎祚字禹金，宣城人，此云江都人，误；或另为一人，未必即为梅鼎祚。"[1]梅鼎祚的籍贯是宣城，并非江都，故而孙楷第先生对"江都梅禹金"是否就是梅鼎祚表示存疑，这是十分严谨的态度。可是有人却将前人的存疑，"考证"成了确论：梅鼎祚的作品《青泥莲花记》的刊本上署"江东梅禹金纂辑"，而"江东"与"江都"只差一字，因此"'江东梅禹金'也容易被误作'江都梅禹金'，我们找不到明代江都有位叫梅禹金的人，但很能够相信跋文中'都'字乃'东'字的形讹笔误，这样来看，作者问题就变得单纯多了"[2]。考证者"找不到明代江都有位叫梅禹金的人"，就判定江都没有叫梅禹金的人，进而又判断"江都"是"江东"的误刻，这两条关键判断的得出全无任何证明，纯是考证者的猜想。

有些人的猜想表现为猜谜。考证者深信"作者对于他自己的著作权抱有十分复杂的心理，一面不敢公开承认，一面又不甘心于泯于无闻"，故而"必然存在着使他的著作权为后人所认知的强烈愿望"，在这种情况下，就会"用暗示或影射的方式来表明自己的著作权"。基于这种认识，探究"笑笑生"为何人时，"兰陵"在考证者的想象中便不再是地名而成了谜面，峄县与武进和它都全无关系，而谜底则是

---

[1] 孙楷第：《戏曲小说书录解题》卷一，人民文学出版社1990年版第24页。
[2] 陈益源：《稀见小说〈双双传〉考辨》，《学习与探索》1996年第5期。

一个姓氏,这也是考证者的预设。猜想的思路如下:荀子当过兰陵县令,后来又死在兰陵,葬在兰陵,"兰陵"当与荀子有关;荀子是赵国人,因此"兰陵是代表姓氏的郡望,兰陵指的是赵姓"[1],作者肯定是借此通报自己姓赵。可是倘若事先没有"赵南星是作者"的成见,又有谁能猜出一个"赵"字来?恐怕连"兰陵"是谜面都不会发现。这思路之奇特令人惊叹,充分显示了以猜想充当考证时的丰富的想象力。

猜想缺乏科学的依据与严密的逻辑推理,也许正因为如此,以猜想取代考证者为营造声势夺人的气氛,便采用了武断论述的方式。如有人认定王世贞是《金瓶梅》的作者,在他的《宛委余编》中找到了条"蔡太师家厨婢数百人,庖子亦十五人"的记载,就用不容置疑的口气说:"此蔡太师必是严嵩,必是为了计划写《金瓶梅》,收罗了不少有关严嵩家的具体材料。"如果有材料证实严嵩家厨婢庖子的人数与此记载相符,那么前一判断或许还能成立,但即使如此,也并不能断定这是在为写《金瓶梅》收集素材。可是考证者不管这些,两个"必是"照样接连而出。《宛委余编》记"汴中节食"时列举数十种食物名,考证者便发挥道:"这条材料也是为了写《金瓶梅》,以便在西门庆到开封蔡太师家拜寿所用。"考证者没有任何依据,就断定这两条资料是创作《金瓶梅》的素材,甚至还作进一步的猜想:"这两条无非是为写《金瓶梅》所收集的材料。写完了《金瓶梅》,这些残余的材料弃之可惜,因此都收在《宛委余编》中。"当论及作品中为李瓶儿出丧的那套仪仗、路祭时,考证者又说:"名目之多,非小官僚所知",而王世贞之所以清楚,是因为他妻子或母亲死了,"有执事人记下详细丧事节目底本可作参考"。[2]这一连串以绝对口吻说出的

---

[1] 王勉:《赵南星与明代俗文学兼论〈金瓶梅〉作者问题》,《中华文史论丛》1985年第4期。
[2] 朱星:《〈金瓶梅〉的作者究竟是谁》,《社会科学战线》1979年第3期。

判断，并没有任何资料可给予支持，它们全是考证者自己的猜想。所谓王世贞收集创作素材与参考执事人的底本云云，都必须在他是《金瓶梅》作者的前提下才有可能发生。可是论者先是让它们在猜想中成立，反过来再以此证明王世贞是作者。先把有待求证的结论当作前提使用，然后再靠由此推出的判断来证明前提正确，似乎是讲了一堆道理，其实什么也没证明，只是硬将猜想当作事实而已。

七、将索隐等同于考证

将索隐等同于考证的做法，在清末民初之际曾盛行于《红楼梦》研究。由于甲戌本第一回在甄士隐的名旁有侧批云："托言将真事隐去也"[1]，有些人就试图用考证的方法发掘被小说表面故事所掩盖的"本事"或"微意"，人们通常将这类《红楼梦》研究中的探索幽隐称为索隐。

清末时已有人对《红楼梦》所隐的"本事"有所猜测，有的认为是在隐纳兰明珠家事，张祥河《关陇舆中偶忆编》、梁恭辰《北东园笔录》四编、陈康祺《郎潜纪闻二笔》、张维屏《国朝诗人征略二编》等均记有此说，周春的《阅红楼梦随笔》则称是隐金陵张侯家事。到了民国初年，接连出现了几部对《红楼梦》作索隐的专著。首先是王梦阮、沈瓶庵1916年出版的《红楼梦索隐》，其《例言》开篇即言："《红楼梦》书中所隐之事，细为绅绎，皆有可寻。故为《索隐》一书，逐段将其真事指出，以免埋没作者之用心，而开后来阅者之门径。"[2] 索隐者用人物事迹的"分写""合写"法，以及拆字法等，将

---

[1] 脂砚斋：甲戌本第一回侧批，《脂砚斋重评石头记》，天津古籍出版社2006年版第4页。
[2] 王梦阮、沈瓶庵：《红楼梦索隐》，中华书局1916年版第1页。

作品中人物与历史人物相对应,称贾宝玉影射清世祖、林黛玉影射董小宛、薛宝钗影射陈圆圆等。此处不妨以该书《提要》考定林黛玉影射董小宛的论述为例:

> 小宛名白,故黛玉名黛,粉白黛绿之意也。小宛书名,每去玉旁专书宛,故黛玉命名,特去宛旁专名玉,平分各半之意也!……小宛入宫,年已二十有七,黛玉入京,年只十三余,恰得小宛之半。……小宛爱梅,故黛玉爱竹。小宛善曲,故黛玉善琴。小宛善病,故黛玉亦善病。小宛癖月,故黛玉亦癖月。小宛善栽种,故黛玉爱葬花。小宛能烹调,故黛玉善裁剪。小宛能饮不饮,故黛玉最不能饮。……且小宛游金山时,人以为江妃踏波而上,故黛玉号潇湘妃子。……小宛姓千里草,故黛玉姓双木林。……且黛玉之父名海,母名敏,海去水旁,敏去文旁,加以林之单木,均为梅字。小宛生平爱梅,庭中左右植梅殆遍,故有影梅庵之号,书中凡言梅者,皆指宛也。[1]

一连串举出十多个"例证",似乎立论很有道理,可是索隐者所言,全都是比附,而这些比附并无统一的标准,对为何能这样比附也无说明,通篇读过,发现这只是以比附之多证明自己立论的正确性。而且,索隐者称"书中凡言梅者,皆指宛也"一说也与事实不符,书中第四十一回写妙玉请诸人喝的茶水都是"收的梅花上的雪"[2];第四十九回写妙玉所住栊翠庵门前"有十数株红梅如胭脂一般,映着雪色,分外显得精神"[3],第五十回又写宝玉向妙玉索讨梅花,并作

---

[1] 王梦阮、沈瓶庵:《红楼梦索隐》,中华书局1916年版第16、17页。
[2] 曹雪芹:《红楼梦》第四十一回"栊翠庵茶品梅花雪,怡红院劫遭母蝗虫",人民文学出版社1982年版第570页。
[3] 曹雪芹:《红楼梦》第四十九回"琉璃世界白雪红梅,脂粉香娃割腥啖膻",人民文学出版社1982年版第681页。

诗《访妙玉乞红梅》，而妙玉又向黛玉、宝钗诸人"每人送你们一枝梅花"[1]，按索隐者比附逻辑，董小宛就应与妙玉相对应才对。索隐者对此的解释是"小宛事迹甚多，又为两嫁之妇，断非黛玉一人所能写尽，故作者又以六人分写之"，此六人便是秦可卿、薛宝钗、薛宝琴、晴雯、袭人和妙玉。虽然对上面的疑问有所解释，但比附的逻辑因此而显得更混乱，而将"两嫁之妇"董小宛去比拟冰清玉洁的林黛玉，恐怕许多读者都不能接受。

紧接着问世的是蔡元培先生的《石头记索隐》，此书1917年出版，至1930年已印至第十版，足证其流行之广。蔡元培索隐的主要出发点可概括如下：

> 《石头记》者，清康熙朝政治小说也。作者持民族主义甚挚，书中本事在吊明之亡，揭清之失，而尤于汉族名士仕清者，寓痛惜之意。当时既虑触文网，又欲别开生面，特于本事以上，加以数层障幂，使读者有"横看成岭侧成峰"之状况。[2]

在《第六版自序》中，蔡元培还归纳了他索隐的方法与标准：

> 知其所寄托之人物，可用三法推求：一、品性相类者。二、轶事有征者。三、姓名相关者。于是以湘云之豪放而推为其年，以惜春之冷僻而推为苕友，用第一法也。以宝玉曾逢魑魅而推为允礽，以凤姐哭向金陵而推为国柱，用第二法也。以探春之名与探花有关而推为健庵，以宝琴之名与学琴于师襄之故事有关而推为辟疆，用第三法也。然每举一人，率兼用三法或两法，

---

[1] 曹雪芹：《红楼梦》第五十回"芦雪庵争联即景诗，暖香坞雅制春灯谜"，人民文学出版社1982年版第700页。
[2] 蔡元培：《石头记索隐》，商务印书馆1921年版第1页。

第七章　考证与逻辑推理

有可推证，始质言之。其他若元春之疑为徐元文，宝蟾之疑为翁宝林，则以近于孤证，姑不列入。自以为审慎之至，与随意附会者不同。[1]

蔡元培先生"自以为审慎之至，与随意附会者不同"，这似是在批评前一部《红楼梦索隐》比附时的标准混乱。但这里的"审慎"只能说明按索隐者思路进行时的小心斟酌，实际上他的工作从开始到逐步推进都与逻辑推理法则不相符合。首先，他所作索隐的首要且最关键的前提，是《红楼梦》中的人物甚至事件，都确实是在影射现实生活中的人物或事件，即都有明确的对象与之对应，在此前提下，随后的索隐方能展开。可是蔡元培对这最关键的前提由何而来没作交代，对它是否能成立也没有任何证明，被影射对象的范围为何限定于清初那些著名文士，同样没有任何交代与证明，他所凭借的只是自己阅读《红楼梦》后的感觉与主观臆测。以这样的方式设置分析的前提，又怎么可能得出正确的结果？

而且，蔡元培设置的那三条标准及其相应的分析，也违背了逻辑推理法则。如"以湘云之豪放而推为其年"，其时性格豪放或含豪放一面的文士多矣，为何就能认定是陈其年？又如"以探春之名与探花有关而推为健庵"，如果清初探花仅有徐乾学一人，这一说法似乎还有探讨余地，可是到徐乾学中探花的康熙九年（1670），清代已有过九次殿试，并非只有徐乾学才满足"与探花有关"的条件，凭什么就将其他八人排除了？康熙十二年（1673），徐乾学的弟弟徐秉义也中了探花，他似乎也可列为影射对象。蔡元培设置的那三条标准，实际上各自对应了一个集合，而每个集合又有若干子集合，如品性这一集合，就有豪放、冷僻等多个子集合，这些子集合各自也都含有多个元

---

[1] 蔡元培：《石头记索隐》，商务印书馆1921年版第1页。

素，而并非只有唯一的一个，正如豪放这一子集合中并非只有陈其年一人，索隐者没有交代只取一人而排斥他人的理由，也根本无法证明所得结果的唯一性及合理性。蔡元培可能也意识到这一点，故而有"每举一人，率兼用三法或两法"之说，这实际上是在取二到三个子集合的交集，但交集中的元素是否只有唯一的一个，仍然没有而且也无法得到证明。整个索隐的大前提是错误的，具体的展开又违背了逻辑法则，所得到的结果自然也只能是供人们茶余饭后的谈资。

除上述两例外，索隐派的著述还有不少，如邓狂言的《红楼梦释真》等。它们论述方法不一，所得结论也各异，但作索隐的首要且最关键的前提却完全一致，即《红楼梦》中的人物甚至事件，都是在影射现实生活中的人物或事件，有此前提，随后的索隐方能展开，而该前提是否成立，所有的索隐派著述都未作交代或证明。这一前提产生的最根本的依据则是甲戌本上"托言将真事隐去也"那条侧批，而由这条侧批，并不能推断出《红楼梦》中的人物就是在各自影射现实生活中的人物，而曹雪芹就是在这种影射的限定下创作小说。纵观各索隐者的论述，可以发现它们前提相同而结论却各异，这种现象产生的原因，就在于那些索隐者的论述只是凭借自己阅读《红楼梦》后的感觉，而各人的处境、阅历、志向以及对生活的理解互不相同，阅读后的感觉自然就会出现很大的差异，所谓"一千个读者有一千个哈姆雷特"即此意。在互有差异的基础上，那些索隐者形成的主观臆测自然各不相同甚至大相径庭。于是，他们各自以自己的主观臆测为标准，从历史著作、野史杂记、文人诗词或随笔以及民间传闻中，找出有利于自己的材料与《红楼梦》中的描写作比附，这就是索隐的具体过程。其文献史料之搜集可谓是尽心费力，文献史料与作品描写之比附也看似认真又严谨，而按已规定的路径索隐，结果自然是凿凿有词地"论证"了自己主观臆测的正确性。概括地说，索隐派是以主观臆测为前提，以此为凭借作比附，然后证明主观臆测的正确性。以往批评索隐派的著述已有不少，但多集中于对那些具体的索隐步骤——批驳其谬误，这固然是必要的，但更需要的是将那些索隐著述在方法论与逻辑法则层面作抽象与辨误，从而更能认清其谬误本质。

索隐法不仅盛行于红学研究，同时也现身于《金瓶梅》作者考证。有人不仅运用索隐法证实《金瓶梅》中某个人物即现实生活中的某人，还进一步证明该人即小说的作者，王寀说就是这样的例子。王寀说提出者首先列出了自己考证的依据：

> 作为一部百万字的巨著，《金瓶梅》采用的是自然主义的写作方法，其中有意无意地埋藏着有关作者的大量信息。立足文本，开掘它的深层信息，辅以历史、地理、文学、心理等科学的考证，这是探索作者身世，解开作者之谜的最现实、最方便、最有效的途径。[1]

这是考证者为引出王寀说的铺垫，作品内容自然与作者有这样或那样的联系，但说作者"有意无意地埋藏着"有关自己的"大量信息"，尤其是"有意"埋藏，这一考证前提无法得到证实，纯是考证者的主观猜测。

考证者先对可能成为作者的条件作了大的框定：1.籍贯应是冀南；2.熟悉明代北京；3.熟悉徐州，熟悉运河；4.熟悉下层生活，未必是大名士；5.活动在嘉靖、隆庆、万历年间。这五条标准中，有的是大家的共识，有的则是考证者的一己之见，尽管他举出不少书中描写证明其正确，但人们同样可从书中找出例证说明事实并非如此。考证者提出这五条，实际上是为引出王寀说的量身定做，而为了证明自

---

[1] 洪诚、董明：《〈金瓶梅〉作者特征与王寀》，《文教资料》1991年第1期。以下有关王寀论述的引文均引自此篇。

己的设想正确，他的困难还不小。

这五条标准对应了五个集合，其中第1、5条规定的集合边界较为明确，而第2、3、4条对应的集合的边界是模糊的，因为"熟悉"一词是模糊概念，它与"了解"并无截然的分界线。不管边界是明确的或模糊的，这五个都是相当庞大的集合，各自所含的元素少说也得以十万甚至百万计，即使取它们的交集，所得到的仍然是相当庞大的集合，无论如何也无法由此确定出一个作者。为了推出自己的作者说，考证者采用了索隐派的考证方法，先确立前提，即《金瓶梅》中的人物甚至事件，都是据现实生活中的人物或事件写成。篇中有些论述就是为此目的服务，如"书中有西门庆的生辰八字，完全合乎八字规则，而且与正德十三年的年月日时的干支完全吻合，说明此人有真实原型"。古代小说中出现人物的生辰八字是常事，也不会不合乎八字规则，否则会立即遭到当时读者的非议，而这八字也必然会与某个年月日时的干支完全吻合，由此能推断出作品中的西门庆"有真实原型"倒是很奇怪的事。又如称作品"借蔡京之名指斥时事，实际写的是明朝奸相严嵩"，这也是没有任何证明地将作品内容与现实生活中的事件直接对应。正是基于这种对应，考证者还经推算加猜测，称小说人物陈经济"生于嘉靖十三年"，"万历元年王三官约四十岁"，而且"误差不超过十岁"，这些居然也成了论证的依据。考证者自以为内容与现实生活中的事件直接对应的前提已然确立，继而就用比附手法将书中内容与自己提出的作者说互作印证。

考证者在《金瓶梅》第六十九回中发现，作品"两次交待王三官名王寀"，而历史上又确有王寀其人，于是便将两人进行比附：历史上的王寀"例监出身"，作品中的王三官"借银入武学"；"王寀在徐州任判官，官职仅次于知州、同知，在府中位居第三"，小说中的王寀又名王三官，与判官在府中位居第三之意相符；"王寀任过序班，书中第二十四回提到一个汪序班，汪与王同音"，故相互有对应关系。

就只是作了这几个比附，考证者就已惊叹"何其巧合如此"，于是就此认定，历史上的王寀与作品中的王三官，"二人实为一人"。接着，考证者又设法论证历史上的王寀就是《金瓶梅》的作者，其方法则是将王寀经历与考证者自己设置的作者应具有的条件作契合：1."籍贯大致契合"；2."身份基本相近"；3."均具监生出身、有写作能力的特点"；4."鸿胪寺序班的经历使其眼界大开"；5.曾任徐州判官；6."确非名士，亦非大官"。这六条都不是证明，只能算是在列举可能性，何况第1、2条还用了"大致"与"基本"之类含糊不定之语，第3、4条只是历史人物王寀的经历，考证者虽设法让作品中的王三官与之沾上边，但十分牵强。可是考证者仅凭这六条，就得出了明确的结论：王寀是《金瓶梅》的作者。

认定王寀是《金瓶梅》的作者，这是所有作者考证中最骇人听闻的说法。如果这一说法成立的话，就意味着这位作者竟然一再赤裸裸、不厌其烦地具体描写自己的母亲林太太如何与西门庆通奸，自己又如何厚颜无耻地认西门庆为干爸爸，而且两人又嫖同一个妓女，试问天下会有如此病态的作者吗？这是用索隐派方法考证最突出的恶果，也难怪该考证问世后，《金瓶梅》研究界漠然视之，无有任何评论。

余　论

考证是难度极高的一种研究，首先，它要求考证者拥有的文献资料必须齐备，即它们能形成完整的证据链，若有缺漏，就不能考证出严谨的结论；其次，分析推理必须严格遵循逻辑法则，在此过程中决不允许有主观臆想羼入，也不允许在关键处略过证明而代之以"显然""显而易见"之类的字眼，若出现这种情况，则说明拥有的文献资料并不齐备，而且往往是缺少了关键性的资料支撑；第三，考证的结果必须具有唯一性与必然性，因此考证过程中不允许采用可能性排列、猜想、比附与索隐之类的手法，这些手法会模糊对唯一性与必然性的追寻，或掩饰无法获得唯一性与必然性这一结果。

数十年来，有关古代小说考证的论文数百篇，它们大致可分为两类。一类是证明某种考证结果不能成立的批驳性论文，它们的数量较少，其结论往往能得到大家的认可。这是因为与建立新说须作全面的证明论述不同，此类论文只要抓住批驳对象的要害处举一反例，即可凸显该说法的谬误。另一类是创立新说者，它们能够成为确论而为学界认同者不多，准确地说应该是很少。在这许多论著中，《金瓶梅》作者考证占了很高的比例，成为古代小说考证中的"显学"。如今，被"考证"为这部小说作者的候选人已多达六十余人，考证者甚至自诩为在解决类似"哥德巴赫猜想"的难题。自1742年哥德巴赫提出"任一大于2的偶数都可写成两个质数之和"的猜想以来，许多数学家都致力于这道难题的研究，纵观这二百余年，他们是采用了持续缩小包围圈的方式。老一代解决了一些问题，新一代接过接力棒，将研究继续向前推进，目前已逼近了最后目标。其实，尽管专业不同，解决问题的时间长短不一，参与人员的多寡有别，但这是各个领域科学研究所采用的重要方式。以此反观《金瓶梅》作者的考证，往往是一种主张提出后不久，另一种新说又匆匆登台，它不是在前一种主张的基础上向前推进，而是完全另起炉灶重作论述，同时以它的论证，又无法否定先前的主张。这样的过程周而复始，有时甚至是几种新说并起，呈现出零散式的无序状态，历时数十年依然如此，距问题的解决仍然十分遥远。数十位作者候选人的说法并存，而且还不断地增添"新说"，彼此间争论虽有不少，但明确的结果却是一个也无，这现状本身已说明这类考证在资料拥有与把握、论证思路的形成、逻辑法则的遵循乃至考证的追求等一系列问题上都偏离了考证的规范。

《金瓶梅》作者考证的状况如此，在某种意义上可以说，它也是古代小说考证状况的一种缩影，这种态势之所以会形成且能持续数十年之久，自然有着多方面的原因。若仅着眼于考证的方法与手段，那么原因很简单，是考证者在论证过程中违背了逻辑法则，甚至还以排列可能性、比附、联想甚至猜想等方式，羼入了许多自己的主观臆测，其结果不出意料地证明了考证者事先的预设，但离事实真相更远了。这些年来种种考证接连不断，看似一片热闹景象，可是若要追问究竟得出多少人们公认的确论，恐怕无言以答，从考证的整体格局来看，这些年实际上是徘徊不前的。四百多年前袁宏道就曾发问道："《金瓶梅》从何得来？"[1]而迄今为止，人们所能抓住的，仍只有袁宏道问题中最后那个问号。

　　任何研究都必须遵循逻辑法则，熟悉并熟练运用逻辑法则，以及对违背逻辑法则的敏感是每一个研究者必备的基本素质。在文学领域的诸多专业中，考证的性质有些独特，它要求严格地依据材料作逻辑推理，并没有给生发、遐想类的阐述留下空间。也许正因为这个缘故，这儿的论述若违背了逻辑法则就更为引人注目，而一旦这类依据排列可能性、比附、联想甚至猜想而做出判断的论述占据了相当大的比例，必然会影响人们对整个小说考证的观感，《红楼梦》研究中的一些考证被讥为"红外线"便是一例。如果考证过程中违背逻辑法则的现象偶有出现，人们对此或还可理解，因为即使是熟悉并努力遵循逻辑法则者，有时也难免会出现疏忽；可是如果这类现象成了触目即见的通病，人们就得追问，为何会变成这番情形？

　　不能排斥不懂逻辑者的掺和，但一般地说，考证者应该都明了逻辑学的常识，而在这种情况下仍然出现大面积的违背逻辑法则的现

---

[1] 袁宏道：《与董思白》，转引自朱一玄《金瓶梅资料汇编》，南开大学出版社2002年版第157页。

象，其中就必有学术之外的原因在。如《金瓶梅》作者考证一度成了大众关注的"显学"，一种"新说"出现，往往会引起报刊的注意或宣传，有时随手拈来几条材料，作一番遐想式的"新说"也能得到同样的礼遇，这就很容易诱发出将严肃的学术课题视为获取名利的终南捷径、将对轰动效应的追求取代科学探讨的危机，从而助长了那种以侥幸求立说的风气。而且这样操作又越过了资料搜集的繁劳与缜密逻辑推理的艰辛，难怪一些人会趋之若鹜，乐此不疲。于是旧说之争论尚未有结果，新说又相继冒出，看似煞是热闹，却鲜有可靠的确论问世。诸多违背逻辑法则的论述问世，还有另一层原因在，那就是眼下高校或研究机构的考核机制过于看重论著的数量，而是否达标又与研究者的利益直接挂钩，因此这类现象的形成，固然有考证者本身学风和思想方法方面的问题，而外部环境强大的约束，又使之含有迫不得已的因素。如果外部环境的条件得不到改善，这种现象的延续也是必然的事。

当然，不能因为那些考证中有种种非科学方法存在，就将一些考证者经辛勤耕耘而取得的成果一笔抹杀。不少学者在重视作品本身研究的基础上做相关考证，而目的也是促进对作品的深入研究。尽管这些考证者的努力未能廓清环绕那些问题的疑雾，论述也有这样或那样的不合逻辑之处，但他们所钩稽的丰富资料以及相应的梳理辨析，不仅对那些问题的研究有所推动，而且对人们了解产生作品那个时代的社会、政治、经济、民俗甚至语言等都极为有益。这样的境界绝非仅为论文发表而考证者所能达到，可是偏偏他们的掺和有时却左右了大局，并往往湮没了他人考证中有价值的成分。

不能指望古代小说考证的格局在短时间内就得到改善，违背逻辑法则的考证论述还会继续涌现。这里汇集一些以往的考证性论述并归类辨析其间的谬误，梳理其逻辑法则运用的得失，目的就是对今后的考证者有所提醒，期望这类考证性论述尽可能地减少。

考证是古代小说研究的重要组成部分，正确的考证结果对解开人们心中的疑团，深化人们对作品及相关文学现象的理解与研究具有重要的推动作用，而不可靠的考证结果由于研究者不敢采信，它们便只能处于与作品本身的研究相互隔离的状态。考证对古代小说研究如此重要，考证出人们公认的可靠结果又如此不易，在这种情况下，考证者的思路与预期目标似应修正。当掌握的资料尚无法支撑可靠的最终结果的获得时，如果违背逻辑法则强行凑出个结论，或可获取学术外的收益，但在学界迟早会遭人质疑，甚至是被置之不理，于研究的进展自然也不会相关，这实是无学术价值与意义之事。与其如此，还不如直接将所掌握的资料公布于众，或者，依据所掌握的资料作推理证明，获得逐步趋向最终结果的阶段性结论，这同样可撰文发表，而人们也不必苛求所有的考证类文章都须得声称问题已圆满解决。这类推导出阶段性结论的论文，由于展现的资料与阶段性结论的获得凿然可信，就有利于人们采信并据此作推进式研究，进一步贴近最终的结果，直至所考证的问题完全明朗化。其实学界已有这方面的实践，只是为之者尚不多而已，若仿效者日增，考证格局定然能得到改善。

第八章 统计在文学研究中的作用

文学中可以看到数字的身影，它们起到了比喻、夸张、营造意境或渲染氛围的作用，有些诗歌由于巧妙地运用了数字而成为千古绝唱，如李白《望庐山瀑布》中的"飞流直下三千尺，疑是银河落九天"，柳宗元《江雪》中的"千山鸟飞绝，万径人踪灭"，等等。这时那些数字所代表的已往往不是原本的含义，它们实际上已成为一种艺术元素。

在文学研究中，有时也会出现一些数字，它们往往表现为对研究对象的计数，但这只是常识性的统计，远谈不上学科意义上的统计学与文学研究的交叉。实际上这两个领域长期以来一直是相互隔绝的。得益于本科阶段的数学训练，笔者自 20 世纪 80 年代起，曾借助数理统计方法解决了一些运用传统研究手段难以应对的问题，也曾用一些统计表格取代烦冗的表述，切实感受到统计运用于文学研究具有的独特的优越性。此后，文学研究中也逐渐有人跟进，在一些论著中也可看到数字描述或统计表格。可是，文学研究中为何要引入数理统计，它能起到什么作用，又该如何使用这一工具？引入者对此多未曾做认真的探讨，以至于有时论著中出现的统计表格并未切实解决什么问题，但论文中硬是镶嵌张统计表格显然是画蛇添足，它能起的主要作用似只在于给枯燥的论述增添些活泼的色彩。

由于目前文学研究中所见到的统计，往往只是简单地对研究对象计数，观察其数量多少，从而对某种文学现象作出说明，以致不少人误以为统计学即如此。其实，统计学是研究如何收集资料、整理资料和进行数量分析、推断的一门方法论的综合性科学，它可以根据特定的问题设置指标，将众多现象抽象为数字，并有针对性地设计数学模型对数据进行处理，从而发现问题，勾勒研究对象的行进轨迹，归纳其间的规律，以及展现不经如此处理就难以观察到的现象。数理统计离不开数字，而各种文学现象也可以用数字作抽象，不同层次、不同侧面或选取不同指标的统计，可得到容量可观的数据体系，而面对大范围或大数量事物数，数理统计更有其独特的优势，它便于人们把握全体，描绘态势，勾勒走向，显示特点，就这个意义而言，数理统计是文学研究中不可或缺的有力工具。

一、有助于发现问题和纠正误判

在清代通俗小说研究中，清初顺治、康熙与雍正三朝往往被视为一个独立的时间单位，人们或分析这时期作品的优劣得失，或对那些作者及成书年代作考辨，或考虑它对后来乾隆朝繁荣的小说创作的意义。人们作以上研究时，不自觉中已预设了创作在这九十年里发展比较均衡平稳的前提[1]，而且长期以来也无人感到此预设有何不妥。可是在这一时间段里，前后的政治局势与社会氛围却大不相同。前期且不说接二连三的自然灾害，如黄河自康熙八年（1669）起几乎每年都决口泛滥，北方又连遭大地震的破坏，更重要的是当时战乱不断。先是各地南明政权的反抗，直到康熙二十二年（1683）台湾收复才算告一段落，这时又有长达十年的三藩之乱，其后还发生了与准噶尔部的战争。虽然后来败退的噶尔丹至康熙三十六年（1697）方死，但康熙二十九年

---

[1] 清军占领小说主要创作与刊行地江浙一带是顺治二年（1645），此处所言九十年，是指顺治三年（1646）至雍正十三年（1735）。

（1690）乌兰布通之战已使准噶尔部丧失了元气，翌年康熙帝在多伦的阅兵可算是标志性事件。可以说，此时整个社会才逐渐稳定。凋敝的经济从此得到了恢复，从萧条升至繁荣，这才迎来了乾隆盛世。

了解清代小说史者都知道，乾隆朝时社会相对稳定，经济比较繁荣，《红楼梦》《儒林外史》等优秀长篇小说均出于此时。若以康熙三十年为界将清初分为前、后两期，人们一般会以为，在社会比较稳定、经济开始恢复发展的清初后期，小说创作的状况应该优于战乱不断、经济凋敝的清初前期。可是对清初通俗小说作归类统计后，可以发现事实恰与我们的预想相反：

表1：清初通俗小说问世分布表 （单位：种）

	讲史	时事	神魔	人情	话本合集	拟话本	讽喻	总计
顺治三年至康熙三十年共46年	8	8	4	50	1	29	0	100
康熙三十一年至雍正十三年共44年	2	3	2	13	0	2	1	23
问世时间不明	1	0	0	14	0	5	0	20
总计	11	11	6	77	1	36	1	143

若扣除"问世时间不明"的20种不计，问世于清初前期的通俗小说有100种，它几乎是清初后期的23种的五倍，即使将"问世时间不明"的20种全都归入清初后期，其总数仍然不到清初前期数量的一半。两组数据的对比明确地指向一个结论：小说创作在战乱频仍、社会动荡的清初前期相当繁荣，在社会趋于稳定、经济逐渐恢复的清初后期反而进入了萧条期。表1显示的数据似乎有点出人意料，但只要回顾一下文学史，就可以发现这种现象实是前例多矣，甚至可以说已成通例。杜甫那些优秀的现实主义诗作如"三吏""三别"等，就写于导致全国巨变的安史之乱时；靖康之变时全国陷入了战乱，随之

诞生的是李清照、陆游等人的脍炙人口的诗章。仅就小说发展而言，通俗小说的开山巨著《三国演义》与《水浒传》，就问世于元末明初的天下大乱之时。激愤与忧患是那些作品诞生的催化剂，自古至今这样的创作实例多矣，清初前期的小说状态亦是如此。

表1显示的两组数据，使人们发现清初前期与后期的小说状态完全不同，原先以为那九十年小说均衡平稳发展的判断必须纠正。不过，表1虽以醒目的方式帮助人们发现问题，进而质疑原先的判断，但清初前期与后期为何会出现如此之大的落差，原因并不是那些数据所能解释的，这就需要我们根据当时影响创作的实际情况作具体的分析。

我们首先考察作者方面的情况。社会大动荡迫使作家直面现实生活，同时战乱与社会动荡也为创作提供了极为丰富生动的素材，这是清初前期小说繁荣的重要原因。而且，明清鼎革之变还为创作增添了两类作家。一种是不愿臣服新朝的遗民，如陈忱就明言，他创作《水浒后传》是为了表达"肝肠如雪，意气如云，秉志忠贞，不甘阿附"的志向[1]，寄托对权奸贵宦之愤与亡国孤臣之恨；崔市道人则是愤于变节求荣者的无耻，"摘所详忆一事，迅笔直书，以为前鉴"[2]，撰写了才子佳人在"敌人分道南侵"之际立功的故事；至于《海角遗编》中点名斥责钱谦益变节并揭露清军凶残暴虐的七峰樵道人，其遗民身份更是毋庸置疑。没有彻骨的亡国惨痛，他们未必会写小说，而借助这种行世广远的文学体裁，则可在最大范围内宣传民族大义与表达自己的爱国情操。另一种是原本向往以科举求显达的文人，他们因美梦被战乱粉碎而转向创作。烟水散人痛于明亡而创作燕、齐两国复国的《后七国乐田演义》，天花藏主人则感慨"设朝廷有识，使之当恢复之

---

[1] 陈忱：《〈水浒后传〉序》，载《水浒后传》，《古本小说集成》第四辑，上海古籍出版社1994年版第2页。
[2] 崔市道人：《〈醒风流奇传〉序》，载《醒风流奇传》，《古本小说集成》第四辑，上海古籍出版社1994年版第5页。

任,吾见唾手燕云,数人之功,又岂在武穆下哉"[1]。环境使这些失意文人不得已以创作为实现人生价值的途径,这对他们个人来说是个痛苦的选择,小说创作却因此而幸获生力军。

可是到了清初后期,先前的重要作家如陈忱、李渔等都于康熙前期去世了,而作品较多的天花藏主人与烟水散人,在顺治年间就已是"淹忽老矣"[2],或感叹"二毛种种"[3],他们的活动都不可能延伸到清初后期。故国沦亡的惨痛、颠沛流离的经历与比较深刻的思索,都曾是前期作家创作获得一定成就的基础,同时他们又或多或少地受到"天崩地解"年代的民主思想的熏陶。但在社会安定的后期,统治者的笼络与对程朱理学的大力提倡,使得大批文人热衷于科举,禁毁小说令则更使作者人数锐减。当时的作者都已奉大清为正朔,对先前的天下大乱至多只有依稀的印象。他们的思想在封建正统教育禁锢下形成,即使创作小说在其心目中的地位也不高。最典型的是《雨花香》的作者石成金,他在《人事通》里将天下的书分为四等。列为头等的是四书五经,小说则被置为"不独并无学问,而且伤风败俗,摇惑人心"的末等[4],而他写小说,也只是为了"晓示愚蒙"[5]。这与前期作家将小说与经传并列,"终不敢以稗史为末技"[6],或认为自己的作品可"惊天动地,流传天下,传训千古"[7]的认识根本无法相比。作者少且素

---

[1] 天花藏主人:《〈后水浒传〉序》,载青莲室主人《后水浒传》,春风文艺出版社1981年版第2页。
[2] 天花藏主人:《〈平山冷燕〉序》,载《平山冷燕》,《古本小说集成》第二辑,上海古籍出版社1994年版第12页。
[3] 烟水散人:《〈女才子书〉序》,载《女才子书》,《古本小说集成》第一辑,上海古籍出版社1994年版第1页。
[4] 石成金:《人事通》,中州古籍出版社2002年版第12页。
[5] 袁载锡:《〈雨花香〉序》,载石成金《雨花香》,《古本小说集成》第一辑,上海古籍出版社1994年版第3页。
[6] 睡乡祭酒:《〈十二楼〉序》,载丁锡根《中国历代小说序跋集》,人民文学出版社1996年版第825页。
[7] 佩蘅子:《吴江雪》第九回"小姐密传心事,雪婆巧改家书",《古本小说集成》第四辑,上海古籍出版社1994年版第128页。

质较差，决定了这时创作的两个特点：作品少与总体水平不高。

清初前期与后期作者状况的不同，也造成了他们在题材选择与创作方法上的差异。明末小说创作是讲史、神魔与人情等流派三驾齐驱的格局，清初前期则一变为人情小说一家独大，表1中归入拟话本的那些作品，若按题材分类，基本上都是人情小说，已不是明末拟话本刚兴起时兼容讲史、神魔、公案、人情与侠义等各种题材的状态。沸腾剧变的现实又使作家们无法沉下心来在斗室中撰写与之无关的作品，这是包括拟话本在内的整个小说创作题材重点转移的原因。封建统治者的腐败贪酷与荒淫昏庸、为富不仁者的巧取豪夺与横行霸道、儒林人物的投机钻营与为虎作伥以及下层劳动者的机智勇敢与高尚品格，无不随着作家的笔触而现身纸上。许多作品还直接描写了眼前的战乱给人民带来的苦难，甚至连色情小说《春灯闹》也揭露了清军掳掠妇女出售的暴行。而且，这些内容不只是出现在人情小说与拟话本中，阅读当时的讲史演义也同样会有这样的感受。《说岳全传》《水浒后传》与《后水浒传》等都以金兵南侵为时代背景，影射的意味极为明显，而在《梁武帝西来演义》与《隋唐演义》等作中，也不难看到明清鼎革之变的影子。至于清初前期的时事小说，更是直接描写了当时的局势变化。

到了清初后期，随着社会的稳定与封建统治者的严厉控制，时事小说消亡了，拟话本创作也进入了尾声，这时数量极少的拟话本在思想内容上也已趋入一味说教的末流，作者的目的已只是"钦异拔新，洞心骇目"，"油油然共成风化之美"[1]。明时为说部大宗的讲史演义此时也极不景气，在近半个世纪里，新出作品只有吕抚的《二十四史通俗演义》与吕熊的《女仙外史》。前者仅四十四回居然叙述了列朝故事，只是根据史籍择其大要以通俗语言演之，其拙劣乏味自不待

---

[1] 苇斋主人：《序》，载《二刻醒世恒言》，《古本小说集成》第二辑，上海古籍出版社1994年版第4—5页。

言，而后者将历史素材大拼大合，又"杂以仙灵幻化之情、海市楼台之景"[1]，已非正宗的讲史演义。鲁迅曾论及当时清政府高压控制的效应："为了文字狱，使士子不敢治史，尤不敢言近代事。"[2]在这样的氛围中，讲史演义便不可避免地跌入萧条。至于才子佳人小说，那些作者既无先辈那样的生活基础，同时又片面地追求情节曲折离奇，于是创作就被引入脱离现实胡编乱造的死胡同。烟霞散人的《凤凰池》是一部较典型的作品，书的封面上印着"事奇巧幻真无并，离合悲欢实骇人。词香句丽堪填翰，胆智奇谋亦异新"的广告[3]，但书中那些传书递柬、小人拨乱、佳人女扮男装最后御赐婚姻等情节都是移植于其他作品。此外揭露假名士丑态窘相是抄袭《玉娇梨》与《春柳莺》，才子征讨立功是模仿《画图缘》，山寨议论招安又类似《水浒传》与《后水浒传》。将各部作品内容杂糅于一体，是想使情节更曲折离奇，但这"情节大全"恰好暴露出作者不是立足于现实生活，而是依赖于以往作品的构思编织故事。《铁花仙史》也是这样的作品，作者已意识到"传奇家摹绘才子佳人之悲离欢合，以供人娱耳悦目也旧矣"，但解决的办法却是"故意翻空出奇"[4]，掺入战争及神仙妖异事，结果不仅未能摆脱旧来窠臼，反而加大了创作与生活之间的距离。

作者身处的环境不同，也是造成前期与后期创作格局差异的重要原因。尽管清政府先后于顺治九年（1652）与康熙二年（1663）宣布要对包括小说在内的写作、刻印"琐语淫词"者"从重究治"[5]，但两

---

[1] 吕熊：《跋》，载《女仙外史》，《古本小说集成》第二辑，上海古籍出版社1994年版第14页。
[2] 鲁迅：《且介亭杂文·买〈小学大全〉记》，《鲁迅全集》第九卷，人民文学出版社1981年版第57页。
[3] 识语，载《凤凰池》封面，《古本小说集成》第一辑，上海古籍出版社1994年版。
[4] 三江钓叟：《序》，载《铁花仙史》，《古本小说集成》第二辑，上海古籍出版社1994年版第1、3页。
[5] 魏晋锡：《学政全书》卷七"书坊禁例"，转引自王利器辑录《元明清三代禁毁小说戏曲史料》，上海古籍出版社1981年版第23页。

次禁令并没有明确具体的处罚办法,而且那时清廷也根本无法认真查禁小说,亟待解决的头等大事是扑灭南明政权的反抗与平息三藩之乱,在意识形态控制方面,扼杀人们的民族反抗精神是重点,打击的主要目标是以遗民旧臣自居的汉族士大夫。在清朝的统治尚未巩固前,禁毁小说还不可能在议事日程中占重要地位,何况清统治者自己也要阅读通俗小说。清廷的翻书房将《三国演义》《金瓶梅》等作译成满文,这不仅是出于娱乐的需要,而且是因为文化落后的满族人可由此而获得军事、政治以及社会各方面的知识。因此可以说,当时社会虽急剧动荡,小说创作却有相对宽松的环境。可是等清廷腾出手来,小说便成了整肃的对象,它被罗织了两大罪状,"宣淫诲诈,备极秽衰,污人耳目"[1],以及"其小者甘效倾险之辈,其甚者渐肆狂悖之词"[2]。康熙帝在要求九卿讨论如何处置小说时发表了指导性的意见:"淫词小说,人所乐观,实能败坏风俗,蛊惑人心。朕见乐观小说者多不成材,是不惟无益而且有害。"[3]于是朝廷议决,通令全国禁毁。后来康熙四十年(1701)与四十八年(1709),清廷都重申了禁毁小说令。康熙五十三年(1714),禁毁小说又一次成了朝廷会议的重要内容。康熙帝先作指导性发言:"近见坊间多卖小说淫辞,荒唐鄙俚,殊非正理,不但诱惑愚民,即缙绅士子,未免游目而蛊心焉。所关风俗者非细,应即行严禁。"[4]大臣们会议后,除重申以往的禁令外,还进一步拟定了处罚条例:私行造卖印刷者,系官革职,军民杖一百流三千里,卖者杖一百徒三年,买者杖一百,看者杖一百,未能查禁的官员将受罚

---

[1] 汤斌:《汤子遗书》卷九《严禁私刻淫邪小说戏文告谕》,人民出版社 2016 年版第 534—535 页。
[2] 琴川居士编:《皇清奏议》卷二十二,转引自王利器辑录《元明清三代禁毁小说戏曲史料》,上海古籍出版社 1981 年版第 24 页。
[3] 《大清圣祖仁皇帝实录》卷一百二十九,转引自王利器辑录《元明清三代禁毁小说戏曲史料》,上海古籍出版社 1981 年版第 25 页。
[4] 《大清圣祖仁皇帝实录》卷二百五十八,转引自王利器辑录《元明清三代禁毁小说戏曲史料》,上海古籍出版社 1981 年版第 27 页。

俸、降职的处分。自有通俗小说以来，封建统治者第一次制定了如此具体而严厉的处罚条例，而打击的重点则是作者与书坊主。此时正值江南科场案与《南山集》案定案，这次禁毁令挟其威而通行天下，来势之猛、声势之大以及其恫吓口吻所产生的威慑影响都是前所未有。雍正朝的情况依然如此，护军参领郎坤因在奏语中引用了《三国演义》的故事就致使雍正帝大怒，下令"交部严审具奏"[1]；乾隆初年闲斋老人曾说《水浒传》《金瓶梅》"久干例禁"[2]，一些名著的处境尚且如此，小说生存与发展遇到严重障碍也就不难理解了。

对当时各种资料的综合性分析，解释了清初前期与后期小说发展所出现的明显反差，而明确地将这个问题呈现在人们眼前，则是表1那些数据的功绩。统计常常可助人揭示现象、凸显问题，从而指示值得探究的方向。

这里不妨再举一例。将明嘉靖以降的通俗小说新作出版地列表统计，我们便可以得到表2：

表2：明代通俗小说新作出版地域分布表[3] （单位：种）

	福建	江浙	其他地区	地区不详	合计
嘉靖、隆庆朝51年	5	1	3	0	9
万历、泰昌朝48年	26	21	4	1	52
天启至弘光朝25年	6	52	3	6	67
合计	37	74	10	7	128

表2是绝对数字的显示，为了能直观地看出各地的出版比重，可根据表2制作表3：

---

[1] 奕赓：《佳梦轩丛著·管见所及》，北京古籍出版社1994年版第88页。
[2] 闲斋老人：《〈儒林外史〉序》，载《儒林外史》，《古本小说集成》第三辑，上海古籍出版社1994年版第3页。
[3] 此表引自陈大康《明代小说史》，上海文艺出版社2000年版第565页。

表3：明代通俗小说新作出版地域分布占比表　　　　　　（单位：%）

	福建	江浙	其他地区	地区不详	合计
嘉靖、隆庆朝51年	55.56	11.11	33.33	0.00	100.00
万历、泰昌朝48年	50.00	40.38	7.70	1.92	100.00
天启至弘光朝25年	8.96	77.61	4.48	8.96	100.00
合计	28.91	57.81	7.81	5.47	100.00

综合表2与表3所列的数据，可知明嘉靖朝至弘光朝一百二十四年间共128种通俗小说中，福建与江浙两地出版最多，共111种，约占总数的87%，而将福建与江浙分为两个单元作对比考察，可发现在通俗小说创作重新起步时，福建的出版比重占全国的一半以上，与江浙地区相较，则是它的5倍。可是随着时间的推移，福建出版所占比重在不断下降，江浙地区则是持续上升，在明王朝最后二十五年里，江浙地区的出版比重已约占全国的80%，是福建的近9倍。

自宋以来，书籍的出版中心在福建的建阳，该县的麻沙与崇化两地书坊尤多，故有"两坊书籍通行天下"之语[1]。后来这一中心转移至江浙，至于具体时间，论者多根据王士禛《居易录》中"近则金陵、苏、杭书坊刻板盛行，建本不复过岭"[2]一语，认为转移发生于清初。表2与表3所列数据的价值，就在于使人们注意到，至少以明代通俗小说而论，其出版中心在万历后期已开始转移，天启朝以降，这一转移已基本完成。

自此以后，小说的出版中心一直固守在江浙一带，在清王朝的最后十余年里，则更是集中于上海一地，福建一度成为出版中心，则是由特殊的历史原因造成。问世于元末明初的《三国演义》与《水浒

---

〔1〕马继科：《建阳县志·书序》，上海古籍出版社1962年版第1页。
〔2〕王士禛：《居易录》卷十四，文渊阁四库全书影印本第0867册，台湾商务印书馆1985年版第480页。

传》在嘉靖朝终于刊刻行世，因深受大众欢迎，它们行世颇捷，生利甚厚，众多书坊便趋之若鹜："《水浒》一书，坊间梓者纷纷"[1]，"坊间所梓《三国》，何止数十家矣"[2]。书坊主们惊喜地发现了一条新的生财之道，可是《三国演义》《水浒传》等作的销售市场不久趋于饱和，而文人们囿于传统偏见尚不屑于创作，因为长期以来一直遭到封建正统人士鄙弃的通俗小说在文学殿堂里毫无地位可言。苦于稿荒的书坊主在无奈中便越俎代庖，主宰了通俗小说创作领域，主要作者是书坊主熊大木、余邵鱼与余象斗等人，以及与书坊关系密切的下层文人如邓志谟等，于是福建的建阳便成了通俗小说的创作与出版中心。然而，市民阶层是通俗小说的主要读者群，他们的力量在经济文化发达的江浙一带最为强大。也正是在这儿，一些文人随后冲破固执的传统偏见去从事创作，越来越多的新作品问世于江浙一带，同时当地的出版业也在迅速发展，通俗小说创作及出版中心从福建转移到江浙地区便成了必然的历史趋势，表2与表3展示的正是这一变化过程。

前人研究中出现误判，有的是因为只顾及某一点而未考虑其周边情况，或是仅静态地考察而未能观察其发展变化。将明代中篇传奇判为"以诗与文拼合"的"诗文小说"便属这两种情况，其依据是那些作品"多羼入诗词。其甚者连篇累牍，触目皆是，几若以诗为骨干，而第以散文联络之者"[3]。明代中篇传奇小说的形式确为"以诗与文拼合"，故后来学者都沿用上述结论，"诗文小说"也几乎成为中篇传奇小说的代名词。这类作品诗文羼入的情况究竟如何，我们可观察下面的统计表4，为了使篇幅不一的作品可互作比较，该表同时列上诗文篇幅占比与每千字所含诗词数以显示羼入程度。

---

[1] 余象斗：《水浒辨》，载《忠义水浒志传评林》，《古本小说集成》第三辑，上海古籍出版社1994年版第1页。
[2] 余象斗：《批评三国志传·三国辨》，载陈翔华主编《日德英藏余象斗刊本批评三国志传》，国家图书馆出版社2013年版第3页。
[3] 孙楷第：《日本东京所见小说书目》，人民文学出版社1981年版第126页。

表 4：明代中篇传奇诗文羼入一览表

篇名	诗词数/篇	文数/篇	全篇字数/个	诗文字数/个	诗文占比/%	千字含诗词数/个
娇红记	60	1	16968	3827	22.55	3.54
贾云华还魂记	49	3	13800	2726	19.75	3.55
钟情丽集	71	10	24831	13489	54.32	2.86
怀春雅集	213	3	24599	10696	43.48	8.66
龙会兰池录	63	6	15116	7811	51.67	5.65
金兰四友传	53	4	10849	3355	30.92	4.89
花神三妙传	39	10	22427	6705	29.90	1.74
双卿笔记	17	3	11093	1625	14.65	1.53
寻芳雅集	84	3	20640	4464	21.63	4.07
天缘奇遇	64	6	21880	4433	20.26	2.93
刘生觅莲记	101	0	29641	6327	21.35	3.41
双双传	63	9	16032	3783	23.60	3.93
李生六一天缘	100	3	33885	6464	19.08	2.95
五金鱼传[1]	105	6	15294	4766	31.16	6.87
传奇雅集	25	0	13837	850	6.14	1.81
痴婆子传	1	0	10736	28	0.26	0.09

若要将中篇传奇命名为"诗文小说",我们首先得弄清下列问题:那些作品中诗文羼入的程度究竟如何?其状况在发展过程中是否始终如一?与当时其他小说创作相较,羼入的诗文是否突出地高于常态?据上表所列,《钟情丽集》与《龙会兰池录》羼入的诗文字数都

---

[1]《五金鱼传》现仅存载《燕居笔记》的节本,另又存吴晓铃先生所藏单行本残本。两相对照,节本的对应文字为3896字(约为节本总字数四分之一),残本为6748字,按此比例推算,未删节的《五金鱼传》约为27000字。又,残本6748字中,诗文数为2138字,约占总篇幅的31.68%,与表中所列节本诗文占比31.16%几无差别,故节本篇幅比例仍可作参考。

占全篇篇幅的一半以上,将诗文羼入的形式推至极端,《怀春雅集》的占比也超过了40%,这样的作品确可称为"诗文小说"。不过这三篇是中篇传奇诗文占比最高的作品,其后的诗文占比又呈下降态势,除《金兰四友传》《花神三妙传》与《五金鱼传》为约30%外,余多为20%左右,而《传奇雅集》只有约6%,《痴婆子传》更是跌到0.26%,将它们也称为"诗文小说"显然不妥。

与当时其他的小说作横向比较同样可证明这一点。在小说创作中高比例羼入诗文,首开风气者是明初瞿佑的《剪灯新话》,如表5所示,书中某些篇章诗文羼入的占比相当高。

表5:《剪灯新话》部分篇章诗文羼入一览表

篇名	诗词数/篇	文数/篇	全篇字数/个	诗文字数/个	诗文占比/%	千字含诗词数/个
水宫庆会录	9	1	1713	748	43.67	5.25
联芳楼记	16	0	1367	476	34.82	11.70
渭塘奇遇记	5	0	1417	524	36.98	3.53
龙堂灵会录	6	0	2368	935	39.48	2.53
秋香亭记	8	1	1509	719	47.65	5.30

古代小说中常含有诗词赋曲文等其他体裁的作品,恰如其分地羼入,可在诸如点明主题、渲染气氛、推动情节发展以及显示人物的气质与品格等方面起积极的作用,但羼入比例过高,就会带来冲淡情节、妨碍人物性格刻画以及破坏作品节奏等各方面的恶果。很难把握诗文羼入占比的"安全系数",但该比例如果超过了30%,潜在的危险就已多半转化成了实际的破坏。表5《秋香亭记》的诗文占比已接近50%,作品情节的单薄与人物形象的苍白便成了不可避免的事。不过,瞿佑虽首开在小说中高比例地羼入诗文的风气,但《剪灯新话》中诗文占比超过30%的作品也就是表5所列的那五篇,另有七篇虽也含诗文,

但数量较少,而《三山福地志》《金凤钗记》与《富贵发迹司志》等九篇作品中,则无任何诗文插入。

瞿佑并不以高比例羼入诗文为创作的唯一格式,但这样的作品却得到了文士们的赏识与效仿,随后李昌祺的《剪灯余话》收作品二十一篇,没有一篇不羼入诗文,占比超过30%的作品则有十篇之多,其中有三篇的占比竟超过了50%,如表6所示:

表6:《剪灯余话》部分篇章诗文羼入一览表

篇名	诗词数/篇	文数/篇	全篇字数/个	诗文字数/个	诗文占比/%	千字含诗词数/个
听经猿记	16	1	2067	768	37.16	7.74
月夜弹琴记	30	0	4087	2210	54.07	7.34
连理树记	17	0	2212	890	40.24	7.69
田洙遇薛涛联句记	12	0	3525	1251	35.49	3.40
鸾鸾传	10	2	2694	1023	37.97	3.71
武平灵怪录	9	0	2271	920	40.51	3.96
洞天花烛记	9	2	1957	1124	57.43	4.60
泰山御史传	0	0	1797	620	34.50	0.00
江庙泥神记	9	0	2547	890	34.94	3.53
至正妓人行	1	0	1524	1232	80.84	0.65

《剪灯余话》全书共60827字,羼入的诗文却有17424字,约占30%,书中诗词共有206首,集中起来已成一部诗集,全书篇幅与之相当的《剪灯新话》中,诗词羼入只有70首。在《剪灯新话》首开先例后,《剪灯余话》又将这种样式的创作推至极端。

《剪灯新话》与《剪灯余话》对后世小说创作影响极大,直到百年后的正德年间,陶辅创作《花影集》时仍声明其"吐心萉,结精蕴"是效法瞿佑与李昌祺[1]，若无与时尚相适应的创作观为支撑，他并不会作出如此的选择。该书也以多羼入诗文为重要的表现手法，表7所列六篇的羼入程度甚至超过了一般的中篇传奇。

表7：《花影集》部分篇章诗文羼入一览表

篇名	诗词数/篇	文数/篇	全篇字数/个	诗文字数/个	诗文占比/%	千字含诗词数/个
潦倒子传	12	0	2382	611	25.65	5.04
梦梦翁录	10	0	2127	744	34.98	4.70
邢亭宵会录	10	0	2466	1024	41.52	4.06
四块玉传	10	0	3577	1527	42.49	2.80
瞿吉瞿善歌	8	0	2323	928	39.95	3.44
晚趣西园记	20	1	1665	1534	92.13	12.01

多羼入诗文的手法在当时通俗小说创作中也不少见，如《西游记》第一回共5470字，其间羼入诗词18首，共1211字，占比22.14%；《封神演义》第一回共3083字，其间羼入诗词7首，文1篇，共820字，占比26.60%。《大宋中兴通俗演义》的作者熊大木有意要将岳飞的著述都羼入小说，他以"岳王著述"为标题明确写道："以王平昔所作文迹，遇演义中可参入者，即表而出之"[2]，撰写时还嵌入了许多帝王诏旨与别的大臣的奏章、书信等，故而书中的某些章节已无法以小说体例视之。入明后新问世的话本创作亦是如此，如《风月相思》中插入诗词30首，文1篇，篇幅约占全文4766字的38%，而后来早期的拟话本创作，由于承袭了话本多征引诗词的手法，其羼入占比也相当高。

---

[1] 陶辅：《〈花影集〉引》，载《花影集》，吉林大学出版社1995年版第3页。
[2] 熊大木：《岳王著述》，载《大宋中兴通俗演义》，《古本小说集成》第四辑，上海古籍出版社1994年版第706页。

对其他流派羼入诗文情况的统计表明，这在当时实是小说创作的一种时尚，并非中篇传奇独有的现象，只是中篇传奇篇幅较长，诗文羼入的绝对数量相应地易给人留下深刻印象；而且，自《钟情丽集》等篇之后，中篇传奇的诗文羼入占比便在下降，虽然万历中期以后中篇传奇基本已无新作品问世，但诗文羼入占比减少的趋势在其他流派的创作中仍在继续。到了清初，多羼入诗文的现象已基本绝迹，即使被讥为"不过作者要写出自己的那两首情诗艳赋来"[1]的才子佳人小说，平均每千字所含诗词一般也只是一首左右。至此，我们通过统计调查了诗文羼入在小说创作中的起因与发展变化，最后的结论是将中篇传奇命名为"诗文小说"确为不恰当的判断。

运用统计方法考察晚清时傅兰雅征集"时新小说"活动的性质，同样也是纠正误判的例证。光绪二十一年（1895）五月，英国传教士傅兰雅在上海《申报》《万国公报》多次刊载《求著时新小说启》，征集以消除鸦片、时文与缠足三大弊端为题材的小说。学界曾高度评价这次活动，美国学者韩南首先称此为近代"新小说"的先声，并认为它"的确在某种程度上影响了晚清小说的总体方向"[2]，一些国内学者也撰文表示呼应。当时谁也没见过傅兰雅征集到的稿件，其判断缺乏最基础的依据；那些稿件也从未发表，后来的小说创作者也无缘得见，所谓"影响"晚清小说的发展，显然只是论者的凭空想象。傅兰雅当年共征集到稿件162篇，2006年11月美国加州大学伯克利分校东亚图书馆搬迁时，发现了其中的150篇，那次征文活动的基本面目才总算展现在人们眼前。据此，本可以重新审视先前的判断，可是一些学者对这次征文活动的评价却一仍其旧，或称其"激发了晚清小说

---

[1] 曹雪芹：《红楼梦》第一回"甄士隐梦幻识通灵，贾雨村风尘怀闺秀"，人民文学出版社1982年版第5页。
[2] 韩南：《中国近代小说的兴起》，上海教育出版社2004年版第168页。

变革的端绪""拉开了晚清新小说创作的序幕"[1]，或将其定位为"启发了晚清小说乃至谴责小说的发展方向"[2]，或是"促成了中国现代小说的萌芽"[3]。可是将这些评价与那150篇应征稿以及傅兰雅关于这次征文活动的相关文字相对照，疑窦却油然而生。因为那些稿件可归为小说者仅三分之一，而且它们无论内容还是形式都与传统小说无异，均未见"新"在何处。用傅兰雅自己的话来说，是"仍不失淫词小说之故套"[4]。那些"时新小说"，显然与后来梁启超倡导的"新小说"是两个完全不同的概念。

细览那些稿件，浓厚的宗教气息扑面而来，应征者或声称"我们要常常的读《圣经》"[5]，或宣传只要加入教会，"俺一家人家可有了出头之日了"[6]，"一旦皈依尊上帝，儿孙世世福绵延"[7]，或充斥着"天父赐良知我们，我们无恩可报，感谢，感谢"之类颂扬上帝之语[8]，而且篇中凡书及"上帝""天父"二词，均顶格书写，以示尊崇。傅兰雅征文时说得很清楚，他是要求针对鸦片、时文与缠足之害，"撰著新趣小说，合显此三事之大害，并袪各弊之妙法"[9]，可是他得到的回复却是"要食救主鱼饼，不吸毒烟鸦片；要读圣神《书》《约》，不尚

---

[1] 刘琦：《晚清"新小说"之先声》，《北华大学学报》2012年第3期。
[2] 许军：《傅兰雅小说征文目的考》，《山西师范大学学报》2012年第1期。
[3] 周欣平：《〈清末时新小说集〉序》，载《清末时新小说集》第一册，上海古籍出版社2011年版第10页。
[4] 傅兰雅：《时新小说出案》，光绪二十二年二月初五日（1896年3月18日）《万国公报》第八十六册。
[5] 李景山：《道德除害传》，载《清末时新小说集》第七册，上海古籍出版社2011年版第257页。
[6] 王连科：《时新小说》，载《清末时新小说集》第十册，上海古籍出版社2011年版第313页。
[7] 东海逸人：《警世奇观》，载《清末时新小说集》第七册，上海古籍出版社2011年版第382页。
[8] 无名氏：《时新小说》，载《清末时新小说集》第十册，上海古籍出版社2011年版第162页。
[9] 傅兰雅：《求著时新小说启》，光绪二十一年五月初二日（1895年5月25日）《申报》。

虚假时文；要学夏娃大脚，不可爱小缠足"[1]之类。总之，只要信奉上帝，三害尽可革除，那些应征者将这次活动当作了向教会表忠心的机会。

赞美天主在应征稿中占了很高的比重，根据那些来稿的内容，我们可进行统计，并以表8作清晰显示：

表8："时新小说"应征稿内容分类表　　　　　　　（单位：篇）

类别	内容	数量
小说	赞美天主	30
	其他	22
	合计	52
非小说	赞美天主	62
	其他	36
	合计	98
合计	赞美天主	92
	其他	58
	合计	150

应征稿共162篇，现存150篇，其中赞美天主者高达92篇，约占来稿的三分之二。如此之高的比例表明这次征文活动应与教会有关，那些稿件的相关文字也证明了这一点。福建莆田宋永泉是看到福建教会的《会报》刊载的启事，决意"仿《天路历程》寓意之例"应征[2]；山东济南府的李凤祺是"前于后五月间，适有友人在浸礼会抄示题纸"[3]，这是当地教会在发布消息，而教徒们辗转相告；山东青州府张德祥的情况也类似，"余方看《新约》一书，忽有人送题到，上

---

[1] 毛芝生：《戒鸦片时文缠足小说》，载《清末时新小说集》第十四册，上海古籍出版社2011年版第509页。
[2] 宋永泉：《启蒙志要》，载《清末时新小说集》第八册，上海古籍出版社2011年版第6页。
[3] 李凤祺：《无名小说》所附信函，载《清末时新小说集》第八册，上海古籍出版社2011年版第167页。

有三题,命作时新小说"[1]。派人将启事送到教徒的家里,当地教会的工作可谓周到尽心,而"命作"二字,可见这已是当作业布置。湖北孝感县的福音会堂是这次来稿的大户,该会堂的陶牧师还亲自将教徒的那些稿件送至上海格致书室傅兰雅处。那15篇稿件使用的都是统一的稿纸与信封,连稿件的题目也都统一标为《鸦片时文缠足小说》,统一组稿的印记十分明显。各地教会的积极性由傅兰雅而促成,他在英文《教务杂志》的《有奖中文小说》中提出"在华各个传教士机构的牧师"是征文活动赖以依靠的组织系统,而且明确指出是要征集"用基督教语气而不是单单用伦理语气写作的小说"[2]。很显然,这次活动从一开始就带有浓重的宗教色彩。由表8还可以看到,尽管傅兰雅已讲明是征集小说,可是符合小说体例的仅52篇,只占来稿的三分之一,从这点来看,这次征文活动并不成功,更遑论"拉开了晚清新小说创作的序幕"。

在近代小说研究中,被误判的重要问题不止如何评价傅兰雅征文一例,围绕梁启超倡导的"小说界革命"对其后小说发展影响的估量也同样如此。长期以来,人们均认为其后的小说发展都在梁启超主张的笼罩之下。诚然,小说数量呈现爆炸式增长,证明了梁启超提高小说地位的努力已成为现实,小说在文学殿堂里开始恢复它应有的地位,诚如当时陈景韩所言:"自小说有开通风气之说,而人遂无复敢有非小说者。"[3]可是,梁启超倡导"小说界革命"的初衷,却是利用小说为政治服务,让大众通过小说阅读而成为维新变法的拥护者,故而他从创办《清议报》起就积极地推出政治小说,并有"政治小说

---

[1] 张德祥:《鸭(鸦)片、时文、缠足》篇首语,载《清末时新小说集》第十四册,上海古籍出版社2011年版第77页。
[2] 傅兰雅:《有奖中文小说》,转引自周欣平《〈清末时新小说集〉序》,载《清末时新小说集》第一册,上海古籍出版社2011年版第5页。
[3] 冷(陈景韩):《论小说与社会之关系》(上),光绪三十一年五月二十七日(1905年6月29日)《时报》。

为功最高焉"[1]之语，这是梁启超最重要的小说主张。可是，如果将"小说界革命"之后政治小说问世的情况与当时整个小说发展格局作比对，可以发现小说界根本没有理会梁启超的不断呼吁，这可以表9显示的数据为证。

表9："小说界革命"后政治小说占比表[2]　　　　　　（单位：本）

年份	该年小说数/种			该年政治小说数/种			政治小说占比/%
	报刊	单行本	合计	报刊	单行本	合计	
光绪二十八年	25	13	38	1	1	2	5.26
光绪二十九年	107	75	182	2	3	5	2.75
光绪三十年	119	51	170	2	0	2	1.18
光绪三十一年	153	77	230	4	1	5	2.17
光绪三十二年	365	143	508	2	2	4	0.79
光绪三十三年	471	174	645	2	0	2	0.31
光绪三十四年	688	184	872	5	1	6	0.69
宣统元年	695	192	887	0	1	1	0.11
宣统二年	673	118	791	1	0	1	0.13
宣统三年	751	93	844	3	0	3	0.36
时间不详	39	14	53	0	0	0	0.00
总计	4086	1134	5220	22	9	31	0.59

由表9所示，近代小说在清朝最后的十年里新出作品数量不断呈跳跃式攀升，首尾相较竟增长了二十余倍，这是"小说界革命"提高小说地位后的效应。由表9同时可看出，政治小说新作的问世始终不景气，即使在占比最高的光绪二十八年（1902）也只有两种。由

---

[1] 任公（梁启超）：《译印政治小说序》，光绪二十四年十一月十一日（1898年12月23日）《清议报》第一册。
[2] 据陈大康《中国近代小说编年史》统计，人民文学出版社2014年版。本书有关近代小说的数据均据该书统计。

于小说总数在不断增长，新问世的政治小说数量却始终徘徊不前，因此它在整体格局中的占比不断下降，自光绪三十二年（1906）起均不足1%。"小说界革命"刚兴起时，声势夺人，人们的小说观念为之一变，可是为什么时隔不久，梁启超的小说主张竟又遭到如此冷落？

梁启超创办《新小说》是"小说界革命"的实践示范，所载那些围绕政治主题的作品，初问世时确使人感到震动且耳目一新，因而一时间颇受欢迎，然而却无法持久，究其原因，就是那些作品偏于政治呐喊，描写又直露，"俗语所谓开口便见喉咙"，小说艺术特性缺乏，甚至"于小说体裁多不合也"[1]。一阵热潮过后，人们就发现"所谓风俗改良、国民进化，咸惟小说是赖"的见解是"誉之失当"[2]，著名小说家陈景韩也批评道："有益而无味，开通风气之心，固可敬矣，而与小说本义未全也"[3]，后来周作人甚至将批评的矛头直接指向了梁启超："今言小说者，莫不多立名色，强比附于正大之名，谓足以益世道人心，为治化之助。说始于《论小说与群治之关系》一篇。"他又说道："夫小说为物，务在托意写诚而足以移人情，文章也，亦艺术也。欲言小说，不可不知此义。"[4]小说是一种文学体裁，具有寓教于乐的功能，但不可能肩负政治重责。表9显示了小说数量的不断增长与政治小说遭到的冷遇，当时小说林社与商务印书馆出版小说单行本最多，徐念慈总结小说林社版的销售业绩时写道："记侦探者最佳，约十之七八；记艳情者次之，约十之五六；记社会态度、记滑稽事实者又次之，约十之三四；而专写军事、冒险、科学、立志诸书为最

---

[1] 公奴（夏颂莱）：《金陵卖书记》，载张静庐辑注《中国现代出版史料》（甲编），上海书店出版社2011年版第389—390页。
[2] 觉我（徐念慈）：《余之小说观》（上），光绪三十四年（1908）二月《小说林》第九期。
[3] 冷（陈景韩）：《论小说与社会之关系》（上），光绪三十一年五月二十七日（1905年6月29日）《时报》。
[4] 独应（周作人）：《论文章之意义暨其使命因及中国近时论文之失》，光绪三十四年五月初七日（1908年6月5日）《河南》第五期。

下,十仅得一二也"[1],至于政治小说,在他的列举中已无踪影。广大读者的阅读需求推动了该局面的形成,书局等为生存与发展,自然要将迎合读者的阅读意向列为经营的第一要素。这完全偏离了梁启超倡导"小说界革命"时的预想,却又是必然的,因为主宰小说出版与传播的是市场,而不是什么政治号召。

二、有助于把握全局与观察趋势

有些文学现象涉及的对象极为众多,初看上去有扑朔迷离之感,不仅全局无从把握,对其间的规律与变化趋势也难以厘清头绪。各个阶段的小说创作都会给人以这种感觉,而其中近代小说尤甚,在短短的七十二年里,作品数高达5597种,若按年出率比较,其新出作品之多超过了以往任何一个历史阶段,而其中光绪二十八年(1902)至宣统三年(1911),仅十年里明确标注时间的新出作品竟有5220种,约占近代小说总数的93%。近代小说的情况繁杂也超过了以往任何一个历史阶段,就作品种类而言,新增添了翻译小说,但又多非忠实原著的翻译,往往是翻译羼杂创作,故而常冠以"译述""意译"之类的标识;若论作品题材,已不再局限于以往的讲史、神魔与言情之类,新增添了政治、侦探、社会、科学与冒险等类。新出现的传播手段如报纸、刊物也成了小说的载体,打破了数百年来小说仅靠单行本流传的局面,报刊连载也是以往未曾有过的方式。头绪纷纭,局面繁杂,整体把握实属不易。这时,数理统计可以帮助我们对近代小说变化状况与趋势做框定,而通过相关数据解读,逐渐认清它的运动轨迹以及其间的规律。

---

[1] 觉我(徐念慈):《余之小说观》(上),光绪三十四年(1908)二月《小说林》第九期。

我们首先通过表10观察近代小说中单行本的出版状况：

表10：近代小说单行本出版一览表[1]

（单位：种）

时间		自著小说			翻译小说			总计	年均
起讫时间	长度	先载报刊	直接出版	总计	先载报刊	直接出版	总计		
道光二十年至三十年	11年	0	24	24	0	1	1	25	2.27
咸丰元年至十一年	11年	0	19	19	0	1	1	20	1.82
同治元年至十三年	13年	0	20	20	0	1	1	21	1.62
光绪元年至十年	10年	0	34	34	0	0	0	34	3.40
光绪十一年至二十年	10年	3	38	41	0	3	3	44	4.40
光绪二十一年至二十七年	7年	4	67	71	3	6	9	80	11.43
光绪二十八年	1年	1	5	6	0	7	7	13	13
光绪二十九年	1年	4	27	31	6	38	44	75	75
光绪三十年	1年	3	11	14	1	36	37	51	51
光绪三十一年	1年	2	20	22	12	43	55	77	77
光绪三十二年	1年	7	49	56	9	78	87	143	143
光绪三十三年	1年	8	37	45	13	116	129	174	174
光绪三十四年	1年	20	77	97	8	79	87	184	184

---

[1] 晚清时同一作品有时先后为数家书局出版，此处只统计最先出版者。

（接上表）

时间		自著小说			翻译小说			总计	年均
起讫时间	长度	先载报刊	直接出版	总计	先载报刊	直接出版	总计		
光绪间时间不详	/	0	14	14	0	0	0	14	/
宣统元年	1年	15	110	125	9	58	67	192	192
宣统二年	1年	10	75	85	15	18	33	118	118
宣统三年	1年	4	78	82	3	8	11	93	93
宣统间时间不详	/	0	4	4	0	0	0	4	/
近代时间不详	/	0	31	31	0	0	0	31	/
合计	72年	81	740	821	80	492	572	1393	19.35

道光二十年（1840）至同治十三年（1874）的三十五年里，是古代小说创作惯性延续的格局，出版方式一同以往，数量也是年均2至3种。光绪元年（1875）到二十年（1894）是印刷业改造时期，延续数百年的传统印刷工艺开始进入消退模式，从西方引进的先进印刷设备与技术逐渐占据了主导地位。此时小说产出数量稍有增长，当时的小说观以及相应的创作格局尚无较大变化。其后光绪二十一年（1895）至二十八年（1902）间，新出小说单行本数量成倍增加，年均已达13种。在此期间，甲午战败、戊戌变法与庚子国变先后发生，小说格局因时局急剧动荡的刺激而发生变化，这是由广大读者共同的阅读需求所造成。由于"小说界革命"的发生，光绪二十九年（1903）小说单行本出现了跳跃式增长，随着小说市场的打开，其数量在光绪三十二年（1906）又一次猛增，这是人们小说观改变后的一次普涨。此后，各年出版数量虽稍有起伏，但基本上处于稳定状态，这意味着参与小说发展的各因素的关系进入了相对平衡的阶段。

晚清时，报刊是小说发表的重要阵地，其作品数量远超单行本，而由表11可以知道，随着时间的推移，报刊发表作品数量的变化出现了与单行本相仿的态势。

表11：近代报刊小说发表一览表[1]

（单位：篇次）

时间		自著小说			翻译小说			小说总计
起讫时间	长度	日报	非日报	总计	日报	非日报	总计	
道光二十年至同治十年	32年	0	0	0	0	0	0	0
同治十一年至光绪二十年	23年	1	45	46	3	3	6	52
光绪二十一年至二十七年	7年	17	30	47	0	19	19	66
光绪二十八年	1年	0	13	13	0	12	12	25
光绪二十九年	1年	8	57	65	9	33	42	107
光绪三十年	1年	17	70	87	6	26	32	119
光绪三十一年	1年	72	48	120	10	23	33	153
光绪三十二年	1年	156	120	276	36	53	89	365
光绪三十三年	1年	132	196	328	59	84	143	471
光绪三十四年	1年	355	217	572	63	53	116	688
宣统元年	1年	464	138	602	62	31	93	695
宣统二年	1年	515	77	592	52	29	81	673
宣统三年	1年	507	140	647	51	53	104	751
时间不详	/	0	38	38	0	1	1	39
总计	72年	2244	1187	3433	351	420	771	4204

报刊小说自同治十一年（1872）《申报》创刊后才开始出现，此前的三十二年里尚为空白，而其后的数量变化态势有两处与单行本出版相似：光绪二十九年与光绪三十二年也出现了跳跃式增长，证明"小说界革命"与人们小说观的改变同样影响了报刊小说的发展，

---

[1] 表中统计数据为篇次，某作品若后又被他家报刊转载，则为2篇次，以此类推。但这类作品所占比例很小。

这是两个带有整体性的事件，因此那两处相同反映了近代小说发展的总趋势。以上两表也有相异之处：其一是报刊小说在光绪三十四年（1908）又有一次明显的增长，而统计时发现，那时新增了不少报纸与刊物，它们又多刊载小说。这个因素不会影响到单行本的出版，于是两表的显示便出现了差异。其二是小说单行本的出版在宣统朝出现了下降态势，报刊小说却是在继续攀升。其实，产生差异的原因在表10已有显示，将自著小说与翻译小说的数据做比对，立即便可看出这是由于宣统朝翻译小说单行本的出版锐减，表10反映出翻译小说单行本数量先是不断地快速递增，可是进入宣统朝却连续三年下降，先降到67种，再降到33种，最后降至仅11种，而表11则表明，报刊翻译小说此时的状况是虽有减少，但幅度较小。

统计展现了研究者未曾意识到的问题，这在当年却是人所共见的现象。早在翻译小说出版到达顶峰的光绪三十三年（1907），营销者已觉察到衰退征兆："向之三月而易版者，今则迟以五月；初刊以三千者，今则减损及半"[1]；同时，"新译者岁有增加，而购书者之总数，日益见绌"[2]，即读者的热情已开始消退。《巴黎茶花女遗事》与《福尔摩斯探案集》等介绍到中国后，很快引起强烈反响，一时间阅读市场急需译稿，急于抓住商机但又苦于译稿不多的书局便以高价收购，"争译泰西各种小说"[3]便成了时髦事，因逐利而粗率的风气也随之蔓延。译者队伍骤然扩充，其中相当一部分却是不合格之人，"甚至学堂生徒，不专心肄业，而私译小说者，亦不一而足"[4]，故而时人批评云："浅尝之士，每未能融会书意，涂乙一二联络词，卤莽卒事，

---

[1] 徐念慈：《〈丁未年小说界发行书目调查表〉引言》，光绪三十四年（1908）二月《小说林》第九期。
[2] 觚庵：《觚庵漫笔》，光绪三十三年十二月《小说林》第七期。
[3] 陈春生：《〈五更钟〉再版自序》，载《五更钟》，美华书馆光绪三十三年（1907）版第3页。
[4] 新庵（周桂笙）：《说小说·海底漫游记》，光绪三十三年三月十五日（1907年4月27日）《月月小说》第一年第七号。

甚者且竞骛牟谋,为速是尚,不暇问于义之安否,驯致所译之书格格不堪卒读。"[1]翻译小说的出版高潮在这种背景下形成,可是上过当的读者很快觉悟,翻译小说的出版数也就迅速随之下降,译者与书局对快速牟利的追求则是其间的催化剂。这并不意味着读者拒绝了翻译小说,先前出版的经读者们筛滤出的杰作不断再版证明了这一点。读者是阅读市场上最强大的力量,他们的共同选择使翻译小说出版的虚火消退,重新回归正常的轨道。

统计描述的翻译小说单行本出版发展与转折是该领域的整体性事件,可是由表12可以看出,它的发生主要集中于上海一地。

表12:上海六家翻译小说出版一览表

光绪朝	商务印书馆/本	小说林社/本	广智书局/本	新世界小说社/本	时报馆暨有正书局/本	文明书局/本	六家总计/本	单行本总数	占比(%)
二十九年	6	/	6	/	/	9	21	44	47.73
三十年	6	13	1	3	0	0	23	37	62.16
三十一年	20	20	4	0	4	2	50	55	90.91
三十二年	29	24	7	7	4	1	72	87	82.76
三十三年	55	33	5	9	3	0	105	129	81.40
三十四年	49	10	1	3	3	0	66	87	75.86
合计	165	100	24	19	14	15	337	439	76.77

其时上海逐渐发展为近代化程度最高的大都市,对外交流广泛而频繁,海外书籍与报刊的获取易于其他地区,译者也多集中于此地,它

---

[1] 开明书店总发行所:《群谊译社广告》,光绪二十九年正月十六日(1903年2月13日)《大陆》第三号。

自然成了翻译小说的产生地。翻译小说单行本基本都在上海问世，则是因为此地书局林立，出版较易。相比之下，由于此时各地都开始涌现报刊，它们也有翻译小说的刊载，因此这类作品在上海问世的集中程度便略低于单行本，这可由表13统计为证。

表13：近代日报小说地域分布表[1]

地区	日报数	自著小说	翻译小说	合计	占比/%
上海	28	1007	232	1239	59.80
京津	15	172	49	221	10.66
粤港	17	173	12	185	8.93
其他	13	387	40	427	20.61
总计	73	1739	333	2072	100.00
上海占比/%	38.36	57.91	69.67	59.80	/

表13同时又展现了日报自著小说的地域分布，其中上海约占了60%，若再扣除京津与粤港地区，其他各地的总和仅占二成。其实，自"小说界革命"以降，整个近代小说产出的格局即如此。这样，我们通过四张统计表，就基本把握了近代小说整体格局，了解了它的走向及其间的重要变化，在随后的具体研究中，就可做到心中有数，不致发生大的偏移。

对有的研究来说，要把握全局与观察趋势就离不开统计，厘清数十年来明清小说研究的状况便是较典型的一例。这里涉及的论文数以万计，各人切入点与观察层次不同，所得判断常会是众说纷纭，不得要领。对此繁杂的局面，数理统计更能显示其优越性，操作的方法是先将其分解为明代小说研究与清代小说研究，它们各自又分解为通俗小说与文言小说两块，对此分别作统计、梳理与观察，最后将其综合

---

[1] 海外日报所载小说未统计在内。现知海外日报小说共609种（自著小说577种，翻译小说32种），其中转载占了不小的比例。

为一个整体。由于数据积累的缘故,这里考察1950年至2000年明清小说各作品的研究状况。

首先考察明代通俗小说的研究状况。数据梳理的工作比较繁杂,第一步是将众多论文分列于各自所研究的作品。这时可看出,有的作品相关论文数量相当多,如《水浒传》就有2748篇,而绝大多数作品的相关论文却是寥寥无几,甚至是一篇也没有。于是第二步工作是将较少研究的论文全都归在"其他作品"名下,它们共有256篇,而由于"三言二拍"常被人作为一个整体进行研究,已无法作明确拆分,故也归为一类。第三步是将1950年至2000年按实际情况分为六个时间段,与各作品类相关的论文按其发表时间分属于各时间段。这样处理后,我们便可制成表14。

表14:1950—2000年明代通俗小说研究论文分布表[1]

作品名	1950—1966/篇	1967—1976/篇	1977—1983/篇	1984—1988/篇	1989—1993/篇	1994—2000/篇	合计/篇	占比/%
水浒传	314	957	406	549	230	292	2748	39.11
三国演义	205	28	137	326	254	408	1358	19.33
金瓶梅	20	0	68	290	483	409	1270	18.07
西游记	101	13	140	171	157	225	807	11.48
三言二拍	80	0	67	142	102	143	534	7.60
封神演义	13	0	7	9	15	10	54	0.77
其他作品	36	0	34	45	57	84	256	3.64
合计	769	998	859	1532	1298	1571	7027	100.00

---

[1] 此表引自陈大康《研究格局严重失衡与高密度重复》,2002年9月6日《文汇读书周报》。为便于观察,引用时最右侧增添"占比(%)"一列。

表 14 前四行是被称为"四大奇书"的《水浒传》等作,与其相关的论文共有 6183 篇,约占总数的 87.99%[1],这显然是明代通俗小说研究的重点所在。与此相对应,表中"其他作品"指标虽涉及一百多种明代通俗小说,可是相关的论文却少得可怜,只占总数的 3.64%,这表明明代通俗小说中有相当大一部分作品未受关注,甚至尚未进入人们的研究视野。这对数据反差如此之大,有力地证明了明代通俗小说研究力量分布的不平衡。至于明代的文言小说,由于五十一年里相关论文仅 69 篇,且集中于明初的《剪灯新话》,无须制作表格显示。明代文言小说共 500 余种,远多于通俗小说,可是相关的论文仅占明代小说研究论文总数 7096 种的 0.97%。若综合以上的讨论,先前的判断便可作进一步全面表述:明代小说的研究状态是文言小说冷,通俗小说热,而通俗小说中约九成的力量集中于《水浒传》等"四大奇书"。原先我们对明代小说研究力量分布的态势至多有个大概的模糊感觉,谁也不敢下明确的定论,因为感觉与实际情况往往相去甚远,甚至完全相反,而依据上面的统计分析,便可毫不含糊地做出明代小说研究状态严重失衡的判断。

对清代小说研究力量分布状态的了解,也可按上述方法进行,首先是制作表 15 考察清代通俗小说研究论文的分布[2]。

---

[1] 这五十一年间,《水浒传》研究投入的力量最多,几乎高达 40%。其间,1967—1976 年的研究情况较为特殊,其时其他明代小说研究大都处于停滞状态,而有关《水浒传》的论文因政治运动而独多。若将这十年的论文数全都扣去不计,《水浒传》研究所占比例为 29.71%,仍稳居榜首。

[2] 统计对象为自创小说单行本,即不包括翻译小说,也不包括刊载于报刊而未出单行本的作品。因一些论文将《连城璧》《十二楼》等作综而论之,故归并为"李渔创作",近代李伯元等人作品也作了类似归并。

表 15：1950—2000 年清代通俗小说研究论文分布表[1]

作品	1950—1966/篇	1967—1976/篇	1977—1983/篇	1984—1988/篇	1989—1993/篇	1994—2000/篇	合计/篇	占比/%
李渔创作	4	0	17	15	31	46	113	1.05
醒世姻缘传	5	0	5	17	20	28	75	0.69
儒林外史	120	10	212	165	62	144	713	6.60
红楼梦	976	811	2521	1434	1121	1893	8756	81.04
歧路灯	0	0	66	68	7	9	150	1.39
镜花缘	14	0	2	20	12	27	75	0.69
李伯元创作	28	0	12	13	6	9	68	0.63
吴趼人创作	19	0	14	15	8	13	69	0.64
刘鹗创作	31	0	22	26	27	46	152	1.41
曾朴创作	15	0	8	10	11	10	54	0.50
其他作品	97	8	72	150	117	135	579	5.36
合计	1309	829	2951	1933	1422	2360	10804	100.00

表 15 中最醒目的是有关《红楼梦》的研究，五十一年间的相关论文数高达 8756 篇，占总数的 81.04%[2]，与表 14 相较，在同样时间段里

---

[1] 此表引自陈大康《研究格局严重失衡与高密度重复》，2002 年 9 月 6 日《文汇读书周报》。为便于观察，引用时最右侧增添 "占比（%）" 一列。

[2] 这五十一年间，《红楼梦》研究力量投入最多，已超过 80%。1967—1976 年其他清代小说研究大都处于停滞状态，而有关《红楼梦》的论文因政治运动而独多。若将这十年的论文数全都扣去不计，《红楼梦》研究所占比例为 79.63%，仍是一家独大。

研究明代《水浒传》等"四大奇书"的论文数之和才6183篇，它们占总数的87.99%。这些数据在提示人们注意，清代通俗小说研究失衡的状态，比明代通俗小说研究更为严重。《红楼梦》确是古代小说中最优秀的巨著，但清代通俗小说研究中每五篇论文中就有四篇在研究《红楼梦》，这比例也实在高得有点畸形。还有一组数据可与此作对比：归入"其他作品"的共有800余种，可是投入的研究力量仅占5.36%，显然尚有相当大一部分作品未受关注，甚至未进入人们的研究视野。

与研究明代文言小说的论文仅69篇相较，清代文言小说因有部《聊斋志异》，研究论文较多，其分布如表16所示。

表16：1950—2000年清代文言小说作家作品研究分布表[1]

	1950—1966/篇	1967—1976/篇	1977—1983/篇	1984—1988/篇	1989—1993/篇	1994—2000/篇	合计/篇	占比/%
聊斋志异	122	3	536	410	250	342	1663	90.53
阅微草堂笔记	1	0	18	15	23	16	73	3.97
其他作品	3	0	8	34	23	33	101	5.50
合计	126	3	562	459	296	391	1837	100.00

综合表15与表16的数据，可以看出清代小说研究主要是集中于《红楼梦》，其次是《聊斋志异》与《儒林外史》，但后两者相关论文数之和，只抵得上《红楼梦》研究的四分之一，更遑论其他作品的研究，清代小说研究同样处于严重失衡的状态。

---

[1] 此表引自陈大康《研究格局严重失衡与高密度重复》，2002年9月6日《文汇读书周报》。为便于观察，引用时最右侧增添"占比（%）"一列。

表14至表16共显示了184个数据，数量虽不大，却是在对2万多篇论文作指标归并及相应计算后所得，具有很高的可信性；而且，这184个数据已作有序排列，据此可对1950—2000年五十一年间明清小说研究状态作直观明了的框架性把握。这些数据的功用并不止于这三张统计表的显示，如果以此为基础再对指标及其所属数据作选取与归并，伴以必要的计算，还可以对明清小说的研究状态有更进一步的具体把握。如通过对1977—2000年各作品研究在各时间段研究总体中所占的相对比例进行观察，可以发现进入新时期以来各作品研究状态的变化及趋势，对表14作指标选取与相应计算后，便可得到表17。

表17：1977—2000年明代通俗小说研究论文数占比表

	1977—1983	1984—1988	1989—1993	1994—2000	1977—2000 论文数/篇	占比
水浒传	47.26	35.84	17.72	18.59	1477	28.08
三国演义	15.95	21.28	19.57	25.97	1125	21.39
金瓶梅	7.92	18.93	37.21	26.03	1250	23.76
西游记	16.30	11.16	12.10	14.32	693	13.17
三言二拍	7.80	9.27	7.86	9.10	454	8.63
封神演义	0.82	0.59	1.16	0.64	41	0.78
其他作品	3.96	2.94	4.39	5.35	220	4.18
合计	100.00	100.00	100.00	100.00	5260	100.00

表17将1977—2000年分为四个时间段，显示了各作品研究在不同时间段里所占的比例。根据以上数据，可以看出明代通俗小说研究在二十四年里有几个比较醒目的变化。首先是《水浒传》研究比重从将近50%降至不到20%，而1989—2000年的12年里，它都是18%左右，出现了基本稳定的态势。其次是《金瓶梅》研究所占比重迅速增加，最初是不到8%，高峰时竟已达37%。其间的原因大家都清楚，

此书因含色情描写，长期以来被列为禁书，而进入新时期后受思想解放思潮的推动，相当一部分研究力量便移至此处。在这期间，《三国演义》研究的比重也有所增长。第三是"其他作品"的研究比重也在增长，但速度相当缓慢，首尾相较，只增长了1.39%，出现了平缓上升的态势。在观察了这些变化后，我们还可以根据表14，将《水浒传》《三国演义》《金瓶梅》与《西游记》四部作品归并为一个指标"四大奇书"作考察，其结果如表18所示：

表18：1977—2000年"四大奇书"研究论文数占比表

	1977—1983/%	1984—1988/%	1989—1993/%	1994—2000/%	1977—2000	
					论文数/篇	占比
四大奇书	87.43	87.21	86.60	84.91	4545	86.41

表18所列数据表明，尽管那四部作品的研究比重在各时间段里各有消长，但它们之和却基本稳定，这意味着"四大奇书"的研究一直是明代通俗小说研究的核心部分，该状态数十年始终如一，所不同的是，在这四部作品的范围内，一些研究者时间与精力投放的目标有所转移。该表所列数据同时又表明，这四部作品研究比重之和一直在不断下滑，但每次下滑的幅度很小，首尾相较，减少了2.52%。很显然，"其他作品"的研究比重所增长的1.39%就来源于此，剩余的部分则转至"三言二拍"的研究。数据的变化是研究力量有所转移的体现，表明有的研究者的着力点不再局限于"四大奇书"，不过这些数据变化的幅度相当小，远未能撼动明代通俗小说研究的整体格局。

以同样方式，可以考察1977—2000年这二十四年间清代通俗小说研究比重的变化，如表19所示：

表 19：1977—2000 年清代通俗小说研究论文数占比表

	1977—1983 / %	1984—1988 / %	1989—1993 / %	1994—2000 / %	1977—2000 论文数/篇	占比
李渔创作	0.58	0.76	2.18	1.95	109	1.26
醒世姻缘传	0.17	0.88	1.41	1.17	70	0.81
儒林外史	7.18	8.53	4.36	6.10	583	6.73
红楼梦	85.43	74.19	78.83	80.21	6969	80.42
歧路灯	2.24	3.52	0.49	0.38	150	1.73
镜花缘	0.07	1.03	0.84	1.14	61	0.70
李伯元创作	0.41	0.67	0.42	0.38	40	0.46
吴趼人创作	0.47	0.78	0.56	0.55	50	0.58
刘鹗创作	0.75	1.35	1.90	1.95	121	1.40
曾朴创作	0.27	0.52	0.77	0.42	39	0.45
其他作品	2.44	7.76	8.23	5.72	474	5.47
合计	100.00	100.00	100.00	100.00	8666	100.00

《红楼梦》研究一家独大，其他任何作品研究比重与它相较都只是一个很小的数值，即使与研究较多的《儒林外史》相较，也出现了12∶1的悬殊差距；"其他作品"的研究比重有所增加，但幅度很小，且出现了波动。可以说，清代通俗小说的研究格局在这二十四年里几乎没有什么变化，这与明代通俗小说研究中，若以"四大奇书"为一整体作考察，其所占比重几乎不变一样。

根据以上几张表提供的数据，我们还可以重新选取指标（实际上是将已有指标做进一步归并），考察研究力量对不同类别小说的投放分布。

表20：1950—2000年明清小说研究分类统计表

	1950—1966 / 篇	1967—1976 / 篇	1977—1983 / 篇	1984—1988 / 篇	1989—1993 / 篇	1994—2000 / 篇	1977—2000 论文数 / 篇	占比
明代通俗	769	998	859	1532	1298	1571	7027	35.60
明代文言	3	0	7	10	13	36	69	0.35
清代通俗	1309	829	2951	1933	1422	2360	10804	54.74
清代文言	126	3	562	459	296	391	1837	9.31
合计	2207	1830	4379	3934	3029	4368	19737	100.00

表20提供的数据表明，按类别统计明清小说的研究情况，我们看到的仍是不平衡的状态。至此，我们已从不同角度与层次作了统计考察，得到的结论完全一致，据此，最后可以作出明清小说研究状态严重失衡的判断。

表14至表16的制成费劳甚巨，首先是大规模的统计，其次是作指标选取与归并，以及相应的计算。表17至表20则是以表14至表16显示的数据为基础，因无须重作大规模的统计，计算与制作就相对较易。这一事实表明，对花费巨大劳动所得的数据应充分利用，可通过适当处理后进一步获取更多的信息，而下面所列的表21，同样是根据表14至表16显示的数据，对《红楼梦》等7部著名的明清小说研究的占比情况作考察：

表21：1950—2000年7部名著研究占比表

	1950—1966 / %	1967—1976 / %	1977—1983 / %	1984—1988 / %	1989—1993 / %	1994—2000 / %	1950—2000 论文数 / 篇	1950—2000 占比 / %
红楼梦	44.22	44.98	47.57	36.45	34.35	43.44	8756	44.36
水浒传	14.23	52.30	9.27	13.96	7.05	6.70	2748	13.92

（接上表）

	1950—1966 / %	1967—1976 / %	1977—1983 / %	1984—1988 / %	1989—1993 / %	1994—2000 / %	1950—2000 论文数 / 篇	1950—2000 占比 / %
聊斋志异	5.53	0.16	12.24	10.42	7.66	7.85	1663	8.43
三国演义	9.29	1.53	3.13	8.29	7.78	9.36	1358	6.88
金瓶梅	0.91	0.00	1.55	7.37	14.80	9.39	1270	6.43
西游记	4.58	0.71	3.20	4.35	4.81	5.16	807	4.09
儒林外史	5.44	0.55	4.84	4.19	1.90	3.30	713	3.61
其他作品	15.80	0.00	18.20	14.97	21.65	14.80	2422	12.28
合计	100.00	100.00	100.00	100.00	100.00	100.00	19737	100.00

表21以五十一年间所有明清小说研究论文为计算底数，即包含了对文言小说的研究，故而占比数值要小于表14或表15仅以明代或清代通俗小说研究论文数为底数的计算结果。由表21可看出，《红楼梦》研究始终高居榜首，在各个时间段里都是数倍于其他任何一部名著的占比，在多数时间里它几乎是明清小说研究的半壁江山。《水浒传》研究的占比在明显下降，《三国演义》研究占比一度下降后又重新攀升，而《金瓶梅》研究占比则是明显上升。各部名著研究占比在不同时间段里各有消长，可是若将这7部作品视为一个整体，其研究占比在五十一年间呈现为相当稳定的数值，这由表22所示：

表22：1950—2000年7部名著研究总计占比表

	1950—1966 / %	1967—1976 / %	1977—1983 / %	1984—1988 / %	1989—1993 / %	1994—2000 / %	1950—2000 论文数 / 篇	1950—2000 占比 / %
7部名著	84.20	100.00	82.80	85.03	78.35	85.20	17315	87.72
其他作品	15.80	0.00	18.20	14.97	21.65	14.80	2422	12.28
合计	100.00	100.00	100.00	100.00	100.00	100.00	19737	100.00

1950—2000年的五十一年间,《红楼梦》等7部名著的研究论文有17315篇,占明清小说研究论文19737篇的87.72%,而在各时间段里,人们研究的时间与精力主要都集中于这7部作品,这也是明清小说研究状态不平衡的重要表现。

其实,不平衡状态并不止于明清小说研究,整个古代文学研究界的状况同样如此。笔者曾对20世纪90年代,即1990—1999年的古典文学研究论文作了统计,这十年间论文数共为30963篇,数量之多实超出人们的想象;若扣去文论研究3272篇与少数民族作品研究740篇后,则为26951篇,这仍是相当庞大的数字。为了了解这些论文的分布状况,先以表23考察它们的体裁与时间段的分布。

表23:1990—1999年古代文学研究论文分布表

	综论/篇	神话/篇	散文/篇	诗/篇	词/篇	曲/篇	戏曲/篇	小说/篇	弹词/篇	合计/篇	占比/%
综论	1559	360	235	888	263	25	197	712	0	4239	15.73
先秦	413	134	541	1585	0	0	0	3	0	2676	9.93
两汉	80	12	389	187	0	0	2	14	0	684	2.54
魏晋	771	0	276	889	0	0	0	156	0	2092	7.76
隋唐	908	0	284	3339	226	0	6	235	0	4998	18.54
宋	641	0	250	733	1284	0	11	56	0	2975	11.04
元	137	0	18	122	36	238	530	7	0	1088	4.04
明	242	0	123	143	20	20	222	2252	0	3022	11.21
清[1]	302	0	126	398	126	12	168	3172	7	4311	16.00
近代	242	0	43	258	36	0	9	278	0	866	3.21
合计	5295	506	2285	8542	1991	295	1145	6885	7	26951	/
占比(%)	19.65	1.88	8.48	31.69	7.39	1.09	4.25	25.55	0.02	/	100.00

---

[1] 本表已将"近代"相关数据作单独显示,因此表中有关"清代"的数据对此已作扣除。

按时间段计，隋唐文学的研究所占比例最高，其次是扣除了近代文学部分的清代文学，跨时间段的综合论述名列第三，而两汉文学研究所占比重相当小；按体裁计，诗歌研究所占比例最高，其次是小说，跨体裁的综合论述名列第三。仅诗歌与小说的论文占总数的57%，这是一个十分高的比例。按两种方式统计所得结果的指向其实是一致的，隋唐文学所占比例高，根本原因是唐诗研究的论文多，所以诗歌研究所占比例也高；而清代小说的研究占清代文学研究的74%，所以两者也显示出了一致。所谓清代小说研究，其实主要是《红楼梦》的研究，它占了清代小说研究的73%。

由表23已可初步看出研究格局的失衡，若进一步细察研究的具体分布，则失衡状态就显示得更为严重。在26951篇论文中，论述特定作家作品的论文共18368篇，占总数的68%，其中除少量考证外，绝大多数是作家论或作品赏析，而这近2万篇论文，又集中在个别的点上。此论断可由表24的"排行榜"证明。

表24：1990—1999年古代文学作家作品研究排行榜

作家作品	排序	篇数	占比/%	作家作品	排序	篇数	占比/%
红楼梦	1	2354	12.83	刘勰	11	388	2.11
诗经	2	876	4.77	聊斋志异	12	377	2.05
屈原	3	871	4.74	西游记	13	296	1.61
杜甫	4	835	4.55	白居易	14	283	1.54
苏轼	5	657	3.58	李清照	15	272	1.48
金瓶梅	6	651	3.54	王维	16	231	1.26
三国演义	7	541	2.95	辛弃疾	17	211	1.15
李白	8	539	2.93	韩愈	18	209	1.14
陶渊明	9	512	2.79	柳宗元	19	196	1.07
水浒传	10	420	2.29	史记	20	187	1.02
合计	/	8256	44.97	合计	/	2650	14.13

(接上表)

作家作品	排序	篇数	占比/%	作家作品	排序	篇数	占比/%
王国维	21	176	0.96	黄庭坚	31	116	0.63
李商隐	22	169	0.92	王实甫	32	112	0.61
儒林外史	23	165	0.90	李渔	33	106	0.58
冯梦龙	23	165	0.90	金圣叹	34	105	0.57
庄子	25	159	0.87	柳永	35	95	0.52
李贺	26	147	0.80	元好问	35	95	0.52
关汉卿	27	136	0.74	纳兰性德	37	87	0.47
欧阳修	28	122	0.66	钟嵘	38	83	0.45
陆游	29	120	0.65	姜夔	39	70	0.38
汤显祖	30	117	0.64	凌濛初	39	70	0.38
合计	/	1476	8.04	合计	/	939	6.11

古典文学中的作家作品至少得以"万"为单位计，可是集中在40个点上的论文数已达13321篇，占总数18368篇的72%。综合以上的统计数据，不难发现各历史阶段或各文学体裁的研究，都是集中在某几个点上，如唐诗研究中，对杜甫、李白、白居易、王维、李商隐、李贺六位诗人的研究就占了66%，而明代戏曲研究中，对汤显祖一人的研究就占了约53%，研究格局的失衡已显而易见。

以上诸表显示的数据，使人能切实把握研究格局及其走向，可是统计的功能只是帮助人们发现问题与把握格局，至于为什么会出现这样的问题或格局是如何形成的，统计数据本身并不能提供解释，这就需要研究者综合各种情况作具体分析。须知统计论文时，有创见者其数值为1，平庸重复者的数值也是1，只有进一步结合那些论文的具体情况作分析，方能明白问题之所在。在《红楼梦》研究中，1950—2000年仅论文题目标明是讨论宝玉与黛玉爱情的就有近400篇，题目未标明而文中讨论了宝黛爱情的也可以千计。这一问题虽然值得研究，但无论如何没有弄出如此庞大论文数量的必要，一篇篇读来，所能见到的只能是重复。此情状在古代文学研究中随处可见，如1990年至

1999年的十年间，关于《杜十娘怒沉百宝箱》的讨论竟有数十篇之多，而关于这场悲剧的结论却同一，论述方式甚至语言表述也大同小异。古代文学研究是一个极其广袤的领域，表24却表明，人们关注的只是那数十个点而已，绝大部分研究力量都投置于此，就必然会出现大面积、高密度与低水平的重复。

  长久以来，大面积、高密度与低水平的重复现象年复一年地再现，人们似乎已习以为常，不以为怪，而长期的积淀一旦以统计数据作刻画，才发现这现象已到了触目惊心的地步。研究目的是发现问题与解决问题，可是这些年来古代文学研究却不断地在不难计数的结论间游荡徘徊，相当多的论文作者还乐此不疲。这现象明显与研究初衷相抵触，可是为什么却偏偏经久不衰？大量重复现象在名著研究中尤为严重，这固然与研究视野受到局限相关，同时也有将研究价值，甚至研究者本人价值与被研究对象的价值挂钩的误解，但论文作者的功利心起了决定性作用，他们经常考虑的是所获成果与投入的时间、精力的比值大小。与名著有关的资料因前辈学者的辛勤耕耘已相当齐备，可参考的论述可随时查阅，研究易于上手，成文也较方便；可是对于几为空白的作家作品研究来说，情形正相反，仅搜寻相关的资料就极费时费力，并且不能保证在短时间内就有相应的收获。以论文发表为唯一目标，而不是追求问题的发现与解决，这种现象的出现不可避免，但它竟形成如此大的规模，则意味着现行的学术评价机制有严重的缺陷。问题该如何解决，这不是数理统计所能承担的任务，但它能以可信的数据引导人们注意问题的严重性，就已为研究作出了重要贡献。

三、可直观显示流派嬗变的过程

一些流派诞生了，一些流派消亡了，这是文学史上常见的现象。一个流派从诞生到消亡，它的某些特征在发展过程中会逐渐发生变化，过去研究者对此少有论述，或仅是含糊地谈及自己的感觉。这些变化对于流派发展的走向乃至最后的消亡都有着重要作用，对其缺乏研究的原因，是按照传统的方法，经常很难讲清楚变化的状况。这时，数理统计便有了不可替代的作用。

这里我们不妨以拟话本为例。小说史上各流派多以题材命名，如讲史演义、神魔小说之类，拟话本则是鲁迅根据一些作品的形式特征而提出的专用名词，他论及宋话本时云："南宋亡，杂剧消歇，说话遂不复行，然话本盖颇有存在，后人目染，仿以为书，虽已非口谈，而犹存囊体。"[1]后来鲁迅又将这一"囊体"具体为"什九须有'得胜头回'"与"须引证诗词"[2]，这是判断作品是否属于拟话本的标准，但它们在拟话本的发展过程中逐渐发生了变化。

"得胜头回"是指正话前的小故事，其情节与正话没有必然的逻辑联系，但它可以从正面或反面映衬正话，正如鲁迅先生所说，"取不同者由反入正，取相类者较有浅深，忽而相牵，转入本事，故叙述方始，而主意已明"[3]。鲁迅说"什九须有'得胜头回'"，其意是作品基本上都有头回，但也有很少一部分作品没有。可是如果对明末清初各部拟话本作一排查，可以发现有头回的情况随着拟话本创作的发展而有明显变化（表25）。

---

[1] 鲁迅：《中国小说史略》，《鲁迅全集》第九卷，人民文学出版社1981年版第117页。
[2] 鲁迅：《坟·宋民间之所谓小说及其后来》，《鲁迅全集》第一卷，人民文学出版社1981年版第149页。
[3] 鲁迅：《中国小说史略》，《鲁迅全集》第九卷，人民文学出版社1981年版第116页。

表 25：明末清初拟话本含头回情况表　　　　　　　　　　（单位：篇）

	三言	二拍	西湖二集	石点头	型世言	欢喜冤家	十二楼	连城璧	醉醒石	鸳鸯针	豆棚闲话	生绡剪	照世杯	八段锦	五色石
有头回数	45	72	31	7	23	1	3	6	5	2	7	9	0	1	0
无头回数	74	6	3	7	17	23	9	6	10	2	5	10	4	7	8
合计	119	78	34	14	40	24	12	12	15	4	12	19	4	8	8

拟话本的创作始于冯梦龙的"三言",在他的心目中,头回的地位似乎并非十分重要。《喻世明言》《警世通言》与《醒世恒言》各含40篇作品,它们含有头回的作品分别是14篇、18篇与13篇,都是只占三分之一左右,他根本没想到有无头回在后世会成为判断一篇作品是否为拟话本的标准。稍后,凌濛初的"二拍"与周清原的《西湖二集》问世,在这些作品集中,头回在各篇作品中出现的比例都高达90%以上,完全符合"什九须有'得胜头回'"的标准。这些作品基本上都由五个部分组成:首先是篇首诗词,其次是以议论点题的入话,再次是叙述一则或几则小故事的头回,第四是故事正文,即正话,最后是篇尾诗词。这可视为拟话本的标准格式。可是这格式很快又被打破,如崇祯年间较迟出现的《型世言》,没有头回作品的占比已达40%,有头回的作品虽稍多,但头回基本上都与入话混在一起,而且只作为例子被极简略地提及,与"三言""二拍"中头回的详尽铺叙大不相同。在与《型世言》同时的《欢喜冤家》中,有头回的作品已锐减到1篇,占比已不到5%,《醉醒石》中的占比也仅有三分之一。入清以后,头回在各拟话本集中是时有时无,出现比例高者如《豆棚闲话》约有60%,《生绡剪》中约占50%,但那些头回的形态有

点像《型世言》,即重议论且是作为例子被极简略地提及。此时头回出现的总趋势是减少,李渔的《十二楼》中,无头回的作品篇数竟占了四分之三,《八段锦》中这类作品数近90%,而《照世杯》与《五色石》中的作品,篇篇都没有头回。正话前有头回曾是拟话本创作的标准格式,可是那时的作者却不愿拘泥地照此办理,李渔的《连城璧》中第一篇就不仅没有头回,他还特地写下一段文字介绍如此处理的理由,"别回小说,都要在本事之前,另说一桩小事,做个引子",但他却认为"不须为主邀宾,只消借母形子,就从粪土之中,说到灵芝上去,也觉得文法一新"[1]。

话本中之所以会有头回,实是出于商业上的考虑而非创作的必需。说书艺人希望来听讲的人越多越好,这直接与他的收入挂钩,但到了约定的时间他又必须开讲。头回是解决难题的两全之法:已入场的听众的注意力为"头回"所吸引,不会因无故事可听而烦躁喧闹,场外的人因为"正话"尚未开始,故也愿意进场听讲。久而久之,头回便成了话本小说在形式上的重要标志。可是对模拟话本的作者来说,他们并没有说书人那样迫切的商业需求,而且构想与设置头回还往往会成为创作的累赘,因此头回在拟话本创作中逐渐减少乃至消失其实是一种必然现象。这是我们在表25中观察到的现象,统计纠正了拟话本必有头回的错觉。

至于"须引证诗词"这一特征,也可以通过统计作考察。在宋话本中,"开篇引首,中间铺叙与证明,临末断结咏叹,无不征引诗词",这是对唐人小说特点的继承,但由于"宋小说多是市井间事,人物少有物魅及诗人,于是自不得不由吟咏而变为引证,使事状虽殊,而诗气不脱",说书人借此显示自己"讲得字真不俗,记问渊源

---

[1] 李渔:《连城璧》子集"谭楚玉戏里传情,刘藐姑曲终死节",《古本小说集成》第二辑,上海古籍出版社1994年版第4页。

甚广"[1]。拟话本刚兴起时,也承袭了话本征引诗词的特征,有的征引数量还相当多,如问世于明崇祯时周清原的《西湖二集》,其卷七《觉阇黎一念错投胎》全文不足万字,而文中仅是完整的诗词就征引了39首。不过在从明末至清初的半个多世纪里,这一特征同样慢慢地发生了变化,人们征引诗词的观念逐渐淡薄,突出者如清初艾衲居士的《豆棚闲话》中,除了第四则《藩伯子破产兴家》征引了一首,第十则《虎丘山贾清客联盟》为了介绍苏州风俗而征引了22首外,其余的十则故事中竟无一首诗词,作者甚至将篇首与篇尾的诗词也都省略了。从表26可以看出拟话本征引诗词数量由多到少的总趋势。

表26：明末清初拟话本征引诗词情况表

	篇数	作品集含诗词总数	篇中收诗词最低数	篇中收诗词最高数	平均每篇所收诗词数
古今小说	40	448	3	30	11.2
警世通言	40	454	2	47	11.35
醒世恒言	40	409	3	22	10.23
西湖二集	34	500	6	40	14.71
拍案惊奇	40	266	2	15	6.65
二刻拍案惊奇	38	323	5	17	8.5
石点头	14	136	5	19	9.71
欢喜冤家	24	221	3	20	9.21
型世言	40	348	3	21	8.70
醉醒石	15	286	7	28	19.07
十二楼	12	50	1	10	4.17
连城璧	18	39	1	8	2.17
豆棚闲话	12	25	0	22	2.08
照世杯	4	23	2	10	5.75

---

[1] 鲁迅:《坟·宋民间之所谓小说及其后来》,《鲁迅全集》第一卷,人民文学出版社1981年版第148—149页。

(接上表)

	篇数	作品集含诗词总数	篇中收诗词最低数	篇中收诗词最高数	平均每篇所收诗词数
生绡剪	19	113	3	11	5.95
五色石	8	97	6	19	12.13

在冯梦龙的"三言"中,相当一部分作品是根据宋元话本改编,原作征引诗词较多的格局得以保留,而《西湖二集》的作者周清原是"抵掌而谈古今也,波涛汹涌,雷震霆发"的人,蹭蹬厄穷的遭遇又使他"愿为优伶,手琵琶以求知于世"[1],看来是曾有过一段说书的生涯,因而以上作品中征引的诗词特别多也容易理解。宋时话本中大量征引诗词的重要原因是说书人为了显示"讲得字真不俗,记问渊源甚广",而明清时与说书并无什么关系的文人撰写拟话本时,其创造力主要显示于人物形象的塑造与情节的安排,他们一般都是有一定声望的名士,完全没有必要以大量征引诗词的方式来表明自己的不俗或学问渊博。由于是遵循话本的格式,他们的作品中也多少出现了一些诗词,但这往往是出于刻画人物与情节发展的需要,而并非有意嵌入。凌濛初两部《拍案惊奇》的情形正是如此,李渔的《十二楼》也是如此。谁也不会怀疑李渔作诗赋曲的水平,但书中《夺锦楼》与《奉先楼》这两篇都只是在篇首征引了一首诗,而除了《三与楼》与《生我楼》这两篇外,其余十篇竟然连篇尾都未征引诗词。

以上的统计表明,无论是头回设置还是诗词征引,它们都是拟话本刚兴起时因模拟话本而显示出的形式特征。但话本是说书人的底本,而拟话本则是为案头阅读而创作,两者性质有别,适合于话本的那些形式就逐渐失去了存在的必要性,于是随着拟话本创作的发展,这些特征也就模糊淡化。这表明此时作者创作时重视的是根据作品的实际

---

[1] 湖海士:《〈西湖二集〉序》,载《西湖二集》,《古本小说集成》第二辑,上海古籍出版社1994年版第13、17页。

内容进行构思，已不再把注意力置于对话本形式的模拟，这种独创意识的抬头，决定了拟话本在形式方面的过渡性。不过，一部作品集中诗词的多少还与作者的爱好及写作习惯有关，在拟话本中征引诗词普遍趋少的情况下，也会出现征引较多的现象，表26中所列的《五色石》便是如此，但这只是个别的现象，并不妨碍对总体趋势的判断。

统计对把握清初才子佳人小说的由来以及该流派的发展变化也甚有帮助。清初时以天花藏主人的《玉娇梨》《平山冷燕》为开端，出现了二三十部才子佳人小说。这些作品讲述的无非都是"落难公子中状元，私订终身后花园"一类故事。其情节类似、格局雷同终于引起读者的厌烦，于是该流派在乾隆朝开始消亡。

当论及才子佳人小说创作的公式化时，人们常统而言之，或列举几部作品主要情节的类似作说明，如果逐部排比那些情节，不仅行文累赘，而且容易使人理不清头绪。在这种情况下，统计便可彰显出不可取代的优越性，它可以用一张表格清晰地显示出才子佳人小说创作的公式化。

表27：清初才子佳人小说创作公式化一览表

篇名	才子家境			条件		交往过程						婚姻状况						仕途结局		
	贫寒	小康	世家	有亲谊	寓居旦宅	丫鬟传递	生旦唱和	思念成疾	醉失佳期	生旦别离	小人拨乱	私订	长辈订	婚前私合	奉旨成婚	一妻	多妻	生中进士	辞官归乡	得道成仙
金云翘传		★						★		★		★					★	★		
玉娇梨	★					★	★			★	★	★					★	★		

（接上表）

篇名	才子家境			条件		交往过程						婚姻状况						仕途结局		
	贫寒	小康	世家	有亲谊	寓居旦宅	丫鬟传递	生旦唱和	思念成疾	醉失佳期	生旦别离	小人拨乱	私订	长辈订	奉旨成婚	婚前私合	一妻	多妻	生中进士	辞官归乡	得道成仙
平山冷燕		★					★				★	★		★	★			★		
春柳莺		★					★			★	★	★	★			★	★			
麟儿报	★						★			★	★	★		★		★		★	★	
玉支玑小传	★				★		★			★	★	★		★		★		★		
画图缘		★					★			★		★				★				
两交婚		★					★			★	★			★		★	★			
飞花咏小传		★					★		★	★	★	★				★		★		

（接上表）

篇名	才子家境			条件		交往过程						婚姻状况						仕途结局		
	贫寒	小康	世家	有亲谊	寓居旦宅	丫鬟传递	生旦唱和	思念成疾	醉失佳期	生旦别离	小人拨乱	私订	长辈订	婚前私合	奉旨成婚	一妻	多妻	生中进士	辞官归乡	得道成仙
定情人		★	★	★	★	★	★			★	★	★					★	★		
锦香亭		★			★	★	★			★		★			★		★	★	★	
情梦柝		★		★	★	★	★			★	★	★					★	★	★	
赛红丝		★			★		★			★	★	★			★	★		★		
吴江雪		★			★		★			★	★	★	★		★		★	★		
合锦回文传		★			★		★			★	★	★				★	★			
宛如约			★		★		★			★	★	★			★		★	★		

此表选取了 16 部才子佳人小说，排列了 20 个情节要素作考察。表 27 虽是统计的结果，却未出现数字，而是出现了某情节要素，若有某情节表中即标以"★"，这样总体概貌可显示得更清晰。从表 27 可看到，各作品中都有"生旦唱和"的描写，证实了曹雪芹在《红楼

梦》第一回中批评的"不过作者要写出自己的那两首情诗艳赋来,故假拟出男女二人名姓",而他所批评的"又必旁出一小人其间拨乱,亦如剧中之小丑然"在表中也有落实[1],绝大部分作品都有这样的情节安排。统计表明,除《平山冷燕》外,各作品都有"生旦别离"的情节,故而曹雪芹才会有"忽离忽遇"的批评。由于"私订终身后花园"的说法给人印象深刻,表格中关于男女主人公婚姻状况的统计有点出人意料:他们能结为夫妇基本上都是由长辈决定,虽有几部小说中男女主人公私下里相互许诺,但很快都得到长辈的认可,真正属于私订终身的,只有《锦香亭》一部而已。至于这些作品的故事结局,都是才子佳人结成良缘,才子又都进士及第,只有《画图缘》里的花天荷未去考进士,但他因战功被封为大勋侯,"食禄千石,世镇两广"[2],妻子柳蓝玉则被封为一品夫人,总之,所有作品都是以大团圆为结局。上表展现了才子佳人小说的情节构成以及创作的雷同状况,虽然得到的结论与曹雪芹批评过的"千部共出一套"相同,但由于有对各部作品作统计为基础,如今的整体把握更显切实而可靠。

　　第五章中曾提及,清初才子佳人小说的创作渊源可追溯到唐传奇中的爱情小说,而这两类爱情故事却又明显不同,仅以作品的结局而论,唐传奇中的那些故事基本上都以悲剧收场,而清初才子佳人小说最后无一不是生旦团圆的喜剧。唐传奇中的爱情故事确可视为清初才子佳人小说的源头,两者的创作旨意有着明显的差异,其间应有个过渡转换的环节,那就是元明中篇传奇。王重民先生论及元明中篇传奇时,就曾指出它"直开后来才子佳人派小说之源"[3]。由下面这张统计

---

[1] 曹雪芹:《红楼梦》第一回"甄士隐梦幻识通灵,贾雨村风尘怀闺秀",人民文学出版社1982年版第5页。
[2] 不题撰人:《画图缘》第十六回"认花田俏佳人得婿,平侗贼大丈夫封侯",春风文艺出版社1985年版第200页。
[3] 王重民:《中国善本书提要》子部十四小说类,上海古籍出版社1983年版第399页。

表28，可以清楚地看出它与清初才子佳人小说之间的关系：[1]

表28：元明中篇传奇情节要素一览表

篇名	引用		条件		过程							结局							
	崔张故事	娇红记	有亲谊	寓居旦宅	丫鬟传递	生旦唱和	思念成疾	醉失佳期	生旦别离	婚前私合	小人拨乱	一男一女	一男多女	旦被抛弃	为情而死	进士及第	生任高官	辞官归乡	得道成仙
莺莺传			★		★	★	★		★	★		★		★					
娇红记	★		★	★		★	★	★	★	★	★	★			★	★			
贾云华还魂记	★	★	★	★		★			★	★	★	★			★	★	★		
钟情丽集	★	★	★	★	★				★	★		★			★	★			
怀春雅集	★			★	★	★	★		★				★			★	★	★	

---

[1]《龙会兰池录》《金兰四友传》与《痴婆子传》情况较特殊，不列表内。

（接上表）

篇名	引用		条件		过程							结局							
	崔张故事	娇红记	有亲谊	寓居旦宅	丫鬟传递	生旦唱和	思念成疾	醉失佳期	生旦别离	婚前私合	小人拨乱	一男一女	一男多女	旦被抛弃	为情而死	进士及第	生任高官	辞官归乡	得道成仙
花神三妙传	★	★				★			★	★	★		★		★	★	★		
双卿笔记			★	★	★				★				★			★	★	★	
寻芳雅集	★	★	★	★	★	★			★	★	★		★			★	★	★	
天缘奇遇			★	★	★	★		★	★	★			★			★	★	★	★
刘生觅莲记	★	★	★		★				★		★		★			★	★	★	
双双传	★	★			★	★			★	★	★		★						

（接上表）

篇名	引用		条件		过程							结局							
	崔张故事	娇红记	有亲谊	寓居旦宅	丫鬟传递	生旦唱和	思念成疾	醉失佳期	生旦别离	婚前私合	小人拨乱	一男一女	一男多女	旦被抛弃	为情而死	进士及第	生任高官	辞官归乡	得道成仙
李生六一天缘				★	★	★			★	★		★				★	★	★	★
五金鱼传				★	★	★			★	★		★				★	★	★	
传奇雅集	★		★	★	★	★			★	★		★					★	★	★

表中第一行列举了唐代元稹的《莺莺传》以供比较，因为统计表明，后来的中篇传奇中丫鬟传递、才子和佳人互相唱和、别离以及私合等情节要素都是对它的承袭，而且多数作品还提到张生与崔莺莺的故事，证明那些作者的撰写确实受到了《莺莺传》的影响。

如果将中篇传奇的创作与《莺莺传》作比较，首先应指出的是它前期的作品还在延续悲剧气氛。第一部中篇传奇小说《娇红记》描写了王娇娘和申纯双双殉情的故事，《贾云华还魂记》写到女主人公因情而死，这显然是一出悲剧，但作者最后又加上了她借尸还魂与魏鹏团圆，所生三子皆为显宦，且又被封为鄀国夫人的结局，硬是翻案为喜剧。《钟情丽集》中辜辂和黎瑜娘经过激烈的抗争之后终于结成美满婚姻。此篇是中篇传奇中悲剧创作的句号，此后的作品无一例外地都是生旦团圆的喜剧，该流派反封建的意味也随之大为减弱。据此不难得出这样的结论，即从唐传奇中的悲剧到清初才子佳人小说中千篇一律的喜剧，在其间承担转折任务的正是明代的中篇传奇小说。

比对表27与表28，可以发现才子佳人小说中那些"丫鬟传递""生旦唱和""生旦别离"以及才子进士及第等情节要素都是承袭中篇传奇而来，其他一些情节要素则是各篇相似程度不等，由此可以认为，这是同一流派在不同的历史阶段的创作展现。正因为所处历史阶段不同，两类作品也显示出明显的差异。中篇传奇中的才子不仅进士及第，而且还在朝中握掌权柄，其中不少作品又写到他们辞官归乡，这似是当时宦海险恶在创作中的反映。后期的《天缘奇遇》等作还添加了才子与众妻妾一同白日飞升、乘鹤仙去的情节，以此寄托当时一些士人的最高理想。与此相对照，才子佳人小说的故事一般都是以男主人公进士及第为结局，这可能是那些作者多为落魄书生，若能金榜题名，平生心愿已遂，因而也未有更多的奢望。这两类作品更醒目的差异是男女主人公对情与欲关系的处理。在中篇传奇中，除《双卿笔记》与《刘生觅莲记》外，男女主人公都是婚前就发生了性关系，但在前后期作品中，男女主人公对于情与欲的观念又有所不同。前期《钟情丽集》中"倘若不遂所怀兮死也何妨，正好烈烈轰轰兮便做一场"等语，是对自明初以来程朱理学思想长期禁锢的逆反心理的尽情宣泄，它与正在蓬勃兴起的市民阶层的审美趣味相适应；可是在后期作品中，叙及性行为时的含蓄喻示开始变成了露骨渲染，与明后期士大夫腐朽堕落的世风相适应。清初才子佳人小说在这方面的描写正好与中篇传奇相反，那些男女主人公始终恪守封建的伦理道德规范，其言行均是发乎情，止乎礼，作品中也没有什么露骨渲染之类的描写。清初统治者以强力提倡忠孝廉节、敦仁尚让，并厉禁"淫词琐语"，这当是这类情节发生变化的重要原因。在那样的时代氛围中，才子佳人小说的作者很注重"理"对"情"的规范，甚至认为其创作具有教育读者的功用，因为"情定则由此收心正性，以合于圣贤之大道不难矣"[1]。

从唐传奇中的爱情故事到元明中篇传奇，再到清初的才子佳人小说，上面两张统计表简明扼要却又很清晰地将那许多作品情节要素的变化过程展现在人们眼前。如果我们舍弃统计，就无法直截了当地观察到那些变化；如果了解了那些变化而只用文字表述上面的那些内容，势必要花费很大的篇幅，而且由于涉及数十部作品，需要厘清的头绪又多，很可能连篇累牍也未能讲清楚那些问题，要让读者看明白恐怕就更难。因此在一定的意义上可以说，统计在文学研究的某些方面具有不可替代的优越性。

四、作者考辨的新途径

小说在古代地位卑微，诚如鲁迅先生所言，"中国人向来是看作邪宗的"[2]。其时相当多的作品没有署名或只署别名，于是今日的小说研究中，关于作者考证的论文占了相当的比例。可是在这方面，能得到学界共同认定的成果不多，由于缺乏充分的且与作品成书直接相关的资料，不少关于作品作者的判断也只能由考证者独自欣赏，有的作品甚至被考证出数十位作者，如《金瓶梅》。反过来，有的作者问题已为学界共同认定，实际上却缺乏铁证支撑判断，《红楼梦》后四十回究竟是否也为曹雪芹所写便是一例。

---

[1] 天花藏主人：《〈定情人〉序》，载《定情人》，《古本小说集成》第二辑，上海古籍出版社1994年版第18—19页。
[2] 鲁迅：《且介亭杂文二集·徐懋庸作〈打杂集〉序》，《鲁迅全集》第六卷，人民文学出版社1981年版第291页。

对于这类问题，基于字、词、句的数理统计与分析可助一臂之力，它从语言学出发，开辟了一条新的考证途径。数理统计能帮助作者考证的原理如下：作家写作时，某处用这个字（词）或那个字（词），或句子的长短都带有很大的偶然性，而这大量的偶然性中却隐藏着某种客观规律，即该作家在其写作生涯中形成的独特的语体特征。研究大量偶然性事件中客观规律的科学是概率论，数理语言学是它与语言学相结合的结果。当一部作品篇幅较大时，数理语言学能用函数刻画它的文体特征，从而能对其写作者作出判断。在文学史上，曾有这方面成功的案例。《朱利叶斯信函》作者之谜是英国文学史上的悬案，用传统的考证方法，曾有二百余人被列为可疑对象。20世纪60年代，瑞士文学家埃尔加哈德从《朱利叶斯信函》中找出500个标示词，仔细分析50组同义词的使用，并将其与疑似作者的写作习惯比较，发现弗朗西斯的作品与之有99%的一致，这一作者的判定，得到了学界的一致认可。美国独立战争期间，围绕制宪问题曾发生过激烈争论，论文后来以《联邦主义者文献》为名结集出版，其中一些论文的作者是确定的，但也有一些只知是亚历山大·汉密尔顿或詹姆斯·麦迪逊所写，它们后来各自被确定了作者，所用的方法也是对语言习惯进行数理统计与分析。

　　在以上两例中，着重考察的是同义词的使用。如表示"当……时候"，英语中既可以用 when，也可以用 while，究竟用哪个，全凭个人的习惯。综合众多同义词的使用习惯，就可以对文本作者作出判断。对汉语来说，还须得对虚字的使用进行考察，它是构成句子必不可少的成分，并且出现规律完全不受情节发展的制约，而仅与作者的写作习惯有关。最后，句子的长短也是由作者的写作习惯决定，文本的平均句长便是考察的指标。我们可以用这一方法，鉴别《红楼梦》后四十回究竟是否也为曹雪芹所写，鉴别时，比照对象是已确定为曹雪芹所写前八十回。为了保证鉴别的可靠性，采用了人民文学出版社 1982 年 3 月的版本，该本前八十回以庚辰本为底本，第六十四、六十七回缺文由程甲本补配，后四十回则采用程甲本。接着将全书一百二十回分为 A（一——四十回）、B（四十一——八十回）、C（八十一——一百二十回）三组，由于 B 组中的第六十四、六十七回采用的是程甲本的文字，不能保证纯为曹雪芹所写，故应扣除，因此后四十回的比照对象是纯为曹雪芹所写前七十八回。三组的字数与句数便由表 29 所示：

表 29：《红楼梦》字、句数分组显示表

组名	字数	句数
A	228911	34204
B	250619	36504
C	234120	33098

由上表可看出，三组所含的字数与句数都相当庞大，这保证了作者的写作习惯能充分显示；同时，三组所含字数与句数的多少基本相当，这又增强了将它们互作比较的合理性。

1. 词的使用考察

考察用词习惯时，可以发现有的词只在 A、B 组出现，在 C 组中未见踪影。如"端的"一词，其意为到底、究竟或始末、底细（"好端端的"中的"端的"不列入统计），它在 A 组出现了 14 次，在 B 组出现了 19 次，可是在 C 组出现的次数为 0。"端的"在 A、B 组出现时，多用于回末，如"要知端的，且听下回分解"，A 组出现了 8 次，在 B 组出现了 16 次，已成为曹雪芹结束一回时所用的套语之一，后四十回的作者显然没注意到前七十八回中对这套语的沿用。

考察同义词使用的差别，也是鉴别作者的重要方法。表 30 排列了一些同义词在 A、B、C 组中出现的次数：

表 30 :《红楼梦》中同义词使用比较

	同义词									
	越性	索性	怪道	怪不得	偏生	偏偏	越发	更加	才刚	刚才
A	11	3	18	2	29	4	78	4	13	5
B	23	0	23	7	8	1	83	2	12	2
C	0	43	0	7	3	13	36	38	8	57

列于上表首列的是"越性"与"索性"这组同义词，它们都表示干脆，或直截爽快的意思。在 C 组中，"越性"一词从不出现，说明后四十回的作者没有使用该词的习惯，不仅如此，程乙本甚至还将前七十八回中的"越性"全部改为"索性""越发"之类，如庚辰本第十五回中"越性都推给奶奶了"和"少不得越性辛苦一日罢了"，在程乙本中就被改为"越发都推给奶奶了"与"少不得索性辛苦了"。B 组的情况正好与 C 组相反，始终只出现"越性"，而从不使用"索性"。A 组的情况要复杂些，它在多数情况下使用"越性"，同时"索性"一词出现过三次：

第十回：今日索性连早饭也没吃。
第十一回：我们索性吃了饭再过去罢。
第二十七回：想了一想，索性迟两日。

综合 A、B 两组的情况，我们已可断定曹雪芹习惯于使用"越性"，可是 A 组中为何又出现了三次"索性"？与其他脂本作比对，可以发现解释该现象的线索：

庚辰本第二十七回：想了一想，索性迟两日。

甲戌本第二十七回：想了一想，越性迟两日。
戚序本第二十七回：想了一想，越性迟两日。

在程甲本出版之前，世上流行的脂砚斋本《石头记》都是传抄本，据程伟元介绍，是"好事者每传抄一部，置庙市中，昂其值得数十金"[1]。辗转抄录就难免出错，现在留存的脂本又极少，根本无法追寻互相抄录的线路图。不过，由上面所列庚辰本作"索性"，而甲戌本与戚序本都作"越性"，可以断定庚辰本中的这一"索性"是过录过程中的误抄：原稿是"越性"，抄写者却习惯用"索性"，那么抄写时大部分"越性"会被保留下来，而少量的却会被误抄为"索性"。戚序本中也有这样的情况，它保留了许多"越性"，可是第十五回中"越性都推给奶奶了"和"少不得越性辛苦一日罢了"两句，戚序本都将"越性"写成了"率性"。"怪道"与"怪不得"这对同义词的情况也是如此：后四十回从不用"怪道"，A、B两组基本上都用"怪道"，表明这是曹雪芹的用词习惯，而少量出现的那些"怪不得"，也很可能是过录时的误抄。

至于"偏生"与"偏偏"、"越发"与"更加"，以及"才刚"与"刚才"三组同义词，由表30可看出，曹雪芹习惯使用的是"偏生""越发"与"才刚"，过录时的误抄导致了少量"偏偏""更加"与"刚才"的出现。庚辰本是根据己卯本过录的，A组中出现过5次"刚才"，与己卯本比对，其中的4次己卯本作"才刚"，证明了庚辰本过录时产生了误抄，而己卯本也是过录本，未被否定的那处"刚才"，很可能是它过录时的误抄：[2]

---

[1] 程伟元：《〈红楼梦〉序》，见一粟编《红楼梦卷》，中华书局1963年版第31页。
[2] B组中两个"刚才"出现在第五十四回与第七十四回，己卯本缺此两回，无法比对。

第三回　庚辰本：刚才老太太还念呢。

甲戌本：才刚老太太还念呢。

己卯本：才刚老太太还念呢。[1]

第三十二回　庚辰本：刚才打水的人在那东南角上井里打水，……

己卯本：才刚打水的人在那东南角上井里打水，……

戚序本：才刚打水的人在那东南角下井里打水，……

第三十二回　庚辰本：刚才我赏了他娘五十两银子，……

己卯本：才刚我赏了他娘五十两银子，……

戚序本：才刚我赏了他娘五十两银子，……

程乙本：才刚我赏了他娘五十两银子，……

第四十回　庚辰本：刚才那个嫂子倒了茶来，……

戚序本：才刚那个嫂子倒了茶来，……

己卯本：才刚那个嫂子倒了茶来，……

程乙本：才刚那个嫂子倒了茶来，……

第五十四回　庚辰本：刚才八出《八义》闹得我头疼。

戚序本：大出《八义》闹得我头疼。

程乙本：才刚《八义》闹得我头疼。

后四十回主要是使用"偏偏""更加"与"刚才"，但也出现了些"偏生""越发"与"才刚"，这里可能有因排版者用词习惯而产生的误排，还有一种可能是后四十回中有曹雪芹少量的残稿。

2. 字的使用考察

字的考察可分为两类，我们首先注意到的是一些前七十八回与

---

[1] 己卯本的"才刚"间有将两字位置互换的符号，由墨色可判断，这是己卯本收藏者陶洙用庚辰本校勘时所加。

后四十回中出现情况迥异的字。如一般文学作品中极少使用的"屄"字，前七十八回中竟出现了十余次，诸如"你妈的屄"[1]"屄崽子"[2]"屄毛"[3]"与你屄相干"[4]之类，说这些话的是赵姨娘、春燕的娘、柳家的与鲍二家的等人，鸳鸯发急时也骂过一句"你快夹着屄嘴离了这里"[5]。脂砚斋在"你妈的屄"旁还批道："活现活跳"[6]，对作者根据具体人物与情景使用此字还十分赞赏，而这一字眼，在后四十回中从未出现。粗俗程度稍低点的又有"屁"字，前七十八回中也出现了十余次，除贾雨村外，王夫人、王熙凤、林黛玉、湘云与晴雯等人言语中都用过"屁"字，而在后四十回中，只有在第一百零六回中贾政在气急之中骂了声"放屁"。对此，还可以比照一些较粗鄙的词的使用情况。在前七十八回里，薛蟠说酒令时会有"女儿乐，一根鸡巴往里戳"之语，在后四十回中就从未有这样的表述。又如"淫妇"与"娼妇"这两个骂人的词在前七十八回里各出现了十余次，而后四十回中从未见"淫妇"一词，而"娼妇"只在第一百十二回出现过一次。统计的比较并非想说明后四十回的语言就高雅些，实际上曹雪芹在《红楼梦》开篇时就指出，"鬟婢开口即者也之乎，非文即理"，因为这"大不近情理"[7]，所以在他笔下，一些"脏"字就从奴婢嘴中脱口而出，就连尊贵的王夫人或清雅的林黛玉都难免会说"放屁"，与后

---

[1] 曹雪芹：《脂砚斋重评石头记》第二十八回"蒋玉菡情赠茜香罗，薛宝钗羞笼红麝串"，《脂砚斋重评石头记》，天津古籍出版社2006年版第233页。
[2] 曹雪芹：《红楼梦》第五十八回"杏子阴假凤泣虚凰，茜纱窗真情揆痴理"，人民文学出版社1982年版第824页。
[3] 曹雪芹：《红楼梦》第六十一回"投鼠忌器宝玉瞒赃，判冤决狱平儿行权"，人民文学出版社1982年版第852页。
[4] 曹雪芹：《红楼梦》第六十五回"贾二舍偷娶尤二姨，尤三姐思嫁柳二郎"，人民文学出版社1982年版第928页。
[5] 曹雪芹：《红楼梦》第四十六回"尴尬人难免尴尬事，鸳鸯女誓绝鸳鸯偶"，人民文学出版社1982年版第638页。
[6] 脂砚斋：庚辰本第二十八回侧批，《脂砚斋重评石头记》，天津古籍出版社2006年版第233页。
[7] 曹雪芹：《红楼梦》第一回"甄士隐梦幻识通灵，贾雨村风尘怀闺秀"，人民文学出版社1982年版第5页。

四十回比较，这些描写更真实地再现了现实生活的场景。

前七十八回与后四十回对字的不同用法，还表现于句尾的虚字。这类字在后四十回出现的种类很多，计有呀、吗、啊、咧、罢咧、罢、罢了、么、呢、呢么、呢吗、吧、哩、呵、哪、呦等十余种，而在前七十八回中，常用的只是呢、罢、罢了三种，表31清楚地显示了前七十八回与后四十回在这方面的差异。

表31：《红楼梦》句尾语助词使用比较

	吗	罢咧	啊	哪	吧	么[1]	罢了	罢	呢
A	0	0	2	0	5	26	143	344	592
B	0	0	0	0	2	7	166	332	430
C	81	28	31	10	0	257	77	389	653

表中前四列的吗、罢咧、啊、哪在后四十回的句尾出现，在前七十八回是不出现或基本不出现；吧字的情况正好与之相反。表中后四列的么、罢了、罢、呢在前七十八回与后四十回都出现了，但么与罢了的用法却有着明显的差异。对句尾语助词考察也表明，前七十八回与后四十回的写作习惯也不相同。

对字的第二类考察是虚字的使用。作品中实字的出现与情节描写有很大关系，如"黛"字在《红楼梦》中原本出现的次数极多，但写到黛玉去世后，这个字就很少出现。虚字的情况则不然，它是构成句子必不可少的成分，并且出现规律完全不受情节发展的制约，而仅与作者的写作习惯有关。虚字可分为文言虚字与白话虚字，前者有之、乎、者、也等，后者则有的、了、着一类。古代文人习惯文言写作，但创作通俗小说时又得使用白话，因此这两类虚字在作品中都会出现，但各自出现的程度则因人而异。

---

[1] 对"么"字只统计在句尾的语助词，什么、怎么等词即使处于句尾也均不统计在内。

当考察词的使用时，我们注意到后四十回中从不出现诸如端的、越性与怪道等词，但虚字的使用却不会出现这种情况，因为只要行文就离不开虚字。A、B、C 三组都各有二十余万字，三万余句，篇幅相当可观。由 Lindeberg 中心极限定理可知，在这样大的篇幅里，那些虚字在各组的出现一般都服从正态分布，它由两个参数：均值 μ（统计时常用频率代替）与方差 σ^2 决定。人们容易理解均值而不清楚方差，但均值相同并不意味着分布同一。如 10 个数字都是 10，它们的均值是 10，而 10 个数字中一个为 100 其余都是 0，它们的均值也是 10；倘若引入方差的概念，这两组数据的分布便可区分。检验两组数据是否属于同一分布需要运用概率论知识，叙述检验过程也较烦琐，故而这里（表 32）只排列一些虚字在 A、B 组出现频率与 C 组有明显差异者以供观察，三组频率相似的虚字需进一步作分布检验，检验过程不再作介绍。

表 32：《红楼梦》虚字每千字出现次数比较

	之	其	因	或	亦	方	于	即	皆
A	3.901	0.8868	3.136	0.9042	0.8518	1.620	0.9698	0.2926	0.6902
B	3.148	0.5266	3.124	0.8020	0.5466	1.584	0.7661	0.1995	0.8738
C	1.136	0.2263	1.764	0.3630	0.1324	0.4484	0.0470	0.4912	0.4698

	乃	故	的	着	向	往	别	可	让
A	0.4193	0.5810	18.92	7.098	0.9654	1.228	1.664	3.001	0.4586
B	0.2154	0.6823	21.19	6.811	0.7900	1.073	1.839	2.613	0.4628
C	0.0342	0.2989	23.22	9.593	0.5894	0.7474	1.097	1.909	0.2050

	更	再	比	很	偏	就	但	越	儿[1]
A	0.5198	1.673	0.7819	0.1965	0.4193	4.486	0.4674	0.5111	0.0175
B	0.5147	1.867	0.8977	0.2314	0.4229	4.460	0.3950	0.6025	0.0319
C	0.8329	1.349	0.5168	0.5082	0.1836	3.950	0.8115	0.2776	0.3716

---

[1] 儿化韵的"儿"一般只后缀于名词，但后四十回对副词、形容词乃至动词也加此后缀，如"悄悄儿""刚刚儿""歇歇儿"等（程乙本改动前八十回时也加上了这类儿化韵）。表内仅列这类儿化韵的出现频率。

表32排列了27个虚字在各组每千字出现的频率，它们基本上都是A、B组出现的频率相似，而C组则与之有差别，分布检验的结果也是如此。综合这27个虚字的频率与分布，已可看出前七十八回与后四十回在虚字使用上的不同。笔者共统计了47个虚字，另20个在各组出现的频率都相似，但分布检验结果，是A、B组属于同一分布，C组则与之不同。由虚字的检测也得到了同样的结论，即前八十回与后四十回并非同一个作者。

3. 句长考察

鉴别作者的写作习惯还得考察句。人们写作时笔下会出现长短不一的句子，其中的规律恐怕作者本人也并不清楚。但数理统计方法却能揭示这些规律，帮助我们从这一角度考察后四十回是否为曹雪芹所作。

《红楼梦》中最短的句子由一个字组成，最长的却有46字，但这样长的句子极罕见，实际上长度超过10字的句子已不多了，因此没有必要也不可能对所有长度的句子检验分布。这里我们只检验了2字句至13字句，它们共有98758句，已经占了总数的95.13%。检验的结果是不同长短的句子在A、B两组的分布完全同一，而C组中只有8字句的分布与A、B两组完全同一。据此检验，也应否绝了"后四十回为曹雪芹所作"的假设。

为了精确刻画作家用句的长度，英国统计学家Yule提出了平均句长的概念，并把它作为判断作家文体特征的重要依据。平均句长 = 总字数/总句数，回平均句长 = 回字数/回句数。A、B、C三组的平均句长分别是6.692、6.865与7.073。对平均句长检验分布的结果，是A、B组属于同一分布，C组则与之不同，即也否定后四十回为曹雪芹所作。

4. 后四十回分两段作考察

程伟元曾言,他对《红楼梦》八十回后的文字,是"竭力搜罗,自藏书家甚至故纸堆中无不留心,数年以来,仅积有廿余卷。一日偶与鼓担上得十余卷,遂重价购之"[1]。其时人们为读不到作品八十回后的内容而深感遗憾,程伟元出版程甲本时特意在卷首的序中写上这段话,实际上是为强调自己出版的是全本而作的广告宣传。此语的可信程度很可怀疑,却无法排除他确实搜罗到一些曹雪芹残稿且融入后四十回的可能性。

在考察习惯用词时,我们发现前七十八回使用的是"才刚",虽然也出现了些"刚才",但通过与其他脂本校勘,可以确定这是过录时的误抄。若将庚辰本与程乙本作比对,可以发现庚辰本中有三处"刚才"在程乙本中作"才刚",而其他脂本也是作"才刚",这完全可用程、高刊印《红楼梦》时前八十回依据的底本不是或不仅仅是庚辰本来解释。后四十回主要是使用"刚才",同时也出现了少量的"才刚",再联系到程乙本出版时,前七十八回中的"才刚"大部分改成了"刚才",这表明后四十回作者的习惯用词是"刚才",而那些少量的"才刚"有可能是融入曹雪芹文字时所留。后四十回中 8 处"才刚"除了一个出现在第一百二十回,其余分别出现于第八十一、八十三、八十五、八十八、九十、九十一与九十七回,即全在第八十一至一百回之间,这就提示我们将后四十回分为第八十一至一百回与第一百零一至一百二十回两段,分别记为 C1 与 C2,将 A、B 两组合为一组,记为 AB,继而比较虚字在这三组中每千字出现的频率。在那些虚字中,"仍""向""往""便""更""可""越""因"等 8 字出现的频率都是 C1 组与 AB 组较明显地相近,与 C2 组却是拉开了距离(表33)。

---

[1] 程伟元:《〈红楼梦〉序》,见一粟编《红楼梦卷》,中华书局 1963 年版第 31 页。

表33：8个虚字每千字出现次数比较

	仍	向	往	便	更	可	越	因
AB	0.3107	0.8737	1.176	5.184	0.5171	2.798	0.5588	3.130
C1	0.3426	0.8652	0.9337	5.362	0.6767	2.141	0.4197	2.330
C2	0.5622	0.3151	0.5622	7.121	0.9881	1.678	0.1363	1.201

另有18个虚字每千字出现的频率是C1组有向AB组靠拢的趋势，同时与C2组拉开了距离（表34）。

表34：18个虚字每千字出现次数比较

	故	尚	的	不	让	在	方	即	比
AB	0.6339	0.1855	20.12	19.88	0.4608	4.815	1.6010	0.2439	0.8424
C1	0.3255	0.3169	21.97	20.42	0.2227	5.705	0.5482	0.4711	0.5568
C2	0.2726	0.3663	24.46	21.89	0.1874	6.670	0.3792	0.5111	0.4770

	偏	但	其	亦	别	很	一	好	了
AB	0.4212	0.4295	0.6986	0.6923	1.755	0.2147	17.49	4.760	27.42
C1	0.2227	0.7452	0.2484	0.1027	1.284	0.4968	14.81	5.482	28.62
C2	0.1448	0.8774	0.2044	0.1618	0.9115	0.5196	14.09	5.929	28.99

虚字的比较显示了C1组有向AB组靠拢而与C2组拉开距离的趋势，对句的考察可发现类似的情况：AB组的平均句长是6.781字，C2组7.210字，而C1组是6.940字，同样是出现了C1组有向AB组靠拢而与C2组拉开距离的趋势。综合以上种种考察，我们有理由认为后四十回前半部很可能含有曹雪芹的残稿，但由于C1组与C2组毕竟还比较接近，这又表明第八十至一百回间含有曹雪芹残稿的数量并不多。不过，数理统计只能指出这类文字大概所在的区间，究竟哪些描写属于曹雪芹的残稿，这还有待于用其他方法确认。

运用数理统计鉴别《红楼梦》的后四十回是否为曹雪芹所写，这方法与传统的考证迥然不同，但它以语言学、概率论与统计学为基础，因而科学可靠。在古代文学中，有不少作品的作者至今不清楚，虽有相关的考证，但由于缺乏资料，往往只是一种猜测，如果同时有几种猜测，那就会出现长期争论不休而无结果的局面。如果还存有可比对的作品，其中有些问题便可用数理统计的方法做鉴定。如关于《金瓶梅》崇祯本的写定者有好几种说法，如有的学者认定是李渔，有的则认为是冯梦龙。李渔创作的《十二楼》与《连城璧》，冯梦龙撰写的"三言"等作今日都不难得，用数理统计的方法考察这些作品的语言特征，并与《金瓶梅》崇祯本作比对，我们就可以作出是或否的判断。又如清初由天花藏主人编、订、著、述及作序的小说有十余种[1]，其中究竟哪些为他所写，哪些只是由他作序，学界众说纷纭。好在这些文本都在，运用数理统计刻画它们的语言风格并互相比对，我们便可做出比较确定的判断。对于那些文本犹存而与作者相关的资料匮缺的作品，都可以运用这样的方法探讨其作者问题，就这点而言，数理统计在古代文学研究中尚有较宽广的用武之地。

余　论

以上以具体实例说明了统计在文学研究中的作用：它可以帮助我们发现运用传统的研究手段不易觉察到的问题，其中包括提醒纠正以往误以为定论的判断；当研究对象头绪纷繁时，可通过归类统计与分析，以直观的数据刻画，帮助我们从框架上把握全局及其变化趋势；当考察某文学流派或历时较长的文学事件时，统计数据又可直观地展

---

[1] 与天花藏主人有关的小说有《人间乐》《幻中真》《金云翘传》《麟儿报》《玉娇梨》《两交婚小传》《定情人》《玉支玑》《飞花咏》《赛红丝》《锦疑团》《画图缘小传》《鸳鸯媒》《平山冷燕》《济颠大师醉菩提全传》《后水浒传》与《梁武帝西来演义》等。

现它们嬗变的过程。严肃科学的作者考证需要切实的文献支撑，这一前提条件不足时，它们或被束之高阁，或是会出现一些互为矛盾的硬性牵强认定的主张。统计则可以不受传统考证格局的掣肘，而是通过字、词、句的统计刻画文本的语言特征，从而进行比较与鉴定。统计为传统的文学研究提供了新工具，但文学研究者多未受过正规的数理统计训练，往往不清楚究竟什么场合需要使用数理统计，而即使清楚了何时该使用，还会遇上不少问题，如统计指标选取的标准是什么，其间逻辑关系应怎样处理，指标的周全性该如何保证，对于采集与统计出的数据又该如何解读与判断，等等。因此，对文学研究中统计方法的使用还须作些说明。

统计确可解决文学研究传统方法难以解决的某些问题，但它并非万能的工具，将它作为炫耀使用新方法的点缀更是毫无学术意义的事，因此决定运用统计方法前须有认真的权衡。一旦决定运用统计时，就必须尊重这门学问的自身规律与约束条件；因为是应用于文学研究领域，同时又须得受该领域规律与特点的制约，在双重的约束之下，这种运用就不可能是简单地搬用计算方法，它需要根据需要解决的问题的性质、特点作精心设计。

当考虑是否需要使用统计方法时，首先得清楚统计方法的适用范围。如果我们将某个历史阶段的作品按优秀、比较优秀、一般、平庸与劣作五项进行统计，很快就会发现大量作品难以归类，即使进行了统计，其结果也必定遭到质疑，因为各人对作品优劣的评判标准无法做到完全统一。分歧必然产生是源于优秀与平庸这类概念的性质。研究中遇到的概念可分为两类，一类是内涵与外延都明确的精确概念，我们可遵循排中律对它们作归类，即要么是A，要么是非A，两者必居其一，两者仅居其一；另一类是内涵明确而外延模糊的模糊概念，如要判定作品究竟属于比较优秀还是一般，我们常常会感到很为难，这里显然就不能使用排中律作归类。模糊概念在文学研究中大量存在，经常需要探讨的一些创作问题，如对以往经验与技巧的继承或模仿、人物性格的复杂性、语言的生动或笨拙、气氛的渲染与意境的营造等等，涉及的都是模糊概念，对它们即使有心统计也会感到无从下手。在一般情况下，只有内涵与外延都明确的精确概念才能进行统计，在文学研究领域里，它对模糊概念尚无能为力，这就是统计使用范围的划定。

统计使用范围其实还有第二层划定，它取决于对价值与意义的判定。如果一段文字已将某个问题叙述清楚，改用统计表格展示时并未提供新的发现或内容，其作用只是使文章显得生动些，这样的统计显然是可作可不作。不过，如果某个问题涉及的层面较多，叙述无法避免烦琐，同时读者也难以据此把握要领，而一张统计表既能省去行文的累赘，又能将问题的要害展示得一清二楚，这类统计虽未能起到发现问题或纠正误判的作用，但它在文中适时地出现仍是必要的。在决定是否要进行统计时，所掌握的与研究对象相关的资料齐备程度也是重要的考量因素。数据采集是统计的第一环节，如果它的充分性得不到保证，统计的结果就会与它要刻画的事实相去甚远，从而成为一项没有价值与意义的工作。

不过，数据采集要做到绝对准确全面并非易事，操作时常会因这样或那样的原因而产生疏漏，有些数据采集工作甚至是事先已可预知无法做到绝对无误。如上文提到近代小说新出单行本共有1393种，其中1100余种为笔者亲见，余下的是查阅各种著录并作核对后所得。当年的实际的出版肯定还要多一些，因为总会有些单行本藏于某处尚不为人知，还会有些今已失传，甚至未见于各种著录，它们自然无法进入统计。近代报刊小说的情况亦是如此，以今日所见，一些近代报刊已残缺不全甚至已湮没于历史长河，它们是否刊载过小说或刊载过多少小说现在都无法知晓。采集数据的齐备性如何，可以根据对相关文献的分析做判断，当能采集到大部分甚至绝大部分数据时，统计仍可进行。这是因为未能进入统计或产生误差的数量相对较小，在计算相对比例时只会引起小数点后几位的变化，故而并不影响统计目的的实现，即显示研究对象的状态与发展趋势，从而作整体格局的把握，这表明统计的有意义性并非绝对地依赖精确性。当然，如果未能采集到的数据在整体中占比较大，统计结果就会与客观事实相去较远，从而失去原有的意义。因此，对数据采集齐备程度的估量，是进行统计不可或缺的前提。

数据采集有明确的针对性及其所规定的范围，采集哪些数据以及采集到怎样的程度，取决于统计指标的设置，其多寡详略都须根据研究需要而定，随着研究的进展而调整也是常会发生的事。如果要了解清初有多少通俗小说，以此为指标只要简单地计数即可。若要进一步了解其时各个流派的创作情况，那就得以讲史、神魔等各个创作题材为统计指标，这样凭借统计所得的数据便可了解它们各自的创作状况。统计时如果将清初作为一个时间单位，我们看到的便是那九十年里各流派各有多少作品，但如果将清初拆分为前期与后期两个时间段，将前、后期的数据互作比较，后期创作陷入萧条的景象便立即显示出来，我们也因此发现了过去小说史论著未曾提到过的现象。如此统计有个前提，即清楚各作品问世的时间，至少得知道它们是出于前期还是后期，这就需要了解并综合前人相关的研究成果，有的则需要自己根据各方面资料分析鉴别。经过种种努力之后，总还会有一些作品的问世时间无法确定，这时就需要在清初前、后期外增设"问世时间不明"的指标做安置，从而保证指标集合能对统计对象的相关内容进行全覆盖，这是指标设置时的一条重要原则，即所有统计对象都须从属于某个指标。

另一条重要原则是统计对象所从属的指标是唯一的。这就要求设置指标时，既要考虑到对统计对象的全覆盖，同时那些指标又具有排他性，它们所对应的内容不得有交叉部分，如《西游记》只能归于神魔小说，而不可系于讲史演义或其他什么流派，同样，《三国演义》只在讲史演义名下才有位置，不可将它置于他处。在将作品归类时，有时也会遇上这样的情况，如作品在描写侠客的故事，可是其中男女主人公谈情说爱的内容又占了不小的篇幅，它究竟该归于侠义小说还是言情小说？在这种情况下，一般应该尊重前人已有的分类，自行改动，容易造成混乱，更不可违背各指标互相间的排他性，将它同时置于侠义小说与言情小说。流派分类实际上已涉及模糊概念，只是由于前人已作了分类，学界已约定俗成，我们可参照精确概念的处理使用排中律。

统计不是一步即可完成，在对采集的数据做初步统计之后，得根据实际需要对指标做调整或归并。如为了把握1950年至2000年明代通俗小说的研究格局及其变化，就得对所有作品的相关论文数作统计，即各部小说都是统计时的指标，这在统计表中以"行"的指标出现，而"列"的指标是年份，将与各作品相关的论文数按年填入，这样便生成一张约有130行、50余列的统计表，它虽比较准确地反映了51年里各年各部明代通俗小说的相关论文数，但它约显示了7000个数据，观览后往往会不得要领，更难以根据这张统计表解读出有价值的结论。为了保证结果能醒目展示，以助研究者迅速地得出有效判断，此轮统计结束后，还须得对指标做必要的归并，而后再制作新的统计表格。且确能有助于研究者进行判断，还得根据各指标相关论文数的多少作归并。统计表明，那些年里，约有120种作品的相关论文数是0，或数量极少，尽管作品数占了总数的90%以上，但相关论文数与总数相较还不到4%。因此这类作品可归为"其他作品"一个指标显示相对应的数据。这一归并可压缩掉约120行，而所显示的数据的有效性可大幅提升。"列"的指标也得作类似的归并，因为逐年显示并无必要，以"时间段"取代"年"反而可使人看得更清楚。时间段的划分得根据当时的具体情况，从1950年到1966年整个研究态势相对平稳，论文数也较少，故归并为一个时间段；1967年到1976年是特殊的年代，将其分割显然不妥。余下25年论文数显著增加，故分为四个时间段以便观察。这样，"列"的指标经归并后压缩掉45列。与原先庞大的显示7000多个数据的表格相较，新统计表简明紧凑一目了然，而它有序显示的60余个数据，也易于人们把握其意义及其内在联系。

对原始数据处理的结果是绝对数字的显示，它们可助人了解对象的状况，与提供对问题的解释。可是在许多情况下，仅凭绝对数字很难作相互间的比较，一连串绝对数字的排列也未能显示出变化的趋势，这时就需要将绝对数字转换为相对比例，即引进新指标"占比（%）"。如考察中篇传奇诗文羼入状况时，统计结果表明《李生六一天缘》羼入诗词100首，而《龙会兰池录》仅63首，但这不能说明前者的羼入程度就高于后者，因为结合它们的篇幅增设"千字含诗词数"指标，计算出的相对数值前者是2.95，后者则高达5.65，"诗文占比（%）"指标前者是19.08%，后者是51.67%。结论很明显，《龙会兰池录》诗文羼入的程度远高于《李生六一天缘》，若仅凭绝对数字考量就很容易出现误判。这事例告诉我们，凡是涉及比较或考察变化状况时，一般都需要设置"占比（%）"指标，观察其间的对应关系，从而避免判断出现误差。

最后还需要指出，统计的结果是以数字显示，它们抽象于文学现象或事件，但此时却仅有数学上的意义。统计作品时，无论杰作还是庸作，此时它们都被平等视为一个"1"，但经历了数据采集阶段，我们却可体会到那些似无意义差别的数字背后所蕴含的不同的内容，"小说界革命"前后小说单行本的内容迥然有异，而且数量也有明显的差落，统计是在对近代小说创作状况已有基本了解的前提下进行，这时自然会明白那些数据的含义。而且，进行统计的目的是把握近代小说单行本系统的内部结构及其运行状态，统计无意也不能取代深入具体的分析，但其结果却能为具体的文学分析启发思路、提示方向，并提供对整体框架的把握。这一说明其实也表明，解读统计结果时，对研究对象的背景以及相关联的文学现象或事件须有较充分的了解，否则就无法凭借数据发现问题，也无法对那些数据作出合理的解释。

后　记

在复旦大学数学系77届新生入学的开学典礼上，系领导讲话中有几个要点我至今记忆犹新。第一，我们老师的任务是将你们带到数学的大门口，由你们自己判断能否进得去，如果进不去赶紧改行。第二，你们这批人如果有一个人进得去，老师就心满意足，其他人都是陪读的；很可能一个人都进不去。第三，进不去也不要紧，经过四年正规的数学训练，你们的思想方法已被改造，有了这个基础，今后无论从事什么行业都可以做得很出色。

所谓进入数学的大门，是指从事数学前沿的研究，到数学系读书自然是以此为目标，大家都雄心勃勃，系领导的这番话无疑是扑面浇了一盆冷水。我对思想方法将被改造的说法也严重存疑。我进入数学系时已年近三十，由于特定的历史原因，我们这一届的同学有相当大一部分都处于这个年龄段。大家都以为自己的思想方法已基本定型，怎么会在四年里就来一番大改造？然而经过四年的数学训练后，我发现原来还真是这么回事。

人们通常会将数学与计算等同视之，其实数学系从二年级开始，计算性的内容就迅速减少，遇到的尽是新概念以及以此为基础的思辨。这些都看不见，摸不着，初一接触，感觉比玄学还玄。一年级学习的微积分计算量还较大，但它提出的概念却给人下马威。"无穷小"是其立论重要基础，通俗的解释是它比你提出的任何数都还要小。它究竟有多少小，这个问题在很长时间里一直纠缠着我们，令人抓狂，而这一关若过不了,数学系的其他课程也就无从把握。微积分是我们最早接触的课程之一。在学习过程中,我们发现中学阶段解题繁难或无解的问题,在这里居然很轻松地就解决了。与此类似,常令人苦苦思索的几何难题,用解析几何中的矢量论证法,居然三言两语就能解决。对这种情况大家都应有体会,"鸡兔共笼"在算术领域难倒不少同学,而学习代数时,却成了送分题。不断遇见这类事例,我也由此获得了一个新认识,有些问题看似无法解决,若移至另一层次或领域却可寻得答案。后来我在文学领域找不到明代通俗小说出现近二百年创作空白的原因所在,最后发现是当时的印刷业尚无法支撑其发展,其实就是对这一思想的运用,当然,这需要有大量相关史料为支撑。

数学中一些学科的立论思想多在人们的意料之外,乍一接触,固有的思想必受冲击。概率论中不少命题都匪夷所思,如大家都能接受366人中会有2人同一天生日,但想不到概率论竟能证明,50人中2人同一天生日的概率为97%,若是60人,概率更是高达99.4%。又如一个族群若每对夫妇生两个孩子,其发展的结局竟是灭绝。概率论、数理统计与随机过程研究的是大量无规则运动中的规律,借助这一思想考察杂乱无章的现象,就可以有较为清晰的思路。抽象代数中有些内容几乎就是离经叛道之言,它居然允许自己定义运算法则,只要不出现逻辑错误,就承认这个运算体系的成立,相应的作业则是自己设计各种运算体系。非欧几何的学习帮助人们树立了这样的观念:体系是由若干公理经逻辑推演后扩张而成,改变了其中的一条,就会形成另一体系。非欧几何就是替换欧几里得几何中的平行线公理而成,在那里,过一点可作已知直线的无数条平行线,三角形内角和可以大于180°,可以小于180°,特殊的情况下等于180°。替换了一个级别命题,经逻辑推演而成的体系就变了模样。后来我发现文学研究的体系何尝不是如此,如《西游记》研究中抽去"吴承恩是作者"这一基本命题,研究的思路、内容与相应判断都会异于以往。这就提醒我们，上手进行任何一项研究，都应严格审视相应体系的基本命题，否则就会"差之毫厘，谬以千里"。

数学各学科的学习，总会使人有思想开了扇窗的体验。我们习惯于用排中律作是或非的判断，并以为它适合一切概念的处理，而模糊数学则告诉我们，排中律只适合内涵与外延都非常明确的精确概念。但世上还有大量内涵明确但外延无法确定的模糊概念，有些概念甚至连内涵都无法确定，属于无法定义的概念，如人们常用的"美"与"丑"之类。对于那些非精确概念覆盖的现象，就不能用排中律作绝对的是或非的判断，只能考察其与相关概念的隶属度。文学中模糊概念何其多也，可是相应的讨论常变成运用排中律作非此即彼的争辩。由于涉及的是模糊概念，故双方都有相当的理由，但都不能胜对方一筹。排中律不能适用于模糊概念，决定了这类争论不可能有结果。如果大家都明白这个道理，文学研究中大量无谓的争论就不会发生，季羡林先生呼吁人文科学研究者读点模糊数学，实是非常中肯的意见，只可惜三十年来应者寥寥。又如，人们曾普遍地接受了一种观念，即事物发展，先是量的不断积累，到了临界点，渐进过程中断，出现飞跃，完成质变。可是突变论却充分地证明事物发展还有另一条路径：始终只有量变，同样可完成质变。在中国文学史上，四言诗进化到五言诗，古体诗演变为近体诗都经历了数百年的光景，最后质变完成了，但在那过程中却无法找到突变点。语言发展是更明显的例子，它时时有变化，而且作为人们不可离之须臾的交流工具，不可能在某个点出现质变。经过数千年持续的量变，我们今天就得面对古代汉语与现代汉语两门学科，它们有联系，同时也有质的差异。自20世纪70年代突变论诞生后，马克思主义学界已宣布，这是对辩证法思想的丰富，但文学研究界大多数人对事物发展途径的认识仍停留在以前，因此对文学与语言发展过程的一些现象就感到很难解释。

从数学系毕业后，我在一所高校教授微积分，同时也关注到当时文学研究界正在兴起的"新方法热",文学研究者喊出了"最高的诗是数学"的口号,学数学的人自然会产生兴趣。相关的论文我看了许多,有两篇至今印象深刻。一篇是用模糊数学研究杨贵妃的美,就是在说杨贵妃很美,文中虽也用了"模糊"一词,但看不出与模糊数学有多大关系。另一篇是用控制论研究阿Q的性格,我读了几遍都没弄清楚控制论在其中究竟起了什么作用。那些论文的格局大抵如此,都是想借助某种工具达到学术上的成功,实际上却没有解决什么问题。于是"热"就逐渐变成了"冷",后来相当普遍地被认为是应引以为诫的教训。对那些论文我当时颇不以为然,因为将自然科学中针对特定问题的手段搬来解决文学问题,碰壁是理所当然的事,但我并不赞同据此就贸然判定,借鉴自然科学研究思想考察文学问题是走不通的。自然科学与人文社会科学的研究路径与方法迥异,但它们的目的都是认识与把握客观世界的规律,由此其间必然有相通且可相互借鉴之处。"新方法热"之所以会失败,就在于他们不顾条件是否契合,研究性质是否有可匹配性,硬将自然科学中解决某些具体问题的手段搬用到文学研究领域。如此"研究",焉得不败?可是,自然科学领域中指导那些解决具体问题的手段形成的思想方法,却是可为人文社会科学所借鉴的。

当然,在具体实践有所成绩之前,这种借鉴的可能性与必要性并不被人文学界所接受,其时也无人去从事这样的尝试。我对这一问题产生了兴趣,又接受过正规的数学训练,有条件进行实践。于是,我以自学考试的方式完成了中文学科的本科学业,以中文、数学两个本科学历报考了中文专业的博士生,转入文学研究领域。从一开始,我就发现自己的学术思想不合群。别人讨论得很热烈的问题,我却听得索然无味;别人也感到我提出的议题很古怪,因为超越了文学研究的规范。如果我本科、硕士一直到博士都在接受中文专业教育,那对问题的看法肯定也和旁人一样,而现在的不合群表明,四年的数学训练与六年数学从教的经历，真的将我的思想方法改造了，当年数学系领导说的话一点也不错。

文学研究同样是门高深的学问，那些大师的卓越成就令人敬仰，但同时也得承认，如果始终拘泥于固有的研究思想与方法，文学领域中有些问题确实难以解决。大家都知道，不管白猫黑猫，抓住老鼠就是好猫，苏东坡也说过"法无定法"，由此对其他学科研究思想与方法的借鉴，在文学研究领域的确大有可为。不过为了争取同人的认同，我总是用传统的文学研究语言作表述。每当文章或书稿得到颇有新意的表扬时，我心里很清楚，所谓的"新"，常是借鉴了数学思想方法的缘故，只不过表述时未显露数学的痕迹而已。

这部书稿是自己借鉴数学思想方法进行文学研究所得的梳理，希望对文学研究者，特别是年轻人有所帮助。三十多年来，我教授过本科生，也指导过硕士生与博士生，还参加过不少学术研讨会，因此清楚哪些内容的现实意义更大些。归纳起来，大致有以下几条：

首先是概念的辨析。这一环节常被轻视，甚至人们意识不到这里会出现问题。基础概念的辨析决定了研究的模样与成就，如现行的小说史基本上都是作家作品分析按时间顺序的叠加，显然撰写者认为"小说史"即为作品史。这里的"小说"其实是指一种文学体裁，"小说史"应该是它创作发展变化的历史。某个时间段没有作品，按"作品史"来写，没有作品就会被跳过，但对体裁的"创作史"来说，创作空白同样是不容忽视的内容，须得分析这一态势形成的原因及其对后来创作的影响。对诸具体作品而言，"创作史"关注的是它们之间的联系，而非将各作品分析做机械的叠加。与此相关联，"作品史"一般是从文学角度关注作品的价值，而"创作史"因从相互间联系着眼，同时还注意考察它们对于小说发展产生的价值。两种判断方式的不同，其实也是基于对"价值"这一概念的辨析。

其次是考察研究对象的系统意识较为单薄。当研究某一对象时，需要了解其内部结构,方法是把握该对象所含各元素之间的联系。将研究对象视为一个系统时,还须得考察它与相邻系统以及上一层系统间的关系。上述误以为"小说史"就是相关作家作品分析的叠加,也是这方面典型的例子。要把握研究对象所含各元素之间的联系,前提是要尽可能地囊括它所含的元素。这时容易出现两种情况:一是本该在系统内的元素被忽略了,这往往是研究思路尚欠开阔的缘故,习以为常地将其置于系统之外而不顾。如明代通俗小说出现近两百年的创作空白、晚清小说异常发达都与当时的印刷状况密切相关,但治小说者多未虑及于此,因此无法令人信服地解释态势形成的原因。二是资料掌握不全,甚至是严重缺失,对研究对象所含元素情况不清楚,把握其结构与性质自然就无从谈起,硬得出的成果自然与研究对象的实际情况相去甚远。

第三是推理、判断以及行文不遵循逻辑法则。逻辑学是关于思维形式及其规律的科学,它研究概念、判断和推理,及其相互联系的规律、规则,从而帮助人们正确地思考和认识客观真理。文学研究说到底,也是根据现象与事实抽象出概念,从而进行推理与判断,厘清这些现象与事实间的关系,最后得出符合实际的结论。研究的每一个步骤都得遵循逻辑法则,但不少研究成果却经不起逻辑角度的推敲。原先高校中文学科的课程中设置有逻辑学,后来不知何故多被取消,这可能是许多文学论文与专著的表述、推理及判断与逻辑法则相违的重要原因。在考证性论文中,违背逻辑法则的情况相当普遍,特别是大家意见不一致发生争论时表现得尤为明显。如果争论双方都不讲逻辑,甚至运用的概念在字面上看来相同,其内涵却并不一致,那么这种争论不仅无谓,而且有害。而这种现象偏又常见。

在与文学研究相关的数学思想方法中,以上涉及的三类问题在我治学过程中最为有用,于现实也有较强的针对性,故而成了本书的主要内容,希望它们对读者也能有所裨益。